KARL MAY

Ardistan und Dschinnistan

KARL MAY

Ardistan und Dschinnistan

2. Band

VERLAG
NEUES LEBEN

Diese Ausgabe erscheint unter Zugrundelegung der 1909 im Verlag Friedrich Ernst Fehsenfeld herausgegebenen Originalfassung Karl Mays

ISBN 3-355-01372-2

Einband: Peter Nagengast (Reihengestaltung)
Jörn Hennig (Bildmotiv)
Lichtsatz: Nationales Druckhaus GmbH, Berlin
Lithographie: SWS Repro GmbH, Wiesbaden
Druck und buchbinderische Weiterverarbeitung:
Chemnitzer Verlag und Druck GmbH, Werk Zwickau

ERSTES KAPITEL

Mit der Natur im Bunde

Als wir die Offiziere der Dschunub überholt hatten, befanden wir uns bereits im geologischen Gebiet der Landenge. Der Sand wechselte mit festem Gestein. Felsenstücke lagen zerstreut umher. Es bildeten sich Bodenerhebungen, die erst nur leise begannen, dann aber um so kräftiger wurden, je weiter wir kamen. Und da sahen wir Halef weit draußen am Horizont, zunächst nur als kleinen Punkt, doch kamen wir ihm so rasch näher, daß wir sehr bald Reiter und Pferd voneinander unterscheiden konnten. Er ritt nicht mehr Galopp, sondern Trab. Darum zügelten wir unseren rasenden Lauf, zumal Halef anhielt, um auf uns zu warten, als er uns kommen sah. Er lachte mit dem ganzen Gesicht.

„Ist er auf den Dicken gestiegen?“ fragte er uns schon von weitem entgegen.

„Ja“, antwortete ich.

„So sei Allah ihm barmherzig und gnädig! Was es heißt, auf diesem Ungetüm zu sitzen, das können nur meine Knochen und Knöchelchen schildern; leider aber bin ich es allein, der ihre Sprache empfindet. Wie kommst du zu diesen Menschen? Was wollen sie? Warum nahmen sie dich gefangen? Oder vielmehr, warum gingst du darauf ein, als Gefangener zu gelten?“

„Davon später, lieber Halef. Vor allen Dingen muß ich wissen, wie du auf den Gedanken gekommen bist, uns entgegenzureiten, und zwar auf Smihk, der doch in der Hauptstadt zu sein hat, aber nicht hier!“

„Er hat da zu sein, wo sich sein Herr befindet!“

„Ganz recht! Ich habe mir auch, sobald ich ihn sah, sofort gesagt, daß Scheich Amihn uns nachgekommen ist.“

„Nicht nur er, sondern auch Taldscha, seine Frau!“

„Auch sie? Was ist geschehen?“

„Etwas außerordentlich Wichtiges. Du sollst es sofort hören!“

Dieses „sofort“ war bei ihm niemals wörtlich zu nehmen. Er pflegte Dinge, die er für wichtig hielt, stets so ausführlich wie möglich zu behandeln. Darum machte er, während wir weiterritten, eine kleine Kunstpause, um unsere Spannung zu erhöhen, und begann dann an einem Punkt, der scheinbar gar nicht zur Sache gehörte:

„Sihdi, weißt du, daß Ardistan zwar bis an das Meer reicht, aber ohne Häfen und darum auch ohne Schiffahrt ist?“

„Ja. Nur zuweilen kommt ein kühner Indochinese oder Sundamalaie auf leicht gebautem Segler nach der unwirtlichen Küste von Ardistan, um bei den wenigen Menschen, die da wohnen, Waren einzutauschen.“

„Ganz recht, Effendi! Und mit so einem Malaien ist der Diener gekommen.“

„Welcher Diener?“

„Welcher? Ah, richtig! Das weißt du ja noch nicht! Also, der Mir von Ardistan hat jetzt endlich dem Mir von Dschinnistan den Krieg erklärt, offen, gerade heraus, oder wie nennt man das in eurem Abendland?“

„Amtlich, offiziell.“

„Ja, so ist es richtig: amtlich, offiziell. Daß die beiden Söhne des Scheichs der Ussul zur Leibwache des Mirs von Ardistan gehören, ist dir bekannt?“

„Ja. Doch glaube ich, daß sie trotz dieser Stellung nur Bewachte, nicht aber Wächter sind. Ich halte sie nicht für Kommandierende, sondern für Geiseln, durch welche sich der Mir Gehorsam erzwingen will.“

„Diese Vermutung scheint sich zu bewähren. Denn die beiden Söhne des Scheichs sind ganz plötzlich verschwunden. Der Mir hat verlangt, daß ihm der Scheich tausend Ussulkrieger sende, um ihm gegen Dschinnistan beizustehen. Da haben die Söhne sich geweigert, dies ihrem Vater zuzumuten. Sie haben erklärt, daß die Ussul nicht den geringsten Grund haben, den Mir von Dschinnistan zu bekämpfen. Hierauf sind sie mitten in der Nacht, als alles schlief, ergriffen und mit einem ihrer Diener, der sich bei ihnen befand, heimlich fortgeschafft worden. Wohin, das hat man ihnen nicht gesagt. Der Diener aber behauptet, wahrscheinlich nach der Todesstadt, denn sie sei der schon von alters her gebräuchliche Ort, mißliebig gewordene hohe Personen verschwinden zu lassen. Sie wurden auf Pferde gebunden. Der Ritt dauerte lang. Am zweiten Abend gelang es dem Diener, zu entwischen. Er entkam nach der Küste und wurde dort von einem malaischen Schiffer aufgenommen, der ihn gegen das Versprechen einer guten Belohnung quer über die Bai und dann den Fluß hinauf fast bis nach Ussula brachte. Er kam nach der

Stadt, gerade als der Dschirbani mit seinen Hukara von dort abgezogen war. Die Ältesten wurden schnell zur Beratung zusammengerufen, und man beschloß, dem Dschirbani rasch zu folgen, um mit dir und ihm das Nötige zu besprechen. Die Angst hat den Eltern Flügel verliehen. Sie kamen heut früh hier an."

„Und der Dschirbani?"

„Schon gestern abend."

„Aber nicht mit allen seinen Hukara! Das ist nicht möglich!"

„Nein, nur mit einigen. Die übrigen kamen dann während der Nacht, in der Reihenfolge der Leistung ihrer Pferde. Er hat sich keinen Schlaf gegönnt, sondern sofort alle Vorbereitungen getroffen, denen du gewiß gern zustimmen wirst. Es wurden von dem Engpaß bis nach der Hauptstadt Zwischenstationen eingerichtet und bis zum Fluß Wasserposten gestellt, die erst die geleerten und dann die wiedergefüllten Schläuche einander zu reichen haben. Ich habe ihn auch schon zum Brunnen des Engels geführt, über dessen Wert er von sehr hoher Meinung ist. Er hat die Strecke vom Felsenloch bis zum Felsentor genau untersucht . . ."

„Auch den verborgenen Weg?" unterbrach ich ihn.

„Ja, auch den. Und er sagte, daß es keine bessere Falle geben könne als diese. Seine Hukara sind auch schon ganz genau so aufgestellt und unterwiesen, als ob die Feinde augenblicklich zu erwarten seien. Ich glaube nicht, daß du noch irgend etwas hinzuzufügen hast. Du wirst zufrieden sein."

„Wie steht es mit dem Palang und seinen beiden Gefährten?"

„Die stecken in einer Felsenenge gefangen, aus der sie nicht entkommen können, und werden von meinem Hu bewacht."

„Und der oberste Minister und der oberste Geistliche von Dschunubistan?"

„Die stecken in einer anderen Felsenspalte, aus der sie nicht herauskönnen, und werden von Hi bewacht."

„Also auch gefangen?"

„Natürlich! Sie waren unterwegs dem Dschirbani begegnet und von ihm veranlaßt worden, mit ihm umzukehren, da er derjenige sei, der über ihre Wünsche zu bestimmen habe. Er hatte an ihre Ehrlichkeit geglaubt und sie darum ihrem hohen Rang gemäß behandelt. Sobald er aber dann von mir erfuhr, was eigentlich ihre Absicht sei, wurden sie ebenso eingesperrt wie die drei Tschoban."

„Haben die Tschoban und die Schunub einander gesehen?

„Ja. Es ist nicht zu vermeiden gewesen."

„Nun, und warum kamst du uns jetzt entgegengeritten? War das der Wille des Dschirbani?"

„Nein; der wünschte es nicht. Aber der Scheich und die Scheichin trieben mich; sie haben Angst um ihre Söhne, und sie glauben, sich mehr auf dich als auf den Dschirbani verlassen zu können. Sie sind ungeduldig zunächst auf deinen Rat. Darum forderten sie mich auf, dir mit der Bitte entgegenzureiten, dich zu beeilen. Und als der Dschirbani meinte, daß dies überflüssig, unter Umständen sogar gefährlich sei, veranlaßten sie mich, es ohne sein Wissen zu tun. Ich konnte nicht widerstehen und hätte gern ein Pferd der Tschoban oder der Dschunub genommen; das hätte mich aber dem Dschirbani verraten, und so war ich denn gezwungen, auf Smihk, den Dicken, zu klettern und heimlich fortzureiten. Und der war gescheiter als ich. Ich wollte nach Nordost; er aber ging mit mir durch und rannte nach Nordwest; da, Sihdi, traf ich dich!"

Wir waren während dieses Berichtes so weit gekommen, daß wir jetzt die See erblickten und den Felsenzug des Engpasses vor uns liegen sahen. Ich erzählte Halef, was wir unterwegs erlebt und erfahren hatten. Dann war die Landenge erreicht; das Meer erschien auch auf der andern Seite, und in einiger Entfernung stieg gerade vor uns das Felsentor empor. Noch eine Strecke weiterhin trat der erste Posten der Ussul, um sich uns zu zeigen, hinter Steinen hervor, die ihn verborgen hatten. Dieser Posten bestand aus Irahd, dem bekannten Anführer, und acht seiner Leute. Er hatte diesen wichtigen Posten selbst übernommen,um gewiß zu sein, daß nichts Fehlerhaftes geschehe. Und eben, als wir mit ihm sprachen, kam der Dschirbani mit vielleicht einem Dutzend seiner Hukara geritten, um diesen Teil des Kampfplatzes zu besichtigen. Es war ein lieber, warmer, aufrichtiger Händedruck, mit dem er mich begrüßte; vor Abd el Fadl aber verbeugte er sich tief und feierlich, wie vor einer Person von höchstem Stand. Das fiel mir auf. Einige kurze Fragen und Antworten genügten für ihn und mich, uns gegenseitig das Nötigste mitzuteilen; dann bat er mich, mir die Aufstellung seiner Truppen zeigen zu dürfen. Ich willigte ein, obgleich es mir Spaß gemacht hätte, bei der Gefangennahme der Dschunuboffiziere, die nun bald erscheinen mußten, zugegen sein zu können. Ich belehrte Irahd, wie das zu machen sei, und Halef versicherte mir mit sehr unternehmendem Lächeln, daß ich da ganz unbesorgt sein könne, weil er selbst hierbleiben werde, um für einen festlichen Empfang dieser Herren einzutreten.

Der Dschirbani ließ seine Begleiter hier, um bei der Gefangennahme der Dschunub behilflich zu sein. Er ritt den edlen Schimmel des Maha-Lama, der ein so schnelles Pferd war, daß wir unsere Besichtigung beträchtlich verkürzen konnten. Ich war nämlich überzeugt, daß der ältere Prinz der Tschoban sich beeilen werde, noch vor Nacht auf der Landenge einzutreffen, und wollte unbedingt dabeisein, wenn er festgenommen wurde. Da galt es also, keine Zeit zu verlieren.

Wir ritten zunächst nach dem Felsentor, wo ich Merhameh begrüßte. Hier stand ein Posten von dreißig Mann, die sich aber bei der Annäherung der Feinde zurückzuziehen hatten. Von da ging es nach dem Felsenloch, wo wir auf einen gleich großen Posten trafen. Hier war die Stelle, an welcher der erste Stoß der Tschoban ausgehalten und zurückgewiesen werden mußte; für jetzt aber genügte diese schwache Zahl. Das Gros der Hukara lag noch weiter zurück, nämlich da, wo die Landenge auf ihrer südlichen Seite begann. Wir stießen da auf ein Kriegslager im wahrsten und romantischesten Sinne des Wortes.

Man denke sich die Gestalten dieser riesigen Ussul und ihrer ebenso riesigen Pferde, ihre Bewaffnung, die eigenartige Gewichtigkeit und Massigkeit in ihren Bewegungen und in allem, was sie taten! Nur ein Homer würde sich an die Beschreibung dieses Lagers wagen dürfen. Durch die Kunde, daß die beiden Söhne des Scheichs verschwunden seien, war der Zuzug zu dem Heer des Dschirbani bedeutend vergrößert worden. Es zählte heut bereits zwölfhundert Mann. Und er wies keinen einzigen zurück, der zu ihm kam, denn sein eigentlicher Plan ging weit über die Landenge Chatar hinaus, und wer sich nicht zum Krieger eignete, der konnte noch im Troß von Nutzen sein. Zwei Relaisketten führten von hier weiter. Die eine nach dem Fluß und von da nach der Hauptstadt; sie hatte täglich den Proviant und das Wasser für die Pferde zu erneuern. Die andere bis nach dem Brunnen des Engels, von wo das Trinkwasser für die Menschen zu holen war.

Hier, im Lager, trafen wir den Scheich und seine Frau. Die Begrüßung war beiderseits eine herzliche, doch hatte ich keine Zeit, länger als nur einige Minuten zu verweilen, denn wir mußten nach dem nördlichen Auslauf des Engpasses zurück, weil von dieser Seite alles kam, was zu erwarten war. Vorher aber warf ich noch einen Blick in die beiden Felsenengen, in denen der Panther mit seinen beiden Gefährten und die zwei hohen Dschunub steckten. Ich überzeugte mich, daß es aus diesen Gefängnissen kein Entkommen gab, zumal vor jedem einer der Hunde Halefs Wache hielt. Es gab im hiesigen Felsengewühl noch ähnliche Orte in Menge. Wir suchten einen passenden auch für den älteren Prinzen der Tschoban aus, den wir mit seinem jüngeren Bruder nicht zusammenbringen wollten. Es waren teils rein menschliche und teils diplomatische Gründe, die es uns verboten, den letzteren wissen zu lassen, daß der erstere anwesend sei, und zwar auch als unser Gefangener.

Nun ritten wir wieder über den Paß zurück und hatten das Vergnügen, schon unterwegs die Beweise zu erhalten, daß Halef und Irahd ihre Pflicht sehr wohl, sogar mit Humor, erfüllten. Wir hatten nämlich, indem wir uns wieder nordwärts wendeten, das Felsenloch noch nicht erreicht, so kam uns ein sehr kräftiger Vorposten entgegengeritten. Er saß auf dem Pferd des Generals der Dschunub. Dieser aber lief, sehr gut gefesselt und mit der einen Hand an den Steigbügel gebunden, als Gefangener nebenher. Er wurde zu dem Maha-Lama und dem obersten Minister gebracht. Wir ritten sehr ernst vorüber und taten, als ob wir ihn gar nicht sähen; innerlich aber mußte ich doch lächeln, wenn ich an die ironischen Ermahnungen dachte, die Halef ihm auf alle Fälle mitgegeben hatte. Nur kurze Zeit später brachte ein anderer Ussul in ganz gleicher Weise den Oberst geführt, dem schnell darauf der Major folgte. So ritten wir auch noch an dem Hauptmann, dem Leutnant und dem Unteroffizier vorbei und erreichten den Posten gerade in dem Augenblick, in dem auch der Soldat gefesselt worden war und soeben fortgeschickt wurde.

„Bist du mit uns zufrieden, Effendi?" fragte Halef. „Mit diesen sind wir fertig. Und nun schau einmal dort hinaus! Da kommen auch noch die letzten zwei, aber nicht auf-, sondern hintereinander!"

Er deutete nach der Gegend, aus der wir vorhin gekommen waren. Da sahen wir zunächst Smihk, den Dicken, der mit gesenktem Kopf im Zotteltrab auf die Landenge zusteuerte und uns schon ziemlich nahe war. Weit draußen kam der Stratege hinterhergelaufen, und zwar so schnell, wie seine langen Beine den kurzen Körper tragen konnten. Die Kopfbedeckung mit dem Reiherbusch hielt er in der einen Hand, den Säbel in der andern. Am rechten Ort gelassen, hätten beide es ihm unmöglich gemacht, einen solchen Dauerlauf auszuführen.

„Seht, wie er kommt!" forderte Halef die Hukara auf. „Es ist der Tertib We Tabrik Kuwweti Harbie Feminde Mahir Kimesne des tapferen Scheichs von Dschunubistan! Und . . ."

Er hielt mitten in seiner Rede, die jedenfalls satirisch werden sollte, inne. Sein Auge war auf einen weiter nach rechts liegenden Punkt des nördlichen Horizonts gefallen, an dem eine Gruppe von drei Reitern erschien, deren Richtung auch gerade nach der Landenge lag.

„Wer mag das sein?“ fragte er.

„Der ältere Prinz von Tschoban“, antwortete ich, „mit seinem Freund und seinem Führer.“

„Hamdulillah! So ist dann unser Tagwerk vollendet! Wie gut, daß er noch vor Abend kommt! Wie soll er behandelt werden?“

Er richtete diese Frage nicht an mich, sondern an den Dschirbani, weil ich ihn angewiesen hatte, nur allein diesen als den gebietenden Feldherrn zu betrachten. Dessen Antwort lautete:

„So, wie ein guter Mensch behandelt werden muß, selbst wenn er als Gegner erscheint. Ich will die Tschoban nicht vernichten, sondern sie aus Feinden in Freunde verwandeln. Und dieser Prinz ist es besonders, auf den ich mich dabei zu stützen habe. Allerdings nur derjenige Sieg ist ein wirklicher Sieg, der alle Feinde vernichtet und keinen einzigen von ihnen übrigläßt. In vergangenen, grausamen Zeiten suchte man dies dadurch zu erreichen, daß man sie ausrottete, sie tötete. Heute und noch viel mehr in der Zukunft aber kommt man viel leichter, viel sicherer und viel menschlicher zu ganz demselben Ziel, indem man den Haß in Liebe kehrt und sich dadurch den Widersacher zum Verbündeten und Helfer macht. Diese letztere Weise soll auch die unsere sein. Ich will durch Liebe siegen, nicht durch Blut und Tod!“

Nun war Smihk so weit herangekommen, daß er uns nicht nur sah, sondern auch erkannte. Er war des fremden Reiters überdrüssig geworden und hatte ihn abgeworfen. Nun er aber bekannte Gestalten erblickte, stieß er einen Jubelschrei aus, der alles überbot, was bis jetzt von ihm zu hören gewesen war. Ich ging ihm einige Schritte entgegen, um ihn zu liebkosen, wobei er den Schwanz in einen erstaunlichen Freudenwirbel versetzte.

Kurze Zeit darauf stellte sich der Stratege ein, natürlich zu Fuß. Er war ganz außer Atem. Als er Halef und mich sah, blieb er pustend vor uns stehen und begann dann, ein Donnerwetter über uns loszulassen, wurde aber schnell unterbrochen: Zwei stämmige Hukara ergriffen ihn bei den Armen und zogen ihn fort, um ihn dahin zu bringen, wohin ihm seine Untergebenen vorausgeschickt worden waren.

Die Sonne war dem Untergang nahe, als der Prinz der Tschoban sich der Stelle näherte, an der wir uns befanden. Wir waren von den Pferden gestiegen, hatten diese versteckt und dann auch für uns selbst hinter Steinen so gute Deckung gesucht, daß wir nicht gesehen werden konnten. Die drei Reiter hielten sich für vollständig sicher. Sie waren darum nicht wenig überrascht, als wir plötzlich aus unserer Verborgenheit hervortraten und einen so dichten Kreis um sie bildeten, daß sich ihre Pferde nicht bewegen konnten.

„Ussul!" rief der Prinz, der sofort aus dem Äußeren der Leute, die in überfielen, ersah, zu welchem Volk sie gehörten. „Wer bist du?"

Diese Frage war an den Dschirbani gerichtet, der zu ihm herantrat und nach der Maulkette seines Pferde griff, um vor allen Dingen dieses in seine Gewalt zu bringen.

„Man nennt mich den Dschirbani", lautete die Antwort.

„Der Dschirbani bist du?" sagte er, indem er ihn mit einem langen, aufrichtig forschenden Blicke musterte. „Ich habe dich noch nie gesehen und doch ganz anders von dir gedacht, als törichte Leute denken. Und nun ich dich zum ersten Mal sehe, gefällst du mir, und ich möchte darauf schwören, daß ich mich nicht in dir geirrt habe. Was willst du von mir? Warum drängt ihr euch an uns heran?"

„Um euch gefangenzunehmen."

„Aus welchem Grund? Euch an uns zu vergreifen, habt ihr weder Ursache noch Recht. Der Engpaß von Chatar liegt zwischen eurem und unserm Gebiet. Nur seine südliche Hälfte gehört euch, die nördliche aber uns. Wir befinden uns jetzt auf der nördlichen, also auf unserm eigenen Gebiet. Wie könnt ihr es wagen, uns da gefangennehmen zu wollen?"

„Weil ihr nach der Landenge kommt, um sie zu überschreiten und uns zu überfallen!"

„Kennst du mich?"

„Ja. Und ich will ebenso aufrichtig sein wie du, indem ich dir sage, daß ich dich achte. Aber wir haben deinen Bruder ergriffen, als er bei uns spionierte, und wir wissen alles. Du wirst sehr bald erkennen, daß ich weder dein Feind noch derjenige deines Stammes bin, doch jetzt muß ich mich für einstweilen deiner Person versichern."

„Mit welchem Recht gerade du?"

„Ich bin der Anführer der Ussul!"

„Du? Du? Der Anführer der Ussul?" fragte der Prinz erstaunt. „Seit wann haben die Ussul begonnen, klug und einsichtsvoll zu werden?"

Da trat Irahd an ihn heran und antwortete an Stelle des Dschirbani:

„Seit sie sich entschlossen haben, die Verteidigung in den Angriff zu verwandeln. Du bist Sadik, der erstgeborene Prinz der Tschoban, und ich bin Irahd, der Unteranführer der Ussul. Es wird dir nichts geschehen. Du sollst nur für heute gefangen sein. Komm, wehre dich nicht!“

Der Prinz wurde mit seinen Begleitern von den riesigen Ussul derart zusammengedrängt, daß er sich abführen lassen mußte, ohne den geringsten Widerstand leisten zu können. Nachdem hierauf die nötigen Weisungen für die Nacht erteilt worden waren, ritten wir wieder den ganzen Engpaß entlang dem Lager zu. Dort war für den Scheich ein Zelt errichtet, vor dem das Abendessen auf uns wartete. Bewirtet wurden wir von ihm und seiner Frau. Geladen waren Abd el Fadl, Merhameh, der Dschirbani, mein Hadschi Halef und ich. Der Dschirbani hatte geglaubt, daß ich Abd el Fadl kenne. Erst während dieses Rittes zum Abendessen erriet er aus einer Äußerung von mir, daß dies nicht der Fall sei. Da fragte er mich:

„Wann hast du Abd el Fadl zum ersten Mal gesehen?“

„Erst vor einigen Tagen, hier“, antwortete ich.

„Weißt du, wer er eigentlich ist?“

„Nein.“

„So erfahre und erstaune: Er ist der Fürst von Halihm. An Reichtum kommt ihm keiner gleich im ganzen Ardistan. Und doch siehst du ihn einfacher und bescheidener, als mancher Bettler ist. Er hat ein Gelübde getan; welcher Art es ist, das weiß man nicht genau, weil er niemals davon spricht. Es ist das ein Geheimnis, das er nur mit Merhameh, seiner Lieblingstochter, teilt.“

„So ist sie nicht sein einziges Kind?“

„Nein. Er hat noch Söhne und Töchter, die hoch am Thron wohnen. Nimmt er sich unser an, so ist uns viel geholfen!“

Das heutige Nachtmahl war dadurch ausgezeichnet, daß der Simmsemm vollständig fehlte. Es gab nur Wasser zu trinken. Die Einladung kam aus dem Herzen, hatte aber auch noch den besondern Zweck, uns die Befreiung der beiden Söhne des Scheichs an das Herz zu legen. Der letztere war mit dem festen Entschluß gekommen, an unserm Zug nun persönlich teilzunehmen, um den Mir von Ardistan zur Herausgabe der Gefangenen zu zwingen. Es kostete uns viel Mühe, ihn davon abzubringen, indem wir ihn zu der Überzeugung brachten, daß er uns viel eher hinderlich als förderlich sein werde. Seine brave, einsichtsvolle Frau ging uns hierbei recht wacker an die Hand. Sie war nur mitgekommen, um ihn von der Ausführung dieser seiner Absicht abzuhalten. Sie liebte ihre Söhne nicht weniger als er; aber sie wußte, daß er seinem ganzen Wesen nach weiter gar nichts als nur Ussul war und jenseits der Grenzen seines Landes und seiner persönlichen Verhältnisse auf Gehorsam und Erfolg verzichten müsse. Ich fühlte mich außerordentlich befriedigt, als es uns mit dieser ihrer Hilfe gelungen war, seinen Plan zurückzuweisen und ihn zur Heimkehr zu bewegen. Freilich sollte diese Heimkehr nicht eher angetreten werden, als bis der Sieg hier an dem Engpaß endgültig entschieden sei; das machte er zur Bedingung.

Eine wirkliche Freude war es mir, zu sehen, daß der Scheich sich schon heut, nach so wenig Tagen, zum Dschirbani ganz anders verhielt als bisher. Nun, wo nicht mehr die Materie, sondern der Geist zu gebieten hatte, ließ sie sich allmählich herbei, seine Rechte anzuerkennen.

Von Abd el Fadl und seiner Tochter sei heute nicht besonders gesprochen. Wir standen vor großen, hochbedeutenden Ereignissen, die sich auf dem Engpaß, und zwar genau auf der Mitte desselben, vollziehen sollten. Es ist also gar wohl am Platz, heut, am letzten Abend vor Eintritt dieser Ereignisse, ein kurzes, deutliches Bild ihres Schauplatzes zu geben.

Die Landenge verband die im Norden von ihr liegende Wüste der Tschoban mit dem südwärts angrenzenden Land der Ussul. Im Süden gab es Wasser, im Norden aber nicht. Es war zu erwarten, daß die Tschoban mit ihren Pferden halbverdurstet anlangen würden. Sie rechneten jedenfalls darauf, über den Paß sehr schnell hinwegkommen und drüben den Fluß erreichen zu können. Dies ihnen unmöglich zu machen, darin bestand unser Plan. Sie mußten auf der Landenge festgehalten werden. Der Durst sollte unser Verbündeter sein. Wir hofften, daß er sie zwingen werde, sich uns auf Gnade oder Ungnade zu ergeben. Dazu war freilich nötig, daß die Einschließung sich so eng und so qualvoll für sie gestaltete, daß ihnen keine Hoffnung auf irgendeine Rettung blieb. Glücklicherweise kam uns die Natur durch die eigenartige Gestaltung des Engpasses in ganz besonders freundlicher Weise entgegen. Er zerfiel nämlich in drei fast ganz gleich lange Teile. Zwei Querhöhen reichten über ihn hinweg von einem Meer bis zum andern. Es gab also einen nördlichen, einen mittleren und einen südlichen Teil, die vollständig voneinander getrennt gewesen wären, wenn sich nicht in jeder der beiden Querhöhen ein schmaler Durchgang befunden hätte, durch den die Verbindung sich ermöglichte. Diese beiden natürlichen Quermauern waren das Felsentor und die hohe, steinige Wand des Felsenloches. Das erste, nördliche Drittel des Passes ging von der Wüste der Tschoban bis nach dem Felsentor. Das letzte, südliche Drittel reichte vom Land der Ussul bis an das Felsenloch. Zwischen beiden, als zwischen dem Felsentor und dem Felsenloch, lag das mittelste Drittel, welches die eigentliche Falle bilden sollte. Wenn meine Berechnung richtig war, so gingen die Tschoban ganz bestimmt in diese Falle, und zwar nicht etwa zögernd, sondern schnell. Ich glaubte nicht, daß sie sich Zeit nehmen würden, die Örtlichkeit genau zu untersuchen, sondern ich war überzeugt, daß der Durst sie treiben werde, so rasch wie möglich über den Paß hinüberzukommen. Das Felsentor stand ihnen offen, sollte aber hinter ihnen sofort besetzt werden. Wenn sie das Felsenloch erreichten, wurden sie nicht hindurchgelassen. Dann konnten sie weder vor- noch rückwärts und waren ganz in unserer Hand.

Es war mein Wunsch, daß gar kein Blut vergossen werde; aber wenn ich mich in die kommende Situation hineindachte, erschien es mir als sehr wahrscheinlich, daß wenigstens an beiden Enden der Falle ein Kampf nicht zu vermeiden sei. Denn es war anzunehmen, daß die Tschoban den Versuch machen würden, sich hier oder dort, vielleicht gar an beiden Stellen, den Durchlaß zu erzwingen. Daß diese Versuche ebenso erfolglos wie blutig sein mußten, verstand sich ganz von selbst. Als ich während des Abendessens gegen den Dschirbani hierüber eine Bemerkung machte, sagte er:

„Sei ohne Sorge! Es wird kein einziger Tropfen Blut vergossen werden. Die Vorbereitungen sind schon getroffen, nur sahst du sie noch nicht, denn du hattest keine Zeit. Ich werde sie dir nach dem Essen zeigen. Ich habe mich mit allen vier Elementen verbunden . . ."

„Etwa mit Feuer, Wasser, Luft und Erde?" unterbrach ich ihn.

„Ja. Und diese unsere vier Freunde sind, wie ich sehe, fest entschlossen, sich unserer Sache kräftigst anzunehmen."

Indem er das sagte, warf er einen forschenden Blick auf die beiden Meere hinaus und dann nach dem Himmel empor.

„Von zwei Elementen gebe ich das zu", bemerkte ich. „Die Erde hat uns aus ihrem festesten Gestein die Riesenfalle gebaut, und das Wasser hält an beiden Seiten die Tschoban ab, diese Falle zu verlassen. Wie aber ist es mit dem Feuer und der Luft?"

„Schau zum Himmel auf! Zwar scheint der Mond, aber kein einziger Stern ist zu sehen, obgleich ihrer Tausende dort stehen müßten. Das Firmament gleicht einer Stubendecke, die mit gelber, dicker Tünche angestrichen ist. Nur der Mond dringt da hindurch, ein Stern aber nicht. Das fällt nur dir nicht auf, der du ein Femder bist. Wir aber kennen unser Land und ebenso auch unsern Himmel. Morgen gibt es Sturm, und dann wirst du deutlich sehen, daß die Luft mit uns im Bunde ist."

„Und das Feuer?" fragte ich.

„Das wird uns Pulver ersparen", antwortete er. „Sobald ich hier ankam, wurde ich von Halef und Merhameh auf das ‚Felsentor' geführt. Indem ich von da oben herab die ganze Falle überblickte, kam mir der Gedanke, ihre beiden Ausgänge nicht mit Pulver und Blei, sondern durch das Feuer bewachen zu lassen. Ich säumte nicht, die hierzu nötigen Vorbereitungen zu treffen. Eine Schar meiner Hukara mußte zurückreiten, um da, wo der Wald beginnt, das nötige Holz zu fällen und mit Hilfe ihrer starken Pferde herbeizuschleppen. Schon liegt ein großer Vorrat hier, und sie arbeiten noch immer. Während der heutigen Nacht wird davon so viel, wie wir brauchen, nach dem Felsenloch geschafft, um dort, sobald es morgen dunkel wird, in Brand gesteckt zu werden . . ."

„Das ist ja ein ganz vortrefflicher Gedanke!" unterbrach ich ihn. „Natürlich geschieht ganz Ähnliches am Felsentor! Nur daß wir das Holz leider nicht vorher dort aufstapeln können, denn es würde uns verraten. Wie werden wir das machen?"

„Es ist bereits gemacht oder doch wenigstens schon im Gange. Dieses Holz wird nämlich in Gestalt von kleinen Flößen längs des Ufers der heut noch ganz ruhigen See nach dem nördlichen Ende der Landenge gerudert und dort so versteckt, daß die Tschoban, wenn sie kommen, vorüberreiten, ohne es zu sehen. Du weißt, wie prächtig die Ussul mit solchen Flößen umzugehen verstehen."

„Das weiß ich wohl, und ich muß dich herzlich loben. Wie vortrefflich wäre es, wenn wir die Passage nicht nur teilweise, sondern ganz und vollständig mit Feuer verstopfen könnten. Leider aber ist, um nur von der einen Stelle zu reden, das Felsenloch nicht ein wirkliches, kleines Loch zu nennen, welches nur die Breite des Weges besitzt, sondern es kommt hierzu auch noch die ganze Breite des alten Flußbettes. Es ist aber ganz unmöglich, so viel Holz herbeizuschleppen, um ein Feuer von solcher Ausdehnung anzünden und unterhalten zu können."

„Da kommt das Wasser zu Hilfe!" lächelte er. „Bei solchem Sturm, wie für morgen zu erwarten ist, füllt der Fluß sich schnell mit Wasser. Die Wogen werden hoch am Felsen emporgetrieben und treten da in Risse und Rinnen ein, die in das trockene Bett hinunterführen. Wenn der Sturm sich nach der Ebbe mit der steigenden Flut verbindet, kommt es vor, daß der alte Fluß das eindringende Seewasser nicht zu fassen vermag. Es tritt dann über die Ufer und steigt auch dort noch mehrere Fuß empor, um an dem Weg längs der Felsen Spuren zu hinterlassen, die du nur deshalb nicht bemerkt oder nicht beachtet hast, weil du so etwas für ausgeschlossen hältst."

„Höchst wunderbar! Und einen solchen Sturm vermutest du grad für morgen, also für den Tag, an dem die Tschoban kommen und hier gezwungen werden sollen, Frieden zu halten. Ist das Zufall?"

„Zufall?" antwortete er. „Ich weiß, daß auch du nicht an den Zufall glaubst, Sahib. Sobald der Mensch nicht künstlichen Gesetzen folgt, sondern nur den natürlichen, die ihm Gott gebietet, steht ihm die ganze irdische Natur als Helferin zur Seite. Dann geschehen Zeichen und Wunder, deren Zusammenhang mit unserm Wünschen und Wollen nur Gott allein erklären könnte, wenn wir klug und gläubig genug wären, ihn zu begreifen. Doch, philosophieren wir nicht, sondern bleiben wir praktisch! Fassen wir dankbar zu, wenn uns der Himmel Hilfe schickt, obgleich wir nicht glauben, sie auf uns beziehen zu dürfen. Sie ist dennoch für uns bestimmt!"

Als wir uns nach dem Essen von unserm Wirt und unserer Wirtin verabschiedet hatten, führte er mich an die See, wo ich sah, wie die Flöße gebildet und dann längs der Küste fortgerudert wurden. Dann ritt ich mit Halef noch nach dem Felsentor, wo wir an derselben Stelle schlafen wollten, an der wir am ersten Abend nach unserer Ankunft hier geschlafen hatten, im weichen Sand, der zwischen schützenden Felsen lag, die den Sturm abhielten, falls er sich schon während der Nacht erheben sollte. Bei unserer Ankunft am Felsenloch fanden wir vor diesem schon solche Mengen Holz aufgestapelt, als ob wir glaubten, die beabsichtigten Feuer nicht nur einen Tag, sondern eine ganze Woche brennen lassen zu müssen. Und das war gut, wie sich bald zeigen wird!

Mein kleiner Hadschi Halef war, ganz gegen seine sonstige

Art und Weise, heut abend auffallend still. Er fühlte, daß ich dies besonders bemerkte, und sagte, um mir eine Erklärung dafür zu geben:

„Wir haben schon viel erlebt, Sihdi, aber so Wichtiges, wie jetzt, wohl noch nie. Selbst jenes alte Ereignis im Tal der Stufen, das dem gegenwärtigen so ähnlich scheint, hat mich nicht so tief ergriffen, wie mich die jetzige Zeit berührt. Und weißt du, was das Sonderbarste hierbei ist?"

„Nun? Was?"

„Daß ich dem Dschirbani vollständig vertraue. Früher hätten alle Fäden in deiner und meiner Hand vereinigt sein müssen. Wenn nicht, so hätte ich von der ganzen Sache nichts wissen mögen. Und heute ist es ganz anders. Ich trete mit Vergnügen zurück. Ich gönne dem Dschirbani die Kraft und den Mut, seinen eigenen, großen, gefährlichen Weg zu gehen. Es ist mir ganz recht, daß wir nicht an der Spitze stehen. Wir wollen hinter ihm bleiben, ihn schützen, ihm helfen. Und so freue ich mich darüber, daß er jetzt beginnt, selbständig aufzutreten. Wie höflich er während des Essens mit dem Scheich war, und wie rücksichtsvoll gegen dessen Frau! Und doch, wie energisch schob er jeden Versuch zurück, ihm Verhaltungsmaßregeln vorzuschreiben! Er sagte, es gebe hier nur einen einzigen Kommandanten, und der sei er. Der Scheich sei verpflichtet, für das Heer zu sorgen. Das nehme alle seine Kraft und Zeit so sehr in Anspruch, daß er sich ganz unmöglich auch noch um die Taktik und Strategie bekümmern könne. Und die Frau des Scheichs gab unserm Schützling recht! Er beginnt sich zu fühlen und sich zu entwikkeln!"

Es war still um uns her, als wir uns niederlegten, und es blieb auch ferner still. Wir schliefen, wie bereits gesagt, an derselben Stelle; aber heut erklang das „Gebet von Dschinnistan" nicht von der Höhe des Felsentores herab. Waren Vater und Tochter nicht oben? Oder schwiegen sie, weil ein Posten der Hukara hier in der Nähe lagerte? Übrigens verhielten sich diese Leute außerordentlich ruhig. Sie störten uns nicht. So schliefen wir ganz prächtig, von meinen Hunden bewacht, die in der ganzen Zeit, auch während des Essens, nicht von unserer Seite gekommen waren.

Wir erwachten erst bei Tagesanbruch. Es war ein wichtiger Tag, der schon gleich früh durch sein ungewöhnliches Aussehen zeigte, daß er sich nichts Übliches, sondern ganz Absonderliches vorgenommen hatte.

Wir befanden uns zwischen engen, steil anstrebenden Felsen und hatten infolgedessen einen kleinen, sehr schmalen Horizont. Aber so unbedeutend das Stück Himmel war, das wir über uns sahen oder vielmehr gar nicht sahen, es war doch groß genug, uns zu zeigen, daß der Dschirbani mit seiner Voraussage, es gebe heute Sturm, recht gehabt hatte. Als wir vom Schlaf erwachten, hörten wir ein Brausen wie von den allertiefsten Orgelstimmen, durch welches von Zeit zu Zeit das hohe, spitze, schrille Pfeifen einer Klarinette fährt. Und dieses Pfeifen und Brausen hörte nicht auf; es dauerte fort. Wenn es ja einmal für einige Augenblicke schwächer wurde, so stieg es dann um so höher zur vollsten Stärke auf. Für uns wurde es durch die Felsen gemildert, die uns wie mächtige Wände beschützten und das Toben des Sturmes nicht direkt an unser Ohr gelangen ließen. Der Himmel hing, wie man sich auszudrücken pflegt, fast bis zur Erde herab. Er bestand nur aus dunklen, schweren Wolken, die aber keine kompakte Masse bildeten, sondern wie zerfetzte und zerrissene Teppiche, Tücher und Schleier quer über die Landenge dahingejagt wurden. Ich sage quer; denn der Sturm kam aus Ost und traf den Engpaß also in seiner ganzen Länge. Er wühlte die Wasser des Meeres auf, hob sie hoch empor und zwang sie, an den Felsen hinaufzuklettern und jene Risse, Rinnen und Rillen zu finden, die bereits erwähnt worden sind. Aus diesen ergoß sich die Flut dann zu uns herein in das alte Flußbett. Sie stürzte, so weit wir sehen konnten, wie in zahlreichen Sturzbächen nieder, die nicht kontinuierlich, sondern stoßweise arbeiteten, ganz den Stößen des Orkans gemäß, die von Pause zu Pause erfolgten. Die Menge des Seewassers, die in dieser Weise draußen empor- und dann zu uns hereingetrieben wurde, war sehr bedeutend. Sie hatte bis jetzt schon den ganzen Grund des Flusses ausgefüllt und stieg immer höher und höher. Hierzu kam, daß die Nordwinde den Sand der Wüste jahrhundertelang wie durch ein Blasrohr über die ganze Länge des Engpasses gepustet hatten. Auf der anderen Seite, also im Süden, hatte er sich angesetzt. Hierdurch war das Gefälle des Flußbettes so verringert worden, daß es fast gar keines mehr gab. Das Wasser stand; es floß nicht ab, wenigstens jetzt noch nicht. Vielleicht konnte es später, wenn es höher gestiegen war, ins Fließen kommen. Es stand jetzt schon mehrere Fuß hoch. Wenn der Seegang in der bisherigen Weise arbeitete, handelte es sich nur um einige Stunden, so war das Flußbett vollständig unwegsam gemacht und wir konnten die beiden einzigen passierbaren Stellen, um mich des

Ausdruckes zu bedienen, den der Dschirbani angewendet hatte, „mit Feuer verstopfen".

Eben als wir aufgestanden waren, kam Merhameh. Sie hatte gewußt, wo wir schliefen, und uns ein Frühstück zubereitet, das sie uns jetzt brachte. Während wir es verzehrten, kam der Dschirbani, um nach Norden hin, woher wir die Tschoban erwarteten, Ausschau zu halten. Ich begleitete ihn. Er deutete nach dem Fluß und sagte:

„Du siehst, der Sturm ist da. Ich vermute sogar, daß er sich zum Orkan erhebt. Und auch die Wasser kommen. Nur noch zwei Stunden, so sind nicht nur wir, sondern auch alle Elemente vollständig bereit, die Tschoban zu empfangen."

„Die, wenn sie einmal kommen", fügte ich hinzu, „gewiß keinen Augenblick säumen werden, in die Falle zu gehen."

„Zu dem Durst gesellt sich nun auch der Sturm, um sie schnell hineinzutreiben."

„Mich und Halef aber verhindert er, ihnen entgegenzureiten."

„Du wolltest?" fragte er.

„Ja, natürlich! Unser Warten auf sie ist doch immerhin ein ungewisses; wir aber hätten euch Gewißheit gebracht. Darauf müssen wir nun leider verzichten. Draußen in der Wüste sieht es jetzt ja noch ganz anders aus als hier bei uns, die wir uns im Schutz der Felsen befinden. Da denke ich eben daran, daß sich die Flößerei des Brennholzes bei diesem Wogengang von selbst verbietet. Haben wir auf dieser Seite Holz genug?"

„Ich hoffe es. Wir werden ja gleich sehen. Der Transport auf dem Wasser ist nicht mehr möglich. Wird mehr gebraucht, als geschafft werden konnte, so muß es auf dem verborgenen Pfad geschehen, der das Felsenloch mit dem Felsentor verbindet. Komm!"

Mein und Halefs Schlaf war so fest gewesen, daß wir von den Vorbereitungen, die während der Nacht getroffen worden waren, gar nichts bemerkt hatten. Es lag in der Möglichkeit, daß die Tschoban sich nicht erst heut, sondern schon während der Nacht einstellten. Darum hatte der Dschirbani schon gestern abend, noch während wir aßen, so viel Hukara nach Norden geschickt, wie nötig waren, die Falle hinter den Hineingeratenen zu schließen. Eine Anzahl von ihnen hatte sogar hinaus in die offene Wüste reiten müssen, um auch während der Nacht die etwaige Ankunft der Erwarteten zu erspähen und zu melden. Diese Leute lagen auch jetzt noch draußen, trotz des Sturmes und trotz der ungeheuren Mengen von Sand, mit denen er die

Luft erfüllte und die es ganz unmöglich machten, einen Blick in die Ferne zu werfen.

Die Hukara, welche außerhalb des Felsentores postiert waren, bildeten ein Drittel unseres Heeres, also vielleicht vierhundert Mann. Das ist schon eine nicht unbedeutende Zahl. Dennoch war, als wir jetzt hinauskamen, keine Spur von ihnen zu sehen, so gut hatten sie sich versteckt. Auch das Brennholz lag verborgen. Der Dschirbani, der die Stelle kannte, führte mich hin. Es war kaum glaublich, welche Haufen von Stämmen, Klötzen, Ästen und Reisern man da zusammengeschleppt hatte. Mir kam es weit mehr als genügend vor, und doch stellte sich dann später heraus, daß es noch nicht reichte. Es mußte noch mehr hinzugetragen werden, und zwar auf dem geheimen Bergpfad, ganz so, wie der Dschirbani gesagt hatte.

Hier auf diesem nördlichen Drittel des Engpasses befehligte Irahd. Als er uns sah, kam er aus seinem Versteck hervor und begleitete uns weiter. Das Wasser stieg im Fluß zusehends. Das Heulen des Sturmes war hier außen noch ganz andes zu hören als innerhalb des Felsentores. Und je weiter wir kamen, um so stärker fühlten wir die Luftbewegung, die auch uns erfaßte. Der Sturm wurde so kräftig, daß es schien, als ob er uns umwerfen werde. Und als wir das Ende der hohen uns schützenden Felsendünen erreichten, war die Luftbewegung viel richtiger eine Sandbewegung zu nennen. Das ganze Sandmeer der Wüste schien aufgewühlt zu sein. Es wurde in riesigen Streuwürfen und Schwaden vor dem Wind hergetrieben, eine fliegende Wüste, die der Geist der Lüfte mit tausend Geißeln peitschte!

Wie gern wäre ich mit meinen Hunden mitten in dieses Unwetter hineingeritten, um selbst zu sehen, ob und wann die Tschoban zu erwarten seien. Ich traute den paar Ussul, die da draußen lagen, nicht die nötige Übung und Ausdauer zu. Aber mein Syrr war mir denn doch zu kostbar, als daß ich ihm zumuten durfte, Augen, Ohren und Nüstern in zehn Minuten voller Sand zu haben und um eines groben Dienstes willen, für den er viel zu fein und edel war, an einer Lungenentzündung zugrunde zu gehen. Ich verzichtete also darauf und kehrte mit dem Dschirbani und Irahd nach dem Felsentor zurück, um sodann mit Halef nach dem Felsenloch zu reiten, wo auch vierhundert Hukara lagen, die den Anprall der Tschoban auszuhalten hatten. Sie waren hierzu so wohlgerüstet, daß an ein Mißlingen ihrer Absicht gar nicht gedacht werden konnte. Denn das Wasser im Fluß war mittlerweile schon über einen Meter hoch gestiegen und begann nun, auch auf der Leeseite hereinzuströmen, nachdem sich der ungeheure Wogenschlag auch nach der westlichen Seite der Halbinsel der Ussul fortgepflanzt hatte. Nun, da die Füllung der Flußrinne von zwei Seiten aus geschah, war das Passieren des Felsenloches nur auf dem schmalen Uferpfad möglich, und diesen hatte man mit einem mächtigen Holzhaufen versperrt, der nur angezündet zu werden brauchte, um jeden Versuch, ihn zu entfernen, zu vereiteln. Dabei standen die vierhundert mit ihren Waffen, um das Feuer unablässig zu schüren und jedes Vordringen der Feinde zurückzuweisen.

Hierauf ritten wir nach dem südlichen Ende des Engpasses, wo sich, um mich militärisch auszudrücken, das Hauptquartier befand. Noch gestern abend hatte es draußen, vor den Felsenhöhen, auf der freien Ebene gelegen; jetzt aber war es wegen des Sturmes hereinverlegt worden, wenn auch nur für die Menschen, denn für die vielen Pferde gab es hier innen keinen Raum. Die letzten vierhundert Ussul, das dritte Drittel, das nicht direkt mit dem Feind zu tun bekam, war mit der Unterhaltung der Zwischenposten, der Beschaffung von Wasser und Proviant und ähnlichen wirtschaftlichen Dingen betraut, die zwar nicht kriegerisch sind, aber doch zum Krieg und auch zum Sieg gehören. Ich erkundigte mich nach unsern Gefangenen und erfuhr, daß der Panther mich dringend zu sprechen wünsche; ich beschloß, noch im Laufe des Tages zu ihm zu gehen. Vor allen Dingen hatten wir unsere beiden Pferde, die wir jetzt nicht mehr brauchten, weil alle Wege zu Fuß gemacht werden mußten, so unterzubringen, wie es ihr Wert erheischte. Wir fanden zwischen schützenden Felsen einen Platz für sie, wo sie vor den Unbilden des Sturmes geschützt waren und von niemand belästigt werden konnten.

Von dem Augenblick an, da die Ankunft der Tschoban gemeldet wurde, war folgendes vorgesehen: Der Dschirbani sollte als Kommandant seinen Platz möglichst in der Mitte der Aufstellung haben. Er wählte sich hierfür eine Stelle, die oben an dem verborgenen Pfad fast grad auf halbem Weg zwischen dem Felsenloch und dem Felsentor lag. Da gab es ein überhängendes, ausgehöhltes Felsenstück, welches Platz für wohl ein Dutzend Personen bot und selbst beim ärgsten Regen trocken blieb. Von hier aus hatte man es gleich weit nach den beiden Punkten, wo die Feuer brennen sollten, und die Meldungen und Befehle konnten hin- und hergehen, ohne von den dazwischen, aber tief unten liegenden Tschoban bemerkt und aufgefangen zu werden.

Der Dschirbani bat Halef und mich, ihm an dieser Stelle Gesellschaft zu leisten; ich aber wollte ihm so viel wie möglich freien Willen und freie Hand lassen und erwirkte also seine Einwilligung, dahin zu gehen, wohin es mir beliebte.

Es war noch nicht Mittag, so gegen elf Uhr europäischer Zeit, als die in die Wüste hinausgesandten Posten mit der Meldung zurückkehrten, daß die Feinde im Anzug seien. Diese wackern Hukara hatten vom Sand und vom Sturm viel auszustehen gehabt und ihre Sache sehr gut gemacht. Sie waren ungesehen geblieben und sahen sehr mitgenommen aus. In welchem Zustand mußten sich da erst die Tschoban befinden! Der Dschirbani begab sich sofort nach seinem Posten. Wir beide, nämlich Halef und ich, schnallten meinen zwei Hunden so viel Proviant und Wasser auf, als wir von heut bis morgen brauchten. Dadurch machten wir uns frei von Ort, Zeit und Pflege. Dann gingen wir am immer höher wachsenden Fluß bis zum Felsentor. Indem wir hierbei die Falle in ihrer ganzen Länge durchschritten, sahen wir, daß die Hukara jede Spur von sich und uns sorgfältig vertilgt hatten. Das machte mich noch ruhiger und zuversichtlicher, als ich ohnehin schon war. Vom Felsentor aus nahmen wir genau denselben Weg empor, den wir mit Merhameh hinaufgestiegen waren. Da oben wütete der Sturm so heftig, daß man sich zuweilen festhalten mußte, um nicht umgerissen und weggefegt zu werden. Nach Abd el Fadls Steinhütte zu gelangen, war ganz und gar unmöglich. Wir waren froh, eine nach Norden offene Felsenritze zu finden, an welcher der von Osten wehende Sturm vorüberging. Wir setzten uns da hinein und brauchten auch gar nicht lange zu warten, so sahen wir sie kommen: Es war ein dünner, oft unterbrochener, ewig langer Zug von ermüdeten, hungernden und durstenden Menschen und Pferden, denen man es schon von weitem ansah, daß sie sich kaum mehr aufrecht halten konnten. So, wie wir sie sahen, so konnten wir selbstverständlich auch von ihnen gesehen werden, und darum machten wir uns nun schleunigst von dannen, um ihre Ankunft in der Falle zu beobachten.

Wir gingen den heimlichen Hochpfad entlang, bis wir den Dschirbani erreichten, der es sich mit seinem Stab unter dem oben beschriebenen Felsen möglichst bequem gemacht hatte. Hier in der Nähe zweigte der Treppensteig ab, der nicht ganz nach unten, sondern nur bis zu der offenen Platte ging, die ich bereits beschrieben habe. Wir stiegen nicht ganz bis zu dieser Platte hinab, denn wir trafen auf Merhameh und ihren Vater, die an einer sehr praktisch gelegenen Stelle saßen, von der aus man fast die ganze Falle überblicken konnte, ohne selbst gesehen zu werden. Wir nahmen bei ihnen Platz und entlasteten die Hunde, indem wir ihnen die Tragsättel abschnallten. Für unsere Bedürfnisse war nun gesorgt, selbst wenn wir bis morgen an dieser Stelle bleiben mußten. Wir hatten sogar unsere Decken mitgenommen, für den Fall, daß wir gezwungen sein sollten, hier zu schlafen.

Wir saßen so, daß der Durchgang durch das Felsentor, sobald wir uns nach der linken Seite wendeten, gerad vor unsern Augen lag. Es dauerte ziemlich lange, ehe dort der erste der Tschoban erschien. Ich vermutete, daß man draußen vor dem Tor haltgemacht hatte, bis der Scheich kam, und zwar aus dem sehr selbstverständlichen Grund, um seine Befehle für den Durchzug des Engpasses zu erfahren. Diese Vermutung war richtig, denn der erste, der endlich durch das Tor geritten kam, war der Scheich. Ich kannte ihn nicht; aber die Art und Weise, wie er sich gab und wie man ihn nahm, ließ es erraten. Er ritt ein starkknochiges, sehr kräftig gebautes Pferd von derselben Rasse, wie ich bei dem Panther, seinem Sohn, gesehen hatte. Freilich jetzt schien es mit dieser Kraft des Tieres vorüber zu sein. Denn es war so ermüdet, daß es nur noch langsam gehen konnte, und als er so weit vorgeritten war, daß er sich uns gegenüber befand, begann es gar, zu wanken, blieb stehen und wollte nicht weiter. Er schlug es nicht und peinigte es nicht. Er trug überhaupt sehr kleine Sporen, nicht die großen, fürchterlichen Marterwerkzeuge, die ich bei seinem Sohn und dessen Begleitern gesehen hatte. Er liebkoste das Pferd; er streichelte ihm den Hals und versuchte, es in Liebe zum Weitergehen zu bringen. Das gefiel mir sehr von ihm, war aber ohne Erfolg. Das Pferd wollte zwar, konnte aber nicht weiter. Da stieg er ab. Sobald es sich seiner Last ledig fühlte, ging auch der letzte Rest der künstlich erregten Energie verloren. Es begann zu zittern und brach dann halb zusammen, halb legte es sich hin. Da setzte er sich bei ihm nieder, nahm seinen Kopf in den Schoß, streichelte ihn und frug und schaute emsig aus, ob einer der Vorüberreitenden noch eine Spur von Wasser in seinem Schlauch habe.

„Sihdi, dieser Mann ist gut!“ sagte Halef. „Der liebt sein Pferd. Dem darf nichts geschehen! Bist du einverstanden?“

Ich nickte nur. Meine ganze Aufmerksamkeit war durch die Menschen in Anspruch genommen, die sich durch das verhängnisvolle Tor, vom Durst getrieben, förmlich hereindrängten, ohne zu ahnen, daß sie sich dadurch um ihre Freiheit brachten. Und so, wie sie hereindrängten, so drängten sie weiter. Wie sahen ihre Kleider, ihre Gesichter, ihre Pferde aus! Jede Falte, jede Öffnung stak voll Sand. Sowohl Mensch wie auch Tier konnten kaum noch aus den Augen sehen. Alles hustete, keuchte und ächzte. Die Pferde waren bis zum Umstürzen ermüdet, wurden aber mit Hilfe von Peitsche und Sporen doch noch vorwärts getrieben. Nur von Zeit zu Zeit blieb einer bei dem Scheich halten, um ihm ein aufmunterndes Wort zu sagen, aber Wasser hatte kein einziger mehr, um es ihm für sein Pferd zu geben. Wir erfuhren später, daß diese Leute laut aufgejubelt hatten, als sie den Fluß erreichten. Schnell aber hatte sich ihre Freude in Schreck verwandelt, als sie schmeckten, was für Wasser er enthielt. Und dieser Schreck hatte sich zum Entsetzen gesteigert, als sie sich sagen mußten, daß dieses Seewasser sich aus dem oberen, ausgetrockneten Fluß in den unteren Fluß ergießen und auch dessen Wasser, von dem sie Rettung erwarteten, ungenießbar machen werde. Und dennoch drängten sie mit aller Gewalt nach vorwärts. Das Flußbett war noch nicht so weit gefüllt, daß das Seewasser Abfluß fand. Man sah, daß es stand. Es hatte sich noch nicht in die trinkbare Flut des Unterlaufs ergossen. Also vorwärts, weiter, weiter!

Nun folgte die Bagage, Kamelreiter mit leeren Schläuchen und abgetriebenen Tieren, ermüdete Reiter zu Fuß, die ihre Pferde am Zügel hinter sich herzogen, weil die armen Geschöpfe vor Durst und Hunger nicht mehr instande waren, ihre Herren zu tragen. Und da, da krachten von unter herauf, von dem Felsenloch her, einige Schüsse. Draußen in der Wüste hätte der Orkan ihren Schall verschlungen; hier aber, wo seine Kraft von den Felsen gebrochen wurde, hörte man sie. Sie waren das verabredete Zeichen für uns, daß die Tschoban das Felsenloch erreicht hatten, aber nicht weiterkonnten, weil von unsern Hukara der Holzstoß angezündet worden war. Es erhob sich da unten ein Geschrei, welches sehr schnell von Mann zu Mann bis zu uns herauf getragen wurde. Das Vorwärtsdrängen kam ins Stocken. Man blieb stehen. Von oben herab, also vom Felsentor her, kamen nur noch einige einzelne Tschoban, bis auch der letzte in der Falle war. Da krachten auch von dorther einige Schüsse. Jetzt sprang der Scheich auf und schrie in den Lärm hinein:

„Schweigt, schweigt! Was ist geschehen? Warum reitet ihr nicht weiter?“

Das Getöse war so groß, daß man seine Worte nicht hörte. Doch sah man, daß er fragte, und jedermann antwortete ihm. Es entstand dadurch noch ein viel schlimmerer Tumult, aus dem nur wenige deutliche Worte wie „Ussul! Gefangen! Wasser! Feuer!“ herauszuhören waren. Der Scheich wiederholte seine Frage, aber mit genau demselben Mißerfolg. Da stand Merhameh auf, von niemand veranlaßt und nur ihrer inneren Eingebung folgend. Sie ergriff einen unserer Wasserschläuche, stieg mit ihm bis zur Platte hinab, legte ihn dort hin, trat ganz bis an den Rand der Platte vor und gab mit erhobenem Arm den Befehl zu schweigen. Ich sage absichtlich, daß sie nicht das Zeichen, sondern den Befehl zum Schweigen gegeben hatte. Wie sie so niederstieg, wie sie so dastand, mit erhobenem Arm und königlicher Haltung, das ist nicht zu beschreiben. Der Scheich war der erste, der sie sah. Er machte eine Bewegung der Überraschung, trat um einige Schritte zurück, um sie zu betrachten, deutete auf sie und gebot Ruhe. Auch diese seine Worte verhallten in dem allgemeinen Spektakel, aber man folgte mit den Augen seinem Wink, und jedermann, der Merhameh stehen sah, wurde still. Ihr Anblick besaß jene Macht, die nur dem begreiflich ist, der die unwiderstehliche Gewalt eines seelisch reinen Wesens an sich selbst erfahren hat. Jeder Blick war auf Merhameh gerichtet, und man hörte trotz des Sturmes deutlich, was sie mit heller, klarer Stimme dem Scheich zurief:

„Wirf mir deinen Schlauch herauf! Ich will dir Wasser geben für dein armes Pferd!“

Sein Pferd war das müdeste und durstigste von allen. Er hatte es abgehetzt, um seine Schar im Sturm zusammenzuhalten, wie ein Schäferhund unausgesetzt die Herde umkreist, damit kein Schaf verlorengehe.

„Wasser? Für mein Pferd?“ fragte er zu ihr hinauf. „Ja gib! Allah segne dich für deine Barmherzigkeit! Sag, wer du bist!“

„Ich bin Merhameh“, antwortete sie einfach.

„Merhameh? Also die, von der ich rede, die Allah segnen soll, die Barmherzigkeit?“

Er nahm den Schlauch vom Sattel und warf ihn ihr zu. Sie füllte ihn aus dem unseren und reichte ihn, indem sie niederkniete, so weit hinab, daß er ihn auffangen konnte. Er trat sofort zu seinem Pferd, um es zu tränken. Während er dies tat, schaute Merhameh froh lächelnd zu ihm nieder. Und die Menge der Tschoban hielt Mann an Mann da unten auf dem Weg und schaute zu ihr hinauf. Es war doch eigentlich gar nichts Sonderliches, was da geschah! Ein Mädchen gab einem Reiter Wasser für sein durstiges Pferd. Ähnliches hatte man schon tausendmal gesehen. Wie kam es, daß der Anblick grad dieses Mädchens so unbedingt beruhigend wirkte und das vorherige Gezeter in plötzliches, tiefes Schweigen verwandelte?

Jetzt war der Schlauch leer. Der Scheich richtete sich aus seiner gebückten Stellung empor, und zu gleicher Zeit sprang sein Pferd vom Boden auf. Er schaute zu Merhameh hinauf, nickte ihr dankend zu und fragte:

„Hat sich die himmlische Barmherzigkeit in irdische Form gekleidet? Oder ist hier Merhameh der Name eines wirklichen Menschenkindes?"

„Ich bin wirklich!" antwortete sie. „Mein Vater hat mich so genannt."

„Dein Vater? Wer ist er?"

„Er heißt Abd el Fadl."

Da trat der Scheich mit dem Ausdruck der Überraschung noch einige Schritte zurück und fragte:

„Etwa gar Abd el Fadl, der Fürst von Halihm, der das berühmte Gelübde tat?"

„Derselbe!" nickte sie.

„Ist er hier?"

„Ja."

„Darf ich ihn sprechen?"

„Nein. Sein Name sagt, was er ist und was er will. Er kennt keine andere Herrscherin als nur die Güte allein, der es verboten ist, mit Menschen zu verkehren, die rauben und morden und Blut vergießen wollen. Es gibt nur zwei, die mit euch reden können, nämlich die Strenge und die Barmherzigkeit."

„Die Barmherzigkeit bist du. Und wer ist die Strenge? Wer gebietet hier? Warum hält man uns auf? Man scheint das Felsenloch besetzt zu haben und uns nicht weiterlassen zu wollen. Wer ist es, der das tut?"

„Das bin ich!" erklang es neben Merhameh.

Der Dschirbani war von seiner hohen Stelle herabgestiegen und neben Merhameh getreten. Er glich in seiner edlen Haltung, seiner vornehmen Art, sich zu bewegen, und seinem ledernen Gewand einem Winnetou in Riesengestalt und mit der herabwallenden Haarmähne einem noch nicht ganz gezähmten Löwen.

„Du?" fragte der Scheich der Tschoban, „Ich kenne dich nicht; ich habe dich noch nie gesehen."

Der Gefragte brauchte nicht zu antworten. Es erhob sich unter seinen Leuten eine Stimme:

„Der Dschirbani! Der Räudige, der Verrückte!"

Und eine andere Stimme fügte hinzu:

„Der, wenn er von den Ussul eingesperrt wurde, immer herüber zu uns floh, um hinauf nach Dschinnistan zu laufen. Wir aber ließen ihn nicht durch!"

„Der Dschirbani! Der Verrückte! Der Verachtete! Der Räudige!" riefen ein dritter und ein vierter.

„Der Verachtete! Der Räudige! Der Verrückte!" schrien ihnen viele andere nach.

„Ist das wahr?" fragte der Scheich zu ihm hinauf.

„Daß man mich den Dschirbani nennt, ist wahr", antwortete der Geschmähte ruhig. „Ob ich verrückt oder räudig bin, das wirst du sehr bald selbst beurteilen können. Dein Sohn, der falsche Ilkewlad, der nicht der Erstgeborene ist, fiel in unsere Hände. Er plauderte eure Pläne aus. Da zogen wir euch entgegen, um euch eine Falle zu stellen. Wir sind weit über tausend Mann und haben da unten das Felsenloch besetzt, um euch nicht hindurchzulassen ..."

„Eine Falle?" unterbrach ihn der Scheich. „Wir scheinen allerdings da unten nicht weiterzukönnen; wer aber hindert uns, dahin zurückzukehren, woher wir gekommen sind?"

„Der Hunger, der Durst und das Feuer. Schau hin!"

Er deutete nach dem Felsentor. Die wenigen Minuten hatten genügt, so viel Holz wie nötig herbeizuschaffen und in Brand zu stecken. Weil das Feuer draußen brannte, sah man es nicht; aber der Wind blies den Rauch herein, verhinderte ihn emporzusteigen und zwang ihn, wie eine sich tief am Boden windende Schlange dem Ufer des Flusses zu folgen. Der Scheich stieß einen Schreckensruf aus.

„Auch dein anderer Sohn, der wirkliche Erstgeborene, geriet in unsere Hände", fuhr der Dschirbani fort. „Wir haben ihn gestern noch vor Abend ergriffen, als ..."

„Mein Sohn Sadik?" unterbrach ihn der Scheich.

„Ja."

„Das ist nicht wahr! Das ist Lüge!"

„Gut! Nimm es für Lüge!"

„Er kann nicht hier sein, ich glaube es nicht. Er ist daheim!"

„Ich wiederhole nur: Nimm es als Lüge! Und sei auch stolz genug, mit mir, dem Lügner, nicht weiter zu verkehren!"

Er wendete sich ab und stieg langsamen Schrittes wieder hinauf nach seinem Platz. Auch Merhameh verließ die Platte und gesellte sich wieder zu uns. Ich fand das sehr richtig. Des Dschirbanis Weise war ganz die rechte, um sich in Respekt zu setzen. Der Scheich rief noch mehrere Male nach ihnen herauf, bekam aber keine Antwort. Da beschied er eine Anzahl seiner Leute zu sich, in denen ich die Ältesten vermutete. Sie setzten sich in einem Kreis nieder, um mit ihm zu beraten. Eine solche Beratung der Stammesältesten wird bekanntlich Dschemma genannt. Die jetzige fand grad vor unsern Augen statt. Es wurden Leute sowohl nach dem Felsentor wie auch nach dem Felsenloch gesandt, um über diese beiden Orte zu berichten. Was sie nach ihrer Rückkehr sagten, konnten wir natürlich nicht hören. Wir hatten wegen des Sturmes ja kaum das verstehen können, was zwischen uns und ihnen vorher sehr laut gerufen worden war. So weit unsere Augen reichten, hatte sich die anfängliche Aufregung der Tschoban gelegt. Die noch nicht von ihren Pferden gestiegen waren, taten das nun jetzt; sie setzten sich nieder, um das Ergebnis der Dschemma abzuwarten.

Ich muß erwähnen, daß das Wasser des Flusses noch immer stieg. Der nördlich vom Felsentor und südlich vom Felsenloch wehende Sturm trieb den Rauch der beiden Riesenfeuer in die Falle herein. Die stechend und brenzlich riechenden Wolken krochen von unten herauf und von oben herunter, bis sie sich in der Mitte, wo die Beratung stattfand, trafen. Der Luftdruck hielt den Rauch nieder. Zuweilen war dieser so dicht, daß er uns den Blick auf die Tschoban raubte. Dann mußten wir warten, bis ein pfeifender Windstoß hereinfuhr und den Rauch in die Höhe wirbelte. Das gab der ganzen Szene etwas eigentümlich Urwelt-Elementares. Die Tschoban erschienen wie eine verlorene Schar von Pygmäen, die von unwiderstehlichen, riesigen Gewalten zermalmt und vernichtet werden sollten. Sie waren sich über ihre Lage noch nicht im klaren und beschlossen also, sie zu untersuchen. Es wurde nach Wegen geforscht, die empor zur Höhe führten, zunächst hüben auf unserer Seite. Man fand keinen einzigen Pfad. Dann schwammen einige quer durch den Fluß, natürlich auf ihren Pferden, denn man weiß ja, daß die Tschoban das Wasser scheuen und keine Schwimmer sind. Sie sagen, wenn Allah gewollt hätte, daß die Menschen schwimmen sollen, hätte er ihnen Flossen gegeben. Man suchte hierzu Pferde aus, die noch kräftig genug waren; deren gab es aber nur sehr wenige. Diese Reiter sollten drüben suchen; sie kehrten aber ebenso unverrichteter Sache zurück. Dann folgte wieder eine längere Beratung. Hierauf setzten sich zwei Abteilungen zu Pferde. Die ein ritt nach Süden und die andere nach Norden. An der letzteren sahen wir, welchen Zweck sie verfolgten. Sie ritt so weit an das Felsentor heran, als der qualmende Rauch erlaubte, und ging dann in das Wasser, um zu versuchen, ob wohl da hinauszukommen sei. Wir sahen, wie die Pferde sich weigerten; sie hatten Angst vor dem nassen Element. Derartige Mengen Wasser waren ihnen fremd. Und als man sie endlich hineingezwungen hatte, war es auch den Reitern erwünscht, daß ihre Tiere nicht vorwärts schwammen, sondern schleunigst nach dem sichern Ufer zurückkehrten, weil von draußen auf sie geschossen wurde. Die Tschoban begriffen, daß an ein Hindurchkommen gar nicht zu denken war, und wendeten sich der Dschemma wieder zu. Bald kehrte auch die andere Abteilung zurück, die ebensowenig erreicht hatte.

Man sah es den Ältesten an, daß sie nun an das Ende ihres Witzes gelangt waren, was aber nicht etwa zur Folge hatte, daß sie sich zu ergeben beschlossen. Sie waren eingefleischte Moslems und also Fatalisten. Sie hatten zu entkommen versucht, jedoch vergeblich. Damit, glaubten sie, hatten sie ihre Pflicht getan. Das war genug. Was nun geschah, das wurde Allah überlassen, der am besten weiß, was seinen Tschoban frommt. Dieser Fatalismus hätte vielleicht nicht so unmittelbar und augenfällig gewirkt, wenn ihm nicht die ebenso tiefe wie allgemeine Ermüdung zu Hilfe gekommen wäre. Wir sahen, daß viele sich hinsetzten und einfach die Hände in den Schoß legten. Andere wikkelten sich in ihre Decken, um einzuschlafen. Über diesen Schlaf hinauszudenken, dazu fehlte ihnen die Energie. Auch bemerkten wir, daß die Dschemma unter sich nicht einig war. Zwar konnten wir nicht hören, was die Mitglieder untereinander sprachen, aber aus ihren sehr lebhaften und sehr ausdrucksvollen Gebärden war zu schließen, daß sie vielfach gespaltene Meinungen vertraten. Erst nach längerer Zeit schienen sie sich über einen Entschluß geeinigt zu haben. Um ihn auszuführen, stand der Scheich von seinem Sitz auf, kam wieder näher herbei und rief nach Merhameh. Es war bezeichnend, daß er nicht mit dem Dschirbani zu sprechen verlangte. Merhameh stieg wieder zur Platte hinab und ließ sich vor ihm sehen. Er war außerordentlich höflich gegen sie. Er gab zu, daß er mit seinen Tschoban eingeschlossen sei, doch behauptete er, durch einen kräftigen Vorstoß sofort entkommen zu können, selbst durch das Feuer. Es sei ja Wasser genug vorhanden, um sogar die größte

Glut sofort zu löschen. Er forderte ein wahrheitstreues Bild der gegenwärtigen Situation und eine ebenso aufrichtige Darlegung über die Absichten der Ussul.

Wie konnte er ein derartiges Verlangen an ein so junges, unerfahrenes Mädchen stellen? So fragte ich mich. Aber Merhameh antwortete sofort, und wie! Weder der Dschirbani noch ich hätten es besser machen können. Sie sprach völlig der Wahrheit gemäß, jedoch so vorsichtig und diplomatisch, daß ich erstaunte. Auf jede Frage, die er ihr dazwischenwarf, war sie sofort mit der richtigen Antwort bei der Hand. Sie sprach wie ein Anwalt, der sich mit scharfem Geist auf alles, was zu sagen ist, wohl vorbereitet hat und dem Gegner keine Lücke läßt, etwaige Widerlegungen anzubringen. Und zugleich sprach sie auch als mild und freundlich denkendes Weib, dem es viel mehr darauf ankommt, zu verzeihen, als zu siegen. Und doch klang es auch wieder, als spräche nur ein Kind, dem es in seiner Natürlichkeit und Naivität ganz unverständlich ist, daß ein vernünftiger Mensch sich in der Weise benehmen kann, wie eben der Gegner sich benimmt. Es lag etwas Unwiderstehliches, etwas geradezu Siegreiches in den Worten, die sie wählte, und in dem herzlich eindringlichen Ton, den sie ihnen gab. Das kam alles so klar perlend, so selbstverständlich und so ungesucht. Das war nicht gemacht, das war angeboren; das war Talent oder gar vielleicht Genie. Ich habe viele hervorragende, ja sogar große Redner gehört; nie aber hörte ich in der unbeschreiblich hinreißenden, unbezwingbaren, zugleich überzeugenden und beseligenden Weise sprechen, in der Merhameh zu sprechen pflegte, wenn ihr das, was sie sagte, aus eigenem Herzen kam. Heut hörte ich sie zum ersten Mal, und zwar unter erschwerenden Umständen. Der Sturm verschlang die Hälfte ihrer Rede; der Haß stand ihr entgegen, und was sie sprach, sprach sie zu erschöpften Leuten, und doch war der Erfolg ein außerordentlicher. Später habe ich sie noch oft, sehr oft, gehört, unter Verhältnissen von viel günstigerer Resonanz, und niemals ist es mir eingefallen, etwa an ihrer Stelle einen andern sprechen zu lassen oder das Wort gar selbst zu ergreifen. Es kam zuweilen vor, daß, wenn gar nichts helfen wollte, sie mit einigen kurzen Sätzen erreichte, was wir mit all unsern Reden nicht hatten erreichen können. Als sie jetzt sprach, saß Halef neben mir. Zufälligerweise glitt mein Blick auf sein Gesicht hernieder. Da sah ich, wie erstaunt er war. Seine Augen waren groß; sein Mund stand offen. Man sah es ihm an, daß er in diesem Augenblick nur für die junge, schöne Sprecherin vorhanden sei. Als sie geendet hatte, holte er tief Atem und sagte:

„Hast du es gehört, Effendi? Maschallah! Ich habe mich für einen unübertrefflichen Redner gehalten; aber weißt du, was ich bin?"

„Nun, was?"

„Ein blökendes Schaf, eine schreiende Krähe, ein gähnendes Kamel! Aber so eine Stimme und solche Töne und derartige ..."

Er hielt inne, um den Scheich zu hören, der wieder zu sprechen begann. Dieser stand ganz unter dem Eindruck dessen, was er gehört hatte, und rief zu Merhameh herauf:

„Ich glaube dir alles, was du sagst. Denn alle Welt weiß, daß aus dem Mund von Abd el Fadl oder Merhameh nie eine Lüge kommt. Du bestätigst also, daß Sadik, mein ältester Sohn, bei euch gefangen ist?

„Ja", antwortete sie.

„So fordere ich vom Dschirbani, von jetzt an gerechnet, zwei volle Stunden Zeit, um unsere Lage genau zu untersuchen. Sobald diese Frist vorüber ist, bin ich wieder hier an dieser Stelle, um weiter mit dir zu sprechen. Ich bitte dich, ihm das zu sagen!"

Hierauf entfernte er sich, um, gefolgt von seinen Ältesten, weiter abwärts zu gehen, wo er noch nicht gewesen war. Er wollte mit eigenen Augen sehen, ob ihm vorhin von seinen Leuten der Wahrheit gemäß berichtet worden sei. Ich gedachte, während dieser Pause zu dem Panther zu gehen, welcher verlangt hatte, mit mir sprechen zu dürfen. Ich nahm Halef mit, weil seine Hunde es waren, denen man die Bewachung der Gefangenen anvertraut hatte; sie sollten nur ihm gehorchen. Wir gingen auf dem Höhenpfad zunächst nach dem Felsenloch hinab. Unterwegs konnten wir den Scheich der Tschoban beobachten, wie er, von Gruppe zu Gruppe gehend, sich mit seinen Leuten verständigte. Sooft wir eine Stelle erreichten, an der wir von unten gesehen werden konnten, sahen wir, daß man nach uns heraufdeutete und sich über uns unterhielt. Das schadete nichts. Es war sogar gut für uns, wenn die da unten sahen, daß wir hier oben miteinander verkehren konnten, ohne daß es ihnen möglich war, es zu verhindern. Auf dieser Höhe fühlten wir den Sturm noch ganz anders als bisher, und wir waren froh, als der Pfad uns wieder zu Tal führte, wo die Felsen schützten. Die vierhundert am Felsenloch stehenden Hukara waren wohlgemut. Sie sahen ebenso ein wie wir, daß den Tschoban gar nichts anderes übrigblieb, als sich zu ergeben.

Unser Ziel, der Felsenriß, in dem der Panther steckte, lag noch weiter unten. Die Natur hatte da zwei große Steinblöcke aneinandergeschoben und dabei an ihrer vorderen Seite eine Lücke zwischen ihnen gelassen, welche so groß war, daß sie ein Dutzend Männer fassen konnte. Oben war diese Lücke zu. Infolgedessen war es nur in ihrem vorderen Teil hell, im hinteren aber dunkel. Da hinein hatte man den Panther mit seinen beiden Begleitern gesteckt. Hu, der Hund des Hadschi, bewachte sie. Er saß vor der Spalte, als wir kamen, und begrüßte uns mit freudigem Schweifwedeln, seinen besonderen Herren aber auch noch dadurch, daß er ihm die Hand leckte. Ich trat allein in das Gefängnis. Halef blieb draußen. Der Palang lag an der Erde, die beiden andern saßen neben ihm. Sie standen auf, als sie mich sahen; sie blieben während des ganzen Gespräches stehen, weil auch ich stehen blieb und sie nicht aufforderte, sich wieder niederzusetzen. Ich grüßte und fragte dann:

„Du hast mit mir zu sprechen gewünscht. Sprich! Ich höre!"

Das war sehr kurz. Er warf einen sehr langen und sehr unsicheren Blick auf mich, ehe er antwortete:

„Darf ich dich, wie andere Leute, Effendi nennen?"

„Ja."

„Und darf ich so aufrichtig mit dir reden, wie man mit einem Mann spricht, dem die Wahrheit über alles geht? Ich habe nämlich gehört, daß du ein solcher Mann bist."

„Du darfst es. Ja, du mußt es sogar. Es würde dir überhaupt schwerfallen, mich zu belügen."

Da glitt ein Zug höhnischer Grausamkeit über sein nicht unschönes Gesicht, und er sagte:

„So wisse zunächst, daß ich dich hasse, glühend hasse! Daß ich dich so hasse, wie ich noch niemals einen Menschen gehaßt habe. Du haßt mich natürlich auch!"

„Ich dich? O nein! Gleichgültige Menschen haßt man nicht. Zudem bin ich Christ."

„Ja, Christ!" rief er, indem er ausspuckte. „Das kenne ich! Und sollte ich dir wirklich gleichgültig sein, wie du sagst? Ich bin Prinz! Verstanden?"

„Und ich bin keiner! Das ist der ganze Unterschied! Sprich weiter!"

„Ich war, wie alle Prinzen von Geblüt, eine Zeitlang am Hofe des Mirs von Ardistan. Ich war sein ganz besonderer Liebling und bin es auch noch heut!"

„Was geht das mich an! Nur weiter, weiter! Ich habe keine Zeit!"

„Nur Geduld, mein edler Christ! Du wirst sehr schnell lernen, dich für das, was ich sage, zu interessieren. An jenem Hofe lernte ich nämlich den Offizier kennen, der jetzt der Oberstkommandierende des Heeres der Ussul ist."

„Du irrst. Der Oberstkommandierende ist der Dschirbani. Du aber meinst jenen alten, verwundeten Oberst, dessen Pulver niemals trocken ist und der nur Invaliden kommandiert."

„Höhne nicht! Er hat mich während meiner jetzigen Gefangenschaft wiederholt besucht und stundenlang mit uns gesprochen, auch von dir."

Da horchte ich auf, ließ mir aber nichts merken. Sollte dieser sonderbare Held sich mit Verrätereien abgegeben haben? Zu meiner Beruhigung erfuhr ich bald, daß er das nicht getan hatte. Es war geschwatzt worden, weiter nichts! Der Prinz fuhr fort:

„Glaube ja nicht, daß er zu viel gesprochen hat! Es ist kein Wort über euern jetzigen Zug hierher aus seinem Mund gefallen. Doch warnte er mich. Er behauptete, wenn wir gekommen seien, nicht den Frieden, sondern den Krieg zu bringen, so würden wir in unser Verderben rennen. Seit deiner Ankunft sei ein ganz neuer Geist in die Ussul gefahren; mehr dürfe er nicht sagen. Was für ein Geist es ist, den er da meinte, das habe ich bis heut beobachten können. Kennst du den heutigen Tag?"

„Ich kenne ihn", versicherte ich.

Da stemmte er sich mit einem Arm auf, hob den Oberkörper und fragte:

„Du weißt, wer kommen will? Heut? Hierher?"

„Ich weiß es. Alle Ussul wissen es."

„Du hast es erlauscht und es ihnen verraten! Du sagst, du seiest ein Christ und bist doch nur ein Teufel! Und sag . . ." Er stemmte sich nun noch auf den andern Arm, richtete sich noch weiter auf und fuhr fort: „ . . . sind sie da? Sind sie eingetroffen?"

„Ja, sie sind da", nickte ich.

„Hier? Auf der Landenge?"

„Ja, hier! Ganz genau so, wie sie es beschlossen hatten."

„Und ihr? Was habt ihr getan? Wir hörten Schüsse fallen und Menschen schreien!"

„Wir haben sie nur bis zur Mitte des Engpasses kommen lassen. Nun sitzen sie da fest. Vor ihnen haben wir das Felsentor besetzt. Sie können weder vor- noch rückwärts. Die brandende See hat den Fluß mit Wasser gefüllt, und an den beiden Durchgängen brennen Feuer, durch die kein Mensch hindurchzukommen vermag. Die Tschoban haben im Orkan einen entsetzlichen Marsch gehabt. Sie sind vor Hunger und Durst beinahe verschmachtet. Das Pferd deines Vaters fiel vor Erschöpfung um . . ."

„Meines Vaters?" unterbrach er mich da schnell. „Mein Vater ist dabei? Er selbst?"

„Er selbst."

„So ist mein Bruder daheimgeblieben! Dadurch ist das Land und das Volk in die Hand dieses Knaben gegeben! Ich bin gefangen! Mein Vater steht ebenso in Gefahr, ergriffen zu werden! Dann wird es ja ganz anders kommen, als – als . . ."

Er vergaß, daß sein Fuß verletzt war; er wollte aufspringen, fiel aber mit einem Schmerzensschrei in sich zusammen. Da ballte er die Faust, schüttelte sie mir drohend zu und knirschte:

„Daran bist nur du allein schuld, nur du, nur du! Christenhund, verfluchter und verdammter!" Sein Gesicht war, als er das sagte, nicht allein häßlich, sondern von einer geradezu abstoßenden Widerlichkeit. „Was habt ihr vor mit den Tschoban?" brüllte er mich an. „Was werdet ihr tun? Heraus damit!"

Ich brauchte ihm nicht zu antworten; ich konnte einfach gehen. Aber ich hatte ein ganz eigentümlich geartetes Mitleid mit diesem jungen, reichbegabten, aber vollständig un- oder falscherzogenen Menschen und gab ihm also in aller Ruhe die so stürmisch geforderte Auskunft:

„Wir wollen euch besiegen, ohne daß ein Tropfen Blut fließt. Ergeben sich die Tschoban freiwillig, so sind wir bereit, einen Frieden mit ihnen zu schließen, der beiden Teilen gleichgroßen Nutzen bringt. Ergeben sie sich aber nicht, so bleiben sie hier ohne Wasser und Nahrung eingeschlossen, bis sie verschmachten."

„Alle?" fragte er in grimmigem Ton.

„Alle! Vom ersten bis zum letzten!"

„Hund!" knirschte er. „Und das nennt sich einen Christen! Ich muß mit meinem Vater sprechen! Schafft mich hinaus zu ihm!"

„Du bleibst!" antwortete ich.

„So bringt ihn zu mir herein! Aber vor dem Friedensschluß! Verstanden? Vorher, vorher! Ich befehle es dir!"

„Wurm!"

Ich sagte nur dieses eine Wort, aber es war genug. Zwar wollte er in seinem ungezügelten Temperament noch zorniger losbrausen als bisher, aber seinen Gefährten wurde es angst um ihn, um sich selbst und auch um das Schicksal ihrer Kriegerschar, die sich in einer Lage befand, welche die größte Vorsicht erheischte. Sie sagten ihm das, sprachen besänftigend auf ihn ein und beschworen ihn, sich zu beherrschen. In einer Situation, wie die jetzige sei, komme man mit Freundlichkeit viel weiter als mit Gehässigkeit und Beleidigungen. Er hörte sie mit gesenktem Haupt an, so daß ich sein Gesicht nun gar nicht sah. Plötzlich hob er es empor. Es war ein ganz anderes geworden. Es glänzte vor lauter Wohlwollen. Und seine Stimme klang weich und gewinnend, als er sagte:

„Ihr habt recht! Ich war ein Tor! Mein schneller Zorn übermannt mich allzuoft. Ich bitte euch, mich zu stützen, daß ich mich erheben kann. Ich will im Stehen zu dem Effendi sprechen. Mein hoher Stand und die Achtung, die er von uns fordern kann, gebieten das!"

Man hatte ihm den Beinamen Panther mit allem Grund gegeben. In dem einen Augenblick fauchend, drohend, die Zähne knirschend und fletschend, im nächsten Moment samtweich! Er richtete sich mit Hilfe seiner beiden Mitgefangenen auf. Er konnte nur mit einem Fuß stehen. Darum stützte er sich mit den Armen auf die Schulter des einen, der neben ihm stand, und kniete mit dem verletzten Fuß auf die Achsel des andern, der sich niedersetzen mußte. Inzwischen sah ich mich in dem Raum schärfer um, als ich bisher getan hatte. Ich kehrte meinen Rükken dem Ausgang zu, hatte also den hinteren dunklen Teil der Felsenspalte vor mir. Ich stand nur erst einige kurze Minuten hier, aber meine Augen hatten sich doch bereits an dieses Dunkel gewöhnt. Ich sah, daß die beiden aneinanderliegenden Steine, welche die Spalte bildeten, sich nicht vollständig schlossen und trafen. Es gab da einige kleine, schmale Öffnungen oder Löcher, welche weiterführten. Und auf dem Boden lagen da Exkremente, welche ich für die Ausscheidungen von Fledermäusen hielt. Hieraus schloß ich, daß die Spalte, in der ich mich jetzt befand, sich hinter diesem Raum weiter fortsetzte, ohne daß die drei Gefangenen eine Ahnung davon hatten. In diesem Augenblick aber konnte ich diesen Gedanken nicht weiter verfolgen, denn Prinz Panther hatte inzwischen seine aufrechte Stellung eingenommen und begann zu sprechen.

„Ich bitte dich, Effendi", sagte er, „mich so ruhig anzuhören, wie ich jetzt mit dir spreche! Du bist mit mir einverstanden, daß ich mich nicht zu scheuen brauche, mich nur an die Wahrheit zu halten. Aber die bedeutendste Wahrheit, mit der wir es hier zu tun haben, ist die, daß alles, was in der letzten Zeit geschehen ist, und auch alles, was in der nächsten Zeit zu geschehen hat, von nicht mehr und nicht weniger als nur von zwei Menschen abhängig ist. Kennst du sie, diese beiden?"

„Vielleicht lerne ich sie durch dich kennen", antwortete ich.

„Wir beide sind es, ich und du!"

„Wieso?"

„Verstelle dich nicht! Du weißt, daß ich recht habe! Schieb deinen Dschirbani so weit wie möglich vor, ich sehe doch den, der hinter ihm steht und der eigentliche Lenker und Leiter ist; ich meine dich! Und halte von mir, was du willst, aber sobald du die Augen weiter öffnest als bisher, wirst du den erkennen, nach dessen Janitscharenmusik die Tschoban alle marschieren; ich meine mich! Hüben und drüben, ich und du, die beiden eigentlichen und wirklichen Gebieter! Gibst du das zu?"

„Sprich weiter!" forderte ich ihn auf, ohne seine Frage zu beantworten.

Er fuhr fort:

„Ich habe gehört, daß du den Frieden willst; ich will ihn auch! Du bist ein Christ, ich aber bin Moslem. Hieraus folgt, daß unsere Mittel und Wege, den Frieden zu erreichen, nicht dieselben sind. Einer von beiden muß sich irren, entweder du oder ich. Wer der Irrende ist, das lehrt die Geschichte. Der Islam begann mit Kampf und Krieg; das Christentum begann mit dem Frieden. Wohin du schaust, liegt jetzt der Islam im Frieden; das Christentum aber schwelgt, soweit die Erde reicht, in Eroberung, Blut und Krieg. Alle Länder und alle Völker, die es gibt, wissen es genau: Das Christentum geht von dem Frieden aus, bringt aber unbedingt Krieg; der Islam aber geht vom Krieg aus und führt unbedingt zum Frieden! Das ist doch richtig?"

Ich antwortete:

„Beide, das Christentum und der Islam, von denen du redest, sind mir ganz unbekannt. Ich bitte dich fortzufahren!"

Er hatte jetzt so mild, so freundlich, so warmherzig gesprochen. Fast war es unmöglich, ihn für denselben Menschen zu halten, der soeben noch so rücksichtslos grimmig gewesen war. Er sprach in dieser außerordentlich artigen, einnehmenden Weise weiter:

„Sei nicht bescheiden, indem du sagst, du wissest es nicht!

Beide, diese Bescheidenheit und diese Unwissenheit, sind Lüge! Ich aber sage die Wahrheit! Ich bin weder Europäer noch Christ, sondern ich bin Asiat und Bekenner des Propheten. Und vor allen Dingen, mein Vater ist kein Knecht und meine Mutter keine Magd; ich bin Prinz! Weißt du, was das heißt? Mein Vater hatte vier Frauen. Meine Mutter ist eine Mohammedanerin aus Sahrima, also von strengster Richtung; ich bin ihr Sohn. Die Mutter meines älteren Bruders ist eine Christin; Allah verdamme sie! Er neigt im stillen zu ihrer Lehre, nicht aber zum Glauben seines Vaters. Darum hat er mich und ich habe ihn gehaßt, seitdem wir Söhne eines Vaters und also Brüder sind. Er blieb daheim, denn seine Mutter gab ihn nicht her. Ich aber kam zum Scheich von Ardistan und lernte bei ihm alles, was zum höheren Kampf, also zur Kunst des Krieges, gehört. Aber glaube ja nicht, daß ich dadurch ein Knecht und Sklave des Krieges geworden bin. Ich bin ja Prinz und werde einst regieren . . ."

Er machte mit beiden Armen eine Rundbewegung, als ob er andeuten wolle, daß einst der ganze Erdkreis ihm untertan sein werde. Dann fuhr er, sich nach und nach begeisternd, in seiner Rede fort:

„Ich bin frei geblieben. Mir ist selbst der Krieg kein Herrscher, sondern nur ein Mittel zum heiligen Zweck. Und dieser Zweck ist eben nichts anderes als nur – Friede. Begreifst du das?"

„Ja. Ich begreife es."

„So sprich!"

„Deine Mutter ist Mohammedanerin; sie geizt nach Ruhm und Ehre für sich und dich, aber sie ist kein gewöhnliches, sondern ein edles Weib. Sie denkt sich den Ruhm und die Ehre auch wieder als Mittel, und zwar zu einem noch viel höheren Zweck. Und dieser Zweck ist das Glück aller derer, über die du einst zu herrschen gedenkst, mit einem anderen Worte – der Friede."

„Was sagst du da?" rief er erstaunt. „Fast ihre eigenen Worte! Für mich ist der Krieg nicht um des Krieges, sondern um ganz anderer Dinge willen da. Die Seligkeit der Christen liegt im Himmel, also jenseits des gegenwärtigen Lebens. Ihr trachtet nach dem Frieden mit Gott, nach dem ewigen Frieden. Der Islam aber trachtet vor allen Dingen nach der irdischen Seligkeit, also nach dem Frieden aller Völker, der auch schon diesseits des einstigen Lebens liegt. Und diesen Frieden erlangt man weder durch menschenfreundliche Gottesdienste und Gebete, noch durch Gottes Gnade und Barmherzigkeit, sondern man hat ihn sich zu erkämpfen; man hat die, welche ihn nicht wollen, zu zwingen, Friede zu halten! Für mich ist der Krieg also das größte Friedenswerk, welches es auf Erden gibt. Euer Christentum ist fast zweitausend Jahre alt, aber noch keinem einzigen Volk hat es den Frieden gegeben, obgleich es gleich sein erstes Wort durch die Friedensposaune blies. Ich aber, der Moslem, werde nicht vom Frieden sprechen, kein einziges Wort vom Frieden. Ich werde vielmehr die Faust des Krieges ballen, um mit ihr den Krieg zu zerschmettern und zu vernichten! ‚Auge um Auge, Blut um Blut', das ist das harte, aber unendlich gerechte Gesetz des Islams. ‚Der Mörder werde ermordet!' Der Krieg, dieser scheußlichste aller Mörder, die es gegeben hat und jetzt noch gibt, unterliegt demselben Gesetz wie jeder andere Mörder. Und weil es Selbstmord ist, wenn die Menschheit sich selbst zerfleischt, so erfordert die göttliche Gerechtigkeit, daß auch der Krieg an sich selbst zugrunde gehe, am Selbstmord, am tödlichen Schuß oder Stich in die eigene, atmende Brust! Verstehst du das, Effendi?"

Was war denn das? Dieser junge Mensch hatte nachgedacht, und zwar tief, sehr tief! Und wie begeistert er jetzt vor mir stand! Seine Wangen glühten, und seine Augen leuchteten. Die Züge seines Gesichtes schienen ganz andere geworden zu sein; sie waren wie verklärt. Vorhin hatte er mich förmlich angewidert und angeekelt, und jetzt war es mir, als ob ich ihm die Hand drücken und ihn liebhaben müsse.

„Ich verstehe es", antwortete ich; „es sind dieselben Gedanken, die auch in mir nach Geltung riefen, als es noch keine Klarheit in mir gab."

„Klarheit?" fragte er. „In mir ist alles klar. Darum haben sie bei mir die bleibende Stätte gefunden, die sie bei dir unmöglich finden konnten, denn du bist auch noch heut nicht in dir klar. Dein Christentum erlaubt dir nicht . . ."

Er konnte nicht weitersprechen; er wurde unterbrochen. Der Eingang verdunkelte sich. „Sahib!" rief es hinter mir, und als ich mich umdrehte, sah ich den Dschirbani vor der Spalte stehen, der mir sagte, daß er mich sprechen wolle. Ich verabschiedete mich mit einigen kurzen Worten von dem Prinzen und folgte dem Wunsch unseres Oberstkommandierenden, der, als wir uns weit genug, um nicht gehört zu werden, von dem Felsenriß entfernt hatten, mir die ebenso überraschende wie wichtige Mitteilung machte:

„Die Dschunub kommen!"

„Die Dschunub?" fragte ich. „Welche Dschunub?"

„Das ganze Heer!"
„Wann?"
„In einigen Stunden schon!"
„Gott sei Dank!"
„Gott sei Dank?" fragte er überrascht. „Ich glaubte nicht, dir eine Freudenbotschaft zu bringen!"
„Es ist aber eine!"
„Wirklich? Wir sind doch mit den Tschoban noch lange nicht zu Ende! Und das muß doch geschehen sein, wenn es uns gelingen soll, die Dschunub zu überwältigen."
„So beeilen wir uns! Du sprachst von einigen Stunden; das ist eine lange Zeit für den, der gelernt hat, diese Zeit zusammenzunehmen. Von wem hast du erfahren, daß und wann sie kommen werden?"
„Der Sturm hat es ihnen verboten, untätig in der Wüste liegenzubleiben. Er hätte ihr Lager mit seinem Sand verschüttet. Sie konnten dem nur durch möglichst schnelle Bewegung entgehen. Sie brachen auf und folgten ihren vorangerittenen Offizieren in viel kürzerer Zeit, als vorher bestimmt worden war. Aber der Ritt war fürchterlich. Der Wind trank ihnen das Wasser aus den Schläuchen und die Kraft aus den Knochen von Mensch und Tier. Die Müdigkeit überwältigte sie. Sie mußten wiederholt rasten und blieben endlich gar liegen, um für einen halben Tag lang auszuruhen und für den letzten Rest des Weges neue Kraft zu sammeln. Einige sehr gut berittene Leute aber, deren Pferde noch die nötige Fähigkeit besaßen, wurden vorausgesandt, um zu erkunden, wie es am Engpaß stehe. Die kamen, als du dich grad entfernt hattest, bis zu uns an das Felsentor, wohin man mich holte, um sie zu vernehmen."
„Wie hast du sie empfangen?"
„Als Feinde, obgleich sie sich als Freunde gebärdeten. Wir haben keine Zeit, lange hin und her zu diplomatisieren. Wir müssen handeln, und so habe ich ihnen gedroht, sie sofort und glattweg erschießen zu lassen, wenn sie nicht augenblicklich eingestehen, daß sie gekommen sind, uns zu betrügen. Weniger infolge dieser Drohung als vielmehr auf Grund ihrer nicht bloß körperlichen, sondern auch seelischen Erschöpfung gestanden sie dies ein und ließen sich Mitteilungen entlocken, die außerordentlich wertvoll sind. Ich erzähle es dir später ausführlich. Jetzt liegt mir nur daran, dich vor allen Dingen zu benachrichtigen und zu hören, was du zu dieser unerwarteten Beschleunigung der Ereignisse sagst."

„Ich sage, daß sie uns nur willkommen sein kann."
„Aber die Tschoban . . .?"
„. . . werden so schnell erledigt, wie du es nur wünschen kannst. Wie steht es mit ihrem älteren Prinzen?"
„Mit dem habe ich schon kurz gesprochen. Ich glaube nicht, daß er widerstreben wird."
„So sage mir schnell noch eines! Ist dir der Felsenriß, in dem der Panther steckt, gut bekannt?"
„Ja."
„Ich meine, nicht nur sein vorderer, sondern auch sein hinterer Teil?"
„Der erstere ja, der letztere aber nicht. Gibt es denn auch einen hinteren Teil?"
„Ich weiß es nicht bestimmt, doch ich vermute es."
Ich teilte ihm mit, welche einfachen Gründe mich zu dieser Vermutung geführt hatten. Er schüttelte den Kopf dazu und sagte:
„Warum das? Ich verstehe dich nicht. Hätte es irgendeinen Zweck für uns, wenn die Spalte sich nach innen fortsetzte?"
„Einen ganz bedeutenden sogar!"
„Welchen?"
„Die Dschunub zu überführen und die Tschoban zu überzeugen. Man könnte sich mit den Tschoban in dem hinteren Teil des Risses verstecken. Von da aus ist, wie ich erwarte, der vordere Teil zu überschauen. Ich nehme sogar an, daß man dahinten alles hört, was da vorn gesprochen wird. Während man mit den Tschoban im hinteren Teil wartet, werden die Offiziere der Dschunub nebst dem Minister und dem Maha-Lama von da, wo sie sich jetzt befinden, nach dem vorderen Teil der Spalte gebracht, wobei man ihnen sagt, daß dies ihr neuer Aufenthalt sei; dann entfernt man sich. Sobald sie sich hierauf allein wissen, werden sie sich darüber unterhalten, warum man ihnen ein anderes Quartier angewiesen hat, und ich müßte mich sehr irren, wenn dabei nicht auch einige Äußerungen fielen, durch welche sie verraten, daß sie nur gekommen sind, uns und die Tschoban zu betrügen."
„Das ist richtig!" stimmte der Dschirbani bei. „Dein Plan ist gut."
„Um ganz vorsichtig zu sein, muß ich mir freilich sagen, daß so hohe Herren, wie der Lama, der Minister und der General es sind, ihre Geheimnisse nicht vor so gewöhnlichen Menschen wie dem Unteroffizier und dem Soldat ausplaudern werden, und

darum schlage ich vor, die niedrigeren Personen da zu lassen, wo sie sind, und die andern nur bis zum Major herab nach der Spalte zu versetzen."

„Ja, das ist klug! Aber, sag, wie kommen wir nach dem hintern Teil der Spalte, falls du dich nicht irrst und es wirklich einen gibt?"

„Das werden wir hoffentlich schnell erfahren. Ich klettere da hinauf. Da wird sich finden, ob ich mich in meiner Vermutung irrte oder nicht."

Ich deutete bei diesen Worten auf die oben scheinbar eng zusammengepreßten Scheitel oder Firste der beiden Steine, welche zwischen sich die Spalte bildeten. Sie waren über dreimal mannshoch. Man konnte also von unten nicht sehen, ob sie auch oben fest aneinanderlagen. Es gab da einige Vertiefungen, Kanten, Ecken und Vorsprünge, welche es mir ermöglichten hinaufzuklettern. Als ich oben ankam, fand ich meine Annahmen zu meiner Freude noch viel besser bestätigt, als ich erwartet hatte. Nämlich nur der vordere Teil der Felsenspalte, indem sich der Panther befand, war oben zu, der hintere aber offen und so voller Sand geweht, daß man im Innern ganz bequem hinabsteigen konnte. Als ich dies getan hatte, sah ich sofort die Öffnungen, welche mir vorhin drin bei den Tschoban aufgefallen waren. Hier außen war die Spalte so breit, daß ich ganz bequem an diese Löcher treten und hindurchschauen konnte. Von innen aber war das unmöglich, weil da der Riß sich so verengte, daß er ganz aufzuhören schien und sich kein Mensch bis an die Öffnungen heranzudrängen vermochte. Man konnte also wohl von hier außen hinein-, nicht aber von da innen herausschauen, und als ich jetzt mein Ohr an eines der Löcher hielt, hörte ich nicht nur, daß der Prinz sich mit seinen Gefährten unterhielt, sondern verstand auch sehr deutlich jedes Wort, welches gesprochen wurde. Durch die Abgeschlossenheit und Enge des Innenraumes wurden diese Worte förmlich zu mir herausgepreßt, so daß ich sie wahrscheinlich sogar noch deutlicher hörte, als sie im Raum selbst zu hören waren. Und, was die Hauptsache war, in diesem ganz abgelegenen Winkel herrschte tiefste Stille; das Geheul des Sturmes drang nicht bis hierher. Nur die Schüsse hatte man gehört, weil die scharfen Knalle derselben mehr von der Erde als durch die Luft fortgepflanzt worden waren. Kurz und gut, ich konnte mir diesen Ort für meine Zwecke gar nicht passender wünschen, als ich ihn vorgefunden hatte, und holte den Dschirbani zu mir herauf und herein, um ihm zu zeigen, wie und wohin wir uns mit den Tschoban zu plazieren hatten, um die Dschunub zu belauschen. Unter den Tschoban verstand ich den Scheich und seinen Sohn, den Panther. Unter „uns" waren der Dschirbani und ich selbst gemeint. Dieser war ebenso erfreut wie ich selbst und mit allem einverstanden. Halef hatte hier an Ort und Stelle zu bleiben. Er wurde davon unterrichtet, um was es sich handelt, und dann stiegen wir beiden andern wieder zur Höhe empor, um uns nach dem Felsenloch zu begeben, denn die festgesetzten zwei Stunden näherten sich ihrem Ende, und es war anzunehmen, daß der Scheich der Tschoban nun bald verlangen werde, mit unserm Kommandanten zu verhandeln.

Wir brauchten, als wir dann bei Abd el Fadl ankamen, gar nicht darauf zu warten. Der Scheich hatte soeben angefangen, mit Merhameh zu reden und äußerte jetzt, als wir kamen, den Wunsch, seine beiden Söhne sehen und sprechen zu dürfen, um sich dann über das, was er tue, entscheiden zu können. Das konnte uns nicht nur lieb sein, sondern grad das war es, was wir sorgfältig mit berechnet hatten. Er bekam also die Erlaubnis und wurde aufgefordert, zu uns auf die Platte zu kommen. Um dies zu ermöglichen, stieg er auf ein Kamel, welches er bis ganz an den Felsen führte, und wurde mit Hilfe meines Lassos von da aus zu uns heraufgezogen. Als er dann vor uns stand, betrachtete er uns nacheinander, Merhameh und mich, sehr aufmerksam und sehr still. Dann ließ er den Blick über die verschiedenen Gruppen seiner entkräfteten Leute da unten gleiten und sprach:

„Der von euch, der sich den Gedanken ausgesonnen hat, uns in diese Falle laufen zu lassen, ist entweder ein höchst gefährlicher oder ein höchst nützlicher Mensch. Die Ehrlichkeit gebietet mir, zuzugeben, daß wir uns vollständig in der Gewalt der Ussul befinden, doch nur in diesem Augenblick. Allah ist allgütig und allmächtig. Er kann das Schicksal wenden, wie es ihm beliebt. Was forderst du von uns?"

Diese Frage war an den Dschirbani gerichtet.

„Ergebung", antwortete dieser in lakonischer Kürze.

„Was verstehst du unter dieser Ergebung?"

„Das wirst du erfahren, sobald du mit denen gesprochen hast, mit denen du reden willst und sollst. Komm, folge uns!"

Wir stiegen zum Pfad empor und folgten ihm bis nach dem Felsentor. Dann lenkten wir wieder hinab und gingen den Fluß entlang weiter abwärts. Wir hielten an der Stelle, wo der Sohn des Scheichs gefangen war, nicht an, sondern wanderten bis ganz in das Lager hinab, durch dasselbe hindurch und dann wieder aufwärts nach dieser Stelle zurück. Der Scheich sollte alles selbst sehen und selbst beurteilen können. Er sagte während des ganzen Weges kein einziges Wort; aber sein Auge war überall, und der Ausdruck seines Gesichtes wurde immer bedenklicher. Als wir dann am Schluß vor der Spalte anlangten, in der sich sein Sohn, der Panther, befand, trat ich hinein und sagte zu dem letzteren:

„Du hast gewünscht, deinen Vater zu sehen ..."

„Jawohl, jawohl!" unterbrach er mich. „Du aber wolltest nicht!"

„Ich bringe ihn dir dennoch, und zwar ganz wie du wolltest, noch vor dem Friedensschluß!"

Der Dschirbani war mit dem Scheich gefolgt. Er fügte zu dem, was ich gesagt hatte, noch einige wenige Worte:

„Sprecht miteinander, doch macht es kurz! Ich gebe euch volle zehn Minuten Zeit, mehr aber nicht."

Dann traten wir wieder heraus und ließen sie allein. Halef, der hier gewartet hatte, wurde instruiert. Er entfernte sich für kurze Zeit, um alles zu besorgen. Er brachte, als er wiederkam, zwei starke Ussul mit, welche den Auftrag erhielten, den Prinzen Panther nach vollendeter Unterredung mit seinem Vater aus der Spalte zu holen und über den Felsen weg nach dem von mir entdeckten hinteren Teil derselben zu schaffen. Er konnte ja nicht gehen und noch viel weniger steigen oder klettern, sollte aber doch die Dschunub mit belauschen. Als die gegebene Frist verstrichen war, gingen wir wieder hinein.

„Wir sind noch nicht fertig!" erklärte der Panther. „Wir verlangen eine volle Stunde Zeit, um ..."

„Unmöglich!" fiel ihm der Dschirbani in die Rede. „Das Reden führt zu nichts. Ihr habt Wichtigeres zu tun. Wir haben gefangene Dschunub hier, denen ..."

„Dschunub?" fuhr der Panther auf. „Gefangene?"

„Ja."

„Wer hat sie gefangen? Wann? Wo? Sprich schnell!"

Das klang nicht nur wie Überraschung, wie Erstaunen, sondern fast wie Betroffenheit, wie Angst. Sein Gesicht hatte, gewiß ohne daß er es wollte, den Ausdruck ganz besonderer Besorgnis angenommen. Es fiel mir ein, daß der Sohn eines seiner Mitgefangenen mit den Dschunub in verräterischer Beziehung stand. Sollte er vielleicht hiervon wissen, die Hand mit im Spiel haben? Zwar, einen Verrat an seinem eigenen Stamm traute ich ihm trotz seines bisherigen Verhaltens doch nicht zu; aber er hatte

Eroberungspläne und gab sich also wohl mit heimlichen diplomatischen Berechnungen ab, die ihn veranlassen konnten, hinter dem Rücken seines Vaters etwas zu tun, was wie ein Verrat aussah, aber keiner war. Hatten die Dschunub die Absicht, die Ussul und die Tschoban zu betrügen, so konnte ebensogut auch ein junger Mann, wie dieser Prinz, auf den Gedanken gekommen sein, sich mit ihnen zu verbinden, um nach erreichtem Zweck sie auszulachen.

Diese Gedanken kamen mir, als ich ihn jetzt so hastig fragen hörte und die Beklommenheit sah, die er nicht verbergen konnte. Der Dschirbani merkte nichts hiervon und antwortete:

„Wir nahmen erst den Maha-Lama und den obersten Minister gefangen, dann auch noch den Tertib We Tabrik Kuwweti Harbie Feminde Mahir Kimesne mit fünf Offizieren, einem Unteroffizier und einem Soldaten."

Ich sah, daß der Panther erschrak, als er dieses hörte; aber ich war der einzige, der hierauf achtete. Sein Vater war in hohem Grade erstaunt. Er fragte:

„Allah w' Allah! Diese hohen und höchsten Leute und Offiziere! Die kamen zu euch?"

„Ja."

„Ihr nahmt sie gefangen?"

„Ja."

„Warum? Kamen sie als Feinde zu euch?"

„Nein, sondern als Freunde. Aber grad darum nahmen wir sie fest, weil wir es ehrlich mit euch meinen."

„Mit uns . . .?"

„Ja, mit euch", nickte der Dschirbani. „Sie kamen nämlich zu uns, um sich mit uns gegen euch zu verbinden."

Da fiel der Prinz schnell ein:

„Ist das möglich? Ist das wahr?"

„Was ich sage, ist niemals eine Lüge!"

„Kannst du es beweisen?"

„Es euch zu beweisen, ist eben der Zweck unseres Kommens. Ihr werdet jetzt diesen Raum verlassen. Da hinter ihm befindet sich noch ein zweiter, von dem aus man hier hereinschauen und hören und sehen kann, was hier geschieht und gesprochen wird. Dahin bringen wir jetzt dich und deinen Vater. In diese vordere Spalte aber werden die Dschunub geführt, damit ihr sie belauschen und euch überzeugen könnt, daß alles wahr ist, was wir euch berichten, und daß wir es ehrlich mit euch meinen. Hier sind die Männer, welche dich tragen werden."

Er winkte sie herein, und dann begann die beabsichtigte Ortsveränderung, indem die beiden Ussul den Prinzen hinaustrugen und mit ihm in den hinteren Teil der Spalte kletterten, um ihn derart vor die niedrigste der vier vorhandenen Öffnungen zu plazieren, daß er bequem hindurchschauen konnte. Dann gingen sie fort, um seine zwei Gefährten, die wir nicht brauchten, mitzunehmen. Wir anderen kletterten nach.

Es waren vier Öffnungen, die von hier aus nach innen führten. Vor der einen saß der Prinz. Vor die andere, die etwas höher lag, kauerte sich sein Vater nieder. Die nächsthöhere lag so, daß ich sie grad vor meinem Auge hatte, wenn ich vor ihr stand. Und die höchste paßte für den Dschirbani, der ja der Längste von uns war. Der Prinz befand sich in einer großen Aufregung. Diese hatte jedenfalls nicht nur einen einzigen Grund. Zu der bereits schon angedeuteten Besorgnis kam eine zweite. Er sah jetzt, daß von hier aus alles, was da drin in der Spalte geschah, beobachtet und gehört werden konnte, und er wußte nicht, daß ich diesen Ort erst vor ganz kurzem entdeckt hatte. Darum nahm er an, daß auch er mit seinen Gefährten belauscht worden sei, und da er mit ihnen jedenfalls sehr aufrichtig und über alles mögliche gesprochen hatte, so mußte er befürchten, daß alle ihre und seine Geheimnisse von uns entdeckt worden seien. Er sagte zwar nichts, doch sah man ihm und seiner großen Unruhe deutlich an, daß er diese oder ähnliche Gedanken hegte.

Es dauerte gar nicht lange, so entledigte sich Hadschi Halef des Auftrages, der ihm erteilt worden war: Die Dschunub wurden gebracht, vom Maha-Lama bis zum bestimmten Offizier herab, die andern, tieferstehenden aber nicht. Wir konnten sie sehr deutlich sehen. Sie waren zunächst still. Sie beschäftigten sich damit, die Plätze nach Rang und Stand zu verteilen. Dabei wurde die größte Achtung dem Maha-Lama zuteil, den wir infolgedessen als den Höchstgestellten von ihnen zu betrachten hatten. Sie untersuchten ihren neuen Aufenthaltsort sehr aufmerksam, entdeckten aber die Löcher, durch die wir zu ihnen hinüberschauten, nicht, weil diese im Finstern lagen. Als sie sich niedergesetzt hatten, begannen sie, sich zu unterhalten, aber in ganz gewöhnlicher Weise und über vollständig gleichgültige Dinge. Hieran war wohl die übermäßige Verehrung dieser Leute für den Lama schuld. Es durfte kein Thema berührt werden, welches nicht er selbst zum Gegenstand des Gespräches machte. Dieser Umstand durchkreuzte unsere Absicht. Wir warteten eine Weile; dann sagte der Scheich der Tschoban, natürlich leise, um da drüben nicht gehört zu werden:

„Das sind Lamagläubige! Langsame, geistlose, indolente Menschen! Wer sie sprechen hören will, wird stundenlang zu warten haben!"

„Sie werden sprechen, und zwar sofort", antwortete der Dschirbani ebenso leise. „Effendi, ich bitte dich, zu ihnen zu gehen und sie zum Sprechen zu bringen!"

„Gibst du mir bestimmte Weisungen mit?" fragte ich ihn.

„Nein. Du wirst das Richtige von selbst viel eher treffen, als wenn ich es dir sage."

Da kletterte ich aus unserm Versteck hinaus und trat dann drüben bei den Gefangenen ein. Der Maha-Lama war von dem Dschirbani zunächst als Freund behandelt worden; er hatte da auch von mir gehört; aber er und der Minister hatten mich noch nicht gesehen. Die Offiziere hatten mich gesehen, mich sogar als ihren Gefangenen betrachtet, aber nicht gewußt, wer ich war. Nun befanden sie sich schon längere Zeit beisammen, hatten einander ihre Erlebnisse berichtet und dann jedenfalls auch von mir gesprochen. Dementsprechend wurde ich von ihnen empfangen. Als der Stratege mich sah, rief er aus:

„Der Ungehorsame, den ich bestrafen werde!"

„Der Besitzer des schönsten Pferdes, welches ich sah!" sagte der General, dem mein Syrr jedenfalls mehr imponiert hatte, als ich selbst.

„Also wohl der Christ, von dem uns der Dschirbani erzählte, als er uns noch als seine Verbündeten betrachtete", fügte der Minister hinzu.

Ich verbeugte mich zunächst leichthin vor ihnen allen, dann vor dem Maha-Lama einmal noch etwas tiefer und sprach zu ihm:

„Ich bin gezwungen, dich zu belästigen. Der Oberstkommandierende der Ussul sendet mich zu dir."

Er runzelte die Stirn. Er war tiefere Verbeugungen und demütigere Worte gewöhnt.

„Wer bist du?" fragte er.

„Man nennt mich Kara Ben Nemsi . . ."

„Also wirklich der Christ!" unterbrach er mich, zu dem Minister gewendet.

„Ganz richtig, der Christ!" bestätigte ich. „Ich bin zu euch gesandt, um euch zu sagen, warum man euch ein anderes Gefängnis angewiesen hat. Wir wünschen nämlich, daß . . ."

„Was ihr wünscht, ist mir gleichgültig!" unterbracht er mich abermals. „Nicht eure, sondern meine Wünsche haben in erster Linie beachtet zu werden. Ihr behandelt uns nicht nur als Feinde, sondern auch als niedrigstehende Menschen, während ich doch der Maha-Lama von Dschunubistan bin, der höchste aller Priester, die es gibt!"

„Bist du fertig mit diesem deinem Satz, den du begonnen hast?"

„Ja. Ich pflege überhaupt jeden angefangenen Satz zu beenden. Warum fragst du so?"

„Weil auch ich gewohnt bin, mich nicht unterbrechen zu lassen. Ich ließ dich deinen Satz vollenden, weil ich gelernt habe, höflich zu sein. Du aber hast mich im dritten Teil einer Minute schon zweimal unterbrochen. Wenn du das so weiter tust, muß ich dich für den unhöflichsten aller Menschen halten, die es gibt, und komme im Leben nicht dazu, dir zu sagen, was ich zu sagen habe."

Als er das hörte, wurden seine Augen noch einmal so groß, und sein Gesicht drückte den allerhöchsten Grad des göttlichen Erstaunens aus! Ich aber fuhr fort:

„Soeben hat der oberste Minister des Scheichs von Dschunubistan erwähnt, daß ihr als Verbündete der Ussul betrachtet worden seid. Ist es denn eure Absicht gewesen, daß dies geschehe?"

„Natürlich!" antwortete der Minister. „Man hat dich uns als den Vertrauten des Dschirbani bezeichnet; du scheinst das aber nicht zu sein, denn wärest du es, so könntest du nicht so fragen! Hat er dir nicht gesagt, daß wir gekommen sind, einen Bund mit den Ussul zu schließen?"

„Einen Bund? Gegen wen?"

„Gegen die Tschoban."

„Warum? Sind die Tschoban eure Feinde?"

„Sie sind noch niemals unsere Freunde gewesen, seit es überhaupt Tschoban und Dschunub gibt. Und genau ebensolange ist es her, daß sie auch Feinde der Ussul gewesen sind. Darum ist es uns als ebenso natürlich wie notwendig erschienen, daß die Ussul und die Dschunub sich verbinden, um diese ihre gemeinsamen Feinde zu vernichten. Die beste Gelegenheit hierzu ergab sich jetzt, als wir erfuhren, daß die Tschoban über den Engpaß Chatar gehen wollen, um die Ussul zu überfallen. Wir sammelten sofort unsere Krieger, um den Ussul zu Hilfe zu ziehen. Unser Scheich sandte seine beiden höchsten Männer des Landes, den Maha-Lama und mich, zu ihnen, um sie hiervon zu benachrichtigen und einen Bündnisvertrag mit ihnen abzuschließen. Und dann machte sich sogar auch noch der berühmteste Stratege unseres Heeres mit allen seinen Chargen auf den Weg, um den Ussul mitzuteilen, daß wir ihnen die Tschoban auf dem schmalen Engpaß entgegentreiben wollen, wo sie weder nach rechts noch nach links zu entfliehen vermögen und wie zwischen zwei Fäusten zerquetscht, zermalmt und vernichtet werden können!"

„Das, das habt ihr gewollt? Das, das habt ihr getan?" fragte ich im Ton der Verwunderung.

„Allerdings!" antwortete er. „Hast du das nicht gewußt?"

„Ich habe etwas ganz anderes gewußt! Wenn ich deinen Worten glauben soll, so muß ich dich bitten, daß der Maha-Lama sie mir bestätige. Es scheint, daß die Ussul in Beziehung auf eure Ehrlichkeit und auf euern guten Willen getäuscht werden sollen. Es ist also höchst wünschenswert, daß zwischen euch und ihnen die Wahrheit so klar und bestimmt festgestellt wird, daß jeder bisherige Irrtum schwindet. Darum frage ich hiermit den allerhöchsten Priester von Dschunubistan, ob er bereit ist, zu bestätigen, was der oberste Minister soeben hier behauptet hat."

Es war möglich, daß die drei Lauscher nicht alles deutlich verstanden hatten; darum griff ich zu der List, dem Maha-Lama die wichtigen Punkte nochmals vorzulegen und sie mir von ihm beantworten zu lassen. Ich hatte ihn den „allerhöchsten Priester von Dschunubistan" genannt; das genügte, ihn einigermaßen mit mir auszusöhnen. Sein Gesicht nahm einen weniger finstern Ausdruck an, und er antwortete:

„Ich bestätige es!"

„Daß die Tschoban eure Todfeinde sind?"

Ich legte ihm diese Frage und die hierauf folgenden so langsam und so deutlich vor, daß es gar nicht anders möglich war, sie mußten von den Lauschern verstanden werden.

„Ja", antwortete er.

„Daß ihr sie vernichten wollt?"

„Ja, mit Hilfe der Ussul."

„Daß ihr hierher kamt, zu diesem Zweck ein Bündnis mit den Ussul zu schließen?"

„So ist es. Mit den Ussul gegen die Tschoban."

„Euer Heer ist schon unterwegs?"

„Ja. Dreitausend Mann."

„Die Tschoban sollen hier auf der Landenge zwischen euch und die Ussul genommen und vollständig zerdrückt und ausgerottet werden?"

„Ja", antwortete er. „Das ist das richtige Wort: Zerdrückt und ausgerottet. Kein einziger darf übrigbleiben! Glaubst du nun, daß wir als Freunde der Ussul gekommen sind? Siehst du nun ein, wie unklug und wie undankbar sie handeln, indem sie uns, ihre Befreier und Erlöser, wie Verbrecher einsperren und von Hunden bewachen lassen?"

„Nein", antwortete ich. „Weder glaube ich das eine, noch sehe ich das andere ein. Unklug und undankbar habt nur ihr gehandelt, nicht aber die Ussul!"

„Wir? Beweise es!" fuhr der Minister auf.

„Beweise es!" rief mir der Maha-Lama befehlend zu.

„Beweise es! Beweise es! Beweise es!" wiederholten auch die andern.

„Nichts leichter als das", antwortete ich. „Ihr habt zugegeben, daß die Tschoban eure Todfeinde sind und daß die Ussul euch helfen sollten, euch von ihnen zu befreien. Schon die Dankbarkeit gebot euch also, ehrlich gegen uns zu sein; ihr werdet aber gleich hören, daß ihr das Gegenteil von ehrlich, also undankbar, gewesen seid. Und wie jede Undankbarkeit und Unehrlichkeit zugleich auch unklug ist, so habt auch ihr jede Spur von Klugheit von euch geworfen, als ihr des Abends da unten am Fluß lagertet und, ehe ihr euch schlafen legtet, über Dinge redetet, die kein Ussul jemals erfahren durfte. Ich kam desselben Weges, doch euch entgegen. Ich sah euer Feuer. Ich stieg vom Pferd und schlich mich ganz zu euch heran. Ich lag auf der andern Seite des Baumes, an dessen Stamm ihr nebeneinander saßt. Ich hörte jedes Wort, welches von euch gesprochen wurde . . ."

„Du hast uns belauscht?" fuhr der Minister auf.

„Belauscht!" rief der noch Höhere. „Belauscht! Mich, den Maha-Lama von Dschunubistan!"

„Ja, belauscht!" antwortete ich. „Ich werde es euch beweisen, indem ich euch wiederhole, was ich da alles hörte."

Ich tat es. Ich beschrieb ihnen die ganze damalige Situation und sagte ihnen jedes Wort, welches, während ich in ihrer Nähe lag, von ihnen gesprochen worden war. Sie saßen ganz still und bewegungslos. Es sah aus, als ob sie gar nicht Atem holten. Sie wagten gar nicht zu leugnen, zu widersprechen, sich zu entschuldigen. Sie waren einfach starr. Und da ließ sich plötzlich eine ganz eigentümlich dumpfe Stimme hören, die so klang, als ob sie aus den höchsten Wolken oder aus dem tiefsten Erdinnern ertöne:

„Effendi, es ist gut; es ist gut! Sprich weiter kein Wort mit diesen Lügnern, mit diesen Verrätern, mit diesen Schurken, Schuften und Halunken! Speie sie an! Spucke ihnen ins Gesicht! Und komm wieder heraus zu ehrlichen Leuten, zu uns!“

Die Dschunub erschraken auf das heftigste. Sie sprangen auf; sie schrien durcheinander. Da ging ich hinaus, an Halef und seinem Hund vorüber, zu den beiden Ussul, welche den Prinzen vorhin nach seinem jetzigen Versteck getragen hatten. Ich gab ihnen den Auftrag, ihn wieder zu holen, und sie taten es. Er war es, der mir jene dumpfklingenden Worte zugerufen hatte. Als sie ihn aus der Spalte heraushoben und er mich stehen sah, wartete er gar nicht, bis sie ihn in meine Nähe brachten, sondern rief mir schon von weitem zu:

„Effendi, du hast gesiegt, vollständig gesiegt! Ich tue alles, was du willst! Ich bin mit allem, allem einverstanden, was ihr beschließt und tut; nur erlaube, daß ich mich als Hund da neben euern Hund setze, um diese elenden Buben zu bewachen!“

Er sagte diese Worte zu mir. Aber nicht ich, sondern der Dschirbani antwortete ihm:

„Es sei dir erlaubt!“ Und sich an die beiden Ussul wendend, fügte er hinzu: „Setzt ihn dahin, wo er gewünscht hat, zu sein. Er hat ein Recht, diesen Platz von uns zu fordern.“

Sie taten es. Der Panther war von seinem Zorn so beherrscht, daß er jetzt wirklich nur an die dachte, von denen er sich betrogen fühlte, nicht aber daran, daß sich jetzt binnen wenigen Minuten das Schicksal seines Volkes zu entscheiden hatte. Hieraus war zu ersehen: Mochte er noch so begabt sein – ein großer Mann zu werden war ihm versagt. Das Naturell herrschte wie ein wildes Tier in seinem Innern; es hieß wie er selbst auch – Panther! Als ich mit ihm sprach, bevor der Dschirbani mich von ihm wegholte, hatte ich ihm noch nicht alles gesagt, was ich ihm sagen wollte; es gab noch sehr Wichtiges hinzuzufügen. Das fühlte aber nur ich allein, nicht er. War er überhaupt fähig, zu wachsen wie ein organisches Wesen, oder wenigstens zu kristallisieren wie ein anorganisches, wie ein edler Stein? Oder wuchs er nur in der Weise, daß er festhielt, was ihm vom Augenblick angeblasen wurde, es mochte sein, was und wie es wollte?

Es war bezeichnend, daß sein Vater kein einziges Wort fallenließ, ihn in seinem rachsüchtigen Wunsch zu unterstützen oder zu hindern. Auf ihn hatte das Erlauschte nicht weniger gewirkt als auf seinen Sohn; aber er dachte zunächst nicht an sich und an die Rache, sondern an sein Volk, welches in Gefahr stand, das Beste zu verlieren, was ein Volk besitzt, nämlich seine Selbständigkeit, seine Freiheit, also sich selbst. Er war gewillt, in Verhandlungen einzutreten, aber der Dschirbani ging nicht darauf ein, sondern sagte:

„Jetzt nicht. Du hast noch einen zweiten Sohn, den du ebenso sehen und sprechen mußt wie diesen hier. Komm mit!“

Wir entfernten uns von der bisherigen Stelle und suchten diejenige auf, an welcher der ältere Prinz untergebracht worden war. Sie war auch zwischen engen Felsen gelegen, wie eine kleine Kabine zwischen vier Wänden. Ein Ussul bewachte sie.

„Geh hinein und sprich mit ihm!“ sagte der Dschirbani zum Scheich. „Ich gebe dir hierzu zehn Minuten Zeit. Wir warten hier.“

Als der Scheich im Innern dieses Raumes verschwunden war, setzten wir uns nebeneinander auf einen hierzu passenden Steinblock, um auf seine Rückkehr zu warten. Wir sprachen nicht. Der Dschirbani schaute still vor sich nieder, und ich betrachtete ihn, doch ohne daß er es bemerkte. Er sah nicht im geringsten älter aus als vorher, und doch erschien es mir fast auffällig, wie gereifter und gefestigter seine Züge während der letzten Tage geworden waren. Der große Mensch, der er innerlich war, hatte begonnen, nach außen zu treten.

Als die zehn Minuten vergangen waren, kehrte der Scheich zurück, und zwar mit seinem Sohn. Beide waren außerordentlich ernst. Man sah ihnen an, daß sie sich zu einem festen Entschluß vereinigt hatten. Der Vater fragte, indem er auf den Prinzen deutete:

„Ich bringe ihn gleich mit heraus. Ist er noch euer Gefangener?“

„Ja“, antwortete der Dschirbani.

„Wie lange?“

„Bis der Friede zwischen dir und mir, zwischen den Tschoban und den Ussul geschlossen worden ist.“

Da sagte der Sohn:

„Dieser Friede wird geschlossen! Und es ist mein Wunsch, daß es sofort geschehe! Wer konnte ahnen, daß unser Kriegszug nach einem solchen Ziel, zu einem solchen Ende führen werde! Aber in allem, was geschehen ist, verspüre ich Gottes Finger, und dahin, wohin er zeigt, werden wir gehen. Wirst du meinem Vater erlauben, in diesem Sinne zu unsern Tschoban zu sprechen?“

„Gern.“

„Auch mir?“

„Ja."
„Gleich jetzt?"
„Sofort! Kommt!"
Wir stiegen also, die beiden mit uns nehmend, wieder zur Höhe hinauf und folgten dem oben hinlaufenden Pfad, um uns nach der Platte zu begeben und dort den Tschoban ihren Scheich wieder abzuliefern. Dieser fragte unterwegs nach den Bedingungen des Friedens.
„Wähle sie dir!" antwortete der Dschirbani.
Da blieb der Scheich stehen, sah ihn groß an und fragte:
„Habe ich recht gehört?"
„Ja", lächelte der Gefragte.
„Du willst sie mir nicht stellen, sondern ich soll sie mir wählen?"
„Ja, gewiß! Verwundert dich das? Wir wollen einander den Frieden schenken, ihn nicht etwa teuer erkaufen und bezahlen. Ich wünsche, daß ich dein Bruder werde und daß deine Nation die Schwester der meinigen sei. Für einen erzwungenen, unhaltbaren Frieden ist selbst der kleinste Preis zu hoch. Aber der allerhöchste Preis ist klein, wenn ich mir mit ihm die dauernde Liebe und Treue erwerbe, die deinen und meinen Stamm in Zukunft eng und brüderlich verbinden soll. Ich fordere nichts von euch; ich will euch geben. Verstehst du das?"
Da reichte ihm der Scheich beide Hände und antwortete:
„Ich verstehe es sehr wohl und werde deinem Hochsinn angemessen denken und auch handeln. Bist du im Geben groß, so will ich im Nehmen nicht kleiner sein als du. Wie ich jetzt deine Hände in den meinigen halte, so seien nunmehr unsere Völker so vereint, als ob sie eins wären! Eure Freunde seien auch unsere Freunde und unsere Feinde auch eure Feinde. Ist das recht?"
„Ja, es ist recht!" antwortete der Dschirbani. „Von heute an seien die Ussul und die Tschoban ein Geschwisterpaar von zwei einander treu und ehrlich helfenden Völkern. Die Probe werde gleich heut gemacht. Bist du bereit, dich mit mir gegen die Dschunub zu vereinigen?"
„Sofort!"
„Und ihnen aber, wenn wir siegen, ebenso zu verzeihen, wie ich jetzt euch verzeihe?"
Der Scheich wollte überlegen; da bat sein Sohn:
„Sag ja, mein Vater, sag ja! Wir stehen hier auf sturmumheulter Höhe. Wir haben freier und reiner und edler zu handeln als die da unten im Tal. Ich weiß, meine Mutter hat nicht nur mich

allein, sondern auch dich zu Gedanken erhoben, die es wagen, unserer trägen, harten, unvernünftigen Zeit voranzueilen. Allah hat es gewollt, daß wir heut Menschen begegnen, welche nicht nur genau so hoch, sondern noch viel höher denken als wir. Was sie wollen, ist nichts Gewöhnliches, sondern etwas wahrhaft Großes, Edles und unendlich Friedliches. Der höchste und schönste Gedanke meiner Seele hat aus seiner Tiefe und Verborgenheit hervorsteigen dürfen, um in Gestalt des Dschirbani vor uns hinzutreten. Ich bin so glücklich, so unendlich glücklich darüber und bitte dich, mein Vater, sag ja, sag ja!"

Da zog der Vater den Sohn an sich, küßte ihn zärtlich auf Wange, Mund und Stirn und sagte:

„Nun wohl, es sei. Wenn du ihnen verzeihst, so verzeihe ich mit."

Da sprach der Dschirbani in sehr ernstem Ton:

„Danke deinem Weib und diesem deinem Sohn! Bis zu diesem Augenblick stand deines Schicksals Waage noch unentschieden. Erst jetzt, da du verzeihen willst, ist nun auch dir in Wirklichkeit verziehen. Du bist frei; ihr alle seid frei, vollständig frei, ohne jede Strafe, ohne jedes Opfer, ohne die geringste Sühne. Ich werde mit dir von der Felsenplatte hinab zu deiner Dschemma steigen, um im Sinne eines aufrichtigen, dauernden Friedens zu ihr zu reden. Ihr werdet alle Wasser und Speise bekommen, soviel ihr für euch und eure Tiere braucht. Binnen jetzt und einer halben Stunde darf hier kein Tschoban mehr zu sehen sein. Wir müssen den Dschunub, wenn sie kommen, verheimlichen, was hier geschehen ist und daß wir beide uns verbunden haben."

„Gib dir mit ihnen keine große Mühe", sagte der Scheich in sehr geringschätzendem, ja fast verächtlichem Ton. „Die Dschunub sind keine Männer, sondern Puppen zu den Schattenspielen des Mirs von Ardistan. Er macht ihnen weis, daß sie sich selbst regieren, in Wahrheit aber sind sie seine Sklaven. Er bewaffnet sie, als ob sie Helden seien, und doch sind sie die größten Memmen, die es gibt. Das Leben ist für sie ein Kef, ein Mittagsschlaf. Sie sind sogar zu faul, zu Gott zu beten; sie spannen ihre Gebete in Mühlen, die sich im Wind und Wasser drehen, und halten Allah wirklich für so dumm, daß er sich darüber freut. Wenn sie kommen, werden sie zwar voller Waffen hängen und gute Pferde haben, aber große Taten von ihnen zu sehen, darauf mußt du verzichten."

Es war nicht das erste Mal, daß ich die Dschunub in dieser Weise charakterisieren hörte, und was der Scheich da sagte, war ganz richtig. Ihr Land war, mit der Wüste der Tschoban verglichen, von ungeheurer Fruchtbarkeit. Sie brauchten kaum die Hand zu rühren, so fiel ihnen alles, was sie nötig hatten, in den Schoß. Das hatte sie entnervt, entkräftet und hochmütig gemacht und, wie wir bald sehen werden, feig, verächtlich feig.

Als wir die Platte erreichten, hatten sich die Tschoban an dieser Stelle eng zusammengezogen. Ihr Scheich war mit uns gegangen, und so erwarteten sie, daß nach seiner Rückkehr hier die Entscheidung fallen werde. Von hier oben aus konnte man weiter gesehen und gehört werden als von unten. Darum wartete der Scheich gar nicht, bis er zu ihnen hinunterkam, sondern er trat bis an den Rand der Platte vor und sprach gleich von hier aus hinab zu ihnen.

Wie lauschten sie! Was sie da hörten, das hatten sie nicht erwartet! Es kam ihnen so überraschend, daß, als er schwieg, kein lauter Ruf erfolgte. Nur ein frohes, aber im Wind schwer vernehmliches Summen ging von Mund zu Mund. Da ergriff der Dschirbani das Wort. Er war ein besserer Redner als der Scheich und besaß die Gabe, zu überzeugen und zu begeistern. Er zählte in kurzen Zügen alle Vorteile des abgeschlossenen Bündnisses auf, deutete darauf hin, daß sie diese Vorteile erfassen könnten, ohne sie eigentlich verdient zu haben; er zeigte ihnen ihre Vergangenheit, ihre Gegenwart, ihr hartes, entsagungsreiches Leben in der Wüste. Und er entrollte ihnen das Bild ihrer Zukunft, wie es sich infolge des Bündnisses mit den Ussul entwickeln müsse. Da wurden sie warm; da stellte sich der Glaube, das Vertrauen bei ihnen ein. Die Freude drang in lauten Zurufen durch, und als er geendet hatte, erschallte ein Beifall, dessen Stimme von dem Felsentor bis hinunter zum Felsenloch reichte.

Und da trat nun auch der Prinz vor und begann zu sprechen. Er wurde, als man ihn sah, mit Jubel empfangen. Man hörte an diesem nicht enden wollenden Frohlocken, daß nicht sein Bruder, sondern er der Liebling seines Stammes war. Als er die Hand emporhob zum Zeichen, daß er reden wolle, gehorchte man sofort, es trat augenblickliche Stille ein. Auch die Natur nahm teil an dieser Stille. Ein kurzer, scharfer, rasender Windstoß fuhr durch das Tal, um es von jedem störenden Geräusch zu befreien, und dann schwiegen für kurze Zeit alle Lüfte, um zu hören, was aus diesem für das Menschheitswohl und den Menschheitsfrieden begeisterten Mund kam. Er knüpfte an das an, was sein Dschirbani gesagt hatte, und begründete es. Es solle von nun an Friede sein zwischen denen, die sich bisher unausgesetzt befehdeten. Aber nicht jener lügnerische Friede, der schon im Entstehen heimlich nach der nächsten Feindseligkeit hinüberschielt, sondern der wahre, edle, heilige Friede, nach dem die Engel rufen, wenn sie aus dem geöffneten Paradies hervortreten und die Glut der Berge leuchten sehen. Dieser Friede steige jetzt von diesen Bergen nieder. Er sei da. Er stehe in Gestalt des Dschirbani vor ihnen und reiche ihnen seine Hand, die es wahrhaft und ehrlich meinen mit einem jeden, der auch wahrhaft und treu und ehrlich ist. Er selbst habe nach dieser Hand gegriffen und halte sie fest. Bei diesen Worten nahm er die Hand des Dschirbani in die seinige und umarmte ihn. Da konnte er nicht weitersprechen. Es brach ein Jubel, ein Beifall los, der nicht nur die Menschen, sondern auch die Lüfte zu ergreifen schien, denn diese erhoben im Augenblick ihre Stimmen plötzlich wieder und trugen den Enthusiasmus dieser frohlockenden Menschenkinder aus dem schmalen, engen Felsental hoch empor und hinaus in die unbegrenzte Weite. Man drängte sich ganz nahe an unsern Felsen heran. Man hob die Hände empor, als ob man nach dem Prinzen fassen wolle, der doch nicht zu erreichen war. Man rief ihm zu herabzukommen. Als er kopfschüttelnd andeutete, daß er hier viel zu hoch stehe, um hinunterspringen zu können, warf man Leinen und Stricke herauf, die ich zusammenband, um ihn mit ihrer Hilfe hinunterzulassen. Als er unten ankam, verschwand er unter ihren Freudenbezeugungen und Liebeserweisungen sofort wie ein Tropfen im Wasser. Hierauf verlangte man auch nach dem Scheich, dann nach dem Dschirbani, die ich beide hinunterließ. Aber als nun auch ich hinabkommen sollte, winkte ich ab, trat von der Platte zurück und stieg zu Abd el Fadl und Merhameh hinauf, um bei ihnen die weiteren Geschehnisse abzuwarten.

Sie entwickelten sich schneller, als man gedacht hatte. Die Dschemma verzichtete auf jede Beratung. Die allgemeine Begeisterung beschleunigte das, was zu geschehen hatte, in wunderbarer Weise. Das Feuer am Felsenloch wurde ausgelöscht und der glühende Boden mit Wasser aus dem Fluß gekühlt, damit die Tschoban durch diese Öffnung abziehen könnten. Nachdem dies geschehen war, stellte man, um den Durchgang zu verschließen, den Brand wieder her. Das am Felsentor brennende Feuer aber hatte man ganz und vollständig zu beseitigen. Doch war dafür zu sorgen, daß es sofort, nachdem die Dschunub das offene Tor passiert hatten, wieder angebrannt werden konnte. Da ein jeder sich beeilte, zu tun, was er zu tun hatte, so dauerte es nur ganz kurze Zeit, bis die Falle genau wieder in der Weise bereit und offen stand wie vor dem Erscheinen der Tschoban. Es läßt sich denken, daß diese letzteren noch neugieriger als die Ussul waren, ob die Dschunub ebenso vertrauensselig, wie sie selbst es getan hatten, sich überlisten lassen würden.

Bisher war der Sturm, um mich so ausdrücken zu dürfen, ein trockener gewesen; jetzt aber begann es, dünn, ganz dünn zu sprühen. Abd el Fadl kannte das. Er sagte, daß dies ein schlimmes Vorzeichen sei. Vorhin, als der Prinz sprach und es so still in den Lüften wurde, habe der Sturm nur Atem geholt, um dann von neuem, und zwar mit Wasserfluten, einzusetzen. Er hielt es sehr für nötig, uns auf diese Fluten vorzubereiten. Wir taten das, indem wir uns aus dem Lager Decken holen ließen und uns mit Felsenstücken derart verbarrikadierten, daß selbst der stärkste Regen uns nicht erreichen konnte. Wir waren hiermit gerade in dem Augenblick fertig, in dem die ersten Dschunub diesseits des Felsentores erschienen.

Ihrad, der dort, wie bereits erwähnt, kommandierte, verhielt sich zu ihnen anders, als er sich zu den Tschoban verhalten hatte. Vor den letzteren hatte er sich versteckt; vor den Dschunub aber zeigte er sich. Er bewillkommnete sie und sagte ihnen, sie sollten nur weiterreiten bis hinab zum Felsentor, wo ein warmes Feuer brenne. Ihr Oberlama, ihr Minister und ihre Offiziere seien schon da. Nur weiterreiten, nur weiter! Es sei für alles gesorgt!

So kamen sie denn hereingeritten, ein Haufe eng hinter dem andern. Langsam, erschöpft, auf ganz ermüdeten, vor Schwäche strauchelnden Pferden. Sie waren gut beritten und ebensogut bewaffnet, durchweg und gleichartig mit Gewehren. Auch ihre Kleidung war von einer Gleichmäßigkeit, daß man fast von Uniformierung sprechen konnte. Es war, wie man sah, für diese Truppe sehr „wohlhabend“ gesorgt. Aber der Eindruck, den sie in diesem Augenblick machte, war ein trauriger. Ich sah kein einziges emporgerichtetes Gesicht. Die Köpfe hingen alle tief herab; die Körper schlotterten. Überall, wohin man schaute, zuckte irgendeiner wie im Schlaf erschrocken zusammen. Es sah nicht aus, als ob diese Leute vorwärtsritten, sondern als ob ein jeder von dem, der ihm folgte, vorwärtsgeschoben werde. Der Flugsand, der auf ihnen lastete und sogar in ihren Bärten hing, gab ihnen das Aussehen aus Gräbern gestiegener Leichen, die sich über „es Ssiret“, die Brücke des Todes, schleppen, um dann dem Wahrspruch des Gerichtes zu verfallen. Da erklangen neben uns die Worte:

„Hier ist der Platz, an dem man alles sieht. Setzt ihn nieder und errichtet eine Hütte von Steinen über ihn, damit er Schutz vor dem Regen findet, der, wie ich hörte, wohl während der ganzen Nacht vom Himmel gießen wird."

Der so sprach, war Halef. Und die, zu denen er es sagte, waren mehrere, die den Panther hierhergetragen hatten und sofort begannen, den Befehl des Hadschi auszuführen. Seine beiden Hunde waren bei ihm. Darum fragte ich ihn:

„Wo sind die gefangenen Dschunub? Brauchen sie keine Wächter mehr?"

„Nein", antwortete er mit jenem Lächeln, welches er stets dann zeigte, wenn ihm das bekannte „Schadenfreude ist die reinste Freude" durch die Seele ging. „Sie werden jetzt da oben den Pfad entlanggeführt und hinunter nach dem Felsentor geschafft, um, wenn die Dschunub ganz in der Falle sind, ihnen nachgeschoben zu werden."

„Sehr gut, sehr gut!" sagte ich. „Das erspart uns vieles Reden und vieles Verhandeln. Wer ist auf diesen klugen Gedanken gekommen?"

„Natürlich einer unserer gescheitesten Leute; nämlich dieser hier!" Er deutete auf sich selbst und fuhr dann fort: „Aber ich habe mir gar nichts Diplomatisches dabei gedacht, sondern nur etwas höchst Fröhliches und Behagliches. Nämlich als ich hörte, daß wir während der ganzen Nacht wahre Wolkenbrüche zu erwarten haben, welche die Dschunub da unten über sich ergehen lassen müssen, dachte ich, daß dem Maha-Lama, dem obersten Minister, dem Strategen mit dem langen Namen und allen ihren berühmten Chargen wohl ganz dasselbe Vergnügen zu gönnen sei wie ihren armen, halb verschmachteten Leuten. Ich beeilte mich, dies dem Dschirbani zu sagen, und da bekanntlich zwei gleich gescheite Leute auch stets die gleiche Meinung haben, so stimmte er mir bei und gab den betreffenden Befehl. So sind die Wächter frei geworden, und ich lud den Prinzen, der die Gefangennahme der Dschunub gern vom Anfang bis zum Ende beobachten wollte, ein, sich hierhertragen zu lassen, wo es im ganzen Tal die beste und weiteste Aussicht gibt. Mein Platz wird bei ihm sein, nicht bei dir, Effendi, denn es ist notwendig, es uns bis morgen früh so bequem wie möglich zu machen."

Er hatte recht. Es gab für ihn und den Prinzen bei mir, Abd el Fadl und Merhameh keinen Platz, zumal er seine beiden großen Hunde bei sich hatte, wie ich die meinen. Was diese Hunde betrifft, so will ich schon jetzt gleich sagen, daß sie uns während der fürchterlich nassen Nacht sehr zustatten kamen. Sie verbreiteten eine wohltätige Wärme in unserm Zufluchtsort. Merhameh schlief zwischen Aacht und Uucht wie eine Prinzessin, die sie auch wirklich war, auf schwellenden Daunen, und ich, in meine Decke gehüllt, lag ganz vorn an der Wetterseite, um die etwa doch hereinsprühende Feuchtigkeit von ihrem Vater abzuhalten.

Freilich jetzt, wo es noch nicht dunkel, sondern noch eine kleine Stunde bis zum Abend war, hatte der Regen noch nicht begonnen. Es siebte und sprühte nur zunächst, und wir hatten ebenso wie die unten an uns vorüberziehenden Dschunub keine Ahnung von den Fluten, die sich über uns ergießen würden. Der Fluß war beständig gestiegen. Das Wasser erreichte fast schon das Ufer und schien noch immer nicht abfließen zu können. Während sich uns zu Füßen nach und nach die Falle füllte, wurden über uns auf dem Felsenpfad bedeutende Holzvorräte von dem Felsenloch nach dem Felsentor geschafft. Da der Regen drohte, reichte das dortige Quantum nicht, die Flammen so mächtig emporlodern zu lassen, daß sie von der aus den Wolken kommenden Flut nicht ausgelöscht werden konnten, und es war also sehr gut, daß der Dschirbani grad auf das Herbeischaffen des nötigen Brennmaterials ein so großes Gewicht gelegt hatte.

Während die von Halef mitgebrachten Ussul für ihn und den Prinzen Panther eine steinerne Hütte errichteten, beobachtete dieser letztere das Felsentor, durch welches die Dschunub förmlich hereingequollen kamen, um dem draußen wütenden Orkan möglichst schnell zu entgehen. Hierbei lag auf seinem Gesicht der Ausdruck einer Gehässigkeit, der ganz und gar nicht geeignet war, es zu verschönern. Merhameh sah das auch und wendete ihren Blick, sooft er auf ihn fiel, schleunigst wieder von ihm ab. Sein Auge aber wurde wieder und immer wieder von dem schönen Mädchen angezogen, und er gab sich leider auch gar keine Mühe, ihr dies zu verbergen. Wer sie war, das wußte er; er hatte es sofort bei der Ankunft der Ussul hier erfahren; aber daß sich auch sein älterer Bruder hier befand, das wußte er noch nicht. Niemand hatte es ihm gesagt, sogar sein Vater nicht, und zwar aus Gründen, die in der Feindschaft lagen, welche der eine, jüngere, gegen den anderen Prinzen hegte.

Die Dschunub hatten unten am Felsentor nicht weiter gekonnt; sie waren gezwungen gewesen, zu halten. Von oben aber rückten sie immer nach, und so kam die Stauung durch ihre Reihen von unten heraufgelaufen und hatte uns schon überholt, als endlich ihre letzten Nachzügler durch das Tor geritten kamen. Hierauf vergingen einige Minuten, während welcher, wie wir wohl wußten, von unserer Seite der verschwundene Holzstoß wieder instandgerichtet wurde. Dann fielen da oben einige Schüsse, welche aller Augen nach dorthin zogen. Man schaute hinauf nach dem Tor. Da kam noch ein Trupp herein, aber nicht zu Pferd, sondern zu Fuß. Das waren unsere bereits gefangenen Dschunub, die Irahd noch zu guter Letzt hereingeschoben hatte; dann brannte er hinter ihnen den schnell errichteten Scheiterhaufen an. Voran schritt der Maha-Lama mit dem obersten Minister. Als der kam, welcher hinter diesen beiden ging, rieb sich Halef fröhlich die Hände und sagte:

„Das ist mein Tertib We Tabrik Kuwweti Harbie Feminde Mahir Kimesne, der mich und überhaupt uns alle in sein Herz geschlossen hat. Allah gebe ihm für morgen recht viel Sonnenschein, für heute nacht aber einen Regenschirm, der keinen Stiel, dafür aber hunderttausend Löcher hat, die alle tropfen!"

Indem er dies sagte, trieb der Wind auch schon den Rauch des angebrannten Feuers zum Tor herein, und wir wußten nun, daß die Falle wieder geschlossen und aus ihr kein Entkommen war.

„Sie sind da! Sie sind alle da, vom Ersten bis zum Letzten!" jubelte der Panther, indem seine Augen funkelten. „Kein einziger kann entkommen! Allah verdamme sie, die mich betrogen haben, bis in die allertiefste seiner Höllen!"

Noch war dieser Fluch nicht ganz verklungen, so ertönte neben mir die laute, liebe Stimme Merhamehs:

„Allah erbarme sich ihrer, daß sie nicht in die Hände eines Siegers geraten, der nicht wie ein Mensch, sondern wie ein Panther denkt!"

Das brachte eine ganz eigenartige Wirkung auf ihn hervor. Zunächst machte er eine Bewegung, als ob er die Hände ballen und aufspringen wolle; aber er brachte das infolge seines verletzten Fußes nicht fertig. Dann starrte er sie an mit fletschenden Zähnen und weit geöffneten Raubtieraugen. Plötzlich, wie mit einem Schlag, verschwand dies alles; sein Gesicht begann, eine fast naive, kindliche Gutmütigkeit zu zeigen, und im möglichsten Wohlklang seiner Stimme antwortete er:

„Ganz richtig; ja, ganz richtig! Allah erbarme sich über diese lieben Kerle! Er geleite sie aus dieser verfluchten und verdammten Falle in sein bestes Himmelreich!"

Er nickte ihr mit einem strahlenden Lächeln zu und richtete

hierauf sein Auge wieder nach dem Fluß hinab und auf das, was dort weiter geschah. In diesem Augenblick zuckte ein Blitz quer über den Horizont; ein Donnerschlag folgte, als ob alle Felsen des Engpasses im Einstürzen seien, und dann öffneten sich in einem einzigen Nu die Schleusen des Himmels und gossen keine Tropfen, keinen Regen, sondern eine ganze, kompakte, festgeschlossene See von Wasser hernieder, durch die kein menschlicher Blick zu dringen vermochte. Alles, was bisher vor unserm Gesicht gelegen hatte, war verschwunden. Unser Auge reichte nicht einmal bis auf die naheliegende Platte hinab. Wir sahen nur die immerfort stürzende Flut, die uns umklatschte, umbrüllte, umbrandete und in gieriger Wut an uns vorüber in die Tiefe sprang. Das ging so fünf Minuten, zehn Minuten, eine Viertelstunde, eine halbe, ja eine ganze Stunde. Da zuckte wieder ein Blitz, noch einer und noch viele hintereinander. Die Donner brüllten und krachten, daß mir die Ohren zu schmerzen begannen; aber die zuckenden Funken ließen bald hier und bald da eine Stelle des Tales oder des Flusses erkennen, und so bemerkten wir, daß Fluß und Tal nicht mehr zweierlei waren, sondern daß der erstere seine Ufer überflutete und ganz bis herüber an den Felsen reichte. Und als ob mit diesem eng zusammengedrängten Blitz- und Donnerschwall der aus dem offenen Himmel stürzende See sich erschöpft und das Weitere nun den Wolken überlassen habe, trat plötzlich eine Pause ein, in der kein einziger Tropfen fiel. Sie währte aber höchstens nur eine halbe Minute; dann setzte ein regelrechter Regen, wenn auch nicht allerersten, aber doch gleich zweiten Grades ein, der den ganzen Abend und die ganze Nacht bis zum frühen Morgen dauerte und auch so völlig undurchsichtig war, daß wir nur einige Schritte weit sehen konnten, und das auch nur, solange der Tag noch dauerte. Dann war alles um uns her ein einziges fließendes Wasser und eine einzige feste, dicke, stehende Finsternis. Aber jene kurze Pause zwischen Wolkenbruch und Regen hatte uns gezeigt, daß Pferde und Menschen mitten im strömenden Wasser lagen und saßen und also imstande waren, ihren Durst weit gründlicher zu stillen, als ihnen lieb und heilsam war.

Glücklicherweise war die Steinhütte für Halef und den Prinzen bei dem Beginn des Wassergusses schon fertig gewesen. Beide saßen also, grad so wie wir, im Trocknen. Aber unterhalten konnte ich mich mit dem guten Hadschi nicht, denn wir waren und blieben einander völlig unsichtbar, und um uns hörbar zu machen, hätten wir uns mehr anstrengen müssen, als das, was wir einander zu sagen hatten, wert gewesen wäre.

So verging der Abend und auch die Nacht, ich kann sagen, für mich ganz leidlich. Ich schlief mich einmal recht gründlich aus. Wenn ich hier und da aufwachte, so schläferte mich der ununterbrochene, monotone „Klatsch" des Regens sehr bald wieder ein. In diesen kurzen Pausen dachte ich an die armen Dschunub da unten am Fluß oder vielmehr im Fluß, denn das ganze Tal hatte sich wohl in einen einzigen, strömenden Kanal verwandelt. Auch gedachte ich der Tschoban und Ussul, die nicht so gut und trocken lagen wie ich. Aber die letzteren waren ja geborene Wasserratten, denen selbst so ein Guß gewiß nichts schadete und – klang das nicht, als ob jemand um Hilfe rufe? Nicht nur jemand, sondern viele? Solche Hilferufe erklangen noch oft – bald scheinbar nahe, bald scheinbar fern. Aber ich glaubte, es sei im Schlaf, und schlief also weiter, bis ich die bekannte Stimme meines Hadschi Halef hörte:

„Sihdi, du hörst ja nicht! Bist du denn tot, oder schläfst du wirklich nur?"

Ich wachte auf, rieb mir die Augen und schaute mich um. Ich lag nur noch allein in unserm improvisierten Steinpalast. Draußen war heller Sonnenschein. Da stand Halef mit seinen und meinen Hunden. Ich trat überrascht hinaus. Keine Spur von Wind, kein einziger Regentropfen mehr! Der Fluß war noch voll, doch ging er nicht mehr über die Ufer. Die Falle war leer, vollständig leer. Kein einziger Mensch, den ich sah! Da lachte Halef:

„So klug wie jetzt, hast du noch niemals ausgesehen, Sihdi!"

„Ich glaube es", antwortete ich. „Ich bin mehr als erstaunt; ich bin geradezu verblüfft. Was habe ich da alles verschlafen!"

„Nicht viel mehr als ich. Auch ich bin erst vor kurzem aufgewacht, als der Prinz sich wieder fortschaffen ließ, um zu seinem Vater zu kommen. Dieser seltsame Regen und diese wunderbare Luft haben auf dich und mich gewirkt wie ein Schlaftrunk, dem man nicht widerstehen kann."

„Aber wo sind sie alle, die hier waren?"

„Unten, weiter unten. Komm! Ich erzähle dir unterwegs!"

Was ich nun erfuhr, wenn auch nur andeutungsweise, denn Halef wußte selbst fast nichts genau, war mehr als überraschend und warf alle Berechnungen um, die ich mir in Beziehung auf die Dschunub gemacht hatte. Der Dschirbani hatte mit seinem Stab eine entsetzlich anstrengende Nacht verbracht. Er hätte

Halef und mich recht wohl brauchen können, war aber nicht imstande gewesen, uns das zuzumuten, was er nur sich selbst zumuten durfte. Ich hatte die Hilferufe nicht im Schlaf gehört, sondern in den Pausen, in denen ich wachte. Das Wasser des Flusses hatte eine solche Höhe erreicht, daß es den Pferden da unten auf dem Weg schließlich bis an den Leib und den Menschen bis an die Brust gegangen war. Die Dschunub standen in Todesangst. Sie schrien bis weit nach Mitternacht fast immerwährend um Hilfe. Einer solchen Wassermasse hatten die beiden Feuer kaum widerstehen können. Sie brannten nur noch an der Spitze der Scheiterhaufen, deren unterer Teil im Wasser stand. Und sie brannten auch nicht mehr im Freien, weil sie da vom Regen ausgelöscht worden wären, sondern im Innern der beiden Toröffnungen, wo kein Regen sie traf. Das hatte ihrer Größe und ihrer Wirkung so viel Eintrag getan, daß die Dschunub es wagen konnten, bis heranzukommen und die Wachen zu bitten, daß der Dschirbani kommen möge, um mit ihnen zu verhandeln. Diese Angst und Not hatte sich der Dschirbani zunutze gemacht. Er war bald am Felsenloch und bald am Felsentor mitten im Wasser erschienen, um hier mit dem Maha-Lama, dort mit dem Strategen zu reden. Auch der Minister und die Generäle waren gekommen, aber nicht zusammen, sondern einzeln. Denn ein jeder von ihnen hatte irgend etwas für sich allein erreichen wollen und zu diesem Zweck ein Bekenntnis oder Geständnis gemacht, welches ihn entlastete, aber zugleich ein Verrat an den andern war. Diese einzelnen Mitteilungen vereinigt, hatten ein ganzes Bild ergeben, welches der Dschirbani dadurch vervollständigte, daß er diese Herren alle zusammenkommen ließ und sie verhörte, mitten im strömenden Regen, bis an die Brust im Wasser stehend und von hundert Speerspitzen der riesigen Ussul bedroht. Sie waren überzeugt, dem sichern Tode zu verfallen, wenn sie sich weigerten, zu gestehen. Darum erzählten sie alle, was sie wußten. Keiner schwieg, keiner nahm sich aus.

„Was sie wußten? Von wem?“ fragte ich Halef.

„Von ihrem Scheich. Vom Mir von Ardistan aber ganz besonders.“

„Und dann?“

„Der Erfolg war ganz anders, als sie dachten. Der Dschirbani ging von ihnen, ohne ein Wort zu sagen. Aber kurze Zeit darauf wurde das Felsenloch geöffnet. Die Dschunub durften heraus, immer einer nach dem andern. Ein jeder hatte sein Pferd und seine Waffen abzuliefern. Jetzt lagern sie, alle dreitausend Mann, im Süden der Landenge im Sand und werden mit ihren eigenen Waffen von uns in Schach gehalten."

„Also kriegsgefangen?"

„Nein, noch schlimmer, Effendi."

„Was sonst?"

„Gefangen wie die Kinder Israel in Babel. Der Dschirbani gibt sie nicht wieder frei. Er läßt sie in die Urwaldungen der Ussul verteilen, wo ihre Aufgabe ist, die Wildnis in fruchtbares Land zu verwandeln."

„Ist das wirklich?" rief ich aus.

„Ja, Effendi."

„Sie alle, alle?"

„Alle! Auch der mit dem langen Namen, der Maha-Lama und der oberste Minister. Sag, was machst du für ein Gesicht?"

„Komm, komm! Ich muß hinunter; ich muß zum Dschirbani!"

Ich eilte den Höhenweg dahin und dann zum Felsenloch hinab. Bis dahin war kein Mensch zu sehen, wohl aber die Spuren des gestrigen Unwetters. Von hier an aber gab es Leute, erst einzelne, dann mehr und mehr. Es waren lauter Ussul und Tschoban. Ich wurde von ihnen gegrüßt, dankte aber kaum, so sehr war ich innerlich beschäftigt. Ein Dschunubi war nicht zu sehen. Am Ende des Engpasses angelangt, sah ich rechts, weit draußen, Tausende von Pferden stehen. Links, auch weit draußen, lagerten ebensoviele Menschen – die Gefangenen. Sonst wimmelte es überall von Ussul und Tschoban. Grad vor mir wurde soeben das Zelt des Scheichs der Ussul wieder errichtet, welches des Sturmes wegen abgebrochen worden war. Vor ihm gab es einen eng gezogenen Kreis von Leuten, in dem irgend etwas Wichtiges zu geschehen schien. Ich drängte mich mit Halef durch. Da standen in einer Gruppe beisammen Amihn und Taldscha, der Dschirbani, der Scheich der Tschoban mit Sadik, seinem ältesten Sohn, ferner Abd el Fadl und Merhameh. Ihnen gegenüber hielten auf drei Pferden, zu einem langen Ritt vollständig ausgerüstet, trotz seines kranken Fußes der Panther und seine beiden Freunde und Berater, die Feder und das Schwert des Prinzen.

Als dieser mich sah, hielt er mitten in einem Satz inne, den er soeben sprach, und rief, indem er auf mich deutete:

„Da kommt er ja. Fragt ihn! Er ist der Horcher. Er weiß alles zu erlauschen, zu erfragen, zu erforschen, zu erfahren! Er hat uns gelehrt, die Offiziere der Dschunub zu belauschen. In ganz demselben Raum saß ich vorher mit meinen beiden Gefährten. Es ist gewiß, daß er auch uns belauschte. So fragt ihn doch! Er wird euch sagen, weshalb ich sofort gehen muß, nachdem ich diesem hier begegnet bin!"

Er hob bei diesen Worten die Hand und zeigte auf seinen Bruder Sadik, dessen Anwesenheit er erst heut früh erfahren hatte. Dann ritt er bis nahe an Abd el Fadl heran und fragte ihn:

„Du bist Abd el Fadl, der Fürst von Halihm?"

„Ja", antwortete der Angeredete.

„Und das ist Merhameh, deine Tochter?"

„Ja."

„So warne ich dich! Gib sie niemals einem Mann zum Weibe, außer mir! Sie wagte gestern zu segnen, wo ich verfluchte. Und sie ist schön! So sei sie mir verfallen! Ich hole sie mir!"

Er ließ sein Pferd einen engen Kreis beschreiben, um allen rundum Stehenden in das Gesicht zu sehen, und rief sodann mit lauter Stimme:

„Hört, ihr Tschoban! Und hört auch, ihr Ussul! Dort seht ihr Merhameh, das Kind von Abd el Fadl, des Fürsten von Halihm! Und hier bin ich, bis jetzt nur Prinz des Scheichs der Tschoban, bald aber mehr, viel mehr! Ich erkläre Merhameh für meine Braut. Wehe ihrem Vater, wenn er es wagt, mir einen andern vorzuziehen! Wehe ihr, wenn sie sich mir nicht treu und heilig hält! Und wehe dem Unglücklichen, den ich an ihrer Seite finde, wenn ich komme! Er stirbt einen Tod, der schwerer wiegt, als tausend andere Tode! Lebt wohl! Allah beschütze euch! Ihr habt es nötig!"

Er ritt davon, begleitet von seinen Gefährten. Ich stand da und schaute ihm nach, ohne das, was er tat, zu begreifen. Da kam der Dschirbani, nahm mich bei der Hand und sagte:

„Komm mit, Effendi, komm! Es ist sehr Wichtiges geschehen. Wir warteten schon längst auf dich, um es dir mitzuteilen. Das, was gestern geschah und heut geschieht, ist keinesfalls das Ende. Es scheint, wir gehen doch hinauf, hinauf nach – Dschinnistan . . .!"

ZWEITES KAPITEL

In der Höhle des Löwen

Es war etwas über zwei Monate später. Dschunubistan hatte sich fügen müssen. Der Dschirbani stand mit seinem stark vermehrten Heer nun an der Grenze von Gharbistan, welches keinen besonderen Herrscher besaß, sondern ebenso wie auch Scharkistan dem Mir von Ardistan unmittelbar untergeben war. Wir beide aber, nämlich Halef und ich, befanden uns unsern Truppen weit voraus; warum, das wird der Leser bald erfahren. Wir hatten Gharbistan quer durchritten und uns dann bei dem Mir von Ardistan als Abgesandte des Dschirbani melden lassen. Es war uns von ihm eine Reiterschar entgegengeschickt worden, um uns nach Ard, seiner Hauptstadt und Residenz, zu führen. Diese Leute behaupteten, daß sie die Aufgabe hätten, uns zu beschützen. In Wahrheit aber hatten wir uns als ihre Gefangenen zu betrachten, weil es ihnen bei Leben oder Tod befohlen war, uns der Gewalt des gefürchteten Tyrannen auszuliefern. Sie waren das, was wir in Europa als Soldaten bezeichnen, und wurden von einem Oberst angeführt, der sich alle Mühe gab, uns glauben zu machen, daß nicht die geringste Gefahr für uns vorhanden sei. Daß wir unsere beiden Hengste ritten, versteht sich ganz von selbst. Aber unsere Gewehre hatten wir bei dem Dschirbani zurückgelassen, ebenso auch die Pistolen und Revolver, und zwar aus zwei gewichtigen Gründen. Erstens wollten wir als Gesandte oder vielmehr als Parlamentäre gelten und durften also nicht bewaffnet sein, und zweitens wollte ich meine beiden kostbaren Gewehre nicht der Gefahr aussetzen, in die Hände des Mirs zu geraten. Wir waren also vollständig unbewaffnet, denn die Messer, die dort ein jeder fortwährend trägt, waren nur als Eßwerkzeuge, nicht aber als Waffen zu betrachten. Auch unsere Hunde hatten wir nicht mit. Es war ausgeschlossen gewesen, sie mit nach Ardistan zum Mir zu nehmen. Sie konnten uns da leicht hinderlich sein. Darum hatten wir sie zurückgelassen und der Pflege Abd el Fadls, Merhamehs und des Dschirbani anvertraut.

Unsere Eskorte hatte uns schon anderthalb Tage lang durch

ein Land geführt, welches sich immer gesegneter und fruchtbarer zeigte, je mehr wir uns der Hauptstadt näherten. Aber wir bemerkten gar wohl, daß man einsamen Wegen den Vorzug gab, um Begegnungen möglichst zu vermeiden. Das Terrain stieg langsam, aber ununterbrochen an. Das Land war bergig geworden. Aber die Berge waren nicht kahl, sondern teils dicht bewaldet, teils mit Reben oder Fruchtbäumen besetzt. Wo es eine breitere Ebene gab, sahen wir Häuser, Gärten und Felder liegen, und aus der Tiefe der Bergesengen glänzte fließendes Wasser zu uns herauf. Das war gegenüber der Wüste der Tschoban, die wir glücklich überwunden hatten, ein erfreulicher Anblick für uns.

Der heutige Nachmittag war schon über halb verflossen, als sich die Zeichen mehrten, daß die Residenz nahe sei. Auf allen Wegen sah man Menschen, die entweder dorthin gingen oder von dorther kamen. Begegnungen waren gar nicht mehr zu vermeiden. Besonders fiel uns der große Prozentsatz der Militärpersonen auf, die sich unter diesen Leuten befanden. Sie waren, wie vor zwei Monaten die Dschunub, fast ganz gleich gekleidet und an ihren Gewändern mit Abzeichen versehen, die sich auf die betreffende Charge bezogen.

Wir hatten eine lang hingestreckte Höhe zu erklimmen gehabt, an der sich Wein- und Johannisbrotgärten aneinanderreihten. Ich dachte dabei an meinen Lieblingsberg, den Karmel, auf dessen Höhe es auch Wein und Johannisbrot in Menge gibt. Jetzt, als wir den Kamm erreichten, hielten wir unwillkürlich unsere Pferde an, denn der Anblick, der sich uns von hier aus bot, war überraschend schön, war sogar selten schön. Vor uns lag ein weiter, weiter, rundum von Bergen eingeschlossener Talkessel, den vier Flüsse durchzogen, die sich grad unter uns vereinigten. An den Ufern dieser Flüsse lag Haus an Haus und Garten an Garten, soweit unsere Blicke reichten. In den Gärten herrschte die Palme vor. Es war fast so, wie wenn man von den Baradafelsen aus auf Damaskus herunterschaut, nur noch viel schöner. Die Häuser zeigten alle möglichen Baustile. Auch Gotteswohnungen gab es in großer Zahl und, wie es schien, von jeder geschichtlichen Art. Wir sahen geschlossene und offene Säulentempel; links drüben ein Bau, der einem indianischen Teokalli – Gotteshaus – glich, und rechts, auf der andern Seite, eine hoch und massig gebaute Chinesenpagode. Dazwischen ragten schlanke, mohammedanische Minaretts in die Lüfte. Hier und da stand auch ein kleineres, bescheideneres Haus, mit einem christlichen Kreuz auf dem Dach. Sollten das etwa Kirchen sein?

Vor allen Dingen stieg grad im Mittelpunkt der Stadt ein wunderbar komponierter und gegliederter Bau aus Stein zum Himmel auf, der unsere Blicke auf sich zog und gar nicht wieder von sich lassen wollte. Das Mittelstück desselben, ein großes, kühnes Kuppelwerk, wurde nach Nord, Süd, Ost und West von vier gewaltigen Türmen flankiert, welche ganz gewiß die Höhe des Kölner Domes hatten, einander auf das genaueste glichen und, unten massig geschlossen, sich nach oben hin immer feiner und feiner filigranisierten, so daß ihre Spitzen sich in Äther zu verwandeln und ganz in ihm zu verschwinden schienen. An diese vier Haupttürme schlossen sich nach den vier Himmelsrichtungen wieder Kuppeln an, aber kleinere, die eine Interpunktion von gleichmäßig kleineren Türmen bekamen und in eine weitere Folge von immer tiefer herabsteigenden Kuppeln, Türmen und Türmchen verliefen, bis der hoch aufgeschwungene Grundgedanke die Erde wieder erreichte, aus der er gestiegen war. War das ein christlicher Dom? Etwa die Kathedrale?

„Nicht wahr, eine herrliche Stadt?" fragte der Oberst, der es uns ansah, welchen Eindruck das alles auf uns machte. „Hier stand zur Zeit der ersten Menschen das Paradies. Siehst du die vier Flüsse? Sie heißen Phison, Dschihon, Tigris und Phrat. Diese Namen stehen schon in euerm Koran oder in eurer Bibel oder in euern Wedabüchern. Mich geht das nichts an, denn ich glaube an kein solches Buch. Die Türme sind das Schloß des Mirs. Gott selbst hat den Grundstein gelegt, als das Paradies noch stand, grad in der Mitte desselben. Er befahl den Assyra und Babyla, die Riesen waren, den Bau zu beginnen, den er zur Wohnung für den Mir von Ardistan bestimmte. Sie gehorchten. Später aber kamen die Christen, welche behaupten, daß alles nur ihnen allein gehöre. Sie trieben die Assyra und Babyla von dannen und bauten weiter. Als alles fertig war, setzten sie auf jede Spitze, Ecke und Kante ein Kreuz. Der damalige Mir ließ das geschehen. Er lächelte dazu, daß sie glaubten, in diesem seinem Hause wohnen zu können. Als das letzte Kreuz seinen Platz erhalten hatte, ließ er sie alle wieder entfernen und zog hinein, wo nun sein Nachkomme noch heutigen Tages wohnt. Die Christen aber wurden ob ihres Hochmutes streng bestraft. Sie sind noch heut verachtet und verhaßt, und es ist eine große Gnade des Mirs, daß er sie nicht ganz vernichtet oder vertrieben, sondern ihnen erlaubt hat, in den kleinsten und abgelegensten Häusern der Stadt zu wohnen, die als Warnungszeichen mit einem Kreuz versehen sein müssen, damit niemand sich verunreinige, indem er seinen Fuß über eine solche Schwelle setzt. Doch kommt! Wir müssen weiter. Der Mir hat befohlen, euch noch vor Abend abzuliefern, weil die von euch gewünschte Audienz noch heute stattzufinden hat."

„Wohin führst du uns?" fragte ich.

„Natürlich nach dem Schloß, in dem ihr wohnen werdet, denn ihr seid seine Gäste."

„Gäste?"

Bei diesem Worte sah ich ihm scharf in die Augen. Er wurde zwar ein wenig verlegen, bestätigte aber doch:

„Ja, Gäste!"

„Hat er dich beauftragt, uns dieses Wort zu sagen? Wirklich dieses?"

„Grad dieses! Ganz gewiß!" Nach dieser Versicherung fuhr er gedämpften und vertraulichen Tones fort: „Er ist außerordentlich begierig, euch zu sehen. Er kennt euch schon."

„Woher?"

„Das darf ich nicht verraten. Vielleicht sagt er es euch selbst."

Wir setzten uns wieder in Bewegung und ritten auf der andern Seite der Höhe zur Stadt hinab. Niemand beachtete uns. Wir waren nicht anders gekleidet als hier jedermann, und keiner von allen, deren Blicke auf uns fielen, hielt uns für fremde oder gar für aus irgend einem Grund interessante Menschen. Es war genau so, wie wenn zwei Deutsche mit einigen Einheimischen durch die Straßen von Paris oder London reiten. Die paar Menschen verschwinden unter der ungezählten Menge der übrigen Passanten. Wir ritten wohl eine ganze Stunde lang durch verschiedene Straßen, Gassen und Gäßchen, kamen über mehrere Brücken und hatten bei den Verschiedenheiten und den Gegensätzen, die uns da überall und in jeder Form und Beziehung entgegentraten, das Gefühl, uns in einer Weltstadt zu befinden, die alles in sich vereinigt, was die Erde ihren Bewohnern bietet. Das machte auf meinen wackeren Halef einen beinahe entmutigenden Eindruck.

„Mir beginnt angst zu werden, Sihdi!" sagte er. „Das ist etwas ganz anderes als draußen im Wald, auf dem Feld oder gar in der freien Wüste, wo man tun kann, was einem beliebt. Hier aber ist man nicht mehr Herr seiner selbst. Hier hilft alle Tapferkeit und Klugheit nichts. Man wird erdrückt, mag man sich noch so wehren! Du aber lächelst?"

„Ja. Du fürchtest dich weder vor den Bäumen des Waldes, noch vor den Halmen des Feldes, noch vor den Sandkörnern der Wüste, obgleich du sie nicht zählen kannst. Vor diesen Menschen aber wird dir bange, obgleich ihre Zahl noch lange nicht so groß ist als die Zahl der Blätter oder Nadeln eines einzigen ausgewachsenen Baumes im Wald! Glaubst du etwa, daß Allah draußen vor der Stadt geblieben ist? Oder haben wir unsern Mut, unsern Scharfsinn, unsere List da draußen weggeworfen und reiten nun ohne Glauben an Gott und an uns selbst als Narren und Dummköpfe einem unvermeidlichen Untergang entgegen?"

Da reckte er seine kleine Gestalt so hoch wie möglich empor und antwortete:

„Nein, Sihdi, nein; das nicht! Wenn du so weiter denkst und bleibst wie jetzt, werden wir diese Riesenstadt so frei verlassen, wie wir gekommen sind! Ja, es ist wohl richtig, daß es ein unendlich kühner und verwegener Plan gewesen ist, nach Ard zu reiten, um den Mir kennenzulernen, bevor der eigentliche Kampf gegen ihn beginnt. Wenn er uns durchschaut, so weiß er, daß wir nur als Spione gekommen sind, die man entweder mit Knüppeln totzuschlagen oder mit Stricken am Hals aufzuhängen pflegt. Und er ist ein rücksichtsloser, grausamer Mensch, dem es ein großes Vergnügen machen wird, uns von der Spitze eines seiner vielen Türme herunterwerfen zu lassen. Aber wir würden uns so etwas doch wohl nicht ganz gutwillig gefallen lassen. Wenigstens ich würde, falls es uns wirklich an das Leben gehen sollte, ihm schnurstracks an den Hals springen und ihm zwei Hände breit weiter unten fühlen lassen, wie lang die Klinge meines Messers ist! Also sei getrost, Sihdi! Ich verlasse dich nicht, mag es kommen, wie es will!"

So war er, der liebe, kleine Kerl; er tröstete und munterte mich auf, obwohl die Bangigkeit sich doch nicht an mich, sondern an ihn herangeschlichen hatte. Daß er mich selbst in der gefährlichsten Lage nicht verlassen würde, verstand sich ganz von selbst!

Der Riesenbau des Schlosses blieb uns durch jede Straßen- und Häuserlücke sichtbar, an der wir vorüberkamen. Er schob seine Füße viel weiter vor, als wir dachten, und so waren wir überrascht, als wir plötzlich an einem Mauertor hielten und der Oberst uns sagte, daß wir am Ziel angekommen seien. Das Tor führte nicht in ein Gebäude, sondern in einen offenen Hof, dessen zwei Hauptseiten aus Stallungen bestanden. Hier wurden, wie wir erfuhren, die Pferde der Gäste des Mirs untergebracht, und zwar nur die wertvollen Pferde, nicht aber die gewöhnlichen, die nicht der Mühe wert waren, welche man sich mit Tieren besserer oder gar reinster Abstammung gibt. Der Oberst wollte uns, sobald wir abgestiegen waren, gleich weiterführen, doch gingen wir nicht darauf ein, denn in unserer gegenwärtigen Lage hatten unsere Pferde für uns genau denselben Wert wie wir selbst. Er mußte warten, bis sie untergebracht, gesäubert, gewaschen und getränkt worden waren und ihr Futter vorgelegt bekommen hatten. Als er darüber ungeduldig wurde und uns sagte, daß er nicht so lange warten könne, sondern dem Mir Bericht erstatten müsse, antwortete Halef in seiner ihm eigenen, deutlichen Weise:

„Wir verlangen ja gar nicht, daß du länger bleibst. Nur der Mir soll warten, da du nicht warten kannst. Mein Pferd steht mir höher als er!"

Der Offizier aber wartete doch! Dann führte er uns durch ein Innentor nach einem der kleinen Nebentürme, in dem die beiden Stuben lagen, die uns angewiesen wurden. Dort übergab er uns einem Diener und entfernte sich. Der Diener war sehr höflich, aber auch sehr einsilbig. Er brachte uns Essen und Trinken und setzte sich dann draußen vor die Tür, so daß es, da er Pistolen im Gürtel stecken hatte, ganz so aussah, als ob er nicht unser Domestik, sondern unser Wächter sei. Das Essen war sehr gut und sehr reichlich. Als wir gesättigt waren, genossen wir für kurze Zeit die Aussicht, die sich uns durch das Fenster bot. Wir sahen von da aus bis weit zu der Höhe hinaus, von der wir herabgekommen waren. Dann gingen wir hinunter nach dem Hof, weniger, um noch einmal nach unseren Pferden zu sehen, als vielmehr um zu erfahren, wie es mit der Freiheit bestellt war. Der Diener hinderte uns nicht, die Stuben zu verlassen, aber er kam dann hinter uns her. Und als wir unten nach dem Außentor schritten, machte er uns darauf aufmerksam, daß es verschlossen sei. Es werde uns geöffnet werden, wenn wir in die Stadt zu gehen wünschten; aber da müsse er vorher die Wache kommen lassen, die uns zu begleiten habe, weil der Mir nicht wolle, daß uns auf irgendeine Weise ein Leid oder etwas Ähnliches geschehe. Nun wußten wir, woran wir waren. Man betrachtete uns als Gefangene, obgleich man es uns nicht direkt zu hören gab. Das beunruhigte uns aber nicht, denn wir hatten überhaupt nichts anderes erwartet. Als wir hierauf in unsere Wohnung zurückgekehrt waren, brach die Nacht herein, und der Diener brachte uns Licht. Eine Stunde später kam der Oberst und teilte uns mit, daß er den Befehl habe, uns zum Mir zu führen. Dieser werde zwar nicht mit uns sprechen; wir aber hätten ihm die vorgeschriebene Demut zu erweisen und alle Fragen, die er durch andere an uns richten lasse, schnell und der Wahrheit gemäß zu beantworten.

„Da sehe ich schon kommen, was kommt!“ flüsterte Halef mir zu. „Das wird sich mein Sihdi wohl kaum gefallen lassen!“

Der Mir von Ardistan ist ein hochstehender, orientalischer Fürst, ein Selbstherrscher, der kein anderes Gesetz kennt, als nur seinen eigenen Willen. Die Fama sprach nicht gut über ihn, sondern schlecht, sehr schlecht. Man sagte ihm nach, daß selbst der reichste, der höchste, der beste und klügste Mensch für ihn nichts weiter sei als nur eine Mücke, die man zwischen zwei Fingerspitzen zerdrückt. Ich aber wußte, daß der Mensch stets menschlich bleibt, sowohl in guten, als auch in bösen Dingen. Kein Mensch kann so vortrefflich sein, daß er nur Engel ist. Und kein Mensch kann von Gott so völlig aufgegeben werden, daß man nur noch Teuflisches, nichts Menschliches mehr an ihm findet. Auch der Mir von Ardistan war jedenfalls weder ein Engel noch ein Teufel und stand dem letzteren wohl kaum so nahe, wie das Gerücht behauptete. Wenn ihm ein Menschenleben so gar nichts galt, so lag das vielleicht weniger an ihm als an dem Umstand, daß er es jahraus jahrein nur mit niedrigen, kriechenden Speichelleckern, Schmarotzern und Schranzen zu tun hatte. Womöglich war ihm noch niemals ein Mensch von wirklichem Wert vor die Augen gekommen. Das war aber doch nur ein Grund, ihn zu bemitleiden, nicht aber, ihn zu fürchten oder gar zu hassen!

Wir wurden durch lange Gänge und mehrere Treppen hinauf- und hinuntergeführt. Es gab überall nur so wenig Licht, wie gerade nötig war zu sehen, wo man ging. Die Wände waren verhangen. Die Teppiche und Matten töteten den Schall eines jeden Schrittes. Wie draußen im Freien war man auch hier bemüht, jede Begegnung zu vermeiden. Wir trafen keinen Menschen, nicht einmal eine dienstbare, uns die Räume öffnende Person an. Das alles tat der Oberst selbst. Endlich führte er uns gar in einen langen, schmalen, vollständig dunklen Raum, den wir in seiner ganzen Ausdehnung durchschritten, indem wir uns hüben und drüben mit den Händen weitertasteten. Das war, wie sich dann herausstellte, Berechnung. Wir sollten uns infolge dieser Dunkelheit von der uns nun entgegenstrahlenden Lichtfülle überwältigt und geblendet fühlen.

Zum Verständnis der nun folgenden Szene habe ich zu bemerken, daß ich, wenn ich vom „Öffnen der Räume" sprach, nicht habe sagen wollen, daß wirkliche, hölzerne, verschließbare Türen vorhanden gewesen seien. Ob es überhaupt welche gab, das wußten wir nicht; gesehen hatten wir keine, ausgenommen das Tor, durch welches wir aus der Straße in den Hof geritten waren. Sonst aber waren alle Türöffnungen, durch die wir bis zum jetzigen Augenblick gekommen waren, mit Teppichen oder Gardinen verhangen gewesen, die man, um passieren zu können, zurückzuschlagen hatte. Dieses Zurückschlagen der Vorhänge meinte ich, als ich von dem Öffnen der Türen oder der Räume redete. Als der Oberst die dicken, schweren Gardinen, welche das gegenwärtige tiefe Dunkel abschlossen, auseinanderzog und uns aufforderte, einzutreten, drang uns zu gleicher Zeit beides entgegen, eine Fülle aller möglichen Wohlgerüche und eine Fülle aller möglichen Licht- und Strahlenbrechungen mit Hilfe gefärbter Gläser, Ampeln und Laternen, die von der Decke hingen und an den Wänden befestigt waren. Das brennende Sesamöl und die brennenden Kerzen waren parfümiert. Das Auge wurde geblendet und jeder Empfindungsnerv sofort in eine Art von Betäubung versetzt.

Es war ein Saal, in den wir traten, sogar der Thronsaal des Mirs von Ardistan, und doch auch wieder nicht, sondern etwas ganz anderes. Dieser Saal hatte, architektonisch betrachtet, etwas Frommes, Heiliges, ja Kirchliches an sich, doch drang dieser Ausdruck oder Eindruck nicht vollständig durch; er wurde durch die weltliche Ausschmückung, so kostbar diese auch war, profaniert.

Ich will den köstlichen Thronstuhl nicht beschreiben, auch nicht den, der darauf saß, denn ich sah ihn nicht, sondern ich sah nur die Gewänder, die er trug, und die weißen Schleier, die sein Angesicht so verhüllten, daß nur eine schmale Queröffnung für die Augen offenblieb. Das alles glänzte von Gold und blitzte und funkelte von Diamanten und anderen edlen Steinen. Zu seiner Rechten und zu seiner Linken standen seine Hofstaaten und die höchsten seiner Offiziere, sie alle in flimmernde Kleidungen oder Uniformen gehüllt. Noch weiter von ihm entfernt eine Menge niedrigerer Chargen, die aber eine solche Menge von Waffen trugen, daß man damit eine sechsmal größere Anzahl für den Kampf hätte ausrüsten können. Es war also nicht nur auf die Wirkung des Reichtumes und die Pracht, sondern wenigstens ebenso auch auf den kriegerischen Eindruck abgesehen, den man auf uns machen wollte. Wir zwei armen Teufel kamen uns dagegen wie ein Paar wertlose Pfennige vor, die unter einen Haufen von Zwanzigmarkstücken geraten sind.

Warum diesen Aufwand wegen uns beiden? So fragten wir uns. Doch blieb uns keine Zeit, diese Frage zu beantworten, denn wir konnten doch nicht stehenbleiben. Aller Augen waren auf uns gerichtet, was wir tun und sagen würden. Wir schritten also zur Mitte des Saales vor, bis wir dem Thron gerade gegenüberstanden. Da blieben wir stehen und schauten auf den Herrscher oder vielmehr auf seine weit ausgebreiteten, übereinanderliegenden Prachtgewänder, unter denen er, die Augen abgerechnet, vollständig verschwand. Er regte sich nicht, wir also ebenso nicht.

„Warum grüßt ihr nicht?" fragte eine Stimme, die mir sofort bekannt vorkam.

„Wen sollen wir grüßen?" antwortete ich.

„Den Herrscher!"

„Wo ist er? Er zeige sich!"

„Hier sitzt er, hier! Bist du blind?"

Der, welcher sprach, hatte bisher hinter dem Mir gestanden; jetzt trat er ein wenig zur Seite, so daß wir ihn sahen. Es war – der Panther. Darum war mir die Stimme sogleich bekannt vorgekommen. Ich ließ mich von seiner Anwesenheit nicht im geringsten überraschen, sondern entgegnete:

„Blind wohl kaum. Aber wie es scheint, sehe ich falsch. Ich bin gekommen, um mit dem Mir von Ardistan zu sprechen und sehe an seiner Stelle weiter nichts als einen ganz gewöhnlichen Tschoban, der seinen Vater, sein Volk und seine Heimat verlassen hat, um sie an ihre Feinde zu verraten. Pfui!"

Ich spuckte aus und wendete mich, um wieder fortzugehen.

„Halt! Du bleibst!" versuchte er, mich anzudonnern.

„Wer will mich halten?" fragte ich.

„Ich! Wir alle!"

„Versuche es!"

Ich ging. Halef, der Wackere, folgte mir.

„Halt, halt!" befahl der Panther abermals.

„Halt, halt, halt, halt!" riefen die andern.

Die näher Stehenden eilten uns nach. Einige faßten nach uns. Einer, der mich mit der Linken beim Arm ergriff, zog sogar seinen krummen Säbel. Den riß ich ihm aber aus der Hand, schleuderte den Kerl mitten unter die andern hinein und rief:

„Zurück! Nehmt euch in acht! Wer aber sofort zum Teufel fahren will, der komme her!"

Einen Augenblick lang war alles still. Jeder stand vor Entsetzen unbeweglich. Eine solche Entweihung dieses Thrones, dieses Heiligtumes war unerhört, war noch niemals vorgekommen, war ein todeswürdiges Verbrechen, welches unbedingt gerächt werden mußte. Im nächsten Augenblick brach man auf uns ein; so viel war sicher! Ich war entschlossen, bis hinaus in den engen Gang zu retirieren und, indem wir uns dort in der Finsternis zurückzogen, niemand an uns heranzulassen. Vielleicht erreichten wir den Hof und den Stall. Was dann zu geschehen hatte, das stand dann freilich nicht in unserer Hand. Aber es kam, trotz der Größe und der Nähe der Gefahr, doch nicht so weit. Draußen näherte sich ein ungeheurer Lärm, eine Menge Stimmen, die angstvoll durcheinanderschrien. Die Gardine des Haupteinganges wurde weggerissen, und man brüllte herein:

„Zu Hilfe! Zu Hilfe! Rettet euch! Vier tolle Hunde, vier tolle Hunde! Wie die Kamele so groß!"

„Wo?" fragten die, welche soeben auf uns eindringen wollten.

„Erst unten am Tor des Stallhofes. Da heulten sie und wollten herein. Sie konnten aber nicht. Da rannten sie nach dem Haupttor und hetzen nun, nach Spuren suchend, durch alle Räume und Gänge – da, da! Rettet euch! Sie kommen! Sie kommen!"

Das Geschrei da draußen und auch hier bei uns wurde jetzt von scharf rufenden Hundestimmen übertönt. Das war kein Heulen und Bellen, sondern jenes weittönende, sehnsuchtsvolle Suchen und Fragen, welches nicht eher verstummt, als bis der Hund den vermißten Herrn gefunden hat. Es näherte sich. Es wollte vorüber, denn es gab da draußen keine Fährte von uns, weil wir von der andern Seite gekommen waren. Wir sahen sie vorüberjagen, alle vier, erst Hu und Hi, dann, schärfer windend, auch Aacht und Uucht. Schon waren sie vorbei, da kehrte Uucht um und warf einen Blick herein. Sie hatte einen hinaustreibenden Lufthauch aufgefangen. Uns sehen und wie eine Löwin brüllend, vor übergroßer Freude, das war eins. Im nächsten Augenblick waren auch die drei andern da. Sie warfen sich auf uns. Sie hätten uns umgerissen und überkugelt, wenn wir nicht schnell an die Wand retiriert wären, um ihren Liebkosungen standhalten zu können. Was aber außer uns beiden und ihnen sich noch im Saal befand, das rief, schrie, heulte und brüllte vor Schreck und Entsetzen aus allen Kehlen und rannte schleunigst zur Tür hinaus.

Die braven Tiere hatten sich also nicht halten lassen. Es war, wie wir später hörten, jede Mühe und alle Zärtlichkeit vergebens gewesen. Wir wußten gar wohl, daß sie unbedingt geblieben wären, wenn man sie nicht falsch behandelt hätte, denn wir hatten es ihnen befohlen und waren von ihnen verstanden worden. Welchen Fehler man gemacht hatte, erfuhren wir hernach; jetzt aber konnten wir nicht darnach fragen und mußten uns darein, daß sie uns nachgeeilt waren, fügen, gleichviel ob es für uns gut war oder nicht. Jedenfalls war es eine ganz bedeutende Leistung von ihnen. Fast vier volle Tagesreisen, erst zwei durch Charbistan und dann fast zwei durch Ardistan. Durch eine stockfremde, reich belebte Stadt! Wegen des verschlossenen Tores durch den ganzen Palast, bis sie uns hatten! Wie verdurstet, verhungert, vergrämt und abgehetzt sie aussahen! Und wie sie nun vor Freude wimmerten und weinten. Wir meinten es ehrlich gut mit ihnen. Wir liebkosten sie mit allen Händen und allen Worten, die sie verstanden. Sie mußten Wasser und Fleisch bekommen!

„Ja, Wasser, vor allen Dingen Wasser!" sagte Halef. „Und Fleisch, viel Fleisch! Und wenn ich die Küche des Mirs erstürmen müßte! Sie haben es verdient, wahrhaftig verdient!"

„Brauchst nicht zu stürmen!" ließ sich da eine tiefe, klare Stimme vernehmen. „Herrliche Hunde! Prächtige Hunde! Werde selbst Befehl geben! Geht getrost in eure Stuben! Es geschieht euch nichts, solange ihr in diesem Hause seid! Ihr seid meine Gäste. Verstanden, meine Gäste! Werde euch den Nahsir es Serahja – den Schloßvogt, Schloßhauptmann – senden. Sogleich!"

Man denke sich unser Erstaunen. Wir hatten angenommen, sie alle seien hinaus, und hatten nur noch Augen für unsere Hunde gehabt. Und nun jetzt, da er zu sprechen begann und wir zu ihm hinschauten, sahen wir, daß gerade die Hauptperson, nämlich der Mir, ganz ruhig sitzen geblieben war und unsere Liebe und Zärtlichkeit für die erschöpften Tiere beobachtete. Jetzt stand er auf, nahm seine Kleider zusammen, hob sie, um sich fußfrei zu machen, vorn empor und ging hinaus. An der Tür blieb er noch für einen Augenblick stehen, wendete uns das Gesicht, welches wir des Schleiers wegen auch jetzt nicht sahen, noch einmal zu und wiederholte:

„Werde den Nahsir es Serahja senden. Der bringt Fleisch. Lebt wohl!"

„Maschallah!" wunderte sich Halef, als der Mir sich entfernt hatte. „Hättest du so etwas für möglich gehalten, Effendi?"

„Wohl kaum!"

„Ich denke, wir werden erst geköpft, dann enthauptet und schließlich gar noch hingerichtet, weil wir mit dem Säbel – du, da liegt er noch! Und nun scheint er ganz zufrieden zu sein und schickt uns gar noch Fleisch! Was sagst du dazu?"

„Daß die Hunde uns gerettet haben!"

„Ich auch! Wer hat sie gesandt?"

„Frag nicht, sondern komm!"

„Gleich, gleich, Sihdi. Erlaube nur, daß ich erst einmal – hier ist keine Wand, sondern nur ein großer, dünner Schleier, durch den man sieht, daß kleine Sternchen sich dahinter bewegen. Was mag das sein?"

Er ging nach der betreffenden Seite. Dort gab es, wie gewöhnlich bei Kirchenemporen, eine Balustrade, die eigentlich frei, jetzt aber bis hinauf an die Decke abgeschlossen war, und zwar durch senkrechte Reihen allerfeinsten bucharischen Wollenstoffes, zwischen denen man, wenn man sie zur Seite schob, in den hinter der Balustrade liegenden Raum hinausschauen konnte. Der war groß, sehr groß, aber völlig finster. Die Sterne, von denen Halef gesprochen hatte, waren brennende Lämpchen, zwar ziemlich zahlreich, aber doch nicht imstande, auch nur die allergeringste Beleuchtung hervorzubringen. Nur von dem Raum aus, in dem wir uns befanden, fiel ein nebelhafter Schein hinaus, der dem Schweif eines Kometen glich. Ich vermutete, daß wir uns unter der Hauptkuppel der Kathedrale befanden, konnte es aber nicht behaupten, da wir wohl erst morgen am Tage imstande waren, hierüber zu entscheiden.

Das unverhoffte, gütige Verhalten des Mirs war, wie man zugeben wird, geeignet, uns zu veranlassen, dem, was uns erwartete, ruhiger entgegenzusehen als bisher. Über sein Äußeres befanden wir uns im unklaren. Nur seine Stimme hatten wir gehört. Sie klang tief und rein und gar nicht unsympathisch. Die Zunge stieß, wie es schien, bei den Konsonanten „Sin" und „Sad" ein wenig an. Das klang gar nicht so, wie man sich die Stimme eines finstern Tyrannen, Despoten oder Wüterichs gewöhnlich zu denken pflegt. Ich hatte das Gefühl, als sei das Herz dieses Mannes keinesfalls von Stein, und Halef war ganz derselben Meinung. Eben, als wir den Rückweg nach unserer Wohnung antreten wollten, kam der Oberst gerannt. Der Mir selbst hatte ihn getroffen und ihm befohlen, zu uns zu eilen, um uns wieder dahin zurückzuführen, woher er uns geholt hatte. Wenn ich an den Lärm und an den Aufruhr dachte, den unsere Hunde hier im Schloß hervorgebracht hatten, so wäre mir der höchste Zorn des Fürsten erklärlich gewesen. Und was trat ein? Das gerade Gegenteil! Er nahm sich ihrer grad so wie wir in Liebe an! War das nicht wunderbar? Als wir uns dann wieder bei uns befanden, waren wir viel ruhiger als vorher, zumal der Diener die Weisung erhalten zu haben schien, von jetzt an weniger Wächter als vielmehr Domestik zu sein.

Er brachte zunächst Wasser für die Hunde. Dann drei Pfeifen und Tabak. Die dritte sei für den Nahsir es Serahja, der bald erscheinen werde. Doch sollten wir ja mit dem Rauchen nicht auf ihn warten, sondern immer beginnen. Wir taten das, und da stellte sich heraus, daß der Tabak von jener außerordentlich seltenen Sorte war, die man Bachuhr – Wohlgeruch – nennt und nur einmal bei Fürstlichkeiten oder sonstwie vom Schicksal bevorzugten Personen zu rauchen bekommt. Ich rauchte ihn hier zum ersten Male. Für den Schloßhauptmann war er jedenfalls nicht bestimmt. Wahrscheinlich war dieser, wie ja so mancher Diener, ein heimlicher Mitraucher seines Gebieters, und wir hatten das Vergnügen, ebenso heimlich daran teilnehmen zu dürfen.

Als er sich einstellte, war er ein ganz anderer Mann, als wir uns ihn gedacht hatten. Wir verbeugten uns bei seinem Gruß ganz unwillkürlich viel tiefer und erwiderten ihn viel höflicher, als es von der dortigen Sitte vorgeschrieben war. Er stand in den mittleren Jahren, war hoch und schlank, aber kräftig gebaut, und hatte einen köstlichen, nachtdunklen, bis auf die Brust herabwallenden Bart, der sein männlich schönes, farbloses Gesicht fast totenbleich erscheinen ließ. Seine Augen waren sogenannte Rätselaugen. Man mußte sie studiert haben, ehe man wagen konnte, sie zu beschreiben. Gekleidet war er in einen ganz gewöhnlichen, einfachen, weißen Stoff, und weder an seiner Hand noch sonst irgendwo war ein Ring oder sonst ein Schmuck zu sehen. Nachdem er uns begrüßt hatte, ging er sofort zum Zweck, der ihn herbeigeführt hatte, über: er setzte sich zu den Hunden nieder, streichelte und liebkoste sie und gab dem Diener einen Wink, auf welchen dieser einen Korb voll Fleisch hereinbrachte, der draußen niedergesetzt worden war, und ein Messer dazu. Hierauf begann er, das Fleisch in kleine Stücke zu zerschneiden und den Hunden zu geben. Natürlich weigerten sie sich erst, es zu nehmen. Sie hätten trotz ihres jedenfalls großen Hungers alles zurückgewiesen, wenn ihnen von uns die Erlaubnis versagt worden wäre. Das rührte ihn. Er gab jedem gleich viel, keinem ein Stückchen mehr. Er schnitt je vier Stückchen ab, und diese mußten von genau gleicher Größe sein. War eines größer, so wurde den drei andern das, was fehlte, zugelegt. Dabei unterhielt er sich mit ihnen. Er gab ihnen Kosenamen. Er sprach mit ihnen, als ob sie Menschen seien. Und wenn ihn einer verstand, so freute er sich. Noch viel mehr aber, wenn sich einer vertraulich an ihn schmiegte oder ihm dankbar die Hand leckte. Dabei hatte er eine ganz andere Stimme. Sie klang zärtlich, kindlich, hingebend, vertrauensvoll und ebenso Vertrauen erweckend.

Als er fertig war, schob er zwar den Korb, nicht aber die Hunde von sich. Sie mußten bei ihm bleiben. Er stopfte sich eine Pfeife und steckte sie selbst in Brand, denn der Diener war nicht mehr da. Er hatte ihm durch einen Wink bedeutet, sich zu entfernen. Nachdem er einige Züge des köstlichen Rauches getan und ausgeblasen hatte, begann er das Gespräch, indem er sagte:

„Wundert euch nicht, daß ich die Hunde liebe! Sie sind besser als die Menschen. Hat dich jemals ein Hund belogen?"

„Nein", antwortete ich, weil er bei dieser Frage mich ansah.

„Betrogen?"

„Nein."

„Zeigt er dir Liebe, wenn er dich haßt?"

„Gewiß nicht!"

„Und wenn ein Hund, ein Pferd oder irgend ein Haustier mißrät, mißtrauisch und bissig wird, wer ist schuld daran? Der Mensch, der nicht wie ein Mensch, sondern wie eine Bestie an ihm handelt! Ich liebe die Hunde, die Pferde. Sie sind wahr. Sie sind offen und ehrlich. Sie lügen nicht! Die Menschen aber hasse ich, verachte ich. Ich habe noch keinen gefunden, der es wert wäre, auch nur ein einziges Stück Fleisch von mir zu bekommen, wie diese eure Hunde!"

„Armer Mann!" sagte Halef.

„Arm? Bloß arm?" fragte der Ardistani. „Noch schlimmer als arm, noch schlimmer! Selbst die Hunde, die ich mir halte, um doch auch einmal ehrliche Liebe zu finden, dürfen nicht immer bei mir sein und werden mir von andern verzogen. Man unterschlägt, entwendet und raubt mir ihre Zuneigung und Treue. Wie beneide ich euch! Wie freute ich mich über die Treue dieser schönen Tiere und über eure Einsicht und euern Verstand, daß ihr sie nicht bestraftet, anstatt ihnen dankbar zu sein. Ich sage euch, der Augenblick, an dem eure Hunde kamen und fast vor lauter Liebe zu euch gestorben wären, ist ein unendlich wichtiger für mich, viel wichtiger, als ihr ahnt. Es kam zum ersten

Male nach dem Tode meiner Mutter die Ahnung, ja die Gewißheit über mich, daß es außer ihr doch Menschen gibt, die wert sind, nicht nur von Hunden, sondern auch von Menschen geliebt zu werden!"

„Du warst dabei, als unsere Hunde kamen?"

„Ja. Doch in anderer Kleidung. Darum erkennt ihr mich nicht wieder. Warum habt ihr den Mir nicht gegrüßt?"

„Wir sind keine Schneider, die Kleiderstoffe und Anzüge studieren wollen, sondern wir kommen als Männer, um den Mann zu sehen und zu sprechen! In unserer Heimat grüßt man den Mann, nicht aber das Gewand."

„Wie stolz!"

Dieser Ausruf klang halb bewundernd, halb aber auch beleidigt, mit einem Anflug von Zorn, den er doch nicht ganz überwinden konnte. Er erhob warnend, wahrscheinlich auch drohend, den Finger und fuhr fort:

„Dieser Stolz hätte euch das Leben kosten können!"

„Wohl kaum!" antwortete ich.

„O doch! Sogar gewiß! Man hätte euch mit den Säbeln zerhackt und zerhauen! Nur eure Hunde haben euch gerettet!"

„Vielleicht, vielleicht auch nicht! Wir hatten unsere Messer. Ich hatte auch schnell einen Säbel. Und wir hatten einen Schild, mit dem wir ganz sicher jeden Stich oder Hieb und jede Kugel abgehalten hätten."

„Einen Schild?" fragte er. „Ich sah doch keinen!"

„Er saß auf dem Thron. Ich meine den Mir."

„Wieso? Den Mir?"

„Wir wären zu ihm hingesprungen und hätten ihn gepackt, um uns durch seinen Körper zu schützen. Er hätte sich nicht wehren können, schon der unbehilflichen Kleidung wegen nicht. Dieser Schild war gut. Ihm hätte man jedenfalls nichts getan."

„Und wenn aber doch?" fragte er.

„So wären wir gewiß nicht gestorben, ohne ihm vorher unsere Messer in das Herz zu bohren!"

Da schnellte er mit einem Sprung in die Höhe und rief:

„Ist das wahr? Bei allen Teufeln! Ist das wahr?

„Gewiß! Ich gebe dir mein Wort!"

Halef bestätigte es. Da schritt der Ardistani nach dem Fenster, schaute, um zu überlegen und sich zu beruhigen, lange, lange Zeit hinaus, drehte sich dann zu uns um und sprach:

„Ich sage euch, daß der Mir niemals, so lange er lebt, wieder eine so unbehilfliche Kleidung anlegen wird! Und ich sage euch weiter, daß es schade, jammerschade um euch gewesen wäre, wenn man euch erschlagen hätte. Ich sehe endlich, endlich einmal Menschen, die wirklich Menschen sind, sogar Männer, wirkliche Männer! Freilich, was ihr mir da sagt, das würdet ihr dem Mir wohl nicht zu sagen wagen, denn ..."

„Warum nicht?" unterbrach ich ihn.

„Er ist ein Tyrann, ein Despot, ein schonungslo..."

„Ja, das ist er!" fiel ich ihm abermals in die Rede. „Aber warum ist er es? Wer hat ihn dazu gemacht? Haben die Menschen, die ihn umgaben, irgendeinen Wert? Und wenn sie einen haben, dann doch nur als Masse! Wieviel Hunderttausende von ihnen werden geboren, nur um wieder zu sterben und zu verfaulen, ohne daß es auch nur einem einzigen von ihnen gelingt, auf sie gestützt, über sie emporzusteigen. Ist es da ein Wunder, daß er, der nicht emporzusteigen braucht, weil er oben geboren ist, dieses sogenannte Menschenmaterial eben nur als Material betrachtet, als weiter nichts?"

Er trat wieder näher, langsam und tief atmend. Seine Augen begannen zu glänzen. Seine bleichen Wangen färbten sich. Ich fuhr fort:

„Wäre er in meinen Augen ein Tyrann, so wäre ich nicht hierhergekommen; darauf verlasse dich! Du glaubst, ich fürchte mich vor ihm? Habe ich mich nicht in seiner Gegenwart geweigert, ihn zu grüßen? Habe ich ihm nicht gesagt, daß es genau so ist, als ob ich ihn gar nicht sehe? Habe ich ihn nicht dadurch gezwungen, aus dem lächerlichen toten Herrschergewand, welches einem Sarg gleicht, herauszutreten und mir den Menschen, den Mann, den wahren Mir zu zeigen, nicht aber den Sklaven seines höfischen Mummenschanzes und seiner eigenen Knechte und Mägde?

„Gezwungen hast du ihn?" fragte er verwundert. „Und herausgetreten ist er?"

„Ja", antwortete ich.

„Wann? Wo?"

„Jetzt, hier!"

Während ich das sagte, stand ich auf, um die Arme über der Brust zu kreuzen und mich höflich zu verneigen. Halef tat dasselbe. Da wich der Ardistani einen Schritt von uns zurück und fragte:

„So wißt ihr, wer ich bin? Ihr habt mich erkannt?"

„Ja."

„Woran?"

„An deiner Aussprache, am Sin und Sad."

Da ging ein fröhliches Lächeln über sein Gesicht, und er rief aus:

„Wirst du es glauben, daß du außer Mutter, Vater und Lehrer der erste bist, der es wagt, von diesem Fehler zu sprechen? Oh, diese Kriecher, diese Würmer, diese Läuse, Wanzen und Flöhe! Es zuckt einem der Fuß, sie hinabzustoßen, so oft sie kommen, gleich tausend auf einen Tritt!" Er machte eine Fußbewegung, als ob er jemand oder irgend etwas mit dem Fuß in die Tiefe stoße, setzte sich nieder, stopfte sich seine Pfeife von neuem, schob uns den Tabak hin, dasselbe zu tun, und sprach dabei weiter: „Es sollte geheim bleiben, wer ich bin, aber nun ihr es wißt, mag es so auch richtig sein. Ich will zunächst als Fürst zu euch sprechen, aber nur kurz; viel länger dann auch als Mensch. Als Fürst betrachte ich euch als Feinde. Ich weiß, wer ihr seid. Du bist ein Effendi aus Germanistan, und dein Begleiter ist ein arabischer Scheich, der den Ussul alle eure Erlebnisse erzählte. Von ihnen erfuhr es der Prinz der Tschoban, der es dann mir hier berichtete. Ihr wißt nun also, warum ich euch so behandle, wie ich keinen andern Menschen behandelt habe oder später behandeln werde. Wir sind Feinde, aber Männer. Unser Stolz sei, ehrlich zu sein, uns einander nicht zu belügen. Ich bitte euch darum, mich nur nach Dingen zu fragen, die ich euch mitteilen darf, sonst bin ich gezwungen, entweder zu schweigen oder unwahr zu sein. Warum seid ihr gekommen? Seid aufrichtig! Es geschieht euch nicht mehr, als wenn ihr lügt. Vor allen Dingen seid ihr versichert, daß ihr das Gastrecht meines Hauses und meiner Stadt genießt und erst jenseits der Stadtgrenzen wieder vogelfrei werdet."

„Ich danke dir!" erwiderte ich. „Ja, laß uns Männer sein und nur die Wahrheit sagen! Wir sind nicht deine Feinde, sondern nur deine Freunde, wahrscheinlich sogar die besten und ehrlichsten, die du hast. Doch, um das zu erkennen, mußt du besser über uns unterrichtet sein, als der Palang dich unterrichtet hat. Es ist Krieg. Der Dschirbani steht vor der Pforte von Gharbistan, bereit, die Grenze zu überschreiten, sobald er Nachricht von uns bekommt. Ebensowenig, wie ich dich nach deinen Kriegsplänen und deinen Truppen frage, ebensowenig wirst du mich nach den meinigen fragen. Wir kommen nur wegen der Geiseln zu dir, wegen weiter niemand und nichts. Wir wollen sie befreien und . . ."

„Ihr zwei?" fragte er da schnell.

„Ja, nur wir zwei", antwortete ich.

„Das sieht euch ähnlich; beim Himmel, das sieht euch ähnlich! Und das sagst du mir so offen?!"

„Warum sollte ich das nicht? Wir sind ja grad aus dem Grund gekommen, es dir zu melden und von dir zu erfahren, was wir wissen müssen, um sie befreien zu können."

Da nahm sein Gesicht einen Ausdruck an, den ich nicht beschreiben kann. Er wußte nicht, ob er mich für maßlos unverschämt und frech oder für ganz wahnsinnig aufrichtig halten solle. Daß ich einfach nur psychologisch handelte, war für ihn nicht zu erkennen. Er schlug die Hände zusammen, sah mich wie ein Wunder an und rief:

„Ich soll euch verraten, was ihr wissen müßt, um mir meine Gefangenen zu stehlen! Ich selbst, ich selbst! Wer so etwas zu verlangen wagt, der muß – doch sprich: Was willst du wissen?"

„Ob die Geiseln noch leben, die Prinzen der Ussul."

„Sie leben noch."

„Wo sie sich befinden."

„In der Stadt der Geister, die man auch die Stadt des Todes oder der Toten heißt."

„Droht ihnen der Tod?"

„Ja, der sichere."

„Wann?"

„Sobald eure Truppen die engere Grenze von Ardistan überschreiten. Das ist unabänderlich bestimmt."

„So danke ich dir! Wir haben weiter keine andere Frage, denn das ist alles, was wir wissen wollen."

„So könnte ich euch wohl, wenn ich wollte, sofort entlassen, und euer Zweck wäre damit erreicht?"

„Ja."

Da sprang er wieder auf, lief in der Stube hin und her und staunte:

„Was seid ihr doch für Menschen! Noch nie habe ich so etwas erlebt! Kaum ist es zu begreifen!"

Er trat wieder zum Fenster und schob den Kopf weit hinaus, als ob er das Bedürfnis fühle, seine Stirn zu kühlen. Dann kehrte er zu uns zurück, setzte sich nieder und entschied:

„Unsere Unterredung als Feinde, Offiziere und Diplomaten ist jetzt zu Ende. Der Mir von Ardistan gewährt euch für morgen eine zweite Audienz, in welcher er euch Bescheid sagen wird auf das, was wir jetzt sprachen. Und nun wollen wir nur noch Männer und nur noch Menschen sein, weiter nichts. Es ist jetzt, seitdem ich Prinz war und hernach regierte, das erste Mal, daß ich mich frei von Fesseln, frei von Ekel und Verachtung fühle. Meine Seele möchte atmen, möchte wirklich einmal atmen. Gewährt ihr das! Stört sie nicht, die Lebenslust zu trinken, die mit euch hier hereingekommen ist! Sprecht frei und ohne Sorge! Seid offen, und seid ehrlich! Fürchtet den Tyrannen nicht! Ich weiß, daß ich es bin, ein Bedrücker, ein Gewalt- und Schrekkensherrscher, anmaßend, hochmütig, erbarmungslos. Aber dieser Despot sitzt nicht hier vor euch. Der blieb vor Schreck über die vier „tollen Hunde" im Prunkgewand stecken. Und als er sah, daß alle die Schurken und Speichellecker vor den Hunden flohen, ohne daß es einem einzigen von ihnen einfiel, auch nur eine Hand für den Fürsten zu rühren, um ihn vor den giftigen Bissen der Ungetüme zu bewahren, da erschrak er über die unendliche Größe dieses Undankes und dieses Verlassenseins und kroch tiefer und tiefer in die Majestät des Audienzanzuges hinein. Da steckt er noch und wird uns hier nicht stören. Hierher ist nur meine Seele gekommen. Gönnt ihr ein wenig Licht, ein wenig Wärme, daß es ihr möglich wird, auf eine kurze Stunde zu vergessen, daß sie weiter nichts, weiter gar nichts ist, als die verschmachtende innere Sehnsucht eines – von Gott zur Nächstenliebe geschaffenen, vom Schicksal aber zur Gewalttätigkeit verurteilten Herrschers!"

Sein Wunsch wurde erfüllt, und zwar unendlich gern. Wir unterhielten uns zunächst wie Männer, die einander kennenlernen wollen, dann wie Menschen, die nach den ersten und letzten Gründen und Zwecken ihres Daseins suchen, nach der Aufgabe, human zu sein und Frieden zu halten, hierauf wie gute Bekannte, die sich bestreben, einander zu veredeln und zu heben, endlich fast gar wie innerlich Verwandte, die untereinander verpflichtet sind, eines einigen Sinnes zu sein. Der Mir war ganz bei der Sache, und er blieb auch dabei, obwohl Stunde um Stunde verrann. Er schien sich wie neugeboren zu fühlen. Er wurde heiter. Er lachte oftmals glücklich auf. Es kam sogar vor, daß er zu uns herübergriff und unsere Hände drückte. Freilich geschah es hier oder da, daß der Herrscher und Gewalthaber plötzlich in ihm rege wurde. Dann schaute er einen Augenblick wie ganz verdutzt um sich und nahm einen Anlauf, uns in unsere Nichtigkeit hinabzuwerfen, stets aber gewann die Seele schnell wieder die Oberhand und stellte das in Gefahr geratene Gleichgewicht wieder her.

Einmal während des Gespräches, als der Audienzsaal erwähnt

wurde, fragte Halef, was das für viele und kleine Flämmchen seien, die man durch die dünne Stoffwand sehen könne.

„Das ist der Himmel von Bet Lahem – Bethlehem – dessen Sterne nach einem alten Gesetz jetzt während der Nacht brennen müssen, um auf den großen, heiligen ‚Stern des Erlösers' zu warten. Hörtest du noch nichts hiervon?"

„Nein", antwortete ich.

„Aber die Sage vom zurückgekehrten Fluß kennst du wohl? Und auch die Behauptung, daß alle hundert Jahre sich das Paradies öffne und daß die Erzengel und Engel über die Erde rufen, ob endlich Friede sei?"

„Ja, das hat man uns bei den Ussul erzählt."

„Das alles ist natürlich weiter nichts als Sage, nur Sage. Aber das Volk glaubt daran und hält es für Wirklichkeit. Man hat diesen Glauben zu respektieren, wenn man nicht wagen will, die Macht über die Gewissen der nur allzu Leichtgläubigen zu verlieren. Da oben in Dschinnistan gibt es natürlich nur feuerspeiende Berge, aber nicht das Paradies. Auch ist weder Gott jemals herabgekommen noch der Fluß wieder zurückgelaufen. Er hat sehr einfach infolge einer geologischen Katastrophe seinen Lauf geändert und fließt nicht mehr diesseits, sondern jenseits der Berge ab. Dadurch wurden die Bewohner von Ardistan gezwungen, ihre damalige Hauptstadt, die jetzige Stadt der Geister oder Stadt der Toten zu verlassen und sich eine andere Residenz zu bauen. Das taten sie in dieser Gegend, hier, wo zwischen vier kleineren Flüssen, die nicht von dem System des großen Stromes abhängig waren, die damals sehr reichen Christen sich diese Landeskirche gebaut hatten, die ganz natürlich nun zum Fürstensitz dienen mußte. Um dieses Volk nicht allzusehr zu empören, warf man es nicht ganz aus der Kirche hinaus, sondern ließ ihm einen Anteil an ihr, der ein fast ganz ideeller war und die jetzigen Besitzer gar nicht störte. Man knüpfte nämlich an die alten Sagen an und fügte eine Art prophetischen Versprechens hinzu, welches sich selbstverständlich niemals erfüllen wird, weil es kein göttliches ist, obgleich die Christen es für ein göttliches halten. Man sagte nämlich, daß diese Kirche ein Bild der kommenden Erlösung, also des Christentums sei, und daß sich die Weltereignisse in ihrer Mittelkuppel vor ihrem Eintritt bildlich vollziehen würden. Diese Kuppel wurde den Christen gelassen, aber nicht für stets, sondern nur für große Zeiten. Für gewöhnliche Zusammenkünfte haben sie ihre kleinen, mit einem Kreuz bezeichneten Gotteshäuser; aber alle hundert Jahre einmal, wenn die Berge brennen und da oben sich für die Frage nach dem Frieden das Paradies öffnet, muß Bet Lahem gerüstet sein, den Stern des Erlösers zu sehen. Dann dürfen sie allabendlich bis früh die Kirche besuchen. Dann hängen zahlreiche Lämpchen von der hohen Kuppel herab, um das Firmament von Bet Lahem darzustellen, und grad über dem stets tief verhüllten Hochaltar wartet der große Stern des zündenden Funkens, der von der Erde hinaufzusteigen und ihn zu entflammen hat."

„Was für ein Stern ist das? Und was für ein Funke?" erkundigte ich mich.

„Alle die vielen Flammen und Flämmchen können natürlich nur durch Zündschnur angezündet werden. Für den gewöhnlichen Gebrauch führen zwei Schnüre empor, welche von der rechten Seite des Hochaltars aus bedient werden. An seiner linken Seite aber steigt diejenige Schnur in die Höhe, welche bestimmt ist, die Flammen des großen Sternes zu entfachen. In der Mitte aber befindet sich die für den Hochaltar selbst, der, seitdem hier Fürsten wohnen, nie enthüllt worden ist und auch nie enthüllt werden wird. Die Christen aber denken anders. Sie behaupten folgendes: Wenn die Zeit endlich gekommen ist, daß die Erlösung vom Himmel steigt und Friede auf Erden werden soll, grad dann wird sich alles vereinigen, was den Frieden nicht fördert, sondern unterdrückt. Es wird nicht nur Krieg sein zwischen Ardistan und Dschinnistan, sondern auch zwischen den Staaten von Ardistan untereinander. Darum kommt der Friede nicht den Fluß herab, sondern den Fluß herauf, ganz ungeahnt und in fremder, ganz unbekannter, aber christlicher Gestalt. Er hat kein Heer bei sich, keine Art von irdischen Waffen. Aber er verbindet sich mit den Bewohnern der Stadt der Geister und der Toten und kommt mit ihnen nach der Residenz gezogen, sie ohne Schuß und Schwert und ohne eine Spur von Blutvergießen zu erobern. Der Mir, der um diese Zeit über Ardistan herrscht, wird ein Feind des Christentums sein und es unterdrücken, so viel er nur vermag. Aber er wird gezwungen sein, den Stern, der über Bet Lahem zu erscheinen hat, mit eigener Hand zu entzünden. Sobald er dieses tut, ist der Gang des Kommenden unmöglich aufzuhalten. Er wird zunächst den Hochaltar für immer enthüllen. Sobald dieses geschieht, werden die Stimmen der Barmherzigkeit und Güte aus der Höhe des Firmamentes schallen und Himmelstöne, die man im Land Ardistan noch niemals hörte, werden zu vernehmen sein, laut, wie Sturmbrausen, lieblich, wie Engelsworte, und leise, wie die Atemzüge der Seelen, die am Herzen Gottes ruhen."

Er machte jetzt eine kurze Pause und sprach dann mit einer geringschätzigen, wegwerfenden Handbewegung weiter:

„Du siehst, Effendi, daß man diesen törichten Menschen viel versprechen konnte, weil man wußte, daß nichts zu halten war. Man hat in Zeiträumen von hundert Jahren einmal die Lampen und Kerzen für den Hochaltar und für den Stern von Bet Lahem vorzubereiten und sich, solange die Berge leuchten, den abendlichen Besuch der Christen gefallen zu lassen; das ist alles. Keinem Mir von Ardistan wird es jemals, zumal wenn er das Christentum haßt, einfallen, den Stern der Erlösung zu entzünden. Wer soll als Güte und Barmherzigkeit in der Höhe des Firmaments singen? Und welcher Mensch soll die Himmelstöne hervorbringen, die man im Land Ardistan noch niemals zu hören bekam? Auch du wirst lachen. Oder nicht?"

„Nein", antwortete ich. „Für mich sind Sagen heilig."

„Aber diese Sage wurde fabriziert, absichtlich fabriziert, um die Christen zu betören!"

„Das zu beweisen, würde dir wohl schwerfallen! Wie nun, wenn die Fabrikanten sich selbst getäuscht haben? Wenn sie unbewußt einem höheren Gebot gehorchten, während sie glaubten, ihren eigenen Absichten dienstbar zu sein? Also, der heilige Raum steht den Christen gegenwärtig offen?"

„Ja, während der ganzen Nacht."

„Und kommen sie?"

„Von weit und breit her! In langen, großen Pilgerzügen! Heute kam ein Zug aus Scharkistan, der große Feier hält."

„Um welche Stunde?"

„Von Mitternacht bis früh. Sie hat also schon begonnen."

„Du weißt, ich bin Christ. Ist es mir als deinem Gast erlaubt, dann, wenn du uns verlassen hast, hinabzugehen, um dem Schluß dieser Feier beizuwohnen?"

Er schaute mich eine kleine Weile an und lächelte dann wie belustigt. Es schien ihm ein Gedanke zu kommen. Er antwortete:

„Ja, du bist Christ, leider, leider! Aber ein gebildeter, kein unvernünftiger und blindgläubiger. Dieses Reden und Plärren wird dich nicht erbauen, sondern dir ebenso lächerlich vorkommen, wie mir selbst. Ich habe also nichts dagegen, daß du gehst. Ja, du kannst es sogar gleich tun, und ich werde dich begleiten. Ich gehe sehr oft des Abends unbekannt durch die Stadt, den verräterischen Bart unter dem Gewand verbergend. Warum nicht auch einmal in den nächtlichen Gottesdienst der Christen. Ich sah ihn noch nie. Wenn ihr wollt, so können wir gehen. Wir kehren dann nach hier zurück."

Er stand auf und knüpfte seinen langen, köstlichen Bart unter sein Obergewand. Dann zog er den Zipfel seines Turbantuches hervor und ließ ihn wie einen Halbschleier über Stirn und Augen fallen. Hierdurch wurde er unkenntlich. Wir gingen.

Unser Weg führte uns auch jetzt über mehrere nur ganz spärlich beleuchtete Treppen und Gänge, aber diesesmal bis hinab zur ebenen Erde. Daß wir die Hunde nicht mitnahmen, sollte ich wohl nicht erst erwähnen. Das Hauptportal des hohen, herrlichen Kuppelbaues war geöffnet; aber wir traten durch eine Seitentür herein. Ja, das sah allerdings aus wie ein nächtlicher Himmel, wie ein Firmament. Der Himmel war dunkel, und die Sterne erschienen sehr klein. Sie standen überhaupt nur an der einen Hälfte der Wölbung; auf der andern Hälfte gab es keinen einzigen. Der betreffende Beamte war wohl ein sparsamer Mann. Er glaubte, das Christentum habe auch am halben Himmel genug und ließ also den andern Teil des Firmaments dunkel. Darum gab es hier unten in der Tiefe nur eine Art von besserer Dämmerung, die alles, was wir sahen, geheimnisvoll oder schattenhaft erscheinen ließ.

Es waren viele, sogar sehr viele Menschen vorhanden. Es gab welche, die kamen, und welche, die gingen. Andere wandelten leise durch den weiten, weiten Raum; er war ihnen heilig. Überall, an allen Orten, knieten welche, die beteten. Die nicht von hier, sondern aus anderen Gegenden waren, standen in Gruppen beisammen und hörten ihre Redner sprechen, deren Worte nur in der Nähe verstanden werden konnten, dann aber nur bloß als Lärm in die Lüfte stiegen. Wir schritten, das alles beobachtend und von Gruppe zu Gruppe stehenbleibend, nach dem Hochaltar, welcher vollständig verhüllt war. Diese Hülle bestand aus einem starken Holzgerüst, worauf man dicke Filzplatten genagelt hatte. Es gab da in Manneshöhe einige Öffnungen, die mich augenblicklich nicht interessierten. Hoch über diesem Altar schwebte irgend etwas, was nicht deutlich zu erkennen war. Vielleicht der Stern von Bet Lahem, auf den sich die vom Mir erzählte Sage bezog.

In der Nähe der Stelle, an der wir uns jetzt befanden, standen viele, viele Menschen eng beisammen, um einem Prediger zuzuhören, der von einer Kanzel herab zu ihnen sprach. Ich hörte, daß er die Sage erzählte, aber nicht als Sage, sondern als Weissagung. Er war ein ehrwürdiger alter Priester, der in schöner Begeisterung redete und seine Hörer hinriß. Gern hätte ich ihm länger zugehört, aber der Mir, der sich vorgenommen hatte, mir alles zu zeigen, lenkte meine Aufmerksamkeit von ihm ab nach dem dunkeln Teil des weiten Raumes, wo etwas in die Höhe stieg, was ich nicht erkennen konnte.

„Dort ist der Platz für die Sänger und für die Orgel", sagte er.

„Eine Orgel ist da?" fragte ich erstaunt.

„Ja", antwortete er.

„In diesem Land? In Ardistan?"

„Warum nicht? Meinst du, daß es nur bei euch Orgeln gebe? Ich hörte, die Orgeln seien überhaupt hier bei uns im Morgenland erfunden. Erst gab es nur eine sehr, sehr kleine und uralte. Dann aber, jetzt gerade vor hundert Jahren, als die Berge brannten wie heute, schenkte der damalige Abd el Fadl, Fürst von Halihm, den hiesigen Christen eine neue. Man sagt, sie sei in Anglistan gemacht und über Indien hierhergekommen. Wodurch der damalige Mir von Ardistan gezwungen worden ist, dies zu erlauben, das habe ich nicht erfahren können, selbst von meinem Vater nicht. Es waren fremde Menschen, die sie brachten und hier zusammensetzten. Dann gingen sie wieder fort."

„Wie sonderbar!" sagte ich. „Und wie schade, daß man sie nicht sieht! Es ist so dunkel!"

„Du möchtest sie gerne sehen?" sagte er.

„Ja; sehr gerne!"

„So warte! Man hat heut nur einen Teil der Lampen und Lichter angebrannt; warum, das weiß ich nicht. Dort ist die Zündschnur für den anderen Teil. Es soll gleich heller werden!"

Er ging nach einer der erwähnten Öffnungen in der Hülle des Hochaltars und griff hinein. Es dauerte einige Zeit, ehe er fand, was er suchte. Inzwischen richtete ich meine Aufmerksamkeit wieder auf den alten, ehrwürdigen, begeisterten Redner, der jetzt gerade nach meiner Seite gerichtet sprach, so daß ich seine Worte deutlich hörte:

„Es wird die Zeit des Friedens kommen, denn sie muß kommen, weil alles sich erfüllt, was uns verheißen ist. ‚Friede auf Erden!' erklang es auf dem Feld von Bethlehem, als der Stern am Himmel stand und der Erlöser uns geboren wurde. ‚Friede auf Erden!' wird es wieder klingen, wenn auch bei uns der Stern erscheint, der Stern der Sage, hier, in diesem Hause, auf den wir alle . . ."

Er hielt mitten in seiner Rede inne und schaute nach oben. Die Augen aller seiner Zuhörer folgten derselben Richtung.

In demselben Augenblick war der Mir schnell wieder zu mir getreten, um zu fragen:

„Siehst du sie nun, die Orgel? Wie hell das ist! Fast scheint es, als ob . . ."

Da sprach auch er nicht weiter und richtete seinen Blick nach oben.

„Der Stern! Der Stern von Bethlehem!" rief der Redner jubelnd. „Er ist da! Er ist da! Wer hat ihn angesteckt?"

„Den Stern habe ich angebrannt, den Stern, nicht die Lampen und Lichter!" schrie der Mir erschrocken. „Wir sind ja auf der falschen Seite! Es war nicht die richtige Schnur! Ich muß ihn wieder verlöschen, verlöschen, ver . . ."

Er eilte nach der Öffnung zurück und griff hinein, doch vergeblich. Es war wohl möglich gewesen, die Flammen zu entzünden, doch wieder auslöschen konnte man sie nicht. Man mußte sie brennen lassen, bis sie aus Mangel an Nahrung von selbst verschwanden. Er war jetzt nicht nur erschrocken, sondern außer sich. Infolge der Bewegung seines Armes nach dem Innern der Öffnung hatte sich vorn sein Gewand geöffnet und der Bart erschien. Er bemerkte das gar nicht. Um besser sehen zu können, schob er sich, anstatt sich zu verhüllen, den Zipfel des Turbantuches aus dem Gesicht. Der Geistliche erkannte ihn und rief:

„Der Mir von Ardistan hat es getan! Der Mir mit seiner eigenen Hand! Die Prophezeiung beginnt, sich zu erfüllen!"

Da griff der Mir meine Hand und Halefs Hand, versuchte, sich zwischen uns zu verbergen und herrschte uns zu:

„Fort, fort! Schnell, schnell! Sonst gibt es einen Aufruhr sondergleichen! Fort, nur fort!"

Wir eilten, so schnell wir konnten, von dannen, aber jedermann schaute uns nach oder kam gar hinterdrein, und erst zehn, dann zwanzig, fünfzig, hundert und noch mehr Stimmen riefen:

„Der Stern ist da! Vom Mir selbst angezündet! Vom Mir, vom Mir! Vom Feind der Christen! Genau, wie es verheißen ist! Vom Mir selbst, vom Mir selbst!"

Ein Blick zeigte mir, daß hinter uns alles in Aufruhr war. Dann hörten wir keine Rufe und Worte mehr, sondern nur noch ein erregtes Summen, wie von einem zornig gewordenen Bienenvolk, bis wir auch dieses nicht mehr vernahmen. Kein Mensch begegnete uns unterwegs auf den Treppen und Gängen. Wir erreichten unsere Wohnung völlig ungesehen.

„Das ist gut, sehr gut!“ sagte der Mir in großer Aufregung. „Man kann mir nichts beweisen! Ich leugne natürlich alles ab; ich bin es nicht gewesen! Und ihr, ihr werdet mir bezeugen, daß ich es nicht gewesen sein kann, weil . . .“

„Wir werden dir bezeugen, daß du es gewesen bist!“ schnitt ich ihm seine Rede ab. „Du hast von uns gefordert, die Wahrheit zu sagen!“

„Ja, zu mir! Aber nicht zu diesem niedrigen, verächtlichen Christenvolk!“

„Ich bin sie jedermann schuldig, Gott, mir und allen Menschen. Vor allen Dingen bin ich sie denen schuldig, die du als ein niedriges, verächtliches Christenvolk bezeichnest. Auch ich bin Christ, das weißt du ja!“

Da war es, als ob er sich plötzlich in einen anderen Menschen verwandle. Er richtete sich hoch auf. Seine Stirne wurde schmal; seine Augen verkleinerten sich; seine Brauen berührten einander. Der Despot trat hervor.

„Was ihr zu sagen habt, ist nicht eure, sondern meine Sache; ich bin der Herrscher!“ donnerte er mich an. „Dieser Hadschi Halef hat zwar gesagt, daß ihm sein Pferd viel höher stehe als ich – ihr hört, daß ich alles erfahre – aber das ändert nichts an dem Gehorsam, den ihr mir schuldet. Wenn man euch fragt, werdet ihr sagen, daß ich nicht der Mann gewesen bin, der mit euch in der Kirche war und die Unbedachtsamkeit beging, sich an der Zündschnur zu vergreifen! Ich befehle es!“

„Es zu befehlen, bleibt dir unbenommen“, antwortete ich ruhig. „Wir aber sind weder Untertanen von dir, noch stehen wir in deinen Diensten. Und selbst wenn dies wäre, so würde es uns um keines Kaisers oder Königs willen einfallen, etwas zu sagen, was eine Lüge ist!“

„Ihr müßt, ihr müßt!“ herrschte er mir zu. „Ihr befindet euch in meiner Gewalt. Es bedarf nur eines Winkes von mir, so seid ihr verloren!“

„Du irrst“, lächelte ich. „Wir stehen in Gottes Hand, nicht aber in der deinen. Und was den Wink betrifft, von dem du sprichst, so brauche ich nur meine Hand zu rühren, um zu erreichen, daß unsere Hunde dich sofort in Stücke reißen. Schau sie an, und nimm dich in acht! Sie dulden nicht, daß man in diesem Ton zu uns redet!“

Obgleich er sie vorhin gefüttert hatte, zeigten ihm jetzt alle vier Hunde ihre drohenden Zähne. Hu und Hi hatten sich gerade vor ihn hingestellt und richteten ihre Aufmerksamkeit ausschließlich nur auf ihn. Sie waren bereit, sich sofort auf ihn zu werfen. Aacht und Uucht aber, meine beiden, waren intelligenter und auch mit feineren Sinnen begabt. Sie drohten ihm zwar auch, doch waren ihre Augen mehr nach der Tür als auf ihn gerichtet, als ob da draußen jemand stehe und uns belauschte. Der Mir bemerkte das ebensogut wie ich. Er trat schnell hinaus und fragte den Gang hinauf und hinab, ob jemand hier sei. Niemand antwortete. Er fragte zum zweiten und zum dritten Male, doch ebenso ohne Erfolg. Da kam er wieder herein und sagte:

„Das kommt mir verdächtig vor! Wären eure Hunde mein, so schickte ich sie jetzt hinaus, um ..."

Ich war ganz seiner Meinung. Ich wartete gar nicht, bis er ausgesprochen hatte, sondern ich gab den betreffenden Wink, worauf Aacht und Uucht sofort aus dem Zimmer verschwanden. Im nächsten Augenblick hörten wir ein Fauchen. Das war Uucht. Sie war verwundet worden. Gleich darauf hörten wir ihr zorniges Knurren, in welches Aacht einstimmte. Knochen krachten; mehrere Menschen riefen um Hilfe. Hu und Hi stürzten auch hinaus. Es gab noch einige Schreie und wiederholtes Knakken und Splittern von Knochen; dann war es still. Wir eilten mit dem Licht hinaus. In einiger Entfernung von unserer Wohnung, und zwar nach der Seite, wohin der Mir sich zu entfernen hatte, lagen vier Menschen, und bei jedem stand einer der Hunde. Uucht blutete. Sie hatte einen Stich in den Hals bekommen, doch war er nicht gefährlich. Von den vier Personen lebte keine mehr. Ihre zerbissenen Gurgeln hingen heraus, waren vollständig zermalmt.

„Kennst du sie?" fragte ich den Mir, indem ich den Schein des Lichtes auf ihre Gesichter fallen ließ.

Er schaute nieder und antwortete erstaunt:

„Der Leutnant von der heutigen Wache mit drei Soldaten! Was wollte er hier, wo er nichts zu suchen hat? Warum antwortete er nicht, als ich fragte? Auf wen war es abgesehen? Auf mich oder auf euch? Ihr seht, sie waren scharf bewaffnet!"

Ich mußte sofort an den Panther denken, den zweiten Prinzen der Tschoban, sagte aber nichts, sondern erkundigte mich:

„Die drei Soldaten sind gleichgültig. Aber kennst du die Familie des Leutnants?"

„Ja."

„Wer und was ist sein Vater?"

„Er ist tot. Auch er war Offizier; aber ich ließ ihn wegen Ungehorsams erschießen."

„Und das hinderte nicht, daß der Sohn wieder Offizier wurde?“

„Vielleicht bei euch, aber nicht in Ardistan. Ich werde sofort selbst nach der Wache gehen und diese Sache untersuchen.“

„Das würde ich nicht tun. Wo wohnt dieser Leutnant?“

„In der Nähe des Schlosses, bei seiner Mutter.“

„Der Witwe dessen, den du hast erschießen lassen?“

„Ja.“

„Wer wohnt noch mit in demselben Hause?“

„Ein Bruder des Erschossenen, weiter niemand.“

„So kannst du höchstwahrscheinlich bei dieser Mutter und seinem Bruder mehr erfahren als auf der Wache. Nur darfst du keine Zeit verstreichen lassen und mußt selbst gehen. Die Persönlichkeit hat zu wirken.“

Er sah mir einige Augenblicke lang still in das Gesicht und sagte dann:

„Warum kommt mir dieser dein Rat so selbstverständlich vor, obwohl er gegen alle Regel und Gepflogenheit streitet? Ist es nur deshalb, weil der Prinz der Tschoban mir von dir erzählt hat? Oder ist es auch deine Persönlichkeit, welche wirkt? Ich werde tun, was du geraten hast. Kehrt in eure Zimmer zurück, und geht zur Ruhe! Verbindet Uucht! Ich werde euch das Zeug dazu durch den Diener schicken.“

Er liebkoste und streichelte die Hunde alle, vom ersten bis zum vierten; dann entfernten wir uns mit ihnen und ließen ihn bei den Leichen allein zurück, ohne uns um das, was er nun tat, weiter zu bekümmern. Nun hörten wir, da es keine Türen, sondern nur Vorhänge gab, von meinem Zimmer aus nach einiger Zeit die leisen, durch die Teppiche gedämpften Schritte von Leuten, welche jedenfalls beauftragt waren, sowohl die Leichen als auch die Spuren dessen, was geschehen war, zu entfernen. Dann wurde es wieder still. Nur der Diener kam noch, der uns den Verbandstoff für die verwundete Hündin brachte und sich dann wieder entfernte.

Man wird es begreiflich finden, daß der Schlaf uns floh. Wir saßen in meiner Stube beieinander und besprachen die Ereignisse dieses hochwichtigen Tages, natürlich mit leiser Stimme. Die Hunde lagen bei uns und schienen zu schlafen. Da plötzlich hob Uucht ihren Kopf, lüpfte das eine, nach der Tür gerichtete Ohr, blieb für einige Augenblicke in dieser lauschenden Haltung und hob dann die Oberlippe, so daß die Spitzen ihrer weißen, prächtigen Zähne zum Vorschein kamen. Sofort begann auch Aacht zu lauschen und seine Zähne zu zeigen.

„Es ist wieder jemand draußen!“ flüsterte Halef.

Ich sagte nichts, sondern nickte nur. Dann stand ich auf und trug das brennende Licht in Halefs Stube, so daß es in der meinigen nun finster war und wir nicht von draußen gesehen werden konnten. Hierauf schlugen wir vorsichtig den Türvorhang zurück und schauten hinaus. Wir sahen eine männliche Gestalt, die ein Windlicht in der Rechten hielt und mit leisen, vorsichtigen Schritten den Gang durchmaß. Sie suchte. Das Windlicht gab nur nach der einen Seite Schein und ließ die andere dunkel. Als der Mann an die Stelle kam, wo die vier Toten gelegen hatten, blieb er stehen und bückte sich nieder. Er bemerkte die noch blutig feuchten Stellen, und wir sahen, daß er erschrak. Er befühlte den Teppich prüfend mit den Händen und untersuchte den Ort so genau wie möglich. Als er sich wieder erhoben hatte, blieb er ein Weilchen überlegend stehen. Dann gab er sich einen Ruck, als ob er zu einem Entschluß gekommen sei und schritt weiter, in der Richtung auf uns zu. Wir traten von der Türöffnung zurück und geboten den Hunden Ruhe.

Er kam. Er blieb draußen vor unserem Vorhang stehen. Der Schein seines Lichtes zeigte uns das Gewebe unserer Vorhänge. Ein Bösewicht von Profession hätte dies ganz unbedingt mit in Berechnung gezogen und die Laterne von uns abgewendet. Daß er das nicht tat, war für uns ein Beweis seiner Unerfahrenheit. Genau so, wie wir sein Licht von innen bemerkten, mußte ihm das unsere von außen auffallen, wenn auch nicht so deutlich, weil wir uns im Dunkeln befanden, er aber nicht. Er ging weiter bis zur nächsten Türe und blieb da lauschend stehen. Das war Halefs Türe. Ich flüsterte diesem zu:

„Tritt hinaus in deine Stube! Ich bringe ihn dir herein.“

Der Hadschi folgte dieser Weisung, ich aber trat wieder an den Eingang zu meiner Stube und schob die beiden Gardinenteile ein wenig auseinander, gerade nur so weit, daß ich durch die schmale Lücke hinaussehen konnte. Der Mann lehnte soeben sein Windlicht an die gegenüberliegende Wand und schlich sich hierauf zu Halefs Türvorhang, den er genau so auseinanderzog wie ich den meinigen. Er schaute durch die so entstandene Lücke zu dem Hadschi hinein. Da trat ich schnell hinaus, huschte zu ihm hin, faßte ihn am Genick und schob ihn in die Stube hinein, wo Halef ihn unter einer tiefen Verbeugung lachend mit den Worten begrüßte:

„Sei uns herzlich willkommen, du schleichende Laterne! Setze dich nieder, und glaube, daß du nicht bloß uns, sondern auch diese kennenlernst!"

Er meinte damit die Hunde, die er, während er dies sagte, hereinkommen ließ. Ich aber drückte den Mann auf den Boden nieder, wo er, ohne den geringsten Widerstand zu leisten, sich setzte und augenblicklich von den Hunden eingeschlossen wurde. Er starrte uns an. Der Mund stand ihm offen, aber er sagte nichts, so sehr erschrocken war er. Ich holte sein Windlicht herein, stellte es so auf, daß der Schein grell auf ihn fiel und setzte mich ihm gegenüber. Es war, als ob diese direkte Berührung durch das Licht ihn nicht nur wieder zu sich bringe, sondern ihn auch von jeder Verlegenheit befreie. Der Ausdruck des Verblüfftseins verschwand aus seinem Gesicht. Er lächelte, und dieses Lächeln war keineswegs ein verlegenes, sondern es prägte sich in ihm das Selbstbewußtsein eines Mannes aus, welcher weiß, daß er die Situation beherrscht, obgleich es den Anschein hat, daß er von ihr überwältigt worden sei. Er war kein gewöhnlicher Mann, das sah man ihm gleich beim ersten Blick an. Seine Züge waren intelligent, ja, fast möchte ich sagen, durchgeistigt. Sie waren scharf, wohl infolge fleißigen Nachdenkens, und dennoch weich, mit einem deutlichen Anflug von Schwärmerei. Dieser Mann konnte vielleicht sogar fanatisch sein; der angeborene Grundzug seines Innern aber war Wohlwollen und Gerechtigkeit.

„Ich war in schwerer Sorge", sagte er. „Sie verleitete mich, diesen nächtlichen Gang zu unternehmen, der eigentlich tief unter meiner Würde liegt. Kennt ihr mich?"

„Nein", antwortete ich.

„Ich bin der Basch Islami von Ardistan und wohne mit hier im Schloß. Das heißt, ich residiere hier. Mein eigentliches Haus aber steht weit draußen vor der Stadt."

Basch heißt so viel wie Haupt, also der Oberste. Er war Mohammedaner und wohl im Besitz desselben allerhöchsten geistlichen Amtes, welches in der Türkei der Scheik ul Islam bekleidet. Ich frug ihn nicht. Er fuhr fort:

„Ich kenne euch sehr gut, sogar viel besser, als ihr denkt."

„Woher?" fragte Halef.

„Erlaubt, daß ich euch das erst später sage! Bevor ich euch derartige Mitteilungen machen kann, muß ich mich erst versichern, daß ihr wirklich diejenigen seid, für die ich euch halte. Vor allen Dingen bitte ich euch, ja nicht etwa zu glauben, daß ihr mich hier überrumpelt habt. Ich kam in der Absicht hierher, mit euch zu sprechen und ..."

„Hier? Heut? In dieser Nacht?" unterbrach ich ihn.

„Ja", nickte er. „In dieser Nacht! Freilich verfolgte ich auf diesem heimlichen Gang auch noch einen andern Zweck. Es sollte sich etwas ereignen, was aber nicht geschehen zu sein scheint. Es war etwas unendlich Wichtiges. Ich wartete auf die Meldung, doch vergeblich. Da ergriff mich schwere Sorge. Ich machte mich auf, um selbst nachzusehen. Da bemerkte ich Blutflecken und schlich mich hierher, um euch nach dem, was geschehen ist, zu fragen. Denn nur ihr allein seid es, von denen ich schon gleich jetzt die zuverlässigste Auskunft zu erhalten vermag."

„Was willst du von uns wissen?" fragte ich in der Überzeugung, daß diese Unterredung eine unendlich wichtige für uns sei und daß ich mich der größten Vorsicht zu befleißigen habe.

Indem ich diese Frage aussprach, sah ich, daß Uucht ihren Kopf nach der Korridortür wendete, ihn dann aber beruhigt wieder auf die Vorderpfoten legte. Und gleich darauf schielte Aacht nach der Verbindungstür zu meiner Stube und bewegte dabei die Spitze seines Schwanzes. Der Basch Islami bemerkte hiervon nichts; er sprach unbesorgt weiter. Halef aber hatte es ebensogut wie ich gesehen; er lächelte. Aus diesem Gebaren der beiden Hunde war zu schließen, daß irgend jemand erst am Vorhang der Korridortür gestanden und sich dann leise in mein Zimmer geschlichen hatte. Da befand er sich noch jetzt. Es war eine den Hunden bekannte, mit ihnen befreundete Person. Das konnte ganz selbstverständlich nur der Mir sein. Er war aus irgendeinem Grund zu uns zurückgekehrt, und zwar so leise, wie die nächtliche Stunde es erforderte, und hatte bemerkt, daß jemand bei uns war. Nun saß er drüben in meiner Stube und hörte jedes Wort, welches hier hüben bei uns gesprochen wurde. Das war ein Umstand, der uns beiden, nämlich Halef und mir, die Situation für den gegenwärtigen Augenblick außerordentlich erschwerte, der aber auch viele Weiterungen abschnitt, die sonst zu erwarten gewesen wären. Wir beide sahen, daß auch die zwei anderen Hunde, nämlich Hu und Hi, den Mir witterten; der Basch Islami aber ging ahnungslos auf meine Fragen ein:

„Was ich von euch zu erfahren wünsche, ist eigentlich wenig und doch viel, sogar sehr viel. Ich weiß, daß der Mir bei euch gewesen ist, um eure Hunde zu füttern. Ich weiß auch schon, daß er euch in die Kirche geführt und dort den Stern von Bet

Lahem entzündet hat, ganz selbstverständlich aus Versehen. Er hat mit euch die Kirche dann verlassen. Wo ist er jetzt?"

Da antwortete ich:

„Ich gebe zu, daß er bei uns war, daß er uns in die Kirche führte, daß er dort den Stern entzündete und daß er uns sodann wieder hierher begleitete. Wie aber soll ich wissen, wo er sich jetzt befindet? Meinst du, daß er sich von uns bewachen lasse?"

„Nein; das meine ich nicht. Aber da draußen auf dem Gang gibt es frische Blutflecke. Kennt ihr sie?"

„Ja."

„Was ist es für Blut?"

„Menschenblut."

„Von wem?"

„Von Soldaten."

„Wer hat es vergossen?"

„Hier unsere Hunde."

Da sprang er mit einem lauten Schrei des Entsetzens empor und rief:

„Von diesen Hunden? Von diesen riesigen, entsetzlichen Ungetümen wurde die Tat vollbracht? Warum? Warum? War der Mir dabei?"

„Gewiß war er dabei."

„Und er hat gewußt, daß es nur ihm galt, ihm allein?"

„Ihm allein?"

„Ja."

„Das ist nicht wahr. Es galt auch uns!"

„Du irrst! Ich bin der, der es weiß! Ich bin . . ."

Er hielt mitten im Satz inne, ließ seinen Blick über mich, über Halef und die vier Hunde gehen und fuhr dann fort:

„Ich muß aufrichtig sein; ich muß es sagen, ich muß! Und doch ist es so schwer, so unendlich schwer! Es kann mich und alle verderben. Ich werde beten, ehe ich es tue, ja beten!"

Er kniete nieder, faltete die Hände, hob den Blick empor und betete El Fathha, die erste Sure des Korans.

Es war tief ergreifend, diesen Mann hier vor uns knien und beten zu sehen. Mein ganzes Herz stellte sich an seine Seite und nahm für ihn Partei. In meinem Inneren kämpften zwei Gestalten gegeneinander: er und der Mir. Wer würde siegen? Es war nicht ausgeschlossen, daß ich in diesem Kampf mit samt meinem wackeren Halef auch mit unterging! Da erhob sich der Basch Islami aus seiner knienden Stellung, setzte sich wieder nieder, wie er vorher gesessen hatte, und fuhr fort:

„So hoffe ich denn zu Allah, daß der Weg, den ich hier gehe, nicht der falsche, sondern der richtige ist! Ich höre in mir eine Stimme, die mir sagt, ich müsse euch vertrauen, sonst gehen wir alle an unserer ehrlichen, gerechten Sache zugrunde. Effendi, ich bitte euch, mir zuzuschwören, von dem, was ich euch jetzt sage, dem Mir nichts zu verraten!"

„Ich schwöre nie", antwortete ich. „Aber mein Wort ist stets so heilig wie ein Schwur."

„Gut! So versprecht ihr mir, ihm nichts davon mitzuteilen?"

„Ja. Wenn du es ihm nicht selbst sagst, wir sagen ihm nichts."

Dieses mein Versprechen scheint vielleicht hinterlistig gegeben zu sein. Man wird aber gleich hören, daß es ehrlich gemeint war. Der Basch Islami fuhr fort:

„Das, was ich euch zu sagen habe, ist ungeheuer wichtig. Wenn ihr es verratet, kann es mir und vielen anderen das Leben kosten. Gebt ihr mir euer Wort, daß es genau so sein soll, als ob ich euch nichts gesagt habe?"

„Ja; wir geben es", antwortete ich.

Ich wußte gar wohl, was ich da sagte. Ich versprach es nicht nur für mich und Halef, sondern ebenso auch für den Mir, der ja draußen saß und alles auch hörte. Auch der Basch Islami schien eine Ahnung von der Verantwortlichkeit zu haben, die ich übernahm, denn er sah mich mit großen, fast bewundernden Augen an und sprach:

„Du bist ein kühner Mann, Effendi! Weißt du, was du versprichst?"

„Ich weiß es."

„So darf ich Vertrauen zu euch haben und euch alles sagen. Hört also, und staunt: Der Herrscher von Ardistan wird abgesetzt!"

Er sagte jedes Wort so gewichtig, als ob er es mit Buntstift unterstreiche. Ich aber erkundigte mich im ruhigsten Ton:

„Von wem?"

„Vom Basch Islami von Ardistan, also von mir. Verstanden?"

Erst jetzt erlaubte ich mir zu staunen.

„Von dir? Wirklich von dir?" fragte ich in ziemlich ungläubigem Ton.

„Ja, von mir!" versicherte er stolz.

„Bist du der Mann dazu, so etwas Großes, Schweres und Wichtiges zu vollbringen?"

Ich sah ihn dabei prüfend an. Da schlug er sich die Hand auf die Brust und antwortete:

„Ich bin es! Ich bin der Basch Islami. Ich habe darüber zu wachen, daß es Glauben gibt im Land, daß Allah der Erste und der Höchste ist im Leben und im Sterben. Ich habe dafür zu sorgen, daß Gerechtigkeit und Menschlichkeit herrsche allüberall, wohin die Würde meines Amtes reicht. Wie aber sieht es aus in Ardistan unter der Regierung dieses unseres Herrschers? Er glaubt weder an Gott noch an den Teufel. Er lacht über Himmel und Hölle, über Seligkeit und Verdammnis. Er betet nie. Er bedrückt das Land. Er saugt die Untertanen aus. Er bestiehlt die Witwen und Waisen. Kein Mensch ist seines Lebens sicher. Er haßt den Frieden. Wohin du schaust, fließt Blut. Wir haben ihn gebeten; er lachte. Wir haben ihn gewarnt; er spottete. Wir haben ihm gedroht; er höhnte. Seine Härte wuchs; seine Grausamkeit stieg über alle Grenzen. Wir trugen es, denn wir hatten ihm Treue geschworen. Und wir hofften, daß Allah sich unser erbarmen und das Herz des Tyrannen endlich, endlich einmal rühren werde. Aber dieser Wunsch erfüllte sich nicht, sondern es geschah das Gegenteil. Der Mir fing Händel an mit dem Mir von Dschinnistan, dem gütigsten und weisesten Herrscher aller Völker und Reiche, die es gibt. Er erklärte ihm den Krieg. Das ist wahnsinnige Vermessenheit. Wir sehen unseren Untergang vor Augen. Wir müssen uns retten und können dies nur dadurch tun, daß wir ihn von der Stelle entfernen, an der er steht."

Der Basch Islami machte hier eine Pause. Dies benutzte ich, ihn zu fragen:

„Wer sind diese ‚wir', von denen du sprichst? Du meinst dich nicht allein?"

„Nein. Ich vertrete nur die Mohammedaner des Landes. Doch stehen an meiner Seite auch die Obersten der anderen Religionen."

„Der Christen?"

„Nein, diese nicht. Die Christen sind wie die Hunde, die dem, der sie martert, die Hand noch lecken. Sie behaupten, Gott habe den Mir eingesetzt; darum bleiben sie ihm treu! Aber wir Mohammedaner zählen nach Millionen, die Buddhisten ebenso und die Lamaisten noch viel mehr, die Andersgläubigen gar nicht mitgerechnet. Wir sind gegen den Mir zusammengetreten, um ihn abzusetzen und einen anderen Herrscher zu wählen. Die Ereignisse sind uns günstig. Seine besten Truppen hat er nach Norden gegen den Mir von Dschinnistan gesandt, und von Süden kommen die Scharen der Ussul und Tschoban herangezogen, um die Hauptstadt zu berennen. Das Herr der Dschunub, auf welches er rechnete, wurde von euch vernichtet und zerstreut. Und nun kommt ihr beide selbst nach Ard, ohne euch vor ihm zu fürchten. Das erschien uns der geeignete Augenblick, den längst beschlossenen Schritt zu tun. Wir erfuhren, daß der Mir hierher zu euch gegangen sei. Wir befahlen der Wache, die zu uns hält, ihn hier gefangenzunehmen ..."

„Ah! Bei uns!" unterbrach ich ihn.

„Ja, bei euch!"

„Er sollte getötet werden?"

„Einstweilen nur verschwinden."

„Und wir? Was sollte mit uns beiden geschehen?"

„Das hatte sich noch zu finden!"

„Nein, nicht zu finden, sondern es war beschlossene Sache! Der Mir sollte bei uns überfallen und getötet werden. Uns wollte man als seine Mörder bezeichnen. Dann wehe uns beiden ehrlichen, unschuldigen Menschen! Gott aber verhütete diese Tat. Als die Mörder kamen, fanden sie diese Stuben nur von den Hunden besetzt. Wir waren mit dem Mir in der Kirche. Der Gottesdienst der Christen hat ihm also das Leben und den Thron gerettet. Euer Plan war überhaupt nicht wohlüberlegt. Ihr hattet nicht mit den Hunden gerechnet. Und wenn eure ganze Wache nochmals käme, ich ließe die Kerle alle zerreißen, vom ersten bis zum letzten! Es sind aber nur vier gekommen, nicht um uns zu überfallen, sondern um auszukundschaften, wie es stehe. Sie haben es mit dem Leben bezahlt! Und was wird mit dir?"

Er sah mir mit einer geradezu verblüffenden Offenheit und Ehrlichkeit in das Gesicht und antwortete:

„Nichts wird mit mir! Ich glaube an dich! Du wirst dem Mir nichts sagen!"

„Allerdings nicht! Ist auch nicht nötig, denn er weiß es schon!"

„Er weiß es?" fuhr er erschrocken auf. „Von wem?"

„Von dir. Er hat es gehört. Er sitzt da draußen in der Nebenstube!"

Kaum hatte ich das gesagt, so wurde die Gardine geöffnet, und der Mir trat ein. Sein Gesicht war nicht nur bleich, sondern todesbleich. Seine Augen flimmerten; seine Lippen zitterten; seine Hände bebten.

„Woher weißt du, daß ich hier bin?" fragte er mich, wobei seine Stimme vor Aufregung ganz rauh und heiser klang.

„Die Hunde verrieten dein Kommen", antwortete ich. „Sofort als du leise kamst, noch ehe du in das Zimmer tratest, sagte mir das leise Wehen ihrer Schwänze, daß derjenige nahe ist, der sie gefüttert hat."

„Und trotzdem gabst du ein Versprechen, welches du unfähig bist, zu halten?"

„Wieso? Ich pflege nichts zu versprechen, was ich nicht halten kann. Ich habe versprochen, dir nichts zu sagen!"

„Scherze nicht auch noch! Das war dein erstes Versprechen. Du gabst aber noch ein anderes; das lautete: Was dieser Hund, dieser Empörer, dieser Verräter und Mörder hier sage, daß solle so sein, als ob er nichts gesagt habe! Dabei wußtest du, daß ich hier bin und alles höre. Hast du da nur dich verpflichtet?"

„Nein, sondern auch dich!"

„Also auch ich soll mich so verhalten, als ob ich gar nichts wisse?"

„Ja!"

„Soll man etwa diesen Schuft und Schurken laufenlassen?"

„Ja!"

Wir waren, als der Mir hereinkam, aufgestanden. Der Basch Islami wußte vor Schreck und Angst weder aus noch ein. Er versteckte sich hinter mich. Ich aber sah dem Herrscher ruhig in die höchst gefährlich flackernden Augen.

„Bist du wahnsinnig?" fragte er, indem seine Stimme den Klang verlor und sich zum drohenden Zischen zusammendrückte.

„Nein", antwortete ich. „Was dir wie Wahnsinn erscheint, ist bessere und schärfere Berechnung, als du denkst! Ich bitte dich, mir zu vertrauen und mein Wort auf dich zu nehmen und es so zu halten, wie auch ich es halte!"

„Und wenn ich mich weigere, auf diesen Wahnsinn einzugehen?"

„So zwinge ich dich!"

„Mich zwingen?" donnerte er, indem er sich hoch aufrichtete. „Womit?"

„Mit dieser meiner Faust oder mit diesem meinem Messer! Ich habe mein Wort für dich gegeben, und du hast es für mich zu halten; dann sind wir quitt. Tust du das nicht, so verläßt nur einer von uns beiden diese Stube; der andere bleibt liegen! Was ich mit vollem Bewußtsein versprochen habe, das halte ich. Ich sterbe eher, als daß ich zum Lügner werde!"

Er wich einen Schritt zurück, zeigte die weiß glänzenden Zähne und ballte die Fäuste. Auch ich richtete mich auf. Da hob Halef warnend die Hand und bat ihn:

„Tue, was er fordert, tue es! Es ist zu deinem Glück! Mein Sihdi weiß stets, was er sagt! Wäre er mit dir allein, so würde er ganz anders reden; so aber kann er nicht!“

Der Basch Islami aber sank in seiner Todesangst in die Knie und begann zum zweiten Male zu beten:

„Lob und Preis sei Gott, dem Weltenherrn, dem Allerbarmer, der da herrschet am Tage des Gerichtes. Dir wollen wir dienen, und zu dir wollen wir flehen, auf daß du uns führest den rechten Weg, den Weg derer, die deiner Gnade sich freuen, und nicht den Weg derer, über welche du zürnest, und nicht den Weg der Irrenden!“

Das klang so gnadebedürftig, so hilflos, so ohnmächtig! Die Zähne des Mir verschwanden. Seine Fäuste öffneten sich; sein Gesicht wurde ein ganz anderes. Mir noch immer finster, aber doch nicht mehr drohend in das Gesicht sehend, rief er aus:

„Was bist du für ein Mensch! Ich sah überhaupt noch keinen! Du bist der allererste, und darum will ich tun, was du verlangst. Es drängt mich, an dich zu glauben, wie dieser dein Hadschi Halef an dich glaubt.“ Er deutete auf den Basch Islami und fuhr fort: „Ich soll ihn laufenlassen?“

„Ja“, antwortete ich. „Genau so, als ob du gar nichts wüßtest, gar nichts erfahren hättest.“

„Nicht bei ihm aussuchen lassen?“

„Nein.“

„Ihn nicht absetzen lassen, nicht bestrafen?“

„Nein. Du weißt ja nichts!“

Da lachte er laut auf. Es klang halb grimmig und halb belustigt. Dann ergriff er das Blendlicht, gab es dem Basch Islami in die Hand und befahl ihm:

„Mach dich hinaus, Schurke, augenblicklich hinaus! Und vergiß nie, daß es kein Moslem, sondern ein Christ war, der dich rettete!“

Der oberste Mohammedaner von Ardistan gehorchte sofort. Ich ging zur Türe und schaute ihm nach, bis sein Licht im äußersten Korridor verschwand. Als ich mich dann nach dem Mir umdrehte, stand er erwartungsvoll in der Mitte des Zimmers und sprach:

„So! Ich habe das Unmögliche getan! Und nun rechtfertige dich! Ich erwarte den sofortigen Beweis von dir, daß ich richtig gehandelt habe!“

„Du wirst ihn bekommen und keine Minute darauf zu warten haben!“ antwortete Halef in zuversichtlichem Ton.

Ich aber fragte den Mir:
„Glaubst du an das, was der Basch Islami sagte? Nämlich, daß sich außer den Christen alle Untertanen verbunden haben, dich abzusetzen?"
„Ich glaube es", antwortete er. „Ich glaube nicht nur an seine Behauptungen, sondern noch viel mehr an die Darstellung, die du von der Sache gabst. Ich sollte nicht nur verschwinden, also etwa gefangengenommen, sondern ich sollte hier ermordet werden. Und euch wollte man als die Mörder bezeichnen. Dann war man beide los, nämlich mich und euch. Ich mußte den Basch Islami arretieren. Es mußte bei ihm und bei allen seinen Mitschuldigen ausgesucht werden, um hinter alles zu kommen. Ich mußte sie hinrichten lassen. Ich habe . . ."
„Du irrst!" unterbrach ich ihn. „Das alles wäre falsch gewesen!"
„Warum?"
„Weil der Basch Islami recht hat. Du bist ja wirklich der Tyrann, als den er dich beschrieb! Es ist alles wahr, was er behauptete! Er hat keineswegs zu viel gesagt, sondern zu wenig! Es ist, als ob du deine Untertanen absichtlich triebst, sich gegen dich aufzulehnen. Daß du nicht schon längst vom Thron gestoßen oder gar ermordet worden bist, kommt mir wie ein Wunder vor, an dem . . ."
„Schweig!" unterbrach er mich. „Glaubst du, weil ich nachsichtig gegen dich gewesen bin, werde ich mir nun alles gefallen lassen? Ich zermalme dich!"
Er streckte beide Arme aus, als ob er mich ergreifen wolle.
„Versuche es!" antwortete ich. „Der Zermalmte bist dann du! Das Doppelheer des Dschirbani steht an deinen Grenzen. Wenn er diese Grenzen überschreitet und mit den Verschwörern gemeinsame Sache macht, bist du verloren. Sie werden ihn mit Jubel empfangen. Ich aber denke gar nicht daran, dir nur Dinge zu sagen, die dich beleidigen müssen. Du bist ein Tyrann; ja, das ist richtig. Aber du bist noch mehr wert als das: du bist ein groß angelegter Mensch. Du brauchst nur zu wollen, so verwandelt sich der Peiniger in den Wohltäter. Laß den Basch Islami laufen, und forsche nicht nach seinen Mitschuldigen und ihren Absichten! Es wird doch alles anders, als sie denken. Bis jetzt sind sie im Recht. Lehre sie empfinden, daß sie unrecht haben und daß du edel bist; dann bricht ihr Widerstand ganz in sich selbst zusammen. Daß du den Basch Islami nicht festnahmst, war der erste große Schritt in die neue Zukunft hinüber, die du deinem Volke

bietest. Es wird dir größeren Segen bringen, als du denkst. Deine Aufgabe ist nicht, die Völker gegeneinander in Haß und Tod zu treiben, sondern ein Fürst der Liebe und des Friedens zu sein. Habe ich dich heute zur Umkehr und zum Guten verführt, so bin ich auch bereit, die daraus entspringenden Folgen zum Guten zu lenken. Sollte die Empörung, die wir heut entdeckten, wirklich ausbrechen, so wird der Dschirbani dir seine Scharen sofort zur Verfügung stellen, sie wie mit einem Schlag zu unterdrücken!"

Der Mir hatte die gegen mich erhobenen Arme schon längst wieder sinken lassen und mich mit Spannung angehört. Jetzt stieß er schnell und energisch die Frage hervor:

„Ist das war? Er, der gegen mich zieht, will mir in diesem Fall helfen?"

„Es ist wahr. Ich hafte dafür!"

„Und was verlangt er für die Hilfe?"

„Nichts."

„Gar nichts?" fragte er erstaunt.

„Gar nichts! Er kommt als dein Freund, hilft dir die Revolution niederschlagen und kehrt dann zu derselben Stelle zurück, an der er sich jetzt befindet, um wieder dein Gegner zu sein!"

„Und das ist wahr? Wirklich wahr?"

„So wahr, wie ich es sage! Er verlangt keinen Lohn; er tut es umsonst, aus Interesse für dich, den er achtet! Höchstens hätte ich eine Bitte, also nicht er, sondern ich, die ich dir vorlegen möchte, bevor du dich entschließest. Nicht eine Bitte für mich, sondern für dich, zu deinem eigenen Heil."

„Sage sie!"

„Es ist heut der fünfzehnte Kanun el Auwal – Dezember –. Auf den fünfundzwanzigsten diesen Monates fällt das größte und wichtigste Fest der Christen, welches ihr hierzulande Id el Milad – Fest der Geburt, Weihnacht – nennt. Erlaube, daß sie es in ihrer Weise feiern, und zwar da unten in der Kirche, in der großen Mittelkuppel, wo wir waren! Tue es nicht nur um ihret-, sondern ebenso auch um deinetwillen! Du hast gehört, daß sie die einzigen sind, die treu und ehrlich zu dir halten, obwohl man überall weiß, daß du sie haßt und verfolgst. Lehre sie, dich achten und dich lieben. Dann besitzt du in ihnen einen unwiderstehlichen Keil, die Feindschaft aller anderen zu zersprengen. Es ist so wenig, um was ich dich für sie bitte: die Erlaubnis, die Geburt des Erlösers zu feiern, den ja auch die Mohammedaner verehren. Es ist also nicht etwa ein Vorzug, den du den Christen damit erweist; sie aber werden dir mit einem Male dafür zu Helfern werden, auf die du dich verlassen kannst in jeder Not und auch in der jetzigen Gefahr!"

Die Antwort blieb, als ich gesprochen hatte, aus. Halef lächelte. Der Mir aber trat, wie schon früher, an das offene Fenster und schaute lange, lange in die Nacht hinaus. Er kämpfte einen stillen, aber schweren Kampf, den Kampf mit sich selbst, den Kampf mit seiner eigenen niedrigen Anima, der es noch nicht gelungen war, sich zur Seele zu erheben. Es vergingen mehrere Minuten. Als er sich dann zu uns umdrehte, lag etwas wie ein Glanz auf seinem bleichen Gesicht. Er lächelte und seine Stimme klang in fast herzlicher Güte:

„Sihdi, was seid ihr doch für Menschen, ihr zwei! Ich erkläre mich für überwunden, und ich tue das gern, denn ich weiß, daß ich dadurch zum Sieger werde. Was ich zu tun habe, ist beschlossen; ich mache aber keine Worte. Seid ihr bereit, mir den Schlaf dieser Nacht zu opfern?"

„Sehr gern!" antwortete Halef schnell.

„Ich werde sofort satteln lassen, euere beiden Pferde und auch eines für mich. Wir reiten. Wohin, das erfahrt ihr unterwegs. Ich verlasse euch jetzt, komme aber in kurzer Zeit wieder. Darf ich einen eurer Hunde oder zwei mit mir nehmen? Zu meinem Schutz, falls auf den finsteren Gängen da draußen noch Vorsicht geboten ist!"

Halef befahl Hu und Hi, mit ihm zu gehen. Sie gehorchten. Als der Mir sich mit ihnen entfernt hatte, richtete der kleine Hadschi sich so hoch auf, wie er konnte, und sprach:

„Effendi, was sind wir doch für unvergleichlich tüchtige Kerle! Wir sind erst einige Stunden da, und doch schon so ein Sieg! Ich gratuliere!"

„Mach dich nicht lächerlich!" widersprach ich ihm. „Was hast du denn für große Dinge getan? Und wer ist es, der mir versprochen hat, nicht mehr zu prahlen? Ja, es gibt einen, den wir bewundern müssen. Das bist aber nicht du, und das bin nicht ich, sondern das ist der Mir, der einen Sieg über sich selbst errungen hat, gegen den alle deine sogenannten Siege einfach weiter nichts als Niederlagen sind. Du magst mir noch so viel versprechen, so fällst du deiner Ruhmredigkeit doch immer wieder zum Opfer: er aber hat in einer einzigen Stunde mehr besiegt und mehr überwunden, als du während deines ganzen Lebens überwunden hast und noch überwinden wirst!"

Wie gewöhnlich, wenn er sich blamiert fühlte, griff er auch

hier zum Scherz, indem er mich mit den Worten des Mirs abwies:

„Schweig! Glaubst du, weil ich nachsichtig gegen dich gewesen bin, werde ich mir nun alles gefallen lassen? Ich zermalme dich!"

Das klang so possierlich, daß ich so schwach war, zu lachen. Da fuhr er fort:

„Allah sei Dank! Er lacht! Dadurch hat er sich gerettet, denn nun bin ich nicht mehr gezwungen, ihn zu zerschmettern! Effendi, sag: Wohin denkst du, daß wir reiten?"

In dieser Weise pflegte er über jede Niederlage, die er erlitt, hinwegzugehen, und das schlimmste dabei war, daß man ihm nicht zürnen konnte. Wohin der nächtliche Ritt gehen sollte, wußte und ahnte ich ebensowenig wie er, daß es aber ein sehr wichtiger sei, das konnte man sich wohl denken. Es blieb uns nichts anderes übrig, als das, was kommen wollte, nun ruhig abzuwarten. Und es kam. Es war kaum mehr als eine halbe Stunde vergangen, als der Mir mit den beiden Hunden zu uns zurückkehrte. Er war so einfach gekleidet wie vorher und hatte einen Mantel mit Kapuze, wie ihn gewöhnliche Leute zu tragen pflegen, übergeworfen. Wer ihn nicht kannte, vermutete gewiß nicht, was für ein hochstehender Herr er war. Er führte uns in den Hof hinunter, in dem wir bei unserem Kommen abgestiegen waren. Dort standen unsere gesattelten Pferde. Wir untersuchten das Riemenzeug, und als wir alles in Ordnung fanden, stiegen wir auf und ritten mit dem Mir, gefolgt von unseren vier Hunden, zum Tor hinaus, welches hinter uns wieder geschlossen wurde.

Es war eine finstere Neumondnacht. Der Himmel stand zwar voller Sterne, doch war ihr Licht nicht imstande, die Atmosphäre der großen Stadt zu durchdringen. Das Kirchenschloß stieg empor wie ein dunkles Rätsel, um dessen Ecken und Kanten wir biegen mußten, bis wir die von dem Mir beabsichtigte Richtung erreichten. Da stand zur Seite eines engen Gäßchens ein kleines Haus, auf welches der Mir deutete, indem er sagte:

„Hier wohnte der nun tote Leutnant mit seiner Mutter und ihrem Bruder. Ich ließ sie einsperren, werde sie aber noch heut wieder entlassen. Es darf ihnen doch unmöglich schlimmer ergehen als dem Basch Islami, dem Haupttäter, der mir entkommen durfte. Der Bruder leugnete alles; er behauptete, nichts zu wissen. Seine Schwester aber gestand in ihrer Erregung um den Sohn, daß ich heut nicht etwa nur gefangengenommen, sondern erstochen werden sollte. Der neue Mir habe es befohlen."

„Der neue Mir?" fragte ich. „Den gibt es also schon?"

„Sie sagte es."
„Hat sie seinen Namen genannt?"
„Ja. Aber sie ist wahnsinnig. Daß ich ihren Mann habe hinrichten lassen, hat sie um den Verstand gebracht. Sie konspiriert seitdem gegen mich. Sie wagte in ihrer wahnsinnigen Rachsucht sogar das Leben ihres Sohnes. Und dann, als sie hörte, daß er tot sei, versuchte sie, sich dadurch an mir zu rächen, daß sie den einzigen Menschen, den ich bisher liebte, als den neuen Mir bezeichnete und also als den Bösewicht, der befohlen habe, mich heut zu töten. Sie ist verrückt!"
„Darf ich erfahren, wer dieser Mann ist?"
„Mein Schützling und Schüler, der Panther, der zweite Prinz der Tschoban! Ist das nicht Wahnsinn?"
„Wohl kaum!" antwortete ich. „Die Mohammedaner stehen an der Spitze der Empörung, und er ist leidenschaftlicher Anhänger des Islams."
„Das hindert aber nicht, daß er mich aufrichtig liebt und mir treu und dankbar ist! Ich erkläre es für eine Verrücktheit, grad ihn, diesen Prachtmenschen, einer solchen Tat für fähig zu halten. Ich würde gar nicht anstehen, sogar auch dich für unheilbar irrsinnig zu erklären, falls du mir mit derartigen Verdächtigungen kämst!"
„So schweige ich!"
„Wie? Hattest du etwa die Absicht . . ." dehnte er.
„Ja", gestand ich ein.
„So rate ich dir, lieber still zu sein! Du könntest damit leicht alles verderben, was du gewonnen hast!"
Das klang so kurz, so abgerissen, ja drohend, daß ich schwieg und mir vornahm, den Gegenstand nicht wieder zu berühren, außer wenn er selbst mich dazu veranlassen würde.
Wir kamen aus dem engen Häusergewirr in einen Teil der Stadt, in dem die Gassen breiter waren. Da hielt er vor einem größeren Haus an, an dessen wohlverschlossenem Tor ein Läutebrett hing. Diese Bretter vertreten die Stelle unserer Klingeln. Sie sind sehr dünn und mit einem hölzernen Hammer versehen, mit dem man schlägt. Jedermann kennt den Ton seines Brettes und weiß also, sobald er erklingt, daß man zu ihm will. Der Mir gebot uns, abzusteigen und unsere Pferde in einiger Entfernung anzubinden. Wir taten dies. Dann traten wir an das Tor. Da läutete er, ohne daß er uns sagte, wer da wohne. Es war schon gegen Morgen. Alles schlief. Er mußte wiederholt läuten, ehe jemand kam und von innen nach unserem Begehr fragte.

„Dies ist das Haus, in dem der Basch Nasrani von Scharkistan zu Gast wohnt?“ erkundigte sich der Mir.

„Ja“, antwortete der dienstbare Geist, der hinter dem Tor stand.

„Ist er daheim?“

„Er schläft. Er ist vor ganz kurzem aus der Kirche gekommen. Gönne ihm die Ruhe!“

„Ich muß mit ihm sprechen!“

„Warum? Ist es so wichtig, daß ich ihn wecken muß? Wer bist du? Vielleicht ein reicher, vornehmer Mann? Denn sonst würdest du es nicht wagen, den Obersten der Christen von Scharkistan um seine Ruhe zu bringen!“

„Ich bin ein armer Mann, ein Bettler; ich kann nichts bezahlen. Aber ich habe gesündigt und muß meine Seele retten. Ich will beichten. Sag ihm das, weiter nichts!“

„So warte!“

Der Diener entfernte sich. Der Mir erklärte uns:

„Jetzt wißt ihr, zu wem ich will. Zu dem Oberpriester von Scharkistan, der in der Kirche sprach und mich erkannte, als der Stern zu brennen begann. Ich prüfe ihn. Und indem ich ihn prüfe, prüfe ich die ganze Christenheit und die Lehre von der christlichen Liebe. Darauf, ob er sich im Schlaf stören läßt, soll es ankommen, ob ich deinen Wunsch erfülle und den Christen erlaube, das Fest der Geburt in ihrer Weise zu feiern. Warten wir!“

Man kann sich denken, wie gespannt ich auf das Resultat dieser Prüfung war! Wir hörten nach kurzer Zeit wieder Schritte, die sich näherten, und eine andere Stimme fragte von innen:

„Bist du noch da?“

„Ja“, antwortete der Mir, indem er dicht an das Tor trat, um zunächst nur sich allein sehen zu lassen.

„Ich öffne gleich!“

„Ist er zu sprechen?“

„Natürlich, ja! Ich bin nicht der Diener, sondern der Priester selbst. Er weckte mich.“

„Und da standest du sofort auf?“

„Sofort!“ erklärte der Basch Nasrani, indem er halb aus dem sich jetzt öffnenden Tor trat. „Du befindest dich in Seelennot. Das ist die höchste Not, die es gibt. Du willst beichten. Beichten heißt, mit dem Erlöser zu sprechen. Was wäre das für ein Heiland, für ein Erlöser, der weiterschlafen könnte, wenn er Seelen retten soll!“

„Aber ich bin arm; ich bin ein Bettler!"

„Vor Gott sind wir alle Bettler! Vielleicht bettle ich mehr als du! Vor Gott kann ein Bettler reicher sein als ein Millionär. Bist du reich an Reue, so ist er reich an Gnade. In dieser deiner Reue bist du reicher als ein Fürst, der nichts bereut. Ich heiße dich willkommen. Tritt ein!"

„Es sei!"

Mit diesen Worten folgte der Mir der Aufforderung des Oberpriesters. Wir beiden andern kamen hinterher. Als der Basch Nasrani uns sah, fragte er:

„Du bist nicht allein?"

„Nein. Da sind noch zwei. Zwar keine so großen Sünder, wie ich, dafür aber die größten Bettler, die es gibt. Sie betteln sogar für dich! Nun komm!"

Der oberste Pfarrer von Scharkistan verriegelte das Tor und führte uns nach dem Haus. Es mochte ihm nicht ganz unbedenklich erscheinen, daß es jetzt plötzlich drei anstatt nur einen Besucher gab. Er hatte seine Lampe hinter der Tür des Hauses stehen. Dort angekommen, nahm er sie auf und leuchtete uns in eine Stube, welche der Empfangsraum zu sein schien. Da bat er, uns niederzusetzen.

„Nein, setzen werden wir uns nicht", antwortete der Mir. „Wir haben keine Zeit dazu."

Erst jetzt fiel das Licht der Lampe auf unsere Gesichter. Der Priester erschrak. Er erkannte uns sofort.

„Der Mir, der Mir!" rief er erschrocken aus, indem er die Lampe schnell wegsetzte, sonst hätte er sie fallen lassen. „Und seine Begleiter aus der Kirche?"

„Ja, ich bin es, und sie sind es auch!" antwortete er. „Ich wollte erst leugnen, in der Kirche gewesen zu sein. Das ist die Sünde, die ich dir zu beichten habe. Ich hoffe, daß du sie mir vergibst. Und hier ist Kara Ben Nemsi Effendi, ein christlicher Wanderer aus Dschermanistan. Er hat mir gesagt, daß in zehn Tagen das große Fest der Geburt des Heilandes sei. Er wünscht dieses Fest mit den Christen meiner Länder zu feiern. Er hat mich gebeten, euch den großen Kuppelbau der Kathedrale dazu zur Verfügung zu stellen. Ich habe beschlossen, diesen Wunsch zu erfüllen. Ich liebte die Christen nicht. Darum gab es nur in Scharkistan einen Oberpriester, einen Basch Nasrani; der bist du. Du wohntest nur zuweilen als Gast, gerade so wie heut, in diesem meinem Land und in dieser meiner Stadt. Heut habe ich dich und mit dir euer Christentum geprüft. Ich ernenne dich zum

Basch Nasrani von Ardistan und Gharbistan, so daß du nun der Oberpriester aller Länder bist, die ich unmittelbar regiere. Ich ersuche dich, heute nachmittag genau zur dritten Stunde in das Schloß zu kommen, um dich bei diesem Effendi hier zu bedanken und die Vorbereitungen zum Fest zu besprechen. Er ist leicht zu finden. Seine Zimmer liegen unmittelbar neben den meinen. Schlaf wohl!"

Sobald er das gesagt hatte, ergriff er die Lampe und schritt schnell hinaus. Wir folgten ihm ebenso rasch, ohne uns nach dem Basch Nasrani umzusehen. Wir eilten mit der Lampe nach dem Tor, setzten sie dort nieder, schoben den Riegel zurück und traten auf die Straße. Erst als wir unsere Pferde bestiegen, hatte der brave geistliche Herr seine Überraschung überwunden und kam uns nachgerannt. Indem wir davonritten, hörten wir zwar seine Stimme, konnten aber nicht verstehen, was er sagte. Etwas Unangenehmes war es jedenfalls nicht!

DRITTES KAPITEL

Weihnacht

Während wir jetzt nun weiterritten, hörten wir den Mir einige Male halblaut vor sich hinlachen. Er war wohl bei guter Laune. Er freute sich über die Art und Weise, in der er den Oberpriester geprüft und dieser die Prüfung bestanden hatte. Er ritt uns um eine ganze Pferdelänge voraus, wohl um anzudeuten, daß er jetzt nicht sprechen wolle, sondern nachzudenken habe. Sein silberweißer Schimmel hatte ein unvergleichliches Kamm- und Schwanzbehänge. Er leuchtete uns förmlich wie ein führendes Märchenroß, dem wir zu folgen hatten, voran. Das ging so, bis die Stadt hinter uns lag. Wie groß sie war, ersahen wir daraus, daß wir trotz des schnellen, lebhaften Schrittes unserer Pferde über eine Stunde brauchten, um von ihrem Mittelpunkt, in dem der Schloßdom lag, an die Peripherie zu gelangen.

Als dies geschehen war und die sich nun vereinzelnden Häuser von der Straße zurückzutreten begannen, wurde es Tag. Der Anblick, den er uns brachte, war ein für meine deutschen Augen sehr erfreulicher. Wir kamen durch ununterbrochene Wein- und Obstgärten, an die sich später ein herrlicher, dichter Tschamwald – Tannenwald – schloß, der mir die Fiktion, daß ich in der Heimat sei, erleichterte. Der Anblick dieses Waldes war mir um so willkommener, als Tannen in jenen Gegenden äußerst selten sind. Zudem wird der geneigte Leser sehr bald erfahren, welche Rolle sie bei dem uns gestatteten Fest der Geburt des Erlösers spielten. Ich sah sie schon jetzt gleich daraufhin an und machte zu Halef die Bemerkung, daß es in meinem Vaterland niemals ein Weihnacht ohne brennende Tanne gebe. Der Mir hörte das und fragte, indem er sich zu uns zurückwendete:

„Niemals ohne brennende Tschambäume? Welches ist der Grund, daß ihr sie bei diesem Fest verbrennt?“

„Wir verbrennen sie nicht, sondern wir schmücken mit ihnen das Innere der Kirchen und der Häuser. Jedermann kauft sich einen Weihnachtsbaum und stellt ihn in die Stube, um ihn mit Früchten, Engelsfiguren, bunten Sternen und brennenden Lichtern zu schmücken.“

„Mit brennenden Lichtern? Aus welchem Grund? Und wie macht man das?"

Diese Fragen gaben mir sehr willkommene Veranlassung, ihm unser herzliebes, deutsches Weihnachtsfest zu beschreiben und ihn auf die tiefe, sinnbildliche Bedeutung des Weihnachtsbaumes hinzuweisen. Ich sah, daß ihn das packte und erwärmte.

„Hm!" machte er nachdenklich. „Da liebt man sich! Da beschenkt und beschert man sich! Mir hat noch keiner etwas beschert! So lange ich lebe noch nicht!"

„Würdest du mir gestatten, dir und den Deinen eine so köstliche Bescherung zu bereiten?"

Da richtete er sich mit einem schnellen, frohen Ruck auf und fragte:

„Kannst du das?"

„Ja, ich kann es", antwortete ich. „Du brauchst es nur zu gestatten."

„Du sprachst von Mann und Weib, von Eltern und von Kindern, die einander beschenken. Würde das auch bei mir möglich sein?"

„Sehr leicht! Und ich bin überzeugt, daß es dich unendlich glücklich machen würde. Du brauchst mir nur die Personen zu nennen, die hierbei in Frage kommen."

„Mein Weib und vier Kinder, zwei Söhne und zwei Töchter; außerdem die Mutter meines Weibes. Einen Harem habe ich nicht. Du wirst mir beschreiben, wie ich das zu machen habe, und mir dabei helfen! Wir bringen heut eine Tanne mit heim. Und ich bitte dich, sie so zu schmücken, wie ihr es in Dschermanistan tut. Gefällt es mir, so werde ich nicht nur meinem Weib und meinen Kindern, sondern auch den Dienern und Beamten bescheren, mit denen ich zufrieden bin. Das darf man doch?"

„Gewiß! Je mehr du Liebe spendest, desto größer kommt sie zu dir zurück!"

Welch ein Glück, dieses Erwachen des Weihnachtsgedankens! Ich begann zu ahnen, daß uns das Fest ein mächtiger Helfer sein und dann auch bleiben werde. Der Mir war einige Zeit lang still. Er beschäftigte sich innerlich. Sein Blick schweifte wiederholt wie schätzend und berechnend am Rand des Waldes entlang, an dem wir hinritten, und der so groß war, daß er gar kein Ende zu nehmen schien. Plötzlich nickte er vor sich hin. Er hatte eine Idee. Er ließ seinen Schimmel langsamer gehen, so daß wir an seine Seite gelangten, und fragte mich:

„Woher bekommen in Dschermanistan so viele Menschen so viele Tannenbäume?"
„Sie kaufen sie", antwortete ich.
„Von wem?"
„Von der Regierung und von den übrigen Waldbesitzern."
„Die Regierung, die bin ich! Und andere Waldbesitzer gibt es hier nicht. Meinst du, daß ich die Tannen verkaufen würde?"
„Warum nicht?"
„Und daß man sie mir bezahlte?"
„Gewiß!"
„Könntest du mir das besorgen?"
„Wenn du es wünschest, gern!"
„Hamdulillah! Der Wald hat mir noch niemals etwas eingebracht: jetzt wird er mich bezahlen! Bedenke, die vielen, vielen Tausende von Christen! Und – und – du sprachst ja auch von Lichtern! Wie viele gehören an einen Baum?"
„Zehn bis zwanzig, oft auch noch mehr."
„Maschallah! Tausende von Bäumen! Und an einem jeden zwanzig Lichter! Das werden ja Hunderttausende! Woher bekommt man die bei euch in Dschermanistan?"
„Man kauft auch sie."
„Von wem?"
„Von dem, der sie macht."
„Wer aber soll sie hier bei uns machen lassen und verkaufen? Ich glaube, ich! Denkst du nicht?"
„Ich denke es!"
„Willst du mir das besorgen?"
„Mit Vergnügen! Nur müßten dazu die nötigen Materialien und auch Arbeiter vorhanden sein!"
„Das wird besorgt! Und, Effendi, du erwähntest auch Engel, Sterne und andere Dinge, mit denen die Bäume geschmückt werden. Woraus werden diese gemacht?"
„Aus Papier, Holz, Metall und anderen Stoffen. Das ist bei uns eine große Industrie für sich. Weil es diese hier aber nicht gibt, so ist es für euch geraten, sie aus Papier zusammenzukleben und aus Teig zu backen."
„Wie viele Engel und Sterne gehören an einen Baum?"
„Je nach der Wohlhabenheit, zehn, zwanzig, dreißig, fünfzig und wohl auch noch mehr."
„Wunder Gottes! Das werden ja auch Hunderttausende! Ob ich wohl auch die zusammenkleben und backen lassen und dann verkaufen kann?"

„Gewiß! Es ist auf jeden Fall besser, daß diese ganze Produktion sich in einer einzigen, kräftigen Hand befindet, die mehr und besseres leistet als alle andern ungeübten und unzuverlässigen Leute. Ich freue mich darüber, daß du dich für diese Sache interessierst. Du ersiehst hieraus, wie leicht es für einen intelligenten Menschen ist, sich Einnahmequellen zu erschließen, die andern verborgen bleiben. Solche klugen Leute bezeichnet man bei uns als Finanzgenies."

„Finanzgenie!" lächelte er geschmeichelt. „Die Hauptsache ist, daß du genau weißt, wie man solche Engel bäckt und solche Sterne leimt!"

„Ich weiß es."

„Und willst du mir auch das besorgen?"

„Ja. Doch stelle ich die Bedingung, daß ich in allem freie Hand behalte und auch die Preise zu bestimmen habe!"

„Das versteht sich ganz von selbst! Du bist nicht nur ein wohlwollender, sondern auch ein kluger Mann und wirst ebenso auf meinen eigenen Vorteil wie auf den der Käufer sehen. Ich ernenne dich zu meinem Weihnachtsengel und ..."

„Mich auch!" bat Halef, ihn mit lachendem Gesicht unterbrechend.

„Ja, auch dich!" nickte der Mir. „Ich ernenne dich zum Kommandanten der Engelschar, die in allen Straßen der Stadt und ihrer Umgebung einen Probebaum herumzuzeigen und den Leuten zu verkündigen hat, daß Weihnacht kommen soll."

„So müssen wir heut nicht nur einen Baum, sondern mehrere mit heimnehmen, die sofort zu schmücken sind, damit kein Tag der Vorbereitung unbenützt vorübergeht!"

„So viele du willst. Meine Ussul werden dir dabei behilflich sein."

„Deine Ussul? Welche?"

„Das fragst du mich? Ihr seid doch bei Amihn, dem Scheich der Ussul, gewesen und habt von ihm gewiß erfahren, daß ich eine ganz besondere, persönliche Leibgarde habe, die aus fünfhundert der riesigsten Ussul besteht. Dem Obersten an ihrer Spitze waren zwei Söhne Amihns und Taldschas beigesellt. Als ich dem Mir von Dschinnistan den Krieg erklärte, weigerten sich diese drei, nämlich der Oberst und die Prinzen, mir zu gehorchen, weil ihr Vater mit dem Herrscher von Dschinnistan befreundet sei und niemals gegen ihn kämpfen werde. Da habe ich sie, nämlich diese drei, nach der Stadt der Toten geschickt, damit sie sich dort entweder eines Besseren besinnen oder sterben.

Die fünfhundert aber habe ich von mir entfernt und aus der Stadt verbannt. Sie hausen in alten Gebäuden, die aus der Zeit meiner Urväter stammen und als Strafkasernen benutzt worden sind. Zu ihnen reiten wir jetzt. Sie haben sich allezeit als treu erwiesen. Die Wache aber, die ich an ihre Stelle setzte, hat mich heut töten wollen. Wie werden sich die Verbannten freuen, von mir in eigener Person abgeholt und zur Stadt zurückgeführt zu werden! Indem ich ihnen die Bewachung des Schlosses wieder anvertraue, erreiche ich zwei Absichten zu gleicher Zeit, nämlich ich mache gut, was falsch und unklug war, und ersetze die Mörder durch ehrliche Leute, auf die ich mich verlassen kann. Ich habe den Basch Islami laufenlassen und darf also auch nach keinem mit ihm Einverstandenen fassen; aber du wirst sehen, wie schnell die Verschworenen aus der Hauptstadt verschwinden. Wenn sie es nicht selbst tun, so helfe ich nach. Die Rückkehr der Ussul an die Stelle der jetzigen Wache wird ihnen Wink und Warnung sein."

„Und der Oberst der Ussul? Und die beiden Prinzen?" fragte ich.

Da hielt er sein Pferd an und rief aus:

„Ja, diese, diese! Maschallah! Das habe ich mir noch gar nicht klargemacht! Wenn ich meine Leibwache zurückhole, kann ich doch ihre obersten Gebieter, die mir gar nichts getan haben, unmöglich ins . . ."

Er hielt mitten im Satz inne, machte ein Gesicht, welches keineswegs geistreich war, schüttelte den Kopf und fuhr dann fort:

„Was ist denn das mit euch beiden? Ihr schlagt und besiegt mich doch auf Schritt und Tritt! Und das sonderbarste ist, daß ihr gar nichts dabei tut, sondern daß ich gezwungen bin, euch selbst entgegenzukommen. Erst mußte ich euch verraten, daß diese Gefangenen überhaupt noch leben. Dann sagtet ihr mir offen, daß ihr gehen würdet, sie zu befreien. Und nun erweist sich das als gar nicht nötig, weil ich sie selbst befreien muß; ich kann ja gar nicht anders! Es gibt hier eine Macht, die ich nicht kenne. Sie steht an eurer Seite, und ich habe das Gefühl, daß sie sich auch an die meinige stellen wird, sobald ich mich entschließe, in euerem Sinne zu handeln."

Als er das sagte, tauchte über dem dunkeln Streifen des Waldes die neugeborene Sonne auf und lachte uns strahlend in die Augen. Das war ein ganz alltäglicher Naturvorgang, von dem sich der Mir aber heut tief ergriffen fühlte. Kaum hatte die Flut des Lichtes ihn getroffen, so warf er den Arm in die Luft und rief:

„Und ich werde mich entschließen! Ich tue es! Die Sonne will es haben! Sie ist heraufgekommen, es mir zu sagen! Vorwärts, vorwärts, mag daraus werden, was da will!“

Er gab seinem Schimmel die Sporen und stürmte im Galopp weiter. Wir folgten ihm. Unser Weg führte genau dem Aufgang zu, und so war es, als ob wir die Absicht hätten, mitten in all die Sonnen-, Licht- und Farbenpracht hineinzureiten und in ihr zu verschwinden. War dieser Mir von Ardistan wirklich ein Tyrann, ein Wüterich? Oder war er nur das letzte Glied einer Kette von Despoten, welches ebenso hart wie seine Vorgänger zu erscheinen hatte, obgleich es aus edlerem und weicherem Metall bestand als sie?

Wir sahen bald, daß er stolz auf die Schönheit und Güte seines Pferdes war. Er wollte uns zeigen, was es leistete. Er steigerte den Galopp zur Karriere. Halef hatte große Lust, ihm zu beweisen, daß es uns leicht sei, ihn zu überholen, doch verbot ich ihm das. Der Mann fühlte sich schon in so vielen Stücken übertrumpft; er sollte nicht auch noch in Beziehung auf sein Pferd gekränkt und übertroffen werden. Es war genug, daß wir ihm den Vorrang ließen, ohne grad weit zurückzubleiben. Wir kamen dadurch sehr rasch vorwärts, und es dauerte nicht lange, so sahen wir, an drei Seiten vom nahen Wald und auf der vierten von einem großen, offenen Reit- und Übungsplatz umgeben, den alten, mehr als ehrwürdigen Gebäudekomplex liegen, den er als Strafkaserne bezeichnet hatte. Er bestand aus niedrigen Mannschaftshäusern und Ställen. Ledige Pferde tummelten sich rundum. Es waren echte Ussulpferde, ganz von der Gestalt und Größe des Urgaules Smihk, meines besonderen Busenfreundes. Auch die Leute waren im Freien zu sehen vor den Häusern. Sie beschäftigten sich, wie wir sahen, mit der Zubereitung ihres Morgentrankes. Unser Kommen erregte ungewöhnliches Aufsehen, obwohl die Entfernung zwischen uns und ihnen, als sie uns bemerkten, wenigstens zweihundert Pferdelängen betrug. Es war ihnen also nicht möglich, die Züge des Mirs zu erkennen; aber sie kannten seinen Schimmel. Ein solcher persönlicher Besuch des Beherrschers war noch nie dagewesen, war unerhört. Man ließ alles stehen und liegen und rannte zu den Waffen und Pferden. Glücklicherweise war bei dieser Truppe das Verhältnis der Offiziere zu den Soldaten ein durchaus patriarchalisches. Die ersteren bildeten die Väter, die letzteren die Kinder; sie gehörten zusammen. So befanden sich auch jetzt die Vorgesetzten bei den Untergebenen und brauchten nicht erst geholt zu werden. Zudem war der Mir rücksichtsvoll und ritt jetzt langsamen Schritt. Dadurch bekam die Truppe Zeit, sich zu sammeln und aufzustellen. Als wir den Platz vor den Gebäuden erreichten, hielten sie, zehn Glieder hoch und die Offiziere voran, in regelrechter Front auf ihren Pferden und boten einen martialischen Anblick, der, wenigstens für mich, eine Wonne war. Ich mußte, indem ich die fünfhundert gewaltigen, zum Himmel ragenden Spieße sah, an Goliath, den Philister, denken, von dem die Bibel erzählt, daß der seinige so stark wie ein Weberbaum gewesen sei.

„O Sihdi, wenn ich ihnen jetzt eine Rede halten könnte! Was würde ich ihnen alles sagen!“ raunte mir mein kleiner Halef zu, dessen Sprachseligkeit sich bei diesem Anblick ganz gewaltig regte.

Aber der Mir war es, der da sprach, wenn auch in ganz kurzer, befehlender Weise. Er sagte, daß er gekommen sei, den Morgenkaffee mit ihnen zu trinken und sie nach der Stadt zurückzuholen. Er gebot ihnen, abzusteigen und sich wieder an ihre Kochtöpfe zu begeben. War das ein Jubel nun!

Einige Minuten später saßen wir beide mit dem Mir, einem alten Major und zwei Kapitänen auf einem wenigstens ebenso alten, schnell herbeigeholten Zeltteppich, ein jeder einen schweren, tönernen Napf in der Hand, aus dem das, was man Kaffee nannte, nach allem möglichen, nur nicht nach Kaffee duftete. Es schmeckte aber; es schmeckte sogar dem Mir, der sich in einer Stimmung befand, über die er sich wohl selbst am meisten wunderte. Er strahlte am ganzen Gesicht und sah dabei doch zuweilen aus, als ob er über sich selbst und seine Leutseligkeit erstaunte.

Er gab die nötigen Befehle zu dem Ritt nach der Stadt, was man alles mitzunehmen habe und was nicht. Als er dabei auch auf die Tannenbäume zu sprechen kam, bat ich, in den Wald gehen zu dürfen, um die, welche mir gefielen, zu bezeichnen. Da sprang er auf und sagte, daß er selbst mitgehen werde, und zwar gleich. Die Offiziere schlossen sich an. Während wir nach hübsch gewachsenen, passenden Exemplaren suchten, machte ich dem Mir einen Anschlag, wie viele ich wohl brauche, große und kleine. Wir hatten auszustellen, und zwar an verschiedenen Orten, damit die Bevölkerung so schnell wie möglich unterrichtet werde, was wir meinten und wie wir es uns dachten. Da machte er einen kurzen Prozeß und sagte:

„Warum so einzeln zählen? Ard ist groß, und was wir heut

nicht brauchen, das brauchen wir morgen. Nehmen wir hundert Bäume mit! Wir haben ja Zeit und Menschen genug, sie zu fällen."

Das geschah. Es dauerte nicht lange, so hatte ich mit dem Säbel des Major hundert Stück gezeichnet, und das Umschlagen, Köpfen und Zurichten konnte beginnen. Ich lehrte die Ussul, Seile aus langen, grünen Zweigen zu drehen, mit denen die Äste eng an den Stamm gezogen wurden, um leicht transportiert werden zu können. Während ein Teil der Leibwache mit dieser Arbeit beschäftigt war, nahm Halef sich die anderen vor. Sie mußten sich, wohl an die dreihundert Personen, wie Schulkinder eng nebeneinander niedersetzen, und er stellte sich vor sie hin und hielt ihnen einen Vortrag über das für sie allerdings hochinteressante Thema, wann, wo und wie wir ihre Verwandten in der Heimat kennengelernt hatten und was seitdem mit ihnen und uns geschehen war. In dieser Weise erfüllte er sich selbst seinen Wunsch, zu diesen Leuten einmal reden zu können. Er tat es in der ihm eigenen, hinreißenden, mit Komik gewürzten Weise, so daß seine Zuhörer gar nicht dazu kamen, ein Auge von ihm zu verwenden. Er ließ sich auch nicht im geringsten stören, als wir mit dem Mir aus dem Wald zurückkehrten und uns hinstellten, um ihm zuzuhören. Doch nahm er sich da nun wohl mehr in acht, als vorher und erreichte dadurch einen Erfolg, dem sich selbst der Mir nicht entziehen konnte, denn dieser sagte zu mir, als der Kleine geendet hatte und die Ussul ihm ihren Dank und ihre Anerkennung zujubelten:

„Dieser dein Hadschi Halef Omar ist ein außerordentlich kluger und brauchbarer Mann! Ein vortrefflicher, guter Mensch! Man muß ihn liebhaben! Ich wollte, er wäre mein Freund, in ganz derselben aufrichtigen Weise, wie er der deinige ist!"

„Das brauchst du dir gar nicht erst zu wünschen, denn es ist dir schon erfüllt", antwortete ich ihm. „Er ist dein Freund. Du brauchst es nur zu glauben und Vertrauen zu ihm zu haben!"

Er sagte nichts hierzu, schaute mir prüfend in das Gesicht, drückte mir die Hand und wendete sich dann an die Offiziere, um ihnen zu sagen, daß es Zeit zum Aufbruch sei. Dies galt nur den Reitern; die Bagage hatte nachzukommen. Zu dieser aber gehörten die Weihnachtsbäume nicht. Sie wurden gleich mitgenommen. Dies geschah in der Weise, daß man die Lanze am Stamm des zusammengebundenen Bäumchens hinaufschob und sie dann unten, ganz wie gewöhnlich, in den Lanzenschuh des Steigbügels setzte. Das Bäumchen wurde dann, genau so wie sonst die Lanze, mit der einen Hand in der Mitte gehalten, während die andere die Zügel führte. So setzten wir uns denn, eine Art ‚Wald von Dunsinane' mit uns führend, in Bewegung, voran wir mit dem Mir, dann die Offiziere und hierauf die Truppe.

Als wir die Stadt erreichten, erregte unser Zug ein ganz ungewöhnliches Aufsehen. Man erkannte den Mir trotz der Einfachheit seines Anzuges. Man wußte, daß er die Ussulgarde verbannt hatte. Nun brachte er sie persönlich zurück. Es verstand sich ganz von selbst, daß man hieraus auf wichtige Ereignisse schloß, zumal man zwei ganz fremde Menschen neben ihm reiten sah. Die Wißbegierde wurde erregt und pflanzte sich schnell weiter, von Straße zu Straße, durch die ganz Stadt und noch weit über sie hinaus.

Am Schloß angekommen, brachten wir zunächst die hundert Bäume in einem Hof desselben unter. Dann wurde die bisherige Schloßwache abgelöst und ihre in der Nähe liegende Kaserne umringt. Dieses ganze, unzuverlässige Korps mußte die Munition abliefern und hinaus nach der Strafkaserne marschieren, um dort an Stelle der Ussul interniert zu werden. Überhaupt wurde dieser Tage alles Militär, dem nicht zu trauen war, also besonders die bigottmohammedanischen und die Lamatruppen aus der Stadt entfernt. Ich nahm mir nicht die Zeit, mich um diese Maßnahmen zu bekümmern, weil ich mit den Vorbereitungen zum Christfest mehr als genug zu tun hatte. Diese militärischen und diplomatischen Bewegungen hatten nur rein äußerliche Zwecke und Ziele. Wir aber, Halef und ich, standen vor der Aufgabe, die schlafende Volksseele aufzuwecken und in ihr die größte, die herrlichste und wichtigste Bewegung zu erzeugen, die es im Leben der Völker und des einzelnen gibt, nämlich die Bewegung zu Gott empor, die in der Tiefe der Seele beginnt, um nach den ewigen Höhen des Himmels zu steigen. Und ich gestehe aufrichtig, daß mir diese unsere Aufgabe wichtiger erschien als jede andere, obgleich sie mich zunächst zu Dingen und zu Arbeiten zwang, welche man daheim fast nur den Kindern und kindlichen Gemütern anvertraut. So unwichtig diese Sachen zu sein scheinen, ich muß doch über sie berichten und schicke da vor allen Dingen die Bemerkung voraus, daß Ard eine große Stadt mit Hunderttausenden von Einwohnern ist, die nicht etwa nur die niederen Beschäftigungen, sondern auch alle möglichen orientalischen Wissenschaften, Künste und Gewerbe treiben. Die Stadt ist der Mittelpunkt eines weit ausgedehnten Handels. Es gibt da eine mohammedanische, eine buddhistische und eine konfuzianische Universität und ein Menge Schulen für den gewöhnlichen Mann. Daraus folgt, daß es hier keineswegs für mich unmöglich war, alles das zu finden, was ich zur Erreichung meiner Zwecke brauchte, wenn ich auch zugeben muß, daß mir das nicht so bequem lag wie daheim.

Zunächst erwähne ich, daß wir unsere zwei kleinen Zimmer nicht wiederbekamen. Es wurde uns eine Reihe sehr bequemer, prächtiger Räume angewiesen, die unmittelbar an die Wohnung des Mirs stießen. Auch unsere Pferde wurden in dementsprechender Weise anders untergebracht. Das war ein gutes Zeichen. Hierbei erfuhr ich, daß der Panther die Zimmer bewohnt hatte, die ich jetzt bekam. Er hatte sie ganz plötzlich und unvorbereitet verlassen müssen, und zwar schon in der vergangenen Nacht. Als der Mir uns verließ, um zum Ritt nach der Stafkaserne satteln zu lassen, war er mit Halefs Hunden direkt zum Panther gegangen, um ihn über die geplante Verschwörung zu unterrichten und ihm den Befehl zu erteilen, sofort zu den gegen den Mir von Dschinnistan marschierenden Truppen aufzubrechen und den Oberbefehl über sie zu übernehmen, weil der jetzige General ein leidenschaftlicher Mohammedaner und also nun verdächtig war. In echt orientalischer Weise wurde dem Panther keine Zeit gegeben, sich auf diese Reise vorzubereiten. Er hatte sich nur schnell umzukleiden, und binnen zehn Minuten im Sattel zu sitzen. Was er brauchte, wurde ihm nachgeschickt. Der Mir führte ihn selbst in den Stall, wo er ja ohnedies seinen Schimmel für sich satteln zu lassen hatte, und sah ihn dann mit eigenen Augen auf das Pferd steigen und fortreiten. Er selbst erzählte es mir, und als ich ihn fragte „Warum so schnell?“ antwortete er:

„Wenn es sich um meinen Thron und um mein Leben handelt, gibt es keine Zeit, die Ausführung meiner Befehle aufzuschieben! Habe ich unrecht getan? Du scheinst den Panther nicht zu lieben!“

Ich antwortete nur:

„Du tatest recht. Nun handelt es sich nur darum, ob auch er das Richtige tut!“

Um diesem nicht ganz ungefährlichen Gespräch eine andere Richtung zu geben, trug ich nun dem Mir die Wünsche vor, die ich in Beziehung auf die Vorbereitung zum Weihnachtsfest hatte. Sie wurden mir alle erfüllt. Ich bekam mehrere Parterreräume angewiesen, in denen wir unser „Weihnachtsbüro“ aufschlugen. Schreiber und Arbeiter wurden uns zur Verfügung gestellt, vor allen Dingen auch Zimmerleute zur Herstellung der „Füße" für die Tannen. Händler kamen, um Proben von Pappe und Papier vorzulegen. Ein alter, orientalischer Goldschlägermeister wurde mit zwei Gesellen engagiert. Bekanntlich ist die Goldschlägerkunst eine echt orientalische Kunst. Schon die alten Ägypter hatten es darin zu großer Vollkommenheit gebracht. In diesem unserm Fall handelte es sich selbstverständlich nur um billiges Blattmetall aus Messing und Tombakblech. Ein Drechsler bekam den Auftrag, Lichterdillen aus Holz zu drehen. Bei einem Schlosser wurden sie aus Draht bestellt. Einige Bäcker und Konditoren mußten verschiedene Probeteige backen. In einer Klempnerwerkstatt wurden dünne Blechformen in Auftrag gegeben, um Engel, Sterne und verschiedene andere Figuren in Teig auszustechen. Ein Farbenhändler wurde angewiesen, diese Figuren anzumalen resp. mit Gold- und Silbertupfen zu versehen. Kurz, es gab Arbeit über Arbeit.

Als punkt drei Uhr der alte, liebe, so leicht zu begeisternde Basch Nasrani kam, um sich bei uns zu bedanken, fand er uns in allergrößter geschäftlicher Tätigkeit. Er kannte die hiesigen Verhältnisse genau und war geradezu entzückt, als er hörte, um was es sich handelte. Er schaute sofort in die Zukunft. Er jubelte. Er weissagte, daß aus dieser primitiv beginnenden Weihnachtsarbeit sich für die hiesigen Christen eine Zukunft entwikkeln werde, die wohl imstande sei, alles, was die Vergangenheit an Druck und Leid gebracht hatte, wieder auszugleichen. Nur müsse man sofort und kräftig zufassen und keinen Vorteil, der sich biete, wieder aus den Händen geben. Er bat um die Erlaubnis, sich an unserer Arbeit beteiligen zu dürfen, und ich gab sie ihm mit Freuden. Er kannte so viele Menschen und wußte für alle Fälle die beste Auskunft und den besten Rat. Erst durch ihn kam die nötige Klarheit und Übersicht in das, was wir erst berechneten und dann taten.

Die Hauptsache für heut war die Anfertigung des allerersten Weihnachtsbaumes, also, sozusagen, des Modellbaumes, der dem Mir gezeigt werden sollte. Wenn dieser ihm gefiel, so hatten wir gewonnen. Ich machte mich also so zeitig wie möglich an die Herstellung, die oben in der Wohnung des Mirs vor sich gehen sollte. Es wurde mir hierzu ein sehr geräumiges Zimmer angewiesen, und ich bat, bis ich fertig sei, ja nicht gestört zu werden. Das wurde mir zugesagt. Ich beschloß, drei Bäume zu schmücken, einen großen und zwei kleine. Die Lichter kaufte ich von einem Mumedschy – Lichtzieher –, der in der Nähe des

Schlosses seinen Laden hatte. Als ich ihm sagte, daß ich, falls sie gut seien, ihm die Anfertigung vieler Tausende übergeben werde, bekam ich sie umsonst. Nun wurden Früchte vergoldet, Sterne und Beutel und andere Dinge aus buntem Papier geschnitten, Girlanden aus weißen, roten und blauen Fäden geflochten. Die fürstliche Küche hatte mehrere riesige Nudelteige zu liefern, aus denen ich Sonnen, Monde, Sterne, Engel, Drachen und allerlei andere Gebilde aus der Tertiärzeit der menschlichen Phantasie schnitt. Als diese teils schönen, teils schaurigen Sachen über Feuer hart gebacken waren, bekamen Halef und der Oberpriester die Pinsel in die Hand, um sie nach Kräften zu bemalen. Sie taten das, wie ich gleich voraussagen will, nicht nur zur allgemeinen Zufriedenheit, sondern sogar zur lauten Bewunderung von der Seite des Mirs und seiner Familie. Ich aber wickelte mir inzwischen mit der rechten Hand sehr fleißig Draht um den linken Daumen, um die achtzig Dillen herzustellen, die nötig waren. Der Abend hatte sich schon längst eingestellt, als wir diese Vorbereitungen vollendeten. Die Sachen brauchten bloß noch an die Bäume gehangen zu werden. Ich zeigte dem Hadschi und dem Basch Nasrani, wie das zu machen sei, und ließ auch noch einen Diener kommen, uns zu helfen. Diese Beschleunigung war nämlich geboten, denn der Mir ließ mir sagen, daß seine Kinder absolut nicht mehr warten wollten, die Schagarat el Muhallis – die Bäume des Erlösers – zu sehen. Jedenfalls aber war er selbst der alte, große Junge, der nicht länger warten konnte!

Der große Baum wurde in die Mitte der einen Wand gestellt, ihm zu beiden Seiten die kleineren. Indem ich den hierzu nötigen Raum mit den Augen abmaß, sah ich in der einen Ecke ein hölzernes Möbel stehen, dessen Form keine hier gewöhnliche war. Ich fragte den Diener, was es sei.

„Eine Musik“, antwortete er.

„Was für eine Musik?“

„Ich weiß es nicht, und niemand weiß es. Es sind weiße und schwarze Tasten; aber man kann darauf drücken, so sehr man will, es ist nichts zu hören. Der Emir von Bochara hat sie unserm Mir geschenkt; aber noch kein Mensch hörte sie singen. Sie ist stumm!“

Ich öffnete. Es war ein altes, sogenanntes Regalharmonium aus früherer Zeit. Man hatte nur auf die Tasten gedrückt, die Tritte unten aber nicht beachtet. Darum war sie „stumm“, aber auch unverletzt geblieben. Als ich probierte, versagte kein Ton.

Wie mir das zustatten kam, gerade jetzt, unter Weihnachtsbäumen! Der Diener schrie vor Überraschung laut auf, als die schönen, klaren Zungenstimmen erklangen. Zugleich erschien ein anderer Diener, um uns zu sagen, daß die Herrschaft uns nur noch einige kurze Minuten Zeit gebe; die Kinder könnten sich unmöglich länger gedulden! Da wurden schnell die Lichter in Brand gesteckt und die ‚Musik' vor den großen Baum gerückt. Durch mehrere übereinandergelegte Kissen bereitete ich mir den zum Spielen nötigen Sitz; dann sagte ich den beiden Dienern, daß die Herrschaft kommen könne. Halef und der Oberpriester zogen sich bescheiden in je eine Ecke zurück. Und da hörte ich auch schon die Schritte des Mirs, der in seiner Ungeduld seiner Frau und seinen Kindern voraneilte.

Sobald er eintrat, ließ ich ein kurzes Vorspiel erklingen und begann dann, unser altes Weihnachtslied zu singen: „O du fröhliche, o du selige, gnadenbringende Weihnachtszeit!" Ich bin kein Sänger und habe auch nur eine ganz gewöhnliche Baritonstimme; aber die Wirkung war trotzdem eine ganz ungewöhnliche. Man kennt den Einfluß unserer deutschen Lieder selbst auf Leute, welche die deutsche Sprache nicht verstehen. Er bewährte sich auch hier. Der Mir war zunächst darüber sehr erstaunt, daß seine bisher stumme ‚Musik' jetzt plötzlich ‚singen' konnte. Sodann wirkte der lichtstrahlende und reich behangene Baum auf ihn. Vielleicht war es in seinem Leben der erste poetische Anblick, der sich ihm bot und dessen Hauch er tief in seinem Innern spürte. Und sodann das Lied, dessen Worte er zwar nicht verstand, dessen Seele aber zu seiner eigenen Seele sprach. Kaum hatte er nur einen Augenblick gehört und gesehen, so drehte er sich unter der Türe zurück und winkte. Da folgte ihm zunächst seine Frau. Sie war unverschleiert und ebenso einfach gekleidet wie er. Ihr ernstes, außerordentliche sympathisches Gesicht besaß keinen einzigen Zug, der von Glück erzählen konnte. Sie blieb unter der Tür stehen. Ihre Augen wurden groß und immer größer. Ihre bleichen Wangen röteten sich. Ihre Stirn schien breiter und höher zu werden und leuchten zu wollen wie in Strahlen stehendes Elfenbein. Sie trat einen Schritt näher, noch einen und noch einen und sank dann, obgleich ihr Gesicht hoch erhoben blieb, langsam auf die Knie nieder und faltete, als ob sie beten müsse, die Hände.

Und da kamen auch die Kinder. Erst zwei und dann wieder zwei, je ein Knabe und ein Mädchen, die einander führten. Allerliebste Buberln und Dirndln! Der Älteste vielleicht neun und die Jüngste vier Jahre alt. Als sie die Mutter knien sahen, knieten auch sie nieder, je zwei und zwei zu ihrer Rechten und Linken. Aber ihre Augen strahlten vor Erstaunen und vor Glück, und ihre Mäulchen sperrten sich immer weiter und weiter auf. Da war ich mit dem ersten Lied fertig, spielte einen Übergang zur anderen Melodie und sang dann „Stille Nacht, heilige Nacht“. Das schien noch besser zu wirken als das erste. Besonders die Tonfolge und Wiederholung „schlafe in himmlischer Ruh“ riß die Kinder hin. Schon bei der zweiten Strophe begann der kleine, drollige Knabe mitzusingen, natürlich nur auf trallerala. Und bei der dritten Strophe fielen auch der größere Knabe und das größere Mädchen ein. Das kleinste Dirndel aber wartete fein, bis ich fertig war, sprang dann auf, kam zu mir hin und sagte:

„Du, Fremder, wem gehören denn diese Bäume? Sind sie alle dein?“

Da erhob ich mich von meinem Sitz und antwortete:

„Sie gehören nicht mir, sondern euch. Den großen da schenkt euch der Vater, und die beiden kleinen habt ihr von der Mutter bekommen.“

„Ist das aber auch wahr?“

„Ja, gewiß!“

Nun erhob sich großer Jubel. Die Buben eilten zur Mutter, um sich bei ihr zu bedanken, und die Dirndeln kletterten an dem Vater in die Höhe, was diesem wohl noch nie geschehen war. Er half ihnen dabei, bis er beide auf den Armen hatte und sie an das Herz drücken konnte. Ich aber schlich mich hinaus und gab Halef und dem Oberpriester einen Wink, mir zu folgen. Wir gingen nach meiner Wohnung.

Dort half mir der Basch Nasrani bei einem Kostenanschlag für den Mir, um nachzuweisen, wieviel Anlagekapital die Festproduktion erforderte und auf wieviel Gewinn man rechnen konnte. Wir kamen dabei sogar auf eine Festschrift zu sprechen, für welche der Mir zu begeistern war. Sie wirkte jedenfalls nachhaltiger als eine vorübergehende Predigt, und da der Oberpriester die Festrede im Dom zu halten hatte, wünschte ich sehr, daß er auch diese Schrift verfasse, und er ging darauf ein. Sie sollte den Titel „Der Stern von Bet Lahem“ führen und von der Holztypographie der mohammedanischen Universität gedruckt werden. In dieser Typographie arbeitete nämlich der einzige Holzschneider, den es in Ard gab, und da der Festschrift das Bild eines brennenden Weihnachtsbaumes mitgegeben werden sollte, so wünschten wir, daß sie an dieser Stelle gedruckt und ausgestattet werde. Es war zwar im höchsten Grade fraglich, ob diese Mohammedaner sich herbeilassen würden, ein christliches Werk zu drucken, doch rechneten wir auf ein Machtwort des Mirs, mit dem ich hierüber noch extra zu sprechen hatte.

Er suchte uns noch im Laufe des Abends auf, als der Oberpriester nicht mehr bei uns war. Er zeigte sich wie umgewandelt. Wahrscheinlich hatte er heut zum ersten Male gesehen und erfahren, wie richtig es im deutschen Lied heißt: „Ein braves Weib, ein herzig Kind, das ist mein Himmel auf der Erde!“ Ich teilte ihm mit, daß der Basch Nasrani den Besuch von Hunderttausenden aus Ardistan, Gharbistan und Scharkistan erwartete. Er behauptete, ganz derselben Meinung zu sein. Hierauf legte ich ihm unsern Kostenüberschlag vor. Da staunte er nun freilich über die Größe dieser Summen und über die Höhe des Gewinnes. Das enthusiasmierte ihn noch mehr, als er es so schon war. Dann legte ich ihm die Berechnung vor, die sich auf die Herausgabe und die Einträglichkeit der Festschrift bezog, und seine Verwunderung wuchs noch mehr.

„Das wird gemacht; das wird gemacht!“ rief er aus. „Der Basch Nasrani mag sofort beginnen zu schreiben!“

„Die mohammedanische Universität wird sich wohl aber weigern, etwas zu drucken, was der Oberpriester der Christen geschrieben hat“, bemerkte ich.

„Sie muß!“ sagte er. „Sie muß! Der Titel wird lauten: ‚Der Stern von Bet Lahem, verfaßt vom Mir von Ardistan‘. Verstanden? Ich bin also der Verfasser und der Verleger. Wer will es wagen, das, was ich schreibe, nicht zu drucken? Bringt mir das Manuskript. In der nächsten Minute wird mein Name darunterstehen. Fertig!“

Das war ja viel, viel mehr, als wir erwartet hatten! Ich will in diesem Fall den Ereignissen vorgreifen und schon jetzt berichten, daß er wirklich seine Unterschrift gab, daß die Schrift unter seinem Namen gedruckt wurde und daß sie unzählige Käufer fand und wahrscheinlich auch heut noch findet. An diesem Abend gab es, als ich mich schon niedergelegt hatte, noch ein Ereignis, welches ich nicht übergehen kann. Aacht und Uucht hatten sich vor meinem Lager ausgestreckt. Kein Licht brannte mehr. Ich war im Einschlafen. Da taten beide Hunde zu gleicher Zeit einen Satz nach der Tür zum Nebenzimmer. Ein unterdrückter Schrei erscholl; dann war es wieder still. Ich stand auf und machte Licht. Da lag ein Mann, der sich hatte hereinschleichen wollen. Die schweren Körper der Tiere lasteten auf ihm.

Sie hatten ihn nur niedergerissen und festgehalten, ihm aber sonst nichts getan. Als ich ihm in das Gesicht leuchtete, war es – der Panther. Ich befahl ihm, aufzustehen. Er tat es. Da zogen sich die Hunde nach der Tür zurück, um diese zu bewachen. Er konnte nicht fliehen. Sein Blick schweifte auf den Teppich nieder, als habe er etwas verloren. Dann sah er mir mit dem Ausdruck des grimmigsten Hasses in das Gesicht und sagte in verächtlichem Ton:

„Natürlich wirst du es sofort dem Mir verraten!"

„O nein!" antwortete ich. „Wenn ich von jemanden spreche, muß er es wert sein; das bist du aber nicht. Ich denke an deinen Vater und deinen Bruder, denen ich die Schande nicht gönne, die du ihnen bereitest. Du kannst dich frei entfernen. Ich werde dich sogar bis vor das Tor begleiten, damit dich nicht etwa ein anderer ergreift, während ich dich entwischen lasse. Aber das sage ich dir: Sehe ich dich nochmals hier in der Stadt, während der Mir dich fern bei dem Heer glaubt, so höre ich auf zu schweigen. Tritt in das Vorzimmer und warte!"

Er gehorchte. Die Hunde gingen mit ihm hinaus und ließen ihn nicht weiter. Ich zog mich vollends an und schaute dabei schief gegen das Licht nach der Stelle des Fußbodens, wo er gelegen hatte. Da sah ich das liegen, was ihm entfallen war. Ein kleiner, eiserner Gegenstand, viereckig, zugespitzt und rechtwinklig gebogen. Jedenfalls ein Drückerschlüssel, mit dem er etwas hatte öffnen oder holen wollen, was er bei seiner eiligen Abreise nicht hatte in Sicherheit bringen können. Das mußte etwas sehr Wichtiges und ihn Belastendes sein, sonst hätte er nicht das große Wagnis unternommen, hierher zurückzukehren. Ich steckte das Werkzeug zu mir und ging dann zu ihm hinaus, um ihn hinunter- und an der Wache vorbeizuführen. Nachdem ich das in scheinbarer Ruhe und Gleichgültigkeit getan und er sich entfernt hatte, eilte ich so schnell wie möglich nach dem Privatstall des Mirs, wo auch unsere beiden Pferde standen. Da waren mehrere Mann der Stallwache munter. Ich fragte, ob einer von ihnen die vor der Stadt liegende Wohnung des Basch Islami kenne. Sie kannten sie alle. Ich befahl dem, der am besten Bescheid zu wissen schien, sich schnell aufzusetzen und mit mir zu reiten, um sie mir zu zeigen. Erst zu satteln, gab es keine Zeit.

Wir verließen das Schloß durch ein Seitentor und durcheilten so schnell wie möglich die vollständig finsteren Gassen und Straßen. Das Gebäude, welches ich suchte, war das letzte aller Häuser auf dieser Seite. Es lag in der Nähe eines kleinen Wäldchens, in welchem wir abstiegen und die Pferde anbanden. Auch die Hunde mußten dableiben; der Reitknecht ebenso. Ich aber näherte mich dem Haus. Da stampfte ein Pferd. Ich schlich mich möglichst leise hin. Es gab da eine Gartenmauer mit einem kleinen Kiosk nach innen. Außerhalb der Mauer aber war ein Pferd angebunden, mit dem aus dem Kiosk heraus eine weibliche Stimme liebkosend sprach. Hier handelte es sich jedenfalls um ein privates Stelldichein und um ein politisches Geheimnis zu gleicher Zeit. Der alte Basch hatte getan, als ob er der Oberste der Verschwörer sei. Nach seiner Meinung war er es vielleicht auch. Ich aber hielt den Panther für die eigentliche Seele des Aufstandes. Diese beiden Männer standen jedenfalls in näherer Beziehung zueinander, als sie wissen lassen wollten. So wahnsinnig das auch klingen mag, ich hielt den Panther für den Nachfolger, der dem jetzigen Mir gegeben werden sollte, und hatte aus diesem Grund vorhin angenommen, daß er, nachdem er mich verlassen hatte, den Basch Islami aufsuchen werde, und war hierhergeritten, um mich zu überzeugen, ob ich da irre oder nicht.

Die Mauer war nicht sehr hoch, aber ziemlich breit und von allerlei Buschwerk überwachsen. Auch unten stand Gebüsch, von dem das fressende Pferd sich Zweige riß, deren lautes Prasseln und Knacken sehr geeignet war, mir ein unhörbares Verbergen zu ermöglichen. Ich schwang mich also in gehöriger Entfernung auf die Mauer hinauf und kroch auf derselben hin, bis ich die unmittelbare Nähe des Kioskes erreichte. Dort schob ich mich langsam und äußerst vorsichtig in das Gezweig hinein. Das Rauschen der Blätter, welches ich verursachte, wurde von dem Geräusch, welches beide, das Pferd und das Frauenzimmer, machten, vollständig verschlungen. Ich stieß mit dem Kopf an die Holzwand des Kioskes. Ich lag also so nahe, daß ich alles hören konnte, was hier gesprochen wurde, und brauchte nur darauf zu achten, mich nicht etwa durch Niesen oder Husten zu verraten.

Wenn mich nicht alles trog, so befand sich die Insassin des Kioskes in außerordentlich zärtlicher Stimmung. Sie sprach mit dem Pferd wie mit einem Menschen. Sie offenbarte ihm, daß sie „ihn" außerordentlich liebe und daß sie alles aufbieten werde, daß „er" an die Stelle des jetzigen Mir gelange. Sie schüttete nach und nach ihr ganzes Herz aus, wodurch ich erfuhr, daß „seine" Liebe nicht so groß und ehrlich sei wie die ihrige. Sie gestand dem Pferd, daß es bange Stunden gebe, in denen sie an

„ihm" zweifle und „ihn" für einen Betrüger halte, der ihr nur darum Liebe heuchle, um ihren Vater und dessen Einfluß für seine Pläne zu gewinnen. Gerade als sie mit ihrer Aufrichtigkeit bis zu diesem Punkt gekommen war, ließen sich Schritte hören, die sich schnell näherten.

„Er kommt; er kommt! Nun freue dich; er kommt!" sagte sie zum Pferd.

Und sie hatte recht; er kam. Es war der Panther. Aber das Tier hatte keine Ursache, sich über sein Kommen zu freuen. Er befand sich in äußerst schlechter Laune. Er öffnete die Zügel, riß das Pferd vom Zaun weg, daß das Gebiß in die Lippen schnitt und es vor Schmerz aufstöhnte. Dann schwang er sich auf, grub dem armen Geschöpf die Sporen derart in das Fleisch, daß es vom Schmerz kerzengerade in die Höhe getrieben wurde, und fluchte dabei:

„Allah verdamme die Beine, auf denen man läuft, während man doch Pferde hat, um zu reiten! Welche Zeit habe ich dadurch versäumt, daß ich deinem Rat folgte, zu Fuß durch die Stadt zu schleichen! Der Teufel hole die Weiber!"

„Und auch mich?" fragte sie.

„Wenigstens jetzt noch nicht! Du bist noch nicht die Schlimmste!" lachte er roh.

„Hattest du Glück?"

„Frag nicht so dumm! Ich wurde ertappt. Wahrscheinlich ist alles verloren!"

„Und der Vater? Der arme Vater ...?"

„Kann mir dann nichts mehr helfen!"

„Allah, Allah! Ich bitte dich, ihn zu grüßen!"

„Leb wohl!"

Er ritt fort.

„Schon verlassen willst ..."

„Leb wohl!" wiederholte er, nun schon von weitem.

„So bleib doch nur noch einen ..."

Ich sah, daß sie ihm die Hände nachstreckte, und hörte von ihm einen Fluch und das Klatschen der Peitsche, mit welcher er das Pferd zur Eile trieb. Das war alles so gefühllos, so menschenunwürdig, so grausam! Kann man so etwas wirklich erleben? Wohl nur im Traum, aber nicht im Wachen! Ich hörte im Kiosk ein tiefes, tiefes Atemholen und dann Schritte, die sich entfernten. War das dann ein Schluchzen? Oder nicht? Auch ich entfernte mich und kehrte zum Wäldchen zurück, um nach der Stadt zu reiten. Ich wußte nun, woran ich war. Der alte

Basch Islami hatte nicht nur die Stadt, sondern auch sein Haus verlassen. Er befand sich dort, wohin der Panther jetzt ritt, der ihm versprochen hatte, seine Tochter zur Fürstin von Ardistan zu machen, falls er selbst zum Mir gewählt werde. Nun der ‚Oberste der Mohammedaner' aber hatte fliehen müssen, konnte man sich gestatten, die Tochter nicht gerade fürstlich zu behandeln!

Am nächsten Morgen begann die eigentliche Vorarbeit für das Fest. Es wurden Kontrakte angefertigt und unterschrieben, nach denen die Fabrikanten, Lieferanten und Arbeiter sich zu richten hatten. Diese Oberleitung führte ich. Den direkten Verkehr mit den Leuten übernahm Halef, der hierzu wie geschaffen war. Der dritte von uns, nämlich der Oberpriester, wirkte in geradezu unvergleichlicher Weise, und zwar ebensosehr nach außen wie nach innen. Er schickte Boten nach Gharbistan und Scharkistan, damit man dort überall erfahre, daß man nach Ard zu wallfahren habe, weil dort der Stern von Bet Lahem aufgegangen und der Friede auf Erden gekommen sei. Auch durch ganz Ardistan gingen seine Boten. In der Hauptstadt selbst aber wirkte er durch persönliche Besuche und durch Vertiefung und Veredelung unserer äußerlichen, geschäftlichen Reklame. Wir stellten an allen Plätzen und größeren Straßen der Stadt Musterbäume und Verkäufer aus. Wir ließen mit Christbaumschmuck hausieren gehen. Wir ließen Vorträge halten. Wir gründeten Wohltätigkeitsvereine und Klubs des Sternes von Bet Lahem zur Christbescherung für die Armen und Kranken. Und das alles in nur zehn Tagen! Man kann sich da wohl denken, daß wir während dieser ganzen Zeit fast nicht zu Atem kamen!

Auch für die Unterbringung und Ernährung der erwarteten zahllosen Fremden mußte gesorgt werden. Das erforderte die Herbeischaffung von Vorräten und die Anstellung ehrlicher, zuverlässiger Leute. Höchst wichtig war die sofortige Gründung einer starken, christlichen Freiwilligenpolizei. Es waren von seiten der Andersgläubigen und der Aufrührer feindliche Kundgebungen, vielleicht sogar noch Schlimmeres zu erwarten; da war es geboten, Gegenmaßregeln zu treffen. So mühevoll und kompliziert das alles war, wir brachten es doch fertig, denn hoch über unserer Arbeit schwebte der Wille und das Machtwort des Mirs, dessen plötzliche Herzens- und Sinnesänderung wie bezaubernd wirkte, und in noch größerer Höhe stand über all diesen Weihnachtssorgen und Weihnachtshoffnungen der allgütige Himmel mit seiner ewigen Liebe, Weisheit und Gerechtigkeit, die in die fernste Zukunft schaut und die richtige Zeit der Erlösung jedes einzelnen und jedes vereinten Volkes kennt.

Darum war ich wohlgemut. Ich wußte, daß alles gelingen werde, äußerlich und innerlich. Denn meine eigentlche Aufgabe hatte sich weniger auf die Außendinge als vielmehr auf die Seele zu richten, auf die Volks- und auf die Menschheitsseele, mit der ich mich beschäftige, seit ich überhaupt beschäftigt bin. Mit dem Geist der Bevölkerung von Ardistan hatten wir jetzt nichts zu tun. Der mochte sich gegen uns aufbäumen, sich empören; er machte uns nicht bange. Aber wenn es uns gelang, die Seele dieses Volkes wachzurufen, wie wenn man zu einem Kind sagt: „Steh auf vom Schlaf, und komm herein aus deiner Kammer; es brennt der Weihnachtsbaum; dein Heiland ist geboren!", dann hatten wir erreicht, was wir erreichen wollten. In dieser Beziehung geschah etwas, was sehr geeignet war, unserer Arbeit eine schönere Weihe und tiefere Heiligung zu erteilen. Ich erzähle es.

Hier muß ich erwähnen, daß wir nicht mehr als Gefangene betrachtet wurden. Wir waren frei. Wir konnten gehen und kommen, ganz wie es uns beliebte. Jedermann durfte uns besuchen; unser Weihnachtsbüro stand aller Welt offen. Am liebsten sahen wir den Oberpriester kommen. Er lebte sich immer mehr in unsere Herzen ein und hatte die ganz besondere Gabe, immer gute Nachrichten zu bringen. Gleich an einem der ersten Tage brachte er zwei Personen mit, eine männliche und eine weibliche, die ihre Mantelkapuzen so weit vorgezogen hatten, daß sie ihre Gesichter fast ganz verdeckten.

„Hier bringe ich dir zwei liebe Bekannte vom mir", sagte der Basch Nasrani. „Sie sind nicht von hier, doch oft schon hiergewesen. Sie pflegen, ganz wie ich, in dem Haus meines Gastfreundes zu wohnen, in dem du mich mit dem Mir besuchtest. Sie sind soeben wieder einmal eingetroffen und haben den Wunsch, mit dir sprechen zu dürfen. Erlaubst du es?"

Ich nickte. Da warfen sie ihre Kapuzen zurück, und wen sah ich vor mir stehen? Abd el Fadl, den Fürsten von Halihm, und Merhameh, seine Tochter! Das war nicht Zufall, sondern Schikkung! Sobald ich sie sah, kam ein Gedanke über mich, den ich festzuhalten hatte. Wie lautete die Weissagung, von der uns erzählt worden war? Die Güte und die Barmherzigkeit sollten hier im Dom ihre Stimmen erheben! Und überhaupt sollten Töne erklingen, die in Ardistan noch niemals erklungen seien! Heißt Fadl nicht Güte? Und Merhameh Barmherzigkeit? Und hatte ich sie nicht ihr herrliches „Morgen- und Abendgebet von Dschinnistan“ singen hören? Wenn ihre beiden, unvergleichlichen Stimmen im Solo oder Duett im Dom erschallten, mußte es von größter Wirkung sein! Und gab es nicht eine Orgel, die zwar hier aufgerichtet, aber noch nie gespielt worden war? Ich bin kein berufsmäßiger Orgelspieler und noch viel weniger ein Orgelvirtuos, aber den musikalischen Kenntnissen und Anforderungen der hiesigen Bevölkerung glaubte ich entsprechen zu können. Durfte da vielleicht das, was ich spielte, nicht als jene „Töne“ genommen werden, „die in Ardistan noch nie erklungen sind“? Können Weissagungen nur durch unsichtbare Engel erfüllt werden, nicht auch durch sichtbare Menschen?

Die Freude, die wir über das Eintreffen dieser beiden hochstehenden, seltenen Menschen empfanden, war ebenso groß wie aufrichtig. Die eigentliche Veranlassung ihres Kommens waren unsere Hunde, die sie nicht zu halten vermocht hatten. Ihre Flucht hatte besonders den Dschirbani in große Unruhe versetzt. Er glaubte, daß wir hierdurch in die größte Gefahr gebracht werden könnten, und hielt es für höchst notwendig, uns jemand nachzusenden, der die Befähigung besaß, sich heimlich in Ard nach uns zu erkundigen und die zu unserer Rettung geeigneten Maßregeln zu ergreifen. Sollte das nicht gelingen, so war er gesonnen, direkt hierher zu marschieren und uns mit Gewalt zu befreien. Abd el Fadl hatte sich sofort bereiterklärt, mit Merhameh nach Ard zu gehen. Er kannte das ganze Land, und er kannte auch die Stadt. Er war schon oft dagewesen, wenn auch nur heimlich, weil der Mir eine persönliche Abneigung gegen ihn besaß und ihn in seiner Residenz nicht duldete. Er gab sich als Märchenerzähler aus, der mit seiner Tochter nach Ard reite, um dort seines Berufes zu walten. Um nicht aufzufallen, waren sie nicht auf Pferden, sondern auf drei unscheinbaren, aber schnellen Eseln geritten und gestern abend angekommen. Ich sage drei, nicht bloß zwei Esel, weil der Dschirbani ihnen einen treuen, gewandten Begleiter mitgegeben hatte, der sofort den Rückweg antreten sollte, um sichere Nachricht zu bringen.

Glücklicherweise stand alles nicht nur gut, sondern sogar viel besser, als jemals zu erwarten gewesen war. Der Bote bekam außer dem mündlichen von mir auch noch einen schriftlichen Bescheid, durch welchen der Dschirbani von allem genau unterrichtet und also befähigt wurde, sich den Verhältnissen angemessen zu verhalten.

Es verstand sich ganz von selbst, daß die Anwesenheit des

Fürsten und der Prinzessin von Halihm geheim zu bleiben hatte. Vom Mir konnten sie nicht erkannt werden, weil er Merhameh noch niemals und ihren Vater einmal nur aus sehr weiter Ferne gesehen hatte. Und auf die wenigen wirklich Bekannten, die es hier gab, konnte man sich verlassen; die verrieten nichts!

Als ich ihnen meinen Plan mitteilte, daß sie zur Orgel singen sollten, gingen sie beide sofort hierauf ein, und zwar mit Freuden. Der Oberpriester aber geriet gar in helle, lodernde Begeisterung, als ich ihn darauf aufmerksam machte, daß durch die persönlichen Namen der beiden Sänger und durch den Orgelklang die alte, in aller Munde lebende Weissagung genau wörtlich in Erfüllung gehe. Er wäre am liebsten aufgesprungen und hinausgerannt, um es aller Welt sofort zu verkünden; ich aber mahnte ihn, ja noch zu schweigen, weil der Mir das jetzt auf keinen Fall schon erfahren dürfe. Er mußte sich ganz unbedingt vor die vollendete Tatsache gestellt sehen, sonst stand zu befürchten, daß alles verdorben werde, und aus dem Fest eine Erniedrigung anstatt Erhebung des Christentums hervorgehe. Ich stellte die Forderung, daß kein Mensch jetzt von dieser Erfüllung der Verheißung zu sprechen habe und daß der Mir ganz allein nur von mir über sie unterrichtet werden dürfe. Der Oberpriester ging nebst Abd el Fadl und seiner Tochter hierauf ein.

Die beiden wichtigen Fragen, die es nun gab, lauteten: Was sollen Abd el Fadl und Merhameh singen? Und in welchen Zustand befindet sich die Orgel? Was die erstere Frage betrifft, so entwarf selbstverständlich der Basch Nasrani das Programm des dreitägigen Gottesdienstes. Abd el Fadl wählte einen dschinnistanischen Lobgesang auf Gottes Güte und Barmherzigkeit, den ich auf der Orgel zu begleiten hatte. Da ich diesen Gesang, der ein zweistimmiger war, nicht kannte und es auch keine Noten gab, mußte ich ihn mir vorsingen lassen, um ihn aufzuschreiben und die Begleitung hinzuzufügen. Hierzu war ein anderes, kleineres Instrument nötig, als die große Orgel. Ich beschloß, den Mir hierzu um sein altes Regalharmonium zu bitten, zumal ich mich ja auch wegen der Orgel an ihn zu wenden hatte, die mir ganz unmöglich ohne seine besondere, ausdrückliche Erlaubnis zur Verfügung stehen konnte. Ihm diese Wünsche mitzuteilen, nahm ich die nächste, passende Gelegenheit wahr. Ich hatte ihm eine Berechnung vorgelegt, die sehr zu seinem Vorteil sprach. Darüber freute er sich. In dieser Freude versicherte er mir, daß er für das Fest alles sehr gern tun werde, was er tun könne, ich solle nur wünschen und bitten. Das tat ich denn sofort. Er hörte mich an und freute sich darüber, mir die beiden Wünsche erfüllen zu können.

„Ich werde die Schlüssel zu der großen Orgel suchen lassen und sie dir geben", sagte er. „Spiel, was du willst, und wenn sie dabei zugrunde geht! Sie stammt von unserem Feind, dem alten Abd el Fadl! Ich bin neugierig, wie sie klingt. Und weißt du: Ich werde öffentlich verkünden lassen, daß sie an allen drei Tagen und Abenden gespielt wird. Das zieht viele Tausende herbei! Und ein Märchenerzähler mit seiner Tochter sollen singen! Haben die Christen keine anderen, besseren Sänger? Ich will dir gern meine kleine Orgel dazu borgen; aber in deine Wohnung bekommst du sie nicht, sondern du mußt mit den beiden Personen in die meine kommen."

Ich gestehe, daß ich in diesem Augenblick eine sehr wohl erlaubte Abart jener Freude empfand, von der man scherzhaft zu sagen pflegt: „Die Schadenfreude ist die reinste Freude." Also sein Feind Abd el Fadl sollte zu ihm kommen! Als ich es diesem sagte, war er sofort einverstanden; es wurde ausgeführt. Wir gingen zum Herrscher, bekamen die „Musik" geliehen, spielten und sangen, und der Mir hörte zu. Beim nächsten Male holte er auch Frau und Kinder. Als wir gesungen hatten, durfte nur ich mich entfernen. Der angebliche arme Märchenerzähler aber mußte mit seiner Tochter bleiben, um Sagen und Märchen zu erzählen. Es versteht sich ganz von selbst, daß er dies nur tat, um auf den Mir und seine Kinder veredelnd zu wirken. Schließlich durfte er gar nicht wieder fort, sondern er bekam mit seiner Tochter im Schloß eine Wohnung angewiesen.

So kam das Fest an jedem Tage näher. Die Spannung wuchs. Die Zahl der Bäume, die der Mir verkauft hatte und noch immer verkaufte, war bereits Legion. Zu jedem Baum gehörte ein Fuß, der eigens bezahlt werden mußte. Die verkauften Lichter, Figuren und sonstigen Schmuckgegenstände zählten nach Millionen. Und doch wollte das noch nicht reichen. Wir konnten nicht genug liefern. Dabei wurde das Geld alle. Einige kluge, voraussichtige Köpfe hatten das geahnt und sich welches aus der Ferne kommen lassen. Das vertauschten sie nun mit Profit. Der letzte Tag war für uns der schlimmste von allen. Wir hatten veröffentlicht, daß an diesem Tage um sechs Uhr nachmittags der Verkauf überhaupt geschlossen werde. An diesem Nachmittag wurden unsere Verkaufsstände fast gestürmt. Aber es ging glatt ab. Schon lange vor sechs Uhr war kein Bäumchen, kein Engelchen, kein Sternchen mehr zu haben. Alles verkauft, alles, bis auf das letzte, bunte Papierschnitzel! Wir atmeten auf! Das war eine wahre Riesenarbeit gewesen. Zuletzt hatten wir alle, bis zum letzten Arbeiter herunter, gar nicht mehr schlafen können. Nun kam aber auch der Lohn. Ich brauchte nicht zu geizen, denn der materielle Erfolg war weit, weit größer, als wir erwartet hatten. Reiche Leute hatten zehn- und zwanzigfache Preise bezahlt, weil sie glaubten, daß dies der Mir erfahre. Das zahlreiche Personal, welches uns nötig gewesen war, erhielt, was wir ihm versprochen hatten, und ein jeder noch eine Geldsumme dazu als unsere Christbescherung. Sie jubelten.

Und der größte aller Bäume, die es gegeben hatte, brannte nun in unserm Büro genau eine Stunde nach dem Schlusse des Geschäftes, also am 24. Kanun el Auwal, abends sieben Uhr. Und vor ihm standen alle die Kisten, Körbe und Körbchen voll Geld, welches wir eingenommen und nach Begleich unserer Schulden übrigbehalten hatten, nach den verschiedenen Münzen geordnet, die in Ardistan kursieren. Und da kam er, den wir hatten rufen lassen, der Mir. Wir sagten ihm, daß jetzt das Geschäftliche erledigt sei, und nun könne das Höhere beginnen. Wir übergaben ihm die Blätter, welche die Buchführung enthielten, und führten ihn dann zur lichtbestrahlten Kasse.

Die Wirkung war überraschend. Er stand eine Weile ganz still und schaute auf das viele, viele Geld, als ob er das, was er sah, gar nicht glaube. Dann bückte er sich nieder und griff mit beiden Händen tief in die Münzen hinein.

„Was ist das?“ fragte er. „Wem gehört dieses Geld?“

„Dir!“ antwortete ich. „Es ist der Gewinn, der Überschuß, den wir erzielten.“

„Und ihr?“ Er sah uns forschend an. „Wieviel habt ihr für euch behalten?“

„Für uns? Nichts! Wir haben nichts zu bekommen. Wir haben es getan, nur dir zuliebe und dem Christentum zur Ehre.“

„Ist das wahr?“

„Glaubst du, ich lüge? Prüfe die Papiere! Da steht die Ausgabe und die Einnahme. Jeder Para, jeder Schahi und jeder Casch! Wenn du vergleichst, wirst du finden, daß nichts fehlt.“

„So nehmt! Nehmt so viel, wie ihr wollt!“

Er machte eine Bewegung, als ob wir mit vollen Händen zugreifen sollten.

Ich trat zurück und schüttelte nur den Kopf. Der Oberpriester aber sprach:

„Wir arbeiteten an Stelle des Erlösers, und den bezahlt man nicht mit Kupfer und mit Bronze. Das Geld ist dein."

„Aber da hat mir euer Christentum mit diesem einen Male doch mehr eingebracht als die andern Religionen zusammengenommen, so lange ich regiere!"

„Das ist die wahre Religion, die nicht nur nach dem Tod selig macht, sondern auch schon hier im Erdenleben für das Glück ihrer Bekenner sorgt!"

„So danke ich euch! Ich werde Diener senden, das Geld zu mir hinaufzutragen. Ihr aber, wenn ihr Wünsche habt, die im Interesse eueres Glaubens liegen, kommt getrost zu mir; sie werden euch erfüllt! Von jetzt an soll kein Feind mehr das Haupt eines Christen beugen! Um Mitternacht, wenn der Gottesdienst beginnt, stelle ich mich ein, mit Frau und Kindern und allen meinen Dienern und Beamten!"

Er ging. Wir blieben noch, bis das Geld geholt worden war, und begaben uns dann in die Kirche, um die letzte vorbereitende Hand an das dortige Werk zu legen. Wenn ich hier von der Kirche spreche, meine ich immer die gewaltige Mittelkuppel des Domes von Ard.

Das Fest der Geburt des Erlösers hatte zu beginnen um die Mitternacht, die zwischen dem 24. und 25. des Monates Kanun el Auwal liegt. Der Mir hatte versprochen, genau zu dieser Zeit zwölf Kanonenschüse lösen zu lassen, zwölf, nach der Zahl der Monate des Jahres. Dann sollten die Glocken erklingen, die seit Hunderten von Jahren geschwiegen hatten, nur allein nicht die große, eiserne, die über fünfhundert Zentner wog und von der die Sage ging, daß sie, wenn die Zeit der Erlösung und des Friedens gekommen sei, von kleinen, unschuldigen Kindern geläutet werde. Sie hing im höchsten und stärksten der Türme, mehrere Stockwerke tiefer als die anderen Glocken.

Was der Oberpriester vorausgesagt hatte, war eingetroffen. Es hatten sich aus Ardistan, Gharbistan und Scharkistan Hunderttausende von Pilgern eingestellt, welche nur zum geringsten Teil in der Stadt, dann aber draußen im Freien untergebracht werden konnten. Diese Fremden waren nicht alle Christen. Es befanden sich auch viele unter ihnen, die nicht von ihrer Religion, sondern von ihrer Wißbegierde herbeigetrieben worden waren. Da dieser Umstand sehr leicht zu Streitigkeiten oder noch gar Schlimmerem führen konnte, hatte der Mir bekanntmachen lassen: Wer die Heiligkeit des Festes durch Unfrieden störe, werde unbedingt erschossen, er sei, wer er immer sei. Man kannte ihn nur zu gut. Man wußte, daß er gegebenen Falles keinen Augenblick zögern werde, diese Drohung auszuführen, und so ist es mir glücklicherweise möglich, schon jetzt im voraus zu berichten, daß sie vom besten Erfolg gewesen ist. Große Verstöße kamen nicht vor, und kleine, gewöhnliche Zwiste, die es stets gab und immer geben wird, wurden mit Hilfe der Freiwilligenpolizei sehr schnell geschlichtet.

Was die Orgel betrifft, so hatte ich sie vollständig intakt, aber außerordentlich verstaubt gefunden. Sie war in Indien von einem Engländer gebaut und hatte ein Pedal, zwei Manuale und vierundzwanzig Register. Abd el Fadl wußte gar wohl, aus welchem Grund sein Vater und der vorige Mir übereingekommen waren, sie hier aufzustellen, da er aber nicht freiwillig darauf zu sprechen kam, hielt ich mich nicht für befugt, danach zu fragen. Der Lobgesang, den er mit seiner Tochter vorzutragen hatte, war die Komposition eines der ersten Gesangsmeister von Dschinnistan, ein ernstes, herrliches, tief ergreifendes Stück. Nur schade, daß ich es nicht kannte und daß mir nur die beiden, nach dem Gehör geschriebenen Singstimmen zur Verfügung standen, es für Orgelbegleitung zu arrangieren! Es hat dadurch jedenfalls unendlich gelitten, doch darf ich zu meiner Entschuldigung wohl sagen: Ich kann nicht dafür!

Und nun zur Hauptsache, dem Hochaltar. Er war seit Menschengedenken verhüllt gewesen, und man weiß ja wohl bereits, was für Mythen und Hoffnungen sich an seine Enthüllung knüpften. Wie gern hätten wir die letztere herbeigeführt, aber als der Oberpriester sich den Mut nahm, dem Mir gegenüber nur eine leise Andeutung zu machen, fuhr dieser zornig auf und verbot sehr streng, diesen Gegenstand wieder zu berühren. Das war zwar gleich in den ersten Tagen gewesen, und die Gesinnung des Herrschers hatte sich seitdem ganz bedeutend geändert, aber dennoch hatte es bis heute noch keiner von uns für angebracht gehalten, die Bitte zu wiederholen. So hatten wir die Kirche zwar auf das reichlichste mit Weihnachtsbäumen und grünen Zweigen ausgeschmückt, aber dieser Schmuck machte uns eigentlich keine Freude. Auch rechts und links von dem prächtigen Orgelgehäuse stieg ein Wäldchen von Tannen auf, in deren Licht die blanken Pfeifen funkelten; aber der häßliche Papp-, Latten- und Filzüberzug des Hochaltares wirkte wie ein großer, grauer Klex im künstlerisch vollendeten Gemälde und bildete vor allen Dingen auch in rein religiöser Beziehung einen Schandfleck, der kaum zu ertragen war. Das ärgerte uns auch jetzt, als wir in die Kirche kamen. Es war eine ganze Schar von Menschen beschäftigt, ihr ein weihnachtsfestliches Aussehen zu verleihen, und diese Bemühungen waren vom prächtigsten Erfolg gekrönt; leider aber sahen wir diesen Erfolg durch die entstellende Tüte, die man über den Hochaltar gestülpt hatte, völlig in Frage gestellt. Wir sprachen die Angelegenheit noch einmal ernstlich durch und kamen zu dem Resultat, daß uns doch nichts anderes übrigbleibe, als jetzt, in letzter Stunde, noch einmal eine Bitte an den Mir zu wagen. Wir beschlossen soeben, dies sofort zu tun, da sahen wir ihn durch ein Nebenportal treten. Er kam mit Frau und Kindern, um unser Werk und die Ausschmückung des Altanes zu betrachten, auf dem er mit seinen Hofstaaten Platz zu nehmen hatte. Er war hoch zufrieden. Es sah aus, als sei dieser Altan für einen mächtigen, prachtliebenden König oder Kaiser bestimmt. Er lächelte und sagte, indem er zu mir kam:

„Dazu gehört wohl mein Herrschergewand, in dem du mich zum ersten Male sahst!"

„Um Gottes willen!" entfuhr es mir. Aber in voller Absicht fügte ich hinzu: „Das würde dich ebenso entstellen, wie dich der Filzhut entstellt, unter dem man dort das Allerheiligste und Schönste verbirgt, was es auf Erden gibt!"

„Mich entstellt es? Mich?" fragte er. „Wieso mich?"

„Weil du der Herrscher bist, der Mir, auf dessen Willen man alles wirft, was der Unverstand der Andersgläubigen, der Empörer, verschuldet."

Es war Berechnung von mir, daß ich mich dieses letzteren Wortes bediente. Es wirkte sofort. Er fragte schnell, indem seine Augen blitzten:

„Der Empörer?"

„Ja", antwortete ich. „Oder sind sie es nicht? Wer hat dich und deine Vorfahren überredet, das Bildnis dessen, dem alle Macht gegeben ist im Himmel und auf Erden, unter Filz und Pappe zu verstecken? Sind es nicht dieselben, die dich jetzt entthronen und zur Figur aus Filz und Pappe machen wollen?"

„Allah, w'Allah!" rief er zustimmend aus.

„Du hast dir diese Verräter und Mörder großgezogen, indem du die, welche dir treu waren, verkleinertest und entmanntest. Das kann und darf dir die Weltgeschichte nicht vergeben. Sie wird und muß es dir in dein Konto zeichnen, außer du legst noch zur rechten Zeit die Faust auf den rechten Platz! Schau diese Menge grüner, duftender Bäume, die bis empor zur höchsten Empore steigen! Dein Wald kam in die Kirche, um den Heiland der Welt zu feiern. Und du? Welchen erhabenen Anblick wird es bieten, wenn die Zünder von Licht zu Licht zur Kuppel steigen und auch dort oben das Firmament entflammen! Wie tief und froh bewegt werden alle Herzen sein! Und wie enttäuscht, wie zornig werden dann die Blicke auf den plumpen Balg, auf den steifen Mantel niederfallen, den man nicht etwa nur diesem Hochaltar, sondern auch deinem Ruhm, deiner Ehre aufgezwungen hat! Die Diplomaten werden von dir sagen: ‚Er bedrückte die Würdigen und machte sich zum Werkzeuge der Unwürdigen!' Die Künstler werden sagen: ‚Er besaß weder Sinn noch Geschmack. Für ihn war das Schöne häßlich und das Häßliche schön. Eine Scheuche von Filz unter strahlenden Weihnachtsbäumen, das bot er den ..."

„Halt!" unterbrach er mich. „Geh nicht weiter, ja nicht weiter! Und wenn du recht hast, tausendmal recht, so hast du doch nicht das Recht, es mir zu sagen! Ich kann dich zertreten, wenn ich will! Glaubst du, daß es mir ..."

Da wurde er unterbrochen, wie er mich unterbrochen hatte. Seine Kinder hatten im Laufe der vergangenen zehn Tage den kleinen Halef liebgewonnen und sich auch jetzt, als sie kamen, sofort an ihn gemacht. Er hatte in der ihm eigenen, drolligen, aber schlau berechneten Weise sogleich etwas auf das Tapet gebracht, worüber sie sich freuten. Sie schlugen die Hände zusammen und lachten vor Vergnügen so laut, daß sie ihren Vater dadurch störten. Er hörte mitten in seiner Rede auf und fragte:

„Warum so laut? Worüber freut ihr euch?"

„Über das Läuten", antwortete der größere Knabe.

„Läuten? Wieso?"

„Wir werden läuten!"

„Was?"

„Die große Glocke! Die allergrößte! Nicht wahr, lieber Vater, du erlaubst es uns?"

Der Mir war erst still. Dann warf er einen bezeichnenden Blick auf Halef und antwortete:

„Das wird wohl auch nichts anderes als so eine Art von Verschwörung sein! So große Glocken können nicht von Kindern geläutet werden!"

„O doch!" behauptete der ältere Knabe. „Dieser Hadschi Halef Omar weiß genau, wie man es macht!"

„Der weiß es nicht! Der lügt!"

„Oho!" rief Halef. „Wer kann mir eine Unwahrheit beweisen?

Ich war auf dem Turm, ganz oben, um einen Blick rund auf die ganze Stadt zu werfen. Ich habe auch die Glocken gesehen, oben die gewöhnlichen, und weiter unten die ganz große. Diese letztere kann nicht auf die gewöhnliche Weise geläutet werden; sie ist zu schwer dazu. Sie wird von einem Klöppel angeschlagen, den ein Räderwerk bewegt, dessen Gewichte im Inneren des Turmes von hoch oben bis tief zur Erde niederhängen. Wenn die Räder gut geölt sind, so geht das Uhrwerk so leicht, daß die Gewichte, trotz ihrer Schwere, von Kindern aufgezogen werden können."

„Hörst du es?" fragte der kleinere Knabe seinen Vater. „Wir ziehen die Räder auf!"

„Erst schmieren wir sie!" rief das größere Töchterchen, um ihre Überlegenheit zu zeigen. „Der Vater gibt uns Öl; dann läuten wir!"

„Wir läuten; wir läuten! Die große Glocke, die allergrößte!" jubelte das Nesthäkchen, indem es die kleinen, quatscheligen Hände zusammenschlug.

Der Mir machte ein sehr unentschiedenes Gesicht. Er kämpfte zwischen Zorn, Verlegenheit und Liebe. Er wendete sich an mich:

„Das kommt euch wohl so recht? Was rätst du mir?"

„Nichts", antwortete ich, infolge seines ersten Satzes sehr kühl. „Es handelt sich nicht um meine Ehre, sondern um die deinige!"

„Du hast keine Bitte?"

„Bitte? Nein. Du bekamst von uns das ganze, große, herrliche Fest geschenkt. Was könnten da wohl wir, nämlich wir, zu bitten haben? Ob du es dir verdirbst, ist deine Sache!"

Ich tat, als ob ich mich entfernen wollte. Da hielt er mich mit einer Handbewegung zurück und sprach:

„Das klingt sehr stolz von dir!"

„Stolz nicht, sondern wahr und ehrlich, weil ich dich kenne. Du bist kein kleiner, sondern ein großer Mensch. Ich wünsche, daß du es bleibst!"

„Wozu dieses Lob?" fragte er mit dem Gesicht eines Schachspielers, der einen Verlust maskieren will. „Ich habe euch die Kirche überlassen, natürlich auch alles, was sich darin befindet. Wollt ihr den Filz nicht haben, so schafft ihn fort!"

„Du erlaubst es? Wirklich, wirklich?" fragte da der Oberpriester schnell.

„Ganz selbstverständlich! Ja! Und dem Wächter des Turmes habt ihr zu sagen, daß ich nach Verlauf von zwei Stunden kommen werde, um von da oben aus das Bild der Stadt am Weihnachtsabend zu schauen. Er hat für Licht und Fackeln zu sorgen und vor allen Dingen auch dafür, daß das Räderwerk der großen Glocke in voller Ordnung ist!"

„Wir läuten, Vater?" fragte das kleinste Dirndl.

„Ja, ihr läutet", antwortete er. „Wir kehren vorher nach hierher zurück, um euern Hadschi Halef abzuholen. Der muß mit hinauf, zur Strafe dafür, daß er es wagte, gerade die größte aller Glocken in die kleinsten und liebsten aller Köpfe zu setzen, die ich kenne!"

„Er muß mit hinauf, mit hinauf!" jubelten sie, indem sie sich mit Vater und Mutter entfernten. Wir aber machten uns mit ebenso großem, wenn auch weniger lautem Triumph an das nicht ganz leichte Werk, in der kurzen Zeit, die uns dafür verblieb, den Hochaltar von seiner Hülle zu befreien und seine Ausschmückung der übrigen Dekoration der Kirche harmonisch einzufügen. Wir wurden hierdurch so sehr in Anspruch genommen, daß wir nach zwei Stunden gar nicht darauf achteten, daß Halef abgeholt wurde und uns verließ, um mit dem Mir und seinen Kindern auf den Turm zu steigen. Nach einiger Zeit erhob sich draußen, rund um das Schloß, ein stürmisches Rufen und Frohlocken, welches sich nach allen Richtungen weiterpflanzte, von Platz zu Platz, von Straße zu Straße, von Gasse zu Gasse. Die Veranlassung hierzu war der pfiffige Hadschi, der, ohne es uns wissen zu lassen, für die Verbreitung der Nachricht gesorgt hatte, um welche Zeit der Mir mit seinen Kindern auf dem Turm erscheinen werde, um die Stadt im Glanz der vieltausend Lichter zu sehen, die sich heut abend durch die Straßen bewegten. Als nun hoch oben die Laternen aus dem Inneren des Turmes auftauchten, wußte man, daß der Herrscher jetzt herunterschaue, und grüßte freudig hinauf. Wie schnell er sich die Herzen so vieler Menschen gewonnen hatte! Und wie leicht! War er der Mann, der das zu würdigen verstand?

Als die Hülle des Hochaltares gefallen war, zeigte es sich, daß er dem Bild, welches ich mir von ihm gemacht hatte, in keiner Weise glich. Er war schöner, viel schöner als dieses Bild. Er war aus einem mir unbekannten, sehr harten, goldbräunlichen Holz geschnitzt, dem ein leicht bemerkbarer Veilchenduft entströmte. Die Schnitzereien stellten einen zweigeschossigen Tempel dar, dessen Architektur unten altindisch begann und dann, aufwärtssteigend, erst nach buddhistischen und später nach neuorientalischen Formen strebte. Das untere Geschoß stellte das Stübchen

Mariens in Nazareth dar, und zwar in dem Augenblick, als der Engel zu ihr trat, um ihr die Geburt des Heilandes zu verkünden. Die Unterschrift bestand in den Worten: „Der wird der Sohn des Allerhöchsten genannt werden." Im Obergeschoß war der über Erde, Wolken und Sterne schreitende Christus dargestellt, von der Unterschrift getragen: „Ich bin der Weg, die Wahrheit und das Leben." Es gab also nur diese drei Figuren. Sie traten infolge des Materiales, aus dem sie gemeißelt waren, in geradezu köstlicher Weise aus der dunkleren Umrahmung der Holzschnitzerei hervor, als ob sie zu zeigen hätten, daß sie auch künstlerisch von einer viel höheren Welt zu sprechen hätten als diese. Dieses Material war ein weißer Kalkstein, und doch kein Marmor. Mir schien er viel edler als Marmor zu sein. Sehr selten! Jetzt, wo im weiten Raum nur eine beschränkte Zahl von Kerzen brannte, konnte ich seinen Wert noch nicht erkennen. Aber dann, als Tausende von Flammen und Flämmchen leuchteten und ihr Licht den Stein durchdrang, wie die Offenbarung ein erst nur halb durchschautes Geheimnis durchdringt, da erkannte ich wohl den hohen Wert und die Seltenheit dieses herrlichen, tropfsteinartigen Aragonites.

Wer war der Meister gewesen, der diese drei Figuren geschaffen hatte? Zwar als Künstler seiner Zeit schon weit vorausgeschritten, hatte er als Christ leider immer noch an Formen und Gedanken gehangen, die auf dem Feld von Bethlehem überwunden worden waren. Es schien, als ob der Mann ein hochbegabter Lama gewesen sei, dem es gelungen war, sich herüber in das Christentum zu retten und den späteren Zeiten sein Bekenntnis in diesen Werken aufzubewahren. Wir befanden uns hier nicht inmitten der europäischen „Hochintelligenz". Ich war nicht berechtigt, hohe künstlerische Ansprüche zu erheben. Und auch als Christ war ich hier in eine Diaspora, in eine Ferne gestellt, die mir nicht erlaubte, kritisch zu sein. Ich fühlte nur, daß die Anstrengung ehrlich und rührend war, die es dem Künstler gemacht hatte, seinen Glauben darzustellen, obgleich seine Kunst noch selbst zu erlösen war. Es gelang uns, noch vor der letzten Stunde fertig zu werden und auch den Altar derart mit Bäumen zu schmücken, daß es nur eines Zünderfunkens bedurfte, ihre Lichte alle in Brand zu stecken. Der hoch darüberstehende Stern von Bethlehem war bedeutend vergrößert worden.

Eben als wir diese Arbeit vollendet hatten, kam ein Bote, durch den wir zu dem Mir befohlen wurden. Soeben sei jemand angekommen, den er uns zeigen müsse, ließ er uns sagen. Wen trafen wir bei ihm? Die beiden Söhne des Scheichs der Ussul, die in der Stadt der Toten gefangengehalten und jetzt wieder zurückgeholt worden waren! Der Mir hatte ihnen ehrlich gesagt, wem sie ihre Befreiung eigentlich zu verdanken hatten, und als sie hierzu noch erfuhren, daß wir Gäste ihrer Eltern gewesen seien, war ihre Freude, uns zu sehen, doppelt aufrichtig. Sie bekamen den Befehl über die Schloßwache zurück und hatten im Schloß zu wohnen. Es verstand sich ganz von selbst, daß Hadschi Halef sich sofort in Freundschaft für sie erwärmte. Bot sich ihm durch sie doch reiche Gelegenheit, in der Erinnerung an verflossene Groß- und Heldentaten zu schwärmen!

Als die Stunde nahte, in welcher der Gottesdienst beginnen sollte, versammelten sich alle die Personen, die ich weiter oben ein klein wenig ironisch als Hofstaaten bezeichnet habe. Sie taten das in dem eigentlich zur Kirche gehörigen Prunksaal, in dem wir von dem Mir empfangen und dann von unseren Hunden gestört worden waren. Der geistliche Herr, Halef und ich, wir drei, mußten bei dem Mir und seiner Familie bleiben, bis der erste Kanonenschuß sich hören ließ und sofort hierauf die Kirchentüren geöffnet wurden. Alles, was christlich war, versuchte in dem immer noch von nur wenigen Kerzen erleuchteten Raum einen Platz zu finden. Wer draußen bleiben mußte, hatte sich damit zu trösten, daß auch noch für morgen und übermorgen dieselbe Feier vorgesehen war. Das vollzog sich alles in leidlicher Ruhe und ohne störendes Gedränge. Der Mir aber setzte sich mit seiner Frau, seinen Kindern und uns dreien an die Spitze seiner Offiziere, Hof- und Staatsbeamten, um in einem langen, feierlichen Zug mit ihnen nach der für ihn und sie errichteten Tribüne zu ziehen. Wie stolz mein kleiner Halef war, gleich hinter dem „Herrscher" gehen zu dürfen!

„Und ich bin doch heute weiter nichts, weiter nichts", flüsterte er mir in scheinbarer Bescheidenheit zu. „Ich trete ja nur die Orgel!"

Er hatte nämlich immer, wenn ich mit Abd el Fadl und Merhameh übte, die Bälge getreten, weil wir keine anderen störenden Personen dabeihaben wollten. Er nannte das „die Orgel treten". Als ich ihm sagte, daß es „die Bälge treten" heiße, fragte er mich:

„Gehören die Bälge zur Orgel oder nicht?"

„Ja, sie gehören zu ihr", mußte ich gestehen.

„Gut! So trete ich die Orgel! Bedenke doch: Wenn ich, der Scheich der Haddedihn, die Orgel trete, so vergebe ich mir nichts. Wenn ich aber nur die Bälge trete, so tue ich etwas Unwürdiges und Lächerliches, dessen ich mich schämen muß!"

„Aber, lieber Halef, die Bälge werden nur getreten, und die Orgel wird gespielt!"

„So drehen wir es einmal herum: Wir sagen, ich trete die Orgel, und du spielst die Bälge. Dann ist meine Ehre gerettet, und das kannst du mir doch wohl zuliebe tun!"

Als die Herrschaften sich gesetzt hatten, gingen wir beide hinüber nach dem Orgelchor, in dessen Hintergrund er verschwand, um seinen Pflichten als Kalkant nun obzuliegen. Abd el Fadl und Merhameh standen schon da, ganz vorn an der Brüstung. Sie hatten sich nicht am Zug beteiligt, sondern es vorgezogen, diese ihre Plätze ganz unbemerkt und bescheiden aufzusuchen. Da standen auch die Sänger und Sängerinnen, die vom Oberpriester hierher postiert worden waren, weil sie die Lieder und Melodien, welche gesungen werden sollten, kannten und die Ungeübten mit sich fortzureißen hatten.

Gleich als ich den Chor auf der einen Seite betrat, sah ich drüben auf der andern Seite vier Männer stehen, denen ich keine Beachtung schenkte. Da, eben als ich mich auf die Orgelbank setzte und die Register zu wählen begann, trat Abd el Fadl zu mir und fragte:

„Siehst du die vier Fremden dort unter den letzten Weihnachtsbäumen, Effendi?"

„Ja", nickte ich.

„Das ist der Schech el Beled – Bürgermeister, Ortsvorsteher – von El Hadd mit seinen drei Begleitern. Er kam erst heut hier an und wünscht, in der Nähe stehen zu dürfen, wenn unser Duett erklingt. Erlaubst du es?"

„O wie gern!" antwortete ich. „Übrigens bin nicht ich der Herr, der hier zu bestimmen hat. Gottes Häuser müssen für jedermann offenstehen. Was ist der Schech? Mohammedaner?"

„Nein, sondern Christ. Ich werde dich bitten, einmal mit ihm zu sprechen, denn er ist ein guter Bekannter von mir, und ich will . . ."

Er hielt mitten in seiner Rede inne, weil er unterbrochen wurde, und zwar auf eine nicht ganz gewöhnliche, beinahe heitere, aber doch ganz in die frohe Feststimmung passende Weise. Er hatte leise gesprochen. Es sprach überhaupt jedermann leise, aus Rücksicht auf den heiligen Ort, an dem man sich befand. Nur die Kinder des Mirs machten hiervon eine Ausnahme. Sie fühlten nichts von dieser frommen Scheu. Ihr höchstes Interesse war auf den Augenblick gerichtet, an dem nach dem letzten Kanonenschuß ihre große Glocke ihre Stimme zu erheben hatte. Dieser Moment war jetzt gekommen. Der Untergebene des Oberpriesters trat an den Hochaltar, um den Zünder, der von hier aus überallhin leitete, zu entflammen. Als man das sah, trat augenblicklich eine tiefe Stille der Erwartung ein, bei den Kindern aber gerade das Gegenteil. Sie waren zu erregt, als daß sie auch hätten schweigen können. Als der letzte Kanonenschuß zu hören war, rief das kleinere Mädchen so laut, daß jedermann es hörte:

„Das war der letzte Schuß! Ich habe gezählt!"

Da stiegen die Funken vom Zünder aus nach allen Richtungen empor, so daß jedes Licht seine Flamme bekam. Man war zunächst wie geblendet.

„Nun brennen alle Bäume, alle, alle!" jubelte der jüngere Knabe, indem er die Hände bewundernd zusammenschlug.

„Nun läuten wir! Der Vater hat es erlaubt!" verkündete der größere Knabe.

„Die große Glocke!" stimmte das ältere Mädchen bei.

Die anderen Glocken begannen, die große aber noch nicht. Da hörte man die helle, geringschätzige Stimme des Nesthäkchens:

„Das sind nur die kleinen Glocken! Die werden nur von Männern geläutet! Aber die große, die allergrößte, die läuten wir Kinder, wir!"

Und als ob diese größte aller Glocken nur auf diese Worte des kleinsten der Kinder gewartet hätte, erhob nun auch sie ihre tiefe gewaltige Stimme, die noch kein jetzt Lebender zu hören bekommen hatte.

Da riß es den Mir von seinem Sitz empor. Er erkannte plötzlich die ganze, große Bedeutung dieses Augenblickes, an welchem in Erfüllung ging, was längst verkündet war. Er breitete die Arme aus, als ob er sich hingerissen fühle und etwas sagen wolle, doch hielt ich es für geraten, dies zu verhindern. Ich hatte fast alle Register gezogen und griff schnell mit Händen und Füßen in die Klaviatur und in das Pedal. Ich hatte das wohlbekannte große Halleluja von Händel als Einleitung gewählt. Als der erste, volle Akkord brausend und alles mit sich fortreißend zur hohen Kuppel stieg, war es, als ob alle Lichter erzitterten und alle Augen und alle Herzen mit zur Höhe stiegen. Der Mir aber ließ sich langsam auf seinen Sitz niedersinken und starrte zur Orgel herüber, bis das Halleluja zu Ende war und ich zu

Beethovens „Die Himmel rühmen des Ewigen Ehre" überging. Es galt vor allen Dingen, nicht durch Zartheit und Lieblichkeit, sondern durch die Macht der Töne auf diese Menschen da unten, die noch niemals eine Orgel gehört hatten, einzuwirken, und das schien mir zu gelingen. Die Augen aller Anwesenden hingen an dem Orgelchor, und auch draußen vor den weitgeöffneten Türen, wo Kopf an Kopf eine schier undurchdringliche Menge stand, gab es, wie man mir später berichtete, eine atemlose Stille, die durch kein leises oder gar lautes Wort unterbrochen wurde. Das war nicht etwa die Folge meiner Kunst und Fertigkeit; oh, mit der war und ist es gar nicht weit her! Sondern die beiden genannten, großen Meister sprachen, und das, was sie sagten, mußte für Hörer dieser Art und dieses Schlages überwältigend sein.

Indem ich während des Spiels nach der Seite schaute, sah ich, daß der Schech el Beled von El Hadd mit seinen drei Männern unter den Christbäumen hervorgetreten war und sich der Orgel genähert hatte. Sie schienen darüber, daß es hier eine Orgel gab, und auch darüber, was und wie ich es spielte, nicht im geringsten verwundert zu sein; aber daß sie sich über die Wirkung freuten, das war ihnen anzusehen. Sie erschienen mir überhaupt so interessant, daß meine Augen sich wohl öfter, als nötig war, ihnen zuwendeten, und ein ähnliches Interesse schien man auch mir entgegenzubringen, denn ich bemerkte, daß auch ich von ihnen beobachtet wurde, aber nicht mit feindlichen, sondern mit freundlichen Augen, wie ich hinzufügen will. Sie waren alle ganz in dünnes, sich eng an die Glieder schmiegendes Leder gekleidet, das heißt, in zwar gegerbte, aber nicht gefärbte, mittelbreite Riemen, die quer wie Sandalenschnüre liefen und so fest schlossen, daß sie, wie festgewebtes Zeug, keinen Zwischenraum zwischen sich ließen und den Körper lückenlos bedeckten. An den Füßen gab es Sandalen, als Kopfbedeckung leichte, weiße Amajim – Turbane –, die sie jetzt aber abgenommen hatten und in den Händen hielten. Sie waren ja Christen. Von den Schultern hingen ihnen lange, dünne Mäntel, deren jeder mit einer Kapuze versehen war. Sie waren schöne Männer, zwar nicht so riesig gebaut wie die Ussul, aber doch von so hoher, edler, kräftig ebenmäßiger Figur, wie man sie unter gewöhnlichen Menschen äußerst selten findet. Auch ihre Gesichtszüge waren schön, besonders die des Schech el Beled, aber von einer mir bisher unbekannten, schwer zu beschreibenden Schönheit. Sie war nicht das, was man als klassisch bezeichnet, sondern noch tiefer, durchgeistigter und ausdrucksvoller als dieses. In diesen Gesichtern sprachen sich Selbstbewußtsein, Energie und Kühnheit in auffallender Deutlichkeit aus, ohne daß der untere Teil, der die Kauwerkzeuge enthält, besonders kräftig hervorzutreten hatte. Die Lippenführung war fast frauenhaft lieblich zu nennen. Es lagerte da eine ganze Fülle von Wohlwollen, Güte und Menschenfreundlichkeit. Was sich über dem Munde erhob, Nase, Wangen, Augengegend und Stirn, war durchgeistigt und durchwärmt von jener ruhigen Klarheit, zu der es nur solche Menschen bringen, bei denen Kopf und Herz im vollsten Einklang stehen und die hierdurch gewonnene Lebensanschauung nicht nur eine Frucht des Denkens, sondern auch des Fühlens und Empfindens ist. Besonders zogen die großen, reinen, aufrichtigen Augen des Schech el Beled die meinigen immer wieder zu ihm hinüber. Warum strahlten sie so seltsam? Kam das von innen heraus oder von außen? War es die Weihnachtsfreude und Weihnachtsseligkeit seines Innern oder nur der Reflex des Weihnachtsglanzes, der von den zahllosen Kerzen strömte, die hier in der Kirche brannten? El Hadd ist ein kleines Gebirgsländchen, welches, nur äußerst schwer zugänglich, an der südlichen Grenze von Dschinnistan liegt. Seine Bewohner werden infolge der hohen, abgeschlossenen, einsamen Lage ihrer stein- und felsenreichen Heimat als außerordentlich arm bezeichnet. Diese vier Männer aber machten trotz ihrer einfachen Kleidung ganz und gar nicht den Eindruck, als ob sie sich von dieser Armut bedrückt oder gar niedergeschlagen fühlten. Ich verweile bei ihrer Beschreibung absichtlich länger, als die Situation es mir eigentlich erlaubt, und ich habe meine guten, besonderen Gründe dazu, die ich nur deshalb hier nicht näher bezeichne, weil sie baldigst ganz von selbst in die Augen fallen werden.

Die vorliegenden Verhältnisse hatten den Oberpriester veranlaßt, den Gottesdienst möglichst einfach zu gestalten und auf allen liturgisch-künstlerischen Schmuck für jetzt zu verzichten, besonders auch auf die erhebenden Wechselgesänge zwischen den Geistlichen und der Gemeinde. Ein Kirchenlied; hierauf die Vorlesung der Weissagungen und des Evangeliums vom Altar aus; dann Abd el Fadls und Merhamehs Lobgesang; ein zweites Kirchenlied, dem die Festpredigt von der Kanzel aus zu folgen hatte; sodann ein kurzes, drittes Lied; der vom Altar aus gesprochene Segen und endlich ein allgemeiner Schlußgesang, der den Dank der Gemeinde brachte. Das war der Inhalt, oder sagen wir, das Programm der heutigen Feier, die an den würdigen

Basch Nasrani ganz ungewöhnlich schwere Forderungen stellte, weil er es noch nicht mit einer festgeschlossenen Gemeinde, sondern nur erst mit einer ungeordneten und ungeübten Zuhörerschaft zu tun hatte, die nur durch den Eindruck dessen, was ihr geboten wurde, zu fassen und zu erheben war. Es galt vor allen Dingen zu begeistern, und das gelang ihm allerdings im vollsten, reichsten Maße. Wir hatten uns aber auch tüchtig eingeübt, Abd el Fadl, Merhameh und ich. Das war besonders von meiner Seite aus sehr notwendig gewesen, weil ich kaum so spielen konnte, wie in Deutschland jeder gute Dorfkantor oder Dorfschulmeister spielt. Die frühere Fertigkeit war dahin; die Übung fehlte; die Finger wollten nicht mehr mit. Wie gern hätte ich den Orgeldienst einem anderen, besseren überlassen, aber es gab eben keinen anderen. Darum freute es mich doppelt, daß alles gut und so verlief, wie es von uns gewünscht worden war, einen einzigen, häßlichen Vorgang abgerechnet, der aber nicht von uns, sondern von dem Maha-Lama von Ardistan veranlaßt wurde. Dieser mächtige Herr, der sich infolge seines sogenannten geistlichen Amtes für höherstehend hielt als selbst der Mir, hatte bisher nur abgewartet und sich ganz ruhig verhalten. Heut trat er nun aus dieser Ruhe heraus, und zwar mit einer Demonstration, die so gewagt und unbesonnen war, daß jeder andere an seiner Stelle sie wahrscheinlich unterlassen hätte.

Das erste Lied war gesungen, und die Verlesung der Weissagungen hatten begonnen. Ich stand von der Orgelbank auf, um nun erst jetzt den Anblick des Raumes, dem ich bisher den Rükken zugekehrt hatte, zu genießen. Hoch oben leuchtete der Stern von Bet Lahem. Die ganze, als Firmament der Davidsstadt gedachte Kuppel erglänzte von seinem Licht. All die unzähligen, kleinen, flackernden und flimmernden Lichter der Erde strebten, von grünen Bäumen, Ästen und Zweigen getragen, ganz unten beginnend, über alle Chore und Emporen, von Bank zu Bank, von Platz zu Platz zu diesem Stern und zu diesem Firmament hinauf. Es war etwas nicht nur hier in diesem fremden Land, sondern auch von mir in der Heimat noch nie Gesehenes. Es war, als ob ich mich an einem überirdischen, mir völlig unbekannten, innerlich mir aber doch vertrauten Ort befinde und nicht etwa in einem Hause, von Menschen gemacht. Denn die Mauern und Wände waren unter dem Tannengrün verschwunden. Hinter den Bäumen, weit über sie hinaus, schien eine neue, heilige, zauberische Welt des Lichtes zu liegen, eine Welt der gelösten Rätsel, der aufgeklärten Geheimnisse, der erfüllten

Hoffnungen und Wünsche. Und mitten aus der ringsum brennenden Frage, woher uns diese Lösung, diese Aufklärung und diese Erfüllung kommen werde, ragte der Hochaltar als sich von der Erde bis zum Himmel erhebende Antwort empor, mit seinen drei laut sprechenden Figuren, die von der allgemeinen Fülle des Lichtes nicht etwa nur bestrahlt, sondern auch innerlich so durchdrungen wurden, daß sie nicht mehr irdisch zu sein schienen und grad darum auch nicht mystisch, sondern erklärend und überzeugend wirkten.

Indem ich dies alles auf mich wirken ließ, war der Basch Nasrani in seiner Vorlesung bis an das Evangelium der Geburt gekommen, Lukas, Kapitel zwei. Er las soeben die Engelsworte „Ehre sei Gott in der Höhe, und Friede ...", da hielt er inne. Er war dazu gezungen, denn es erhob sich draußen vor dem offenstehenden Haupttor ein Lärm, der ihm nicht erlaubte, fortzufahren. Man hörte Peitschen klatschen. Die eng zusammenstehenden Menschen wurden auseinandergedrängt. Vorläufer erschienen, die mit lauten Rufen und drohenden Kurbatschen Bahn brachen, hinter ihnen drei große, umfangreiche Staatssänften, die kleinen Gebäuden glichen und von je acht dienenden Lamas getragen wurden. Sie drangen herein in die Kirche, wo die Andächtigen so dicht standen, daß es selbst für einen einzigen Menschen keinen Raum mehr zu geben schien. Dennoch schrien und klatschten sie sich vorwärts, mit größter Rücksichtslosigkeit, durch die zornig aber still sich noch mehr zusammendrängende Menge hindurch bis vor den Hochaltar, wo man die Sänften niedersetzte. Der vorderen entstieg der in kostbare, rituelle Gewandstücke gekleidete Maha-Lama von Ardistan, mit sämtlichen Insignien seiner hohen, „geistlichen" Würde beladen. Aus den beiden anderen krochen seine zwei sogenannten Oberministranten hervor, die mit Gebetsmühlen, Gebetsposaunen, Gebetstrompeten, Gebetsklappern und ähnlichen „geistlichen Waffen" ausgerüstet waren. Diese Gegenstände bestanden aus den reich mit Gold und Silber verzierten Röhrenknochen und Schädeln verstorbener Lamas. Unter Vorantritt dieser beiden Unterbeamten stieg der Maha-Lama, während die vierundzwanzig Sänftenträger bei den Sänften blieben, zu dem Altar empor, auf dem der Mir mit seinen Offizieren und Beamten saß. Auch dort war jede Stelle besetzt. Nur ganz vorn an der Brüstung, grad vor dem Mir, seiner Frau und seinen Kindern, gab es einen schmalen, leeren Raum, den man gelassen hatte, um dem Herrscher etwas mehr Bewegungsfreiheit zu ermöglichen, als den gewöhnlichen Besuchern des Festes. Dorthin stiegen die drei. Sie grüßten den Mir nur mit einem kaum merklichen Neigen des Kopfes und winkten ihren Trägern, die Kissen aus den Sänften hinaufzubringen. Dies geschah. Die Kissen wurden grad vor dem Mir so übereinandergelegt, daß drei hohe Sitze entstanden, auf welche die drei illustren Personen sich dann gemächlich niederließen. Nun sah es gerade so aus, als ob unsere christliche Weihnachtsfeier nur zu Ehren oder doch wenigstens unter der Oberaufsicht dieser drei Lamas stattfinde. Daß hierdurch dem Mir und seiner Familie jede Aussicht geraubt wurde, das schien diesen Herren sehr gleichgültig zu sein.

Ich hielt es infolge seiner ganzen Charakteranlage für unmöglich, daß er sich das gefallen lassen werde; aber er blieb zu meinem Erstaunen still. Er rührte sich nicht. Er tat nicht das mindeste, die rücksichtslosen Menschen in ihrem beleidigenden Beginnen zu unterbrechen. Aber als sie es sich bequem gemacht hatten und nun triumphierend um sich blickten, da stand er mit seiner Familie auf und kam mit ihr herüber zu uns auf den Orgelchor, wo man ihnen sofort die besten Plätze bot.

Bis zu diesem Augenblick hatte der Oberpriester nicht weiterlesen können. Und so wie er, hatte auch die ganze, tausendfältige Versammlung warten müssen. Das war eine Störung sondergleichen! Ihre Wirkung verdoppelte sich durch die brutale Art und Weise, in der sie ausgeführt wurde. Man hatte sich das Kommen dieser Leute gefallen lassen; aber als der Herrscher von ihnen gezwungen wurde, seinen Platz aufzugeben und einen anderen zu suchen, da blieb man nicht länger still. Ein erst leises, dann immer lauter werdendes Raunen und Rauschen ging durch den weiten Raum. Man hatte sich in heiliger, seelischer Erhebung und Bewegung befunden, und war aus ihr in roher Weise herausgerissen worden. Man fühlte sich empört. Es erhoben sich Stimmen, zunächst unverständlich, bald aber deutlicher.

„Hinaus mit ihnen!" rief jemand von einer Empore hinab.

„Ja, hinaus, hinaus!" antworteten andere.

„Erst die Diener, dann die Herren! Greift zu; greift zu!" erklang es vom Altar her.

Ich sah, daß dort eine Bewegung entstand, sich der Träger und der Sänften zu bemächtigen. Nur noch ein einziger Augenblick, so hatte man es mit einem Tumult zu tun, dessen Verlauf nicht abzusehen war. Da rief der geistesgegenwärtige Oberpriester mit lauter Stimme:

„Halt! Haltet ein!"

Die schon vorwärts Drängenden standen wieder still. Aller Augen richteten sich auf ihn. Er hob das Buch in seinen beiden Händen hoch empor und fuhr fort:

„Um des heiligen Evangeliums willen sei Friede auf Erden! Friede sei auch hier mitten unter uns! Wehe dem, der diesen unsern Frieden stört! Er vernichtet dadurch nicht uns, sondern nur sich selbst. Dem Christen aber ziemt Geduld. Wir wollen von neuem beginnen!"

Er schaute bei diesen Worten herauf zu mir. Ich verstand diesen seinen Blick. Er hielt es für unmöglich, so ohne alles Weitere in der unterbrochenen Verlesung fortzufahren. Es machte sich eine Überleitung nötig, und so begab ich mich zur Orgel und spielte, bis ich annehmen konnte, daß sich der allgemeine Zorn gelegt habe und die Versammlung wieder bereit und geschickt zur Andacht sei.

Als der Basch Nasrani dann das Evangelium zu Ende gelesen hatte, gab mir die Begleitung des Lobgesanges eine treffliche Gelegenheit, nun auch die zarten, milden Register der Orgel erklingen zu lassen. Ich liebe da ganz besonders vox humana, flauto amabile und viola di gamba. Während des Vorspiels dachte ich an die alte Weissagung, daß hier in diesem Raum zur Zeit der Erfüllung nicht nur die Güte und die Barmherzigkeit ihre Stimmen erheben, sondern auch Töne erklingen würden, die man hier in diesem Land noch niemals gehört habe. Daß dies in höherer, humaner, ethischer und menschheitsgeschichtlicher Beziehung gemeint sei, darüber gab es für mich keinen Zweifel. Aber zum Menschenauge sprechen nahehängende Bilder deutlicher als ferne, und so mochten die Stimmen von Abd el Fadl und Merhameh und die Töne meiner Orgel immerhin ihre naheliegende Geltung behalten. Ich nützte die drei angegebenen Register so viel wie möglich aus, die beabsichtigte Wirkung zu erzielen, und da man bekanntlich die beste Wirkung oft gerade nur mit den einfachsten und bescheidensten Mitteln erreicht, so ist es wohl keine Überhebung von mir zu erwähnen, daß mein orgeltretender Halef sagte, es sei ganz so gewesen, als ob Engel miteinander sprächen. Er übertrieb bekanntlich gern, aber in diesem halb oder dreiviertel wilden Land war es gewiß kein Wunder, daß gerade die zarten, reinen, der Menschenstimme ähnlichen Klänge der vox humana den Erfolg fanden, den Halef in dieser seiner überschwenglichen Weise beschrieb.

Der Lobgesang, den Abd el Fadl und Merhameh vortrugen, war, wie ich bereits erwähnte, ein Duett mit arabischem Text.

Der letztere bestand aus einer wörtlichen Übersetzung folgender Verse des hundertunddritten Psalmes: „Meine Seele und alles, was in mir ist, lobe den Herrn und seinen heiligen Namen. Lobe, meine Seele, den Herrn. Der dein Leben vom Untergang erlöset und der dich krönet mit Gnade und Erbarmen. Der Herr ist gnädig und barmherzig, langmütig und von großer Güte. Er zürnet nicht immer, und er drohet nicht ewig. So hoch der Himmel über der Erde ist, so mächtig ist seine Barmherzigkeit über die, so ihn fürchten. Die Barmherzigkeit des Herrn währet von Ewigkeit zu Ewigkeit. Lobet den Herrn, all seine Heerscharen ihr. Lobet den Herrn, ihr all seine Werke. An allen Orten seiner Herrschaft lobe, meine Seele, den Herrn!"

Abd el Fadl besaß einen schönen, kräftigen Bariton und seine Tochter einen Mezzosopran, von dem man meinen konnte, daß er nicht aus der Brust, sondern aus der Seele komme. Ich bin nicht Musikrezensent und unterlasse es daher, mich über den Vortrag des Duetts zu äußern. Aber ich darf nicht verschweigen, daß seine Wirkung eine große, eine außerordentliche war. Wo gab es hier, im hintersten Orient, wohl jemand, der schon so etwas gehört hatte! Also schon die Seltenheit wirkte. Sodann auch das Geheimnisvolle. Man sah den Sänger und die Sängerin nicht. Sie standen beide hinter Weihnachtsbäumen. Ebenso auch der Orgelspieler. Die Menge des Lichtes, die den weiten Raum erfüllte, schien hörbar geworden zu sein. Die vielen, verschiedenen Klangfarben der Orgeltöne waren wohl geeignet, Illusionen zu erwecken. Man begriff sie nicht. Und der Bariton schien aus der Erde, der Sopran aber vom Himmel zu kommen. Die Zuhörer schauten zuweilen überrascht nach oben, zuweilen schnell wieder herab, je nachdem der Vater oder die Tochter einsetzte. Und überdies war es das ganze Milieu, welches gewiß ebenso wirkte wie der Vortrag an sich selbst. Am tiefsten ergriffen von allen, die es hörten, war vielleicht der Mir. Wenn ich mich zur Seite wendete, konnte ich ihn gerade noch sehen. Sein Gesicht war ganz anders als sonst. Es war, als sei er in eine Handvoll warmen, frohen Sonnenscheines gehüllt, den man unmöglich mit dem Schein der Kerzen verwechseln konnte. Es schienen von seinem Gesicht leise, heimliche Strahlen auszugehen, die er gern verbergen wollte. Die Augen seiner Frau, die sich endlich, endlich nun einmal glücklich fühlte, hingen fast nur an ihm. Wie freute sie sich! Und auch die Kinder sahen öfter zu ihm auf, als es sonst zu geschehen pflegte. Ich sah, daß er wie erschrocken zusammenfuhr, als ich ihn am Schluß des Lobgesanges aus seinem Entzücken riß, indem ich zu dem Kirchenlied hinüberleitete, welches dem Duett zu folgen und die Festpredigt einzuleiten hatte.

In dieser letzteren zeigte sich der Oberpriester als ein Redner, der es sehr wohl verstand, seine Hörer hinzureißen. Seine Rhetorik war unstudiert und ungekünstelt. Was er sagte, kam aus dem Herzen und wurde unterwegs vom Verstand kristallisiert. Er war nicht etwa ein guter Redner, weil er gut sprechen konnte, sondern weil ein großer Gedanke, der Erlösungsgedanke, seine Seele derart füllte, daß er nach ganz natürlichem Gesetz überströmte und alles mit sich zog, was er dabei berührte. Ich wunderte mich gar nicht darüber, daß nach dem gesprochenen Segen und dem vollendeten Schlußgesang sich niemand eher entfernen wollte, als bis der alte, liebe Herr sich noch einmal, noch zweimal, noch fünfmal, noch zehnmal zeigte.

Der Mir war voll befriedigt. Er dankte vor allen Dingen und zunächst Adl el Fadl und Merhameh. Mit dem Basch Nasrani konnte er jetzt nicht sprechen, weil dieser anderweitig in Anspruch genommen war. Da sah er die Leute aus El Hadd stehen. Er stutzte und ging dann auf sie zu. Dieses Stutzen hatte nicht den Grund, daß er sie kannte; er hatte sie noch nie gesehen. Ihre fremde, wenn auch außerordentlich kleidsame Tracht fiel ihm auf. Abd el Fadl kam schnell herbei und sagte ihm, wer sie seien. Da freute sich der Mir; man sah es ihm an. Er richtete das Wort an den Schech el Beled:

„Ihr seid aus El Hadd? Ich liebe dieses kleine, schöne Ländchen, obgleich ich noch nicht dort gewesen bin und auch noch niemand von dort kenne. Ich weiß, seine Bewohner sind mir freundlich gesinnt. Sie haben, obgleich sie ebenso eng an Dschinnistan wie an Ardistan grenzen, niemals etwas gegen mich unternommen, sondern sich mir immer nur förderlich erwiesen. Du bist ihr Schech el Beled?"

„Ich bin es", bejahte der Schech.

„So schulde ich doch wohl vorzüglich dir den Dank, zu dem ich mich verpflichtet fühle. Welches Glaubens bist du? Du trägst den Turban in der Hand, hier in der Kirche?"

„Wir sind Christen."

„Bei wem wohnt ihr? Wo seid ihr abgestiegen?"

„Im Karawanserai, wo jedermann wohnt, der fremd in der Fremde ist."

„Habt ihr Pferde?

„Nein. Wir sind arm. Wir kamen zu Fuß."

„Ihr seid nicht mehr fremd in der Fremde. Ich kenne euch nun und heiße euch willkommen. Ihr sollt meine Gäste sein. Für Leute, wie ihr seid, habe ich immer Raum genug. Es findet nach Verlauf von einer Stunde ein Weihnachtsmahl bei mir im Schloß statt; auch dazu seid ihr geladen."

Von diesem Mahl wußten wir noch nichts. Es war als besondere Festüberraschung geheimgehalten worden. Der Schech el Beled nahm diese Einladung durch eine Verbeugung an, die den freien Sohn der Berge erkennen ließ. Sie war höflich, aber nicht devot. Er gesellte sich, während der Mir sich mit den Seinen entfernte, zu Abd el Fadl und Merhameh. Ich aber trat nun an die Brüstung des Chores vor, um zu schauen, wie die Kirche sich leerte. Es geschah das in ruhiger, sehr würdiger Weise. Auf jedem Gesicht war der Ausdruck der Befriedigung, wohl gar der Begeisterung zu sehen. Ich zog hieraus die Berechtigung, anzunehmen, daß von heute an sich das Verhältnis der Christen zu der übrigen Bevölkerung und zu dem öffentlichen Leben von Ardistan ganz anders gestalten werde als bisher. Der Mir hatte zwar kein einziges Wort über das Verhalten des Maha-Lama gesagt, aber es stand für mich fest, daß der bisher so mächtige Lamaismus heute wenn nicht seinen ganzen Einfluß, so doch einen ganz bedeutenden Teil desselben verloren habe. Legte man das, was das Christentum gewonnen hatte, darauf, so ergab es einen doppelt großen Abstand gegen früher.

Die vor dem Altar stehenden Sänften waren, um etwaige Feindseligkeiten zu verhindern, von vorsichtigen, ruhigen Männern umringt worden. Darum konnten die Lamas nicht einsteigen. Sie mußten waren, bis die Kirche leer geworden war. Dann entfernten sie sich, vollständig unbeachtet, wie man nach einer verlorengegangenen Schlacht sich aus dem Staube macht. Da krachte jetzt plötzlich ein Kanonenschuß, noch einer, noch einer und so weiter. Das konnte nicht geschehen, ohne daß der Mir den Befehl hierzu gegeben hatte, und zwar nicht schon vorher, sondern soeben erst. Das war ein sicherer Beweis, daß die Feier tief und nachhaltig auf ihn gewirkt und ihn auf unsere Seite herübergezogen hatte. Ganz dasselbe sagte man sich auch draußen auf den Straßen. Ich hörte jubelnde Rufe und ging hinunter und hinaus, um einige der Gassen abzuschreiten und mich an dem frohen Weihnachtsgewirr zu erfreuen. Es war fast so hell wie am Tag. Laternen und brennende Lichter, illuminierte Türen und Fenster fast überall! Halef begleitete mich. Er war außerordentlich stolz auf seine heutigen Leistungen als Kalkant.

„Bist du mit mir zufrieden, Sihdi?" erkundigte er sich.

„So leidlich", antwortete ich.

„Warum nur leidlich? Hat es dir während der ganzen Feier auch nur ein einzigesmal an Luft in der Orgel gefehlt?"

„Nein. Aber hast du auch nur ein einzigesmal ein kleines bißchen Luft mehr gegeben, als nötig war? Beweise es"

Auf diese raffinierte Schlechtigkeit von mir war er zunächst still. Er dachte nach. Dann sagte er:

„Konnte ich wissen, daß du mehr verlangst, als du brauchtest? Du betrübst mich sehr! Aber morgen werde ich schneller treten und dir so viel Luft zuschicken, daß du von Dankbarkeit überquellen mußt, wenn du nicht platzen willst; darauf kannst du dich verlassen!"

Was das erwähnte Festessen betrifft, so finde ich keinen Grund, es ausführlich zu beschreiben. Ich war, wie man mir glauben wird, von den Anstrengungen der letzten Tage her und also auch von heute ermüdet und bedurfte der Ruhe und des Schlafes. Darum verabschiedete ich mich mit Halef, noch ehe das Essen ganz zu Ende war, und ging nach meiner Wohnung. Was die Leute von El Hadd betrifft, so hatten sie in meiner Nähe gesessen, doch nicht so nahe, daß es zu einer wirklichen Unterhaltung zwischen ihnen und mir hätte kommen können. Es waren nur einzelne Handreichungen, Fragen und Antworten hin- und hergegangen, wobei ich an dem Schech el Beled, je öfter mein Blick auf ihn fiel, je mehr etwas mir Bekanntes bemerkte, was ich aber nicht bestimmen, nicht genau bezeichnen konnte. Vollständig sicher war, daß ich ihn noch nie im Leben gesehen hatte. Gab es vielleicht im Kreis meiner Bekannten eine Person, die irgendeine Ähnlichkeit mit ihm besaß? Ich dachte nach, konnte aber keine finden.

Wir hatten unsere Zimmer heute nur einige Male für sehr kurze Zeit betreten und wurden darum von unseren Hunden sehnsüchtig erwartet. Ein Diener hatte inzwischen für sie gesorgt. Sie waren schon längst zu ernst, um noch zu spielen, aber diesesmal war ihnen die Zeit denn doch zu lang geworden, und so hatten sie sich so gut unterhalten, wie es eben ging und ihnen möglich war. Halefs Hu und Hi hatten sich sehr eingehend mit dem Teppich beschäftigt und das Futter als nicht zu ihm gehörig betrachtet. Die für richtig gehaltene Trennung beider war bis zum letzten Stich durchgeführt. Das machte dem Hadschi Spaß. Es fiel ihm gar nicht ein, sie zu tadeln. Er freute sich darüber und lobte und streichelte sie. Als wir dann in mein Zimmer kamen, stellte es sich heraus, daß Aacht und Uucht sich nur vorübergehend mit dem Teppich abgegeben hatten. Er war von ihnen nur ein wenig zurechtgewiesen worden. Er lag nämlich quer anstatt lang. Ihr Hauptaugenmerk schien vielmehr auf die Wandverkleidung gerichtet gewesen zu sein. Diese bestand aus einem dünnen Stoff, der teils festgenagelt, teils in Falten geordnet war, um schmückende Bogen zu bilden. Und diese Bogen waren es, mit denen die braven Hunde nicht einverstanden gewesen waren. Sie hatten sie so gründlich entfernt, daß sie alle jetzt unten am Boden lagen und die Wände sich nun unbekleidet zeigten, die genagelten Stellen natürlich abgerechnet.

Ich erschrak zunächst ein wenig. Dieser mir von den sonst so vernünftigen Tieren gespielte Streich konnte mir natürlich nicht angenehm sein. Aber sie verhielten sich ganz eigenartig dabei. Sie taten nicht im geringsten schuldbewußt, sondern sie empfingen uns so munter und, ja, siegesgewiß, als ob sie überzeugt seien, ein gutes, lobenswertes Werk verrichtet zu haben. Uucht sprang, kaum daß wir eingetreten waren und noch ehe ich einen Tadel aussprechen konnte, nach der einen Wand, reckte sich an derselben hoch empor und begann, da oben zu kratzen. Als Aacht dies sah, tat er ganz dasselbe auch an der anderen Wand. Ich ging hin, um die Stellen zu untersuchen. Diese Wände waren nicht gemauert, sondern aus Holzwerk zusammengesetzt, und in diesem Holz sah ich kleine, schmale, senkrechte Öffnungen, welche nichts anderes als Schlüssellöcher sein konnten. Es waren nicht nur eines oder zwei, sondern mehrere da, sie alle in genau derselben handlichen Höhe und immer an einer Stelle, wo eine Falte des Stoffes sie vollständig verborgen hatte. Daß die Hunde jetzt genau wußten, daß sich hier leere, verdächtige Räume befanden, das verstand sich ganz von selbst. Wie sie zu dieser Entdeckung gekommen waren, das konnte für mich Nebensache sein. Sie hatten den Prinzen der Tschoban unter sich gehabt und festgehalten; sie kannten also seine Witterung. Er hatte die Stellen, an denen die verborgenen Kästen lagen, so oft berührt, daß der Geruch seiner Hände daran haftete. Das war für ihre feinen Nasen genug und erklärte alles.

Er versteht sich ganz von selbst, daß ich sofort an den kleinen, winzigen Drückerschlüssel dachte, den er, als er sich bei mir einzuschleichen versuchte, hier verloren hatte. Er war gut aufbewahrt; nur hatte ich keine Zeit gehabt, mich näher mit ihm zu beschäftigen. Ich holte ihn und probierte. Er paßte, paßte ganz genau. Ich schloß die Kästen auf und zog sie heraus. Es waren ihrer fünf. Sie enthielten Skripturen, und zwar so außerordentlich wichtige, daß ich sofort selbst ging, um den Mir zu holen, und Halef aufforderte, inzwischen ja keinen Menschen hereinzulassen.

Der Mir war noch im Speisezimmer. Er folgte mir unverweilt, obgleich ich ihm in Gegenwart anderer nicht sagen konnte, um was es sich handelte. Aber unterwegs machte ich ihm eine Andeutung, die seine Schritte beschleunigte. Wir saßen dann die ganze, ganze Nacht, um die Papiere zu ordnen, zu entziffern und zu lesen. Wir waren so müd gewesen; jetzt aber gab es keine Müdigkeit mehr; sie war vollständig verschwunden. Es handelte sich um die schon vorerwähnte Verschwörung. Ihr geistiger Leiter war der Basch Islami, der sich wünschte, der Schwiegervater des Mirs von Ardistan zu werden. Ihre Seele der Maha-Lama von Ardistan, der sich heut so herausfordernd betragen hatte. Und ihre rechte Hand der Panther, der sich in den Kopf gesetzt hatte, Herrscher sein zu müssen. Als der Morgen kam, waren wir fertig und von allem vollständig unterrichtet. Es gereichte mir zur Genugtuung, daß der Mir keinen einzigen anderen zu Rate zog und nur mit mir und Halef allein die Maßregeln besprach, die zu ergreifen waren. Er beschloß, alles Aufsehen zu vermeiden und das, was vorgenommen werden sollte, nur ganz im stillen geschehen zu lassen. Dadurch wurde jedenfalls sehr viel Blutvergießen vermieden. Zunächst hatten die Oberanführer so schnell wie möglich zu verschwinden, nicht etwa indem man sie tötete, sondern indem man sie durch einstweilige Gefangennahme unschädlich machte. Das war bei dem Maha-Lama von Ardistan nicht schwer, bei dem Basch Islami und dem Panter aber nicht leicht, weil beide bereits argwöhnisch geworden waren und sich nicht mehr in der Stadt befanden. Die Verzeichnisse der Verschworenen enthielten die Namen von so vielen Offizieren, daß der Mir erklärte, eigentlich an der Treue und Zuverlässigkeit all seiner Truppen zweifeln zu müssen. Ich war zwar nicht dieser Meinung, hütete mich aber, ihm das zu sagen, denn es kam mir vor allen Dingen darauf an, ihn die Unterstützung der Christen so hoch wie möglich bewerten zu lassen. Es genügte, ihn zunächst darauf hinzuweisen, daß das gegenwärtige Christfest ganz bestimmt zu seinen Gunsten wirken werde und keine andere Partei ohne die größte Gefahr es wagen werde, den Frieden dieser jetzigen Tage zu stören. Für alle ungeahnten oder unvorhergesehenen Fälle stellte ich ihm noch einmal den

Dschirbani mit seinen Truppen zur Verfügung. Das beruhigte ihn. Er teilte mir aufrichtig mit, daß es auch ohne den Fund dieser Akten der Verschwörer mit dem Maha-Lama aus gewesen sein würde, weil er den an ihm in der Kirche begangenen Schimpf nicht auf sich ruhen lassen könne. Er sei nur still gewesen, um die Feier nicht zu stören, die einen tiefen Eindruck auf ihn gemacht habe. Er bestimmte, daß die Wände meines Zimmers schnell wiederherzustellen, die Skripturen aber nach seiner Wohnung zu schaffen seien. Dann fragte er in plötzlich anderem, aber auch in hohem Grade nachdenklichem Ton:

„Weißt du denn, was heut und dieser Tage alles geschehen ist, Effendi?"

„Ich glaube es zu wissen", antwortete ich.

„Die Erfüllung alter Weissagungen?"

„Ja."

„Des Sternes von Beth Lahem?"

„Ja."

„Der Sage von der großen Glocke?"

„Ja."

„Jetzt brauchte nur noch die Stimme der Güte und der Barmherzigkeit hier in der Kirche zu erklingen und der Herrgott von Dschinnistan nach Ardistan herabzukommen, wie damals, bevor der Fluß wieder rückwärts strömte, so wären alle Weissagungen der wartenden Christen erfüllt und die Engel könnten berichten, daß der Friede nun endlich auf Erden eingezogen sei! Du lächelst, Effendi?"

„O nein! Die Sache ist ernst, hochernst!"

„Das ist sie mir auch, mir auch! Bisher ist sie mir nur lächerlich vorgekommen; seit gestern aber denke ich anders."

Er griff sich mit der Hand nach der Stirn. Mir war, als ob er wanke.

„Auch ich bin müd, wie du, und schwach dazu!" fuhr er fort. „Es stürmte in diesen Tagen allzuviel auf mich ein! Bin ich denn wirklich noch der Mir von Ardistan? Oder bin ich ein anderer, der hin- und hergeblasen wird wie eine Feder, die weder Gewicht noch Willen besitzt? Auch ich muß schlafen, muß ruhen, muß wieder zu mir kommen!"

Dann ergriff ihn ein anderer Gedanke. Er fragte:

„Was sagt du zu den Leuten von El Hadd, Effendi?"

„Sie gefallen mir", antwortete ich.

„Mir auch. Besonders der Schech el Beled! Schade, daß er ein so kleiner Mann und nicht ein Herrscher ist! Man müßte ihn ehren und lieben und könnte mit ihm verkehren! Doch, nun müssen wir schließen! Hast du einen Wunsch?"

„Nein."

„Bedenke, was ich dir schulde! Wünschest du keinen Dank?"

„Nein."

„Auch für die Christen nicht?"

„Nein. Sie haben ihre Schuldigkeit getan und werden sie auch ferner tun. Danken kannst du überhaupt nicht; das kann allein der Himmel!"

Er sah mich verständnislos an, schüttelte den Kopf und sagte nur noch:

„Das begreife ich nicht. Schlaft wohl!

Dann ging er hinaus.

VIERTES KAPITEL

Nach der „Stadt der Toten"

Die Wirkung unserer Weihnachtsfeier war eine gewaltige. Wer da war, wollte nicht wieder fort. Die Menschheit, die in und um Ard lagerte, vermehrte sich von Tag zu Tag, anstatt sich zu verringern. Es kamen täglich neue Pilger, welche teilnehmen wollten, und das begeisterte den alten, lieben Basch Nasrani zu immer neuen Anstrengungen und Wiederholungen. Aus den erst geplanten drei Feiertagen wurden sieben, also eine ganze, volle Woche lang. Dann konnte er nicht mehr; er mußte sich Ruhe gönnen. Das Ansehen der früher so verachteten Christen war plötzlich derart gestiegen, daß man sie, was vorher niemandem eingefallen war, jetzt schon von weitem grüßte. Man sah ein, daß man sich über sie im unklaren befunden hatte, im unklaren über ihre Zahl und im unklaren über ihren Charakter. Niemand hatte geglaubt, daß es ihrer so sehr viele gebe. Das war eine direkte Folge ihrer Bedrückung. Sie hatten sich gescheut, öffentlich hervorzutreten. Nun aber, als sie erfuhren, daß das Wohlwollen des Mirs sich ihnen zugewendet hatte, strömten sie in hellen Haufen herbei und belebten die Stadt in der Weise, daß man glauben konnte, daß sie überhaupt nur christliche Einwohner habe. Und diese Scharen verhielten sich so bescheiden, so ruhig und wohlgesittet, daß der Herrscher versicherte, die öffentliche Ordnung sei noch nie so wenig gestört worden wie gerade jetzt, wo so eine Menge von Menschen sich in der Hauptstadt angehäuft habe. Er fügte hinzu: Wären die Straßen und Gassen in derselben Menge von Lamas und Mohammedanern belebt, so würde es nur unter dem Aufgebot der kräftigsten Mittel möglich sein, fortgesetzte Ausschreitungen zu verhüten.

Es war allerdings auffällig, wie wenigen Mohammedanern, Lama- und Andersgläubigen man begegnete. Sie waren nicht etwa verschwunden. Sie hatten sich ganz ebenso wie vorher am öffentlichen Verkehr zu beteiligen; aber sie taten das nicht mehr in ihrer früheren, altgewohnten Weise, sondern derart, daß sie sich weder durch ihre Kleidung noch durch ihr Benehmen von den Christen unterschieden. Sie waren ganz plötzlich außerordentlich vorsichtig geworden, und sie hatten ihre guten, triftigen Gründe dazu.

Der Mir hatte nämlich begonnen, unter seinen Gegnern leise, aber energisch aufzuräumen. Die Listen der Verschworenen konnten ihm dabei als sichere Wegweiser dienen. Der Basch Islami war, wie wir wissen, schon vorher verschwunden. Von dem Panther gewarnt, hatte er Zeit gefunden, zu entkommen. Nun verschwand jetzt auch der Maha-Lama von Ardistan mit seinen nächsten , besten, treuesten Anhängern und Freunden. Sein herausforderndes Verhalten am ersten Weihnachtstag konnte nicht der einzige Grund hiervon sein. Das Verschwinden auch seiner Anhänger mußte auf tieferliegende Ursachen zurückgeführt werden, zumal dann auch noch zahlreiche andere Beamte und Offiziere nicht mehr zu sehen, sondern abhanden gekommen waren, man wußte nicht, wohin. Das ging so einige Wochen lang weiter, ohne daß hierbei von einer Arretur oder einem andern Gewaltmittel etwas zu bemerken war. Die betreffenden Personen verschwanden auf die geheimnisvollste Weise, und es traten andere an ihre Stelle, ohne daß offiziell ein Wort hierüber verlautet wurde. Auffällig hierbei war, daß die Verschwundenen zu den Verschwörern gehörten, die an ihre Stelle getretenen aber treue Anhänger des Mirs waren. Auffallen konnte es natürlich nur denen, die hiervon wußten, die also selbst Verschwörer waren. Denen konnte auch nicht entgehen, daß dieses Verschwinden sich an eine ganz gewisse Reihenfolge hielt. Es betraf zunächst die ganz Hochangestellten, dann die hohen, hierauf die ihnen im Rang Nächstfolgenden. Es ging also abwärts, und zwar mit so untrüglicher Sicherheit, daß dem Eingeweihten angst und bange werden mußte, denn ein jeder von ihnen konnte hieraus ersehen, daß und wann die Reihe auch an ihn kommen werde. Da lag denn nun für sie alle der Gedanke nahe, sich ganz von selbst, noch ehe das Verhängnis nahte, also freiwillig, aus dem Staub zu machen, um diesem doppelt schrecklichen, weil unsichtbaren und unhörbaren Verderben zu entrinnen. Die Klugen unter ihnen folgten diesen Gedanken. Es kam eine Zeit, in der eine Menge von Menschen ihre guten, scheinbar ganz sicheren Stellungen und auch die Stadt verließen, ohne vorher anzugeben, warum sie es taten und wohin sie sich wendeten. Ich bemerkte das gar wohl, hütete mich aber, voreilige Fragen hierüber an den Mir zu richten. Es gab andere, für mich ebenso wichtige Dinge, die mich ganz in Anspruch nahmen. Daß ich damit das Studium des hochinteressanten Landes und seiner Bewohner meine, versteht sich ganz von selbst. Meine persönliche Aufgabe war, hier Land und Leute möglichst genau kennenzulernen. Ich begann, zunächst in der Stadt, hierauf in ihrer Umgebung und sodann auch im weiteren Land herumzustreifen, wobei Halef mich begleitete.

Diese Streifereien wurden uns sehr leichtgemacht. Wir waren durch das Weihnachtsfest der ganzen Bevölkerung bekannt geworden. Die Christen hatten uns gern. Sie gaben uns Auskunft. Sie unterstützten uns in jeder Weise. Und die anderen, die uns höchstwahrscheinlich haßten, sie wagten nicht, uns dies offen zu zeigen. Sie waren gezwungen, sich auch freundlich zu uns zu stellen und uns zu Diensten zu sein, obwohl wir alles, was von ihnen kam, mit Vorsicht zu betrachten hatten.

Dadurch, daß ich die mir jetzt zur Verfügung stehende Zeit so ganz und gar für mich und meine persönlichen Aufgaben verwendete, vernachlässigte ich keinesweges die Zwecke, die uns nach der Hauptstadt von Ardistan geführt hatten. Sie waren als erfüllt zu betrachten, und zwar im vollsten Sinne des Wortes. Wir waren hierhergekommen, uns Aufklärung über die hiesigen Verhältnisse zu verschaffen, damit der Dschirbani aus dieser Kenntnis den größtmöglichen Nutzen ziehe. Wie gefährlich das für uns war, das hatten wir gar wohl gewußt, doch glücklicherweise war alles ganz anders geworden, als für uns möglich gewesen war, vorauszusehen. Der Mir hatte uns schnell liebgewonnen. Er fühlte sich uns zu Dank verpflichtet. Es lag ihm schon deshalb nicht viel daran, den Dschirbani als Feind betrachten zu müssen. Hierzu kamen die neuen Ereignisse im Innern des Reiches und seiner Stadt. Er hatte dem Mir von Dschinnistan den Krieg erklärt und seine Kerntruppen schon in Marsch gesetzt, da machte er die zwei niederschlagenden Entdeckungen, daß er vom Thron gestoßen werden solle und daß er sich auf die Anführer dieser seiner Truppen nicht verlassen könne. Seine Lage war äußerst gefährlich. Da versprach ich ihm die Hilfe des Dschirbani gegen die Empörer. Das bewies ihm, daß der Dschirbani ein edelmütiger Gegner sei und brachte ihn auf den Gedanken, die drohenden Feindseligkeiten zwischen sich und ihm einstweilen ruhen zu lassen. Er fragte mich, ob ich ihm nicht den Gefallen tun wolle, zurückzureiten, um mit dem Dschirbani über einen Waffenstillstand zu verhandeln. Dieser Waffenstillstand lag nicht nur überhaupt in unserem eigenen Interesse, sondern er mußte uns auch darum willkommen sein, weil er dem Dschirbani nach dem langen, anstrengenden Zug durch die Wüste die willkommene Zeit gewährte, sich zu erholen und seine Truppenkörper auszubauen und innerlich zu festigen. Ich war also gewiß, daß er einwilligen werde, wenn auch erst nach einem Weigern. Aber ich hatte keine Lust, diesen Ritt selbst zu unternehmen. Ich wollte Ardistan kennenlernen, nicht aber mich auf einer und derselben Straße immer hin und her bewegen. Darum machte ich es dem Mir plausibel, diese Aufgabe einem andern anzuvertrauen, und so schickte er denn einen seiner Offiziere, der durch einen von mir geschriebenen und von dem Mir bestätigten Brief legitimiert und dem Dschirbani empfohlen wurde.

So war die Lage der Sache, als der Mir heut am frühen Morgen, als ich kaum ausgeschlafen hatte, seinen Diener zu mir schickte und mich fragen ließ, ob ich bereits zu sprechen sei. Das war nichts Ungewöhnliches. Er gehörte ebensowenig zu den Langschläfern wie ich, und es kam nicht selten vor, daß er ebenso zeitig wie heute eine Frage oder etwas anderes für mich hatte. Ich ließ ihm also sagen, daß ich bereits aufgestanden sei und mich ihm zur Verfügung stelle. Da beorderte er mich nicht zu sich, sonden er kam zu mir. Das war ein sicheres Zeichen, daß der Gegenstand, der seine Gedanken beschäftigte, zur Eile trieb und ihn ganz in Anspruch nahm. Als er in mein Zimmer trat, war er gestiefelt und gespornt, nicht wie zu einem kurzen Spazierritt, sondern wie zu einem weiteren Ausflug, und sagte hastig, noch ehe er den Türvorhang hatte hinter sich fallen lassen:

„Er ist da! Er kam schon während der Nacht; hat mich aber nicht wecken lassen, trotz der großen Wichtigkeit der Sache!"

„Wer?" erkundigte ich mich.

„Der Bimbaschi", antwortete er.

Bimbaschi heißt Major. In diesem Rang stand der Offizier, den er zu dem Dschirbani geschickt hatte. Das war zwar kein hoher Rang, aber er hatte grad diesen Mann gewählt, weil er ihn für treu, geschickt und umsichtig hielt.

„Er ist außerordentlich höflich aufgenommen worden und hat sehr guten Erfolg gehabt", fuhr der Mir fort. „Der Dschirbani ist bereit, auf den Waffenstillstand einzugehen, und hat versichert, daß er mir keine schweren, sondern sogar sehr leicht zu erfüllende Bedingungen stellen werde."

„Stellen werde?" erkundigte ich mich. „Also gestellt sind sie noch nicht? Er hat sie dir nicht geschickt durch den Bimbaschi?"

„Nein. Er ist der Meinung gewesen, daß seine Lage und meine Lage eine außerordentlich heikle sei. Unser Bündnis habe ganz unbedingt geheim zu bleiben. Dazu gehöre, daß auch die Verhandlungen heimlich zu führen seien. Nichts dürfe man dem Papier anvertrauen; es habe vielmehr alles nur mündlich zu geschehen; und zwar nicht etwa durch Unterhändler, sondern durch uns beide selbst. Da hat er vollständig recht; das sehe ich ein. Du doch wohl auch?"

„Ja", nickte ich. „Ich sehe dich zur Reise gekleidet. Hängt dies hiermit zusammen?"

„Allerdings. Er ist der Ansicht, daß wir uns einander entgegenreiten und uns auf halbem Weg treffen."

„Welcher Weg ist gemeint?"

„Derselbe, der dich hierhergeführt hat. Du kennst ihn also. Auf der Mitte dieses Weges liegt eine alte, verfallene Moschee, mit einem Brunnen zwischen den Vorhofsmauern. Du wirst sie im Vorüberschreiten jedenfalls gesehen haben?"

„Wir haben sogar dort gelagert!"

„Dort soll die Zusammenkunft stattfinden. Das soll der Platz der Beratung sein. Gefällt er dir?"

„Er ist vorzüglich geeignet. Wurde dir dieser Wunsch des Dschirbani schriftlich oder mündlich gebracht?"

„Nur mündlich, natürlich nur mündlich. Denn, so treu und zuverlässig der Bimbaschi ist, ein Brief hätte doch verlorengehen und auf irgendeine andere Weise in falsche Hände geraten können. Ich halte es für ganz richtig, daß der Dschirbani mit solcher Vorsicht verfährt. Er meint, daß diese Vorsicht auch verbiete, den Ritt, der uns einander entgegenführt, in auffälliger Weise zu machen. Niemand soll ahnen, wer wir sind und was wir beabsichtigen. Darum sollen unsere Trupps so klein wie möglich sein, und folglich haben wir uns kein kriegerisches, sondern ein möglichst friedliches Aussehen zu geben. Der Dschirbani wird nur vier Begleiter haben und läßt mich bitten, dies ebenso zu halten. Er schlägt mir sogar vor, wen ich mitnehmen soll. Kannst du die Personen erraten, die er mir da nennt?"

„Nur zwei; jedenfalls Halef und ich."

„Richtig! Er will euch unbedingt sehen. Und die beiden anderen?"

„Ich bitte, sie mir zu nennen!"

„Es sind die beiden Prinzen der Ussul."

„Das freut mich!"

„Mich auch. Ich habe sie unschuldig gequält und bin ihnen eine Entschädigung dafür schuldig. Sie kennen den Dschirbani. Sie stehen im gleichen Alter mit ihm. Ihre Mutter Taldscha ist immer seine Freundin und Beschützerin gewesen. Ich habe sie schon unterrichtet und aufgefordert, sich bereitzuhalten. Sie reiten außerordentlich gern mit und sind sehr froh darüber, ihren Jugendgenossen sehen zu dürfen."

„Das glaube ich und gönne es ihnen vom Herzen. Wann reiten wir?"

„Am liebsten möchte ich sofort aufbrechen; aber da es mehrere Tage sind, die ich abwesend sein werde, so habe ich Vorbereitungen zu treffen, die mehrere Stunden in Anspruch nehmen. Doch hoffe ich, noch ehe es mittag wird, fertig zu sein. Hältst du es für richtig, daß wir nur fünf Personen sind?"

„Ja, der Dschirbani hat es gewünscht, und je zahlreicher wir erscheinen, desto mehr fallen wir auf."

„Also nicht einige Diener mitnehmen?"

„Wenigstens für mich und Halef nicht. Wir sind gewöhnt, uns selbst zu bedienen. Die beiden Ussul werden wohl auch der Meinung sein, daß die Anwesenheit von Bediensteten uns nur belästigen und stören, ja, es vielleicht gar unmöglich machen würde, diese Sache geheimzuhalten. Was nun allerdings dich selbst betrifft, so gebe ich freilich zu, daß ..."

„Nichts hast du zuzugeben, nichts!" fiel er mir schnell in die Rede. „Bin ich etwa etwas anderes als ihr?"

„Ich denke doch!"

Da lächelte er:

„So, so! Gut, gut! So will ich wenigstens nichts anderes scheinen. Ich reite also inkognito, unerkannt oder wie man das sonstwie nennen mag. Also weg mit den Dienern! Wir nehmen keine mit! Aber zwei Packpferde werden wir uns gestatten, mit den nötigen Nahrungsmitteln und anderen Dingen, die ich für notwendig halte. Auch Führer brauchen wir nicht. Der Weg ist mir bekannt und dir und Halef auch. Ich hatte dem Oberst, der euch begleitete, den Befehl gegeben, nur die einsamsten Gegenden zu wählen. Wir haben allen Grund, das zu tun und uns also auf ganz genau denselben Pfaden zu halten. Die beiden Ussul haben für dieses Mal auf ihre schweren Riesenpferde zu verzichten. Ich gebe ihnen bessere und schnellere aus meinem Stall. Wir sind also vortrefflich beritten und werden, wenn meine Berechnung mich nicht täuscht, bis morgen abend an Ort und Stelle sein. Also macht euch fertig, und haltet euch bereit, daß ich euch holen lasse!"

„Betrifft die Verschwiegenheit, die wir zu beobachten haben, jedermann?"

„Ja. Oder gibt es Personen, denen auch du zu sagen hast, daß du dich auf einige Tage entfernst?"

„Ja."

„Wer ist das?"

„Der Oberpriester und die beiden Sänger, Vater und Tochter."

„Das erlaube ich. Du bist es ihnen schuldig. Sie sind deine Freunde! Wahre, ehrliche Freunde! Sie würden sich sehr um dich sorgen, wenn du dich entferntest, ohne sie davon zu benachrichtigen. Sage es ihnen! Aber ja keinem anderen mehr!"

Hierauf verließ er mich, und ich machte mich mit meinem Hadschi Halef bereit zu dem beabsichtigten Ritt, der noch viel interessanter werden sollte, als wir jetzt dachten.

Er wurde noch vor Mittag angetreten, doch einzeln, nicht vereint. Erst brach der Mir auf, allein. Dann ritten die beiden Ussul fort, in einer andern Richtung durch die Stadt. Sie nahmen die Packpferde mit. Dann folgten wir, auf einem noch andern Weg. Draußen vor der Stadt trafen wir wieder zusammen.

Ich kann über das, was unterwegs geschah, hinweggehen, denn es war nichts Wichtiges, und will nur konstatieren, daß sich die Vorhersage des Mirs, daß wir das Rendezvous bis zum nächsten Abend erreichen würden, als richtig erwies. Ganz selbstverständlich hatten wir unsere Hunde mit. Der Mir ritt einen köstlichen Schimmelhengst mit indischem Riemenzeug. Die beiden Ussul hatten zwei starke, dunkle Wallachen, die trotz ihrer Stärke gern galoppierten und auch ziemlich ausdauernd waren.

Die Ruine der Moschee, die ich als Stelldichein bezeichnet habe, lag in einer ebenen, vollständig freien, steppenartigen Gegend, die rundum bis an den Horizont zu überschauen war. Es gab hier nicht den geringsten Grund, etwa besonders vorsichtig zu sein. Und als wir die alten, halb eingefallenen Mauern prüfend umritten, ehe wir ihr Inneres betraten, geschah dies ganz ohne eigentliche Veranlassung, sondern nur deshalb, weil Halef und ich das so gewohnt waren. So weit das Auge reichte, war kein Mensch zu sehen, und auch das Gemäuer zeigte sich dann als leer. Es gab da weder den Stapfen noch gar die Fährte eines einzigen lebenden Wesens. Der Dschirbani war also noch nicht angekommen.

Wir stiegen ab, versorgten unsere Pferde und ließen uns an dem Brunnen nieder, der bereits erwähnt worden ist. Er hatte gutes Wasser. Während wir unser Abendessen verzehrten, wurde es Nacht. Wir brannten aber kein Feuer an, denn wir waren den ganzen Tag sehr scharf geritten und darum ermüdet; wir wollten schlafen. Und das taten wir denn auch in so ausgiebiger Weise, daß keiner von uns eher erwachte, als bis wir am Morgen durch Ben Rih geweckt wurden, der plötzlich aufgesprungen war und so laut und anhaltend wieherte, daß die Absicht, uns aufmerksam zu machen, unverkennbar war. Auch Syrr stand auf, blieb aber still. Die Hunde reckten die Hälse und lüpften die Ohren, sagten aber nichts.

„Sie kommen, Sihdi; sie kommen!" rief Halef, indem er sich schnell erhob. „Laßt uns hinauseilen, sie zu begrüßen!"

Indem er dies sagte, tat er es auch. Zugleich wieherte auch draußen ein Pferd, als Antwort auf das Wiehern unseres Ben Rih. Aber nicht nur dieses eine, sondern noch eines, ein drittes, viertes, sechstes, achtes. Das klang doch so, als ob wir es nicht mit einer Truppe von fünf Reitern, sondern mit einer größeren Schar zu tun hätten, die auf lauter Hengsten saß und uns bereits so nahe war, daß wir den Aufschlag der Hufe hörten. Sie brauste im Galopp heran. Halef schrie laut auf. Da folgten wir ihm schnell nach, hinaus vor das Gemäuer. Was sahen wir? Wohl tausend Mann, also ein ganzes Regiment regulärer Kavallerie, welche eben nach beiden Seiten abschwenkte, um die Ruine zu umzingeln.

„Was wollen die hier?" fragte der Mir, teils zornig, teils verwundert. „Ohne meinen Befehl! Ich werde ihnen zeigen, daß . . ."

Er brach mitten im Satz ab. Weshalb, das sahen wir wohl. Nämlich eine Abteilung des Regiments, sagen wir, nach europäischem Begriff, eine Eskadron, schwenkte nicht mit ab, sondern kam grad auf uns zu, an ihrer Spitze die Offiziere, und diesen voran der Panther, der zweite Prinz der Tschoban.

„Zu den Waffen!" rief Halef. „Wir sind verraten! Man hat uns betrogen!"

Ja, zu den Waffen! Aber zu was für welchen? Er selbst hatte keine, ich auch nicht. Wir hatten jetzt nur unsere Messer. Der Säbel und die beiden Pistolen des Scheichs waren kostbar, aber weit mehr zur Zierde als zum ernstlichen Gebrauch. Die beiden Ussul hatten jeder einen Säbel und ein Gewehr; das letztere zur Jagd, nicht aber zur Verteidigung bestimmt. Was war das gegenüber tausend wohlbewaffneten Menschen, die den Mut besaßen, ihrem Kriegsherrn als Meuterer entgegenzutreten. Widerstand zu leisten wäre da Wahnsinn gewesen. Es galt vielmehr, sich zunächst scheinbar zu fügen, um später im geeigneten Augenblick zu tun, was möglich war. Ich raunte das dem Mir schnell zu, und er war vernünftig genug, einzusehen, daß wir jetzt nichts Besseres zu tun vermochten. Er sagte kein Wort. Er nickte mir nur zu, um mich seiner Zustimmung zu versichern; aber seine Augen glühten, seine Lippen preßten sich zusammen, und seine Hände ballten sich zu Fäusten; es kochte in ihm.

Jetzt war sie da, diese Eskadron. Der Panther hatte seine Leute genau instruiert. Sie sprangen von den Pferden, drängten auf uns zu und hatten augenscheinlich die Absicht, uns auseinanderzubringen. Da rief der Mir uns zu:

„Zusammenhalten! Die Messer heraus! Wer mich anrührt, den steche ich nieder!"

Messer hatten wir alle; wir gehorchten seinem Befehl. Da trat man von uns zurück. Ganz selbstverständlich hätten uns auch die Messer nichts genützt, wenn es ernst geworden wäre; aber an das Leben sollte es uns denn doch nicht gehen, und so begnügte man sich damit, uns beisammenzulassen und in das Innere der Ruine zurückzudrängen, wo bei den Pferden unsere Riesenhunde standen, mit hoch erhobenen Köpfen und funkelnden Augen, bereit, uns zu verteidigen. Es war nicht geraten, den Mut dieser edlen Tiere in Aktion zu setzen. Wir riefen ihnen also zu, sich niederzulegen, und sie gehorchten ohne Zögern.

Es hatte sich fast die ganze Schwadron mit hereingedrängt. Wir waren also nicht nur draußen, sondern auch hier im Innern der Ruine so dicht und so vollständig umzingelt, daß der Gedanke, schnell auf die Pferde zu springen und zu fliehen, ein Wahnsinn gewesen wäre. Der Mir sah keinen von ihnen allen an. Er setzte sich am Wasser nieder, das Messer in der Faust. Sofort nahmen die beiden Prinzen der Ussul rechts und links von ihm Platz, bereit, ihn, wenn es nötig werden sollte, zu verteidigen. Ich ließ mich mit Halef ihnen gegenüber nieder. Wer meinen kleinen Hadschi kennt, der weiß, daß er nicht der Mann war, sich durch den Überfall, wenn auch eines ganzen, vollen Regiments von Kavalleristen, einschüchtern zu lassen. Er tat, als ob kein einziger von ihnen allen vorhanden sei, griff nach den noch vom gestrigen Abend her im Gras liegenden Speisevorräten und sagte:

„Geschlafen haben wir, und zwar sehr gut! Jetzt frühstücken wir; dann reiten wir weiter!"

„Wohin?" fragte der Panther.

Er war, die Offiziere hinter sich, zu uns herangetreten. Halef tat, als ob er weder ihn gesehen noch seine Frage gehört habe.

Er öffnete die Pakete und zerlegte das vorhandene Fleisch, um es an uns zu verteilen. Wir nahmen es und aßen. Der Mir allein machte eine Ausnahme; er wies es ab. Er war innerlich so erregt, daß er es nicht fertigbrachte, auch nur einen einzigen Bissen zu sich zu nehmen. Sein Gesicht war plötzlich ganz gelb geworden, schmutzig gelb. Es nahm von Augenblick zu Augenblick immer mehr und mehr jene abstoßende Häßlichkeit an, von der ich schon einmal gesprochen habe.

„Steht auf! Ich habe mit euch zu sprechen", begann der Panther.

Wir rührten uns natürlich nicht.

„Steht auf! Ich befehle es!" wiederholte er.

Wir blieben sitzen. Da faßte er den Hadschi von hinten im Genick, um ihn emporzuzerren, und schrie ihn an:

„Hund, auf mit dir! Ich werde ..."

Er kam mit der beabsichtigten Drohung nur bis hierher, denn die vier Hunde waren aufgesprungen, hatten ihn gepackt und niedergerissen und fletschten ihm nun von allen Seiten die scharfen, glänzenden Zähne entgegen, so daß er einsehen mußte, daß er verloren sei, sobald er es wage, eine Bewegung der Gegenwehr zu machen. Zwei oder drei der Offiziere griffen schnell nach ihren Pistolen, um auf die Hunde zu schießen; da rief er ihnen schnell zu:

„Behüte Allah! Weg mit den Waffen, weg! Schießt nicht; sonst zerreißen sie mich!"

Da wendete sich Halef ihnen zu und sagte:

„Der Kerl ist gar nicht so dumm, wie ich dachte. Er weiß ganz genau, was er zu erwarten hat. Ihr braucht nur einen einzigen Gewehr- oder Pistolenlauf auf uns zu richten, so reißen sie ihm die Gurgel aus dem Hals, und auch mit dem Betreffenden ist es aus. Ihn kenne ich. Er ist der größte Schuft, den es auf Erden gibt. Wer aber seid denn ihr?"

Da donnerte ihn der von ihnen, der die meisten Tressen an seinem Rock trug, zornig an:

„Schweig! Er ist der neue Mir von Ardistan! Ich aber war bisher der Oberst dieses Regimentes, doch nun bin ich General!"

Da lachte Halef ihm mit seiner allergrößten Freundlichkeit in das Gesicht und antwortete:

„General bist du jetzt, General? Also ein ebenso großer Schurke wie er? Da gehörst du ja unbedingt an seine Seite! Hu! Hi!"

Indem Halef die Namen seiner beiden Hunde nannte, deutete

er mit dem Finger erst auf den zum General beförderten Oberst und dann auf die Erde nieder, wohin er diesen haben wollte. Die Ausführung dieses Befehles erfolgte ebenso schnell wie vollständig. Im nächsten Augenblicke lag der Offizier genau neben dem Panther, und keiner seiner Untergebenen wagte es, ihn etwa durch einen Befreiungsversuch in noch größere Gefahr zu bringen. Halef warnte sie:

„Setzt euch jetzt ruhig nieder, und wartet, bis wir gegessen haben! Wir sind nicht gewöhnt, uns beim Frühstück stören zu lassen. Und merkt euch das: Jede drohende Bewegung von eurer Seite kostet sowohl dem neubackenen Mir als auch dem soeben ausgekrochenen General ganz unbedingt das Leben! Nach dem Essen werde ich mit ihnen reden und auch mit euch! Doch eher nicht!"

Sie sahen einander an. So etwas war ihnen noch nicht vorgekommen! Tausend Mann gegen fünf, und dennoch eine solche Furchtlosigkeit, zumal von einem so kleinen Kerl, das hatten sie nicht für möglich gehalten! Sie berieten leise. Aber den beiden, die es betraf, war angst und bange vor den gewaltigen Gebissen, die sie so nahe vor ihren Augen hatten. Der General befahl:

„Setzt euch und wartet!"

Er wagte bei diesen vier Worten kaum, die Lippen zu bewegen. Und der Panther, der doch gewiß kein Feigling war, fügte kurz und ängstlich hinzu:

„Tut den Bestien nichts! Ich befehle es!"

Da knurrte einer von ihnen:

„Die hätten wir gleich erst erschießen sollen, als wir kamen. Nun aber ist's zu spät!"

Sie suchten sich eine passende Stelle, um sich niederzusetzen und das Kommende abzuwarten. Ihre Truppe tat dasselbe. Da beruhigte sich der Mir und hörte auf meine Vorstellungen, daß er unbedingt auch mitessen müsse, um den Anstrengungen gerecht zu werden, die uns höchstwahrscheinlich nun erwarteten. Wir nahmen uns Zeit und aßen so behaglich, als ob wir uns daheim im Schloß von Ard befänden. Dabei besprachen wir unsere gegenwärtige Lage, um uns über sie klarzuwerden. Das taten wir natürlich mit gesenkten Stimmen, um nicht vom Panther und seinem General gehört zu werden.

Es verstand sich ganz von selbst, daß wir hierhergelockt worden waren, um gefangengenommen und irgendwohin geschafft zu werden, wo wir unschädlich waren. Welcher Ort das aber war, das ahnten wir nicht, glaubten jedoch, daß es die Stadt der

Toten sein werde, die sich weit besser als jede andere Stelle dazu eignete. Der Mir äußerte sich hierüber:

„Falls der Panther dies beabsichtigt, können wir uns ohne alle Angst in dieses Schicksal ergeben. Ich kenne die Stadt der Toten. Nicht nur die offiziellen Verbannungshäuser und Gefängnisse, sondern ihre ganze, weit ausgedehnte Örtlichkeit. Ich habe sie und ihre Umgebung als Knabe in Gegenwart meiner Diener und Führer durchstöbert, denn sie ist der interessanteste Ort im ganzen Ardistan und steckt so voller Sagen, Märchen und ähnlichen Dingen, daß ich nicht eher ruhte, als bis mein Vater mir die Erlaubnis gab, sie unter sicherer Begleitung zu durchforschen. Ihr beide kennt sie ja auch, wenigstens den Teil von ihr, den ich euch zum Aufenthalt angewiesen hatte!"

Die letzten Worte waren an die Prinzen der Ussul gerichtet. Sie nickten bejahend, und er fuhr fort:

„Die Gefängnisse und Verbannungshäuser sind mit gewissen Geheimnissen gebaut, die es ganz unmöglich machen, einen Menschen, der sie kennt, dort festzuhalten. Es versteht sich ganz von selbst, daß es nur einen gibt, der sie am besten kennt, und der bin natürlich ich, der Herrscher. Falls sie uns dorthin schaffen, ist es weiter nichts als ein Spaß für mich, zu entkommen, sobald ich nur will. Uns hier an dieser Stelle zu wehren, ist unmöglich. Wir würden gleich beim ersten Versuch von ihnen erdrückt. Auch die Gefangennahme des Panthers und seines Mitverschworenen kann uns nicht retten. Der Augenblick, wo man die Hunde erschießt, würde unvermeidlich kommen, und dann sind die beiden frei; wir können sie nicht halten."

„So ist es also deine Meinung, daß wir uns ruhig darein ergeben sollen, falls sie beabsichtigen, uns nach der Stadt der Toten zu schaffen?" fragte ich.

„Ja", antwortete er. „Ich hoffe doch, daß wir es erfahren werden!"

„Vielleicht auch nicht!"

„Überlaßt mir das!" bat Halef. „Es widerspricht ja schon überhaupt eurer Würde, mit solchen Empörern und Banditen zu sprechen. Mir aber macht es ein Vergnügen, ihnen ihr Geheimnis zu entlocken, falls sie nicht so vernünftig sind, es uns freiwillig mitzuteilen. Seid ihr einverstanden?"

Er hatte recht. Und da er sich schon vorhin so gut benommen hatte, so wurde ihm vom Mir die Erlaubnis erteilt, das Wort für uns alle zu führen. Das versetzte ihn in jene wohlbekannte Stimmung, in der er uns so sehr zu gefallen pflegt, sich selbst aber am allermeisten. Er packte, als wir fertig waren, die übriggebliebenen Speisen zusammen, steckte sie in die hierfür bestimmte, neben uns liegende Satteltasche und wendete sich dann in seinem jovialsten Ton an den Panther:

„Jetzt haben wir gegessen und werden weiterreiten. Du fragtest vorhin, wohin? Du warst für meine Antwort noch nicht reif. Jetzt aber, nachdem du uns durch deine hoheitsvolle Situation bewiesen hast, daß du wirklich der neue Mir von Ardistan bist, sind wir dir Antwort schuldig. So höre denn: Wir reiten mit euch."

„Mit uns?" fragte der Panther erstaunt.

„Ja, mit euch!"

„Wieso? Wie meinst du das? Aber rufe deine Hunde von uns weg! Es ist, als ob sie schon beißen wollen, wenn man nur die Lippe bewegt!"

„O nein! Die Lippe darfst du schon bewegen, doch weiter nichts; das merke dir! Ich bitte dich also, dir diese lieben, treuen Tiere noch ein Weilchen gefallen zu lassen! Dabei wiederhole ich dir, daß wir extra zu dem Zweck hierhergekommen sind, mit euch noch ein Stückchen weiterzureiten."

„Wohin?"

„Wohin es euch gefällt! Wir haben gerade Zeit! Da du der neue Mir von Ardistan bist, so kann der alte Mir auf Ferien gehen, um sich von der Arbeit des Regierens einmal recht gründlich zu erholen. Und welcher Führung sollte er sich da lieber anvertrauen als derjenigen seines Nachfolgers, von dem alle Welt weiß, daß er sein treuester Freund und dankbarster Schüler ist. Also bitte, bestimme du, wohin wir reiten!"

Der Panther schabte sich die Lippe mit den Zähnen. Der Spott traf und empörte ihn. Er wußte ebensogut wie wir, daß wir uns zu fügen hatten, obgleich wir zunächst die Oberhand zu haben schienen. Es wurmte ihn gewaltig, daß wir uns nicht von diesem Bewußtsein niederschmettern ließen, sondern es mit Ironie zu behandeln wagten. Schon in rein äußerlicher Beziehung war ihm der Überfall nicht so geglückt, wie er gedacht hatte. Er war überzeugt gewesen, daß uns gleich der erste Augenblick in seine Hände liefern werde; statt dessen war er selbst in die unseren gefallen und mußte an Stelle der erwarteten Siegesfreude nun lachende Verachtung zu der Enttäuschung nehmen. Und hierbei war das Allerschlimmste, daß er aus Angst vor den Hunden nicht aufbegehren durfte, sondern seinen Grimm hinunterschlucken mußte. Man hörte es seiner Stimme an, aus welcher

Hassestiefe sie heraufstieg, als er in unterdrücktem Ton antwortete:

„Ja, ich werde euch allerdings dorthin führen, wohin es mir gefällt und wohin euch der Dschirbani vorangegangen ist!“

Diese Mitteilung war unendlich wichtig für uns. Dennoch besaß Halef die Selbstbeherrschung, mit Gleichgültigkeit zu sagen:

„Der Dschirbani? Erfinde nichts so Blödes! Er hat im kleinsten Glied seines kleinen Fingers mehr Verstand als du in deinem ganzen hohlen, leeren Körper!“

„So höre!“ pfauchte der Panther zornig. „Er hat sich sogar noch eher und noch leichter übertölpeln lassen als ihr! Er steckt schon seit einigen Tagen in der Stadt der Toten! Und zwar nicht allein, sondern auch der liebe, andere Sohn meines Vaters.“

„Der ältere Prinz der Tschoban?“

„Ja!“

„Dein eigener Bruder?“

„Ja!“

Dieses zweite Ja klang fast triumphierend.

„Den hast du auch betrogen und nach der Stadt der Toten gelockt?“

„Den ganz besonders! Den räudigen Hund, der mir meine vorher so treuen Tschoban abwendig machte! Ihr werdet sie beide sehen, ihr sollt sie sehen; ihr müßt sie sehen! Ihr müßt mit hin zu ihnen, und wenn ...“

„Müssen?“ unterbrach ihn Halef lachend. „Wir müssen? Nein, wir wollen! Wir werden dich sogar zwingen, uns hin zu ihnen zu führen! Wir stellen dir jetzt unsere Bedingungen. Gehst du auf sie ein, so soll dir nichts geschehen; weigerst du dich aber, so zerreißen unsere Hunde nicht nur dich, sondern auch deinen siegreichen ‚General‘!“

„Bedingungen? Ihr? Mir? Welche denn?“ forschte der Tschoban.

„Ihr beide bleibt unsere Gefangenen. Sobald wir die Stadt der Toten erreichen, geben wir euch frei.“

„Weiter!

„Wann brecht ihr von hier auf?“

„Augenblicklich. Wir wollten euch nur holen und dann sofort weiterreiten.“

„Schön! Also höre! Das Regiment reitet voran, vollständig, ohne Rest. Wir wollen niemand hinter uns haben, der plötzlich auf uns schießt. Wir folgen dann in einem kleinen Abstand. Du wirst an den Händen gebunden, und dein edler ‚General‘ wird an den Händen gebunden. Du reitest zwischen mir und meinem Effendi, dahinter zwei Hunde. Der ‚General' reitet zwischen den beiden Prinzen der Ussul, dahinter wieder zwei Hunde. Diese Hunde sind nicht nur auf den Fußgänger, sondern auch auf den Reiter dressiert. Sie springen auf das Pferd und töten ihn im Sattel. Denkt also ja nicht, daß es euch gelingen könnte, uns zu entkommen!"

„Ihr uns aber auch nicht! Sobald man beim Regiment sehen würde, daß ihr entfliehen wollt, kehrte man schnell um und ritte euch einfach nieder!"

„Wenn ihr das könnt, so sei es euch gern erlaubt! Deine Drohung klingt wie Bereitwilligkeit, auf unsere Bedingung einzugehen?"

„Noch lange nicht! Wir zählen über tausend. Es wäre Verrücktheit, uns euch gefangenzugeben!"

„Ihr habt gar nicht nötig, dies zu tun, denn ihr seid ja schon gefangen! Übrigens kennst du uns. Du weißt ganz genau, daß wir nicht scherzen und daß wir unbedingt unsere Drohung ausführen, wenn du nicht tust, was wir wollen."

„Welche Drohung?"

„Höre sie: Wir geben dir nur zehn Minuten Zeit, dich zu entscheiden. Weist du unsern Vorschlag ab, so nehmen wir euch in unsere Mitte und verlassen diesen Ort. Vorher haben sich deine Reiter über Schußweite zurückzuziehen. Sobald auch nur ein einziger von ihnen diese Entfernung verringert, schießen wir euch mit euern eigenen Pistolen nieder! Überlege schnell!"

„Und wenn wir dein Begehren erfüllen, so reitet ihr ohne alle Weigerung mit nach der Stadt der Toten? Ist das wahr?"

„Ja."

„Und gebt uns dort frei?"

„Ja."

„Sofort?"

„Sofort! Ohne jede Weigerung oder Hinterlist!"

„Geht es nicht, ohne daß wir gebunden sind und zwischen euch reiten müssen?"

„Nein, absolut nicht."

„Wir versprechen euch aber . . ."

„Schweig!" unterbrach ihn der Hadschi. „Ich mag kein Versprechen von euch hören. Ihr seid Aufrührer, Verräter, Betrüger und Lügner. Kein Mensch glaubt euch! Sagt ja oder nein; macht schnell!"

Sie sprachen eine kurze Weile leise miteinander. Dann hörten wir den „General" ein wenig lauter sagen:

„Solche waghalsige, vermessene, vor Kühnheit tolle Menschen habe ich noch nie gesehen!"

Und hierauf teilte der Panther uns seine Entscheidung mit:

„Wir gehen auf euern Vorschlag ein, wenn ihr versprecht, zu halten, was du versprochen hast."

„Ich verspreche es im Namen aller."

„Das ihr keinen Fluchtversuch macht?"

„Ja."

„Uns nach unserer Ankunft sofort freigebt?"

„Ja."

„Aber unsere Gefangenen bleibt und ohne Weigerung nach dem Gefängnis reitet, welches wir für euch bestimmen?"

„Ja", antwortete Halef auch jetzt, nachdem er den Mir heimlich angeschaut und dieser ebenso heimlich genickt hatte.

„Ich verlange von jedem von euch den Schwur, dieses Versprechen zu halten!"

„Von jedem? Einen Schwur?" fuhr da Halef zornig auf. „Was fällt dir ein! Sag noch so ein Wort, und alles ist aus! Du wärst der Kerl, uns Schwüre abzuverlangen! Tausend Schwüre von dir sind soviel wie Millionen Lügen; ein einziges Wort von uns aber gilt soviel wie hundert Schwüre. Ich gab mein Wort für alle; das hat dir zu genügen, und wenn es dir nicht paßt, so führen wir euch jetzt fort! Die zehn Minuten sind vorüber! Wir verlassen jetzt die Ruine und reiten mit euch nach Ard zurück. Wollen doch sehen, ob eure tapfere Kavallerie uns zwingen wird, euch zu erschießen!"

Er stand auf und trat zu den beiden, um ihnen ihre Waffen abzunehmen. Da fiel der Panther schnell ein:

„Halt, warte doch! Ich begnüge mich mit deinem Wort!"

Der Hadschi nahm ihnen trotzdem unter aufmerksamer Assistenz der Hunde ihre Pistolen, Messer und Säbel ab, brachte sie zu uns her und sprach dann die Aufforderung aus:

„Ruft eure Offiziere herbei, aber ja nicht näher, als nur in Hörweite! Teilt ihnen mit, was beschlossen worden ist, und gebt ihnen den Befehl, es auf das genaueste auszuführen! Doch rührt euch dabei ja nicht von der Stelle! Die Hunde dulden das nicht, und eure Pistolen, die wir jetzt haben, sind, wie ich sah, geladen!"

Sie gehorchten. Ihre Offiziere durften auf fünfzehn Schritt herankommen, doch weiter nicht, und bekamen ganz genau gesagt, wie sie sich von jetzt an bis zur Stadt der Toten zu verhalten hatten. Sie waren außerordentlich enttäuscht. Einige murrten sogar so laut, daß man es hörte; aber die Rücksicht auf unsere beiden Gefangenen zwang sie doch, Gehorsam zu leisten. Sie entfernten sich, und die Leute der Schwadron folgten ihnen, so daß wir nun mit unseren beiden Gefangenen allein im Inneren der Ruine waren. Nur zwei von der Mannschaft kehrten zurück, um deren Pferde zu bringen, gingen aber sogleich wieder fort. Hierauf machten wir uns reisefertig, tränkten und sattelten die Pferde, fesselten dem Panter und seinem „General" die Hände, ließen sie ihre Pferde besteigen, banden die Zügel derselben mit den Zügeln der unserigen zusammen und schickten dann Halef, den Wackeren, hinaus, um nachzuschauen, wie es draußen stehe. Er meldete, daß unsere Forderungen genau erfüllt worden seien. Das Regiment hatte sich ein Stück von der Ruine entfernt und wartete dort, um weiterzureiten, sobald wir erscheinen würden. Als wir hinauskamen, setzte es sich, wie vorgeschrieben, sofort in Bewegung. Wir folgten ihnen genau so langsam oder so schnell, wie sie voranritten.

Um unsere Stimmung zu bezeichnen, darf ich sagen, daß wir uns als siegreiche Besiegte fühlten. Am muntersten war Halef. Er fragte, wie er seine Sache gemacht habe, und kassierte hierauf das allerdings sehr wohlverdiente Lob mit stolzem, selbstbewußtem Lächeln ein. Es war freilich nicht zu leugnen, daß keiner von uns es hätte besser machen können als er. Von unseren Gefangenen ist nur zu berichten, daß sie sich hüteten, uns anzusehen oder gar mit uns zu sprechen. Der Panther wollte seine verhaltene Wut an seinem Pferd auslassen. Er stieß ihm die Sporen in die Weichen, daß es vor Schmerz stöhnte. Da aber drohte ihm Halef:

„Wozu diese Grausamkeit? Mach das nicht wieder, sonst gewöhne ich es dir ab!"

Da hielt es der Tschoban doch für gut, sein Schweigen zu unterbrechen. Er fragte zornig:

„Was geht es dich an? Wem gehört das Pferd?"

„Ob mir oder dir, ist gleich! Ich dulde nicht, daß du zur Bestie wirst, die tiefer steht als dieses arme Tier!"

„Du duldest es nicht?" klang es höhnisch zurück. „ Wie willst du es anfangen, Kleiner?"

Bekanntlich konnte nichts den Hadschi so sehr in Zorn bringen, als wenn man von seiner Kleinheit sprach. Er flammte auch jetzt sofort und drohend auf:

„Wage den Versuch, so wirst du es gleich sehen!“

„Wirklich? Gleich? Laß also sehen!“

Er stieß seinem Pferd die Sporen in das Fleisch, daß es mit allen Vieren in die Luft ging. Wir ritten zu seiner rechten und linken Hand. Ich drängte Syrr schnell zur Seite, damit er nicht von den Hufen des mißhandelten Pferdes getroffen werde. Halef aber wich nicht zurück; er zog schnell sein Messer und stach dem Panther die Spitze desselben zwei-, dreimal über zolltief in den Oberschenkel.

„Du wagst zu stechen, Hund!“ brüllte dieser auf.

„Das war für das Pferd!“ antwortete Halef. Und das ist für den Hund!“

Er richtete sich in den Bügeln auf, holte aus und schlug dem Tierquäler eine so kräftige, laut schallende Ohrfeige in das Gesicht, daß der Getroffene ihn zunächst ganz fassungslos anstarrte, dann aber trotz seiner zusammengebundenen Hände sich zu ihm hinüberschnellen wollte, um sich zu rächen. Da aber faßte ich ihn am Arm, hielt ihn fest und sagte:

„Halt! Genug! Wenn deine Sporen das Pferd nur noch einmal berühren, dann menge ich mich drein! Wer nicht als Mensch, sondern als Vieh handelt, der wird als Vieh bestraft!“

Er blitzte mich mit tückischen Augen an und wollte etwas erwidern; das schnitt ich ihm aber durch den Befehl ab:

„Fertig! Kein Wort mehr!“

Er gehorchte; aber der Gedanke, schweigen zu müssen, arbeitete derart an ihm herum, daß eine Explosion vorauszusehen war. Sein Blick hing in einem fort an dem Schenkel, der an drei Stellen blutete. Er gab sich die größte Mühe, seinen Grimm zu beherrschen, aber vegeblich; er platzte nach einiger Zeit doch los:

„Ja, ich will still sein, still! Aber nur heut! Wartet nur bis morgen! Da werdet ihr vor Angst und Entsetzen brüllen, schreien und quaken wie die Frösche, ehe sie im Schnabel des Pelikans verschwinden!“

Wir antworteten nicht. Da dachte er, wir hätten das von ihm angewendete Bild nicht verstanden. Darum fragte er:

„Habt ihr es gehört? Der Pelikan bin ich! Die Frösche aber seid ihr, ihr, ihr!“

Halef lachte lustig auf:

„Sihdi, heißt Pelikan nicht Kropfgans?“ erkundigte er sich.

„Ja“, antwortete ich.

„Also Kropfgänserich! Der Prinz der Tschoban ist Kropfgänserich! Er selbst behauptet es! Das genügt!“

Ich will keineswegs sagen, daß diese Ironie des kleinen Hadschi geistreich gewesen sei, o nein; aber sie war dem Bildungsstand des Panthers vollständig angepaßt, und Halef brachte sie in seiner ihm eigenen Weise derart vor, daß sie ihren Zweck nicht verfehlte. Der Verspottete war zum Schweigen gebracht. Er sah ein, daß es gefährlich sei, mit dem Hadschi anzubinden, ganz gleich, ob in dieser oder in einer andern Weise.

Sein Mitverschworener, der „General", verhielt sich sehr ruhig und gefügig. Er belästigte die beiden Ussul, zwischen denen er ritt, nicht im geringsten. Ebenso still war auch der Mir, der es vorzog, hinter uns der allerletzte zu sein. Er gestand mir später, daß es ihm genau so vorgekommen sei, als ob er das, was geschah, nicht erlebe, sondern nur träume. Und ich gebe ja zu, daß die Situationen und Geschehnisse, in deren Mitte wir uns befanden, keine gewöhnlichen waren und den Irrtum zu träumen, sehr wohl vortäuschen konnten. Das Ungewöhnliche lag nicht darin, daß ein orientalischer Despot sich plötzlich und wie mit einem Schlag aller seiner Macht beraubt sah, denn das ist schon oft geschehen und wird sich wohl auch noch oft wiederholen, sondern die Nebenumstände, die sich an dieses Ereignis setzten wie die Nebensprossen eines treibenden Astes, sie waren es, welche den Eindruck des Seltsamen, des Phantastischen, des Wunderlichen und Verblüffenden hervorriefen. Das Unglaublichste war jedenfalls das Verhalten der beiden Hauptpersonen zueinander. Wenn an tausend Schriftsteller die Aufforderung ergangen wäre, die Verschwörung des Panthers gegen den Mir von Ardistan in Romankapitel zu fassen, so hätte wohl kein einziger von ihnen verfehlt, dieses erste, feindliche Zusammentreffen der beiden außerordentlich explosiven Charaktere so erregt und laut wie möglich vor sich gehen zu lassen. Und nun so ganz im Gegenteil hier diese eisige, vollständig sprachlose Stille! Es hatte keiner von ihnen auch nur ein einziges Wort an den anderen gerichtet! Gerade die Hauptsache wurde so vollständig in Schweigen gehüllt, als ob sie gar nicht existiere! Wie sonderbar, daß die beiden Parteien sich gegenseitig in die Hände gefallen waren! Wir waren die Gefangenen des Panthers und seines „Generals" und sie doch ebenso auch die unserigen! Wie würde sich das lösen?

Diese letztere Frage war es, die den Mir ganz besonders beschäftigte, obgleich er die Überzeugung hegte, daß ihre Beantwortung nicht etwa schwer, sondern sogar sehr leicht sein werde. Er glaubte wirklich, daß wir nach unserer Ankunft in der

Stadt der Toten um so eher wieder frei sein würden, je williger wir uns in die Gefangenschaft fügten. Also nicht unsere Befreiung machte ihm Sorge, sondern seine Bangigkeit hatte einen ganz anderen Grund, und dieser Grund hieß – Wasser!

Während wir unterwegs waren, schwieg er hierüber, weil die Gefangenen nichts hören sollten. Aber als wir dann kurz nach Mittag lagerten, um die Pferde ausruhen zu lassen, sonderte er sich mit mir und Halef von ihnen ab, um uns das, was ihn bedenklich machte, mitzuteilen.

Ich muß vorher sagen, daß wir uns jetzt nicht mehr auf bebautem Boden bewegten. Es gab nur hier und da noch ein einsames, dürftiges Feld. Auch grasige Flächen wurden immer seltener. Wir hatten die Steppe erreicht, und grad der Teil von ihr, den wir durchqueren mußten, schien der unfruchtbarste von allen anderen zu sein. Nämlich von Ard bis an die Ruine war unser Weg genau von Nord nach Süd gegangen; jetzt aber führte er ebenso genau von Ost nach West. Unser Ziel, die Stadt der Toten, lag im Westen am ausgetrockneten Strom, dessen Wasser, wie die bekannte Sage erzählte, bergauf nach seinem Ursprung zurückgegangen war. Dort gab es jetzt nur noch Wüste, vollständig sterile Wüste, in der die längst ausgestorbenen, doch nicht zerfallenen Häuser der einstigen Hauptstadt lagen. In diese Wüste ging die Steppe über, in der wir uns jetzt befanden. Sie entblößte sich, je weiter wir kamen, immer mehr und mehr von Gras und Futterpflanzen und brachte schließlich nur noch jene kleinen, niedrigen und dürren Kräuter hervor, welche reich an ätherischen Ölen sind und darum nicht von den Pferden gefressen werden. Dieser Umstand brauchte uns allerdings, was nur uns betrifft, keine Sorge zu machen, denn wir hatten uns wohl vorgesehen. Wir hatten nicht nur Proviant für uns selbst mit, sondern auch einige Futterrationen für die Pferde. Und wer da weiß, daß sogar unsere Hunde, wenn wir unterwegs waren, in ihren aufgeschnallten Sattelschläuchen Wasser bei sich zu tragen pflegten, der wird es für ganz selbstverständlich halten, daß wir diese Schläuche heut früh in der Ruine von neuem gefüllt hatten und also mit Wasser wohl versehen waren. Also nicht um uns handelte es sich, wohl aber um die über tausend Menschen und über tausend Pferde, bei denen wir uns befanden. Woher sollte in dieser Gegend das nötige Wasser für sie alle kommen?

Diese Frage trat auch an mich um so näher heran, je weiter wir auf unserem Weg kamen. Als wir sahen, daß das vor uns reitende Regiment anhielt, um eine Ruhepause zu machen, und wir also auch anhalten mußten, gab es rundum keine Quelle, keinen Tümpel, keinen einzigen Tropfen Wasser. Mensch und Tier mußten also dürsten. Wir aber öffneten unsere Schläuche, nicht nur für uns, sondern auch für die Gefangenen. Die Hunde durften trinken, und sogar auch die Pferde bekamen so viel, daß es ausreichte, sie wenigstens zu erfrischen. Da bekamen ich und Halef einen Wink vom Mir, zu ihm zu kommen. Er hatte sich abseits gesetzt, von den Gefangenen entfernt, um nicht gezwungen zu sein, sich überhaupt mit ihnen zu befassen. Als wir uns bei ihm niedergelassen hatten, war meine erste Frage an ihn nach Wasser für unterwegs. Er antwortete:

„Das ist es, was ich mit dir zu besprechen habe. Nicht jetzt ist diese deine Frage für uns dringlich, sondern erst dann, wenn wir frei sind und uns auf den Heimweg machen wollen."

„So gibt es in der Stadt der Toten wohl gar kein Wasser?" erkundigte ich mich.

„Keinen einzigen Tropfen!" erwiderte er.

„Aber das, was ich von dir und andern hörte, läßt vermuten, daß Leute dort wohnen, Verbannte, Gefangene und also wohl auch Beamte, welche Aufseherdienst verrichten. Alle diese Leute müssen doch Wasser haben."

„Das ist richtig. Sie bekommen es auch, aber nicht von dort, sondern von weit her, wo es einen kleinen Brunnen gibt, der mehrere hundert Fuß tief ist und dessen Wasser man mühsam heraufleiert, um es in eine große, extra hierfür angelegte Zisterne laufen zu lassen. Aus dieser wird es in Schläuche geschöpft und per Kamel nach der Stadt der Toten transportiert."

„Wie weit ist diese von dem Brunnen entfernt?"

„Die Kamele brauchen zwei volle Tage, um hinzukommen!"

„Hin und zurück also vier Tage?"

„Ja."

Er sah mich dabei ganz eigenartig an, ich ihn aber auch, denn es drängte sich mir da ein Gedanke auf, der mir diesen Wassermangel in einem nicht nur häßlichen, sondern geradezu gräßlichen Licht erschienen ließ. Man brauchte ja nur, um mißliebige Verbannte oder Gefangene verschwinden zu lassen, für einige Tage kein Wasser nach der Stadt der Toten zu schicken. Der Mensch verdurstet weit schneller, als er verhungert. Ich aber war still hierüber und fragte weiter:

„So hätten wir uns an diesem Brunnen mit Wasser auf wenigstens vier Tage zu versehen, um auf dem Rückweg zu ihm nicht unterwegs zu verdursten?"

„So ist es!“

„Das ist schwer, sehr schwer! Wer soll das Wasser tragen, welches wir für so lange brauchen? Und selbst wenn diese Frage wegfiele, der Panther würde es doch vereiteln, daß wir dem Verdursten entgehen.“

„Du glaubst, er will unseren Tod?“

„Ich glaube es nicht nur, sondern ich bin überzeugt davon! Er führt uns dem offenbaren Tode entgegen.“

„Oder ich ihn! Warten wir es ab! So weit ist mein Vertrauen zu ihm denn doch nicht gegangen, daß ich ihm die Geheimnisse der Stadt der Toten verraten habe! Er kennt sie nicht und wird an ihnen zugrunde gehen! Was will er jetzt? Warum winkt er nach vorn?“

Der Panther war nämlich aufgestanden, daß man ihn beim Regiment sehen möge, und gab mit dem Arm das Zeichen, daß jemand kommen solle. Wir erfuhren, daß er nach dem Hekim – dem Arzt – des Regiments verlange, um sich die Löcher, die Halef ihm gestochen hatte, verbinden zu lassen. Der Mir hatte nichts dagegen, daß dieses geschah. Nachdem man ihm seinen Wunsch erfüllt hatte, war die Ruhezeit vorüber, und der Ritt wurde fortgesetzt, ganz selbstverständlich in derselben Weise wie vorher. Dabei geschah nichts, was ich als erwähnenswert bezeichnen könnte, und da ich auch von der Gegend, durch welche wir kamen, nur das eine zu sagen habe, daß sie immer öder und trauriger wurde, so will ich kurz sein und nur erwähnen, daß man es darauf abgesehen hatte, den Brunnen, von dem zwischen uns die Rede gewesen war, noch heute zu erreichen. Der Ritt, den das erforderte, war aber ein so langer und so angestrengter, daß wir unterwegs noch einige Male rasten mußten und erst nach Mitternacht am Ziel anlangten. Von der örtlichen Beschaffenheit des letzteren konnten wir nichts sehen, denn wir standen jetzt am Ausgang des Neumondes, und es war also dunkel.

Die Pferde der Kavalleristen waren so müde, daß sie es wohl keine Stunde länger ausgehalten hätten; die unserigen aber hatten die Anstrengung vortrefflich überstanden. Der Befehl zum Lagern wurde gegeben. Man bildete einen festgeschlossenen Kreis um uns, der so eng war, daß wir uns das verbitten mußten. Der Gedanke lag nahe, daß man sich während der Nacht ganz plötzlich auf uns werfen wolle, um unsere Gefangenen zu befreien. Wir drohten ihnen, sofort weiterzureiten und sie augenblicklich zu erstechen, falls man versuche, uns zu behindern.

Das half. Die Soldaten zogen sich so weit von uns zurück, daß wir uns vor jeder Überrumpelung sicher fühlen konnten. Trotzdem fiel es uns aber nicht etwa ein, die gebotene Vorsicht außer acht zu lassen. Wir schliefen nicht alle zu gleicher Zeit, sondern abwechselnd, so daß immer einer von uns, der die anderen wekken konnte, wach und munter war.

Als der Tag zu grauen begann, sahen wir, daß wir uns am Fuß eines langgestreckten Hügelzuges befanden, der aus reinem, sehr hartem Felsen bestand. Dieser Felsen, welcher sich jedenfalls tief unter der Erde verlor, war die Ursache, daß sich hier trotz der allgemeinen Trockenheit eine Quelle hatte bilden können, wenn auch nur in so beträchtlicher Tiefe. Er strich von Ost nach West und hielt also alle Feuchtigkeit fest, die nur von Norden, wo die Berge lagen, heraufsickern konnte. Diesen Höhenzug abgerechnet, war die Gegend, so weit das Auge reichte, eine einzige ununterbrochene Ebene, in der es nicht die geringste Erhöhung oder Vertiefung, nicht die kleinste Bodenwelle gab. Sand, Sand, wohin man schaute; nur Sand, weiter nichts als Sand! Und zwar eine Art des Sandes, welcher sich wie feingemahlener Kieselstein anfühlt und von den arabischen Bewohnern der Wüste als Er Raml el hijavahn – Sand des Entsetzens – bezeichnet wird.

Die von gestern her noch sehr ermüdeten Truppen schliefen, als wir einander weckten, noch immer. Hiervon ausgenommen waren die Wachen und eine Abteilung von ungefähr zwanzig Mann, welche am Brunnen und an der Zisterne beschäftigt waren. Sie leierten ununterbrochen Wasser aus der Tiefe und füllten es auf Schläuche, die zu mehreren Hunderten da aufgestapelt lagen. Unweit davon waren getrocknete Früchte, verschiedene Arten von Dauergebäck und andere Nahrungsmittel aufgestapelt. Es gab sogar auch frisches Fleisch von Tieren, welche jedenfalls erst gestern geschlachtet worden waren. Unsere Gefangennahme war also nicht plötzlich improvisiert, sondern von langer Hand her vorbereitet worden. Gewisse Spuren verrieten uns, daß sämtliche Pferde während der Nacht getränkt worden waren, nur unsere nicht. Für diese hatte unser eigenes Wasser gereicht. Nun dieses aber alle war, beschlossen wir, sie sogleich so ausgiebig wie möglich trinken zu lassen und auch die Schläuche wieder zu füllen. Jetzt ließ sich das mit Bequemlichkeit tun, und das Wasser floß noch klar und rein, während anzunehmen war, daß man es später, wenn sich alle die vielen Menschen herbeidrängten, sehr schnell verunreinigen werde.

Natürlich aber konnte es uns nicht einfallen, nach dem Brunnen zu gehen und den Panther und seinen „General" hier, wo wir uns befanden, liegenzulassen. Da wären sie ja sofort frei gewesen, und doch beruhte der einzige Vorteil, den wir besaßen, nur in dem Umstand, daß sie sich in unserer Gewalt befanden. Sie mußten also mit. Aber sie weigerten sich, aufzustehen.

„Was sollen wir? Wohin wollt ihr?" fragte der Prinz der Tschoban. „Wollt ihr uns etwa ausreißen? Glaubt ja nicht, daß euch das gelingt!"

„Ausreißen? Wir?" lachte Halef. „Vor wem denn? Etwa vor dir? Welch ein Blödsinn! Wenn jemand in den Verdacht kommen kann, ausreißen zu wollen, so seid nur ihr beide es. Denn außer euch gibt es hier keinen einzigen Menschen, der als Gefangener zu betrachten ist! Wir wollen uns waschen; wir wollen unsere und eure Pferde tränken, und wir wollen unsere leer gewordenen Schläuche wieder füllen!"

„Das ist unnütz!"

„Wieso?"

„Es wird Wasser für euch mitgenommen."

„Von wem?"

„Von denen, die mich und euch begleiten."

„Also vom ganzen Regiment?"

„Nein. Es reiten nur fünfzig Mann mit. Für mehr würde das Wasser nicht reichen."

„Schön! Sie sind also diese Fünfzig, und wir sind das ‚Mehr', für die es später nicht mehr reicht. Wir werden uns also jetzt versorgen müssen. Steht auf und kommt, sonst helfen wir nach!"

Er zog den „General" beim Kragen in die Höhe; da stand der Panther von selbst auf. Er hielt es doch unter seiner Würde, sich ebenso zwingen zu lassen.

„Schau, wie du kannst, wenn du willst!" lobte ihn der kleine Hadschi. „Je länger du bei uns bist, desto brauchbarer wirst du werden! Für welche Zeit ist denn unser Aufbruch nach der Stadt der Toten beschlossen!"

„Wenn die Fünfzig bereit sind, dann sofort! Du scheinst dich danach zu sehnen?"

Das sollte eine Ironie sein. Halef tat, als ob er sie nicht gehört habe, und antwortete:

„So müssen wir uns sputen, damit diese berühmten, hohen Herren ja nicht etwa auf uns zu warten haben. Also vorwärts, vorwärts mit dem neuen Mir von Ardistan!"

Er schob die beiden vor sich her, und wir folgten ihnen, indem wir ihre Pferde mit den unseren am Zügel führten. Niemand hinderte uns. Keiner trat uns entgegen. Die meisten schliefen noch, und alle die, welche wach waren, wußten, daß sie aus Rücksicht auf ihre Anführer sich aller Feindseligkeiten gegen uns zu enthalten hatten. Am Brunnen angekommen, mußten sie sich wieder niedersetzen und zusehen. Halef tränkte mit den beiden Ussul die Pferde. Der Mir stand still und stumm dabei, mit finsterem Blick das, was geschah, beobachtend. Er hatte die geladenen Pistolen seiner beiden Gegner im Gürtel stecken und seine eigenen dazu. Ich war überzeugt, daß er sie augenblicklich niederschießen werde, falls sie einen Versuch der Flucht oder der Gegenwehr wagten. Das gab mir die Möglichkeit, mich freier zu bewegen. Ich hatte nicht nötig, auf die Gefangenen aufzupassen, und ging zum Proviant, um ohne alles vorherige Fragen für uns auszuwählen, was ich für nötig hielt. Als der Panther das sah, öffnete er schon den Mund, um es mir zu verbieten; da aber fuhr ihn der kleine Hadschi gebieterisch an:

„Schweig! Behalte drin, was du im Maul hast! Denn etwas Gutes ist es keinesfalls!"

Da war er still. Ich aber füllte alle unsere Furagetaschen, bis nichts mehr hineinging, und sorgte dann in gleicher Weise auch für die Futtersäcke unserer Pferde. Wenn ich dabei zu dem Panther und zu seinem „General" hinüberschaute, sah ich in ihren Gesichtern einen höhnischen Zug, der mir deutlich sagte: „Mach, was du willst; versorge dich mit Vorräten, so viel du immer willst; es ist doch unnötig; Ihr seid trotzdem verloren, verloren auf alle Fälle!"

Als ich hiermit fertig war, ging ich in das Zisternenhaus. Ich hatte keinen besonderen Grund hierzu. Ich tat es nur, um mir sagen zu können, daß ich nichts versäumt habe, mich so genau wie möglich zu orientieren. Sein Inneres bestand aus den vier nackten, kahlen Wänden. Es war leer. Aber ein Mann befand sich da, ein einziger Mann, der an der Erde saß und mich hatte kommen sehen. Er war nicht Soldat. Als ich mich dem Haus näherte und dann zu ihm hintrat, verschlang er mich förmlich mit seinen weitaufgerissenen, ängstlich blickenden Augen. Indem er aufsprang, fragte er mich in dem hastigen, halblauten Ton eines Menschen, der etwas sagen will, was er aber doch nicht sagen darf:

„Wer bist du, Herr? Sag schnell, wer du bist?"

„Ich bin ein Fremder", antwortete ich.

„Ein Fremder nur? Du bist nicht aus Ard?"

„Ich komme von dort, bin aber nicht dort geboren."
„Bist du allein?"
„Nein!"
„Wer ist bei dir?"
„Wir sind fünf Personen. Die vier anderen sind Freunde von mir!"
„Ist ein hoher, sehr hoher Herr bei ihnen?" erkundigte er sich, indem er ganz nahe an mich herantrat und die Worte fast übereinanderstürzte.
„Ja."
„Wer? Sag schnell, schnell, schnell!"
Ich zögerte, da fuhr er fort:
„Du kannst, du darfst es sagen! Du sollst es sagen! Ist es etwa der Mir? Der Mir von Ardistan?"
„Ja", nickte ich.
„Gefangen?"
„Noch nicht ganz, aber doch beinahe."
„Ist er es, der nach der Stadt der Toten gebracht werden soll?"
„Ja."
„Und du mit?"
„Ja. Wir alle fünf. Wer bist du?"
„Ich bin der Brunnen- und Zisternenwächter. Der Mir ist mein Herrscher. Ich habe ihm treu gedient und bin ihm auch jetzt noch treu. Aber ich habe schwören müssen, nichts zu verraten. Der Mir soll sterben!"
„Ich vermute es!"
„Er soll verhungern und verdursten! Und nicht nur er allein, sondern auch alle die, welche bei ihm sind. Könnt ihr denn nicht fliehen?"
„Es wäre wohl möglich; aber wir wollen nicht."
„Ihr wollt nicht? Das ist mir unfaßbar! Ihr wollt nicht! Wo doch der sichere Tod grad vor euch liegt!"
„Geziemt es dem Mir, vor diesen empörerischen Halunken und Verrätern auszureißen? Außerdem haben wir auch noch andere Gründe, uns nach der Stadt der Toten führen zu lassen!"
„So muß ich schweigen. Ich kann euch nicht retten, so gerne ich auch wollte. Aber ich habe dich gewarnt! Hast du eine Ahnung von dem, was euch dort erwartet?"
„Ich ahne verschiedenes. Aber sei es, was es sei, wir fürchten uns nicht!"
Er sah mir prüfend in das Gesicht, schüttelte den Kopf und sagte:

„Du scheinst sehr getrost zu sein, und ich errate, woher das wahrscheinlich kommt. Der Mir glaubt in die Geheimnisse der Stadt der Toten eingeweiht zu sein; aber er ist es nicht. Er kennt nur einige, aber nicht alle. Diese Geheimnisse sind Eigentum der Geistlichkeit, und zwar auch nur der allerhöchsten Personen unter ihr. Der Regierung wurde stets nur so viel von ihnen mitgeteilt, wie im Interesse dieser geistlichen Herrscher lag."

„Welche Geistlichkeit meinst du?"

„Die mohammedanische und die lamaistische."

„Nicht die christliche?"

„O nein, diese nicht! Sie ist ehrlich. Es gibt keine Verbrecher unter ihr. Sie hält sich stets von solchen entsetzlichen Dingen fern. Auch machte man niemals einen Versuch, sie einzuweihen. Sie wurde nicht geachtet. Sie war ja unterdrückt!"

„Du verteidigst sie so dringlich. Bist du etwa ein Christ?"

Er wurde verlegen.

„Du kannst es mir offen sagen", fuhr ich fort. „Ich bin nämlich auch einer."

„Du auch? Wie schade, jammerschade!"

„Warum schade?"

„Ich meine, jammerschade um dich! Nun tut es mir doppelt und zehnfach leid um dich! Ihr seid dem Tode geweiht. Glaube ja nicht, daß ihr entkommen könnt! Vollständig bekannt sind die Irrkammern und Irrwege der Totenstadt nur ganz wenigen. Der beste Kenner war der Maha-Lama von Dschunubistan, der jetzt Gefangener der Ussul zu sein scheint. Nach ihm sind wohl am besten eingeweiht der Maha-Lama von Ardistan und der Basch Islami. Der letztere war erst vor kurzem hier, begleitet von einer kleinen Schar von Eingeweihten. Sie ritten nach der Stadt der Toten und blieben mehrere Tag dort. Wenn das geschieht, so handelt es sich stets um die Vorbereitung für wichtige Gäste, die für immer verschwinden sollen. Jetzt stellt es sich nun heraus, daß ihr es seid, um die es sich dabei gehandelt hat!"

Was ich da erfuhr, war im höchsten Grade interessant. Also der alte Basch Islami war in die Geheimnisse der Totenstadt besser eingeweiht als selbst der Mir! Und da er glaubte, daß der Panther seine Tochter zur Frau nehmen und sie zur Herrscherin machen würde, hatte er ihm so viel, wie nötig war, davon verraten! Daher die Zuversicht, mit welcher der neue Mir von Ardistan davon sprach, daß wir verloren seien! Es gab noch einige sehr wichtige Fragen, die ich an den braven Wärter zu richten hatte, der aber deutete auf einen älteren Offizier, der sich dem Zisternenhaus mit schnellem Schritt näherte, und sagte:

„Wir werden unterbrochen. Dort kommt der bisherige Major, der nun Oberst geworden ist, weil der Oberst zum General aufstieg. Ich bitte dich um Gottes willen, vorsichtig zu sein. Hast du Zündhölzer, um Licht zu machen?"

„Ja."

„Viel?"

„Allzuviel freilich nicht. Warum willst du das wissen?"

„Weil es wahrscheinlich zu eurer Rettung nötig ist. Ihr werdet sehr, sehr lange im Dunkeln sein. Sorge für Zündhölzer! Sorge für Licht! Ich sah dir zu, als du deine Taschen und deine Säcke packtest. Du nahmst nur von dem großen Haufen, der die Vorräte für die Mannschaften enthält, nicht aber von dem zugedeckten, kleinen, der für die Offiziere bestimmt ist. Dort ist wahrscheinlich auch alles zu finden, was man nötig hat, um Licht und Feuer zu machen ..."

Er hatte sehr schnell gesprochen, um fertig zu werden. Jetzt brach er ab, denn der Offizier hatte nur noch wenige Schritte zu tun, um uns zu erreichen.

„Ich danke dir!" raunte ich ihm noch eilig zu. „Ich werde dir das nicht vergessen und den Mir seinerzeit an dich erinnern!"

Nun war der „Oberst" da.

„Was hast du mit diesem Menschen zu reden?" fuhr er mich an.

Ich hätte ihm sehr gern ebenso grob geantwortet, sagte mir aber, daß ich dadurch dem treuen Wärter außerordentlich schaden würde, ohne selbst einen Nutzen davon zu haben. Darum antwortete ich im unbefangensten Ton:

„Ich fragte ihn nach der Tiefe des Brunnens und nach der Mechanik, mit der das Wasser emporgefördert wird. Er erklärte es mir."

„Weißt du es nun?"

„Ja."

„So bist du mit ihm fertig. Sei übrigens froh, daß du überhaupt Wasser hast, und bekümmere dich nicht auch noch darum, wie man es sich verschafft! Ich habe mit dem neuen Mir von Ardistan zu sprechen!"

„So frag den alten Mir, ob er es dir erlaubt!" riet ich ihm.

„Oho! Der ist abgesetzt! Der hat uns weder etwas zu erlauben noch etwas zu verbieten!"

„So versuche es, ob du es fertigbringst, ohne seine Genehmigung mit dem Verräter zu sprechen! Ich warne dich! Du bringst den, mit dem du reden willst, in Lebensgefahr!"

„Alle Teufel! Ist es denn wirklich euer Ernst?"

„Ja!"

„Ihr würdet ihn erstechen oder erschießen?"

„Unbedingt! Und nicht nur ihn und seinen Mitgefangenen, sondern auch dich selbst!"

Wir hatten das Zisternenhaus verlassen und schritten der Stelle zu, an der sich meine Gefährten befanden. Aber bei diesem meinen letzten Worten hielt er den Schritt inne und fragte:

„Auch mich?"

„Ja!"

„Wirklich, wirklich?"

„Ich gebe dir mein Wort darauf!"

Ich sagte das so ernst und bestimmt und zog dabei die Brauen so finster zusammen, daß er, einen viel weniger gebieterischen Ton annehmend, ausrief:

„Aber was soll man denn da tun?"

„Was dir beliebt! Euer Leben steht in unseren Händen. Wenn ihr es wegwerfen wollt, wir hindern euch nicht!"

„Aber es wäre doch euer eigener Tod! Unsere Truppen würden euch zerreißen!"

„Was sie tun würden, das laß getrost nur ihre und unsere Sache sein!"

„Aber meine Instruktion reicht nur bis hierher an diese Stelle, nicht aber weiter! Für das, was von jetzt an geschehen soll, habe ich mir neue Befehle zu holen!"

„Dagegen haben wir wohl nichts, vorausgesetzt, daß wir diese Befehle mithören!"

„Unmöglich! Sie sind natürlich nur für mich, nicht aber für euch!"

„So kehre getrost dorthin zurück, woher du gekommen bist! Zu verlangen, daß wir euch unter vier oder sechs Augen miteinander sprechen lassen, das ist entweder eine Frechheit oder eine Verrücktheit, die von uns zurückgewiesen wird! Und dort sehe ich noch andere Offiziere kommen. Sie scheinen die Absicht zu haben, sich dir hier zuzugesellen. Winke ihnen sofort ab! Wir dulden nicht, daß sie sich unseren Gefangenen nähern! Bleiben sie nicht augenblicklich stehen, so geschieht etwas, was du nicht verantworten kannst! Schau hin zum Mir! Siehst du, was er tut?"

Auch der Mir sah die Personen, welche augenscheinlich gewillt waren, zu uns zu kommen. Er zog zwei Pistolen aus dem Gürtel und richtete sie direkt auf den Panther und seinen „General".

Da gab der „Oberst" schnell den von ihm verlangten Wink, der gehorsam befolgt wurde, und stieß die wenigen Worte hervor:

„Es ist eine Schande! Wir haben euch in unserer Gewalt und müssen doch tun, was euch, den Gefangenen, gefällt! Glaubt ihr etwa, daß wir euch das nicht heimzahlen werden?"

„Ja, das glauben wir allerdings!" lachte ich.

„So bin nun ich es, der von Verrücktheit sprechen kann, nicht aber mehr du! Soll denn das wirklich so fortgehen, daß ihr unsere zwei höchsten Vorgesetzten als Gefangene behandelt, nur um sie als Schild für euch zu benützen?"

„Ja; das soll allerdings so fortgehen", nickte ich.

„Heut und morgen?"

„Heut und morgen, bis wir in der Stadt der Toten angekommen sind."

„Und dann?"

„Dann geben wir sie frei."

„Und haltet auch alles andere, was ihr versprochen habt?"

„Alles! Ich weiß, woran du denkst. Wir haben euch versprochen, uns nach Freigebung der beiden Aufrührer ohne allen Widerstand einsperren zu lassen, wohin es euch beliebt. Wir haben euch dieses unser Wort freiwillig gegeben; kein Mensch konnte uns dazu zwingen. Und genau so freiwillig werden wir es auch halten. Wollten wir es brechen, so würde das unserer Ehre solchen Menschen, wie ihr seid, gegenüber, nicht den geringsten Abbruch tun. Wir könnten, von unsern Gefangenen gedeckt, von hier fortreiten, ohne daß ihr im Stande wäret, uns daran zu hindern; aber wir pflegen selbst Schurken nicht um das Wort zu betrügen, welches wir ihnen einmal gegeben haben, und so . . ."

„Schurke?" unterbrach er mich, indem sein Blick auf loderte. Er schlug an seinen Säbel und fuhr fort: „Eigentlich sollte ich dich sofort erstechen! Oder ich sollte auch dir einen Degen geben lassen, um mit dir zu kämpfen, bis einer von uns beiden tot zusammenbricht. Aber du bist in diesem Lande fremd und kennst die Gründe nicht, die unser Tun bestimmen. Der Mir war ein Tyrann, ja mehr als das, ein Schreckensherrscher, eine Zuchtrute, die jedem wehe tat, den er berührte. Es sind nicht Tausende, sondern aber Tausende, die unter den Streichen dieser Rute zugrunde gehen mußten. Unzählbar ist die Menge aller derer, deren Kraft er gebrochen, deren Frieden er zerstört, deren Glück er vernichtet und deren Elend er verschuldet hat! Es gibt keine Qual, die er nicht ersann, keine Marter, die er nicht erprobt, und keine Angst und Pein, die er nicht . . ."

Ich halte hier in der Wiederholung seiner Rede inne, er aber tat dies nicht; er sprach weiter, immer weiter. Und während er dies tat, ergriff er mich beim Arm und zog mich weiter, bis hin zum Mir, um diesem alle die scharfen Punkte, die er vorzubringen hatte, direkt in das Gesicht zu schleudern. Er war ein Ehrenmann. Er sprach mit lauter Stimme, so daß es weithin schallte, wohl über zehn Minuten lang. Er schenkte dem Herrscher keinen einzigen Vorwurf, der gegen ihn zu erheben war, und stand aufrecht, stolz und still vor ihm und schaute ihm, ohne auch nur mit der Wimper zu zucken, ununterbrochen in die flammenden Augen. Dann, als der Offizier geendet hatte, wendete er sich mir wieder zu:

„So! Das war es, was ich ihm, dem gefühllosen Aussauger und Bedrücker seines Volkes, zu sagen hatte! Seine ganze Saat war Gewalt; sein ganzes Denken und Tun war Gewalt; sein ganzes Leben war Gewalt! Was konnte er da anderes ernten als eben auch nur Gewalt? Dir, der du fremd bist, Effendi, ist er gütig entgegengekommen, und du glaubst, ihm dafür dankbar sein zu müssen. Darum hast du dein Schicksal an das seinige gebunden und wirst mit ihm zugrunde gehen. Das tut mir leid. Ich möchte dir raten, fortzureiten, und dieses Land zu verlassen, um niemals . . ."

„Halt! Schweig! Sprich nicht zu viel!" gebot ihm da der Panther. „Dieser fremde Mensch, der sich ganz mit demselben Recht um andere Leute kümmert, wie der Teufel sich um Allahs Seligkeit kümmert, ist noch zehnmal, noch hundertmal schlimmer als der Mir! Sie sind beide einander wert, und es fällt mir gar nicht ein, den einen von ihnen laufenzulassen und nur dem andern heimzuzahlen, was er verschuldet hat. Du kamst hierher, um dir weitere Instruktionen zu holen?"

„Ja", beantwortete der Offizier diese Frage.

„Sie ist kurz. Daß uns nur fünfzig Reiter zu begleiten haben, weißt du bereits. Wähle sie dir aus, denn du selbst bist es, der sie befehligen soll. Ich will dich dadurch für die Offenheit belohnen, mit der du dem Tyrannen gesagt hast, was und wie wir alle von ihm denken. Mag er uns beide immerhin als seine Gefangenen betrachten. Diese Lächerlichkeit hört auf, sobald wir das Ziel erreichen, und es wird sich dann zeigen, ob er stark genug ist, ihre Folgen so ruhig zu tragen, wie er soeben deine Worte angehört hat, ohne ein Wort der Verteidigung finden zu können. Du hast dich mit deinen fünfzig Mann nicht nur unterwegs, sondern auch wenn wir bei Tag oder während der Nacht lagern, so weit von uns zu halten, daß ihr die Seelenruhe des abgesetzten Mirs und seiner Freunde nicht stört. Ihr wißt ja, daß sie vor Angst sofort ganz außer sich sind, sobald einmal einer von euch auf den Gedanken kommt, sich ihnen von weitem zu nähern. Unser Ziel ist das Gefängnis Nummer fünf, an welches wir sie abzuliefern haben. Wir werden es, wie ich hoffe, noch vor dem morgenden Abend erreichen. Jetzt aber sei dafür besorgt, daß wir so bald wie möglich von hier fortkommen, denn der neue Beherrscher von Ardistan hat mehr und auch Wichtigeres zu tun, als mit dem alten, von seinem Volke hinausgeworfenen in der Wüste spazierenzureiten. Fertig!"

Der somit verabschiedete „Oberst" entfernte sich, um die ihm erteilten Weisungen auszuführen. Halef schaute nach, ob an dem Riemenzeug unserer Pferde alles in Ordnung sei, und ich verfügte mich zu dem kleinen Vorratshaufen, von dem der Zisternenwächter gesprochen hatte. Er war mit den Leinwandbahnen des auseinandergenommenen Offizierzeltes zudeckt. Als ich diese Decke zurückschlug, sah ich wohl, daß alles das, was darunterlag, nicht für die Soldaten, sondern nur für die Offiziere bestimmt sein konnte. Es gab da vieles, was entweder ganz oder auch nur halb überflüssig war. Ich wollte nicht lange und auffällig suchen, denn man sollte nicht wissen, womit ich mich zu versehen gedachte. Glücklicherweise fielen mir gleich bei dem ersten Blick mehrere Pakete Kibritat frentschija – Zündhölzer – auf. In der Nähe lag auf Flaschen gezogenes Sesamöl, welches jedenfalls dazu bestimmt war, aus unterwegs gefundenen, eßbaren Kräutern oder Blättern einen wohlschmeckenden Salat zu bereiten. Und gar nicht weit davon gab es einige kleine, leichte orientalische Dolahs – Kaffeekocher – zu deren jeder ein Lämpchen mit blechener Dille gehörte. Kleine Leinwandstücke und Schnuren gab es genug, und so hatte ich in zwei, drei Minuten ein Paket beisammen, welches alles Nötige enthielt, um dem guten, mir von dem Brunnenwächter gegebenen Rat gerecht zu werden. Niemand hatte davon Notiz genommen, als nur der Panther allein. Als ich es an den Sattel eines unserer beiden Packpferde befestigte, rief er mir höhnisch zu:

„Glaubst du vielleicht, unterwegs zu verhungern? Lächerlich!

Im Gefängnis Nummer fünf gibt es dann um so größere Hochgenüsse!"

Natürlich antwortete ich ihm gar nicht. Es konnte mir ja nur lieb sein, wenn er glaubte, daß dieses Paket nur eßbare Dinge enthalte.

Nach vielleicht einer Viertelstunde sahen wir, daß die fünfzig Reiter mit dem „Oberst" an der Spitze das Lager verließen und dann ein Stück davon halten blieben, um zu warten, bis wir nachkommen würden. Wir stiegen auf und folgten. Alle, die zurückblieben, schauten uns nach. Was dachten sie? Wußten sie alle, welchem Schicksal man uns entgegenführen wollte? Gab es einen unter ihnen, der es bereute, von dem angestammten Herrscher abgefallen zu sein? Indem ich mich nach ihnen umdrehte, sah ich, daß der Wächter auf das Dach seines Zisternenhauses gestiegen war. Da die Soldaten nur nach uns schauten, sahen sie nicht, was er tat. Er hob seine Hände hoch empor und faltete sie, um uns anzudeuten, daß er für uns beten werde. Ich streckte den rechten Arm aus und winkte, um ihm zu danken. Die Soldaten bezogen das nicht auf ihn, den sie gar nicht beobachteten, sondern auf sich, und mehrere hundert Arme richteten sich eiligst in die Höhe, um diesen vermeintlichen Gruß zurückzugeben. Sie winkten noch lange, lange hinter uns her. Dem Panther und seinem Mitgefangenen galt das natürlich nicht. Es gab also doch nicht wenige, die anders dachten als die, denen sie zu gehorchen hatten!

Die Reihenfolge, in der wir ritten, war heut genau wie gestern: Voran Halef und ich, zwischen uns der Panther, hinter uns Aacht und Uucht. Hierauf die beiden Prinzen der Ussul, zwischen ihnen der „General", hinter ihnen Hu und Hi. Die Ussul hatten die Packpferde neben sich. Der Mir war wieder der letzte. Er hatte seit der Szene mit dem aufrichtigen, zürnenden „Major" kein Wort gesprochen. Da er es vermied, einmal zu uns nach vorn zu kommen, nahm ich an, daß er nicht gestört sein wollte, und zog es vor, mich gar nicht nach ihm umzusehen. Die offenen Anklagen des „Majors" waren wie Keulenschläge gewesen, und ich wünschte sehr, daß sie nicht danebengefallen seien. So etwas überwindet man aber nicht in kurzer Zeit. Einkehr, Reue und Umkehr sind Geschwister, die um so langsamer schreiten, je sicherer sie zum Ziel kommen wollen!

Der Sand des Entsetzens, von dem ich gesprochen habe, war vom Brunnen aus zu sehen, so weit das Auge reichte. Als wir aber über diesen Horizont hinauskamen, bemerkten wir, daß er doch nur einen verhältnismäßig schmalen Strich bildete. Er stammte von dem Felsenzug, an dessen Fuß der Brunnen lag, und war an ihn gebunden. Wir erreichten noch am Vormittag die Grenze dieses Striches und ritten dann über einen Boden, den ein Nichtkenner zwar für die unfruchtbarste aller Wüsten gehalten hätte, in Wahrheit aber war er nur als „verdurstetes Land“, als „verschmachtete Fruchtbarkeit“ zu bezeichnen. Er klang unter den Hufen unserer Pferde zuweilen so hart und so imporös, als ob wir nicht über Erde oder Stein, sondern über gegossenes Metall ritten. Auch der Nilschlamm ist unfruchtbar, wenn ihm das Wasser fehlt. Dann öffnet er sich in unzähligen Rissen und Sprüngen, um der Feuchtigkeit in glühender Sehnsucht entgegenzuschmachten. Hier in der gestorbenen Gegend von Ardistan war dies wohl bis Jahrzehnte nach ihrem Tode auch der Fall gewesen; dann aber hatten die von allen Seiten frei hereinbrechenden Winde diese Sprünge und Risse zugeweht und die ganze Gegend in die eisenfeste, glatte Schale verwandelt und rasiert, die uns von allen Seiten entgegenstarrte, ohne uns auch nur eine einzige Spur von organischem Leben zu zeigen.

Um die Mittagszeit bemerkten wir in gerader Richtung vor uns einige von der Erdfarbe abstechende Punkte, welche sich nicht bewegten. Es schien, als ob sie auf uns warteten, und so war es auch. Als wir näher kamen, sahen wir, daß es zwei Männer mit Lastkamelen waren, welche die Aufgabe gehabt hatten, Wasser in Schläuchen bis hierher zu tragen. Es gab noch mehrere solcher Posten, mit denen man eine Relaislinie von dem Brunnen nach der Stadt der Toten und wieder zurück gebildet hatte. Man weigerte sich, ganz wie ich erwartet hatte, uns von diesem Wasservorrat zu geben. Der Panther sagte, daß wir doch unsere eigenen Schläuche und unser eigenes Wasser hätten; wir aber machten kurzen Prozeß und nahmen uns, was wir brauchten. Er wollte, wir sollten in der Stadt der Toten so bald wie möglich verschmachten. Wir aber rührten aus ganz entgegengesetztem Grund unseren Vorrat nicht an, um dann später solange wie möglich vor Mangel bewahrt zu sein.

So war es auch am Abend. Wir fanden da, wo gelagert werden sollte, wieder einen Posten mit hinreichendem Wasser vor. Es wurde uns ebenso wieder versagt, doch genau so vergeblich wie um die Mittagszeit. Wir eigneten uns an, was man uns verweigerte, und niemand wagte es, uns etwa durch Tätlichkeiten davon abzuhalten. Daß die fünfzig Mann sich überhaupt fern von uns zu halten hatten, ist bereits erwähnt. Sie taten es. Auch ihr Anführer, der Major, hielt es nicht für erlaubt, sich zu nähern. Der Mir war immer hinter uns geblieben und hielt sich auch am Abend für sich allein, von uns entfernt. Er hatte schon zu Mittag nicht gegessen und aß auch jetzt wieder nicht. Einige Schluck Wasser war alles, was er zu sich nahm. Das tat mir weh. Ich stand von meinem Platz auf und ging zu ihm hin. Er sah, als ich vor ihm stand, zu mir auf und fragte:

„Du kommst zu mir? Fürchtest du dich nicht?"

„Fürchten?" antwortete ich. „Nein!"

„Aber scheuen mußt du dich doch! Vor mir bange sein! Vor mir schaudern! Vor mir zurückschrecken!"

„Fällt mir nicht ein!"

„So meinst du, daß der frühere Major, der jetzt plötzlich Oberst geworden ist, gelogen hat?"

„Nein."

„Also glaubst du ihm?"

„Ja."

Er wartete eine stumme Weile. Dann fragte er weiter:

„So hältst du das, was er gesagt hat, für wahr, für richtig?"

„In der Hauptsache, ja. Die Tatsachen an sich sind wahr, obgleich sie infolge seines Zornes vergrößert erscheinen."

Da zürnte er:

„Wie fürchterlich aufrichtig ihr doch alle seid! So plötzlich! So mit einem Male!"

„Ich bin es stets!"

Wieder sah er mich an.

„Ja, du! Du warst es ja sofort, als du zum ersten Male zu mir sprachst!" Und auf die Stelle gerade vor sich deutend, forderte er mich auf: „Setze dich! Hierher!"

Ich gehorchte dieser Aufforderung und ließ mich ihm gegenüber nieder. Als ich das getan hatte, sagte er:

„Ich bitte dich, als vollständig wahr anzunehmen, was ich dir jetzt versichere! Ich habe niemals auch nur einen Augenblick lang geglaubt, der herzlose, grausame Wüterich zu sein, als den ich mich nun jetzt bezeichnen höre. Ich dachte, niemals Liebe gefunden zu haben, als nur bei meiner Mutter, und selbst diese Mutterliebe ist mir nicht als ein Verdienst erschienen, welches ich ihr anzurechnen habe, sondern als ein angeborener Trieb, dem zu gehorchen ihre Pflicht gewesen ist. Diese meine Mutter ist das einzige Wesen, welches ich wirklich geliebt habe und auch heut noch liebe, und ich sage dir in aller Ehrlichkeit, daß ich wunder geglaubt habe, wie lobenswert ich handle, indem ich so viel Dankbarkeit für eine Frau empfinde, die meiner Ansicht nach nur aus Naturzwang handelte, nicht aber aus eigenem, freiem Entschluß. Mein Vater war ein scharf berechnender, strenger, ja sogar harter Mann, und ich bin keineswegs geneigt, es nun mir als Sünde anzurechnen, daß diese seine Eigenschaften auf mich übererbt worden sind. Hierzu kam bei ihm jene Art von Grausamkeit, die den Nebenmenschen aus Vergnügen oder gar aus Wollust peinigt. Auch ich kann, wie ich nun einsehe, grausam sein, aber nur deshalb, weil ich den gewöhnlichen, niedrig geborenen Menschen für gefühllos halte, für unempfindlich gegen Schmerzen, die uns höheren Naturen unerträglich sind. Wie ein Knabe den Käfer, ein Fleischer sein Schlachttier, ein Jäger sein Wild und ein Lastträger seinen Esel quält, weil er überzeugt ist, daß diese Qual keineswegs als Qual empfunden wird, so bin auch ich der Meinung gewesen, daß meine Strenge eben nur als Strenge, nicht aber als Grausamkeit zu bezeichnen sei, weil es niemanden gibt, dem sie so wehe tun, wie sie mir wehe täte, falls man sie an mir verübte. Ich betrachtete alle diese Menschen, die so tief unter mir stehen, als eine Herde von Schafen, durch deren Wolle kein Hieb zu fühlen ist. Liebkose sie, so blöken sie, und schlage sie, so blöken sie; es ist alles gleich! Führe sie auf die Weide, damit sie fressen können; weiter wollen sie nichts! Umschließe sie des Nachts mit schützenden Händen, damit sie nicht selbst gefressen werden, denn du bist das einzige Raubtier, das sie, sobald sie fett geworden sind, verzehren soll! Schere sie, so oft du willst! Dann schlachte sie, und werde warm in ihrem weichen Pelz! Dazu sind sie da, zu weiter nichts; du aber bist ihr Herr, der Mir, der Gebieter! Begreifst du das, Effendi?"

„Gewiß begreife ich es! Das alles wäre ja auch ganz richtig gewesen, wenn deine beiden Voraussetzungen richtig gewesen wären!"

„Welche Voraussetzungen?"

„Erstens die, daß der Käfer, das Schlachttier, das Wild und der Esel die Schmerzen weniger fühlen als du, und zweitens die, daß du anders, vollkommener, zarter, höher und wertvoller ausgestattet seiest als andere Menschen. Glaube mir: Wenn ich dich schlachte, so schmeckt dein Fleisch auch nicht besser als anderes Fleisch, und deine Knochen ergeben keine delikatere Brühe als andere Knochen. Dein Haupt- und Barthaar ist nicht einmal so nützlich, um auch nur als Pelz verwendet zu werden, und wem es einfiele, aus deiner Haut einen Schuh, einen Stiefel, einen Sattel oder gar eine Lederhose zu machen, der würde gar bald erfahren, daß sie von jedem Kalbs- oder Ochsenfell übertroffen wird!"

„Effendi! Wagst du da nicht zu viel?" fiel er da ein.

„Ich wage gar nichts!" antwortete ich. „Wie kann es ein Wagnis sein, daß ich dir die Augen öffne? Sobald du sehend wirst, kannst du nicht zürnen, sondern mir nur dankbar sein! Du hieltest dich für eine höhere Natur, und ich habe dir bewiesen, daß du körperlich aus genau denselben Stoffen bestehst, wie jeder andere Mensch und sogar wie jene Schafe, für deren Herr und Mir und Gebieter du dich hältst. Bist du wirklich mit einem Vorzug ausgestattet, so kann er nur auf geistig-seelischem Gebiet zu suchen sein. Nun bitte ich dich, forsche nach! Auf welchem geistigen Gebiet hast du dich hervorgetan? Ich meine, so hervorgetan, daß du verdienst, ein geistiger Mir, ein geistiger Herrscher, ein Fürst des Geistes genannt zu werden?"

Ich hielt inne, um zu hören, was er sagen werde. Er blieb aber still. Da fuhr ich fort:

„Also auf keinem Gebiet! Du warst kein Gelehrter, kein Dichter, kein Künstler, kein berühmter Theolog, kein Entdecker, kein Erfinder, kein . . ."

„Aber ich war mehr als das alles", fiel er mir da in die Rede: „Ich war – Fürst!"

„Ja, du warst Fürst; das ist richtig! Aber was für ein Fürst? Womit hast du verdient, ein Fürst zu sein? Warst du es durch dich selbst? Oder wurde dir dieser Titel genau so übererbt, wie die Fehler, die du vorhin eingestandest, deine Strenge, deine kalte Berechnung, deine Grausamkeit? Was hast du als Fürst getan? Hast du dich vor anderen Fürsten oder auch nur vor andern gewöhnlichen Menschen durch segensreiche, beglückende Taten ausgezeichnet? Nenne mir diese Taten! Welche Gesetze hast du gegeben, um das Wohl deines Volkes zu heben? Wo sind die Wege, die Straßen, die Schulen, die Hospitäler, die du bautest? Welche Wüstenfläche hast du gezwungen, sich in Acker- und Weideland zu verwandeln? In welcher Weise hast du für die Armen deines Volkes gesorgt? Wer gibt ihnen Arbeit, und wer gibt ihnen Brot? Wo stehen deine Kornkammern, deine Vorratshäuser, die du öffnen kannst, sobald es Mißernten gibt und die Hungersnot durch eure Gassen schleicht? Ich weiß, daß die früheren Herrscher von Ardistan gewaltige Bauwerke errichteten, in denen die Saaten und Früchte des Landes in unmeßbaren Mengen aufgespeichert wurden. Wann hast du Ähnliches getan?"

Hier machte ich eine Pause. Er schwieg auch jetzt. Er saß zusammengedrückt, die Hände über das Knie gefaltet, und hielt den Kopf gesenkt. Ich sah, daß seine Zeit gekommen sei, gehämmert und geschmiedet zu werden, daß sich die Schlacken verlieren möchten, und fuhr also fort:

„Und was hast du auf seelischem Gebiet getan, um behaupten zu dürfen, du seist ein besserer, ein edlerer, ein höherer Mensch als andere? Hast du überhaupt einmal auch nur den Versuch gemacht, hier etwas Gutes oder gar Ungewöhnliches zu leisten? Wie stand und wie steht es zunächst um deine eigene Seele? Wie wird sie aussehen, wenn du sie dem, der sie dir gab, einst wiederbringst? Und sodann die Seele deiner Frau und deiner Kinder? Wo war der Sonnenstrahl, ohne den sowohl Weib als Kind verkümmern und verschmachten? Ferner die Seele deiner Umgebung, deines Hofes, deiner Residenz? Ich sah dich, als ich zu dir kam, in schwere, dichte, strotzende und protzende Gewänder eingehüllt, so tief, so tief, daß von dir nichts, gar nichts zu sehen war. Es gab nur Prunkgewänder, nur Zeremonie, nur Förmlichkeit, nur Putz und Mummenschanz, aber keinen Inhalt, kein Leben und Weben im Innern, in der Tiefe! Und wo es etwas gab, da war es Furcht oder Angst, auch Lüge und Verstellung, Empörung und Verrat! Nun endlich gar die Seele deines Volkes! Was tatest du für sie? Wie hast du sie dir gewonnen? Wie hast du sie an dich gezogen, damit sie dich liebe, dich ehre, dir ihr Vertrauen schenke, sich mit dir freue, mit dir leide und treu und willig zu dir stehe in jeder Schicksalslage, in jeder Not und Gefahr? Denke dir die arme, geplagte und gemarterte Seele eines unterdrückten Volkes, welche täglich und stündlich zum Thron ihres Herrschers betteln geht, ohne daß er sie auch nur eine Minute lang beachtet! Denke dir . . .“

Da sprang er plötzlich auf, warf die Arme weit auseinander und bat:

„Halt ein, halt ein, Effendi! Du treibst es zu toll, zu toll! Ich möchte dich erwürgen! Hier mit diesen meinen beiden Händen, so – so – so!“ Er krallte seine Hände zusammen und bewegte sie hin und her, als ob er meinen Hals zwischen ihnen habe. Seine Zähne knirschten dabei. Hierauf holte er tief, tief Atem und fuhr in ruhigerem Ton fort: „Und dennoch fürchte ich, daß ich, wenn ich dich getötet hätte, um dich weinen und klagen würde als um den einzigen, den ich achte, den ich liebe und zugleich – fürchte! Du bist ein ganz entsetzlicher Mensch! Ein grauenhafter Mörder! Du hast soeben jetzt in mir etwas erschlagen, etwas, was ich für groß, für hoch, für adelig, für unendlich köstlich gehalten habe! Ob mit Recht oder Unrecht, wird sich finden! Ganz ist es freilich noch nicht tot. Es windet sich noch jammernd und schreiend hin und her, tief unten am Boden, an der Erde. Der innere Mensch ist nicht so leicht zu erschlagen, wie der äußere! Ich muß wissen, was ich da zu tun habe! Ob ich ihn zu retten suche und ihn gegen dich verteidige, oder ob ich ihm zu deinen Hieben auch noch meinen Fußtritt gebe und ihn dort hinunterstoße, wo es für Leichen nicht mehr möglich ist, wieder lebend zu werden! Gib mir Zeit; gib mir Zeit, nur eine Viertelstunde! Ist sie vorüber, dann kehre ich zurück!"

Er entfernte sich mit langsamem Schritt, um im Dunkel der Nacht zu verschwinden und mit den Gedanken, die durch sein Inneres stürmten, allein zu sein. Da aber rief der Panther, der das sah, in drohendem Ton:

„Halt! Bleiben! Wer sich in den Verdacht setzt, fliehen zu wollen, den fassen meine Reiter!"

Der Mir kehrte um, doch ohne ihn einer Antwort zu würdigen, und ließ sich da wieder nieder, wo er gesessen hatte.

„Effendi, ich bitte dich", sagte er, „versuche du, zu schlafen, ich aber kann es nicht! Du hast eine Pforte in mir geöffnet, nicht leise, leicht und rücksichtsvoll, wie man die Türen fremder Zimmer zu öffnen pflegt, sondern mit Gewalt, mit Faustschlägen und Fußtritten, durch welche diese Pforte zerschmettert worden und zusammengebrochen ist. Da draußen jenseits dieser Türe ist es hell und warm und licht. Es dringen Gedanken und Gestalten herein, von deren Dasein ich bis heute noch keine Ahnung hatte. Ich muß sie betrachten, ich muß sie prüfen; ich muß mit ihnen sprechen; ich muß sie fragen, was sie wollen. Und ich muß ihnen dann sagen, ob sie bleiben sollen oder nicht. Habe Geduld, bis ich mit ihnen fertig bin; ich sage dir morgen alles!"

Er legte sich nieder, nahm den Sattel als Kopfkissen, streckte sich unter einem schweren, tiefen Atemzug lang aus und lag nun still und bewegungslos da, die Augen zu den Sternen emporgerichtet, und ich hatte in diesem Augenblick nur den einen herzlichen Wunsch, daß auch in seinem Innern die Sterne aufgehen möchten, ohne welche ein jedes Menschenleben, und sei es künstlich noch so hell erleuchtet, doch nichts als ein Dunkel ist. Ich wollte mich nicht von ihm trennen und holte auch meinen Sattel herbei. Gleich einzuschlafen war auch mir unmöglich. Wo eine Seele in der Geburt eines Lebens ringt, soll man sie fühlen lassen, daß Rat und Hilfe nahe sind.

Es mochte weit über eine Stunde vergangen sein, da bewegte er sich zum ersten Male wieder.

„Effendi, schläfst du?“ fragte er.

„Nein“, antwortete ich.

„Schlaf immerzu! Habe keine Sorge um mich! Ich habe nicht umsonst euer Weihnachtsfest gesehen, es sogar mitgefeiert, nicht nur äußerlich, sondern auch innerlich! Darf ich dir das Resultat der jetzigen Stunde mitteilen?“

„Ich bitte dich darum!“

„So höre: Der alte, kühne Major, der mich heute so schwer anklagte und noch schwerer beleidigte, soll nicht nur Oberst sein, sondern sogar General. Sobald wir glücklich heimgekehrt sind, wird es mein erstes sein, daß ich ihm diese Beförderung verkündige. Bist du zufrieden mit mir?“

„Gott segne dich!“ antwortete ich, hoch erfreut über diesen ebenso großen wie schweren Sieg, den er über sich selbst errungen hatte. „Ja, Gott segne dich! In dieser einen Stunde, in der du hier gelegen hast, fast ohne dich zu bewegen, hast du mehr geleistet, als früher in langen Jahren!“

„So bitte ich dich, schlafe ein! Es ist genug, daß ich die Nacht durchwache. Ich wünsche nicht, daß auch du um meinetwillen um deine Ruhe kommst. Sagen wir also: Gute Nacht!“

„Gute Nacht!“

Nach diesen Worten drehte ich mich auf die andere Seite und schloß die Augen. Wie froh ich war! Ich hatte wohl gewußt, wie viel ich wagte, als ich so geradeheraus und ohne alle Schminke ihm meine Meinung sagte; aber er war kein Argentan- oder Talmimensch, sondern von echtem, reinem, innerlich kerngesundem Material, welches durch das Hämmern nur veredelt und gefestigt, nicht aber versprödet und verschlechtert werden konnte. Er hatte die Probe bestanden, und ich durfte nun voller Hoffnung sein, daß er es nicht hierbei bewenden lasse, sondern sich vollends aus sich selbst heraus- und emporarbeiten werde. Dieser Gedanke beruhigte mich derart, daß ich sehr bald einschlief und der allerletzte war, der dann am Morgen erwachte.

Am zweiten Tage unseres Rittes zeigte die Gegend, durch welche wir kamen, nach und nach ein ganz anderes, für mich hochinteressantes Gesicht. Sie belebte sich. Indem ich mich in dieser Weise ausdrücke, mache ich mich eigentlich eines logischen Widerspruches schuldig, denn sie belebte sich mit – Leichen. Wir stießen nämlich, erst selten, bald aber mehr und mehr auf Spuren, die uns verrieten, daß diese abschreckende Öde einst bewohnt gewesen war. Wir erblickten Häuserleichen, die entweder einzeln oder auch in kleineren Gruppen, zuweilen aber auch in ganzen, ausgestorbenen Dörfern an unserem Weg lagen. Da, wo sie in größerer Menge zu sehen waren, zeigte es sich immer, daß es früher hier einen Bach, ein Flüßchen oder sonst ein fließendes oder auch nur stehendes Wasser gegeben hatte. Diese Leichen waren entweder nur teilweise oder auch ganz erhalten. Wir sahen zahlreiche Steinbrüche liegen, die ein äußerst dauerhaftes, widerstandsfähiges Material geliefert hatten. Die Ortschaften mit ihren steinernen Häusermauern und aus unzerstörbarem Lehm geschlagenen, platten Dächern besaßen oft ein Aussehen, als ob sie nicht schon vor Jahrhunderten, sondern erst vor kurzer Zeit von ihren Bewohnern verlassen worden seien. Die lange Dauer ihres Verlassenseins wurde dem Beschauer erst dann klar, wenn er stunden- und immer wieder stundenlang sich vergeblich bemühte, einen Baum, einen Strauch, ein Kraut oder auch nur einen einzigen Grashalm zu entdecken. Freilich, Bäume gab es gar wohl, in den einstigen Gärten, an den früheren Wegen, die man jetzt nur noch vermuten, nicht aber mehr sehen konnte; aber sie waren eben auch nur Leichen. Es machte einen unendlich traurigen, oft grauenhaften, sogar gespenstigen Eindruck, die übriggebliebenen, bleichen Skelette dieser Bäume, zuweilen auch Sträucher, stehen zu sehen. Sie waren ihrer Rinde vollständig beraubt, von den Stürmen zerknickt und zerknackt, und schrien ein Ach und Weh zum Himmel empor, welches um so tiefer und niederdrückender wirkte, als man es nicht zu hören vermochte. Ein unbeschreibliches Gefühl empfand man bei dem Anblick der Überreste, die uns ohne Schale, Blatt oder Nadel schon von weitem in lebloser Nacktheit entgegenstarrten, fast möchte ich sagen, entgegengrinsten. Nur wenige vorüberkommende Menschen waren da halten geblieben, um sich das Material zu einem Lagerfeuer abzubrechen; ein jeder hatte sich beeilt, diese Stätten des Grauens so bald wie möglich hinter sich zu bringen. So auch wir.

Der Mir wußte in dieser eigenartigen Gegend, die eigentlich ein ununterbrochener Gottesacker von Baum- und Häuserleichen war, sehr gut Bescheid. Ich habe ja bereits erwähnt, daß er in seinen Jugendjahren mit seinem Erzieher und Begleiter die Stadt der Toten und ihre Umgebung oft durchstrichen hatte, um sie kennenzulernen. Er hielt sich heute nicht mehr hinten und allein für sich, sondern er kam zu mir nach vorn und sonderte mich von Halef und dem Panther ab, um sich mit mir zu unterhalten. Das geschah natürlich in solcher Entfernung von dem letzteren, daß dieser nicht hören konnte, was wir miteinander sprachen. Ich erfuhr, wie die verlassenen Ortschaften hießen, wohin die unsichtbar gewordenen Wege führten, was die einstigen Bewohner erlebt und getrieben hatten, und alles andere, was der Herrscher über diese Dinge wußte. Er beschrieb mir auch die Stadt der Toten selbst, doch unterlasse ich es, seine Schilderung, weil sie weit über den Rahmen meiner Erzählung hinausreichen würde, hier wiederzugeben. Er erwähnte auch die dortigen Gefängnisse, in denen nur ausschließlich Militär- und Staatsverbrecher, aber keine anderen aufgenommen wurden. Er hatte auch sie alle durchstöbert und kannte sie genau.

„Kennst du auch die Nummer fünf, in die wir eingesperrt werden sollten?" erkundigte ich mich.

„So gut wie alle anderen", antwortete er.

„Hat sie ein Geheimnis?"

„Nein, o nein!"

„Weißt du das gewiß?"

„Ganz gewiß!"

„Aber der Wächter der Zisterne behauptete, daß du nicht alle Geheimnisse weißt, die es gibt!"

„So? Behauptete er das? Wer hat ihm denn gesagt, wie viel oder wie wenig ich von ihnen weiß? Er kann überhaupt nur ahnen, wissen aber nichts. Er ist nur ein kleiner, unbedeutender Beamter, der den Brunnen, die Zisterne, die Wasserschlepper und ihre Kamele zu beaufsichtigen hat. Solche Leute weiht man doch nicht ein. Was sagte er dir?"

Ich wiederholte ihm mein ganzes Gespräch mit diesem Mann. Da schien er doch bedenklicher zu werden.

„Bisher hat er nichts gewußt", meinte er. „Nun aber hat er gelauscht. Er hat gehört, was die Soldaten oder gar die Offiziere untereinander sprachen. Also diese drei, die er nannte, wissen mehr als ich? Der Maha-Lama von Dschunubistan, der Maha-Lama von Ardistan und der Basch Islami, den ich entkommen ließ, weil du mich dazu zwangst. Der erstere ist jetzt ungefährlich; er befindet sich bei den Ussul. Auch der zweite kann mir nichts mehr schaden. Den dritten aber hoffe ich, bald wieder zu fassen, und dann soll es mir nicht einfallen, ihn abermals freizugeben!"

„Ist es wohl richtig, hier von Unschädlichkeit und Ungefährlichkeit zu sprechen?" fragte ich. „Die Personen können dir nichts mehr tun; das will ich wohl zugeben, aber die Sache an sich bleibt doch dieselbe."

„Welche Sache?"

„Daß diese drei mehr wissen, als du selbst. Wenn das wahr ist, so gibt es Geheimnisse, die du selbst nicht kennst und die uns darum außerordentlich gefährlich werden können."

„An dieser Gefährlichkeit bist du schuld, nicht aber ich!"

„Wieso?"

„Hättest du mich nicht veranlaßt, den Basch Islami laufenzulassen, so hätte er dem Panther nichts von den Geheimnissen der Stadt der Toten verraten können!"

„Du irrst! Ich bin überzeugt, daß beide schon vollständig miteinander einig waren, ehe du ihn laufenließest. Du hast mir soeben zweimal, kurz hintereinander, diesen Vorwurf gemacht; so beeile ich mich also, dir zu sagen, daß ich den Basch Islami zwar für einen fanatischen, im Grunde aber wohlwollenden und gerecht denkenden Mann halte, und daß es meine Gewohnheit ist, Fehler, die ich verschuldete, wiedergutzumachen. Es hat sich erst noch zu zeigen, ob das, was du für einen Fehler hältst, auch wirklich ein Fehler ist. Wenn wir jetzt einer Gefahr entgegengehen, so liegt sie nicht in mir, sondern in dir, nämlich in der Möglichkeit, daß du doch nicht alle Geheimnisse kennst, die du zu kennen behauptest. Vor allen Dingen kommt es darauf an, ob das Gefängnis Nummer fünf in Wirklichkeit so unverdächtig ist, wie du glaubst. Darf ich dich fragen, ob es allein liegt oder mit anderen Gebäuden zusammenhängt?"

„Es liegt ganz allein. Nicht weit vom Ufer des ausgetrockneten Flusses. Es ist ganz ehrlich und ohne alle Hinterlist gebaut, viereckig, aus dem Erdgeschoß und einer Etage bestehend, mit plattem Dach, oben mit kleinen Gefängniszellen, unten aber mit größeren Gefängnisstuben, in denen wir jedenfalls untergebracht werden. Es liegt in einem Hof, um den eine Mauer geht, die gar nicht viel über Manneshöhe hat.

„Ist dieser Hof klein?"

„Nein, sondern sehr groß, denn er enthält noch die Wohnung des obersten Aufsehers aller dortigen Gefängnisse, und an diese schließen sich einige niedrige Vorratsräume und Stallungen, in denen man unsere Pferde unterbringen wird."

„Das Gefängnis hat also keine Doppelmauern oder ähnliche Dinge, hinter denen sich ein Geheimnis, also eine Gefahr, die wir nicht ahnen, für uns verbergen kann?"

„Nein. Man hat ja auch gar nicht nötig, sich auf derartige

Heimlichkeiten zu verlassen, denn der Wassermangel ist stark genug, jeden Fluchtversuch zu verhindern. Wer zu fliehen wagt, muß unterwegs verschmachten. Darum haben wir all unser Wasser aufzusparen, sonst sind wir verloren wie jeder andere! Hoffentlich bist du nun über diesen Punkt beruhigt, vollständig beruhigt!"

Das war ich nun leider keineswegs. Ganz im Gegenteil! Seine Zuversicht erschien mir ziemlich unbegründet und brachte ganz den entgegengesetzten Eindruck hervor, nicht aber den, den er beabsichtigte. Ich sagte hiervon zwar nichts, nahm mir aber vor, meine gewöhnliche Vorsicht zu verdoppeln und keinen einzigen Schritt zu tun, ohne ihn vorher nach allen Seiten hin überlegt zu haben.

Wir kamen an diesem Tag dreimal an Wasserrelais vorüber, einmal am Vormittag, einmal gerade zur Mittagszeit und einmal am Nachmittag. Wir verhielten uns genau so wie gestern; wir sparten unser Wasser und befriedigten unsere Bedürfnisse mit dem, welches bei diesen Posten vorgefunden wurde. Je weiter wir heute kamen, um so zahlreicher wurden die ausgestorbenen Zeugen einer einstigen, voll kräftigen Lebens pulsierenden Kultur. Wir ersahen hieraus, daß wir uns der Residenz jener alten Zeiten näherten. Das Land war wieder bergig geworden, und als wir kurz vor Abend den breiten Rücken einer langsam ansteigenden, aber sehr hohen Bodenwelle erreichten, sahen wir unser Ziel tief unten vor uns liegen.

Es ist einer anderen, geeigneteren Stelle vorbehalten, eine ausführliche Schilderung dieser eigenartigen Totenstadt zu bringen; für heut mögen einige kurze Bemerkungen genügen.

Das Tal des verschwundenen Flusses strich hier genau von Nord nach Süd; das jetzt ausgetrocknete Flußbett teilte es in zwei ungleiche Hälften, eine östliche und eine westliche; die erstere, auf die wir zunächst hinunterblickten, war bedeutend breiter als die andere. Sie enthielt die eigentliche, ich will einmal sagen, die bürgerliche Stadt, während der jenseits liegende Teil sich gleich dem ersten Blick als Militärstadt, als Festung kennzeichnete. Wir sahen Hunderte von Straßen, Gassen und Gäßchen mit Tausenden und aber Tausenden von Tempeln, Kirchen, Moscheen, Palästen, Häusern und Hütten. Und das alles machte einen ganz unbeschreiblichen Eindruck des Verlassenseins, der Leblosigkeit, des Todes. Es gab keine Spur von Pflanzengrün, von Tier- und Menschenleben. Und doch war der Ausdruck „Leblosigkeit" und „Tod" nicht ganz richtig. Das Wort

„Schlaf" wäre vielleicht richtiger gewesen, aber auch wieder nicht. Es gibt überhaupt keine vollpassende, sprachliche Bezeichnung für das Gefühl, welches mich wie mit mächtigen, unwiderstehlichen Fäusten packte, als mein erstaunter Blick auf dieses ungewöhnliche, starre, öde, leere Häusermeer fiel. Diese Gebäude standen genau noch so da, wie sie vor Jahrhunderten gestanden hatten. Fast nichts war zerstört. Nur die weit draußen liegenden Hütten der Armut hatten sich in Trümmer, in formlose Haufen verwandelt, die aber nicht etwa Staub und Erde bildeten, sondern hart wie Eisen waren.

Und schön war sie gewesen, diese einstige Hauptstadt und Residenz von Ardistan! Wenn ich mir die seltsam gestalteten Höhen, zwischen denen sie lag, bewaldet und mit grünenden, blühenden Gärten ausgestattet dachte, so fiel mir keine europäische Großstadt ein, von der ich hätte sagen mögen, daß sie mit ihr zu vergleichen sei. Nun lag sie da als Leiche! Nein, nicht als Leiche! Auch dieser Ausdruck ist falsch! Richtiger wäre es vielleicht, an einen Winter ohne Schnee und Eis, ohne Frost und Kälte zu denken, der alles Leben in die Tiefe treibt, so daß jede Spur desselben verschwindet. Wenn aber die Schritte des Frühlings von fernher schallen, dann steigt es wieder empor und beginnt, in den Säften und im Blut von neuem zu pulsieren. Im Blut – ja, das ist das Wort, welches der richtigen Bezeichnung vielleicht näherkommt, als jedes andere. Diese Stadt lag vor uns wie der ohnmächtig zur Erde gesunkene Körper eines schönen Weibes, aus deren Angesicht jeder Tropfen Blut gewichen ist. Bleich, starr, bewegungslos! Aber sobald das Blut aus dem Herzen zurückkehrt, wird die Ohnmächtige aufspringen; ihre Augen werden leuchten, ihre Wangen glühen, und durch die überstandene Ohnmacht wird sie uns nur noch lieber und teurer werden, als sie uns vorher gewesen ist. So auch das frühere Ard. Es brauchte nur das verschwundene Wasser wiederzukommen, um alle diese jetzt leerstehenden Paläste wieder mit Menschen zu füllen und ein neues, reineres und höheres Leben als vorher durch die Straßen und Gassen pulsieren zu lassen. Die Sonne war bis nahe an den Horizont herabgestiegen, und als sie ihre Strahlen jetzt über das Häusermeer hinüberflimmern ließ, war es, als ob Bewegung in die starren Linien käme und als ob unzählige der verschwundenen Seelen auf der Rückkehr seien, um uns, die wir für sie im Abendrot standen, zu begrüßen.

Diesen Betrachtungen machte der kommandierende Offizier ein schnelles Ende, der mit seinen fünfzig Reitern uns weit vorausgekommen war, weil er nicht so, wie wir, angehalten hatte, um die Stadt der Toten zu betrachten. Er rief nach uns. Er forderte uns auf, nicht länger zu zögern, denn der Weg nach dem Gefängnis Nummer fünf sei noch weit, und es gebe nur noch eine halbe Stunde, bis es dunkel werde. Wir folgten dieser Aufforderung.

Indem ich während des Bergabwärtsreitens meinen Blick auf die Zyklopenmauern der jenseitigen Festungsstadt gleiten ließ, wollte es mir um den Ausgang des gegenwärtigen Abenteuers doch ein wenig bange werden. Diese Mauern und Türme waren so stark und so hoch, daß für einen jeden, der sich einmal hinter ihnen befand, das Entkommen unmöglich zu sein schien. Darum fragte ich den Mir, doch so, daß nur er es hörte:

„Werden wir etwa da drüben eingesperrt?"

„Nein", antwortete er. „Aber selbst wenn dies der Fall wäre, brauchtest du keine Sorge zu haben. Ich kenne mich dort aus. Ich brauchte nur zu wollen, so wäre ich frei."

„Wo liegt unsere Nummer fünf?"

„Noch vor den starken Befestigungsmauern, die dich zu ängstigen scheinen. Du siehst das tiefe Bett des Flusses und die drei steinernen Brücken, die hinüberführen. Das jenseitige Ufer ist künstlich aufgemauert. Bemerkst du die große, weite Öffnung, die sich in dieser Mauer befindet? Etwas unterhalb der mittleren Brücke?"

„Ja. Es scheint das die Mündung eines früheren, unterirdischen Kanals zu sein."

„Nicht eines Kanals, sondern eines Nebenflüßchens, welches erst offen in den Hauptstrom führte, später aber überwölbt worden ist. Über dieser Mündung liegt ein großer, freier Uferplatz, an dessen Westseite du ein Mauerquadrat siehst, welches sich um zwei Gebäude zieht, ein Haupt- und ein Nebengebäude. Das erstere ist unser Gefängnis Nummer fünf, das letztere die Wohnung des obersten Aufsehers, die ich schon einmal erwähnte."

„Hm! Dieses Gefängnis sieht gar nicht so ernst und bedenklich aus!"

„Ist es auch nicht, ganz und gar nicht! Kein Mensch wird uns dort festhalten können! Die Flucht ist keinesweges unmöglich, sondern sogar sehr leicht. Sie verbietet sich nur aus dem Grund, daß man unterwegs verschmachten muß, wenn man kein Wasser hat. Wir aber haben doch noch alle Schläuche voll."

„Wir brauchen aber auch viel! Fünf Menschen, sieben Pferde

und vier große Hunde! Die wollen trinken! Es handelt sich um unser Leben, und da soll man nicht allzu sorglos sein. Für jetzt aber ist die Hauptfrage die, ob unsere Nummer fünf wirklich ein ehrliches Gebäude ist; das heißt, ob sie hinterlistige Falltüren, Doppelmauern oder ähnliche derartige Dinge hat."

„Das kann ich getrost verneinen. Ich habe als Knabe bei dem damaligen Oberaufseher gewohnt und bin in allen Ecken und Winkeln herumgekrochen. Wenn es so etwas gäbe, hätte ich es sicher gefunden, oder der Oberaufseher hätte es mir gezeigt, wie er mir alles andere zeigte, was niemand wissen durfte."

„So kann ich hierüber also ruhig sein?"

„Unbedingt!"

Er sagte das in einem so überzeugten Ton, daß ich ihm glaubte. Es hätte ihn ja auch beleidigen müssen, wenn ich nun noch immer nicht befriedigt gewesen wäre. Wir ritten nun still den Berg hinunter in gerader Linie durch die Stadt, zuletzt über die mittlere Brücke, und bogen dann links nach dem erwähnten freien Platz ein, an dessen Westseite unser Gefängnis lag. Es sah aber wirklich und wahrhaftig nicht wie ein Gefängnis aus! Es wurde bereits erwähnt, daß die Umfassungsmauer nicht viel über Mannshöhe hatte. Jedes Kind konnte über sie hinwegklettern. Als wir hart an ihr hinritten, schaute ich vom Sattel aus, ohne mich in den Bügeln erheben zu müssen, ganz bequem in den Hof hinein. Wir konnten das Hauptgebäude von Grund auf überblicken. Es war kein einziges Fenster da, sowohl im Parterre als auch in der Etage. Die Fensteröffnungen starrten uns alle leer und offen entgegen. Man brauchte nur herauszusteigen, um frei zu sein! War das nicht lächerlich? Und das nannte man ein Gefängnis! Mir wurde das Herz, welches mir vorhin hatte schwer werden wollen, wieder leicht.

Das Tor befand sich nicht auf der Flußseite, sondern auf der anderen Seite. Wir hielten vor ihm an. Die Sonne war verschwunden; die Dämmerung begann.

„Am Ziel!" rief der Kommandierende, indem er seinen Reitern winkte, uns von drei Seiten zu umschließen; an der vierten hatten wir die Mauer.

„Ja, am Ziel!" wiederholte der General.

Und der Panther sagte, indem er tief und erleichtert Atem holte, zu uns:

„Wir sind angekommen! Nun hört der Spaß auf, und der Ernst beginnt! Sind wir nun endlich frei?"

„Ja", nickte ich, weil der Mir nicht antwortete.

„Und ihr ergebt euch in euer Schicksal?"
„Mit Vergnügen!"
„Das heißt, ihr reitet durch dieses Tor in den Gefängnishof, ohne euch zu wehren?"
„Ja. Wir haben es versprochen, also halten wir es!"
Halef band ihn und den General los. Sie erhielten ihre Waffen zurück und sprangen dann von ihren Pferden. Der Panther machte ein eigentümliches Gesicht. Er musterte uns, die wir nicht abstiegen, mit höhnisch lachenden Augen und sagte:
„Eigentlich wollte ich eure Pferde und Hunde haben. Aber ich weiß, daß diese Bestien auf geheime Kunststücke gedrillt sind, und will also lieber verzichten. Behaltet sie! Und nun kommt der Abschied!"
Er trat selbst an das Tor, ergriff den daranhängenden Klöppel und klopfte. Es wurde sofort geöffnet. Man schien auf dieses Klopfen gewartet zu haben. Jedenfalls hatte man uns kommen sehen. Das Tor war, wie ich nun sah, nicht ein einfaches, sondern ein doppeltes. Es gab zwei äußere und zwei innere Türflügel. Die einen schlugen auf den freien Platz heraus, die anderen nach dem Hof hinein. Zwischen beiden lag der Raum, in dem die Gefangenen in Empfang genommen und die hierbei gebräuchlichen Formalitäten erledigt wurden. Dieser Raum war von ziemlicher Größe; er bot Platz für uns und unsere Pferde und Hunde. Der Mir hatte nur von der Mauer, nicht aber auch von diesem Empfangsraum gesprochen, doch war das wohl kein Grund, nun gleich schon wieder Verdacht zu hegen und Sorge zu haben. Es gab auch gar keine Zeit dazu, denn als man die beiden äußern Torflügel aufstieß, wurden zugleich auch die inneren geöffnet, und es erschien dort ein Mann, wahrscheinlich ein Beamter, der uns aufforderte, hereinzukommen. Der Mir tat dies sofort. Ich folgte ihm, und so kamen Halef und die beiden Prinzen der Ussul ohne Weigerung hinterdrein.
„Grüßt mir den Dschirbani und meinen vortrefflichen Bruder!" hörten wir den Panther rufen; dann flogen sowohl die äußeren wie auch die inneren Torflügel wieder zu, und wir befanden uns in völliger Dunkelheit.
„Allah kerihm!" rief Halef. „Was ist das? Sollte das eine Falle sein?"
„Jedenfalls", antwortete ich.
„Nein!" widersprach der Mir. „Der Aufseher wird sein Tor gleich wieder öffnen. Das äußere wird freilich verschlossen bleiben."

„Wer aber hat es zugemacht? Doch nicht der Panther!" sagte ich. „Durch Menschenhand ist es nicht geschehen."

„So geschah es durch irgendeine Vorrichtung, wie es hier in der Gefängnisstadt so viele gibt!"

„Du versichertest mir aber doch, daß es in der Nummer fünf keine solche Heimlichkeiten gebe! Steigen wir ab, schnell, schnell! Und versuchen wir, zu öffnen!"

Aber noch während ich mich aus dem Sattel schwang, gab es unter uns ein heiseres Kreischen, wie wenn ungeölte Wagenräder sich drehen, und der Fußboden begann, sich zu senken. Der Mir schrie laut auf; Halef schrie, und die beiden Prinzen der Ussul schrien. Die vier Hunde fielen mit lautem Bellen ein. Es gab da einen Heidenlärm. Ich aber war still. Es galt, den Kopf nicht zu verlieren, sondern trotz der Größe der Überraschung vollständig kaltblütig zu bleiben. Wir sanken nicht allzutief, vielleicht drei- bis viermal Manneshöhe. Nun hielt die Bewegung inne, doch nur für kurze Zeit. Dann senkte sich der Fußboden so tief nach der einen Seite, daß er eine schiefe Ebene bildete, auf der wir uns nicht halten konnten. Wir glitten nach dieser Seite hinunter, wir alle, Menschen, Pferde und Hunde. Wären unsere Tiere nicht so edel und folgsam gewesen, so hätte das einen schlimmen Wirrwarr ergeben; so aber kamen wir mit einigen Stößen und leichten Quetschungen davon.

„Licht machen! Schnell, schnell!" befahl der Mir.

„Nein, kein Licht!" antwortete ich.

„Warum nicht?"

„Abwarten! Horch!"

Das Kreischen begann von neuem. Der Fußboden hatte uns seitwärts abgeladen und bewegte sich wieder nach oben. Zugleich erschallte die Stimme des Panthers aus der Höhe herab:

„Das dachtet ihr wohl nicht, ihr Schurken? Das war das Geheimnis des Maha-Lama von Dschunubistan und meines alten, treuen Basch Islami!"

„Schadet nichts!" antwortete Halef laut lachend. „Wir laden uns zur Hochzeit ein, wenn seine Tochter mit dir den Thron besteigt!"

Der kleine, rabiate Kerl konnte es nicht über sich bringen, still zu sein. Er hätte lieber sonstwas erlitten, als gehindert zu sein, dem Panther einen Hieb zurückzugeben. Dieser sandte eine Erwiderung herab, die wir aber nicht mehr verstehen konnten, weil der Fußboden jetzt oben angekommen war und die Öffnung sich also wieder schloß.

„Warum willst du kein Licht?" fragte mich der Mir.

„Ich will welches, aber nicht sofort jetzt", antwortete ich. „Ich nehme an, daß man uns noch lange beobachtet, und sie sollen nicht erfahren, daß wir sehr wohl imstande sind, uns soviel Licht zu machen, wie wir brauchen. Hast du eine Ahnung, wo wir uns eigentlich befinden?"

„Nein. Ich könnte dir zwar antworten: Natürlich befinden wir uns gerade unter dem Gefängnis Nummer fünf, aber das würde doch keine kluge Antwort sein."

„Allerdings nicht. Unsere Rettung hängt davon ab, daß wir kaltblütig bleiben und keinen einzigen Schritt weiter tun, bevor wir uns nicht ganz genau orientiert haben, wohin uns der vorige Schritt gebracht hat. Ein jeder nehme sein Pferd an sich und wir, Halef, auch unsere Hunde, damit sie alle ruhig bleiben!"

Es dauerte eine kurze Zeit, bis das geschehen war; dann fuhr ich fort:

„Zunächst die Himmelsrichtung! Nach welcher Richtung sind wir vom Fußboden herabgeglitten?"

„Nach West", antwortete Halef. „Ich stand schon oben mit dem Gesicht nach West und habe mich seitdem nicht gedreht."

„Das stimmt. Der freie Platz, auf welchem das Gefängnis steht, liegt über der Mündung des Nebenflüßchens, von dem wir, während wir den Berg herabritten, sprachen. Dieses Flüßchen fließt gerade aus West in den Hauptstrom. Ich habe mir zweierlei sehr genau gemerkt, nämlich wo seine Mündung und wo das Gefängnis liegt. Es geht gerade unter dem Gefängnishof hindurch. Ich bin also überzeugt, daß wir uns in dem Kanal befinden, der über seinem natürlichen Lauf künstlich gewölbt worden ist. Können wir diesem Kanal in östlicher Richtung folgen, so gelangen wir an seine Mündung, die wir sahen, und sind dann frei. Ich vermute aber, daß wir das nicht können. Man wird ihn verschüttet haben, damit kein Gefangener entfliehen könne. Was weißt du hiervon?"

Diese Frage war an den Mir gerichtet.

„Nichts weiß ich", antwortete er. „Sprich weiter, Effendi!"

Ich fuhr fort.

„Folgen wir dem Kanal in westlicher Richtung, so führt er uns jedenfalls unter der Militärstadt hin in das Festungsinnere. Kennst du vielleicht einen Ort, an dem er dort zutage tritt?"

„Nein; ich kenne leider keinen", erklärte der Mir, und zwar ziemlich kleinlaut. „Fast möchte ich mich vor dir schämen! Ich habe mit meinen großen Kenntnissen über die Stadt der Toten geprahlt und war auch wirklich überzeugt, sie zu besitzen, und kaum sind wir angekommen und haben noch gar nicht festen Fuß gefaßt, so stellt sich schon heraus, daß meine Unwissenheit größer ist als mein Wissen!"

„Das schadet nichts!" tröstete Halef. „Auch die Unwissenheit ist eine ganz hübsche Sache. Sie nützt dem Menschen zuweilen mehr als alles Wissen. Nur ein bißchen Glauben muß dabei sein, ein bißchen Glauben an Allah und seine Scharen, die er uns sendet, wenn Rettung nötig ist. Wie oft, wenn ich gemeint habe, recht klug gewesen zu sein, habe ich mich tief in das Unheil hineingeritten! Und wenn meine Unwissenheit mir riesengroß vor Augen stand und ich darum zu Allah um Hilfe betete, da habe ich kaum ‚Amen' gesagt gehabt, so war ich schon gerettet! Also, daß du unwissend bist, das schadet nichts, denn ich bin es auch. Ich und mein Effendi haben uns noch in viel, viel schlimmeren Lagen befunden, als unsere heutige ist, und doch sind wir stets glücklich entkommen. Wir werden uns auch hier zu helfen wissen, und wie wir das anzufangen haben, das wird uns jetzt mein Sihdi sagen; paß auf!"

„Warum willst denn du es nicht sagen?" fragte ich ihn, wie ich gestehe, ein wenig ironisch.

„Weil ich es nicht weiß!" antwortete er.

„So! Aber ich? Ich soll und muß es wissen?"

„Allerdings!"

„Warum?"

„Es ist deine Pflicht! Du hast mich einmal so daran gewöhnt, daß du nachdenkst, ich aber führe es aus. Alle großen und berühmten Heldentaten, die man von uns erzählt, sind in deinem Gehirn entsprungen. Von da sprangen sie dann zu mir herüber, in meine Arme und Beine. Da sind sie zur Tat geworden und hinaus in alle Welt gegangen. So soll es auch jetzt sein. Denke nur nach, Sihdi! Was du dir ersinnst, das machen wir!"

„Könnte es denn nicht zur Abwechslung auch einmal so sein, daß ihr nachdenkt und ich führe es dann aus?"

„Nein; das geht nicht. Wir sind vier Personen, und du bist nur eine. Du kannst unmöglich das alles ausführen, was wir ersinnen würden. Es mag also bleiben, wie es stets gewesen ist."

Diese Drolligkeit des kleinen Hadschi kam mir ganz recht. Die Unbesorgtheit, mit der er unsere Lage betrachtete, mußte auch den anderen jede Bangigkeit nehmen. Ich ging auf seine Ansicht ein, indem ich beistimmte:

„Nun gut! Ich will versuchen, deine Wünsche zu erfüllen. Wir werden zunächst nachschauen, ob der Kanal, in dem wir uns befinden, nach Osten hin passierbar ist. Wäre dies der Fall, so gelangten wir, wie ich schon gesagt habe, durch seine Mündung, die wir kennen, in den Hauptstrom und wären dann sofort frei. Doch nehme ich an, daß es einen Ausgang nach dieser Seite hin nicht mehr gibt. Der Panther hat die Örtlichkeit jedenfalls sehr genau untersucht, ehe er uns hier herunterexpedierte. So bleibt uns denn nichts anderes übrig, als uns nach West zu wenden."

„Beginnen wir also! Machen wir Licht!" meinte der Mir ungeduldig.

„Nein, noch nicht. Wir warten noch. Ich vermute, daß man oben lauscht. Man soll nicht sehen, daß wir Licht besitzen, daß wir die Sache kalt überlegen und nicht überstürzen, daß wir also keineswegs so verzweifelt sind, wie die da oben sehr wahrscheinlich denken."

Er mußte sich fügen, wenn er es auch ungern tat. Wir warteten wohl eine ganze Stunde, und es stellte sich heraus, daß ich recht gehabt hatte. Es geschah während dieser Zeit zweimal, daß der bewegliche Boden da oben so weit heruntergelassen wurde, daß es möglich war, an den Kanten herabzusehen. Auch hörten wir Stimmen. Sie klangen aber so unterdrückt, daß wir die Worte nicht verstehen konnten. Gerade absolut nötig war dieses unser Warten wohl nicht, aber ich wollte unsere Feinde in Sicherheit wiegen. Je fester sie überzeugt waren, daß eine Flucht für uns gar nicht möglich sei, um so weniger gaben sie auf uns acht. Als aber eine Stunde vorübergegangen war, ohne daß sie sich zum dritten Male regten, öffnete ich mein Paket, und wir machten Licht.

Da zeigte es sich denn sofort, daß ein Entkommen nach der Ostseite hin als unmöglich erschien. Der Kanal war nach dieser Seite hin nicht nur zugeschüttet, sondern sogar mit so großen und so schweren Felsenstücken versetzt, daß alle unsere Kräfte nicht ausreichten, auch nur ein einziges loszubekommen und zu bewegen. Es blieb uns also nichts anderes übrig, als uns nach der Westseite zu wenden.

Die war offen. Der Kanal glich keineswegs einem engen, niedrigen Bergwerksstollen. Er war fast zwei Männer hoch und so breit, daß über ein Dutzend Personen nebeneinander gehen konnten, ohne sich zu berühren. Infolge dieser Breite gab es in der Mitte eine fortlaufende Pfeilerreihe, von welcher die Decke mitgetragen wurde. Der Boden war vollständig eben und glatt.

Man hatte Sorgfalt auf ihn verwendet. Er glich einer glatt geschlagenen Lehmtenne. Es gab eine leidlich gute Luft und nicht die geringste Spur von Feuchtigkeit.

„Das sieht nicht aus wie ein Wasserkanal, wie der Ablauf eines Flusses!“ sagte der Mir.

„Du kennst ihn also nicht?“ fragte ich ihn.

„Nein. Ich weiß nur, was ich dir schon gesagt habe, nämlich, daß sich das Nebenflüßchen an der Stelle, die ich dir zeigte, in den Hauptstrom ergossen hat, und daß man den Lauf desselben mit einem Gewölbe überbaute. Den Gedanken, in diesen Kanal einzudringen, habe ich nie gehabt. Wie lang mag er wohl sein?“

„Das werden wir erfahren. Wir zählen die Schritte. Das dürfen wir überhaupt nicht unterlassen, wenn wir uns später orientieren wollen.“

Nicht ein jeder bekam ein Licht. Wir mußten sparen. Es wurden nur zwei Kaffeelämpchen mit Sesamöl gefüllt und angebrannt; dann machten wir uns auf den Weg. Wir gingen natürlich langsam, sehr langsam, denn die kleinen Flämmchen waren so unzureichend, daß man nicht drei Schritt weit zu sehen vermochte. Wir konnten in jedem Augenblick an eine Unterbrechung des Kanals, an ein Loch, einen Abgrund, eine heimtückische Falle oder an irgend sonst etwas geraten, was uns verderblich sein sollte. Aber es kam nichts derartiges. Wir gingen hundert Schritt, fünfhundert, tausend Schritt . . .

„Das wird langweilig!“ zürnte Halef.

„Denkst du, daß man uns zur Kurzweil hier eingesperrt hat?“ fragte ich ihn.

„Nein, das nicht. Aber wenn das so fortgeht, setze ich mich her und schlafe ein!“

Als wir sechshundert Schritt gezählt hatten, nahm ich an, daß der Kilometer voll sei. Aber wir legten einen zweiten Kilometer zurück, ohne daß wir an das Ende kamen. Wir führten die Pferde am Zügel. Auch die Hunde hatten sich hinter uns gehalten, still und ohne Aufregung. Nun aber wurden sie unruhig. Sie drängten sich vor. Sie wollten uns voran; wir mußten sie an die Leine nehmen; aber sie ließen sich das nur widerwillig gefallen. Uucht blieb plötzlich stehen, um eine Stelle des Bodens zu untersuchen. Dann hob sie die Nase, sog die Luft mit lang ausgestrecktem Hals ein und riß sich dann los. Ein lautes Freudengeheul ausstoßend, verschwand sie in dem uns entgegengähnenden Dunkel, Aacht, Hu und Hi sofort hinter ihr her. Wir konnten sie nicht halten. Ihre Stimmen erregten in dem langen, die

Schallwellen tausendfach zurückwerfenden Kanal einen Lärm, als ob eine Legion von Teufeln brülle und heule.

„Der Dschirbani?" fragte der Mir.

„Wahrscheinlich!" antwortete Halef. „Unser Dschirbani und der Prinz der Tschoban! Beeilen wir uns!"

Die Hundestimmen verklangen; dann hörten wir menschliche. Aber es war kein einziges Wort zu verstehen. Der Widerhall verstärkte und verwirrte die Töne ins ungeheuerliche. Ganz selbstverständlich war es nun mit unserer bisherigen Langsamkeit zu Ende. Wir eilten vorwärts, so schnell wir konnten. Und die beiden kamen uns ebensoschnell entgegen. Ja, sie waren es: der Dschirbani und Sadik, der wahrhaft erstgeborene Prinz der Tschoban!

Ich unterlasse es, das Wiedersehen zu beschreiben. Sie waren ganz auf dieselbe Art, wie wir, in die Falle gelockt worden. Sie waren überzeugt gewesen, mit dem Herrscher von Ardistan verhandeln zu sollen. Aber sie hatten nicht so viel Glück gehabt wie wir. Man hatte sie überwältigt, entwaffnet und gefesselt und ihnen nur die Füße wieder freigegeben, als sie am Gefängnis Nummer fünf angekommen und, grad so wie wir, ganz unvermutet in die Tiefe hinabgelassen worden waren. Dann unten hatten sie einander die Hände selbst befreit. Sie waren nun schon zwei volle Tage unten, ohne Essen und ohne Wasser. Besonders ihr Durst war groß, weil man ihnen auch schon während des Transportes nichts zu trinken gegeben hatte. Wir wollten ihnen gleich jetzt, hier an Ort und Stelle, Wasser verabreichen; sie aber sagten uns, daß es bequemer sei, mit ihnen erst an das Ende des Kanals zu kommen, wo der Raum größer sei und es auch Sitze gebe. Wir gingen auf diesen Vorschlag ein.

Sie hatten vor zwei Tagen keinen andern Weg gefunden als den, den wir auch kamen, und sich mit den Händen vorsichtig weitergetastet, bis sie bemerkten, daß der Kanal zu Ende sei. Er wurde durch riesige Felsquader verschlossen, die so künstlich zubehauen waren, daß man sie für natürliche hielt. Die feinen, wohlausgepaßten Spalten, in denen sie sich aneinanderfügten, schienen natürliche Risse und Sprünge zu sein. Der Gang erweiterte sich da, wo er aufhörte, zu einem großen, viereckigen Raum, der einem saalähnlichen, geräumigen Zimmer glich und längs der Wände hin mit steinernen Sitzen versehen war. Da ließen wir uns nieder.

Hier, in diesem unterirdischen, nur von einem leisen Dämmerschein erhellten Raum, sahen sich der Mir und der Dschirbani zum ersten Male. Zunächst bekamen der letztere und sein Gefährte zu trinken. Inzwischen brannte ich einige der mitgebrachten Kerzen an, um wenigstens für kurze Zeit so viel Licht zu machen, daß wir einander deutlich sehen konnten. Da reichte der Mir dem Dschirbani die Hand, und dieser hielt sie fest. Sie sahen einander an, ohne zu sprechen, ohne sich auch nur zu grüßen. Dann setzte sich der Mir auf eine der Bänke und wendete sich an mich:

„Hier ist nicht der Ort zu Begrüßungen zwischen Fürsten und Heerführern. Daß wir uns sprechen und miteinander verhandeln wollten, war eine Lüge des Panthers. Aber diese Lüge wird zur Wahrheit werden. So verwandelt die Hand der Vorsehung das Böse in Gutes. Aber hier soll dies nicht geschehen. Hier sind wir nicht einmal Herren unseres eigenen Schicksals; wie könnten wir uns erdreisten, fremde Geschicke leiten und lenken zu wollen! Hier sind wir Menschen, hilfsbedürftige Menschen, die sich in großer Not und Sorge befinden. Sobald diese vorüber ist, werden wir wieder sein, was wir waren. Jetzt aber richte ich an dich, Effendi, die Frage, was du über unsere jetzige Lage denkst. Ist sie aussichtslos oder nicht?"

Da antwortete ich schnell und bestimmt:

„Ich brauche sie gar nicht erst zu prüfen, um dir sagen zu können, daß von Aussichtslosigkeit gar keine Rede ist."

„Ich danke dir! Das beruhigt mich. Aber wenn sich nun auch hier kein Ausgang findet?"

„So kehren wir dorthin zurück, woher wir gekommen sind. Daß der Fußboden des Empfangsraumes beweglich ist, war uns bisher nachteilig. Ich habe gar keinen Grund anzunehmen, daß es uns nicht auch zum Vorteil werden könne. Wenn der Boden auf- und niedersteigt, so geschieht dies nur durch Anwendung von Hemmungen und Gewichten. Befänden sich diese Gewichte über der Erde, so hätten wir auf Hoffnung zu verzichten. Es gab aber da oben, am Tor und an der Mauer, nicht den geringsten Platz für sie. Sie sind also nur unter der Erde zu suchen, und ich bin überzeugt, daß wir sie finden werden. Ist das geschehen, so ist es keinem Panther möglich, uns länger zu halten, als wir uns halten lassen wollen."

„Das klingt ja hoffnungsvoll! Wer hätte das gedacht! Ich verließ mich auf meine Kenntnis der hiesigen Örtlichkeiten und muß mich nun ganz auf dich verlassen! Willst du noch mehr sagen?"

„Ja. Es ist nämlich noch gar nicht erwiesen, daß wir hier umzukehren haben. Dieser Raum ist künstlich hergestellt worden. Man baut sich aber kein Zimmer und keine Stube, zu der man, um sich dort niedersetzen zu können, fast viertausend Schritt unter der Erde zu laufen hat. Ich bin vielmehr überzeugt, daß es hier eine Tür gibt, die in das Freie führt."

„Ich sehe keine!"

„Ich auch nicht. Aber suchen wir. Eine hölzerne Türe gibt es freilich nicht. Ist eine da, so ist sie von Stein, so besteht sie aus einem dieser großen Felsenstücke, die so genau zusammenpassen, als ob die Fugen nicht künstliche, sondern ganz natürliche seien. Eine solche Steintür wäre aber viel zu schwer und ungefügig, als daß sie in Angeln gehen könnte. Es ist vielmehr anzunehmen, daß sie auf Rädern läuft. Ist dies der Fall, so hinterläßt das auf dem Boden Spuren, die sich nicht verbergen lassen."

„So meinst du, daß wir nur den Fußboden zu untersuchen brauchen, um zu sehen, ob es eine Tür gibt oder nicht?"

„Allerdings!"

„Gut, schauen wir nach!"

Die Lämpchen und Lichter wurden zu Boden gesenkt, und kaum war das geschehen, so rief Halef:

„Sihdi, ich hab's, ich hab's!"

„Was?" fragte ich. „So schnell?"

„Ja, so schnell, sofort! Ein Gleis – und noch eins, also zwei! Kommt her!"

Es war, wie er sagte. Der Boden wurde von einer sehr harten, schweren Steinplatte gebildet, in welche zwei Vertiefungslinien eingehauen waren, die gar nichts anderes sein konnten, als eben nur Gleise. Diese Platte lag nicht genau waagerecht, sondern schief; sie hob sich nach der Mauer zu und senkte sich nach der andern Seite hin; sie hatte also Fall. Sie stieß an eine zweite Platte von demselben harten Stein, auf welcher sich die beiden Gleise fortsetzten; auch diese lag nicht waagerecht; sie ging wieder bergan. Man sah ganz deutlich, daß die Last, die auf diesen beiden Steinen zu rollen hatte, sich erst abwärts und dann wieder aufwärts bewegte. Sie wurde also durch ihre eigene Schwere ins Rollen gebracht und auch wieder angehalten.

Also die Gleise, die Schienen waren da! Nun fragte es sich, welcher Stein die Türe bildete. Natürlich der, unter dem die Gleise entsprangen. Wir untersuchten ihn. Er stand fest. Er wich und wankte nicht. Er wurde also in irgendeiner Weise festgehalten. Gelang es, diese Hemmung zu entfernen, so bewegte er sich jedenfalls. Wir gingen also an die genaue Untersuchung seiner nächsten Umgebung. Da fielen uns sehr bald zwei kleine Stellen auf, die anders gefärbt waren als die Felsen selbst. Sie lagen nicht ganz in Brusthöhe über der Erde, und zwar rechts und links von dem Türenstein an den anstoßenden Kanten der beiden Nachbarsteine. Ich versuchte, sie mit dem Fingernagel wegzukratzen. Sie bröckelten ab. Nun nahm ich das Messer; da ging es schneller. Es wurden zwei schmale Löcher oder Spalte sichtbar, ganz genau den Öffnungen gleichend, in welche man bei Automaten die Zehn- und Fünfpfennige steckt. Man hatte sie verstopft, mit von der Erde aufgehobenem, naß gemachtem Staub, damit niemand sie bemerken möge. Das war genau dieselbe Art, in der man auch die Spalten und Risse am Wasserengel, der in der Nähe des Engpasses Chatar stand, unsichtbar gemacht hatte. Das fiel mir auf.

„Ein Loch, ein Loch, ein Schlüsselloch!" sagte Halef. „Nicht wahr, Sihdi?"

„Es scheint so", stimmte ich bei.

„Und drüben auf der andern Seite wohl auch?"

„Wollen sehen!"

Als ich auch dort den Staub entfernt hatte, kam eine ganz gleiche Öffnung zum Vorschein.

„Sonderbar, höchst sonderbar!" wunderte sich der Mir. „Aber nun der Schlüssel! Wo mag der sein? Vielleicht liegt er hier irgendwo versteckt!"

„Das glaube ich nicht", antwortete ich. „Einen so wichtigen Gegenstand versteckt man nicht grad da, wo der Wunsch, ihn zu besitzen, am lebhaftesten ist. Doch, warte!"

Es fiel mir nämlich grad in diesem Augenblick jenes Schlüsselmesser des Maha-Lama von Dschunubistan ein, welches ich am andern Tag an der Stelle fand, an welcher er mit dem obersten Minister gelagert hatte. Ich hatte es mir gut aufgehoben. Es steckte in dem sichersten Winkel meiner Satteltasche. Ich holte es jetzt aus ihm hervor und bog die Klinge in die damals von mir beschriebene Lage. Dann steckte ich die Spitze in das Schlüsselloch und drehte. Es ging! Ich hätte laut aufjubeln mögen! Denn ich ahnte, daß von der Brauchbarkeit dieses Messers auch noch andere, sehr wichtige Dinge abhängen würden.

„Er kann öffnen, er kann öffnen!" rief der Mir ganz verwundert.

„Oh, mein Effendi kann alles, und ich nachher auch!" antwortete Halef in sehr stolzem Ton.

„Ich habe gesagt, daß er sich auf mich verlassen könne, und

nun muß ich mich auf ihn verlassen! Bitte, Effendi, schließ auch die andere Öffnung auf."

„Wenn du weggegangen bist, eher nicht!"

Er stand nämlich grad vor dem Stein, der sich bewegen sollte. Darum fügte ich hinzu:

„Weil die schwere Türe dich, sobald sie aufgeht, niederwerfen und zermalmen würde."

Da trat er schnell zur Seite. Ich steckte die Messerspitze nun auch in die andere Öffnung, und sie bewährte sich ebenso wie drüben. Kaum hatte ich sie herumgedreht, so bewegte sich der Stein. Er verließ infolge seines eigenen Druckes seinen bisherigen Platz, trat aus der Mauer heraus, rollte über die erste Platte abwärts, auf der zweiten aufwärts und blieb dann stehen. Trotz seines Gewichtes von vielen Zentnern brauchte man ihm nur einen kleinen Rückstoß zu geben, so kehrte er von der zweiten über die erste Platte auf seinen Platz in die Mauer zurück. Eine kühle, reine Luft drang zu uns herein. Die Pferde atmeten sie in lauten Zügen ein.

„Gerettet!" rief der Mir.

„Oho!" zweifelte Halef.

„Nicht so laut!" warnte ich. „Und schnell die Lichter aus! Wir wissen ja nicht, wohin wir kommen! Unsere Rettung ist noch keineswegs beendet; ich meine vielmehr, daß die Gefahr erst jetzt beginnt. Treten wir vorsichtig hinaus! Und vor allen Dingen still, ganz still!"

Es war draußen fast so dunkel wie im Innern des Kanals. Erst nach einiger Zeit, als die Augen sich eingewöhnt hatten, sahen wir, daß wir uns auf einer Art Veranda, Laube, Perron oder Kolonnade befanden, die tief in den Felsen gehauen war, so daß vorn nur noch die mächtigen Säulen standen, auf denen der Oberfelsen ruhte. Das Gestein über uns verhinderte, daß wir den Himmel sahen. Aber als wir nach vorn gingen, konnten wir den Blick zu den Sternen erheben, die über uns leuchteten. Eine klare, deutliche Umschau war freilich nicht möglich. Jeder Umriß zerfloß und verschwamm. Der Mir hatte ein ganz anderes Leben geführt als Halef und ich. Seine Sinne waren ungeschärft geblieben. Er behauptete, gar nichts zu sehen, als nur die Sterne. Wir aber bemerkten trotz aller Undeutlichkeit sehr wohl, daß wir uns in einer außerordentlich schroffen Bodenvertiefung befanden, in deren Mitte eine Tafel mit einem hohen, beflügelten Gegenstand zu stehen schien, vielleicht eine Figur.

„Hast du jetzt nun eine Ahnung, wo wir uns befinden?" fragte ich den Mir.

„Nein", antwortete er.

„Wir stehen in einem ungeheuren kreis- oder länglich runden Kessel, dessen Wände senkrecht aufzusteigen scheinen."

„Den gibt es nicht", behauptete er.

„O doch! Es muß ihn geben, denn ich sehe ihn ja! In der Mitte dieses Kessels gibt es etwas wie eine Insel, und auf ihr einc Figur."

„Figur? Was für eine Figur?" fragte er schnell.

„Wahrscheinlich ein Engel, denn ich sehe Flügel!"

Da schrie er laut auf:

„Allah behüte uns vor . . ."

Ich unterbrach seine Worte, indem ihn ihn beim Arm ergriff und ihn warnte:

„Nicht so laut, nicht so laut! Wir müssen vorsichtig sein!"

Da wiederholte und vervollständigte er seine Interjektion in leiserem Ton:

„Allah behüte uns vor dem neunmal geschwänzten und zehnmal gesteinigten Teufel! Es scheint, wir befinden uns am schauderhaftesten und unheilvollsten Ort, den es auf Erden gibt!"

„An welchem?"

„Am Maha-Lama-See!"

„Maha-Lama-See? Habe nie etwas von diesem See gehört!"

„Weil du ein Fremder bist, von so weit her! Gar von Europa! In Asien aber ist er berüchtigt und gemieden, so weit es Menschen gibt!

„Warum?"

„Weil hier Grausamkeiten, Gotteslästerungen, Sünden und Verbrechen geschehen sind, die nicht nur einmal, sondern tausendmal von der Erde zum Himmel hinauf- und vom Himmel wieder zur Erde herunterschreien."

„Von wem?"

„Von den Lama-Priestern."

„An wem?"

„An allen, die es wagten, ihnen zu widerstreben. Sie waren eigentlich nicht Lama-, sondern Teufelspriester. Man erzählt sich von ihnen Dinge, die man eigentlich für Menschen unmöglich halten sollte."

„So erzähle! Wir befinden uns, wie es scheint, am ganz richtigen Platze für derartige Erzählungen. Komm, setze dich! Hier stehen Bänke, grad wie im letzten Raum des Kanals."

Ich zog ihn nach einer dieser langen Steinbänke hin. Er folgte mir nicht gern.

„Man darf nicht davon sprechen!" sagte er.

„Warum nicht?"

„Weil es gefährlich ist, zumal wenn das Wunder wirklich geschehen wäre, daß wir uns hier am Maha-Lama-See befänden. Es heißt: Wehe dem, der es wagt, die Stätte des einstigen Sees zu betreten oder auch nur von oben herunterzuschauen! Man kann ja auch gar nicht zu ihm gelangen. Es fällt auch gar keinem Menschen ein, nach ihm zu suchen, weil man überzeugt ist, daß dies nur Verderben bringen würde. Man spricht nicht von ihm; man denkt auch nicht an ihn. Darum sagte ich soeben, daß es eine solche Stelle gar nicht gebe. Und darum ist es für mich noch keineswegs erwiesen, daß wir uns am Maha-Lama-See befinden."

„Das ist interessant, hochinteressant! Was für eine Bewandtnis hat es mit diesem See?"

„Es ist eine Sage, an die man aber glaubt!"

„Auch du glaubst ihr?"

„Warum sollte ich nicht? Es ist auf Erden vieles wahr, was man für ein Märchen hält!"

„Ich drücke diesen deinen Gedanken anders aus: Es liegt in den meisten Märchen und Sagen ein Wahrheitskern oder ein Wink versteckt, nach dem man suchen soll, um ihn befolgen zu können. Wahrscheinlich ist das auch hier der Fall. Wir bitten dich zu erzählen!"

Er zögerte eine Weile. Er hatte eine anerzogene, gewohnte Scheu zu bekämpfen, dann aber begann er:

„Das war zur Zeit, als der Nebenfluß noch nicht zugebaut, sondern offen war. Damals gab es einen Maha-Lama, welcher der berühmteste von allen war, die es bisher gegeben hatte. Sein Volk liebte ihn, aber der Teufel haßte ihn. Er war hundert Jahre alt geworden und ging an seinem Geburtstag am Ufer des Flüßchens spazieren. Indem er dies tat, dachte er: ‚Könnte ich doch noch hundert Jahre leben; wie glücklich wollte ich meine Untertanen machen!' Das stand der Teufel vor ihm und sprach: ‚Du kannst, wenn du willst!' Er hob die Hand. Da gab es einen so entsetzlichen Krach, daß die ganze Erde bebte. Sie tat sich vor dem Maha-Lama auseinander. Es entstand ein tiefer, weiter Krater, in dem das Flüßchen sofort verschwand, und rings um seinen Rand stiegen steile, schroffe Felsenmauern auf, die ihn rund umschlossen. Kein Menschenfuß konnte über sie hinweg. Der Maha-Lama war sehr erschrocken; der Teufel aber sprach:

‚Beruhige dich; es geschieht dir nichts. Ich bin gekommen, dir deinen Wunsch zu erfüllen, nicht aber, dich zu vernichten. Du sollst genau noch hundert Jahre leben, und dein Volk soll noch glücklicher sein als jetzt. Dafür verlange ich nur eins von dir.‘ Der Maha-Lama fragte, was das sei. Der Teufel antwortete: ‚Das Wasser des Flüßchens, welches jetzt in diesem Krater zu verschwinden scheint, wird in ihm emporsteigen, so daß ein See entsteht. In diesem See ersäufst du alle Menschen, die dich beleidigen und kränken. Weiter verlange ich nichts von dir.‘ Da lachte der Maha-Lama und sprach: ‚Darauf kann ich eingehen, denn es gibt keinen einzigen, der mich beleidigt oder kränkt; sie lieben mich alle. Werde ich trotzdem noch hundert Jahre leben, wenn ich auf dein Verlangen eingehe?‘ – ‚Ja, sogar noch länger als hundert Jahre. Du wirst leben, bis du so viel Menschen in den See geworfen hast, daß er austrocknet und wieder verschwindet. Beleidigt dich keiner, so hast du keinen zu ersäufen. Beleidigt dich aber einer und du ersäufst ihn nicht, so stirbst du augenblicklich, und deine Seele ist mein für alle Ewigkeit‘ In seinem Wunsch, noch hundert Jahre älter zu werden, unterschrieb der Maha-Lama diesen Pakt mit seinem Blut. Er war überzeugt, keinen einzigen Menschen opfern zu müssen, weil sie alle ihn bisher liebten. Aber als man die plötzlich emporgestiegene, unübersteigbare Felsenmauer sah und daß hinter ihr der Fluß verschwunden war, der so viele Leute ernährte, gab es doch einen, der die Schuld auf den Maha-Lama warf, der sich, als es geschah, an der Unglücksstelle befunden hatte. Dieser wollte ihm verzeihen; er war dies ja so gewöhnt. Da aber erschien ihm der Teufel, zeigte ihm den verborgenen Weg zum See, den nur er, doch kein anderer, finden konnte, und gab ihm nur einen einzigen Tag Zeit, entweder diesen Mann zu ersäufen oder selbst zu sterben und seine Seele zu verlieren. Da gehorchte der Maha-Lama. Der Mann verschwand heimlich und wurde nicht wieder gesehen. Das erregte Verdacht gegen den Maha-Lama. Man gab diesem Verdacht Worte, doch wer dies tat, verließ sein Haus und kehrte nicht wieder zurück. Dadurch steigerte sich der Verdacht zur Gewißheit. Die Anhänger verwandelten sich in Gegner, die Freunde in Feinde, und endlich wurde er ebenso allgemein gefürchtet und gehaßt, wie man ihn früher achtete und liebte. Das Wasser hatte schon längst den See gefüllt und sich einen Durchbruch nach seiner früheren Mündung gebohrt, und es mehrten sich die Unglücklichen, die, an schwere Steine gebunden, in die Tiefe gesenkt wurden. Der erst fast grundlose Krater füllte sich. Der See wurde immer seichter und seichter. Und noch waren die hundert Jahre lange nicht vorüber, so war kein Platz mehr für die Leichen vorhanden. Sie wurden von dem Flüßchen aus dem nun völlig angefüllten See heraus an die Öffentlichkeit geschwemmt, und dadurch kam der vieltausendfache Mord an den Tag. Der Maha-Lama war zum Wüterich, zum Heuchler, Lästerer und Verbrecher geworden, und das Volk trat zusammen, um ihn zu züchtigen. Der Teufel aber kam zuvor und holte ihn, weil dies eine Beleidigung für ihn war, die er nicht bestrafte. Die durch Teufelskraft aus der Erde emporgestiegenen Felsenmauern waren gemieden und gehaßt gleich vom ersten Tag an; aber als man erfuhr, was sich hinter ihnen ereignet hatte, waren sie es doppelt. Und als nun später gar das Nebenflüßchen mit dem großen Strom verschwand und über die ganze Stadt und ihre Umgegend der Tod und die Wüste kamen, da erzählte man sich, daß in jeder Nacht, sobald es dunkel geworden ist, der Geist des Maha-Lama am Ufer seines ausgestorbenen Sees erscheine, um auf einen Helfer zu warten, der ihn von seinen Höllenqualen erlöst."

Nun schwieg der Mir. Er war mit seiner Erzählung zu Ende. Auch wir schwiegen. Der Eindruck dessen, was wir gehört hatten, war kein gewöhnlicher. Jedenfalls nicht nur durch die Erzählung an sich, sondern ebenso auch durch den Ort, an dem wir uns befanden. Erst nach einer längeren Pause fügte er hinzu:

„Das war die alte Sage von dem Maha-Lama-See. Was meinst du, Effendi, ist sie eine Lüge oder eine Wahrheit?"

„Wahrscheinlich beides, nämlich eine in Lügen eingekleidete Wahrheit. Solange es dunkel ist, läßt sich gar nichts sagen; aber dieses Rätsel wir wohl auch nicht anders zu lösen sein als alle die anderen Lebensprobleme, die im Gewand der Sage und des Märchens erscheinen, weil sie sonst unfaßbar bleiben würden. Wenn die Figur, die da drüben vor uns steht, wirklich ein Engel ist, so bist du vielleicht der Mann, der gekommen ist, den Maha-Lama von seinen Höllenqualen zu erlösen."

„Ich?" fragte er erstaunt.

„Ja, du!" antwortete ich.

„Ich weiß nicht, was du meinst! Ich begreife dich nicht!"

„Das ist jetzt auch nicht nötig. Du hast nicht zu hören, sondern zu sehen, was ich meine; das kannst du aber erst dann, wenn es hell geworden ist."

„So fürchtest du dich also nicht vor dem Maha-Lama-See, wenn er es wirklich ist?"

„Fürchten? Ich freue mich auf ihn!"

„Und die Geister und Gespenster, von denen man erzählt?"

„Die existieren für mich nicht. Ich bin weder Spiritist noch Okkultist, weder Gespenster- noch Dämonenseher. Im Gegenteil! So oft ich da, wo man von ‚Geistern' und dergleichen zu mir sprach, der Sache mit offenem Auge auf den Grund gegangen bin, habe ich stets und ohne jede Ausnahme erkannt, daß das, was man für überirdisch erklärte, genau ebenso irdisch und so alltäglich war wie alle andern irdischen und alltäglichen Dinge. Ich bin überzeugt, daß es sich auch hier um sehr materielle Sachen handeln wird. Wie liegt denn eigentlich dieser See im Verhältnis zu den andern Teilen der Stadt?"

„Die Festungsstadt hast du gesehen. Auch die hohen, starken Mauern der Zitadelle?"

„Ja."

„Aber den westlichen Teil der Zitadelle hast du nicht gesehen. Dieser ist nämlich nicht durch eine Mauer eingefaßt, sondern er lehnt sich unmittelbar an den Felsenring, der den Maha-Lama-See umgibt. Dieser Ring ist der beste und natürlichste Schutz, wie ihn die Kunst des größten Festungsbaumeisters niemals geben könnte. Viel weiter draußen liegt dann der westliche Höhenzug, der das äußere Gebiet der Stadt begrenzt. Wenn man dort den höchsten Punkt besteigt, ist es möglich, einen Blick in das Innere des Seekraters zu werfen. Dieser Blick fällt allerdings nur durch eine schmale Lücke und dringt nicht bis auf den Grund hinab. Aber man kann den Kopf und den oberen Teil des Engels sehen."

„In den Krater eingedrungen ist also wirklich noch niemand?"

„Noch kein Mensch, so viel ich weiß. Es hat sich freilich herausgestellt, daß ich von der Stadt der Toten nicht soviel weiß, wie ich dachte. Es ist also vielleicht nicht ausgeschlossen, daß es Leute gegeben hat oder gar heute noch gibt, die dagewesen sind. Doch glaube ich dieses nicht, sondern nur das Gegenteil."

„Wäre jemand hier gewesen, so würden wir wahrscheinlich Spuren finden, wenigstens wenn es in letzter Zeit geschehen wäre. Doch auch da müssen wir warten, bis es Tag geworden ist. Wir wollen erst essen, dann schlafen."

„Schlafen?" fragte der Mir. „Bei einer derartigen Aufregung!"

„Du hast nicht den geringsten Grund mehr, aufgeregt zu sein. Halef mag auspacken. Wir haben noch nicht zu Abend gespeist, und auch die Pferde und Hunde müssen gefüttert und getränkt werden, doch so, daß noch für morgen sowohl Wasser als auch

Futter übrigbleibt. Ich hoffe zwar, daß wir hier alles finden, was wir brauchen, doch ..."

„Alles?" unterbrach mich der kleine Hadschi. „Sogar auch Wasser?"

„Ja, sogar auch Wasser!" fuhr ich fort. „Aber die Vorsicht gebietet uns, für den Fall der Not doch noch etwas aufzuheben."

Während Halef mit Hilfe der beiden Ussul unsere Speisen auspackte und vor allen Dingen zunächst den Pferden und Hunden Futter gab, verfügte ich mich nach der Öffnung, durch welche wir gekommen waren, um sie nun auch von der Seite aus, an der wir uns jetzt befanden, zu untersuchen. Ich wollte sie nämlich sehr gern verschließen, um von dem Kanal aus gegen Überraschungen gesichert zu sein. Zwar verbot mir die Vorsicht, wieder Licht zu machen, aber da ich nun einmal das Geheimnis des Verschlusses kannte, hatte ich jetzt wahrscheinlich die Augen nicht mehr nötig, sondern es genügte der Tastsinn zu finden, was ich suchte. Die Tür mußte doch nicht nur von innen, sondern auch hier von außen verschlossen werden können. Folglich stand zu erwarten, daß es auch von außen Schlüssellöcher gab. Ich nahm an, daß sie sich in gleicher Höhe und an ganz entsprechender Stelle befinden würden. Kaum hatte ich hingefühlt, so wurde die Vermutung bestätigt. Meine Fingerspitzen erkannten sofort die beiden rechts und links von der Türöffnung liegenden Stellen, um die es sich handelte. Ich befreite sie mit Hilfe meines Messers von dem Staub, mit dem man auch diese Öffnungen verschlossen hatte, und probierte dann, ob der Schlüssel passen werde. Er tat es. Es war da eine Feder angebracht, die vor- oder zurücksprang, je nachdem wie man drehte, und das konnte man in gleicher Weise von außen wie auch von innen tun. Nun war es gar nicht schwer, die Tür zu verschließen. Ich brauchte mich nur nicht von dem schweren Stein erwischen und niederwerfen zu lassen. Er stand jetzt im Innern. Von seiner Stelle stoßen durfte ich ihn nicht, sondern ich mußte ihn ziehen, denn ich wollte doch wieder hinaus, nicht drin in dem Kanal bleiben. Ich nahm an, daß dies eine ziemlich bedeutende Kraftanstrenung erfordern werde, weil es keinen Henkel, keinen Griff oder etwas Derartiges gab, woran ich hätte fassen können; aber die Platte, auf welcher der Stein jetzt ruhte, war in der Neigung nach außen, die sie hatte, so scharf berechnet, daß ich die Hand kaum an den Koloß gelegt hatte, so bewegte er sich auch schon. Ich mußte nur schleunigst zurückspringen, um nicht niedergerissen zu werden. Als er seine Stelle erreicht hatte, stand er still, und ich hörte, wie die Feder in ihre Vertiefung schnappte.

Der Mir war nicht bei den andern geblieben, sondern mit mir zur Tür gekommen. Er erklärte mir, daß er nicht essen könne. Er habe weder Hunger noch auch nur die allergeringste Spur von Appetit. Ich legte ihm jetzt den Finger an den Puls. Wirklich! Der Mann hatte Fieber!

„Bist du krank?“ fragte ich.

„Nein“, antwortete er.

„Also nur aufgeregt?“

„Ja, aber sehr! Ich fühle an meinen Schläfen das laute Klopfen des Pulses!“

„Wozu? Hier, fühle den meinigen!“

„Ja du, Effendi, du! Du bist fremd; dich geht die Sache nichts an! Mich aber packt sie von innen und von außen! Sag, müssen wir hier stehenbleiben?“

„Warum diese Frage?“

„Weil es mich nicht leidet und nicht duldet! Ich kann nicht mehr stillsitzen, nicht mehr stillstehen! Ich muß laufen, muß mich bewegen! Ich weiß nicht, was das ist. Ich war noch nie so unruhig, so ergriffen!“

„So komm! Ich glaube, wir können es wagen. Gehen wir ein Stück von diesen Säulen und ihrem Felsendach hinweg, hinaus ins Freie, unter die Sterne!“

„Ja, ja, Effendi, hinaus! Ins Freie! Unter die Sterne! Wie fürchterlich das war, da drin im Kanal, in der stehenden, stockenden Luft, in der toten, leblosen Finsternis! Ich sagte nichts, aber mir wurde da angst, himmelangst! Also komm!“

Ich nahm seinen Arm unter den meinen. Wir verließen die Kolonnade und schritten langsam in die Nacht hinaus. Doch nicht wir allein. Meine beiden Hunde ließen ihr Futter liegen und kamen hinterdrein. Die treuen Tiere hielten es für ihre Pflicht, mich in dieser Finsternis nicht ohne ihren Schutz zu lassen. Wir gingen eine Weile, ohne zu sprechen. Er wußte nicht, ob er mir das, was ihn so tief bewegte, sagen dürfe, und ich aber wartete, daß er beginnen werde, weil ich durch eigenes Reden sehr wahrscheinlich seine ganze Mitteilung zurückgeschreckt und unmöglich gemacht hätte. So gingen wir weiter und weiter. Es war nicht das ganze Firmament, welches wir über uns sahen, denn die hochragenden Felsenmauern beschränkten unsern Horizont, aber es waren doch Sterne, die da funkelten, und gerade jetzt trat das neugeborene erste Viertel des Mondes als schmaler, dünner Bogen hinter der höchsten, steilsten Felsenkante hervor und goß ein geheimnisvolles Hellerwerden über uns und alles aus, was um uns ragte. Da sahen wir, daß es allerdings ein Engel war, der genau auf der Mitte des weiten, öden Platzes stand, an dessen Rand wir uns jetzt befanden. Wir lenkten unwillkürlich unsere Schritte auf ihn zu.

„Ja, wir sind am Maha-Lama-See", sagte der Mir jetzt. „Es ist kein Zweifel möglich. Das ist der Engel, dessen Kopf ich so oft gesehen habe, wenn ich auf der westlichen Höhe stand und mit knabenhaftem Grauen nach hier herüberblickte. Wollen wir umkehren?"

„Warum? Fürchtest du dich?"

„Fast! Ja! Und doch zieht es mich hin, als müsse ich dort etwas finden, als hätte ich mich schon längst, mir aber unbewußt, nach ihm gesehnt! Effendi, lache nicht! Ich rede nicht dumm; ich rede nicht irr; ich sage dir nur, was ich fühle!"

„Wer könnte da lachen! Der Augenblick, an dem die Seele des Menschen zu sprechen beginnt, ist stets ein ernster, großer, heiliger. Höre auf das, was sie dir sagt! Unterbrich sie nicht! Sprich erst dann wieder mit mir, wenn sie schweigt!"

So war er nun also wieder still. Der große, weite, vollständig ebene Platz, über den wir jetzt nach seiner Mitte schritten, war also früher See gewesen, der Maha-Lama-See! Wenn wir zurückschauten, sahen wir die Kolonnade, die wir verlassen hatten, als den uns nächsten Punkt ziemlich deutlich vor uns liegen. Sie wurde um so undeutlicher, je weiter sie sich entfernte. Sie schien um den ganzen Platz, um den ganzen früheren See zu gehen. Dagegen wurde der Engel um so deutlicher, je näher wir ihm kamen. Er stieg zusehends höher und schärfer vor uns auf. Er war gewiß doppelt so hoch wie der Engel, den wir kurz vor dem Engpaß Chatar entdeckt hatten, doch hatte er ganz und genau dieselbe Figur. Es schien, als ob der hiesige das Original des dortigen und dieser nur eine Verkleinerung von ihm sei. Wie nun, wenn ich das Richtige vermutete! Wenn er Wasser enthielt?

Da blieb Uucht plötzlich stehen, hob den Kopf, dann auch das eine Vorderbein, machte den Hals so lang wie möglich und ließ die Nüstern spielen. Ihr Schwanz hing. Bald aber hob er sich, wackelte ein wenig, dann immer mehr und wedelte schließlich in der mir bekannten, eifrigen und zuversichtlichen Weise hin und her. Aacht tat dasselbe. Nun war ich beruhigt, vollständig beruhigt über alles, was hier noch geschehen und uns begegnen konnte. Meine Hunde hatten die erste Spur der Feuchtigkeit entdeckt. Es gab Wasser hier. Der Engel war ein Brunnenengel, ganz ebenso wie der andere, von mir bereits erwähnte! Ich säumte natürlich nicht, aus dieser Tatsache die selbstverständlichen, logischen Schlüsse zu ziehen. Die Sage des Mirs war gezwungen, ihre Maske abzuwerfen und ihre wahre Gestalt zu zeigen. Man hatte in ihr die Wahrheit nicht etwa nur umkleidet, sondern geradezu zur Lüge gemacht.

Indem wir weitergingen, wurden die Bewegungen der Hunde lebhafter. Ich verbot ihnen, Laut zu geben. Da schauten sie verwundert zwischen mir und dem Engel hin und her. Sie nahmen an, daß sie von mir nicht verstanden worden seien. Darum liebkoste ich sie und sagte ihnen ein anerkennendes Wort. Da waren sie sofort beruhigt.

„Was ist das mit deinen Hunden?“ fragte der Mir. „Was wollen sie?“

„Sie sagten mir etwas, was du auch bald erfahren wirst.“

„Etwas Böses vielleicht?“

„Nein, sondern etwas Gutes. Ich hoffe, daß wir überhaupt hier nur noch Gutes erleben werden! Weißt du vielleicht, was der Maha-Lama seinen Opfern zu essen und zu trinken gegeben hat, ehe sie in den See geworfen wurden?“

„Natürlich nichts!“

„Woher weißt du das?“

„Es ist doch wohl nicht schwer, sich das zu denken! Man gibt doch Leuten, die gefangengenommen und dann sofort in das Wasser geworfen werden, nicht noch vorher zu essen und zu trinken!“

„Bist du überzeugt, daß sie alle sofort getötet worden sind? Daß der Maha-Lama gar keine Ausnahmen gemacht habe? Schau diese Säulen, diese Kolonnaden an! Sie auszugraben, auszuhöhlen und auszuhauen ist ein Gigantenwerk, welches doch wohl nicht von Leichen oder gar von Geistern und Gespenstern, sondern von lebenden, gesunden, kräftigen und ausdauernden Menschen ausgeführt worden sein kann! Und das sind nicht nur fünf oder zehn oder zwanzig, sondern Hunderte und Aberhunderte von Arbeitern gewesen, die gute und reichliche Nahrung bekamen. Und noch viel nötiger war das Wasser als Trank für die Menschen. Aber wo nahm man das wohl her?“

„Natürlich aus dem See!“

„Der mit Leichen ausgefüllt wurde?“

Diese Frage machte ihn verlegen. Er sann ein Weilchen nach und gestand dann ein:

„Hierauf, Effendi, kann ich dir keine Antwort geben. Man weiß nur, daß der Maha-Lama niemals auch nur einen einzigen Tropfen Wasser aus den Brunnen der Stadt nach dem See hat schaffen lassen."

„Weiß man das genau?"

„So genau, daß dies gerade einer der Hauptgründe war, zu schließen, daß er seine Opfer nicht leben lasse, sondern augenblicklich töte."

„Wenn er für die Arbeiter, die hier beschäftigt worden sind, wirklich kein Trinkwasser aus der Stadt bezog, so muß er hier an Ort und Stelle einen Brunnen gehabt haben, und zwar einen großen, sehr großen und unversiegbaren, der imstande war, wenigstens so viel, wahrscheinlich aber noch viel mehr zu liefern, als man brauchte."

„Meinst du wirklich?"

„Ja, das meine ich allerdings! Und wo ist er gewesen, dieser Brunnen? Wo steht er noch?"

„Wer kann das wissen?"

„Du etwa nicht?"

„Nein, ich nicht, ganz gewiß nicht!"

„So komm! Ich werde ihn dir zeigen!"

„Wer? Du?"

„Ja, ich!"

„Der Fremde? Der Europäer? Der hier vollständig Unbekannte?"

„Ja, der! Komm!"

Wir waren jetzt beim Engel angelangt. Ich nahm den Mir wieder, wie vorher, am Arm und führte ihn nach dem Unterbau. Dieser war ein anderer als bei dem Engel in der Nähe der Landenge El Chatar. Dort bestand er aus natürlichem Fels, hier aber aus künstlich aufgemauerten Stufen, welche direkt bis zu den beiden Füßen des Engels führten. Hier hatten täglich zahllose Arbeiter schöpfen müssen; da war es notwendig gewesen, den Zugang bequemer zu machen als dort, mitten in der Wüste. Die Stufen waren nicht hoch, sondern so niedrig wie ganz gewöhnliche Stufen; das heißt also, ungefähr sechzehn bis achtzehn Zentimeter. Es machte also gar keine Mühe, hinaufzusteigen. Indem wir dieses taten, kam mir der Gedanke, daß ich denn doch bis zum Anbruch des Tages hätte warten sollen, also bis es hell geworden war; denn da hätte ich die Falltür und die Treppe sehr wahrscheinlich viel leichter gefunden als jetzt. Und wenn ich den Mir schon jetzt überraschte, hatte es den Anschein, als ob ich seiner Unwissenheit gegenüber prahlen wolle. Dies aber war wirklich, wirklich nicht der Fall. Ich tat es nur darum gleich jetzt, um seine Stimmung zu benutzen, die gerade jetzt eine derartige war, daß die Wirkung doppelt größer als später sein mußte.

Ich nahm an, daß dieser Engel in seinem Innern ganz dieselbe Einrichtung haben werde wie der andere, den ich bereits kannte. Es zeigte sich zu meiner großen Befriedigung, daß ich mich auch da nicht geirrt hatte. Als wir oben angekommen waren, suchte ich gar nicht erst nach Spuren von Lücken, Rissen und Spalten, die jetzt, bei dem spärlichen Mondschein, wohl auch nicht leicht zu entdecken gewesen wären, sondern ich ging gleich und direkt zu der betreffenden Falte des Gewandes hin und versuchte, ob diese Stelle beweglich sei oder nicht. Das Ergebnis wollte sich nicht gleich einstellen. Die Achse weigerte sich, nach so langer Zeit gleich wieder zu funktionieren. Aber als ich einen kräftigen Druck anwendete, gehorchte sie doch. Der Teil des Gewandes, auf den ich drückte, schob sich in das Innere der Figur hinein, und dadurch wurde die Falltür, welche die Treppe verschloß, emporgehoben.

„Was ist das?" fragte der Mir erstaunt. „Der Engel ist doch hohl!"

„Wie du siehst!" antwortete ich.

„Ein Loch ist da! Kann man da hinab?"

„Ja, man kann!"

„Wohin?"

„Zum Brunnen, den ich dir zeigen will."

„Zum Brunnen –? Zum Brunnen?"

„Ja, allerdings zum Brunnen! Komm, steig mir nach! Du brauchst keine Sorge zu haben. Taste dich nur! Legst du die Hände zur Rechten und zur Linken fest an, so kannst du nicht fallen."

Die Hunde drängten, mit hinein und hinunter zu dürfen. Ich beruhigte sie; sie mußten natürlich oben bleiben. In derselben Weise, wie ich es soeben gesagt hatte, stieg ich dem Mir vorsichtig voran, dabei immer an den Engel der Landenge Chatar denkend. Auch hier führten die Stufen von rechts nach links. Sie waren fest und sehr gut erhalten. Ich prüfte eine jede sehr gewissenhaft mit dem vorausgestreckten Fuß. Auch hier waren es genau zwanzig, und auch die Luft war genauso kühl und genauso gar nicht feucht. Die Frage, ob es aber auch wirklich Wasser in diesem Brunnen gebe, stellte ich mir gar nicht erst, denn hatte der andere welches gehabt, so mußte dieser auch welches haben. Für mich verstand es sich nämlich von selbst, daß beide ganz genau auf einer und derselben leitenden Schicht erbaut worden waren.

Als ich den Fußboden des oberen Stockes erreicht hatte, wendete ich mich sofort nach rechts, um zu tasten, ob wir hier wohl in derselben Weise und an derselben Stelle Licht finden würden wie dort. Richtig! Ich fühlte einen großen, hohlen, steinernen Würfel, auf dem als Decke eine dünne, leichte Steinplatte lag, die sich verschieben ließ. Ich schob sie zur Seite, griff in die dadurch entstandene Öffnung und – was hatte ich in der Hand? Eine lange Rolle aus starkem Leder, die oben und unten zugebunden war, um ihren Inhalt vor Feuchtigkeit zu schützen. Dieser Inhalt bestand aus einer sehr gut erhaltenen, aus ungereinigtem Wachs hergestellten Kerze, deren Docht ich sofort in Brand steckte. Der Mir befand sich noch auf der Mitte der Treppe. Er, der asiatische, hohe Aristokrat, war solche Klettereien nicht gewöhnt, zumal im Dunkeln. Er kam also nur langsam vorwärts.

„Licht hast du, auch Licht?" fragte er. „Allah sei Dank! Ich komme gleich!"

Ich zündete noch eine zweite an, die ich ihm, als er bei mir anlangte, hinreichte.

„Ich auch eine? Eine solche – solche Kerze!" Dabei betrachtete er sie erstaunt. „Wo hast du die denn her?"

„Hier aus der steinernen Kiste. Da sind noch viele drin! Und noch andere sehr brauchbare Dinge dazu! Alles extra für uns aufgehoben!"

„Für uns?"

„Ja, für uns! Für wen denn sonst? Es ist doch weiter niemand da!"

„Was bist du für ein Mensch! Ein Tausendkünstler, ein Hexenmeister, ein Zauberer!"

„Fällt mir nicht ein, ganz und gar nicht ein! Ich bin ein ganz gewöhnlicher Mensch, nicht besser und nicht schlechter, nicht klüger und nicht dümmer als tausend andere!"

„Aber du weißt doch alles, alles!"

„Auch das fällt mir nicht ein! Ich bin keineswegs allwissend. Es geht mir auch hier nicht besser und nicht schlechter als jedem andern Menschen: Ich kann nur das wissen, was ich von andern weiß oder was ich gehört und gesehen habe. Ich bin nämlich mit meinem vortrefflichen Hadschi Halef Omar in ganz genau einem solchen Wasserengel, wie dieser hier ist, gewesen. Den haben wir von oben bis unten durchsucht. Dieser hier ist zwar wohl noch einmal so groß, aber ganz ebenso gebaut und auch im Innern ganz ebenso ausgestattet. Da ist es also kein Verdienst, hier mehr zu wissen als du, der du noch nie einen solchen Engel gesehen und durchstöbert hast. Sieh hier die beweglichen Räder mit den Leitriemen, den Schöpfkrügen und dem Steintrog, in den das Wasser fällt. Es wird von Etage zu Etage gehoben . . ."

„Ein Wunder, ein Wunder, ein Wunder!" unterbrach er mich. „Wer hat das gebaut?"

„Der Mir von Dschinnistan."

„Unmöglich!"

„Warum unmöglich?"

„Hier, mitten in meinem Land? In der frühern Hauptstadt und Residenz von Ardistan?"

„Wäre das etwas so Unbegreifliches?"

„Gewiß! Und nicht nur mitten im Land und mitten in der Residenz, sondern sogar mitten im Maha-Lama-See, der sogar mir und allen meinen Vorgängern ein Geheimnis gewesen ist, welches kein einziger von ihnen allen ergründet hat!"

„So ist es eben sein Geheimnis gewesen, das Geheimnis des Mirs von Dschinnistan, der mitten unter euch wohnt, ohne daß ihr es wißt, mitten unter euch waltet, ohne daß ihr es ihm erlaubt und euch alle von innen und außen kennt, ohne daß ihr ihn jemals gesehen habt!"

„Du scherzt, Effendi!"

„O nein! Es ist mein voller, heiliger Ernst!"

„So begreife ich dich nicht! Diesmal wirklich nicht! Bedenke doch, daß gerade nach deiner Ansicht weiter kein anderer diesen Brunnen gebaut haben kann, als nur allein der Maha-Lama, von dem ich euch erzählte."

„Das meine ich freilich auch. Aber die Anregung und alles weitere hat er vom Mir von Dschinnistan empfangen."

„Wie willst du das beweisen?"

„Schau da hinauf!"

Indem ich dies sagte, stieg ich auf den Rand der Steinkiste, aus der ich die Wachskerzen genommen hatte, und leuchtete hoch empor, wo über der Treppe das Zeichen des Mirs von Dschinnistan eingegraben war und gleich darunter im alten Brahmavartadialekt das Wort „Erbaut" gelesen werden konnte.

„Sein Zeichen, sein Zeichen!" rief der Mir. „Das muß ich sehen, ich, ich! Das hat man gewagt, gewagt! Das müßte ich bestrafen können, bestrafen!"

„Warum bestrafen?" fragte ich sehr ruhig. „Hat dieser Brunnen dir geschadet?"

„Nein! Aber eine Beleidigung ist er für mich, eine Beleidigung, die ich mir nicht gefallen . . ."

Er hielt mitten in seinem zornigen Satz inne, denn ich war schnell von der Kiste herabgesprungen und ganz nahe an ihn herangetreten, hob die Kerze zu ihm in die Höhe und sah ihm mit einem jener Blicke in das Gesicht, die man nicht „machen" und nicht „mimen" kann, weil sie unmittelbar aus dem Innern der Seele blitzen. Da wagte er es nicht, weiterzusprechen. Er schlug die Augen nieder und war still. Fast leise, aber sehr deutlich fragte ich:

„Der Mir von Dschinnistan, den du befeindest, gab dieser deiner armen Totenstadt den rettenden Brunnen, an dem sie sich wieder lebendig trinken kann, wenn du, ihr Herr, nur willst. Wahrscheinlich werden wir sehen, daß er ihr noch mehr, weit mehr gegeben hat, als dieses Wasser nur. Nun sag, was gabst denn du? Was tatest du, um diesen Tod in Leben zu verwandeln? Diese einst so herrliche Stadt, welche heut eine der schönsten und berühmtesten des ganzen Morgenlandes sein würde, wenn deine Ahnen dessen würdig gewesen wären, ging an der Grausamkeit und Unmenschlichkeit ihrer eigenen Herrscher zugrunde. Als du noch ein Kind warst, betrachtetest du ihre Leiche nur als Schreckgespenst zum Gruseln und zum Grauseln; höher brachte man deine Gedanken nicht. Und als du Mann und Herrscher geworden warst, da diente dir dieses wunderbare Tal, welches laut zu dir, dem Gebieter, um Gnade und Erbarmen, um Liebe und Erlösung schreit, nur als unerbittlicher Abgrund des Hasses, der Vergeltung, der Rache! Aus deinem Auge fiel kein einziger, warmer Blick auf sie, die Verschmachtete! Und nun du hörst, daß der, den du nicht ausstehen kannst, weil er ein Herz für jedes Leid, für jedes Unglück hat, gekommen ist, ihr wohlzutun, sie zu retten und zu erlösen, da brausest du auf und behauptest, er habe dich beleidigt, und das dürfest du dir nicht gefallen lassen! Wie klein bist du, o Mir, wie klein! Und wie schädlich bist du, wie schädlich! Für die ganze Menschheit! Für dein Volk! Und für dich selbst!"

„Effendi, du wirst grob!"

Er sagte das mehr im Ton des Vorwurfes als des Zornes. Er fühlte sich also doch nicht nur getroffen, sondern zugleich auch derart niedergedrückt, daß er es nicht mehr fertigbrachte, sich in die Brust zu werfen. Ich aber ließ mich nicht hierdurch rühren, sondern fuhr in genau demselben Ton fort:

„Und bedenke, was du wagst mit diesem deinem Stolz, der wenigstens hier am ganz unrechten Platz ist! Du bist gefangen! Du sollst sterben, sollst verschmachten! In diese Lage hat dich wieder nur dein großes Selbstvertrauen gebracht! Du verließest dich auf deine Ortskenntnisse, die sich nun als völlig unzureichend erweisen! Ein Mann wie du, ein Herrscher, hat sich sehr zu hüten, zu solchem Unvermögen, sich selbst zu helfen, herabzusteigen! Wenn man die Achtung verliert, kehrt sie nie so schnell zurück, wie sie gegangen ist. Für Halef und mich bist du jetzt nur ein hilfloses Kind, weiter nichts! Du befindest dich nicht nur mitten im Reich des Todes, sondern zudem auch noch mitten unter lebenden Feinden; denn daß deine jetzigen Genossen nicht deine Freunde, sondern deine Feinde sind, das sagst du dir doch selbst!"

„Ich? Es mir selbst sagen? Ihr, meine Feinde? Es ist mir gar nicht eingefallen, mir das zu sagen! Ich halte euch ganz im Gegenteil für meine Freunde, und zwar für echte, wahre, edle Freunde! Ihr werdet mich nicht verlassen!"

„Nein, das werden wir allerdings nicht. Aber bedenke, daß der Dschirbani mit seinem Heer an der Grenze deines Landes steht, und wir, Halef und ich, sind seine Kampfgenossen! Bedenke, daß der Prinz der Tschoban nicht nur seines Volkes, sondern auch seines Bruders wegen, den du zu dem gemacht hast, der er ist, sich nur zu deinen Feinden, nicht aber zu deinen Freunden zählen darf! Und bedenke endlich, daß auch die beiden Prinzen der Ussul gar keinen Grund haben, sich etwa für dich aufzuopfern! Man weiß in ihrer Heimat sehr genau, daß du sie nur als Geiseln betrachtest, sie einsperren läßt, sobald es dir beliebt, und ihre Truppen bestrafst und verbannst, demütigst und erniedrigst, so oft es dir gefällt, sie mögen es verdienen oder nicht. Diese beiden ehrlichen, aufrichtigen Menschen sind erst kürzlich wieder in der Stadt der Toten eingekerkert gewesen. Warum? Was hatten sie verbrochen?"

„Ich gab sie doch wieder frei!" warf er schnell ein.

„Das ändert nur die Folgen, nicht aber die Tat selbst! Sie wußten, daß ihr Leben an einem dünnen Haar, an einem einzigen Wort aus deinem Munde hing. Nun bist du selbst hier! Gefangen, hilflos, dem Tode geweiht! Wie groß und wie glühend denkst du dir wohl die Begeisterung, mit der sie nun bereit sein werden, sich für dich aufzuopfern? Glaubst du, daß sie dich lieben, oder glaubst du, daß sie dich fürchten und hassen?"

Er gab keine Antwort; er war still.

„Du schweigst! Also mitten unter Feinden; es ist nicht wegzuleugnen! Und da kehrst du den hohen Ton des Herrschers heraus, der nur zu winken braucht, so verlieren wir alle die Köpfe! Und da fühlst du, der sich nicht einmal selbst und viel weniger uns zu retten vermag, dich durch das Wasser beleidigt, dem du und wir unsere Rettung allein zu verdanken haben werden! Du wirst dem Mir von Dschinnistan dein und unser Leben schuldig sein, und ich erwarte von dir, daß du wenigstens in unserer Gegenwart mit der Achtung und Ruhe von ihm redest, die einem jeden geziemt, der von ihm spricht! Jetzt komm; wir steigen weiter hinab!"

Er folgte mir, ohne auch jetzt ein Wort zu sagen. Ich hatte in voller Absicht in dieser Weise zu ihm gesprochen, und ich hoffte, daß die Örtlichkeit, in der wir uns befanden, den Eindruck meiner Worte vertiefen werde. Ich machte ihn besonders auf die über den Treppenöffnungen stehenden Worte aufmerksam, welche zusammen den Satz „Erbaut zum Sieg im Kampfe für den Frieden" ergaben. Als wir unten ankamen, standen wir vor einem förmlichen See des reinsten, trinkbaren Wassers; so mächtig groß war das Gewölbe, in dem es sich sammelte. Er schöpfte mit der Hand und kostete. Dann sagte er:

„Bleib hier!"

Zwischen Mauer und Wasser führte ein steinerner Gang rundum, denn das sich auf einen kolossalen Mittelpfeiler stützende Gewölbe war kreisförmig, und so bildete auch die Randlinie des Wassers einen Kreis. Der Mir entfernte sich. Er ging langsam an dieser Kreislinie hin, deren Durchmesser so groß war, daß die kleine Kerzenflamme schon nach kurzer Zeit im dichten Dunkel verschwand. Nur noch die Schritte waren zu hören. Man vernahm ganz deutlich, daß ihr Schall an der Kuppel hinauflief und drüben aber nicht hinunterkonnte. Darum sammelten sich die Schallwellen aller dieser Schritte da oben zu einem Getöse, welches dort wie Donner rollte, bei mir hier unten aber nur wie das geheimnisvolle Flüstern einiger halbwelker Blätter klang. Dann hörte auch dieses Lispeln auf. Der Mir stand still.

Es war eine eigenartige Situation, die gar nicht zu beschreiben ist. Nach einiger Zeit flüsterte es wieder, aber nur kurz. Der Mir hatte eine Bewegung gemacht, wahrscheinlich sich niedergesetzt. Und nun kam eine lange, lange Pause, wohl eine halbe Stunde lang, in der sich gar nichts regte. Dann gab es so eigentümlich zischende, leicht schnaubende Töne. Weinte er vielleicht? Und gar nicht lange darauf gab es jenseits des Wassers ein lautes, ja überlautes Brausen, welches durch drei kurze Pausen in vier einzelne, zornige Stöße geschieden wurde. Wahrscheinlich hatte der Mir, ohne daran zu denken, daß ich es hören könne, in seiner inneren Aufregung einige Ausrufungen getan, die aber nicht als abgesetzte Worte, sondern als verworrener Schall zur Höhe gingen, so daß ich sie nicht verstehen konnte. Dort oben aber, wo sich alles Verworrene zusammenfand, um sich wieder aufzulösen, wurden die einzelnen Laute und Worte infolge des Schallgesetzes wieder ordnungsgemäß vereinigt, und kamen zu mir so leise, so vertraulich und doch so deutlich nieder, wie wenn eine teure Person, die wir lieben, ihre Lippen unserm Ohr nähert, um uns etwas Willkommenes mitzuteilen. Es raunte mir zu: „Er hat recht –! Und ich will –! Ich will –! Ich will . . .!"

Das war es, was sich aus seiner Seele herausgerungen hatte, diese Erkenntnis und dieser Entschluß. Diese Worte waren seinem Herzen unwillkürlich und unbewacht entstiegen, und nun dachte er wohl gar nicht daran, ob ich sie gehört und verstanden habe oder nicht. Hierauf kehrte er zurück, aber von der anderen Seite. Er war rund um das Bassin gegangen. Er ging, die Kerze in der Hand, an mir vorüber, ohne ein Wort zu sagen, und stieg die Treppe hinauf. Wie sehr mit sich beschäftigt mußte er sein! Ich folgte ihm, ohne ihm wegen dieser Achtlosigkeit zu zürnen! In dem oberen Raum angekommen, blieb er auch nicht stehen, sondern er blies seine Kerze aus, legte sie dahin, woher ich sie genommen hatte, und stieg vollends empor. Ich tat dasselbe, doch weniger hastig als er.

Als ich aus dem Treppenloch in das Freie trat, begrüßten mich meine Hunde, die hier zurückgeblieben waren. Sie hatten Angst für mich gehabt und stiegen nun mit den Vorderpfoten an mir empor, um sich zärtlich an mich zu drücken. Der Mir war schon die Freistufen hinuntergestiegen. Er stand auf der untersten und wartete auf mich. Er hatte seit meiner Strafrede nur erst zwei Worte gesprochen; nun aber, als ich zu ihm hinunterkam, fragte er:

„Effendi, was bist du für ein Mensch? Was du durchsetzen willst, das setzt du durch, es mag andern wehetun oder nicht!"

„War es gut, oder war es schlecht?"

„Es war gut!“

„So gewöhne dir das ebenso an, wie ich es mir angewöhnt habe! Man soll das Gute stets durchsetzen, mag es wehetun oder nicht. Nur der Böse räsonniert über den heilsamen Schmerz, den es verursacht.“

„Schmerz war es, ja Schmerz! Und zwar kein geringer! Ich dachte, als ich da unten am Wasser stand, ich müsse hineinspringen und mich ersäufen. Da aber dachte ich auch an meine Mutter, an die einzige, die mich liebte. Es war, als ob sie bei mir stehe und mir deine schweren Worte tragen helfe. Da erkannte ich, daß du recht gehabt hast in allem, was ich von dir sah und hörte. Und ich bekannte es, um mich nicht länger selbst zu betrügen. Ich rief es laut über das Wasser hinaus, so daß es war, als ob alles zusammenstürzen wolle. Du mußt den Lärm, den das machte, gehört haben. Zu verstehen aber war kein Wort. Du gehst jetzt zu den Gefährten?“

„Ja.“

„Ich bleibe hier und warte. Ich bitte dich, dem Dschirbani und dem Prinzen der Tschoban zu sagen, daß ich gerne mit ihnen sprechen möchte, und zwar jetzt, hier, an dieser Stelle. Willst du das tun?“

„Sehr gerne! Gott segne dich! Und nicht nur dich, sondern auch alles, was du mit ihnen redest!“

Ich ging mit meinen Hunden. Er blieb allein. Aber noch war ich keine zwanzig Schritt gegangen, so hörte ich seine Stimme hinter mir:

„Effendi!“

„Was?“ fragte ich, indem ich stehenblieb.

„Ich habe gelesen, was du mir zeigtest: ‚Erbaut zum Sieg im Kampfe für den Frieden!‘ Und ich habe es nicht nur gelesen, sondern es mir auch überlegt, da unten, am Wasser! Niemand kann geben, was er nicht hat. Ich kann meinem Volk keinen Frieden geben, wenn ich ihn nicht selbst besitze, in meinem eigenen Innern. Ist das richtig?“

„Ja. Darum hat dich der Mir von Dschinnistan mit diesem Brunnen im Innern des Landes in deinem eigenen Innern gepackt; überlege dir auch das!“

„Das werde ich! Ich wollte dir jetzt nur sagen, daß du unbesorgt sein kannst. Dein Stachel wirkt, und deine Hiebe sitzen! Nun geh!“

„Ich danke dir!“

„Nein, sondern ich dir!“

Als ich bei den Gefährten ankam, waren sie soeben mit dem Essen fertig. Ich machte mich sogleich daran, dies nachzuholen, und teilte dem Dschirbani und dem Prinzen der Tschoban mit, was der Mir von ihnen wünschte. Sie waren beide sofort bereit, seinem Verlangen nachzukommen.

„Das wird eine wichtige, sehr wichtige Unterredung!" sagte der Dschirbani. „Es hängt viel, sehr viel von ihr ab, wahrscheinlich der ganze Frieden! Und du, Effendi, hast mir noch nicht erzählt, was du erlebtest, seit du mich verließest. Es wäre wohl besser, wenn ich vor dieser Unterredung mit dem Mir recht ausführlich mit dir hätte sprechen können."

„Hast du wirklich noch nichts erfahren?" fragte ich lächelnd. „Sollte Halef so ganz und gar geschwiegen haben? Das wäre das erste Mal in seinem Leben!"

„Nein, Sihdi, ich habe nicht geschwiegen", fiel der kleine Hadschi schnell ein. „Ich habe rasch alles erzählt, alles, alles! Die Zeit bis zu deiner Wiederkehr war kurz; darum habe ich mich beeilt, sehr beeilt. Nun wissen sie aber auch alles, und du hast also nicht nötig, wieder von vorn anzufangen und unsere Abenteuer noch einmal zu durchlaufen. Und sollte ich ja etwas vergessen und unbenützt liegengelassen haben, so kehre ich schon ganz von selbst zurück, um es aufzuheben und sorgfältig nachzuholen. Darauf gebe ich dir mein Wort!"

„Dein Wort ist nicht nötig, lieber Halef", lachte ich. „Ich bin von der Wahrheit dessen, was du mir sagst, vollständig überzeugt, auch ohne daß du mir eine besondere Versicherung gibst."

„Ja, so bin ich, so! Glaubhaft in höchstem Grade! Ich danke dir, Sihdi, für dieses Leumundszeugnis aus deinem Munde. Es tut meinem Herzen wohl!"

Bei alledem verstand es sich ganz von selbst, daß ich, wenn ich der Erzähler gewesen wäre, den Ereignissen und Personen wohl andere Seiten abgewonnen hätte als Halef; aber die Zeit war zu kurz dazu, den Dschirbani vor seinem jetzigen Gang zum Mir von allem zu unterrichten. Und übrigens soll der Mensch ja nicht etwa denken, daß er bei der Leitung seiner Lebensereignisse vollständig unentbehrlich sei. Es waltet über uns eine Hand, die um so sicherer alles zum guten Ende führt, je weniger wir sie stören.

Als der Dschirbani und der Prinz uns verlassen hatten und mein Abendbrot verzehrt war, öffnete ich alle unsere Schläuche und gab den Pferden und Hunden das noch vorhandene Wasser. Das, was sie bekommen hatten, war nicht genug gewesen, weil wir geglaubt hatten, sparen zu müssen. Nun aber war diese Sparsamkeit nicht mehr nötig. Halef erinnerte mich natürlich sogleich daran, daß das Wasser doch für morgen aufgehoben werden müsse.

„Oder gibt es hier etwa Wasser?“ fragte er.

„Ja“, antwortete ich.

„Wo? Natürlich dort im Engel?“

„Allerdings.“

„Waret ihr etwa drin?“

„Ja.“

„Wie sieht er aus? Wie ist er eingerichtet?“

„Ganz genau so, wie der Engel an der Landenge von Chatar. Aber Wasser hat er noch mehr, viel mehr.“

„Hamdulillah! Dann haben wir gewonnen, gewonnen, gewonnen! Ich werde gleich fortgehen, um diesen unsern beiden Gefährten die äußere Gestalt und das innere Räderwerk des Engels zu zeigen!“

Er erhob sich schnell von seinem Platz und forderte die beiden Prinzen der Ussul auf, ihm zu folgen. Sie waren stille, herzensgute Menschen, die sich am glücklichsten fühlten, wenn sie unbeachtet blieben. Sie sprachen nur, wenn sie gefragt wurden. Noch keiner von ihnen hatte aus eigenem Antrieb auch nur ein einziges Mal das Wort an mich gerichtet. Ihr Verhältnis zu Halef schien freilich kein ganz so schweigsames zu sein; dafür hatte er in seiner Weise gesorgt. Jetzt, als sie ihm nach dem Engel folgen sollten, sahen sie mich fragend an, ob ich es ihnen wohl erlaube. Ich schüttelte den Kopf:

„Ich bitte dich, zu bleiben, Halef. Du kannst jetzt nicht hin.“

„Warum nicht?“

„Weil der Mir dort mit dem Dschirbani und seinem Gefährten spricht.“

„Mich stören sie nicht. Wir gehen still an ihnen vorüber.“

„Schon euch nur zu sehen, würde eine Störung sein, würde die Rede des Mirs auf die innere Einrichtung des Engels lenken und ihn also von der Hauptrichtung, in welcher seine Gedanken zu bleiben haben, abbringen.“

„Hauptrichtung? Gedanken? Abbringen! Sihdi, ich verstehe dich nicht ganz! Wenn ich einmal einen Gedanken habe, und dieser hat eine Hauptrichtung, so möchte ich den Menschen sehen, der es fertigbringen könnte, mich von meinem Gedanken oder meinen Gedanken von mir oder ihn und mich, also uns alle beide, von der Hauptrichtung abzubringen. Aber ich bin nun einmal dein wahrer Freund und Beschützer und werde also auch diesmal tun, was du wünschst. Bleiben wir also hier. Ich lasse dich nicht allein, Effendi!"

„Ich danke dir, Halef, für diesen deinen Schutz! Sobald es Tag geworden ist, gibt es viel zu tun. Wir wissen nicht, was auf uns wartet. Laßt uns Kräfte sammeln, indem wir schlafen!"

Ich ging zu Syrr, der sich auf meinen Wink niederlegte, um mir als Schlafgefährte und Kopfkissen zu dienen. Ich streichelte ihn liebkosend und schlief dabei ein, er wahrscheinlich auch. Als ich aufwachte, war nicht nur die Nacht, sondern auch das Morgengrauen schon vorüber, und der helle Tag kam zu der Stätte des einstigen Maha-Lama-Sees hereingestiegen. Halef schlief noch, die beiden Ussul ebenso. Der Mir fehlte. Der Dschirbani und der Prinz von Tschoban saßen beisammen und sprachen leise miteinander. Ich stand auf, ging hin und setzte mich bei ihnen nieder, nachdem ich aber vorher einen forschenden Blick auf den Ort gerichtet hatte, an dem wir uns befanden.

Ich kann sagen, daß mich ein tiefes Staunen ergriff, ein ganz eigenartiges heiliges oder vielmehr nur halb heiliges Grauen, denn unter der feierlichen Einsamkeit und Stille, in der das alles lag, lauschte grinsend der Gedanke hervor, daß in der Tiefe der heutigen Gegenwart, also in der Vergangenheit, der unheimliche, fürchterliche Bodensatz verborgen liege, aus dem die jetzige, tief ergreifende Lautlosigkeit sich losgerungen hatte. Diese Stille kam mir nicht wie die Stille des Todes, sondern wie die Stille nach überstandenen Qualen, Martern und Leiden vor.

Der Platz des einstigen Sees war so groß, daß wir ihn grad noch überschauen konnten, aber die Perspektive verkleinerte uns die uns gegenüberliegende Seite derart, daß alles, was in unserer Nähe hundertfünfzig oder zweihundert Fuß hoch war, nur zwei bis drei Meter hoch zu sein schien. Die Oberfläche der früheren, nun ausgefüllten Tiefe bildete eine Fläche von der absoluten Ebenheit einer Tischplatte. Nicht die geringste Erhöhung war zu sehen, natürlich den Engel abgerechnet, der grad im Mittelpunkt stand. Um so höher und steiler aber stiegen die Felswände auf, die, ohne auch nur die kleinste, schmalste Lücke zu lassen, rundum emporragten wie Riesenmauern eines aus dem grauesten Altertum übriggebliebenen Kolossalzirkus, dem nur die quadernen Sitze fehlten, nicht aber die Raumausdehnungen für die blutigen Metzeleien zwischen Mensch und Tier, um das Menschentier und den Tiermenschen zu belustigen. Es erschien mir unmöglich, daß diese Felsenwände ihre absolute Ähnlichkeit mit einer Mauer nur allein von der Natur erhalten hatten. Es gab nicht den kleinsten Vorsprung, nicht die geringste Abweichung von der senkrechten Fläche. Ganz unbedingt hatten hier Menschenhände nachgeholfen. Aber wie viele, viele Tausende mußten das gewesen sein! Und wie man hier im Innern bemüht gewesen war, ein Emporkommen an dem Felsen zu verhindern, so sahen wir später, daß man auch auf der Außenseite jede Stelle abgetragen und ungangbar gemacht hatte, an der es vielleicht möglich gewesen wäre, von außen her über die hochgezackten, scharfen Felsenzinnen hinüber nach dem See zu steigen.

Daß und wie und wie lange hier Menschenhände gewaltet, geschafft und gearbeitet hatten, zeigte mir gleich schon der erste Blick, den ich rund um die Einfassung der Ebene sandte. Die Arbeit war eine doppelte gewesen; sie hatte sich teils auf das Felsenäußere, teils auf das Felseninnere erstreckt. Das Äußere war, wie bereits gesagt, zur glatten, senkrechten Mauer gehauen worden. Wo es Lücken gegeben hatte, waren sie ausgefüllt worden, und zwar in so vortrefflicher Weise, daß ein sehr scharfes Auge dazu gehörte, den Unterschied zwischen Natur- und Menschenwerk zu entdecken. Sodann hatte man einen sehr hohen und sehr tiefen verdeckten Gang ausgehauen, der unten zur ebenen Erde rund um den ganzen Seeplatz lief. Eine mehr als erstaunliche Leistung! Jedenfalls das Werk mehrerer Jahrhunderte! Von zwanzig zu zwanzig Schritten hatte man gewaltige Massivpfeiler stehenlassen, welche oben in wohl abgemessenen Bogen nach beiden Seiten und nach innen griffen, um die auf ihnen ruhende Felsenlast zu tragen. Hierdurch war das Wunderwerk der Kolonnade entstanden, die sich, äußerlich betrachtet, wie eine ununterbrochene Säulenkette um den gigantischen Fuß der Felsenrunde legte. Sie war so breit, daß zwölf Mann, ohne einander zu berühren, nebeneinander hergehen konnten, und zwei gewöhnliche Stockwerke hoch. Hieraus folgt, daß die Innenwand der Kolonnade ungefähr zehn Meter von der Hauptwand des Felsens eingerückt war. Man sah nicht die geringste Spur einer Tür. Und doch mußten Türen vorhanden sein, denn es gab Fenster, wenn auch nicht in der Form, die man mit dem Worte Fenster bezeichnet. Das führt mich auf die zweite Art der riesigen Arbeit, nämlich auf die, welche sich nicht auf das Felsenäußere, sondern auf das Felseninnere bezog.

Ich hatte nämlich Grund, anzunehmen, daß diese gewaltige

Felsenrunde ein „Inneres“ besaß, daß sie nicht kompakt, sondern hohl war, daß man sie ausgehauen und mit dem hierdurch gewonnenen Material den See nach und nach ausgefüllt hatte. Es gab in diesem Felsen Räume, viele und zum Teil sehr große und sehr hohe, vielleicht auch sehr tiefe Räume. Das schloß ich aus den vielen Öffnungen, die ich als Fenster bezeichnet habe. Ich erinnere an die langen, schmalen, viereckig senkrechten Luft- und Lichtöffnungen, welche man besonders auf dem Land in den Wänden von Scheunen, Heuböden und sonstigen Vorratshäusern findet. Sie sind mehr schießscharten- als fensterähnlich. Solche Scharten gab es hier unzählige, und zwar außerordentlich regelmäßig verteilt. Es waren zwischen je zwei Säulen oder Pfeilern vier Stück angebracht, nämlich zwei Paare. Das eine Paar befand sich in der eingerückten Wand der Kolonnade, und zwar da, wo die Deckenwölbung begann, das andere Paar aber hoch in der Haupt- und Außenwand, wohl zwanzig Fuß hoch über dem vorigen. Diese Scharten waren ungefähr zwei Fuß breit und fünf Fuß hoch. Man sah von außen, daß sie nach innen nicht eben, sondern abwärts verliefen, daß sie sich also nach innen senkten. Dadurch wurde dem Licht ein ungehinderter Zutritt gestattet, als wenn diese Öffnungen waagerecht angebracht gewesen wären. Außerdem gab es zwischen je zwei Säulen im Hoch- und Mittelpunkt der gewölbten Decke ein Luftloch von der Größe, daß man eine geballte Männerhand hineinstecken konnte. Bei entsprechender Innenverbindung ermöglichte das eine Luftzirkulation, die jedenfalls genügte, einen nicht ganz unbedeutenden Raum von Stick- und sonstwie verdorbener Luft freizuhalten. Aus diesen und anderen Gründen vermutete ich, daß es hier viele und bedeutende Innenräume gebe, obgleich keine einzige Türe zu sehen war. Ich hegte aber die Überzeugung, daß wir ganz gewiß eine, dann mehrere und endlich gar noch viele entdecken würden, sobald wir uns nur erst die Aufgabe stellten, nachzuforschen. Jetzt war hierzu noch keine Zeit. Ich habe bis jetzt nur beschrieben, was ich gleich bei und mit dem ersten Rundblick bemerkte. Dem war dann später nachzuforschen. Jetzt aber hatte ich mit dem Dschirbani und seinem Gefährten zu reden, um zu hören, ob irgend etwas mit dem Mir besprochen worden war, was ich zu erfahren hatte.

„Sahib, soeben war von dir die Rede“, sagte der Dschirbani, der mich bekanntlich am liebsten Sahib nannte. „Es war eine große, schöne, fast möchte ich sagen, erhabene Nacht!“

„Ist etwas Wichtiges geschehen?“ fragte ich.

„Nein, nichts eigentlich Wichtiges. Und aber doch! Etwas unendlich Wichtiges, für Ardistan wichtig im allerhöchsten Grade!"

„Darf ich es erfahren?"

„Du weißt es schon!"

Er lächelte mich bei diesen Worten an.

„Ah! Du meinst die Wandlung, die sich gegenwärtig im Innern des Mirs vollzieht?"

„Ja, die meine ich. Er hat uns alles, alles erzählt, und das hat ganz anders geklungen, als das dein Halef erzählte. Was bist du für ein kühner, verwegener, wagemutiger Mann!"

„Nur überlegend und berechnend, weiter nichts! Und wenn die Überlegung mich einmal zu einem guten Entschluß geführt hat, so lasse ich ihn nicht liegen, sondern bringe ihn zu Ende, selbst wenn ich dadurch in die Gefahr komme, für grob und rücksichtslos gehalten zu werden."

„In dieser Gefahr hast du dich in letzter Zeit allerdings wiederholt befunden, sehr, sehr!"

„Er hat sich beklagt?"

„O nein! Mit keinem Wort! Er lobte nur, und zwar aufrichtig, wie ich glaube behaupten zu können. Das muß ich dir sagen, damit du über die Frage, was und wie er über dich denkt und spricht, beruhigt bist. Er hat sich überhaupt über niemand beklagt, auch nicht über seine Gegner und nicht über die Aufrührer. Und ebensowenig hat er sich über sich selbst beklagt. Von Selbstanklagen, Bekenntnissen und Geständnissen hat es keine Spur gegeben. Wir haben über den Glauben gesprochen, über die Religionen der Erde, über den Wert der Wissenschaften, über die Kunst der Fürsten, ihre Völker glücklich zu machen, über die Verpflichtung des Menschen seinen Nebenmenschen gegenüber und über alle möglichen anderen Fragen, welche du als Menschheitsfragen zu bezeichnen pflegst. Man hörte ihm das heiße, aufrichtige Verlangen an, sich zu orientieren, über diese Fragen, über uns, über sich selbst. Er kommt mir vor, wie die erste gute, nützliche Frucht eines bisher unnützen, vielleicht sogar giftigen Baumes. Eure Anwesenheit in Ard ist von vortrefflicher Wirkung gewesen. Besonders tief hat ihn die Weihnachtsfeier gepackt. Ich glaube, er ist auf dem besten Weg, ein Christ, und zwar ein sehr ernster, zu werden. Er hat bisher das Abendland verachtet und gehaßt; nun aber beginnt er schon, es zu schätzen und liebzugewinnen. Es hat ihm imponiert."

Als der Dschirbani eine Pause machte, fiel der Erstgeborene der Tschoban ein:

„Denke dir diese Örtlichkeit! Diesen scharfen Ausschnitt des Sternenhimmels mit der geheimnisvollen, werdenden Mondessichel über dem noch nie gesehenen Maha-Lama-See! Denke dir die Gedanken, Ahnungen und Gefühle, die das erweckt! Und denke dir dazu uns drei Männer, ein jeder anders, einer jeder eigengeartet, ein jeder von der Vorsehung auf einen nicht gewöhnlichen Platz gestellt! Diese drei Männer sind zum ersten Male beisammen, dem Tode geweiht, doch keineswegs verzagend! Sie hoffen, von einem Europäer gerettet zu werden, den sie ehren, den sie lieben, dem sie vertrauen, denn er ist nicht zu ihnen gekommen, um sie auszubeuten, sondern aus wahrer, wirklicher Menschenliebe, die von Mohammed nur befohlen, von Christus aber wirklich geoffenbart und als Herrscherin eingesetzt worden ist! Und denke dir hierzu die Heiligkeit, Wichtigkeit und Größe der Fragen, die besprochen worden sind, so wirst du es glauben, daß die Stunden dieser jetzt vergangenen Nacht wirklich erhabene gewesen sind. Es wurde nur im Allgemeinen gesprochen; es wurde nichts Spezielles berührt. In Sonderheit vermied es ein jeder von uns, die zwischen uns brennenden Angelegenheiten und Verhältnisse auch nur von weitem zu erwähnen. Das soll jedenfalls erst noch geschehen. Und doch habe ich das Gefühl, als ob während unseres Gespräches dort am Wasserengel das nächstkünftige Geschick der hiesigen Völkerschaften entschieden worden sei, und zwar in günstigem, in glücklichem, in friedlichem Sinne!“

„Ich glaube es, obgleich mir nicht vergönnt war, der vierte bei euch zu sein. Wo ist der Mir jetzt? Kam er nicht mit hierher?“

„Als der Morgen graute und wir uns trennten, sagte er, daß es für ihn unmöglich sei, nun noch zu schlafen. Er werde einen Rundgang um den See machen und sich dann hier einstellen.“

„Wie unvorsichtig von ihm! Es ist zwar nicht wahrscheinlich, aber doch immerhin möglich, daß wir uns nicht allein an diesem Ort befinden. Wie leicht kann er in eine Gefahr geraten, aus der er sich nicht selbst zu befreien vermag! Ein Mir ist kein gewöhnlicher Mann. Er hat Rücksicht auf den Wert zu nehmen, den seine Person nicht nur für ihn selbst, sondern auch für andere hat! Doch glaube ich, ihn zu sehen. Da draußen kommt jemand.“

Es gab, allerdings weit draußen unter den Säulen, einen Punkt, der sich auf uns zubewegte. Als er näher kam, sahen wir, daß es ein Mensch war, in dem wir dann den Mir erkannten. Er hatte heut ein ganz eigentümliches Gesicht. Es sah aus wie das Gesicht eines Hungernden, eines Fakirs, eines Büßers. Seine Augen glühten. Seine Wangen waren eingefallen. Seine Stimme hatte jenen halb heiseren Klang, den man als „belegt“ bezeichnet. Er hatte Fieber; das sah ich ihm an, obgleich er sich Mühe gab, es zu verbergen. Wir standen, als er uns erreicht hatte, auf und begrüßten ihn. Er gab mir die Hand und sagte:

„Eine Nacht wie die vergangene gab es für mich noch nie. Und der Morgen ist noch rätselhafter und geheimnisvoller als sie! Gebt mir zu trinken! Ich habe Durst.“

„Das Wasser ist alle; wir müssen zum Engel“, antwortete ich. „Auch mußt du essen.“

„Ich kann nicht!“

„Du mußt! Wir alle müssen! Du bist verpflichtet dazu!“

Er drohte mir mit dem Finger und antwortete, indem ein mattes Lächeln über sein Gesicht flog:

„Du scheinst der Mir von Ardistan zu sein, nicht aber mehr ich!“

„Ich meine es gut mit dir. Du aber kannst tun, was dir gefällt, auch krank werden, gerade dann, wenn es nötig ist, möglichst stark, gesund und rüstig zu sein. Es geht um deine Herrschaft, sogar beim Essen und Trinken!“

„Gut! Ich esse!“

„So reiten wir zunächst nach dem Engel, um Wasser zu schöpfen. Du hast einen Rundgang gemacht. Wohl nur teilweise?“

„Nein, sondern vollständig.“

„Was fandest du?“

„Nichts, was als Fund zu bezeichnen wäre. Der Platz ist öde und leer und ohne die geringste Spur von pflanzlichem oder tierischem Leben. Aber betroffen bin ich, im höchsten Grade betroffen über die Bauten, die ich hier sehe! Konnte man so etwas ahnen? Konnte man so etwas für möglich halten? Auch du wirst erstaunt sein, Effendi, aber nicht über diese Felsenwerke und Säulen, denn du hast oft noch größeres gesehen, sondern über etwas ganz anderes, nämlich über mich und meine Unwissenheit.“

„Wieso?“

„Ich bin der Fürst dieses Landes und habe doch von diesen Riesenbauwerken nichts gewußt. Wird man dir das glauben, wenn du es in deiner Heimat erzählst? Wird man es nicht lächerlich finden? Wird man dich nicht für einen Lügner halten?“

„Nein. Man wird eure Entwicklung, eure Geschichte, eure Verhältnisse in Betracht ziehen. Man wird erwägen, daß es in lamaistischen Ländern stets zweierlei Herrscher gab, einen weltlichen und einen geistlichen, und daß beide ihre besonderen Interessen immer derart verfolgten, daß jeder von ihnen so wenig wie möglich von dem, was der andere tat, erfuhr. Und die Hauptsache: Die Wüste ist über euch hergefallen und hat den besten und schönsten Teil deines Landes verschlungen, nicht nur die räumliche, die geographische Wüste, sondern auch die geschichtliche, die zeitliche; euch fehlt die Geschichte. Ihr habt nur noch Sagen. Örtlichkeiten und Bauwerke, die vor Jahrtausenden von dieser geographischen und geschichtlichen Wüste verschlungen wurden, sind so vollständig in Vergessenheit geraten, daß man sich ihrer nicht mehr erinnert. Und die Teufelssage, die du mir erzähltest, hat das übrige getan, den letzten Rest des Gedächtnisses auszuwischen. Als es nach langen, grausamen Kämpfen deinen Vorfahren gelungen war, die Maha-Lamas in kraftlose Schatten zu verwandeln, waren sie bemüht, nun auch noch das geschichtliche Bewußtsein ihrer Taten auszustreichen. Der Teufel, der den Maha-Lama betrog, wurde erfunden. Wer aber in Wahrheit die Betrüger und die Betrogenen waren, das werden wir wahrscheinlich heut noch sehen. Ich vermute sehr, daß das Volk es war, welches betrogen worden ist, und zwar um eine Segnung sondergleichen, die dem alten Ard das Leben erhalten hätte, selbst als der Fluß, wie die Sage erzählt, nach seinem Ursprung zurückgegangen war. Die alten Maha-Lamas waren Befreundete des Mirs von Dschinnistan, der nicht wollte, daß Ardistan, sein Nachbarstaat, nach und nach zur Wüste werde. Kennst du den Namen des Maha-Lama, der nach der Sage jenen Pakt mit dem Teufel schloß?“

„Ja. Er hieß Abu Schalem.“

„Also Vater des Friedens! Dieser Name bestätigt meine Vermutung. Die weltlichen Herrscher sind stets für den Krieg, die geistlichen für den Frieden gewesen. Auch du bist für den Krieg. Der Mir von Dschinnistan ist für den Frieden. Du hast den Krieg mit Gewalt herbeigeführt. Es soll mich nicht wundern, wenn ich nach meiner Heimkehr höre, daß dein einst so schönes Land vollends zur Wüste geworden ist! Jetzt komm; wir wollen reiten!“

Ich hatte, während wir dies miteinander sprachen, mein Pferd und er das seinige gesattelt. Nun stiegen wir auf und ritten nach dem Engel. Die andern folgten. Der Dschirbani und der Prinz der Tschoban, denen man ihre Pferde genommen hatte, bekamen für einstweilen unsere Packpferde; so war für alle gesorgt. Der Mir sprach jetzt, indem er neben mir her ritt, nicht weiter. Ich will aufrichtig gestehen, daß ich mir selbst jetzt häßlich vorkam. Ich bin stets bemüht, allen, mit denen ich verkehre, nur Freundlichkeit und Liebe zu geben, und hier wurde ich durch die Verhältnisse gezwungen, streng, objektiv, zuweilen sogar rücksichtslos, vielleicht auch schroff zu sein. Das tat mir leid; das tat mir sogar wehe; aber ich konnte nicht anders; ich hatte meine Pflicht zu tun. Und diese bestand darin, diesem Mann ganz unerbittlich wissen zu lassen, daß er bisher weder als Fürst noch als Mensch daran gedacht hatte, seine eigentlichen, ihm von Gott gestellten Aufgaben zu erfüllen. Falls ich mir hierdurch sein bisheriges Wohlwollen verscherzte, war er es gar nicht wert, daß man sich um sein Wohlwollen überhaupt bekümmerte.

Als wir die andern, die den Engel noch nicht kannten, in sein Inneres führten und ich ihnen seine Bedeutung zu erklären versuchte, begannen sie zu ahnen, daß es mit dem Maha-Lama-See denn doch wohl eine andere Bewandtnis habe, als die alte Sage, die aber keine Sage, sondern eine glatte Lüge war, der Nachwelt weismachen sollte. Das Räderwerk wurde geölt und, was aus Holz oder Leder bestand, mit Wasser angefeuchtet. Als das geschehen war, funktionierte die Schöpfmaschine fast tadellos, und es dauerte gar nicht lange, so waren alle Tröge, Eimer und Schläuche gefüllt und unsere Pferde und Hunde mit so viel frischem Wasser getränkt, wie sie nur haben wollten. Hierauf wurde gefrühstückt, und dann konnten wir darangehen, uns das Innere des Riesenbauwerkes zu erschließen.

Zunächst war es nötig, einen Überblick zu gewinnen. Zu diesem Zweck unternahmen wir vorerst einen langsamen Ritt um die ganze, riesige Runde. Es war während desselben kein Grashalm, kein kleinster Käfer, keine Mücke zu sehen. Und ebenso fehlte jede Spur davon, daß seit längerer Zeit irgendein Mensch hier gewesen sei oder sich vielleicht gar noch hier befinde. Ich gewann die Überzeugung, daß wir seit vielleicht schon Jahrhunderten die ersten waren, denen der Zutritt hier gelang. Dann, als wir diesen Ritt beendet hatten und wieder von den Pferden stiegen, stand es in mir fest, daß auch der Panther und sein alter Basch Islami von diesem Ort nichts wußten. Sie kannten nur den zugewölbten Kanal. Wir hatten am Ende desselben, da, wo er sich zu einem größern Raum erweiterte, verschmachten und sterben sollen. Daß es da eine verborgene Rolltüre gab, die ins

Freie führte, war ihnen unbekannt. Darum konnten wir uns hier am einstigen See ganz ungeniert bewegen, ohne befürchten zu müssen, von irgend jemand gestört zu werden.

Die Hauptsache war nun, die vorhandenen Türen zu finden. Wenn die Mechanik des Verschlusses hier dieselbe war wie an dem Stein, der den Kanal verschloß, so mußten wir vor allen Dingen nach den Schlüssellöchern suchen, und dann war die Frage, ob mein Messerschlüssel in alle passen werde. Die Fensterpaare, die es zwischen je zwei Säulen gab, waren alle in der Mitte der betreffenden Wandfläche angebracht, und zwar da oben, wo die Deckenwölbung begann. Das habe ich bereits gesagt. Der einfache Menschenverstand führte zu der Vermutung, daß sich da wohl auch die Tür befinden werde, also gerade unter dem Fenster. Wir schauten nach. Richtig! Wir fanden die Risse und Spalten, und wir fanden auch die mit nassem Sand verklebten Schlüssellöcher. Dieser Staub war natürlich nicht mehr feucht; er war trocken und hart, aber es bedurfte nur einer ganz geringen Anstrengung, ihn zu entfernen. Als dies geschehen war, stellte es sich leider heraus, daß mein Schlüssel nicht paßte; er war zu klein. Wir versuchten es bei einer anderen Stelle. Wir fanden auch hier die Tür und die Schlüssellöcher; aber mein Schlüssel paßte wieder nicht; er war zu groß. Da wurden meine Gefährten ungeduldig. Sie gingen von Säule zu Säule, entdeckten Tür auf Tür, befreiten Loch auf Loch vom verhärteten Staub und kamen doch nicht weiter, als ich, der ich mich niedergesetzt hatte, um still zu überlegen. Mein Schlüssel war eben bald zu groß, bald zu klein; er paßte in keines der Löcher. Mein kleiner Halef fühlte sich tief unglücklich über diesen Mißerfolg. Und außerdem war er wütend über mich.

„Wie kann man sich nur so hersetzen und die Hände in den Schoß legen, wie du, Effendi!“ rief er mir zu. „Siehst du denn nicht, wie wir uns alle plagen?“

„Habe ich dir befohlen, dich zu plagen?“ fragte ich ihn.

„Nein“, antwortete er.

„So mach deine Vorwürfe dir, aber nicht mir!“

„Aber es muß doch etwas geschehen! Man muß doch etwas tun! Wir arbeiten! Du aber tust nichts, gar nichts!“

„Oho!“ lachte ich. „Ich überlege!“

Da stemmte er seine beiden Hände in die Seiten und sprach: „So! Du überlegst! Und machst dazu ein so dummes Gesicht, daß es mir angst und bange um dich wird! Siehst du denn nicht ein, daß es zu gar nichts führen kann, mit einem derartigen Gesicht zu überlegen? Wenn das Nachdenken eines Menschen einen Erfolg haben soll, so darf er dazu nicht das Gesicht eines Schafes oder eines Wasserfrosches machen! Ich habe dir zwar gesagt, daß das Überlegen deine und dann die Ausführung meine Sache ist, aber wenn du beim Überlegen nicht wenigstens ein ebenso pfiffiges Gesicht machst wie ich bei der Ausführung, so ist es am besten, wir vertauschen unsere Rollen, nämlich ich überlege und du führst aus!"

„Gut! Schön! Einverstanden, lieber Halef! Setze dich! Setze dich sofort hierher! Auf die Stelle, wo ich gesessen habe! Und überlege du einmal! Du wirst es schneller und besser fertigbringen als ich! Und wenn du fertig bist und es gefunden hast, dann komme ich wieder und führe es aus!"

Ich nahm ihn an beiden Armen und drückte ihn auf dieselbe Stelle nieder, an der ich soeben gesessen hatte.

„Aber Effendi, so ist es doch nicht gemeint!" rief er aus. „Ich wollte doch nur sagen, daß . . ."

„Still!" unterbrach ich ihn. „Still! Nicht auf das, was du sagen wolltest, kommt es hier an, sondern auf das, was du gesagt hast! Und du hast gesagt, daß du mit mir die Rolle vertauschen wolltest. Du wolltest überlegen, und ich soll dann ausführen, was du gefunden und beschlossen hast! So hast du gesagt, und so mag es geschehen!"

„Aber, Sihdi, du weißt doch, daß ich gerade im Überlegen keineswegs so geübt bin wie in anderen Dingen und daß ich . . ."

„Still", fiel ich ihm abermals in die Rede; „sei still! Daß du im Überlegen nicht bewandert bist, das sieht man dir ja sofort an; aber du wirst dich sehr schnell in meine Rolle finden. Wenn wir einen Spiegel hätten, könnte ich dir zeigen, wie rasch und vollständig du dich schon in das Schaf- und Wasserfroschgesicht gefunden hast. Es wird sogar Leute geben, welche behaupten, daß du mich hierin schon weit übertriffst. So bin ich überzeugt, daß du mich auch in Beziehung auf das Nachdenken sehr bald überholen wirst. In einer halben Stunde wirst du fertig sein. Da komme ich wieder. Bis dahin, lebe wohl!"

Ich ging zu meinem Pferd und stieg auf.

„So willst du mich verlassen, Sihdi?" fragte der so unerwartet beim Wort Genommene. „Hast du dir auch die Folgen überlegt?"

„Nein, denn das Überlegen ist ja nun nicht mehr meine, sondern deine Sache! Also, lebe wohl!"

Ich ritt fort.

„Allah, Wallah, Tallah! Er verläßt mich wirklich! Er hat kein Herz für mich und meine Qual! Er hält mich an dem Wort fest, welches doch gar nicht fest gewesen ist, sondern sofort zerrissen wird, sobald man daran zerrt! Er will sich rächen! Sich rächen für das Schaf und für den Wasserfrosch! Er ist nicht groß, nicht edel und erhaben! Und wenn er wiederkommt, so wird er mich . . ."

Mehr hörte ich nicht, denn ich hatte mich nun schon so weit von ihm entfernt, daß seine Stimme nicht mehr zu mir dringen konnte. Schon bald aber hörte ich eine andere, welche hinter mir erscholl. Als ich mich umschaute, sah ich den Mir, der mir auf seinem köstlichen Schimmelhengst nachgeritten kam und mir zurief, langsamer zu reiten, damit er mich einholen könne. Ich hielt an. Als er mich erreichte, sagte er:

„Das ist wieder einmal eine gute Lehre, die du dem Scheich der Haddedihn erteilst. Ob sie ihm wohl Nutzen bringen wird?"

„Ich hoffe es, obgleich es in erster Linie ganz und gar nicht meine Absicht war, gute Lehren zu erteilen."

„Was sonst?"

„Ich wollte nur frei sein, weiter nichts. Ich wollte fort, weiter nichts. Heraus aus allen diesen Fragen, die man an mich richtet! Man verlangt von mir, daß ich nachdenken, daß ich die Lösung dieser Rätsel finden soll, und man läßt mir doch nicht die nötige Zeit und Sammlung dazu. Die Gedanken kommen nicht in der Weise und in der Masse wie die Mücken aus der Pfütze. Man muß die Dinge auf sich wirken lassen, sonst kann man sie nicht durchschauen und ergründen. So auch hier! Ich kann nur dann auf die Besonderheiten und Heimlichkeiten, die wir entdecken wollen, kommen, wenn es mir möglich ist, mich in die Zeit und in die Menschen, um die es sich bei der Entstehung dieses Riesenbaues handelte, hineinzudenken und hineinzufühlen. Ganz selbstverständlich aber kann ich das nicht, wenn jemand, wie Halef, immerfort auf mich einspricht."

Das war deutlich! Leider aber wurde der Wunsch, der in diesen meinen Worten lag, vom Mir nicht verstanden, oder er beachtete ihn einfach nicht. Der Gedanke, daß ich auch ihn, den Herrscher, damit meinen könne, war ihm eine Unmöglichkeit. Er blieb bei mir und ritt mit mir weiter.

„Willst du noch einmal rundherum, Effendi?" fragte er.

„Ja", antwortete ich. „Während unserer ersten Runde sprach man immerfort auf mich ein. Ich kam zu keiner genauen Betrachtung, weder mit dem äußerlichen noch mit dem innerlichen Auge. Das habe ich jetzt nachzuholen."

„So bin ich neugierig, ob du jetzt nun findest, was du vorhin nicht gefunden hast. Es wäre ja mehr als bedauerlich, wenn wir uns hier mitten unter den wichtigsten Geheimnissen befänden, ohne ein einziges von ihnen zu enthüllen. Du sprichst nicht nur vom äußerlichen, sondern auch vom innerlichen Auge. Was du hier in diesem Fall damit meinst, das verstehe ich nicht ganz, sondern nur halb; aber ich nehme an, daß dir dein Suchen leichter würde, wenn dir die Verhältnisse, unter denen diese Riesenwerke entstanden, bekannter wären, als sie es dir sind. Ich glaube, zu dieser besseren Bekanntschaft einige Beiträge liefern zu können. Ich habe dir nämlich ein Geständnis zu machen, ein Geständnis, welches sich auf die unversöhnliche Feindschaft zwischen meinen Vorfahren und den alten Maha-Lamas bezieht. Die weltlichen Herrscher, also meine Ahnen, sind aus diesen erbitterten Kämpfen stets als Sieger hervorgegangen, und mehrere geistliche Herrscher haben das mit dem Leben bezahlen müssen. Ich bin heut früh, als ich beim Tagesgrauen an diesen Säulen vorüberschritt, mit mir zu Rate gegangen, ob ich dir davon erzählen soll oder nicht. Du bist mein Gewissen geworden. Du kannst mein Herz beschweren und kannst es wieder entlasten. Will ich meine Fehler erkennen, so frage ich dich, denn du bist wahr und gerecht; du verschweigst mir keinen einzigen, und du bist bei aller Strenge doch mild, denn du läßt mich stets den guten Zweck und das heilsame Ziel dieser Strenge erkennen. Und will ich die Fehler meiner Vorfahren ermessen, so habe ich dir alles zu berichten, was ich von ihnen weiß. Du wirst mir sagen, ob es auch für das, was sie taten, einen guten Zweck und ein heilsames Ende gibt oder nicht."

Da antwortete ich:

„Dieser Zweck liegt tiefer, als unsere sterblichen Augen reichen, und dieses Ende ist nur in deine eigene Hand gelegt."

„In die meinige?"

„Ja, denn du bist der Träger deines Stammes. Auf dir lastet alles Verborgene, was deine Ahnen zu Berge häuften, das Gute und auch das Böse. Wir Christen wissen, daß Gott alles herrlich hinausführt. Die Torheit der Menschen kann die Ausführung seines Ratschlussees höchstens erschweren und verzögern, nicht aber verhindern. Und ein einziger Fürst, der zur Einsicht kommt, ist imstande, die Irrungen einer ganzen Ahnenreihe zum guten Schluß zu leiten und dadurch den Fluch des Weltgerichtes in Verzeihung und Segen zu verwandeln."

„Oh, könnte ich das!" rief er aus, die Hände zusammenschlagend, wie man zu tun pflegt, wenn man seinem Wunsch einen recht, recht herzlichen Nachdruck geben will.

„Du kannst, wenn du willst! Nur wollen, wollen, wollen!"

Da richtete er sich hoch im Sattel auf, hob die Hand wie zum Schwur empor und beteuerte:

„Ich will; ich will! Effendi, ich werde dir erzählen; ich werde dir beichten. Du sollst alle Sünden, die an dem Volk von Ardistan begangen worden sind, erfahren, soweit ich sie selbst kenne. Und zwar sofort! Ich bin dir deshalb nachgeritten. Es muß von meinem Herzen herunter. Ich erfuhr das alles von meiner Mutter. Sie war die einzige, die mich liebte, und sie war auch die einzige, die mich über die Taten der Herrscher von Ardistan niemals belog. Aber ich war noch jung, und sie starb; ich vergaß. Doch nun öffnen sich die Tiefen meines Innern, und die Warnungen und Schilderungen der geliebten Toten beginnen wieder wach und lebendig zu werden. Du mußt das alles hören. Ich beginne mit ..."

„Nein, nein!" unterbrach ich ihn da schnell. „Nicht jetzt, nicht jetzt!"

„Warum nicht? Es drängt mich; es will heraus! Ich bin dir ja nur deshalb nachgeritten, um mit dir allein zu sein und dir ungestört erzählen und berichten zu können!"

Da hielt ich mein Pferd an, so daß er auch das seine parieren mußte, und sah ihm mit lachenden Augen in das erregte Gesicht, indem ich ihn fragte:

„Du reitest also hier an meiner Seite, um mir zu erzählen?"

„Ja. Ich will beichten! In meinem Namen und auch im Namen derer, die meine Vorgänger gewesen sind!"

„Und du wünschest, daß ich dieser deiner Beichte meine volle Aufmerksamkeit schenke?"

„Ja freilich!"

„Und ich aber reite an deiner Seite, warum?"

„Um – um – um die Schlüssel zu den vielen Türen, die es hier gibt, zu finden", antwortete er zögernd, indem ihm doch nun endlich die Erkenntnis zu kommen schien, daß ich nicht gerade begeistert davon war, daß er mich begleitete.

„Und du wünschst, daß ich diese Schlüssel alle finde?"

„Sogar sehr!"

„Da muß ich aber ganz selbstverständlich alle meine Gedanken zusammennehmen und darf mich nicht mit andern Dingen beschäftigen. Nun wähle! Entweder du oder die Schlüssel!"

„Nicht beides zugleich?"

„Unmöglich! Ein jedes fordert für sich den ganzen Kopf!"

„So trete ich natürlich zurück. Erzählen kann ich auch später. Die Hauptsache ist vor allen Dingen, daß wir die Türen aufbekommen. Aber bei dir bleiben darf ich doch?"

„Wenn du nicht sprichst!"

„Ich schweige!"

„So komm!"

Wir ritten weiter. Der gute Mann ahnte wirklich nicht, daß mich schon bloß seine Anwesenheit stören mußte, auch wenn er schwieg. Je weiter wir kamen, ohne daß ich irgend etwas bemerkte, was ich mir als Wink dienen lassen konnte, um so größer wurde meine Befürchtung, daß auch dieses Mal alle Mühe vergeblich sein werde. Und das störte mein inneres Gleichgewicht und raubte mir die Empfänglichkeit für die Eindrücke, die zu mir sprechen sollten. Glücklicherweise waren die Felsen einsichtsvoller als der Mir. Sie zogen mich von ihm ab. Sie begannen zu sprechen, heimlich, leise, nicht in Worten, sondern zunächst nur in Ziffern und Zahlen. Eine der Säulen war geborsten, nicht ganz, sondern der Riß, der entstanden war, klaffte nur auf der einen Seite, von links oben nach rechts unten. Er war nicht tief. Unter andern Umständen wäre mein Auge hierüber hinweggeglitten, ohne es zu beachten; hier aber war eine solche unbedeutende Spalte im Felsen doch wenigstens einmal eine Unterbrechung der ewigen steinernen Ausdruckslosigkeit. Ich hielt an der Säule an, um einen Blick in den Riß zu tun. Das geschah ganz unwillkürlich, ohne besondere Absicht. Es war auch gar nichts drin, nicht einmal Staub. Und doch sah ich etwas, und zwar etwas höchst Wichtiges. Nicht in der Spalte selbst, sondern neben ihr. Es gab da zwei Vertiefungen im Stein, die eine über der andern. Sie waren gar nicht augenfällig, sondern so klein, daß das Auge sehr leicht darüber hinweggehen konnte, ohne sie zu bemerken. Man konnte sie überhaupt nur aus der nächsten Nähe sehen. Sie schienen mit einem sehr scharfen, kleinen Griffel eingeritzt zu sein und bildeten Figuren, die irgend etwas Bestimmtes zu bedeuten haben mußten. Ich sprang vom Pferd, um die Lage dieser zwei Figuren genau zu bestimmen. Sie saßen, nach mir betrachtet, gerade in Augenhöhe in der Säule. Die eine schien ein Buchstabe zu sein, und zwar ein arabisches Dschim; die andere aber war ganz gewiß das chinesische

Zeichen für Örh. Ich ging nach der nächsten Säule. Da gab es wieder zwei Zeichen, genau in derselben Höhe. Das eine war der arabische Buchstabe Dal und das andere ein chinesisches Tschhi. Auf der dritten Säule sah ich ein arabisches Be und ein chinesisches Liu. Was sollte das? Was hatte das zu bedeuten? Die angegebenen Zeichen haben nicht nur Buchstaben- und Wort-, sondern zugleich auch Zahlenwert. Als was waren sie hier zu nehmen? Als Buchstaben und Worte? Oder als Zahlen? Ich entschloß mich für das letztere. Im Arabischen bedeutet der Buchstabe Dschim eine 3, der Buchstabe Dal eine 4 und der Buchstabe Be eine 2. Das chinesische Örh ist, in unsern Zahlen ausgedrückt, eine 2, das Tschbi eine 7 und das Liu eine 6. Das ergab also an den drei Säulen, die ich bis jetzt betrachtet hatte, folgende Zahlenzusammenstellung:

	Arabisch:	Chinesisch:
Erste Säule:	3	2
Zweite Säule:	4	7
Dritte Säule:	2	6

Was diese Zahlen oder Ziffern zu bedeuten hatten, damit quälte ich mich jetzt noch nicht ab. Es mußte mir jetzt zunächst nur darauf ankommen, zu erfahren, ob allen Säulen in der ganzen Runde ein solches zweifaches Zeichen eingegraben sei oder nicht. Der Mir war ganz selbstverständlich auch abgestiegen und ließ sich zeigen, was ich gefunden hatte.

„Glaubst du etwa, daß diese Zeichen sich auf die Schlüssel beziehen?“ fragte er.

„Ja, ich glaube es“, antwortete ich. „Bedenke die Menge der Räume, die es hier wahrscheinlich gibt! Sie müssen numeriert sein. Die Sclüssel also auch!“

„Aber warum nicht nur arabische Zahlen, sondern auch chinesische? Die kennt man hier in Ardistan doch nicht!“

„Eben deshalb, weil man sie nicht kennt! Das Verständnis für diese Ziffern war nicht für jedermann, sondern nur für gewisse Beamte.“

„Aber warum wählte man neben den arabischen Nummern gerade die chinesischen, keine anderen?“

„Weil das Chinesische fast einem jeden gebildeten Lamaisten geläufig ist. Doch das sind Fragen, auf die wir unsere kostbare Zeit nicht verschwenden dürfen. Wir haben jetzt alle Säulen zu untersuchen, ob jede einzelne ihre beiden Nummern hat. Das Übrige wird sich dann finden. Beeilen wir uns!“

Das ging nicht so schnell, wie man hätte meinen sollen, denn es traten hier und da Nebenumstände ein, die unsern Rundritt verzögerten. Er dauerte zwei volle Stunden, und das Ergebnis war, daß es nur zwei Säulen gab, die nicht numeriert waren, und die lagen einander gerade gegenüber, die eine genau in der Mitte der Süd- und die andere genau in der Mitte der Nordseite der Gebäuderundung. Mit diesen beiden Säulen mußte es also eine besondere Bewandtnis haben. Übrigens kam es sehr häufig vor, daß mehrere aufeinanderfolgende Säulen genau dieselben Nummern hatten. Da war anzunehmen, daß sie auch zu einem und demselben Raum gehörten und daß dieser also größer sei als die gewöhnlichen, die nur den zwischen zwei Säulen liegenden Raum einnahmen.

Was nun die beiden nicht numerierten Säulen betraf, so waren die zu ihnen gehörigen Felsenflächen entweder nicht hohl, oder die zwei hinter ihnen liegenden Räume hatten dem Zweck gedient, den man in der heutigen Zeit mit den bekannten Worten Verwaltungsbüro oder Portiers- und Hausdienerstube zu bezeichnen pflegt. In diesem letzteren Fall enthielten sie wahrscheinlich alles, was wir suchten und brauchten. Aber so sorgfältig ich die betreffenden Flächen betrachtete, betastete und beklopfte, es war kein Schlüsselloch zu finden. Das sprach dafür, daß die Mauer hier kompakt war und keine hohlen Räume hinter sich barg. Es gab auch noch einen zweiten Umstand, aus dem ich ganz dasselbe zu schließen hatte. Ich sah nämlich genau in der Mitte des größten Quaders ein aus dem Stein herausgehauenes Reliefbild der Sonne mit vierundzwanzig Strahlen. Zu ihren Seiten war je ein Buchstabe eingemeißelt, nämlich links ein arabisches Ta und rechts ein arabisches Rhain oder Ghain. Diese Buchstaben machten mich stutzig. Sie mußten unbedingt etwas zu bedeuten haben. Das Sonnenbild an sich ließ vermuten, daß ein Innenraum nicht vorhanden war, denn warum sollte man das einzige Relief, welches es gab, gerade an einer Türe angebracht haben, wo es doch am allerleichtesten beschädigt werden konnte? Aber die beiden Buchstaben hatten ganz ohne Zweifel einen Zweck, der sich auf das Sonnenbild bezog. Ich trat ganz nahe an den Stein heran und klopfte an das Relief. Sonderbar! Es klang so eigentümlich! Fast nicht wie Stein! Und als ich stärker klopfte, stäubte unter ihm ein außerordentlich feines Mehl hervor, welches der Wind im Laufe der Zeit da hineingeblasen hatte. Es war also ein Irrtum, als ich vorhin annahm, daß die Sonne zum Stein gehöre, daß sie aus ihm herausgehauen sei. Sie gehörte nicht ursprünglich zu ihm; sie war künstlich mit ihm verbunden. Sobald ich das erkannt hatte, machte ich eine Probe mit der Messerspitze und fand, daß die Sonne aus Metall, wahrscheinlich aus Zinn und Kupfer, gegossen und derart geätzt und bearbeitet worden war, daß man das Metall mit Stein verwechseln konnte. Diese Entdeckung lehrte mich schnell anders denken, als bisher, zumal ich bei aufmerksamerer Betrachtung bemerkte, daß der Stein in den innersten Strahlenwinkeln glattgeschliffen worden war. Die Sonne hatte sich also früher bewegt, und zwar sehr oft. Aber wie, in welcher Richtung und zu welchem Zweck? Sollten vielleicht die beiden Buchstaben angebracht worden sein, um hierüber Aufschluß zu geben? Höchstwahrscheinlich! Sie waren jedenfalls Anfangsbuchstaben von bestimmten Worten. Ich dachte an verschiedene, die ich aber schnell wieder verwarf, bis ich auf Tuluh und Choruhb kam. Tulu esch Schems heißt nämlich Aufgang, und Choruhb esch Schems heißt Untergang der Sonne. Die wirkliche Sonne bewegt sich vom Aufgang nach dem Untergang. War hieraus etwa zu schließen, daß man hier diese künstliche, diese bronzene Sonne von dem Buchstaben Ta nach dem Buchstaben Ghain zu bewegen, zu schieben, zu drehen hatte? Ich versuchte es. Es wollte nicht gehen, aber nur des Staubes wegen, der sich zwischen dem Stein und dem Metall angesammelt hatte. Als ich den Versuch mit stärkerem Klopfen und energischem Rütteln wiederholte, lockerte sich der Staub, und indem er streuend zur Erde niedersiebte wurde das Hindernis entfernt, und die Sonne begann, sich zu bewegen. Ich konnte sie wie ein Rad um ihre eigene Achse drehen, und indem ich dieses tat, hörte und fühlte ich zu gleicher Zeit, daß hierdurch ein Riegel zurückgezogen wurde. Der große, mächtige Quader wich von seiner Stelle, und zwar in genau derselben Weise wie der Stein am Ende des Kanals, nämlich nach innen, auf Gleisen, mit Hilfe von zwei Plattenunterlagen, deren erste sich senkte und deren zweite sich dann hob, um den rollenden Stein zum Stehen zu bringen.

„Maschallah, Wunder Gottes!" rief der Mir aus, als die verborgene Tür sich plötzlich vor uns öffnete. „Fast bin ich erschrokken! Wie hast du das gefunden? Bist du allwissend, Effendi?"

„Nichts weniger als das!" lachte ich, über diesen glücklichen Erfolg erfreut. „Die ganze Allwissenheit besteht darin, daß man seine Gedanken nicht auf falsche, sondern auf richtige Wege leitet; da kommt man zum Ziel. Treten wir ein!"

Indem ich diese Aufforderung aussprach, trat ich durch die nun offene Tür in das Innere. Der Mir folgte. Der Raum, in dem wir uns nun befanden, war ziemlich groß. Als wir uns da umschauten, sahen wir, daß ich recht gehabt hatte, als ich vorhin annahm, wenn es hier eine Stube oder so etwas ähnliches gebe, werde sie wohl mit einer Portierloge oder Hausmannsstube zu vergleichen sein. Es gab da wirklich alles, was wir brauchten, nämlich alle möglichen Werkzeuge und, Gott sei Dank, auch die Schlüssel, die wir suchten. Es waren fünfzehn Stück. Sie hingen an der Wand, mit chinesischen Ziffern numeriert. Auch sie hatten die Form von Messern, deren Griff zum Drehen eingebogen werden konnte, so daß sie die Gestalt einer Kurbel annahmen. Die Klingen, welche aus stahlharter Bronze bestanden und vorn nach der Spitze zu immer schmäler wurden, waren eine jede neunmal quer eingekerbt, so daß zehn voneinander getrennte Schlüsselbärte entstanden, die mit arabischen Nummern bezeichnet waren. Da keine dieser Schlüsselklingen der andern an Länge und Breite glich, so konnte man mit diesen fünfzehn Messern zehnmal fünfzehn, also hundertundfünfzig Türen öffnen, wenn man nur wußte, welcher Schlüssel zu der betreffenden Türe gehörte und wie tief er in das Schlüsselloch gesteckt werden mußte. Indem ich mir dies vergegenwärtigte, erkannte ich plötzlich den Zweck der Nummern, die wir an den Säulen gesehen hatten. Die chinesische Ziffer bezog sich auf die Nummer des betreffenden Schlüssels, und die arabische auf die Nummer des Bartes, der die richtige Form besaß, den Riegel zu fassen. Zu jeder numerierten Säule gehörte die auf sie folgende Tür. Diese Entdeckung war so unendlich wichtig, daß ich keinen Augenblick zögerte, zu probieren, ob sie sich bestätigen werde. Ich nahm das Messer, dessen chinesische Nummer draußen an der nächsten Säule angegeben war, ging an den hierzu gehörigen Türstein und entfernte den Staub aus dem Schlüsselloch. Die arabische Nummer war arb'a; das bedeutet vier. Ich steckte die Klinge also bis zum vierten Bart in das Loch und drehte dann. Es gelang. Kaum war die Drehung vollendet, so bewegte sich der Stein nach innen, und zwar so schnell, daß ich fast darüber erschrak. Der Mir aber, der mir gefolgt war, rief aus:

„Auch hier kannst du öffnen? Mensch, ich beginne, mich vor dir zu fürchten! Und dabei bist du so still und sagst kein Wort!"

Ich hatte mich allerdings schweigsam verhalten, um mich mit meinen Gedanken ungestört beschäftigen zu können. Ich antwortete auch jetzt nicht, sondern begab mich in den vorigen Raum zurück, um meine Untersuchungen dort fortzusetzen.

Die Werkzeuge befanden sich alle in bestem Zustand. An der Wand hing, auf chinesischen Stoff gezeichnet, ein ausführlicher Plan des ganzen, riesigen Baues, zu beiden Seiten zwei Teilpläne von der südlichen Hälfte desselben, auf der wir uns jetzt befanden. Andere Pläne, Verzeichnisse und ähnliche Schriften lagen auf einem großen Tisch, der in der Mitte des Raumes stand. Sie und noch vieles andere interessierte uns jetzt aber nicht. Wir verließen also für jetzt diesen Ort und stiegen zu Pferde, um quer über den freien Platz hinüber nach der andern Seite zu reiten, wo es auch zwei nicht numerierte Säulen gab, zwischen denen ein ähnlicher Raum wie der, den wir hier entdeckt hatten, zu vermuten war. Diese Vermutung erwies sich als richtig. Wir fanden eine ganz gleiche Sonne, und es stellte sich heraus, daß sie sich ebenso bewegen ließ, der Stein wich zurück, und wir betraten einen Raum von genau derselben Lage und Größe wie der gegenüberliegende. Auch seine Einrichtung war dieselbe. Dieselben Werkzeuge und Gerätschaften, dieselben Pläne an der Wand und auch dieselben Schlüssel, fünfzehn Stück, chinesisch numeriert, mit je zehn arabisch numerierten Bärten. Es gab also hier auf der Nordseite wie auch drüben auf der Südseite je hundertundfünfzig Räume, in Summa dreihundert. Wozu sie bestimmt waren, sagten uns mehrere größere und kleinere Pläne, die auf dem Tisch lagen. Zu meinem Erstaunen sah ich da verzeichnet: viele Kammern für Reis, viele Kammern für Bohnen, viele Kammern für Weizen, viele Kammern für Mannah, viele Kammern für Leder, Kleiderstoffe und Vorräte aller andern Art. Es war für alles gesorgt, was für des Leibes Nahrung und Notdurft unerläßlich ist, nur nicht für Waffen, nur nicht für den Krieg, sondern nur allein für den Frieden. Es gab Wohnungen für Ober- und Unterbeamte. Es gab Arbeitssäle. Es gab Kranken- und Begräbnisräume, und es gab sogar einen Tempel. Auch sahen wir zwei Beratungssäle verzeichnet, die sehr groß zu sein schienen. Sie waren auf dem Plan eingetragen als Dschemma für die Lebenden und Dschemma für die Toten. Unter Dschemma versteht der Beduine eine Gerichtssitzung, eine Beratung der Stammesältesten. Was die Ausdrücke Tote und Lebende zu bedeuten hatten, konnten wir jetzt nicht wissen; wir hofften, es noch zu erfahren. Jetzt galt es, zunächst unsere Gefährten zu benachrichtigen, und dann einen Rundgang durch die sämtlichen Räume zu unternehmen, um dieses in seiner Art einzige Bauwerk wenigstens einigermaßen kennenzulernen. Wir nahmen also einen der Pläne und die Schlüssel zu uns und ritten dann nach der Stelle zurück, an der unsere Kameraden auf uns warteten. Als Halef uns kommen sah, rief er uns schon von weitem zu:

„Sihdi, ich habe an deiner Stelle nachgedacht, aber nichts gefunden. Wer soll das ausführen? Du oder ich? Ich glaube, du überläßt es mir, weil ich doch . . ."

Er hielt inne, sprang aus seiner sitzenden Stellung auf und fuhr dann in einem ganz anderen Ton fort:

„Hamdulillah! Du hast etwas gefunden! Ich sehe es dir an! Ich kenne dich! Wenn es um deine Augenwinkeln in der Weise zuckt wie jetzt, da kann man zufrieden mit dir sein. Ich kenne dich genau!"

„Ja, wir können zufrieden mit ihm sein; das ist richtig", bestätigte der Mir, indem wir von den Pferden sprangen. „Dein Effendi ist ein unbegreiflicher Mensch, fast ebenso unbegreiflich wie dieses Riesengebäude, in dessen Inneres man so schwer zu dringen vermag. Er aber hat die Schlüssel alle entdeckt!"

„Hat er sie?"

„Ja!"

„Ist das wahr, Sihdi?"

Ich nickte und rasselte mit den fünfzehn Schlüsseln, die ich in den Händen hatte.

„Das sind sie? Wie Messer geformt? Also wieder Messerschlüssel! Kannst du öffnen?"

„Werden gleich sehen!"

Mit diesen Worten ging ich zu dem ersten Türstein, dessen Schloßöffnung wir entdeckt hatten, und probierte den Schlüssel, dessen Nummer an der Säule zu lesen war. Er öffnete. Der Stein wich zurück, in das Innere des Raumes hinein. Als wir folgten, sahen wir diesen Raum von unten bis oben von festen, starken, geflochtenen Schilfsäcken angefüllt, die alle Reis enthielten, den schönsten, besten Reis, den man sich wünschen konnte. Wie lange lag er da? Wie viele, viele Jahrhunderte? Mußte er da nicht längst schon verdorben und ungenießbar geworden sein? Aber die Luft, in der wir uns befanden, war vollständig trocken und außerordentlich rein. Die schon einmal erwähnte Ventilierung schien eine außerordentlich wohldurchdachte und gute zu sein. Und der Reis verbreitete jenen eigentümlichen, wohltuenden Duft nach frischer Ernte, welcher ein untrügliches Zeichen seiner Güte ist. Wir staunten. Das waren Tausende von Säcken! Denn im Hintergrund ging eine Treppe tief hinab, und als wir nachschauten, sahen wir den unter uns liegenden Raum ganz ebenso gefüllt wie den, in dem wir uns befanden. Der Mir war sehr ernst geworden. Er legte seine Hand an meinen Arm und sagte:

„Besinnst du dich, Effendi, daß du mich einmal fragtest, was ich für mein Volk getan habe? Ob ich Vorratshäuser angelegt habe?"

„Ja", antwortete ich.

„Ich habe keine angelegt. Der aber, der dieses Bauwerk schuf, hat es getan. Lache nicht über mich, wenn ich dir sage, daß mich der Anblick dieser Fülle anklagt, dieser Duft nach Nahrung und Sättigung!"

„Ob dieser Reis wohl noch genießbar ist?"

„Ganz unbedingt! Je älter er ist, desto beser hat er sich erhalten. Es gab im Altertum eine Zeit, in der man es verstand, jeder Getreidefrucht eine Haltbarkeit für Tausende von Jahren zu verleihen. Derartiges Getreide behält für immer den jungen, frischen Ernteduft. Ich bin überzeugt, daß hier der Reis von dieser Sorte ist. Man besaß damals sogar eine Feuchtigkeit, durch welche man die Körper der Verstorbenen unzerstörbar machte und sie genau in dem Zustand erhalten konnte, in dem sie sich in der letzten Stunde ihres Lebens befunden hatten."

Wahrscheinlich hatte er recht. Es gibt Entdeckungen früherer Zeiten, die wir nun wieder zu entdecken haben, weil sie inzwischen verlorengegangen sind. Man braucht nur an das Rubinglas zu denken. Auch die Zusammensetzung der Flüssigkeit, in der man Leichen badete, um sie für immer zu erhalten, ist verlorengegangen. In neuerer Zeit aber scheint sie in Italien wieder entdeckt worden zu sein, wenn man den Zeitungen glauben darf, die hierüber berichten.

Wir gingen nun von Raum zu Raum. Das Öffnen der Tür gelang bei ihnen allen, ohne Ausnahme. Über zwanzig von ihnen waren nur allein mit Reis gefüllt, ebensoviele mit Mannah, Weizen, Bohnen, Linsen und andern, mir aber unbekannten Leguminosenarten. Ich habe bereits gesagt, daß ich die Stadt der Toten bei einer andern Gelegenheit ausführlich beschreiben werde. Das bezieht sich auch auf den Gigantenbau am einstigen Maha-Lama-See. Für heut und hier genügen einige kurze, allgemeine Andeutungen und die Hervorhebung nur derjenigen Örtlichkeiten, die für unsern diesmaligen Aufenthalt uns wichtig erschienen.

Vor allen Dingen gilt es zu sagen, daß wir zwei volle Tage brauchten, um, wenn auch nur im schnellsten Tempo, uns jeden der dreihundert Räume anzusehen. Die Mahlzeiten hielten wir im Freien. Zum Kochen, Backen und Braten gab es Töpfe, Geschirr, Brennholz und Holzkohlen mehr als genug. Ursprünglich hatten wir weder die Zeit noch die Absicht zu einem so langen Aufenthalt. Es gab tausend Gründe, besonders politische und kriegerische, die uns zur größten Eile mahnten. Das Land war ohne Herrscher und das Heer der Ussul und der Tschoban ohne Anführer. Die Fahne der Empörung flatterte; vielleicht herrschte gar schon Anarchie! Aber grad die beiden Personen, welche die größte Veranlassung zur Besorgnis hatten, nämlich der Dschirbani und der Mir, fühlten sich derart von dem geheimnisvollen Ort, an dem wir uns befanden, gefesselt, daß sie erklärten, ihn nicht eher verlassen zu wollen, als bis es ihnen gelungen sei, sich wenigstens oberflächlich zu orientieren. Sie empfanden und erkannten, daß ihre beiderseitigen Lebenswege hier an der Pforte einer Entscheidung oder einer Zukunft zusammengetroffen waren, die ihnen unendlich mehr bot, als sie selbst im ungünstigsten Fall an den Panther und seine Verschworenen verlieren konnten. Und sonderbarerweise, sie gingen immer nebeneinander, und sie standen immer beieinander. Sie hatten ein Wohlgefallen aneinander gefunden, welches von Stunde zu Stunde offener und wohltuender hervortrat. Ich störte sie so wenig wie möglich, und da sich Sadik, der schweigsame Prinz der Tschoban, meist zu den beiden Prinzen der Ussul hielt, so forderte ich Halef auf, in meiner Nähe zu bleiben und die andern möglichst wenig zu stören. Ich glaubte, der Zusammenschluß, der sich hier vorbereitete, werde für das ganze Leben sein, und das sollte sich freiwillig vollziehen, ohne von uns beiden direkt beeinflußt zu werden.

Bei einem der Gespräche zwischen dem Mir und dem Dschinnistani brachte der letztere die Rede auf Abd el Fadl, den Fürsten von Halihm. Der Mir fiel ihm sofort in die Rede, indem er fragte:

„Der Fürst von Halihm? Kennst du ihn vielleicht?"

„Ja."

„Kennt ihn etwa der Effendi auch?"

„Ja, auch er."

„Woher?"

„Er steht ja bei unserm Heer. Auch du mußt ihn kennen!"

„Wieso?"

„Ich schickte ihn nach deiner Hauptstadt, nach Ard. Er wohnt bei dir!"

Es geschah nicht etwa aus Unbedachtsamkeit, daß der Dschirbani dem Mir diese Mitteilung machte, sondern in voller Absicht, die mir sehr willkommen war. Der Mir wich einige Schritte zurück. Er erkundigte sich, seine erstaunten Augen abwechselnd auf den Dschirbani und auf mich richtend:

„Der Fürst von Halihm heißt Abd el Fadl, und eine seiner Töchter heißt Merhameh. Diese beiden Namen sind nicht selten. Sie kommen sogar sehr häufig vor. Darum sind sie mir nicht aufgefallen. Wollt ihr etwa sagen, daß dieser Sänger Abd el Fadl und seine Tochter Merhameh der Fürst und die Prinzessin von Halihm sind?"

„Ja, das wollen wir allerdings sagen", antwortete der Dschirbani.

„So wurde ich von euch betrogen?"

„Betrogen?"

„Ja, betrogen! Besonders aber von dir!"

Diese letzteren Worte richtete er an mich. Seine Brauen zogen sich zusammen, und seine Augen blitzten mich zornig an. Ich aber lächelte ihn ruhig an und fragte:

„Fühlst du dich vielleicht als Betrogener?"

„Ja!" behauptete er.

„Wieso? Worin liegt der Betrug, den ich begangen habe?"

„Darin, daß die beiden Namen nun plötzlich eine ganz andere Bedeutung erlangen. Der Fürst von Halihm ist einer der höchsten Stützen des Mirs von Dschinnistan, also einer meiner hervorragendsten Feinde. Und den schickt ihr in mein Land, in meine Residenz, in meinen Palast?! Ist das nicht Betrug?"

„Nein, nur List. Wir meinten es gut mit dir."

„Gut? Das ist wohl erst noch sehr genau zu prüfen! Vorerst denke ich jetzt nur daran, daß nun doch alles erfüllt worden ist, was die Weissagungen verkündet haben: Der Friede und die Barmherzigkeit haben ihre Stimmen in meinem eigenen Haus, in der christlichen Kirche erhoben! Nur weil ich glaubte, der Sänger und die Sängerin seien ganz gewöhnliche Personen, gab ich ihren Namen die Bedeutung nicht, die sie jetzt plötzlich bekommen haben. Nun befindet sich der treueste Anhänger meines Erbfeindes in demselben Palast, den ich bewohne. Und nicht nur das, denn ich habe ihm auch mein ganz besonderes Vertrauen geschenkt und schwebe also in viel größeren Gefahren, als ich bisher ahnte. Ihr habt mich überlistet. Wehe euch, wenn es mir in den Sinn kommt, euch zur Rechenschaft zu ziehen!"

Der Zorn trieb ihn von uns hinweg. Er ging hinaus und schritt quer über den Platz nach dem Wasserengel hinüber, wo sich unsere Pferde befanden. Wir sahen dann, daß er sich mit seinem Schimmelhengst beschäftigte, und ließen uns von seinem Ärger die gute Stimmung, in der wir uns befanden, nicht verderben. Er mußte ja wiederkommen; er konnte gar nicht anders. Wir setzten inzwischen die Besichtigung und Untersuchung der Örtlichkeiten fort. Es dauerte auch wirklich gar nicht lange, so kehrte er zurück, um uns eine Entdeckung mitzuteilen, die er soeben gemacht hatte. Er hatte nämlich seinem Pferd wieder Wasser geben wollen und war darum in den Engel gestiegen, und zwar bis ganz hinab, weil es ihm gewesen war, als ob sich da unten ein Geräusch vernehmen lasse, welches vorher niemand von uns bemerkt hatte. Er hatte natürlich ein Licht angebrannt und beim Schein desselben gesehen, daß das Wasser inzwischen ganz unvermutet so hoch gestiegen war, daß es den Rand des Bassins überflutete und durch eine hierzu angebrachte Seitenröhre einen laut rauschenden Abfluß fand. Diese Botschaft war für uns so wichtig, daß auch wir uns sofort nach dem Brunnen begaben und hinabstiegen, um die Sache in Augenschein zu nehmen. Es war so, wie er berichtet hatte. Das Bassin lief über, und der Abfluß war ein so bedeutender, daß ihn die hierzu bestimmte Röhre kaum zu fassen vermochte. Es klang wie das Rauschen eines Sturzbaches; das war eine Folge der vulkanischen Ausbrüche droben in den himmelhohen Bergen von Dschinnistan. Diese Berge hatten nun monatelang ununterbrochen geflammt. Die Schnee- und Eisfelder waren geschmolzen. Wenn man früher von Süden aus hinauf nach dem Gebirge sah, hob es sich weiß vom blauen Himmel ab; jetzt aber war es dunkel. Die ununterbrochen ausstrahlende Glut hatte die Firnen und Gletscher von den Höhen geleckt und aufgezehrt. Es waren Massen von Wasser entstanden und entstanden immer noch weiter. Es bildeten sich neue Rinnsale, und wo es keine gab, drang die überreichliche Feuchtigkeit in die Erde ein, um sich unterirdische Wege nach dem tiefer liegenden Land und der Ebene zu suchen. Die Engelsbrunnen lagen, wie bereits erwähnt, an solchen unterirdischen Wasserwegen, und die Wirkung trat bei ihnen demnach am schnellsten und am auffälligsten hervor. Das war nicht mehr bloß Feuchtigkeit, das war schon wirklich fließendes und rauschendes Wasser. Es hätte mich gar nicht gewundert, zu dem auch noch zu erfahren, daß sogar im Bett des ausgetrockneten Stromes das Wasser zutage trete. Als wir unsern Rundgang hierauf fortsetzten, schloß sich der Mir uns wieder an, ohne auf das

Thema, welches ihn zornig gemacht hatte, auch nur mit einem einzigen Wort zurückzukommen. Er hatte eingesehen, daß es unter den gegenwärtigen Verhältnissen eine große Torheit gewesen wäre, ganz mit denen zu schmollen, die allein imstande waren, ihn aus seiner bedrängten Lage zu befreien.

Im Lauf des Nachmittags kamen wir durch die Wohnräume der Beamten, wo wir auf die Beweise glücklichsten Familienlebens stießen, durch zahlreiche Arbeitssäle, in welchen alle Handwerke, die es damals gab, vertreten waren, durch Kunsträume, in denen man gezeichnet, gemalt, gemeißelt und musiziert hatte. Wir fanden Krankenstuben, die selbst heute noch einen gar nicht üblen Eindruck machten. An diese schlossen sich sehr weite, ober- und unterirdische Säle an, in denen sich die Begräbnisstellen befanden, dic ich an einem andern Ort ausführlich beschreiben werde. Den Beschluß des heutigen Tages bildete gegen Abend die Besichtigung des Tempels, der einen sehr großen Eindruck auf uns machte, und zwar infolge seiner absoluten, nachhilfelosen Einfachheit. Er bildete das Innere des höchsten und kompaktesten Berges der ganzen Runde und war in Form eines Kreiskegels, also eines Zuckerhutes, ganz aus dem Fels gehauen. Auf seiner Grundfläche, also auf dem eigentlichen Fußboden, befand sich kein einziger Sitz; er war überhaupt nicht zur Aufnahme des Publikums, oder sagen wir, der Gemeinde, der Gläubigen bestimmt. Hierzu war vielmehr eine Einrichtung vorhanden, die sich in Form einer ununterbrochenen, immerwährend rundum laufenden Spirallinie von unten bis hinauf zur höchsten Spitze zog. Diese Spirallinie war aus lauter Sitzen zusammengesetzt, die eine nicht waagerecht liegende, sondern nach und nach ansteigende Empore bildeten und zum Schutz mit einer starken Balustrade versehen waren. Vor jedem Sitz war in dieser Balustrade ein rundes Loch angebracht, welches die Bestimmung hatte, ein Licht aufzunehmen. Diese Löcher zählten nach vielen Hunderten, und in jedem steckte ein ganzes Licht, welches noch niemals angebrannt worden war. Das gab den Anschein, als ob in ungemessener, alter Zeit einmal ein Gottesdienst vorbereitet worden sei, der aber nicht abgehalten werden konnte, worauf der Tempel für immer verlassen werden mußte. Ganz unten auf der Grundfläche, da, wo die Spirale begann, stand ein kleine, sehr einfache Kanzel, jedenfalls für den Priester bestimmt. Als ich sie sah, kam mir die Frage, welche akustische Wirkung es wohl gehabt habe, wenn er seine Stimme zu der leuchtenden Spirale über sich erhob. Hierbei nehme ich die Gelegenheit, einige Worte über die Beleuchtung aller dieser am Maha-Lama-See vorhandenen Räumlichkeiten zu sagen.

Ich habe die Fensteröffnungen, die sich über jeder Tür befanden, schon einmal erwähnt. Sie verliefen nicht waagerecht, sondern sie senkten sich von außen nach innen. Hierdurch wurde dem Tageslicht der Eintritt in das Innere erleichtert, aber auch dem Staub und etwaigen Insekten und andern Tieren, welche den hier aufgehäuften Vorräten gefährlich werden konnten. Darum waren diese Fensteröffnungen von innen luftdicht verschlossen, doch so, daß das Licht trotz dieses Verschlusses vollen Eingang fand. Aber womit? Man hätte meinen sollen, es sei Glas, und zwar sehr reines, gutes Glas; aber das war ja ausgeschlossen. Den vollständig durchsichtigen, außerordentlich glasähnlichen Stoff näher zu untersuchen, war bisher unmöglich gewesen, weil die Fenster zu hoch lagen, als daß sie von uns erreicht werden konnten. Nun aber, hier im Tempel, ging ich die Spiralempore hinauf, bis ich das erste Fenster erreichte, und da sah ich denn, daß es eine Art von Kaliglimmer, vielleicht Muskovit war, der, wahrscheinlich auf eine mir unbekannte Weise noch extra zubereitet, vollständig die Stelle des lichtdurchlässigsten Glases vertrat. Das reichte aber selbst am Tage nicht aus, den gewaltigen und außerordentlich hohen Raum des Tempels zu erhellen. Daher die vielen Lichter.

Es war wohl selbstverständlich, daß in uns der Wunsch entstand, auf der rundum gewundenen Empore bis zur Spitze hinaufzusteigen. Wir taten es. Das heißt, zunächst taten es nur die andern, denn ich blieb noch unten, um einige akustische Proben zu machen. Nachdem ich sie instruiert hatte, wann und wie sie mir zu antworten hatten, begannen sie ihren langsamen Kreiselweg. Ich nenne ihn langsam, weil sie im Hinaufsteigen sämtliche Lichter anbrannten, eines immer am andern. Das hielt sie auf. Ich sprach mit ihnen. Sie antworteten. Aber je höher sie kamen, desto leiser wurden ihre Antworten. Endlich hörte ich sie gar nicht mehr. Nun rief ich ihnen mit verdoppelter Stärke meiner Stimme Fragen zu, deren Antworten ich ihnen eingeprägt hatte. Vergebens. Sie gaben diese Antworten, aber ich hörte sie nicht. Das machte einen ganz eigenartigen, unbeschreiblichen Eindruck auf mich. Ich sah, wie die Zahl der brennenden Lichter wuchs. Ihre Linie wurde immer länger und länger und stieg immer höher und höher, bis sie die Spitze des Tempels erreichte. Wie ich später erfuhr, drang meine Stimme mit größter, reinster Deutlichkeit bis dort hinauf; das aber, was sie erwiderten, mußte oben bleiben; es konnte nicht herunter zu mir. Um mich gab es nur tiefes, lautloses Schweigen. War das vielleicht eine gewollte Symbolik derer, die einst diesen Tempel aus dem toten Felsen schlugen? Ich glaubte, dies bejahen zu müssen, denn man unternimmt kein so schwieriges, zeitraubendes Werk, ohne über die Wirkung desselben nachgedacht zu haben. Ich aber beeilte mich, der mich beklemmenden Lautlosigkeit zu entgehen und stieg meinen vorangegangenen Gefährten nach.

Es war inzwischen draußen Abend geworden. Darum befand ich mich hier unten im Innern des Tempels nicht nur in vollständiger Stille, sondern auch in ebenso vollständiger Dunkelheit. Aus dieser Finsternis stieg grad von da aus, wo ich stand, die Lichterlinie empor, einen immer weiter aufwärts dringenden, sich scheinbar unendlich oft wiederholenden und doch niemals zu sich selbst zurückkehrenden Kreis beschreibend. Daß dieser Kreis immer kleiner und enger wurde, kam mir nicht als Wirklichkeit, sondern wie eine optische Täuschung vor und verdoppelte, verzehnfachte, ja, verhundertfachte die wirkliche Höhe des Tempels. Es war, als sei er mitten in den Himmel hineingebaut und als könne man von Licht zu Licht bis direkt vor Gottes Thron gelangen. Und diesen Weg stieg ich jetzt hinauf!

Je höher ich stieg, desto mehr wurden der Lichter unter mir; aber ich schaute absichtlich nicht hinab; ich schaute nur nach oben, um mir die spätere, bessere Wirkung nicht schon im voraus zu verderben. Oben angekommen, sah ich, daß es eine Öffnung nach außen gab, und als ich hinaustrat, befand ich mich mit meinen Gefährten auf einer Felsenplatte, die, wie ich selbst jetzt, des Abends, bemerken konnte, eine außerordentlich weite Fernsicht bot. Die Tür, welche aus der Spitze des Innentempels heraus auf diese Platte führte, war unverschließbar. Sie bestand einfach aus einem Stein, der auf- und zugeschoben werden konnte.

„Da kommst auch du!“ sagte Halef, als er mich sah. „Hast du gehört, was wir hinabriefen?“

„Nein“, antwortete ich.

„Und wir haben doch förmlich gebrüllt! Wir verstanden jedes Wort von dir. Was du sagtest, das klang so laut und eindringlich, wie eine einzelne Stimme einer Orgel oder wie eine Posaune. Willst du es nicht auch einmal hören? Soll ich hinuntersteigen und zu dir heraufsprechen?“

„Ja, tue es“, antwortete ich.

„Schön! Ich werde dir einige Stellen aus dem Koran sagen, etwas recht Feierliches und Ernstes, wie es sich für dieses Gebäude, welches ein Tempel ist, schickt."

Da fiel der Mir ein:

„Aus dem Koran? Ist dein Effendi denn ein Mohammedaner? Er soll anderes und besseres hören! Du kannst hier oben bleiben, denn ich selbst gehe hinab. Ich werde ihm etwas heraufsagen, was besser für diese ergreifende Stätte paßt als das, was er von Mohammed hören könnte. Wir befinden uns an einem wunderbaren Ort; ich fühle es. Darum darf hier auch nur wirklich Heiliges, nur wirklich Edles und nur wirklich Wahres und Großes gesprochen werden!"

Er ging. Daß er, der Höchste von uns allen, mir diesen Dienst erweisen wollte, war jedenfalls nicht äußerlich, sondern tief innerlich begründet. Dieser Felsentempel hatte ihn ergriffen, hatte auf ihn gewirkt, und diese Wirkung bestand in dem Wunsch, nun auch uns ergreifen zu können. Darum stieg er hinab in die Dunkelheit, um aus ihr zu uns heraufzusprechen. Aber was wollte er uns sagen? Nichts aus dem Koran, sondern etwas Besseres, Edleres und Heiligeres. Was konnte das sein? Er war doch nicht Christ!

Von der Höhe dieser Platte aus sahen wir den nördlichen Himmel genau so flammen und glühen, wie ich es gesehen hatte, als ich auf dem Tempel von Ussula saß. Und es wirkte hier, wo wir uns inmitten der Wüste und des Todes befanden, seelisch noch ergreifender als dort. Wie innig standen wir mit diesen Flammengluten in Verbindung! Sie waren es ja, die unsern Brunnen speisten; sie waren unsere Lebensretter! So führen feste, wohltätige Fäden im Menschenleben aus der Unbegreiflichkeit in das Begreifliche, vom Himmel zur Erde, vom Schöpfer zum Geschöpf und – und wieder zum Schöpfer zurück, sobald wir nur wollen! Wir traten von der Platte nun in das Innere des Tempels zurück, um den Augenblick, in dem der Mir zu sprechen begann, nicht zu versäumen. Wir setzten uns nieder und warteten still. Dann verging eine lange, lange Zeit. Er mußte schon längst unten angekommen sein und sagte noch immer nichts. Das machte meine Gefährten ungeduldig, ich aber konnte es wohl begreifen. Es war der Anblick des Tempels, der ihn jetzt noch mehr ergriff als vorher. Er fühlte sich innerlich überwältigt. Es gingen Dinge in ihm vor, die ihn so ganz und gar für sich in Anspruch nahmen, daß wir vor ihnen weichen mußten. Es war überhaupt eine ganz wunderbare Fügung des Himmels, welche den Mir gezwungen hatte, unter den gegenwärtigen Umständen nach der Stadt der Toten zu gehen. Schon unser Weihnacht hatte ihn gepackt, die Liebe und die Güte, die Gnade und Barmherzigkeit. Hier kam der Ernst dazu, der gewaltige und drohende Ernst der Jahrhunderte und Jahrtausende. Ich habe schon einmal die Geisterschmiede von Kulub erwähnt, in welcher die Menschenseelen gehämmert, gestählt und geschmiedet werden. Der Mir befand sich jetzt in diesem psychischen Kulub, in dieser Geisterschmiede, und es war mir von höchstem Interesse, zu erfahren, mit welchem Erfolg oder Mißerfolg er sie verlassen werde. Die gewundene Linie der flackernden Lichter führte hinunter zu ihm. Er stand da, wo sie begann, und schaute herauf zu uns, ohne uns aber zu sehen. Was wird er sagen? Jedenfalls doch irgend ein Wort, welches das enthält, was ihn in diesen Augenblicken bewegt! Gerade als ich das dachte, erhob sich in der finstern Tiefe eine Stimme, welche klang, als ob sie aus ganz anderen Welten stamme und auch zu ganz anderen Welten spreche als nur zu unserer kleinen, unbedeutenden Erde und zu uns paar armseligen Menschen. Langsam, deutlich, hehr und gewichtig, wie Glocken oder Posaunentöne stiegen die Worte zu uns herauf:

„Wo soll ich hingehen vor deinem Geist? Und wo soll ich hinfliehen vor deinem Angesicht? – Stiege ich in den Himmel, so wärest du da. Stiege ich in die Hölle, so wärest du da. – Nähme ich mir Flügel von der Morgenröte, und wohnte ich am äußersten Meer, so würde auch dort deine Hand mich führen und deine Rechte mich halten!"

War das der Mir? Natürlich! Wer anders sollte es sein? Aber wie kam er zu diesem Bibelspruch? Wenn die Menschenstimme überall täuschen und sich verstellen kann, hier in diesem Tempel des Maha-Lama-Sees aber nicht! Indem sie hier wie eine Offenbarung klingt, offenbart sie vor allen Dingen auch sich selbst. Und in dieser Stimme lag die Wahrheit. Was der Mir jetzt sagte, bewegte ihn auch wirklich. Nach einer kleinen Pause kam der zweite Ruf:

„Wie der Hirsch sich sehnt nach Wasserquellen, also verlanget meine Seele, o Gott, nach dir. – Meine Seele dürstet nach Gott, nach dem starken, lebendigen Gott. Wann werde ich hinkommen und erscheinen vor Gottes Angesicht?"

Hierauf wieder eine kurze Weile, dann erklang es:

„Dein Wort ist meinen Füßen eine Leuchte und ein Licht für meine Wege!"

Das waren allerdings drei wirklich hehre, heilige und gewichtige Worte. Der Mir hatte mehr, viel mehr gesagt, als ich für möglich gehalten hätte. Denn daß es sich bei ihm nicht nur um eine akustische Demonstration handelte, das verstand sich ganz von selbst. Er beichtete. Er gab Rechenschaft. Er offenbarte die Tiefe seines Innern. Es drängte ihn; er konnte nicht anders. Aber er war noch nicht fertig. Er mußte auch noch das Allerbeste und Allerwichtigste, was er besaß, aus seiner Seele zu uns steigen lassen. Es erklang:

„Jesus Christus ist derselbe, gestern und heut und auch in Ewigkeit! Amen!"

Dieses Amen sagte uns, daß er fertig sei. Die andern blieben noch einige Minuten still sitzen. Auch sie fühlten, daß jetzt neben dem rein Äußerlichen auch noch etwas rein Innerliches geschehen sei, woran man nicht mit faden Worten rühren dürfe. Dann standen sie auf und schickten sich an, den Stein vor die Öffnung zu schieben und dann hinabzusteigen. Sie glaubten, daß dies auch meine Absicht sei. Ich aber belehrte sie eines anderen, indem ich sagte:

„Geht immer hinunter! Ich bleibe noch hier und werde dann hier schließen. Löscht alle Lichter aus, an denen ihr vorüberkommt; laßt keines brennen!"

„Aber dann, wenn du hinuntergehst, mußt du doch auch Licht haben, Effendi, sonst stürzt du!" meinte Halef besorgt.

„So zünde ich mir eines an", antwortete ich.

„Aber du darfst nicht lange bleiben; du mußt mit uns essen, Effendi! Weißt du, heut wird einmal gekocht, wirklich gekocht, gebacken und gebraten! Denn es gibt hier alles, was wir dazu brauchen! Unzählige Delikatessen! Ich koche selbst! Und die andern helfen mir alle, alle, alle! Da kannst du dir doch denken, daß es ein Abendessen gibt, wie es selbst der Schah von Teheran oder der Sultan von Istambul nicht besser haben kann. Also du kommst?"

„Ja."

„So leb einstweilen wohl! Du bist ein Dichter und schreibst Bücher; darum hältst du es gern mit allen Höhen und Spitzen, wo es nichts zu essen gibt. Aber wir, die wir keine Dichter sind und auch keine Bücher schreiben, wir gehören hinunter auf die ebene, sichere Erde und ziehen den Duft eines guten Bratens den fettesten Reimen und den dicksten Büchern vor."

„So wünsche ich, daß dir der Braten wohlgelingen möge, mein lieber Halef!"

„Ich auch. Wir gehen!"

Sie stiegen hinab und verlöschten dabei ein Licht nach dem anderen. Ich sah einige Zeitlang zu, wie die Lichtspirale sich immer weiter von mir zurückzog; dann trat ich wieder hinaus in das Freie und setzte mich dort nieder, um endlich, endlich einmal mit mir und meinen Gedanken allein zu sein und das, was geschehen war, zu prüfen, um das, was nun zu kommen hatte, daraus zu folgern. Aber diese wohltuende Einsamkeit war nicht von langer Dauer. Es erklangen Schritte aus dem Innern. Es kam jemand. Der Mir war es. Er hatte ein brennendes Licht in der Hand, blies es aus, setzte sich zu mir und entschuldigte sich:

„Dein Halef sagte, du wünschst, allein zu sein. Ich habe denselben Wunsch und kann ihn mir doch nicht erfüllen, denn in der Einsamkeit finde ich keinen Halt und keine Stütze; ich muß zu dir. Verzeih!"

„Ja, ich wollte allein sein", antwortete ich aufrichtig. „Ereignisse wie die, welche wir hier erleben, verlangen Sammlung und ungestörtes Nachdenken, wenn sie die Wirkung haben sollen, die uns nützt und segnet. Doch, befindest du dich in Seelennot, in der du Hilfe von mir erwartest, so bist du mir willkommen, gleichviel, ob ich dir dienen kann oder nicht. Der Wille dazu ist vorhanden."

„Das weiß ich, und darum komme ich, Effendi. Ich habe dir ein Geheimnis mitzuteilen, ein großes, schweres Geheimnis, welches sich von Generation zu Generation in meiner Familie fortgeerbt hat und so sorgfältig behütet worden ist, daß nicht einmal sämtliche Mitglieder der Familie, am allerwenigsten aber fremde Leute, davon erfuhren. Nur der Herrscher allein wußte es, der Mir, und sobald er es für nötig hielt, teilte er es seinem ältesten Prinzen mit, seinem Nachfolger, nie aber einem andern Menschen. Du bist der erste und einzige Fremde, der es erfahren soll, und magst hieraus ersehen, wie gern ich dich habe und wie hoch ich deinen Wert für mich berechne."

„Ich danke dir! Geheimnisse soll man achten, zumal, wenn sie Familiengeheimnisse sind, über welche das einzelne Glied nicht frei verfügen darf. Hältst du es für unbedingt nötig, mir diese Mitteilung zu machen?"

„Ja, unbedingt. Du wirst mir darin, sobald du es erfahren hast, recht geben. Diese Angelegenheit ist nämlich in ein höchst bedenkliches Stadium getreten. Das Geheimnis steht vor der Schwelle der Öffentlichkeit. Es ist bedroht, Gemeingut zu werden. Es hiervor zu bewahren, bin ich zu schwach. Ich bedarf deiner Hilfe, und die kannst du mir nur dann leisten, wenn du ebenso eingeweiht bist wie ich selbst."

„So darf ich dich nicht hindern, dich offen auszusprechen. Doch, ehe du dieses tust, bitte ich dich, mir zu sagen, woher du die Stellen aus unserm heiligen Buch kennst, die wir vorhin aus deinem Munde hörten!"

„Sie sind ein Weihnachtsgeschenk."

„Von wem?"

„Von deinem und meinem Freund, dem Basch Nasrani, dem Oberpriester aller Christen meiner Länder. Er hat viele solche wichtige Aussprüche der Bibel für mich abgeschrieben und sie mir gebracht. Er sagte, dies sei der Dank des Heilandes dafür, daß ich seinen Gläubigen erlaubt habe, sein Geburtsfest in Ard zu feiern. Die Sprüche gefielen mir sehr. Ich las sie sehr oft durch. Und wenn der Basch Nasrani bei mir war, mußte er mir ihren Sinn und ihren Inhalt erklären. Er war der Meinung, daß aus ihnen mein eigenes Glück und Wohl und auch das Glück meines Reiches wachsen könne. So lernte ich sie auswendig und dachte viel, sehr viel über sie nach. Und als dein Halef dir Koranverse versprach, hielt ich es für besser, dir Sprüche aus diesem meinem Schatz zu geben. Ich glaubte, dich damit zu erfreuen."

„Das ist auch geschehen, wirklich geschehen. Es ist keine kleine und keine gewöhnliche Freude, die du mir damit gemacht hast. Darum wünsche ich aufrichtig, dir in Beziehung auf dein Familiengeheimnis von Nutzen sein zu dürfen. Ich bitte dich nun, es mir mitzuteilen."

Es war wirklich so, wie ich sagte: ich freute mich herzlich. Der alte, liebe, gute Basch Nasrani hatte Mission getrieben, ohne daß ich es ahnte. Und seine stille, geräuschlose Tätigkeit hatte größere und reichere Früchte gebracht, als er selbst vielleicht für möglich gehalten hatte. So schnell! In dieser kurzen Zeit! Daß dies auch dem ganzen Land von Segen sein werde, verstand sich ganz von selbst. Jetzt saß ich mit dem Mir so, daß wir nach Norden schauten. Die dort auf- und niederwallenden Gluten berührten sein Gesicht mit einem leisen, warmen, verklärenden Schein. Er sprach:

„Welch ein Jahr ist das jetzige! Sollte es wirklich jenes große, seit Jahrtausenden vorherverkündete Jahr sein, in welchem die Engel des Paradieses hervortreten dürfen, um zu bestätigen, daß der Friede sich naht und die Völker sich nicht mehr hassen, sondern lieben und achten werden? Weißt du, Effendi, daß jeder

Mir von Dschinnistan stets für, jeder Mir von Ardistan aber gegen diesen Frieden gewesen ist?"

„Ich weiß es", antwortete ich.

„Daher die immerwährende Feindschaft zwischen diesen Herrschern. Und diese Feindschaft war um so größer und spaltete um so tiefer, als wir von Ardistan glaubten, unsere Feinde hassen zu müssen, während die von Dschinnistan sich für verpflichtet hielten, uns trotz dieses unseres Hasses zu lieben und Gutes zu erweisen. Es war für uns empörend, und wir hielten es für die größte aller Schanden und Beleidigungen, von denen, die wir unablässig befeindeten, immer nur Wohtaten und Verzeihung zu erhalten. Kannst du diesen unsern Grimm begreifen?"

„Leider nur zu gut!"

„Und kannst du dir denken, daß es für gewisse stolze Naturen geradezu fürchterlich ist, Gnade und Barmherzigkeit nehmen zu müssen, wo man innerlich darauf brennt, doch endlich auch einmal auf männlichen Zorn und rächende Kraft zu stoßen?"

„Ja; auch mir ist das begreiflich!"

„Und bist du vielleicht so vernünftig oder so unvernünftig, einzusehen, daß wir den Mir von Dschinnistan und alle, die zu ihm gehören, wegen ihrer ewigen, entsetzlich ermüdenden Liebe, Güte, Gnade, Geduld, Langmut, und wie das alles genannt wird, gründlich verachteten?"

„Wenn man die größte Macht und Stärke, die es im Himmel und auf Erden gibt, nämlich die Liebe, für Unfähigkeit und Schwachheit nimmt, so ist es gar nicht so schwer, auf diese Verachtung zu kommen. Aber sag, verachtest du noch?"

„Bis vor kurzem, ja. Da aber kamt ihr mit eurem Weihnachtsfest. Da kamst du mit deiner absoluten Furchtlosigkeit. Da kam dein Halef mit seiner siegreichen Anhänglichkeit und Treue. Da der Basch Nasrani mit seinen gewaltigen Bibelworten. Da erklangen die Glocken. Da brauste die Orgel. Da krachten die Kanonen zum ersten Male für einen hohen, friedlichen Zweck. Da wagte sich der Fürst von Halihm mit seiner Tochter in mein eigenes Haus, um mir die Güte und Barmherzigkeit des Mirs von Dschinnistan verständlich zu machen. Ja, das war ein Wagnis, ein wirkliches Wagnis, dessen Wert ich ebenso anerkenne wie die Verwegenheit des Dschirbani, dich und Halef zu mir nach Ard, also in die Höhle des Löwen zu schicken. Jetzt will es mir erscheinen, als ob die Liebe und Güte noch viel, viel männlicher, kühner und heldenhafter sein könne als der Haß, der sich blind und unüberlegt in Taten stürzt, deren Ausgang er nicht kennt.

Das ist kein Mut, sondern Leichtsinn und Gewissenlosigkeit! Und nach dem allen kam die Verschwörung, der Abfall meiner Offiziere und Beamten, die Undankbarkeit des Panthers, dem ich von meinem Herzen mehr gegeben hatte, als ich selbst besaß. Das waren die Früchte von Ardistan, die Ergebnisse meiner eigenen Saat! Und dann der Ritt nach der Stadt der Toten, wo ich verschmachten sollte, die wunderbare Rettung hier und die noch wunderbareren Offenbarungen aus der von uns verachteten, von den Völkern aber gesegneten alten Maha-Lama-Zeit! Die ich für meine Freunde hielt, sind meine Feinde geworden, und die ich für so gering und armselig hielt, daß ich nur mit einem Lächeln ihrer gedachte, sind nun meine einzigen Stützen, mit deren Hilfe ich mich erheben und wieder werden kann, was ich gewesen bin. Aber ich schwöre dir, Effendi, daß ich Gericht halten werde, daß ich mich rächen werde, daß ich . . ."

„Halt! Nicht weiter!" unterbrach ich ihn. „Was du sagtest und noch sagen wolltest, ist richtig. Dein Gedankengang war gut. Aber du hast plötzlich abgebrochen und bist zur Seite gewichen. Der Zorn hat dich gestört. Die Rache will dich um den guten Schluß betrügen, der deiner Rede vorgeschrieben war. Noch bist du nicht gerettet. Noch bist du nicht wieder Mir. Noch können tausend Umstände eintreten, die alle deine Hoffnungen vernichten und alle deine Vorsätze unausführbar machen. Und vor allen Dingen laß dir sagen, daß Gott sich wahrlich nicht deiner annimmt, damit du dich rächen könntest und rächen mögest. Ich bin weder dein Richter noch der Richter deiner jetzigen Feinde, sondern du selbst hast dich und deine ganze Dynastie gerichtet, als du vorhin sagtest, daß ihr alle nur Diener des Hasses, nicht aber der Liebe gewesen seid. Du hast bekannt, daß du nur die Früchte von Ardistan erntest, die Ergebnisse deiner eigenen Saat. Wie kannst du dich für etwas rächen wollen, was du nach deinem eigenen Eingeständnis doch nur selbst verschuldet hast? Noch klingt mir das eine deiner Bibelworte in den Ohren, die du uns nach der Höhe des Tempels schicktest. Es war das Wort: ‚Meine Seele dürstet nach Gott, nach dem starken, lebendigen Gott. Wann wede ich hinkommen und erscheinen vor Gottes Angesicht?' Hat dir der Basch Nasrani den Sinn dieser Zeilen nicht auch erklärt? Glaubst du, als Richter und Rächer vor Gott erscheinen zu dürfen, wenn du selbst dich als den wirklich Schuldigen bezeichnest? Und selbst wenn du unschuldig wärest, so würde . . ."

„Verzeih, verzeih!" fiel er mir in die Rede. „Du hast recht; der

Zorn hat mich gestört. Das Geheimnis, welches ich dir anvertrauen will, ist ein Geständnis, und wer Geständnisse zu machen hat, der soll nicht andern zürnen. Nur bitte ich dich, ja nicht etwa zu denken, daß ich dir böse Taten zu gestehen habe, Verbrechen, die von mir oder meinen Ahnen begangen worden sind. Es handelt sich vielmehr nur um eine anererbte Art von Krankheit, die aber auch wieder keine Krankheit, sondern etwas ganz anderes, völlig Unbegreifliches ist. Glaubst du, daß sich Träume forterben können?"

„Träume? Forterben?" fragte ich. „Hm! Ich kann wohl sagen, daß sich gewisse körperliche oder geistige Zustände forterben, die bei der Entstehung von Träumen mit wirksam sind. In diesem allgemeinen Sinne läßt sich vielleicht behaupten, daß sich Träume forterben können; du aber wirst wohl eine besondere Art von Träumen meinen?"

„Nicht nur eine ganz besondere Art, sondern einen ganz besondern Traum, immer einen und denselben! Der Vater träumt einen ganz bestimmten Traum, den schon der Großvater und der Ahne träumte, und der Sohn und der Enkel träumen ihn wieder, vor vielen Jahren und nach vielen Jahren, mit ganz genau denselben Zeiten, Örtlichkeiten, Situationen, Personen, Worten und Taten."

„Das ist unmöglich, vollständig unmöglich!"

„Nein, denn es ist wirklich!"

„Beweis!"

„Es geschah und geschieht noch jetzt in meiner Familie!"

„Dann handelt es sich unbedingt um eine Täuschung, nicht aber um eine erwiesene Wirklichkeit!"

„Sie ist erwiesen! Ich bitte dich, mir zu glauben! Solange Ardistan von meinen Vorfahren regiert wird, gibt es einen Traum, einen ganz gewissen und ganz bestimmten Traum, den sie alle, alle geträumt haben, vom ersten bis zum letzten Herrscher, nicht einen einzigen ausgenommen. Mein Vater war der letzte, der ihn träumte."

„Wovon träumten sie?"

„Von einer Dschemma der Lebendigen und einer Dschemma der Toten."

„Ah! Sonderbar!"

„Nicht wahr? Mein Vater hat mir diesen Traum ganz genau erzählt, ebenso genau, wie er ihm von meinem Großvater erzählt worden war und wie ich ihn wahrscheinlich meinem ältesten Sohn erzählen werde."

„Hast auch du ihn schon geträumt?"

„Noch nicht. Aber ich weiß, daß ich ihm nicht entgehen werde."

„Du fürchtest dich vor ihm?"

„Gewiß, ja! Ein jeder hat sich bisher vor ihm gefürchtet; aber sobald er überstanden war, hörte diese Angst auf, denn noch niemals hat sich die furchtbare Drohung erfüllt, welche dem Träumenden von dem Traum mitgegeben wurde."

„Welche Drohung?"

„Daß er nicht eher sterben könne und auch nicht eher begraben werde, als bis sich endlich einmal ein reuiger und mutiger Mir von Ardistan finden werde, der bereit ist, die Schuld und die Missetaten aller seiner Ahnen auf sich zu nehmen und derart zu sühnen, wie sie begangen worden sind."

„Jetzt sprichst du von den Missetaten deiner Ahnen, und noch soeben erst hast du mich ermahnt, ja nicht etwa zu denken, daß du mir böse Taten oder Verbrechen von ihnen zu gestehen habest!"

„Ganz richtig! Gestehe ich dir etwa welche? Ich erzähle dir nur, daß im Traum die Rede von ihnen ist, aber ich nenne keine; ich zähle sie dir nicht auf."

„Aber den Traum willst du mir erzählen?"

„Ja. Höre mir zu! Der Mir träumt nämlich, er sitze in einer uralten, aber sehr schönen Sänfte, wie es sie vor mehreren tausend Jahren gab, und wird erst über einen großen, runden Platz und dann durch viele nur mühsam erleuchtete Zimmer getragen, bis man in einen großen Saal gelangt, über dessen Tür die Worte ‚Dschemma der Toten' zu lesen sind. In diesem Saal sitzen alle Maha-Lamas und alle Emire von Ardistan, die es gegeben hat. Aber die Emire, die im Leben hoch über den Maha-Lamas gestanden haben, stehen jetzt im Tode tief, tief unter ihnen. Sie sind gefangen, an Händen und Füßen gefesselt und sollen gerichtet werden. Sie haben ihr Urteil zu erwarten. Die Maha-Lamas aber sind frei. Sie bilden die Richter, die das Urteil zu sprechen haben. An ihrer Spitze sitzt der berühmteste, gerechteste und gütigste von ihnen, nämlich Abu Schalem, der Maha-Lama, der den Maha-Lama-See ausgetrocknet und da, wo einst Wasser war, diese riesenhaften, wohltätigen Gebäude errichtet hat. Vor ihm liegt das Schuldbuch sämtlicher Emire, das Schuldbuch des ganzen Geschlechtes. Vor jedem der gefesselten Emire liegt ein besonderer Kontoauszug aus diesem Buch. Der Inhalt dieses Buches und diese Auszüge beziehen sich nicht allein auf die rein menschlichen Sünden, die begangen worden sind, sondern vor allen Dingen und ganz besonders auf die Vergehen und Unterlassungen, die sich die Angeklagten als Herrscher zu Schulden kommen ließen. Die Haupt- und schwerste Frage aber ist, ob sie das Leben ihrer Mitmenschen geachtet haben oder nicht. Am unerbittlichsten wird der Mord bestraft, der Mord einzelner und der Massenmord im Krieg. Für den Anstifter eines Krieges ist der Dschemma kein Erbarmen erlaubt. Das kann nur der höchste Richter, nur Gott allein verzeihen!"

Er machte hier eine Pause, wie um nachzudenken, und fuhr dann fort:

„Das sind die Toten, und doch sind sie nicht tot. Ihr Fleisch ist warm und weich. Sie können sehen und hören. Sie können sprechen. Sie stehen auf; sie gehen fort, und sie kommen wieder, ganz wie die Lebenden . . ."

„Allerdings im Traum!" fiel ich ein.

„Ja, im Traum! Mein Vater hat es mir erzählt. Er hat sich alles genau angesehen. Auch sein Vater war da, der vor mehreren Jahren Verstorbene. Er war wie lebend. Er verließ seinen Sitz und ging mit in den andern Saal, um an der dortigen Beratung teilzunehmen. Über der Tür dieses andern Saales stehen die Worte ‚Dschemma der Lebenden'. Dort saßen Menschen, die noch lebten, zu Gericht, Menschen, die mein Vater kannte; er hat mir sogar ihre Namen genannt. Zu diesen Lebenden gesellten sich einige der Toten aus dem vorigen Saal, vor allen Dingen der Vater meines Vaters und der alte, berühmte Maha-Lama Abu Schalem, welcher auch hier den Vorsitz führte."

„Und wie verlief die Verhandlung?" fragte ich, um die Erzählung möglichst abzukürzen."

„Zunächst wurde ein Sarg geöffnet, in dem mein Vater als Toter lag. Man sagte ihm, das sei seine bisherige Leiche. Er könne sie und alle seine Vorfahren erlösen, indem er alle ihre Sünden und alle ihre Schuld auf sich allein nehme und derart sühne, wie sie begangen worden sind. Hierauf wurde ihm der ganze Inhalt des großen Schuldbuches, welche der Maha-Lama Abu Schalem mit hereingebracht hatte, vorgelesen, und dann fragte man ihn, ob er seine Ahnen erlösen und alle diese Sünden, diese Kriege und dieses Blutvergießen von ihnen weg und auf sich nehmen wolle. Tue er es, so seien ihre Seelen sofort frei und die seinige, sobald er gesühnt habe, auch. Tue er es aber nicht, so bleiben ihre Seelen gefesselt wie bisher, und er selbst könne nicht eher sterben und auch nicht eher begraben werden, als bis ein späterer Mir von Ardistan so kühn und opferfreudig sei, sie alle zu erlösen."

„Und welchen Bescheid gab dein Vater?" fragte ich.

„Denselben, den seine sämtlichen Vorfahren auch gegeben hatten. Er sagte, daß er keine Lust habe, Schulden zu bezahlen, die er nicht gemacht habe, und gewiß auch nicht berufen sei, Ahnen zu erlösen, die genau ebenso keine Lust hatten, die übrigen zu erretten. Jeder sühne seine eigene Schuld, wenn es überhaupt nach dem Tode ein ferneres Leben gebe!"

„Was geschah, als er diesen Bescheid gegeben hatte?"

„Man steckte ihn wieder in die köstliche Sänfte und trug ihn fort. Als er erwachte, lag er daheim in seiner Schlafstube, auf seinen Kissen. Er hatte geträumt."

„Wirklich geträumt?"

„Ja. Aber sonderbar! Er hatte volle sechs Tage lang auf seinem Bett gelegen und geschlafen, ohne ein einziges Mal aufzuwachen."

„War man nicht besorgt um ihn geworden?"

„Nein. Man erfuhr es gar nicht. Die Leibwache nahm sich des Geheimnisses an und sorgte dafür, daß niemand etwas davon erfuhr, nicht einmal ich, bis er es mir selbst erzählte."

„Und nun erzählst du es mir. Warum?"

„Weil seit gestern mich alles an diesen Traum erinnert. Jeder Mir von Ardistan hat ihn geträumt, genau so wie mein Vater; ich wiederhole das. An jeden wurde dieselbe Frage gestellt, und jeder hat ganz dieselbe Antwort gegeben. Es ist also kein gewöhnlicher Traum. Es steht irgendeine Wahrheit mit ihm in Verbindung, die niemand noch ergründen konnte. Nun denke dir, daß es hier auch eine Dschemma der Toten und eine Dschemma der Lebenden gibt! Kannst du dir nicht denken, daß der Gedanke an diesen Traum mich außerordentlich beschäftigt?"

„Oh, das kann ich sehr wohl begreifen. Ich denke da sogar noch an ganz andere Dinge als du. Aber du hast mir dein Vertrauen doch wohl nur aus gewissen Gründen und in einer gewissen Absicht geschenkt. Darf ich sie erfahren?"

„Selbstverständlich! Du sollst mir beistehen, sollst mich unterstützen! Sollst nicht von mir weichen, wenn die Reihe nun vielleicht hier an mich kommt. Ich befürchte, daß der Traum mich nicht daheim, sondern hier überrascht. Wenn es geschieht, so wünsche ich, daß es verschwiegen bleibe, daß es nicht hinausgetragen wird in die Öffentlichkeit. Mir ist zumute wie einem

Menschen, welcher fühlt, daß sich ihm eine schwere Krankheit naht. Er wendet sich schon vorher an den Arzt und spricht die Bitte aus, ihm beizustehen. Wie man dem Arzt vertraut, so vertraue ich dir. Du wirst das, was geschieht, in solche Wege lenken, die mir heilsam sind."

„Nicht nur die, sondern auch deinem Land, deinem ganzen Volk, vorausgesetzt, daß es mir möglich ist, überhaupt mit einzugreifen. Ich will dir aufrichtig sagen, daß ich dasselbe ahne wie du. Ja, ich ahne es nicht bloß, sondern bin überzeugt, daß du die Stelle des einstigen Maha-Lama-Sees nicht verlassen wirst, ohne den Traum deiner Väter auch geträumt zu haben. Bei keinem von ihnen allen ist die Notwendigkeit dieses Traumes so zwingend gewesen wie jetzt bei dir. Er muß kommen, und er wird kommen. Die einzige Frage, die hierüber noch zu erheben ist, ist zugleich auch die wichtigste, nämlich die Frage, wie du dich verhalten wirst."

„Meinst du, daß ich das weiß?"

„Ja."

„Das bezweifle ich. Kein Mensch kann wissen, was er im Traum tun und sprechen wird."

„In einem gewöhnlichen Traum, ja. In diesem aber ist es anders. Du wirst ganz genau so handeln, wie du im wachen Zustand handeln würdest. Und wenn du dich nun in dieser wunderbaren Dschemma befändest, nicht schlafend und träumend, sondern bei voller Besinnung, Überlegung und Willenskraft, was würdest du da antworten, wenn man dich fragte, ob du die Sünden deiner Vorfahren auf dich nehmen willst, um sie zu sühnen?"

Da sprang er von der Stelle, wo er saß, auf und sagte schnell und in energischem Ton:

„Ich würde ‚Ja' sagen. Ich würde sofort bereit sein, auf alles, was . . ."

Da aber hielt er mitten im Satz inne. Er hatte sich von seinem Herzen hinreißen lassen; sofort aber griff das, was wir den Verstand zu nennen pflegen, zu und riß den goldenen Faden, der sich entspinnen wollte, entzwei. Der Mir machte eine langsame, widerstrebende Armbewegung und fuhr fort:

„Halt! Nicht so schnell, nicht voreilig! Diese Sache ist von ungeheurer Wichtigkeit. Keiner meiner Ahnen hat bisher den Mut gehabt, diese Berge von Schuld, die im Verlauf von Jahrtausenden emporgewachsen sind, auf sich zu laden. Wenn es kein zukünftiges Leben gäbe, welches auf das gegenwärtige folgt, könnte ich getrost ‚Ja' sagen, denn es wäre ein bloßer Wortschall, der nichts, gar nichts zu bedeuten hat. Ich habe an diesem kommenden Leben gezweifelt, bin aber vollständig überzeugt, daß dieser Zweifel Torheit war. Dieses andere Leben wird kommen, unbedingt kommen, sofort nach dem Tode. Ja, es kommt vielleicht gar nicht erst nach dem Tode, sondern schon im jetzigen Dasein. Denn ich mag zu der Frage der Dschemma ‚Ja' oder ‚Nein' sagen, ich lege damit doch den Grund zu dem, was nach dem Tode mit mir geschieht und was ich im nächsten Leben zu bereuen, zu tragen, zu tun und zu erringen habe. Da habe ich vorsichtig zu sein, unendlich vorsichtig. Wenn ich ‚Ja' sage und alles auf mich nehme, kann ich mich mit einer ewigen, niemals endenden Verdammnis belasten . . .

„Nicht auch mit einer ewigen, niemals endenden Seligkeit?" fragte ich.

„Vielleicht auch! Wer kann es wissen!"

„Ich weiß es, ich!"

„Ja, du! Du bist Christ!"

„Du etwa nicht?"

„Nein!"

Da stand auch ich auf, legte ihm die Hand auf den Arm und fragte ihn:

„Was hast du vorhin getan, als du die Bibelstellen zu uns heraufriefst? Wer und was bist du gewesen, indem du dies tatest? Du bist der Herrscher von Ardistan. Der Boden, auf dem dieser Tempel steht, gehört dir. Hast du etwa geglaubt, daß die vier Worte, welche du zur Höhe sandtest, Lügen seien?"

„O nein! Sie sind wahr!"

„So hast du dich zum Christentum bekannt und diesem Heidentempel die Bestimmung gegeben, eine christliche Kirche zu sein! Es bedarf nur noch des priesterlichen Segens, so ist diese Umwandlung geschehen, bestätigt und geheiligt!"

„Ist das wahr?" fragte er.

„Würde ich es sagen, wenn ich es nicht für wahr hielte? Ich bin nicht Theologe und auch nicht Priester, sondern Laie. Es ist also möglich, daß ich mich irre. Ich wünsche lebhaft, dich als Christ und als den Beherrscher eines christlichen Volkes zu sehen; so mag es also wohl sein, daß dieser mein Herzenswunsch der Vater der Behauptung war, die ich aussprach. Aber ich glaube doch, ich habe recht. Erkundige dich bei andern, die keine Laien sind, und laß mich dann erfahren, was sie sagen!"

„Das werde ich tun; ja, das werde ich tun! Einstweilen darf ich dir wohl anvertrauen, daß mein Weib mich schon gebeten hat, Christin werden zu dürfen, und daß es in meiner Hauptstadt Ard vier christliche Missionäre und Missionärinnen gibt, deren Lehren, Predigten und Wünschen ich vielleicht nicht mehr lange widerstehen kann."

„Wer sind diese vier?" fragte ich.

„Meine Kinder!" antwortete er im Ton des Glückes und des Vaterstolzes. „Die sind von euern Weihnachtsbäumen noch heut begeistert und werden es immer bleiben. Was mich betrifft, so mag für jetzt genügen, daß ich nicht mehr ein Feind, sondern ein Freund des Christentums bin und daß ich auf das, was ich in dieser Angelegenheit aus deinem Munde höre, größern Wert lege als auf meine eigenen Gedanken. Ich bitte dich, mir aufrichtig zu sagen, was du beschließen und antworten würdest, wenn die Dschemma dich an meiner Stelle fragte, ob du die Sünden meiner Väter auf dich nehmen und büßen wollest!"

„Ich würde ein schnelles, frohes Ja sagen."

„Also auch ein Ja! Wirklich, Effendi, wirklich?"

„Ja, wirklich!"

„Und warum?"

„Warum? Weil es so in mir liegt, weil es meiner seelischen Natur, meinem Charakter, meinem Naturell, meinem Temperament entspricht. Ferner, weil ich als Christ an die ewige Liebe glaube, und weil du doch wohl nicht zu leugnen vermagst, daß deine Ahnen, die sich alle weigerten, weder für mich noch für dich maßgebende Personen sind, nach denen man sich richtet."

„Effendi, sie waren Herrscher. Das bedenke!"

„Herrscher? Pah! Sie konnten nicht einmal sich selbst beherrschen, viel weniger andere! Sie gehorchten den Stimmen, welche tief unter ihnen, nicht aber denen, welche hoch über ihnen erklangen. Das Wort Herrscher bedeutet für mich etwas ganz anderes. Abu Schalem, ‚der berühmteste, der gerechteste und der gütigste' unter den Maha-Lamas, war ein Herrscher! Er herrscht noch heut, sogar über dich und mich! Er ist unser Retter, viele, viele hundert Jahre nach seinem Tode! Und ich bin überzeugt, daß der Segen, der von ihm ausgegangen ist, noch weiter fließen wird, zum Heile Ungezählter, die noch kommen. Wo ist unter deinen Ahnen einer, der ihm gleicht, der ihm auch nur von weitem gleicht? Oder kennst du einen?"

Er schwieg.

„So höre, was ich dir jetzt noch sage! Aber zürne mir nicht wegen meiner Aufrichtigkeit! Du schweigst, wenn ich dich nach ihrer Herrschergröße frage. Betrachten wir sie nun nur nach ihrem Wert als Menschen. Sag mir: Waren sie gute Menschen? Wurden sie geliebt?"

„Vielleicht einige!" antwortete er zögernd.

„Also nur einige! Und die auch nur vielleicht! Ich sage dir, daß sie Feiglinge waren! Feiglinge und Selbstlinge, sie alle, alle, vom ersten bis zum letzten!"

„Effendi, der letzte war mein Vater!"

„Das ändert nichts an meinem Urteil; im Gegenteil, es wird dadurch begründet und verschärft. Hat er etwa als Vater an dir gehandelt, als er der Dschemma ein ‚Nein' entgegenrief? Hat ein einziger von allen diesen deinen sogenannten Vätern auch nur mit einem einzigen Atemzug an das Wohl und an das Glück seiner Kinder, seiner Enkel und seiner ferneren Nachkommen gedacht? Das ist es ja, was ich dir noch sagen muß! Du bist blind; ich muß dir die Augen öffnen. Du hast die Feigheit und die Selbstsucht deiner Ahnen nicht nur nach rückwärts, sondern auch nach vorwärts zu betrachten. Merke wohl auf meine Worte, die jetzt kommen: Deine Vorfahren waren zu feig, die Taten ihrer Väter auf sich zu nehmen. Sie waren sogar zu feig, auch nur allein sich selbst zu erlösen, indem sie sich zu einem andern, edlern, besseren Leben entschlossen. Und sie waren so feig, so ohne alle Eigenehre und so faul, daß sie, um ihre Taten nicht selbst büßen und sühnen zu müssen, alle ihre Schuld auf ihre unschuldigen Nachkommen vererbten und in elender Memmenhaftigkeit nur auf den einen armen, unglücklichen Mutigen warteten, der mitleidig genug und stark genug war, ihren ganzen Schmutz auf sich zu nehmen und unter ihm womöglich zu ersticken! Was sagst du zu einem Menschen, der sich ändern, der sich bessern, der sich heben, veredeln und verklären kann und es doch nicht tut, sondern alles, was er an äußeren und inneren Fehlern und Gebrechen an sich hat, auf seine beklagenswerten Kinder und Kindeskinder vererbt, weil er zu faul, zu feig, zu egoistisch und zu genußsüchtig ist, als daß er sich verpflichtet fühlen könnte, sich aus eigenem Entschluß und aus eigener Kraft emporzuarbeiten und lieber der letzte seines Stammes zu sein, als auf eine Erlösung zu warten, die er keineswegs verdient? Pfui, sage ich, pfui! Und indem ich es sage, denke ich nicht nur an die lange Reihe der Emire von Ardistan, sondern überhaupt an jedes Haus, an jeden Stamm, an jede Familie, die es gibt, gleichviel ob von Adel oder bürgerlich, ob alt oder jung, ob berühmt oder unbekannt. Ein jeder einzelne Mensch hat

Vorfahren und darf auf Nachkommen rechnen. Ein jeder einzelne Mensch, gleichviel, ob er Fürst oder Bettler ist, hat die Aufgabe, seine Ahnen und sich selbst zu erlösen, indem er sich mutig und energisch von den angeborenen und anerzogenen Fehlern befreit und sich hierdurch das gottgewollte, große Glück bereitet, in dieser seiner Weise an der Gesundung, Erstarkung und Veredelung der ganzen Menschheit teilzunehmen. – So, das war es, was ich dir noch zu sagen hatte. Nun zürne mir, wenn du kannst!"

Ich wendete mich von ihm ab und schaute hinunter nach dem weiten, runden Platz, in dessen Mitte der Wasserengel stand. Quer über diesen Platz waren die Emire von Ardistan getragen worden, in der „köstlichen Sänfte", um vor die Dschemma gestellt zu werden. Was sie da geantwortet hatten, das wußte ich. Und was der jetzige Mir antworten würde, das wußte ich nun auch. Ich hatte nicht ohne Grund, sondern in voller Absicht so offen und unverblümt, zuweilen sogar in direkt beleidigender Weise gesprochen. Ich glaubte, dies wagen zu dürfen, wie ich es schon wiederholt gewagt hatte und dabei niemals fehlgegangen war. Er stand still und bewegte sich nicht. Sein Gesicht war nach Norden gerichtet, wo den rastlos arbeitenden Vulkanen gerade jetzt zahlreiche Feuersäulen entstiegen, die infolge der Perspektive eine einzige zu sein schienen und so hoch emporstrebten, als ob sie bestimmt seien, den ganzen Himmel zu erobern und den Glanz aller Sterne in sich aufzunehmen. Dann drehte er sich mit einem plötzlichen, energischen Ruck zu mir herum, legte die Arme um mich, küßte mich auf die Stirn und sagte:

„Mein lieber, lieber Effendi! Du bist ein schrecklicher, ein ganz schrecklicher Kerl, aber doch ein guter, ein herzensguter Mensch! Willst du mir einen Wunsch erfüllen? Denselben, den ich dir vorhin nicht erfüllt habe?"

„Welchen?"

„Ich möchte gern allein sein! Hier! Es muß klar in mir werden!"

„Gut, ich gehe!"

Ich küßte ihn ebenso auf die Stirn, wie er vorher mich, und trat von der Platte in das Innere des Tempels. Dort zündete ich mir eines der Lichter an und stieg langsam hinunter in die Tiefe. Das Schwerste war geschehen: Der Mir war besiegt. Was nun noch kommen mußte, mochte es noch so schwer sein, es war doch nur die Folge des heutigen, von Gott gesegneten Tages. Was wird der morgige bringen?

FÜNFTES KAPITEL

Wieder frei

Als ich hinunterkam, war Halef mit der Zubereitung des Essens noch lange nicht fertig. Er nahm sich heute Zeit. Dieses Abendmahl sollte eine kulinarische Leistung allerersten Ranges werden, und sie wurde es auch, natürlich nur den beduinischen Maßstab angelegt. Der Mir kam viel zu spät. Es wurde ihm das Beste, was wir hatten, aufgehoben. Ich sah und sprach ihn heute abend nicht mehr, denn als er sich endlich einstellte, war ich schon längst eingeschlafen.

Wir waren heut mit der einen Hälfte der Baulichkeiten fertig geworden und begannen am nächsten Tag mit der anderen. Von allem, was wir am Vormittag sahen, will ich nur die Bibliothek erwähnen. Sie war sehr interessant, obgleich sich ihr Inhalt nur auf die Geschichte und Ausbreitung der humanitären Bestrebungen ihrer Gründer bezog. Es gab da viele, viele Tontafeln und Tonzylinder mit Keilschrift. Die letztere war weniger babylonische und assyrische als vielmehr altpersische. Sodann gab es unzählige Holztafeln mit chinesischer, mongolischer und tibetanischer Schrift. Ferner sahen wir viele, viele Bücher, Hefte und Rollen von Papyrus. Wir entdeckten Land- und Sternkarten, Zeichnungen von Menschen, Tieren, Pflanzen, Mineralien, Waffen, Gefäßen, Geweben und ähnlichen Dingen. Ebenso fanden wir Malereien in allen Größen und Farben. Von allergrößtem Interesse für uns war eine große, starke, kostbare Mappe, auf deren Außenseite die Worte zu lesen waren ‚Die Dschemma, ihre Richter und ihre Angeklagten'. Als wir sie aufschlugen, sahen wir zwei voneinander geschiedene Pakete von Zeichnungen in chinesischer Tusche. Auf dem einem stand ‚die Richter', auf dem andern ‚die Angeklagten'. Wir öffneten. Es waren lauter Porträts, und zwar in wahrhaft erstaunlich guter Auffassung und Ausführung. Einige durfte man getrost als Meisterwerke bezeichnen. Das ‚Richterpaket' enthielt die wichtigsten und hervorragendsten Maha-Lamas, das ‚Angeklagtenpaket' alle Emire, die es in Ardistan gegeben hatte. Die beste und wertvollste Zeichnung war jedenfalls das Porträt des berühmten Abu Schalem, ein Charakterkopf, wie man selten einen trifft, mit einer unvergleichlichen Licht- und Schattenverteilung, so daß die seelischen Eigenschaften dieses hochbedeutenden Mannes wenigstens ebenso deutlich und bestimmt hervortraten wie die äußeren Züge seines geistvollen, nur Güte strahlenden Angesichtes.

Während wir dieses Bild mit aufrichtiger Sympathie und wahrem Kunstgenuß betrachteten, durchflog der Mir den Inhalt des andern Pakets, um vor allen Dingen die Bilder seiner Ahnen kennenzulernen. Dabei rief er einmal kurz hintereinander:

„Maschallah! Mein Vater – und hier auch der Vater meines Vaters, den ich auch noch gekannt habe! Wie wunderbar sie getroffen sind! Genau, als ob sie lebten! Wer hat das getan? Wer hat das gemacht? Wer ist das gewesen? Niemand weiß etwas davon! Niemand hat das schon gesehen! Das ist heimlich angefertigt worden! Warum hat man uns nicht gefragt?"

Da brach wieder einmal der Herrscher bei ihm durch. Ich wollte antworten, da aber kam mir der Dschirbani zuvor:

„Du meinst, man hätte euch fragen müssen?"

„Natürlich!" antwortete der Mir.

„Du irrst. Schau die Aufschrift: ‚Die Angeklagten'! Wo gibt es einen Richter, der seinen Angeklagten um die Erlaubnis bittet, ihn mit den andern Angeklagten zusammenstecken zu dürfen, gleichviel ob in wirklicher Person oder auch nur im Bild? Keine Dschemma fragt; sie tut, was sie beschlossen hat, also, was ihr beliebt!"

Eine solche Zurechtweisung hatte der Mir nicht erwartet, zumal von dem jüngern Mann, den man den Räudigen, den Wahnsinnigen genannt hatte und dessen Benehmen gegen ihn ein bisher so höfliches, rücksichtsvolles, ja beinahe dienstwilliges und fügsames gewesen war. Diesesmal aber stand dieser junge Mann hochaufgerichtet vor ihm und in seinem sonst so freundlichen Auge lag eine zurück- und zurechtweisende Strenge, von welcher der Zorn des Mirs ganz unbedingt abzuprallen hatte. Als sie jetzt ihre Blicke ineinandertauchten, als ob es eine gegenseitige Prüfung der tiefsten Seelentiefe gelte, hob sich der Dschirbani ganz unbedingt hoch über den Mir, und es war, als ob dieser letztere dies auch wirklich fühle und empfinde, denn er legte die Bilder seiner Vorfahren in unsanfter, ärgerlicher Weise aus der Hand und sagte:

„Weg mit ihnen! Wenn die, von denen man Freude, Stolz und Ehre verlangt, nur Enttäuschung, Scham und Ärger bringen, so verliert man die Geduld und hört am liebsten auf, ein Sohn und Enkel zu sein!"

Er ging hinaus, und wir folgten ihm, weil wir keine Zeit hatten, uns für diesesmal länger mit der Bibliothek zu beschäftigen.

Nach den beiden Sälen, denen unsere Wißbegierde schon lange im voraus entgegeneilte, gelangten wir erst im Verlauf des Nachmittags. Wie gespannt wir alle waren, als wir vor der Seitentür standen, über der wir die Inschrift „Dschemma der Toten" lasen! Besonders wir beide, Halef und ich, wir hatten doch sehr viel gesehen und sehr viel erlebt und erfahren, aber es fällt mir jetzt, indem ich dieses schreibe, wirklich keine Situation und keine Gelegenheit ein, bei der unsere innere Spannung eine größere gewesen wäre als in dem Augenblick, an welchem wir vor dem Eingang zu diesem ebenso großen wie gedankentiefen Geheimnis standen.

Die Deutlichkeit erfordert, zu sagen, daß diese beiden Säle keine direkten Türen nach dem außen rundherumführenden Säulengang hatten. Sie waren nur durch die Räume, die neben ihnen lagen, zu erreichen, und darum habe ich nicht von einer Tür, sondern von einer Seitentür gesprochen. Diese führte aus dem Nebenraum nach der Dschemma der Toten. Von da kam man wieder durch eine Seitentür in die Dschemma der Lebenden, und von da führte eine dritte Seitentür in den jenseitigen Nebenraum, aus welchem man dann wieder in das Freie gelangte. Diese Seitentüren waren ebenso zu öffnen wie die Haupttüren.

Als wir in die Dschemma der Toten traten, sahen wir uns von einem mystischen Halbdunkel umfangen, welches uns zwar erlaubte, Gestalten zu sehen, nicht aber auch, ihre Umrisse unterscheiden zu können. Der Saal war groß, sehr groß und auch sehr hoch. Durch die kleinen Fenster konnte nicht genug Licht herein, um die nötige Helle zu geben; aber es waren Kandelaber aufgestellt, deren Arme viele, starke Lichter trugen. Wir brannten sie an, und nun wurde es mehr als hell genug, so daß wir alles nicht nur deutlich sehen, sondern auch genau betrachten konnten.

Man hatte beim Aushauen des Saales riesige Säulen und Pfeiler stehenlassen, auf denen die hochgewölbte Decke ruhte. Sie standen in zwei Reihen, durch welche drei Abteilungen gebildet wurden, nämlich eine sehr breite und geräumige in der Mitte und zwei schmälere rechts und links von ihr. In der großen Mittelabteilung war die Dschemma versammelt. Die Seitenabteilungen enthielten die Plätze für das Publikum; sie waren natürlich leer. Die in der Mittelabteilung Versammelten saßen alle auf ihren Plätzen, doch lagen diese Plätze nicht in gleicher Ebene. Am höchsten saß der Vorsitzende, fast wie auf einem Thron. Vor ihm stand ein Tisch, welcher die Form von zwei, die Platte tragenden Amdschaspands – altpersiche Engel – hatte. Auf diesem Tisch lag ein Buch, wahrscheinlich das im Traum erwähnte Hauptschuldbuch der sämtlichen Emire von Ardistan. Abu Schalem war in ein sehr bescheidenes, ungebleichtes Hanfgewebe gekleidet, hatte Strohsandalen an den Füßen und trug auf dem Kopf nicht die wohlbekannte, häßliche Lamamütze, sondern ein ebenso einfaches, weißes Tuch, unter dem das silberglänzende Stirnhaar nicht etwa mongolisch schlicht, sondern in krausen Wellen hervorgebrochen und dann im Tode weitergewachsen war. Es hatte sich in der Mitte geteilt und hing in zwei geflochtenen Strähnen bis auf den Gürtel nieder. Auch der Bart war stark und besaß denselben silbernen Glanz. Er wallte über Brust und Leib herab, bis er unter dem Tisch verschwand. Auch die Gesichtszüge waren nicht mongolisch, sondern so, wie man sich die alten Perser denkt. Ich habe einmal ein Gemälde gesehen, welches Kyros, den Großen, darstellte, in der Vollkraft des ersten Mannesalters und auf der Höhe seines Ruhmes. Als ich nun jetzt vor dem berühmtesten, gerechtesten und gütigsten der Maha-Lamas stand und seinen herrlichen Kopf auf mich wirken ließ, hätte ich in die Worte ausbrechen mögen: „Das sind die Züge des großen Perserkönigs! So, genau so würde er ausgesehen haben, wenn er das Alter erreicht hätte, in dem dieser Maha-Lama gestorben ist!“

Ich stieg zu ihm hinauf und betastete seine Hände, seine Wangen. Sie waren kühl und weich. Ich erstreckte diese Untersuchung auch auf die Arme, auf die Beine, auf den Leib. Fast kam mir das wie eine Entweihung, wie eine Beleidigung vor. Es war mir, als ob ich das eigentlich gar nicht wagen dürfe, und es wallte in mir wie eine Bitte der Verzeihung auf, daß ich, das kleine Menschlein, mich für berechtigt hielt, den Gedanken nachzuspüren, die einst von diesem Körper ausgegangen waren. Die Augen bestanden aus drei verschiedenen Steinen, welche die bläulich weiße Hornhaut, die blauschwarze Iris und die kohlschwarze und doch durchsichtige Pupille bildete. Die Zusammensetzung und der Schliff dieser Steine waren so vorzüglich gelungen, daß man glauben konnte, wirkliche Augen zu sehen, wenn man nicht gewußt hätte, daß man vor dem präparierten

Körper eines längst Verstorbenen stand. Der Blick dieser Augen war hinunter auf die Anklagebank gerichtet, also nicht auf mich, dennoch aber hatte ich den Eindruck, als ob hinter ihnen ein volles, seelisches Leben tätig sei. Das verstärkte die rücksichtsvolle Scheu, mit der ich den Körper des Vorsitzenden der Dschemma untersuchte.

Rechts und links von ihm, doch einige Fuß tiefer, saßen die andern Maha-Lamas an ebenso orientalisch niedrigen Einzeltischen, die aber so nahe aneinanderstanden, daß sie zu beiden Seiten je eine viertelkreisförmige Tafel zu bilden schienen. Diese Toten stellten also einen Halbkreis dar, über dessen Halbierungspunkt der Oberrichter thronte. Sie waren genau so einfach und anspruchslos gekleidet wie er, einige von ihnen sogar noch ärmer, und lenkten ihre Blicke in dieselbe Richtung, wie er die seinigen. Es waren das nicht alle Maha-Lamas, die es gegeben hatte, sondern nur die bedeutendsten von ihnen, lauter in hohem Alter gestorbene Männer, deren stumpf oder glänzend schneeige Kopf- und Barthaare auch im Tode nachgewachsen und dann in Zöpfe geflochten waren. Die Wirkung, welcher dieser eigenartige Kriminalsenat auf mich machte, kann nicht beschrieben werden. Fast möchte ich sagen, sie war faszinierend. Diese Gestalten schienen keineswegs Leichen zu sein. Man fühlte sich versucht, anzunehmen, daß einst zur Zeit, als es noch Elfen, Feen und Zauberer gab, hier eine hochwichtige Dschemma abgehalten und von einem wunderkräftigen Magier überrascht und hypnotisiert worden sei. Es war, als ob ein jeder von diesen Richtern sich plötzlich erheben könne, um sich zu bewegen und laut zu sprechen. Unterstützt wurde diese Imagination durch die gänzliche Abwesenheit jeden Leichengeruches. Die Luft war so rein, als ob sie keinen Augenblick lang nicht erneuert worden sei.

Und noch tiefer saßen, als Inquisiten und arme Sünder, die sämtlichen Emire von Ardistan, die es gegeben hatte; es fehlte keiner von ihnen. Und doch saßen sie höher als ihre Richter, nämlich auf Thronsesseln, welche in edlen Steinen und Metallen prangten. Sie waren köstlich gekleidet und mit herrlichen Ringen, Ketten und Rangesauszeichnungen geschmückt. Aber wenn man genauer hinsah, so erkannte man, daß alle diese Metalle und Steine unecht waren. Es gab alte, mitteljährige und junge unter ihnen, je nach den Jahren, in denen sie gestorben waren. Man sah, daß auf die Behandlung und Erhaltung ihrer Körper nicht weniger Sorgfalt verwendet worden war als bei den Lamas, und doch standen sie in Beziehung auf den Eindruck, den sie machten, trotz all ihres Putzwerkes, Prunkes und Geschmeides weit hinter ihren Richtern zurück, die so anspruchslos, fast dürftig gekleidet waren. Es fehlte ihnen die Majestät des Todes. Sie hatten während ihres Lebens so viel Majestät ausgegeben, daß sie nun für die Zeit nach dem Tode keine mehr besaßen. Sie hatten ihre Blicke nicht erhoben. Sie schauten alle nieder, ein jeder auf das Buch oder Heft, welches er auf den Knien vor sich liegen hatte, sein Konto aus dem großen Schuldbuch des ganzen Geschlechtes, dem er angehört hatte und auch jetzt noch angehörte. Sie waren alle gefesselt, an den Händen und an den Füßen, mit Stricken und mit Ketten. Einige von ihnen trugen sogar Nackenhölzer, was in den Zeiten, in denen sie lebten, ein Zeichen tierischer Grausamkeit und ehrloser Gesinnung war.

Ich bin in manchem Panoptikum gewesen und habe da viele hundert Nachbildungen von verstorbenen Menschen gesehen. Stets fühlte ich mich da abgestoßen, hier aber nicht, obgleich es sich in dieser Dschemma nicht um künstlich hergestellte Figuren, sondern um wirkliche Leichen handelte. Der Ekel, der mich bei jenen Schaustellungen stets und unausbleiblich überkam, blieb hier vollständig aus. Was war der Grund hiervon? War die Ursache eine köperlich sinnliche oder eine psychologische? Wie jede Lüge abstoßender wirkt als selbst eine häßliche Wahrheit, so erscheint ganz besonders auch ein vorgelogenes oder vorgetäuschtes Leben widerlicher als die zwar grausame, aber natürliche Wahrheit des Todes. Und der Tod, den wir hier vor uns sahen, schien gar kein Tod zu sein, sondern vielmehr eine plötzliche, augenblickliche Stockung des Lebens, die wohl schnell vorübergehen werde.

Aus diesen Gedanken und Betrachtungen wurde ich durch die laute Stimme des Mirs gerissen. Wir andern waren still. Es dünkte uns wie eine Entheiligung, das, was wir innerlich empfanden, in hörbare Worte zu verwandeln. Zwar in den ersten Augenblicken war dies auch bei ihm der Fall gewesen. Er hatte bewegungslos gestanden und gestaunt. Jetzt aber rief er plötzlich aus:

„Mein Vater, mein Vater!"

Er eilte auf den betreffenden Toten zu, blieb einige Schritte vor ihm stehen, hob die Arme empor und wiederholte:

„Mein Vater! Mein Vater! Gefangen und gefesselt! Du, du!"

Er kehrte mir dabei den Rücken zu; ich konnte sein Gesicht nicht sehen; aber der Ton seiner Stimme ließ auf die tiefste Seelenerregung schließen.

„Und auch du, auch du!“ fuhr er fort, den Kopf ein wenig wendend. „Der Vater meines Vaters! Mein Großvater! Was wirft man euch vor, euch, euch? Sagt es mir! Ich muß es wissen!“

Er horchte einige Augenblicke lang und trat dann näher an sie heran, indem er sprach:

„Ihr schweigt? Wohl, wohl! Ihr müßt ja schweigen! Ihr seid ja tot! Ihr konntet euch nicht wehren, als man das Verbrechen beging, euch heimlich hierher zu schaffen! Ich werde das untersuchen! Und wehe dem Schuldigen, den ich fasse! Zunächst aber muß ich wissen, wessen man euch beschuldigt! Zeigt her, zeigt her!“

Die Aufregung, in der er sich befand, war groß. Er riß die Hefte, welche vor den beiden Toten lagen, an sich und ging mit ihnen zum nächsten Kandelaber, setzte sich dort nieder und begann zu lesen. Doch nicht lange. Er las den Titel und die Überschrift des einen Heftes, überschlug langsam die Blätter und verweilte mit Aufmerksamkeit nur bei den letzten Seiten. So tat er auch mit dem andern Heft. Hierbei beobachtete ich ihn genau. Ich sah, daß seine Aufregung ebenso schnell, wie sie emporgebraust war, wieder nachließ, von Stufe zu Stufe sank, durch alle Grade, bis sie schließlich bei der Niedergeschlagenheit anlangte. Er stand wieder auf, kehrte zu Vater und Großvater zurück und legte die Hefte wieder an ihre Stelle, ohne ein Wort zu sagen. Er sah dabei aus, wie ein Mensch, der aus der Höhe des Zornes in die Tiefe der Scham gefallen ist und dies äußerlich nicht verbergen kann. Dann ging er zu einigen der andern Ahnen, nicht zu allen, sondern nur zu denen, die am bequemsten zu erreichen waren, und schaute in ihre Bücher. Ich bemerkte, daß er dabei nur die letzten Seiten nachschlug. Hierauf stieg er zu Abu Schalem hinauf und begann, das Hauptbuch einer Besichtigung zu unterwerfen. Ich hatte vorher da oben gestanden, ohne dieses Buch zu berühren, war aber dann zu den andern Maha-Lamas herabgestiegen, um sie genauer zu betrachten, und befand mich jetzt bei den Ardistaner Herrschern, deren Namen und Regierungszeiten man sehr leicht erfahren konnte, weil die betreffenden Angaben auf der vorderen Umschlagseite ihrer Kontobücher standen. Aus dem Verhalten des Mirs war zu ersehen, daß der Hauptinhalt dieser Bücher auf deren letzten Blättern zu suchen sei. Ich nahm das Buch dessen, bei dem ich grad stand, und betrachtete es. Der Umschlag bestand aus weißem Leder. Darauf war in schwarzer, großer, wohlgezierter Parthavaschrift zu lesen:

„Mir Burahdär-i-Mihribani, in den Jahren 102–112 der Hedschra."

Burahdär-i-Mihribani heißt Bruder der Güte. Dieser Name läßt doch jedenfalls auf einen guten Charakter schließen, zumal er ein offizieller Regierungsname ist. Auch hatte dieser Herrscher nach unserer abendländischen Zeitrechnung nicht volle zehn Jahre regiert. Ich war also wohl zu der Erwartung berechtigt, auf ein nicht unbefriedigendes Konto gestoßen zu sein. Was aber fand ich? Ich schaute zunächst nach der letzten Seite. Sie enthielt das Summarium. Acht von den zehn Jahren waren Kriegsjahre gewesen. Alle durch sie entstandenen Verluste an Menschen, Tieren, Kapital, Landbesitz und anderen, sich auf den Volkswohlstand beziehenden Dingen waren da angeführt. Nur allein die Opfer an Menschenleben betrugen über fünfzigtausend. Und dieser Herrscher war Bruder der Güte genannt worden! Was mochte da wohl in den Büchern der andern stehen! Den Verfassern dieser Abschätzungen und Aufstellungen war es darauf angekommen, vor allen Dingen die Verderblichkeit der Kriege und die Schuld der einzelnen Herrscher an der Entstehung dieser Menschenschlächtereien nachzuweisen. Besonders auch waren die Folgekrankheiten angegeben und die Ziffern, aus denen sich die ihnen zugefallene Beute erwies. Ein Blick auf die vorangehenden Seiten zeigte, mit welcher Sorgfalt und Gewissenhaftigkeit die Untersuchungen und Berechnungen vorgenommen worden waren. Aber diese Angaben bezogen sich doch nicht allein auf die Kriege, an denen der Bruder der Güte schuld gewesen war, sondern auch auf alle andern Schädigungen, welche die Menschheit seiner Zeit durch ihn erlitten hatte. Da waren die Hinrichtungen aufgeführt, die Vertreibungen aus dem Land, die Vermögenskonfiskationen, die Verurteilungen gegen Recht und Gerechtigkeit, die Begünstigungen, der offene und der versteckte Raub durch Gewalttätigkeit und durch List. Nicht nur die Zahlen, um die es sich gehandelt hatte, sondern auch die Namen der Betroffenen waren angegeben. Es gab da keinen Zweifel. Die Beweise wurden sogar durch den Hinweis auf das Hauptbuch und auf die Schuldbücher der betreffenden einzelnen Fürsten geführt. Da wurde Verbrechen auf Verbrechen nachgewiesen, Unmenschlichkeit auf Unmenschlichkeit, Heimtücke auf Heimtücke, Trug auf Trug. Die Völker waren nur dagewesen, um . . .

„Effendi!" rief der Mir mir zu, meine Betrachtungen unterbrechend.

Ich schaute fragend zu ihm hin.

„Du liest?“ fuhr er fort.

„Ja.“

„Ich bitte dich, das Buch hinzulegen!“

„Warum?“

„Ist es dir nicht genug, daß ich dich bitte? Muß ich dir erst sagen, daß es sich nicht um deine Vorfahren handelt, sondern um die meinigen? Komm herauf zu mir! Ich will dir etwas zeigen. Dieses eine sollst du erfahren. Mehr ist nicht nötig. Das übrige braucht niemand zu wissen, als nur ich allein, denn ich, ich bin der Erbe, der Belastete, die Bestie, auf der die Sünden aller, aller liegen. Komm her; komm her!“

Das klang nicht etwa befehlend, sondern bittend, fast flehend, so traurig, so innerlich zermartet und zerdrückt. Ich legte das Konto, in dem ich gelesen hatte, dahin zurück, wohin es gehörte, und stieg zum Mir hinauf. Er hatte die letzte Seite des großen Buches aufgeschlagen.

„Lies!“ forderte er mich auf, indem er auf sie deutete.

Ich tat es. Was waren das für entsetzliche Aufstellungen, für fürchterliche Ziffern! Mir flimmerte vor den Augen. Das schien unglaublich zu sein, und dennoch war es wahr!

„Fertig!“ sagte ich, indem ich das Buch zuschlug.

„Schon?“ fragte er.

„Ja! Ich denke, es genügt! Mehr zu wissen, hält wohl niemand aus!“

„O doch! Es gibt einen, der noch mehr wissen will und noch mehr wissen muß, und dieser eine, der bin ich! Ich habe nicht zu glauben, und ich habe mich nicht zu entsetzen, sondern ich habe zu prüfen, ohne mich zu fürchten. Aber nicht jetzt, nicht jetzt, sondern später, wenn wir erfahren haben, was die noch übrigen Räume enthalten. Komm, Effendi, wir gehen!“

Er stieg zu seinen Ahnen hinab. Ich folgte ihm. Vor seinem Vater und seinem Großvater blieb er stehen und sprach zu ihnen:

„Ich bin Fleisch von eurem Fleisch und Blut von eurem Blut; aber wenn das Leben Liebe ist, so gabt ihr mir nicht das Leben, sondern den Tod. Doch seid getrost, ich räche mich nicht! Kommt mir der Traum, der euch in Schwäche fand, euch alle, vom ersten bis zum letzten, so will und werde ich der erste sein, der ihm nicht unterliegt. Oh, käme er doch bald!“

Hierauf wollte er gehen, um den Raum zu verlassen, blieb aber schon nach einigen Schritten wieder stehen, wendete sich dem Thron des Vorsitzenden zu, hob den Arm gegen ihn und sprach:

„Und dich, alter Herr, habe ich zu fragen, wer dir erlaubt hat, den ewigen Richter zu spielen, den Herrgott, dem sich selbst die Herrscher zu fügen haben! Wo hast du diese Toten her? Ich werde in allen Grüften und Särgen nach ihnen suchen und dir dann sagen, wer und was du bist. Nimm dich in acht! Getraust du dich, in Gottes Namen mit mir und meinem Stamm abrechnen zu wollen, so dann auch ich mit dir und euch!"

Nach diesen Worten forderte er Halef und die andern auf: „Löscht die Lichter wieder aus, und kommt: Wir gehen!"

Es geschah so, wie er sagte. Als keine der Kerzen mehr brannte, öffneten wir die Tür, über der die Worte Dschemma der Lebenden zu lesen waren, und traten in den Versammlungsraum derselben ein. Dieser war nicht so groß wie der vorige, mußte aber auch schon nicht als Zimmer, sondern als Saal bezeichnet werden. Sein Bau und seine Einrichtung waren, genau der Dschemma der Toten entsprechend, nur für weniger Personen berechnet.

Auch hier gab es drei Abteilungen, zwei für das Publikum und die mittlere für Richter und Angeschuldigte. Auch die Anordnung der Sitze war dieselbe: am höchsten, und zwar in der Mitte, der thronähnliche Stuhl des Präsidenten; etwas tiefer, im Halbkreis, die Sitze der Rechtsprechenden; hieran schließend, doch auch einige Fuß tiefer, der Platz für die Angeklagten. Alle diese Stühle und Plätze waren jetzt unbesetzt. Für die Richter waren nur acht vorhanden, für die Inquisiten nur drei, doch gab es Raum für noch mehr. Die Stühle und Matten hierzu befanden sich jetzt im Nebenraum und waren leicht herbeizuschaffen. Die Beleuchtung glich derjenigen im großen Saal. Sie war unzulänglich, doch gab es auch hier Kandelaber mit Kerzen. Am Tisch des Vorsitzenden hing, uns allen in die Augen fallend, in großer, selbst im Halbdunkel leicht lesbarer Schrift eine Ankündigung, welche lautete:

„Morgen, genau um Mitternacht, Sitzung der Dschemma der Lebenden gegen Schedid el Ghalabi, den jetzigen Mir von Ardistan. Seine Richter seid ihr selbst. Wer sich ausschließt, wird bestraft!"

Dieses Plakat war von außerordentlicher Wirkung. Wir sahen einander erstaunt und betroffen an. Drüben im großen Saal hatten nur zwei von uns laut zu sprechen gewagt, nämlich der Mir und ich; die andern waren stumm und still gewesen, vollständig gepackt von der gefangennehmenden Örtlichkeit. Hier wiederholte sich das. Auch ich schwieg zunächst. Daß diese Schrift für uns bestimmt war, das stand ganz außer allem Zweifel. Aber wer hatte sie hierhergebracht? Wer hatte wissen können, daß wir uns heut an diesem Ort befinden würden? Wer war es, der vorausgesehen hatte, daß es einem von uns gelingen werde, die Geheimnisse des Maha-Lamas-Sees zu durchdringen, die Schlüssel zu finden und alle vorhandenen Räume zu öffnen?

„Schedid el Ghalabi?" fragte der Mir. „Das bin ich! Kein einziger Mensch in meinem ganzen Reiche wird es wagen, ebenso zu heißen wie ich! Also bin ich gemeint, kein anderer! Denkst du das auch, Effendi?"

„Gewiß", antwortete ich. „Niemand kann anders denken."

„Dschemma der Lebenden gegen mich! Schon morgen! Genau um Mitternacht! Da wird mein Wunsch ja schneller erfüllt, als ich es für möglich halten konnte! Ich sagte, o käme der Traum doch bald!"

Während er dies sprach, sah ich, daß er in sich zusammenschauerte. Auch ich hatte das Gefühl, als ob ein kalter Hauch langsam durch meinen ganzen Körper streiche. Diese Empfindung war es, die mich antworten ließ:

„Dieser Traum wird aber kein Traum sein, sondern Wirklichkeit!"

„Meinst du?"

„Ja, gewiß!"

„Vielleicht schlafe ich doch wirklich ein und träume es dann nur!"

„Wohl nicht! Bedenke, daß wir die Richter sein sollen!"

„Es ist gemeint, daß ich das träumen werde!"

„Das bezweifle ich sehr! Ich sehe hier auf allen Plätzen beschriebene Zettel liegen. Brennen wir Kerzen an, um lesen zu können!"

Als genug Lichter brannten, ging der Mir zum Platz des Vorsitzenden und las, was auf dem dortliegenden Zettel stand:

„Abu Schalem, der Maha-Lama."

Wieder standen wir da und schauten einander an, bis der Mir sich äußerte:

„Ist das nicht sonderbar? Ein Toter soll den Vorsitz über Lebende führen! Wie soll die Leiche, die sich da drüben im großen Saal befindet, hierher auf seinen Sitz gelangen? Doch weiter; lesen wir weiter!"

Die Zettel bestanden aus dunklem Papier und waren hell, wie

mit weißem Kreidestift, beschrieben. Der Mir ging da, wo die Richter sitzen sollten, von Platz zu Platz und las nacheinander folgende Namen:

„Der Dschirbani, Kara Ben Nemsi, Hadschi Halef Omar, Prinz Sadik der Tschoban, die beiden Prinzen der Ussul, der Scheich der Tschoban, der Schech el Beled von El Hadd."

Das waren also acht Gerichtsbeisitzer, von denen aber die beiden letzten fehlten. Wie sollte der abwesende Scheich der Tschoban und der ebensowenig vorhandene Gebieter von El Hadd hierher nach diesem Ort, den niemand kannte, kommen? Aber der Mir ließ uns keine Zeit, uns mit dieser Frage zu beschäftigen. Er ging zu den drei Sitzen der Angeklagten, nahm die dort liegenden Zettel auf und las:

„Schedid el Ghalabi, der Mir von Ardistan – sein Vater – der Vater seines Vaters."

Die Zettel lagen so, daß der Mir in der Mitte, sein Vater ihm zur Linken und sein Großvater ihm zur Rechten sitzen sollte. Er machte eine schauernde Bewegung, als ob ihn ein Frost überlaufe, legte die drei Zettel wieder hin und sagte halblaut, wie zu sich selbst:

„Zwischen zwei Leichen! Und grad zwischen diesen beiden!"

„Genau um Mitternacht!" fügte Halef hinzu, der jetzt zum ersten Male das Wort ergriff.

„Ob Mitternacht oder Mittag, das ist gleich!" wies der Mir ihn zurecht. „Es sind alle Stunden Gottes! Wenn ich am Mittag schuldig befunden werde, steht es ebenso schlimm um mich, wie wenn die Richter mich des Nachts verurteilen. Und die Kerzen müssen hier gebrannt werden, ganz gleich, ob es draußen im Freien hell oder dunkel ist. Doch, sehen wir weiter! Da drüben sind noch zwei Plätze!"

Seitwärts von dem Halbkreis der Beisitzer standen zwei halbniedrige, orientalische Stühle, die mehr zum Ruhen als zum Aufrechtsitzen eingerichtet und mit weichen Decken belegt waren. Auch auf ihnen lagen Zettel. Der Mir nahm sie und las:

„Abd el Fadl, der Fürst von Halihm, als Verteidiger. Merhameh, Prinzessin von Halihm, als Verteidigerin."

Da standen wir nun zum dritten Male und schauten uns still an. Jetzt sagte selbst der Mir nichts mehr. Er legte die Zettel wieder an ihre Stelle, ging von Kandelaber zu Kandelaber, um die Lichter auszublasen und schritt dann nach dem Nebenzimmer, um von diesem aus hinaus in das Freie zu kommen. Wir folgten ihm. Als wir draußen waren, fragte er:

„Noch ist es nicht Abend. Wollt ihr eure Untersuchung fortsetzen?

„Ja“, antwortete ich. „Wir müssen unbedingt heut fertig werden, um morgen für alles, was da kommen kann, frei zu sein.“

„Du glaubst für morgen an Ereignisse?“

„Ja.“

„Auch an die Dschemma der Lebenden?“

„Unbedingt!“

„Auch an das Erscheinen von Abd el Fadl und Merhameh? An das Eintreffen des Scheichs der Tschoban und des Schech el Beled von El Hadd?“

„Ich bin beinahe überzeugt, daß sie alle kommen!“

Da holte er tief, tief Atem und stimmte bei:

„Ich auch, ich auch! Es ist mir hier ganz unaussprechlich zumute. Fast möchte ich sagen: Wir leben hier nicht, sondern wir werden gelebt; wir denken hier nicht, sondern wir werden gedacht; wir wollen nicht, sondern wir werden gewollt. Es ist, als stehe hier jemand hoch über uns, der uns am Zügel hat, wie der Reiter das gehorsame Pferd.“

„Glaubst du, daß es wirklich so ist? Oder nur, daß es so scheine? Ich sage dir, das hier nichts scheint, sondern daß alles gewiß und greifbar wirklich ist. Wir werden geleitet; wir werden geführt. Wir sind hier nicht allein!“

„Du meinst, daß es außer uns noch andere lebende Wesen hier gebe? Noch andere Menschen?“

„Ja.“

„Wer könnte das sein?“

„Denke nach!“

„Das werde ich tun. Ich bitte dich, mich zu entlassen! Nachdem ich in diesen beiden Sälen gewesen bin, ist mir alles gleichgültig, was wir noch finden können. Ich muß allein sein. Ich muß mich sammeln. Du wirst das begreifen. Zum Abendessen stelle ich mich bei euch ein.“

Ich begriff nicht nur sein Bedürfnis, ungestört zu sein, sondern ich konnte mich so in ihn hineindenken und hineinfühlen, als ob ich ganz an seiner Stelle sei. Denn, aufrichtig gesagt, ist doch wohl ein jeder Mensch in Beziehung auf das, was er innerlich zu leben und zu kämpfen hat, ein größerer oder kleinerer Mir von Ardistan, der zwischen dem unsichtbaren Mir von Dschinnistan und dem Verräter Panther um den leeren Titel kämpft, den nur derjenige auszufüllen vermag, der den letzteren durch den ersteren bezwingt.

Während der Mir sich langsam entfernte, wendeten wir anderen uns den noch zu erforschenden Räumen zu. Da hörte ich seine Stimme hinter uns und drehte mich um. Er war stehengeblieben und winkte. Ich ging auf ihn zu. Als ich ihn erreichte, fragte er:

„Du weißt, wer es ist, der hier so über uns waltet?"

„Ja", nickte ich.

„Wer?"

„Natürlich der Mir von Dschinnistan, kein anderer!"

„Mein Feind!"

„Dein bester, treuester Freund! Er wird es dir beweisen. Denn es gibt leider, leider Menschen, denen es ohne handgreifliche Beweise unmöglich ist, zu glauben und zu vertrauen. Und dann, wenn sie durch diese Beweise bezwungen und überwunden worden sind, rühmen sie sich ihres Glaubens und verlangen, daß er ihnen hoch angerechnet werde!"

„Du wirst wieder einmal streng, Sihdi, sehr streng! Und doch wollte ich dir eine Bitte aussprechen, zu deren Erfüllung deine ganze Güte gehört."

„Welche Bitte? Ich erfülle sie dir gern, wenn ich kann."

„Und lachst mich nicht aus?"

„Auslachen? Ich glaube, unsere Lage, und ganz besonders die deine, ist so heilig ernst, daß du so etwas gar nicht fragen solltest!"

„Du hast recht, Effendi; verzeih! Also bitte: Willst du heut nacht anstatt hier im Freien da drinnen in der Dschemma der Toten schlafen?"

Ich wußte sofort, was er wollte, und antwortete darum:

„Sehr gern!"

„Und fürchtest dich nicht?"

„Fürchten? Vor wem? Selbst wenn ich mich fürchtete, wäre ich doch nicht allein, denn du bist dabei, um die Schuldbücher deiner Vorfahren zu lesen."

„Wie kommst du auf diese Idee?"

„Sie versteht sich ganz von selbst. Ich werde schlafen, und du wirst mit Wörtern und Zeilen, mit Zahlen und Ziffern, mit Schlangen und Ungeheuern ringen. Aber bedenke, daß du schon deine letzten Nächte geopfert hast! Mute deiner Kraft nicht Übermenschliches zu! Und wenn du mich brauchst, so wecke mich auf, damit ich dir helfen kann!"

„Mir können nur zwei helfen, zu denen du nicht gehörst, nämlich Gott und ich allein. Oh, wenn ich beten könnte, beten, beten, beten! Ich gäbe viel darum, sehr viel, sehr viel! Denn ich ahne, daß vor allen Dingen erst der himmlische Richter mit mir und meinen Ahnen abzurechnen hat, ehe die Dschemma der Toten oder die Dschemma der Lebenden sich mit mir befassen kann. Das Urteil, welches die Dschemma fällt, muß vorher zwischen Gott und mir gesprochen werden, und der Weg zu ihm ist auch heute noch derselbe, der er stets gewesen ist, nämlich das Gebet. Ich kenne ihn noch nicht! Also, du erfüllst meinen Wunsch und schläfst im Saal der Beratung?"

„Ja."

„Ich danke dir! Es ist nicht etwa die gewöhnliche, törichte Angst vor Leichen, welche mich wünschen läßt, nicht allein zu sein, sondern die Vorsicht, die ich nicht nur mir, sondern auch euch andern allen schuldig bin. Es geschieht hier Wunderbares. Und alles, was sich ereignet, ist von größter Wichtigkeit. Niemand weiß, was mir in der Nacht, während ich mich bei den Toten befinde, begegnet. Es ist nicht ausgeschlossen, daß ich vor eine schnelle, augenblickliche Entscheidung gestellt werde, die ich nicht allein auf mich nehmen kann. Darum ist es mein Wunsch, dich in der Nähe zu haben. Doch bitte ich dich, halte es geheim! Niemand braucht zu wissen, daß wir uns während der Nacht nicht auch im Freien befinden."

Jetzt gab er mir die Hand und ging. Ich kehrte zu den andern zurück. Es war mir schwer geworden, seinen Wunsch, beten zu können, scheinbar gleichgültig hinzunehmen. Er hatte mich nicht nur gerührt, sondern tief ergriffen. Aber zu dieser Ergriffenheit gesellte sich die Freude. Wer das Verlangen fühlt, beten zu können, dem steht die Erhörung schon nahe, denn schon dieser Wunsch ist Gebet, und zwar dasjenige Gebet, welches sicherer in Erfüllung geht als jedes andere.

Es geschah so, wie ich gesagt hatte: Wir setzten die Untersuchung der Baulichkeiten fort und wurden noch vor Abend fertig damit. Im letzten, ganz im Westen liegenden Gemach entdeckten wir gegenüber der Tür, durch welche wir eingetreten waren, eine zweite Tür, die durch denselben Schlüssel geöffnet werden konnte. Wir schlossen auf, und als der mächtige Quader sich in das Zimmer hereinbewegt hatte und wir dann durch die so entstandene Öffnung traten, befanden wir uns – im Freien und hatten also nicht mehr das Vergnügen, uns als Gefangene betrachten zu dürfen. Wir waren zwar überzeugt gewesen, auf jeden Fall wieder frei zu werden, atmeten aber doch erleichtert auf, als diese Erwartung zur Wirklichkeit geworden war.

Wenn man durch diese Türe hinaustrat, befand man sich ganz draußen vor der Stadt, auf einer Schutthalde, welche von dem Bergesring des Maha-Lama-Sees herabgebröckelt war. Man konnte von hier aus durch die Zitadelle oder auf einem weiteren, freien Bogen nach der Stadt und dem Fluß gelangen. Wir taten das aber nicht. Es genügte uns, zu wissen, daß es in unserm Belieben stand, in jedem Augenblick das Gefängnis, in dem wir elend verschmachten sollten, zu verlassen. Wir traten wieder in das Innere zurück, schoben den Türquader in die Öffnung, schlossen ihn fest und erklärten damit unser heutiges Tagewerk für vollbracht. Ich gestehe allerdings, daß wir gar zu gern nach der Stadt geritten wären, um dem lieben Gefängnis Nummer fünf unsern Besuch abzustatten und nachzusehen, wie die Verhältnisse dort standen. Aber dazu war die Zeit bis zum Abend viel zu kurz, und so beschlossen wir, uns das für morgen aufzuheben. Wir verfügten uns also nach der Stelle der Säulenhalle, die wir als unser Lager auserkoren hatten und wo sich Halef als unser Oberkoch mit großem Eifer an die Zubereitung des Abendessens machte. Um dies zu können, bat er mich, die Besorgung seines Rappens mit zu übernehmen, sobald ich dem meinen Futter und Wasser geben würde. Als ich bei der Erfüllung dieses seines Wunsches war und mich also bei unsern beiden Pferden befand, kam der Dschirbani zu mir. Er pflegte immer ernst, schweigsam und nachdenklich zu sein; heut aber hatte er sich in diesen drei Eigenschaften mehr bewährt als zu jeder andern Zeit. Auch jetzt lehnte er sich an den nahestehenden Pfeiler, sah mir und den mich liebkosenden Pferden eine ganze Weile still zu und sagte nichts.

„Nun?“ fragte ich endlich lächelnd. „Muß ich auch hier bei dir erst den richtigen Schlüssel finden?“

„Nein“, antwortete er. „Du besitzt ihn ja schon lange, gleich von dem Augenblick an, an dem ich dich zum ersten Male sah!“

„Und doch sagst du nichts, obgleich du sprechen möchtest?“

„Ich bin mir nicht klar, und Unklares zu sagen, ist meine Gewohnheit nicht. Seit ich hierhergekommen bin, befinde ich mich in einer Welt, von der ich weiß, daß sie mir völlig unbekannt ist, und doch aber will es mir scheinen, als ob ich sie bereits kenne.“

„Vielleicht warst du schon einmal hier, in deiner frühesten Jugend, mit deinem Vater?“

„O nein!“

„Oder du hast alte Abbildungen dieser Gegend gesehen?“

„Auch nicht.“

„So wurde vielleicht von ihr gesprochen?"

„Ja, das ist es, das! Aber nur heimlich, ganz heimlich wurde von ihr gesprochen."

„Von wem?"

„Von Vater und Mutter. Niemand durfte dabeisein. Nur ich allein wurde geduldet, denn ich war noch sehr klein, noch Kind, noch nicht einmal Knabe. Aber dennoch haben sich gewisse Worte, Namen, Ausdrücke und Redebilder in mir festgesetzt, die mir verborgen blieben, jetzt aber plötzlich erscheinen und einander begrüßen und ergänzen. Ich war heut wie ein Träumender; ich war wieder das Kind. Ich sah Vater und Mutter. Ich hörte ihnen zu. Sie sprachen von der Stadt der Toten, von dem Maha-Lama-See, von dem Riesenengel inmitten des Platzes, von dem Traum eines jeden Mirs von Ardistan, von der Prachtsänfte in diesem Traum, von der Dschemma der Lebenden und der Dschemma der Toten, von Abu Schalem, dem berühmtesten, gerechtesten und gütigsten aller Maha-Lamas von ..."

„Das alles, alles hast du gewußt und mir doch niemals etwas davon gesagt?" unterbrach ich ihn.

„Gewußt?" lächelte er. „Wäre dies der Fall, so hätte ich dir längst davon erzählt. Es lag verborgen in mir, vollständig unbewußt. Erst hier kam es emporgestiegen, ganz langsam und unbemerkt, bis es heut plötzlich aus mir heraustrat, sich vor mich hinstellte und zu mir sagte: ‚Da bin ich; du hattest mich vergessen, vollständig vergessen; kennst du mich noch?' Sag mir, Sahib, ist das nicht sonderbar?"

„Sonderbar? O nein. Ich finde es vielmehr in hohem Grade natürlich. Bitte, verhalte auch du dich natürlich. Laß diesen Kindheitsbildern Zeit, langsam in dir und aus dir emporzusteigen. Zwinge sie nicht! Tue ihnen ja nicht Gewalt an; du würdest sie zerstören. Was die Seele besitzt, das gibt sie freiwillig; rauben läßt sie sich nichts. Also, beraube dich ja nicht selbst!"

Hörte er, was ich sagte? Er hatte den Kopf erhoben und sah still empor, dem Westen entgegen, wo die Sonne soeben im Untergehen war. Wir konnten ihr Scheiden zwar nicht sehen, aber das Stück des Himmels, welches über uns lag, begann sich wie die zarte Wange einer errötenden Jungfrau zu färben, und diese Röte schien sich auf dem Gesicht des Dschirbani zu spiegeln. Wie es sich seit kurzem verändert hatte, dieses Gesicht! Und wie auch seine Gestalt, seine Bewegungen sich ganz anders zeigten als früher. Wenn ich sein von der Seele vollständig durchdrungenes Äußere kurz, bündig und treffend beschreiben wollte, müßte ich sagen: Ein hoch- und herrlichgewachsener männlich schöner, jugendlicher Asket vor Beginn der Askese. So, wie ich sein Gesicht jetzt sah, hatte ich es noch nie gesehen. Ich fühlte, daß seine Züge immer tiefer in mich drangen, um sich mir für immer einzuprägen, damit ich sie nie und nie vergessen möge. Während er so in die Ferne schaute, um in sich selbst hineinzusehen und hineinzulauschen, ließ er mich endlich eine Antwort hören:

„Ich weiß, was du meinst, und ich selbst halte mich bereits in Zucht, damit ich nichts zerstöre. Soeben war es mir, als ob ich meinen Vater, wie so oft in vergangener Zeit, beim königlichen Spiel des Schachs sitzen sehe. Er behauptete stets, das Schach sei eine Lüge und als Bild des Krieges gänzlich zu verwerfen. Im Schach sei man gezwungen, Soldaten, Bauern, Läufer, Türme und noch viel Höheres zu opfern, um den Sieg zu gewinnen. Am Schluß des Spieles aber seien beide Felder verwüstet, nicht nur das des Besiegten, sondern auch das des angeblichen Siegers. Die Kriegführung von Gewaltmenschen gleiche noch heut diesem alten Spiel, welches plötzlich stehengeblieben und nicht weiterentwickelt worden sei. Der Edelmensch aber, den wir alle erwarten, werde jeden Krieg, zu dem die Gewalt ihn zwingt, derart führen, daß ihm der Sieg kein einziges Opfer kostet."

„Das hast du als Kind gehört?" fragte ich vorsichtig.

„Nein. Da war ich schon Knabe und spielte schon selbst Schach. Mutter erzählte es und wiederholte es so oft, daß es sich mir fest einprägte und ich darüber nachzudenken begann. Die Aufgabe zu siegen, ohne Opfer zu bringen, ist eine der wichtigsten des ganzen Lebens, nicht nur in militärischer, sondern auch in jeder anderen Beziehung. Ich sann und dachte sehr viel darüber nach, doch vergeblich. Da kamst du mit Hadschi Halef. Ihr beide zeigtet uns am Engpaß Chatar, wo ihr die Tschoban besiegtet, ohne daß ein einziger Tropfen Blut zu fließen brauchte, was mein Vater mit seiner Verurteilung des Schachspiels gemeint hatte. Seit jenem Tage ist es mein Bestreben, diese seine und eure Lehre in Taten umzusetzen und . . ."

Er wurde unterbrochen. Halef rief zum Abendessen. Zu gleicher Zeit kam der Mir vom Engelsbrunnen her, in dessen Innern er Einsamkeit gesucht und gefunden hatte, und gesellte sich zu uns. Wir beeilten uns also, dem kleinen Hadschi gehorsam zu sein, der leicht zornig werden konnte, wenn man seinen Zubereitungen nicht die Achtung schenkte, die ihnen nach seiner Ansicht gebührte.

Während des Essens stellte sich der Abend ein. Wir waren den ganzen Tag über stets auf den Beinen gewesen und also redlich ermüdet. Es wollte sich kein rechtes Abendgespräch entwickeln, zumal der Mir sich ebensowenig wie ich darum bemühte, eine Unterhaltung herbeizuführen. Wir hatten heute zwar viel gesehen und viel erfahren, was unbedingt besprochen werden mußte, doch aber nicht gleich, so ganz auf Knall und Fall. Solche Dinge müssen erst innerlich geprüft und betrachtet werden, ehe man es unternehmen darf, sie wie alltägliche Geschehnisse in gewöhnliche Worte zu fassen. Darum wurden heute sehr zeitig die Lager zubereitet. Der Mir schlug das seine ziemlich weit von den andern auf, und ich gesellte mich zu ihm, damit es später nicht auffallen möge, wenn wir uns miteinander entfernten. Als wir nach einem Stündchen annehmen konnten, daß die Gefährten alle schliefen, nahmen wir unsere Decken und begaben uns nach dem Saal der Dschemma der Toten.

Dieser Saal lag von unserm Lagerort so weit entfernt, daß die Schläfer durch das Rollen des Türquaders nicht aufgeweckt werden konnten. Im Innern herrschte tiefste Dunkelheit. Wir brannten so viele Kerzen an, wie der Mir zu seinem Vorhaben brauchte. Dann ging er an das grauenhafte Werk, in das Fegefeuer dieses ungewöhnlichen Ortes hinabzusteigen und die Schuldbücher seiner Ahnen zu studieren. Ich aber bereitete mir im linksseitigen Zuhörerraum auf einigen Sitzen mit Hilfe meiner Decke ein leidlich bequemes Lager.

Das Licht der Kandelaber drang nicht zu mir. Ich lag in völliger Finsternis. Die unbeweglichen Gestalten der Dschemma waren durch die eigenartige Lichtwirkung wie in weite Ferne gerückt. Das täuschte mein Auge; es vervielfachte ihre Größe. Sie erschienen mir gigantisch. Es war mir, als ob ich aus unserer Welt der Dunkelheit in ein überirdisches Dasein schaue, dessen Geheimnisse soeben begonnen hatten, sichtbar zu werden. Wenn ich wirklich schlafen wollte, mußte ich dergleichen Phantasmen von mir abwehren. Ich wendete mich also auf die andere Seite, legte mich nieder und schloß die Augen. Ich glaube, daß ich dann auch sofort eingeschlafen bin, wenigstens bin ich mir nicht bewußt, auch nur noch eine Minute wach geblieben zu sein. Auch wie lange ich geschlafen habe, ehe ich aufgeweckt wurde, weiß ich nicht. Ich kann nur sagen, daß ich nicht von selbst erwachte, sondern von einer lauten Stimme aus dem Schlaf gerufen wurde.

Es war die Stimme des Mirs. Anfangs hatte er bei Abu Schalem gestanden und mit dem Hauptbuch begonnen. Jetzt stand er unten bei seinen Vorfahren, hatte eines ihrer Konti in der Hand und las, gegen die Richter gewendet, aus demselben vor. Er stand leider so, daß ich die Worte nicht verstehen konnte, deren Schall zur jenseitigen Höhe stieg und, von dort zurückkehrend, sich selbst verschlang. Er schien die Wirklichkeit vergessen und sich vollständig in die Fiktion hineingelesen und hineingedacht zu haben. Er nahm die Toten für Lebendige. Er las ihnen laut vor; er sprach dazwischen zu ihnen; er erläuterte und erklärte; er gestikulierte wie ein Angeklagter oder wie ein Verteidiger, bei dem alles auf dem Spiel steht, was er ist und was er hat. Es kam mir keinen einzigen Augenblick bei, dieses sein Gebaren für phantastisch oder gar für unsinnig zu halten, denn ich konnte zwar nichts genau verstehen, aber doch jedem seiner Worte anhören, das alles, was er sagte, der tiefsten Seelenqual und Herzensnot entsprang. Und ... doch halt! Was war das ...?

In der geraden Richtung meines Lagers, aber dort im äußersten Winkel und in der äußersten Finsternis, tauchte jetzt ein kleines, winziges, wehendes Flämmchen auf, welches sich mir langsam näherte. Es kam jemand, ganz leise, leise. Wer war es? Ich sah etwas Weißes. Je geringer die Entfernung zwischen mir und diesem Lichtchen wurde, desto deutlicher zeigte sich die Gestalt des Trägers oder vielmehr der Trägerin, denn sie war eine weibliche. Sie trug ein weißes, weites, bis auf den Boden niederreichendes Gewand mit langen, weiten Ärmeln. Es schloß sich eng an den Hals. Gesicht und Kopf waren unbedeckt. Das Haar bildete einen Kranz von dunkeln, anspruchslos geordneten Flechten. Dieses Wesen schien den Saal genau zu kennen, denn es achtete nicht darauf, wohin es seine Schritte setzte, sondern es hielt das Gesicht nach der Seite gewendet und den Blick im Vorwärtsschreiten nach dem Mir gerichtet. Darum sah es mich nicht, als es mich erreichte. Freilich kam es nicht direkt an mir vorüber, sondern in einer Entfernung von vielleicht zehn Schritten. Dennoch drückte ich mich so eng und klein wie möglich zusammen, um ja nicht bemerkt zu werden. Dabei achtete ich scharf auf das Gesicht. Ich sah es nicht genau, weil es halb von mir abgewendet war, doch erkannte ich, daß ich nicht ein junges Mädchen, sondern eine Frau vor mir hatte, die gewiß schon über vierzig Jahre zählte. Ihre Gestalt war hoch, wie die einer Ussula, ihre Haltung aufrecht, ihr Gang stolz, trotz aller Vorsicht, leise aufzutreten.

Nach einigen weiteren Schritten blieb sie stehen und blies das

Licht aus. Nun stand sie also im Dunkeln. Aber sie lauschte. Sie wollte hören, was der Mir sprach. Und indem sie ihrem Ohr die betreffende Richtung gab, hob sie den Kopf ein wenig mehr in die Höhe und hielt ihn so, daß er, halb Profil und halb Face, von dem Licht der Kandelaber getroffen und übergossen wurde. Das war ganz genau dieselbe Stellung, welche das Gesicht des Dschirbani eingenommen hatte, als ich kurz vor dem Abendessen seine Schönheit und seelische Ausdrucksfähigkeit bewunderte. Und, sonderbar, es war, als ob ich jetzt, hier, genau dasselbe Gesicht vor mir habe, nur nicht in männlicher, sondern in weiblicher Ausgabe, und nicht auf innere Askese deutend, sondern mit den Zügen und den großen, ernsten aufnahmefähigen Augen einer Seherin. Ja, es gab da gar keinen Zweifel; das war das Gesicht des Dschirbani. Ich dachte sofort an seine Mutter. Das Alter stimmte, auch die Gestalt und die unbewußt-selbstbewußte Art, sich zu bewegen. Körperlich von den Ussul, doch geistig und seelisch aus Dschinnistan stammend, so stand sie hochaufgerichtet vor mir, ihre ganze Aufmerksamkeit dorthin gerichtet, wo ein Lebender zu Längstverstorbenen sprach, als ob sie ihn hören, ihn verstehen und ihm antworten könnten. Aber es war unmöglich, da, wo sie stand, aus dem Klangschwall, der zu uns herüberflutete, die einzelnen Worte und Sätze herauszulesen; darum setzte die weiße, geheimnisvolle Frau nun ihre Schritte weiter, um sich dem Mir so leise und so langsam, wie sie gekommen war, zu nähern.

Da richtete ich mich auf. Es war ja möglich, daß sie den Rückweg wieder hier vorüber nahm; da sollte sie mich nicht sehen. Ich mußte mich also entfernen. Ich nahm mir vor, sie womöglich nicht aus den Augen zu lassen und folgte ihr so vorsichtig, wie ich nur konnte.

Sie ging weiter und immer weiter, zuweilen stehenbleibend, um zu prüfen, ob das, was sie hörte, jetzt nun deutlicher sei, dann aber immer wieder vorwärtsschreitend, bis sie die Stelle erreichte, wo die Stufen begannen, die auf die Erhöhung führten, auf welcher Abu Schalem, der oberste Richter, saß. Sie hatte da eine der großen, starken Säulen erreicht, auf denen die hohe Decke ruhte, und blieb hinter ihr stehen. Ihrer Haltung war anzusehen, daß sie nun deutlich verstand, was sie hörte. Ich ging noch so weit, bis ich die gleiche Linie mit ihr und dem Mir erreichte; dann setzte ich mich nieder, um nicht vom Licht getroffen zu werden, sondern unbemerkt das Kommende abzuwarten. Es kam sehr schnell, viel schneller, viel kürzer und ganz anders, als ich dachte.

Noch immer ertönte die Stimme des Mirs. Noch immer las er vor, und noch immer warf er in Zwischensätzen ein, was ihm sein Inneres befahl, zu dem, was er las, zu sagen. Noch immer richtete er alles, was er las und sagte, an die Richter. Die weiße Frau hinter der Säule verstand gar wohl jedes seiner Worte, leider ich aber nicht. Die Entfernung zwischen ihm und mir war zu groß. Da sah ich, daß er das Buch, welches er in den Händen hielt, zuschlug, mit einer energischen Gebärde hinter sich warf und eine Aufforderung an die Toten richtete, die auch ich verstehen konnte, weil er sich dabei ein wenig mehr nach mir wendete und in gewichtiger Betonung alle seine Worte derart voneinander trennte, daß die Luftwellen sie nicht mehr verwirren konnten:

„Meine Seele ist voller Angst und Jammer. Sie sprach zu euch nicht wie zu Toten, sondern wie zu Lebenden. Sie nahm an, daß auch ihr einst Seelen besaßet und daß ihr sie nicht verloren habt, sondern daß sie zu euch niedersteigen und anwesend sind, so oft ihr euch für berufen und für würdig haltet, über so ungeheuer großes Unrecht Recht zu sprechen. Ich habe euch meine Bedrängnis, meine Qual, meine Not geschildert. Ich habe euch meine Fragen vorgelegt. Eure Zungen stehen still; der Tod hat sie gelähmt. Von euch, den leblosen Körpern, kann ich keine Auskunft erwarten. Aber von euern Seelen verlange ich Antwort. Ich fordere diese Antwort von ihnen, bei allem, was ihnen einst heilig war und jetzt noch heilig ist. Ich verlange sie von ihnen, jetzt, hier, auf der Stelle, auf der ich stehe! Ich kann nicht warten, denn schon in der nächsten Mitternacht wird die Entscheidung fallen, über mich und auch über euch! Ja, auch über euch! Nicht nur die Angeklagten, sondern auch die Richter werden gerichtet; das versichere ich euch!"

Er machte eine Pause, um seinen letzten Worten doppelten Nachdruck zu geben. Er war außerordentlich erregt. Er zitterte, und seine Stimme zitterte noch mehr, als er selbst. Er fuhr fort:

„So mögen denn eure Seelen zu der meinen sprechen. Sie ist in mir. Sie wartet. Ich stehe euch offen und bin bereit, zu hören!"

Er legte die Hände ineinander, senkte den Kopf und stand so lange, lange Zeit. Zuweilen trennte er die Hände und hob sie empor, um sich den Schweiß von der Stirn zu wischen. Ich stand fern von ihm und sah dennoch, wie seine Brust sich hob und senkte. Das täuschte mir vor, daß mir auch sein Atem, der in schweren, angstvollen Stößen ging, hörbar sei. Es gab irgendetwas, was in ihm kämpfte, um sich loszuringen, um frei zu werden. Ich mußte da an seinen Wunsch denken, den er gegen Abend ausgesprochen hatte: „Oh, wenn ich beten könnte, beten, beten! Ich gäbe viel darum, sehr viel!"

Da endlich schleuderte er die Arme, als ob er etwas wegwerfe, von sich und rief aus:

„Ich höre nichts! Kein Wort, kein einziges! Auch keine einzige Silbe! Weder von außen, noch von innen! Wo sind die Seelen, die zu mir reden sollen? Wollen sie nicht? Oder können sie nicht? Oder sind und waren sie überhaupt gar nicht vorhanden? Was soll ich tun? An wen soll ich mich wenden? Wer ist es, der mir helfen kann und will?"

Er schaute sich nach rechts und links, nach allen Seiten um, als ob er eine Antwort, wirklich eine Antwort erwarte. Und da klang ein Ton, fast so leise wie ein Hauch und doch im ganzen weiten Raum zu hören, wie von hoch oben herab:

„Bete!"

Er zuckte zusammen. Er sah sich um, scheu, aber doch mit froher werdendem Angesicht.

„Beten?" fragte er. „Beten? Ich habe es gehört! Ganz deutlich gehört! Wer hat es gesagt? Wer? War es außer mir – war es in mir selbst? War es eine der Seelen, welche bisher schwiegen? Und kann ich es denn? Kann ich, und darf ich, ich, der Ungläubige, der Verbrecher, der, sobald er vor Gott zu treten wagt, nicht nur seine eigenen, sondern die Sünden seines ganzen Geschlechtes mitzubringen hat, um sie der Gnade und der Vergebung hinzuwerfen und ..."

Indem er die Bewegung des Hinwurfes machte, sank er auf die Knie nieder und sprach weiter, ohne sich wieder aufzurichten. Aber er sprach nicht laut, wie bisher, sondern leise, unhörbar – er betete!

Ich wandte den Blick von ihm ab und faltete die Hände. Die Stelle, an der er kniete, war jetzt eine heilige. Mein profaner, kritischer Blick hatte nicht das Recht, in dieses Heiligtum zu dringen. Ich schaute auf die weiße Gestalt der Frau, die sich weiter und immer weiter vorgebogen hatte, um sich ja kein einziges seiner Worte entgehen zu lassen. Sie hielt die Hände erhoben, doch auch gefaltet. Sie war sichtlich bewegt, sehr tief bewegt. Sie trat nun ganz hinter dem Pfeiler hervor. Sie tat einen Schritt vorwärts, noch einen. Nun stand sie vor der untersten Stufe und blieb dort wartend stehen. Auch ich blieb nicht sitzen; ich mußte mich unwillkürlich erheben. Ich schlich mich näher hin, um das Gesicht des Mirs deutlicher zu sehen. Schon betete er nicht mehr leise, sondern halblaut. Er war so ganz und gar von seinen Gedanken und Empfindungen hinweggerissen, daß er begann, sie in hörbare Worte zu kleiden. Gegen den Schluß seines Gebetes hin wurde er lauter und immer lauter, bis er, sich aus der knienden Stellung erhebend, ausrief:

„Und nun wende ich mich nicht mehr an die Erde, an die Toten und an die Seelen der Abgeschiedenen, sondern ich hebe meine Zuversicht empor zum Himmel, zum unendlichen, ewigen Leben, zum nirgends abwesenden, sondern stets allgegenwärtigen Geiste, zu dem ich jetzt gebetet habe und der mir in meinem Innern antworten wird, wenn ich ihn frage: Ist das Vermessenheit, was ich beschlossen habe? Ist es verboten, so zu ..."

Er hielt mitten im Satz inne und wich überrascht oder wohl gar erschrocken einige Schritte zurück. Sein Blick war auf die weiße Gestalt gefallen, die ihren Fuß jetzt auf die erste Stufe setzte, um langsam emporzusteigen. Oben angekommen, trat sie auf die Seite Abu Schalems, legte die Hand auf das vor ihm aufgeschlagene, große Schuldbuch und sagte mit klarer, tieftönender Stimme:

„Dieses Buch wird von nächster Mitternacht an für immer geschlossen sein, wenn du nur willst! Du sollst nicht nur innere, sondern auch äußere Antworten hören. Lösche alle Lichter aus!"

Er gehorchte sofort, wendete dabei aber keinen Blick von ihr. Es war ihm anzusehen, daß er sie wohl für ein überirdisches Wesen hielt. Als das letzte Licht verloschen und nun nirgend mehr etwas zu erkennen war, erklang es in demselben tiefen, klaren Ton durch die Finsternis:

„Was du dir vorgenommen hast, ist nicht vermessen. Du darfst die ganze Last auf deine Schultern nehmen, weil deine Kraft die Summe aller ihrer Kräfte ist. Verlaß dich auf die Güte und Barmherzigkeit; diese beiden sind schon unterwegs zu dir!"

Hierauf war es still. Nichts schien sich zu bewegen. Auch ich rührte kein Glied. Dann gab es in meiner Nähe ein leises Rauschen, wie wenn der Saum eines weichen Kleides leicht über den Boden streift. Ein kaum bemerkbarer Luftzug glitt an mir vorbei. Ein feiner, süßer Duft blieb zurück, ähnlich dem Duft der Kätzchenblüten zur Osterzeit, wenn sie an Altären die Palmenweihe erhalten. Das war sie gewesen, die Geheimnisvolle. Sie war an mir vorübergegangen, viel näher als vorhin, wo der Duft, der mich jetzt gestreift hatte, mich nicht erreichen konnte. Sie hatte die Lichter in wohlbedachter Absicht verlöschen lassen. Nun, da es so dunkel war, vermochte kein Auge, ihr zu folgen.

Und mir war es eigentlich auch ganz recht, daß ich sie so unbeobachtet verschwinden lassen mußte. Die Aufklärung hätte mir doch einen großen Teil der Poesie zerstört, welche der Vorgang für mich haben mußte und auch wirklich hatte. Indem ich mit mir darüber zu Rate ging, wie ich mich nun zu dem Mir zu verhalten hatte, kam ich zu dem Entschluß, ruhig abzuwarten, welche Mitteilungen er mir machen und welche Meinungen ich von ihm zu hören bekommen werde. Ich schlich mich also so leise wie möglich nach meinem Lager zurück und legte mich nieder. Nach einiger Zeit hörte ich seine Schritte. Er kam und tastete nach mir. Ich bewegte mich nicht sofort. Mochte er immerhin denken, daß ich schlafe! Er rüttelte mich. Da tat ich, als ob ich erwache.

„Du schläfst sehr fest", sagte er. „Bist du gleich eingeschlafen oder erst spät?"

„Sogleich", antwortete ich.

Das war ja auch wahr. Daß ich wieder aufgewacht war, verschwieg ich.

„Steh auf, und komm!" forderte er mich auf.

„Bist du schon fertig?"

„Ja."

„Ganz fertig? Mit allen Büchern?"

„Ganz! Mit allen Büchern! Was ich erfahren wollte, das weiß ich nun."

„Und hast schon sämtliche Lichter ausgelöscht!"

„Weil wir gehen. Wir schlagen unser Lager draußen wieder auf. Da ahnt dann niemand, wenn es Morgen wird, daß wir fortgewesen sind. Komm!"

So stand ich also auf, nahm meine Decke, wie er die seinige, und folgte ihm. Wir ließen den Türstein in die Öffnung rollen und begaben uns nach der Stelle, wo wir nach dem Abendessen gelegen hatten. Bis wir sie erreichten, sagte er kein weiteres Wort, doch als wir uns ganz nahe beieinander niedergelegt hatten, fragte er mich:

„Effendi, glaubst du an Geister?"

„Ja", antwortete ich. „Gott ist ein Geist."

„Das meine ich nicht. Glaubst du an Gespenster?"

„Nein."

„An Heilige?"

„Ja."

„An Selige?"

„Ja."

„So höre: Ich habe eine Selige gesehen!"

„Wirklich?“
„Ja, wirklich!“
„Du irrst!“
„Ich irre nicht. Ich habe sie nicht nur gesehen, sondern sie hat sogar mit mir gesprochen!“
„Und dennoch mußt du dich irren. Hat sie dir gesagt, daß sie eine Selige sei?“
„Nein; aber sie ist eine: ich weiß es genau. Sie kann nichts anderes sein!“
„Willst du mir nicht erzählen . . .?“
„Jetzt nicht. Ich bin so voll, so reich! So übervoll und überreich! Das muß ich alles ordnen, ehe ich davon sprechen kann. Gute Nacht!“
„Gute Nacht!“
Er drehte sich auf die andere Seite, ich aber nicht. Die Erfahrung sagte mir, daß er wohl noch nicht ganz zu Ende sei. Und richtig, nach einigen Minuten wendete er sich mir wieder zu und erkundigte sich:
„Schläfst du schon, Effendi?“
„Noch nicht“, antwortete ich.
„Bist du überzeugt, daß zur nächsten Mitternacht die Dschemma der Lebenden wirklich stattfinden wird?“
„Vollständig überzeugt!“
„Ich auch. Ich weiß sogar, daß Abd el Fadl und Merhameh ganz sicher kommen werden!“
„Woher könntest du das wissen?“
„Ich weiß es! Das mag dir genug sein! Vielleicht erzähle ich dir später einmal, wer es mir gesagt hat. Ich kann mich auf die Güte und Barmherzigkeit verlassen; diese beiden sind schon unterwegs zu mir! Gute Nacht!“
„Gute Nacht!“
Wieder drehte er sich auf die andere Seite, und wieder tat ich das nicht. Und wieder machte er nach einigen Minuten die betreffende Wendung zurück und fragte:
„Schläfst du aber jetzt schon, Effendi?“
„Noch nicht ganz, aber schon drei Viertel“, antwortete ich.
„Verzeih, daß ich dich nochmals störe! Ich habe dir etwas außerordentlich Wichtiges zu sagen.“
„Ist es etwas Gutes?“
„Sogar etwas sehr Gutes! Kannst du dich auf den großen, herzlichen Wunsch erinnern, den ich hatte, als du heut am Spätnachmittag noch einmal von mir zurückgerufen wurdest?“

„Ja; ich besinne mich.“
„Nun, welcher Wunsch war es?“
„Der Wunsch, beten zu können.“
„Ja, der, der war es! Und denke dir, Effendi, ich habe gebetet!“
„Darf ich das glauben?“
„Ja, glaube es! Gern gebe ich zu, daß es fast unglaublich ist, aber es ist dennoch geschehen, dennoch! Kannst du dir denken, was das heißt, der Mir von Ardistan hat gebetet? Weißt du, was das für einen Gottessieg bedeutet?“
„Einen Gottessieg? Wie meinst du das?“
„Einen Sieg Gottes.“
„Über wen?“
„Über wen, fragst du? Natürlich über mich und meinen Unglauben!“
„Armer, armer Teufel!“ antwortete ich in meinem mitleidigsten Ton.
„Wen meinst du mit diesem armen, armen Teufel?“
„Dich natürlich, dich!“
„Warum?“
„Weil du einer bist, und zwar einer der aller-, allerärmsten, die es gibt!“
„Ich verstehe dich nicht! Ich fühle mich so reich, so überreich. Ich habe dir das aufrichtig gesagt. Und anstatt mich reich und glücklich zu preisen, nennst du mich einen armen, armen Teufel! Warum?“
„Weil dich dein Glück nicht demütig, sondern hochmütig macht.“
Da richtete er sich in sitzender Stellung auf, bog sich zu mir herüber und fragte:
„Hochmütig? Wieso? Ich wüßte nichts davon!“
„Wirklich nichts? Hast du dich nicht soeben Gott gleichgestellt?“
„Gott gleichgestellt? Ich? Mich? Bist du bei Sinnen, Effendi?“
„Bei sehr guten Sinnen! Hast du nicht soeben behauptet, Gott habe dich besiegt?“
„Ja. Das tat ich allerdings.“
„Jeder Sieg setzt aber einen Kampf voraus?“
„Allerdings. Oder ist es vielleicht nicht wahr, daß ich gegen Gott gekämpft habe, daß ich von Gott nichts wissen wollte?“
„Armer, armer Teufel! Und da nimmst du an, daß Gott gezwungen gewesen sei, mit dir zu kämpfen? Die Wolke, die sich auflösen muß, prahlt, sich mit der Sonne gemessen zu haben!

Ein Stück Holz, welches zu Asche verbrennt, rühmt sich knisternd, es ringe mit dem Feuer auf Leben und Tod! Der sterbende Kranke ruft protzig aus, der Tod könne sehr stolz darauf sein, so einen Mann wie ihn besiegen zu dürfen! Soll ich dir noch mehrere Beispiele, mehrere Vergleiche bringen? Welcher Grund liegt für dich vor, so stolz darauf zu sein, daß du endlich, endlich einmal gebetet hast? Und aber noch eins, und dieses eine bedenke gar wohl: Selbst wenn du die Sünden der ganzen, ganzen Welt auf dich nähmst, so läge doch keine Veranlassung vor, dich dessen auch nur im allergeringsten zu rühmen. Solcher Erlöserstolz ist Wahnsinn, weiter nichts! Sünden zu tun und Sünden zu vertreten, bringt keine Ehre. Und je mehr du Sünden auf dich nimmst, um so weniger darfst du erwarten, daß man dich dafür ehre! Wenn du wieder betest, so bitte Gott um Bescheidenheit! Diesen Rat gibt dir der aufrichtigste Freund, den du auf Erden hast. Gott kämpft mit keinem Geschöpf, und sei es der allerhöchste seiner Engel. Wie jemand, wenn ein Wurm sich krümmt, behaupten kann, Gott liege im Kampf mit ihm, das ist mir unfaßbar! Gute Nacht!"

Er antwortete nicht. Er legte sich wieder nieder. Er rückte hin, und er rückte her. Erst nach langer Zeit klagte er:

„Es ist ein Elend mit dir, Effendi, ein Elend! Man hat dich lieb, aber du bist so grob, so ungeheuer grob! Und gerade, wenn man sich einmal wohl fühlt, bekommt man einen Hieb von dir, sei er groß oder sei er klein!"

„Ja, das ist richtig: Gerade wenn man sich am wohlsten fühlt, stürzt man am leichtesten vom Pferd! Und du warst auf ein sehr großes und sehr hohes Pferd gestiegen. Man kämpft doch nur mit seinesgleichen. Wer gegen die Natur lebt, darf nicht glauben, daß die Natur gegen ihn kämpfe, sondern er selbst kämpft gegen sich selbst, und dafür wird die Natur ihn richten und strafen. Genau so ist es auch mit deinem vermeintlichen Kampf zwischen dir und Gott. Denke hierüber nach. Das sind Tiefen, aus denen du noch Tausende von Gedanken schürfen kannst, wie man Metalle aus der Ecke fördert. Nun gute Nacht!"

Wieder antwortete er nicht, und ich war fast am Einschlafen, als ich ihn sagen hörte:

„Effendi, vielleicht war es doch nicht grob von dir, sondern nur aufrichtig, vielleicht gar sehr gut gemeint!"

Nun war ich es, der nicht antwortete. Da klang es halblaut zu mir herüber:

„Nun schläft er schon! Gute Nacht, du böse, rauhe, liebe Offenherzigkeit!"

Dann blieb es still, und ich schlief wirklich ein. Als ich aufwachte, lag er ruhig atmend neben mir und lächelte im Schlaf. Es war nicht mehr früh am Morgen. Die Gefährten hatten schon längst Toilette gemacht und saßen jetzt beim Frühstück. Ich beeilte mich, das Versäumte nachzuholen, und der Mir folgte, als der Lärm ihn später weckte, diesem Beispiel nach.

Unser Plan für den heutigen Tag war ein ebenso umfassender, wie interessanter. Er sollte aber noch viel, viel interessanter werden, als wir gedacht und uns vorgenommen hatten. Es war beschlossen worden, zunächst durch den Kanal, durch den wir hierhergekommen waren, nach dem Anfangspunkt desselben zurückzukehren und die Versenkung zu untersuchen, mit deren Hilfe wir so unerwartet aus der Ober- in die Unterwelt befördert worden waren. Sodann sollte genau nachgeforscht werden, ob der Verschluß dieses Kanals nach dem Fluß hin vielleicht zu öffnen sei. Ich vermutete, daß die große Rotunde des einstigen Maha-Lama-Sees auch mit der Zitadelle in irgendeiner geheimgehaltenen, örtlichen Verbindung stehe; aber uns hierüber aufzuklären, war später auch noch Zeit. Vor allen Dingen mußte es unsere Aufgabe sein, die Stadt zu durchforschen, ob und welche Menschen da lebten und in welcher Beziehung sie zu den Empörern überhaupt und zu unserer Gefangennahme insbesondere standen. Daß bei dieser Rekognoszierung die größte Vorsicht anzuwenden war, verstand sich ganz von selbst. Zu Pferde durfte das nicht geschehen, weil dies zu auffällig war und ein Fußgänger überall durchschlüpfen kann, während sich einem Reiter hundert Hindernisse in den Weg stellen können, die unüberwindlich sind. Wir mußten uns einzeln in die Stadt verteilen, so daß jeder einen bestimmten Bezirk zu durchforschen hatte, doch konnte hierüber erst dann Beschluß gefaßt werden, wenn wir uns über den Kanal und über unser liebes Gefängnis Nummer fünf genau unterrichtet hatten. Hieran machten wir uns sofort, nachdem die Zeit des Frühstückes vorüber war. Die beiden Prinzen der Ussul hatten es übernommen, hier bei den Pferden zu bleiben; die andern hatten alle gewünscht, sich an der Nachforschung beteiligen zu dürfen. So öffneten wir also die Tür, welche in den alten Kanal führte. Sie war die erste gewesen, die wir entdeckt und glücklich überwunden hatten. In dem rundum mit Sitzen versehenen Raum, der hinter ihr lag, brannten wir die Lämpchen an, die uns schon bei unserm Kommen den Weg gezeigt hatten, und ließen uns von ihnen zurück nach der Stelle führen, welche unter dem doppelten Tor des Gefängnisses lag. Wir hatten allerdings auch hier schon nachgeforscht, doch vergeblich, weil wir die Eigenheiten, denen man hier überall begegnete, noch nicht kannten. Jetzt aber befanden wir uns im Besitz von günstigen Erfahrungen, und so hoffte ich, daß unsere heutigen Bemühungen nicht wieder so ergebnislos verlaufen würden.

Ich hatte mich nicht getäuscht. Zwar schien es anfangs, als ob wir wieder nichts finden sollten; aber schließlich fiel mir an der Stelle, wo wir aus der Versenkung gestiegen waren, doch der Umstand auf, daß der Boden des Versenkungsschachtes durchweg aus Stein, in einer Ecke aber aus Erde bestand, die nicht hart und fest, sondern so aufgelockert war, als ob man sich erst vor ganz kurzem damit beschäftigt habe. Ich griff hinein, noch tiefer, noch tiefer und zog endlich – einen Schlüssel hervor, dessen Gestalt genau diejenige der bisher gefundenen war. Nun wir ihn hatten und also wußten, von welcher Art und Weise hier dieses Geheimnis war, machte sich das übrige ganz von selbst. Es war uns bekannt, in welcher Höhe die Schlüssellöcher angebracht waren, darum dauerte es nur kurze Zeit, so hatten war das, um welches es sich hier handelte, gefunden. Als wir öffneten, gelangten wir in den schmalen, aber sehr tiefen Raum, welcher die Vorrichtung enthielt, mit deren Hilfe die Versenkung, die uns herabgebracht hatte, auf- und niedergeleitet wurde. Das geschah durch große, viele Zentner schwere Steingewichte, die, an über Rollen gehenden Seilen befestigt, den oben zwischen beiden Eingangstoren liegenden Fußboden bald herunter und bald wieder hinaufzogen, je nach der Seite, nach welcher hin diese ganz einfache Mechanik in Bewegung gesetzt wurde. Es bedurfte nur eines Griffes, uns alle sofort emporheben zu lassen, doch verzichteten wir hierauf, weil wir nicht wußten, wie es in diesem Augenblick da oben im Gefängnis stand.

Fast noch wichtiger als diese Entdeckung war die zweite, die wir hierauf machten. Nämlich der Raum, in dem wir uns jetzt bei den Steingewichten befanden, stieß mit einer seiner beiden Schmalseiten an die sehr starke, dicke Mauer des Kanals, und zwar genau an der Stelle, an welcher er aufhörte, an welcher also der verborgene Ausgang nach dem Fluß, wenn es einen gab, zu suchen war. Wir hatten da draußen nachgeforscht, doch, wie man weiß, vergeblich. Ich ging zwei-, dreimal hinaus und kehrte zwei-, dreimal wieder zurück, um zu betrachten und zu vergleichen. Es gab nichts, was auffallen konnte, ausgenommen zwei hölzerne Balkenköpfe, welche in dem Gewichtsraum an der Seitenwand, um die es sich handelte, aus dem Gestein hervorragten, der eine ungefähr drei, der andere ungefähr fünf Fuß über dem Boden. Sie waren vielleicht zwei Fuß lang und von ungewöhnlicher Stärke. Das gab mir zu denken. Was sollten diese Balkenköpfe hier? Hatten sie etwa als Konsolen dienen sollen, um irgend etwas zu tragen? Gewiß nicht. In diesem Fall hätte man gewiß nicht Holz, sondern den viel näherliegenden Stein verwendet. Diese Balkenköpfe hatten also wohl einen Zweck, der mit dem Zweck des Raumes, in dem wir uns befanden, in keiner Beziehung stand. Dieser ihr Zweck lag also nicht in diesem Raum, sondern außerhalb desselben, nämlich draußen! Und draußen lag eben, ganz unmittelbar anstoßend, die Quermauer, die den Kanal verschloß. Wenn man einen ihrer Riesenquader so angebracht hatte, daß er eine bewegliche Türe bildete, vielleicht in derselben Weise wie alle die Türen drin am Maha-Lama-See, so war es jedenfalls derjenige, der draußen an die Wand stieß, vor der wir innen standen. In diesem Fall war der Zweck der beiden Balkenköpfe offenbar. Auch wurde er durch ihre ungewöhnliche Stärke verraten, welche vermuten ließ, daß sie einen ebenso ungewöhnlichen Druck auszuhalten hatten. Sie bildeten höchstwahrscheinlich die Handgriffe der starken Riegel, durch welche die Quadertür da draußen festgehalten wurde. Riegel müssen beweglich sein; hier aber hatte es den Anschein, als ob man diese Balken vollständig festgemauert habe. Ich versuchte, an ihnen zu rütteln. Das war nicht leicht, aber der Bewurf begann, zu bröckeln. Ich rüttelte mehr; das Bröckeln wurde stärker. Da griffen die Gefährten mit zu, und nun bei so vereinter Kraft stellte sich heraus, daß die Riegelhölzer nur eingemauert schienen, es aber doch nicht waren. Sobald die äußere Verklebung, welche nur die Bestimmung hatte, zu täuschen, vollständig aus- und abgebröckelt war, gelang es uns sehr bald, erst den einen und sodann auch den andern Balken herauszuziehen. Die Riegel waren nun also entfernt; aber es bewegte sich nichts da draußen. Jedenfalls hatte man nachzuhelfen. Wir gingen hinaus und schoben. Und richtig, richtig! Der große, anstoßende Steinblock wich dem auf ihn ausgeübten Druck, erst langsam, dann aber rascher und rascher. Er war in genau derselben Weise eingestellt wie alle die Türen des großen Maha-Lama-Baues. Als er zurückgewichen war und dann feststand, bedurfte es nur eines geringen Druckes, ihn wieder in die Öffnung zurückkehren zu lassen.

Wie froh wir waren! Wir beeilten uns, hinauszutreten. Wir gingen weiter. Wir folgten dem Kanal unter dem Gefängnis und dem freien Platz hin, bis er zu Ende war. Wir hatten seine Öffnung nach dem Fluß hin gesehen, als wir bei unserer Ankunft da drüben von dem Berg herabgeritten waren. Als wir diese Öffnung nun erreichten, sahen wir, daß dort eine große, sehr große Überraschung auf uns gewartet hatte. Der Fluß zeigte nämlich Wasser; man denke sich! Wasser, Wasser, Wasser! Nach viel-, vielhundertjähriger Dürre und Trockenheit zum ersten Male Wasser! Und gerade jetzt, wo wir anwesend waren! Es war zwar nicht viel, sondern nur hier eine Lache und da eine Lache, hier ein Teich und dort ein Teich, aber es begann doch schon, von Lache zu Lache, von Teich zu Teich zu rieseln, und der Boden, der Untergrund mußte also viel, viel mehr Feuchtigkeit besitzen, als die Sonnenwärme, die gerade heut eine bedeutende war, zu verdunsten vermochte. Es gab bei diesem Anblick einen allgemeinen Jubel.

„Das ist das laute Wasserrauschen im Brunnen des Engels!“ rief Halef aus. „Das dort abgelaufene Wasser tritt hier zutage. Meinst du nicht auch, Effendi?“

„Nein“, antwortete ich. „Die Ursachen der Erscheinung, die hier vor dir liegt, sind nicht im Brunnen des Engels, sondern in einer viel, viel höher liegenden Gegend zu suchen. Der Segen, der hier zutage tritt, wurde droben in Dschinnistan der Erde anvertraut.“

„Wird dieses Wasser wieder verschwinden, wird es so bleiben, wird es steigen?“ fragte der Prinz der Tschoban.

„Wie Gott will! Unser Blick ist unvermögend, seine Ratschlüsse zu durchdringen. In allem, was geschieht, liegt göttliche Berechnung!“

„Auch in diesem Wasser?“

„Ja, auch in diesem Wasser! Vielleicht erfahren wir eher, als wir ahnen, warum und wozu es gerade uns und gerade jetzt gesendet wird.“

„Warum? Weil die Zeit gekommen ist!“ rief der Mir aus, indem seine Augen in eigenartiger Weise glänzten. „Wenn sich Abend für Abend da oben in den Bergen die Pforten des Paradieses öffnen, ist die Zeit erfüllt, für welche uns die Rückkehr des Flusses verheißen ist. Kommt dann der Herrgott wieder am Ufer herab nach Ardistan, dann, dann – dann ...“

Er hielt inne. Er fühlte, daß er mit dem, was ihm jetzt auf der Zunge lag, seine ganze frühere Anschauung umstoßen würde. Da aber trat der Dschirbani mit einem schnellen Schritt zu ihm heran und forderte ihn auf:

„Sprich weiter, sprich weiter! Oder fürchtest du dich, es zu sagen?"

„Fürchten?" fragte der Mir.

Sie sahen einander in die Augen, beide ernst und prüfend. Über das Gesicht des Mirs ging ein Zug, als ob er nahe daran sei, sich beleidigt zu fühlen. Aber diese nicht ganz kleine Versuchung wurde von ihm überwunden. Sie wich einem ruhigen Lächeln, und er antwortete:

„Früher hätte ich mich gar wohl gefürchtet; aber das war eben früher. Jetzt weiß ich es, daß es keine Schande ist, klüger, vernünftiger und innerlich klarer geworden zu sein. Früher hätte mein Stolz mir verboten, einen Irrtum einzugestehen, aber jetzt – jetzt ..."

Er wendet sich von dem Dschirbani ab zu mir und fuhr fort:

„Effendi, du rietest mir, um Bescheidenheit zu beten. Ich habe es getan, nachdem du eingeschlafen warst. Ich wollte ganz Dschinnistan mit Krieg überziehen. Ich wollte jene Berge erobern, aus denen das Wasser kommt, welches meinem Land, meinem ganzen Reich fehlt. Ich hielt mich für einen großen Feldherrn. Ich wollte durch Blut und Mord und Tod erreichen, was doch niemals mit der geballten Faust zu erlangen ist. Das war früher, früher, früher. Heut aber sage ich dir: Käme der Herrgott jetzt den Fluß herab, um zu fragen, ob ich Krieg oder Frieden wolle, so würde ich ihm sagen, daß von nun an Friede sein solle, nicht nur zwischen den Ländern und den Völkern meines Reiches, sondern auch zwischen uns und Dschinnistan, dem glücklichen Staat, dessen Bürger behaupten dürfen, daß nie ein Tropfen Blut bei ihnen geflossen sei. Bist du mit dieser meiner Erklärung zufrieden, Effendi?"

Ich reichte ihm froh die Hand und antwortete:

„Ich danke dir! Nimm das Wasser, welches wir hier so freudig begrüßen, als eine äußere Hindeutung auf die segensreichen Quellen, die gerade jetzt auch in deinem und in unserm Innern zu steigen beginnen. Gott wird kommen, ganz gewiß! So ist es gut, daß wir nun alle wissen, welche Antwort er auf seine Frage von uns erhalten soll. – Jetzt aber wieder an unsere Nachforschung! Wir schließen die Tür hinter uns und steigen dann dort an der Brücke aus dem Flußbett heraus, um nach dem Gefängnis zu gehen. Aus dem, was dort geschieht, wird das Weitere sich ergeben."

Die Gefährten waren damit einverstanden. Wir kehrten in das Innere des Kanals zurück und ließen den Türquader in seine Öffnung zurücklaufen. Dann stiegen wir in das Flußbett hinaus und wendeten uns der Brücke zu, über welche wir bei unserer Ankunft herübergeritten waren. Dort gab es nämlich Stufen, die es uns ermöglichten, auf die Höhe des Ufers zu kommen, ohne uns durch unbequeme Kletterei emporarbeiten zu müssen.

Dieser unser Wiedereintritt in die Freiheit führte uns sogleich einem Ereignis entgegen, welches zwar von keiner großen, erschütternden Bedeutung war, uns aber doch recht herzlich erfreute. Nämlich als wir die Stufen erstiegen hatten und uns am Brückenkopf befanden, wollte ich mich sofort dem Gefängnis zuwenden und kehrte mich infolgedessen vom Fluß ab; da aber rief Halef mir zu:

„Halt, nicht umdrehen, Effendi! Schau über die Brücke!"

Als ich dieser seiner Aufforderung folgte, sah ich sechs Kamele, die von drüben herüberkamen. Sie waren mit Wasserschläuchen beladen, und auf dem voranschreitenden saß außerdem ein Mann, dessen Gesicht man noch nicht deutlich erkennen konnte, zumal er die Kapuze seines Haiks sehr weit über die Stirn vorgezogen hatte. Aber als er nähergekommen war, erkannte ich in ihm den braven Brunnen- und Zisternenwächter, der sich meiner so hilfreich angenommen hatte. Zu gleicher Zeit fiel auch ich ihm in die Augen. Da sprang er, ohne seine Kamele anzuhalten, im Laufen von dem seinigen herab, eilte ihnen voraus, auf mich zu und rief, noch ehe er uns erreichte, in freudigem Ton:

„Hamdulillah, daß ich dich sehe! Ich grüße dich! Welche Angst habe ich um euch gehabt! Und wie freue ich mich, daß du noch lebst, und die andern auch! Ich wollte euch retten! Ich bringe euch Wasser!"

„Du Guter, Lieber, Treuer!" antwortete ich. Und indem ich auf den Mir deutete, fügte ich hinzu: „Dein Herrscher wird es dir danken!"

Er kniete vor dem Mir nieder. Dieser gebot ihm, aufzustehen und sagte:

„Ich habe dich nur für einen kurzen Augenblick gesehen, doch erkenne ich dich wieder. Du saßest im Zisternenhaus und kamst sodann heraus. Du hast uns guten Rat gegeben und sollst es nicht bereuen. War es dir denn möglich, deinen Dienst und deine Zisterne zu verlassen, um uns Wasser zu bringen? Hinderte man dich nicht?“

„Nein. Es war ja niemand da, es mir zu verbieten! Und auch hier ist kein Mensch, der mich dabei erwischen könnte!“

„Kein Mensch?“

„Keiner! Alle, die sich in der Stadt der Toten befanden, mußten fort. Niemand durfte bleiben. Es durfte kein Mensch vorhanden sein, dem es möglich gewesen wäre, euch zu sehen und zu sprechen! Kein einziger, der auf den Gedanken kommen konnte, euch zu retten, euch und alle, die in den sicheren Tod hierhergetrieben werden sollen.“

„Hierhergetrieben? In den sichern Tod? Wer könnte das sein?“

„Das Heer des Dschirbani! Die Ussul und die Tschoban, die durch Gewalt und List gezwungen werden, sich eiligst nach der Stadt der Toten zu wenden!“

„Ist das wahr? Woher weißt du es?“ fragte der Mir, indem er uns betroffen anschaute.

Wir waren ebenso überrascht wie er, aber keineswegs erschrocken.

„Jedermann weiß es“, antwortete der Wächter. „Die Kunde davon wird absichtlich überall verbreitet, damit jedermann erfahre, wie groß und kühn und klug der neue Herrscher ist. Der Panther hat sich nach Ard gewendet. Die Christen werden aus der Stadt vertrieben; alle andern halten zu ihm, und wer noch treu ...“

„Mein Weib! Meine Kinder!“ wurde er vom Mir unterbrochen. „Ich muß fort von hier, fort, fort!“

Er machte eine Bewegung, als ob er seine Worte schleunigst in die Tat umsetzen wolle, doch der Dschirbani hielt ihn am Arm fest und warnte:

„Wohin? Und etwa allein, ohne uns? Ohne Rat und Überlegung?“

„Aber bedenke: Mein Weib – meine Kinder ...!“

„Maschallaha! Ich soll bedenken! Du aber wohl nicht? Dein Weib und deine Kinder? Steht bei uns etwa nichts auf dem Spiel? Sollen nicht alle vereinigten Ussul und Tschoban, also mein ganzes Heer, hierher in den sicheren Tod getrieben werden? Es handelt sich um das Leben vieler Tausende! Siehst du aber vielleicht, daß ich sogleich davonlaufen will?“

Da schlug der Mir, der in der Selbstüberwindung überhaupt jetzt beinahe Übermenschliches leistete, beschämt die Augen nieder und wendete sich wieder ruhig an den Wächter:

„Was weißt du noch? Sprich es aus!"

„Der Panther wird nur noch einige wenige Tage in Ard bleiben", sagte der Aufgeforderte. „Dann führt er alle Truppen, die noch daheim sind, zu denen, die gegen Dschinnistan marschieren, und macht dem Krieg gegen den Mir dieses Landes mit einem einzigen gewaltigen Stoß ein schnelles Ende."

„Weiter!"

„Weiter weiß ich nichts."

„Und woher weißt du das, was du weißt? Das hat dir der Panther doch gewiß nicht selber gesagt!"

„Nein, der nicht. Ich erfuhr es von seinen Soldaten, die er am Brunnen zurückließ, als er mit euch nach der Stadt der Toten ritt. Es stießen noch andere Soldaten zu ihnen, die aus andern Richtungen kamen und dazu bestimmt waren, den ganzen Rand der Wüste, die nach hier führt, für jedermann so lange zu versperren, bis man als sicher annehmen kann, daß ihr verschmachtet seid. Also, es kann niemand her zu euch, um euch zu retten, kein Mensch. Und die wenigen Leute, die es hier gab, hat der Panther mitgenommen, als er die Stadt der Toten mit seinem General und seinen fünfzig Reitern wieder verließ."

„Es ist also niemand mehr hier, wirklich niemand?"

„Kein einziger Mensch! Ich weiß das ganz genau, denn ich hatte doch das Wasser abzumessen, zu berechnen und zu liefern für einen jeden, der sich hier befand. Ich hatte auch die Relais zu legen, durch welche ihr und eure fünfzig Begleiter unterwegs mit Wasser versehen wurdet. Ich wußte, wann und in welcher Reihenfolge sie zurückkehren mußten. Als die ersten von ihnen eintrafen und man also annahm, daß der Streich gegen den bisherigen Herrscher von Ardistan gelungen sei, wurde ich fortgejagt. Man sagte mir, man brauche mich nicht mehr, ich könne gehen und solle mich aber ja nicht wieder sehen lassen."

„Man kannte wohl deine Treue gegen mich?"

„Man ahnte sie, und das war genug. Ich ging, aber anders, als man gedacht hatte. Ich schaffte in der Nacht, als es dunkel war, so viel Proviant und Wasser, wie ich zu fassen vermochte, ohne daß man es merkte, mit Hilfe meiner Kamele in der Richtung nach hier in die Wüste und kehrte dann, noch ehe es Tag geworden war, mit ihnen wieder nach dem Brunnen zurück. Als ich mich dann am Morgen mit den sechs unbeladenen Tieren verabschiedete und in gerade entgegengesetzter Richtung von dannen zog, ahnte niemand, daß ich dann einen Bogen machte, um das, was ich versteckt hatte, wieder aufzunehmen und hierherzuschaffen. Nun aber sehe ich zu meiner Verwunderung und zu meiner Freude, daß ihr frei seid und gar nicht verdursten könnt, weil der Fluß ja Wasser hält. Ein Wunder, welches ich nicht glauben würde, wenn ich es nicht mit meinen eigenen Augen sähe!"

Der Mann hatte treu und klug gehandelt. Der Mir reichte ihm die Hand und sagte:

„Sei getrost! Ich werde dir dennoch alles so anrechnen, als ob du uns das Leben wirklich gerettet hättest. Du bist also wirklich überzeugt, daß sich außer uns kein Mensch hier befindet?"

„Ja, vollständig überzeugt."

„Auch dort im Gefängnis Nummer fünf?"

„Auch dort."

„So gehen wir aber dennoch hin, um es wenigstens einmal anzusehen."

Wir taten es. Der Aufseher folgte uns mit seinen Kamelen. Das Tor war verschlossen; wir konnten nicht hinein. Da kletterte Halef über die Mauer und öffnete von innen. Wir gingen hinein. Der Aufseher mußte noch draußen bleiben. Er brauchte unsere Heimlichkeiten nicht zu erfahren. Die Gebäude standen leer. Sie hatten für uns kein Interesse. Unsere Aufmerksamkeit war nur auf den beweglichen Boden gerichtet, der zwischen den beiden Toren lag. Er bestand aus Holzbohlen, die mit Erde bedeckt und dann mit Sand bestreut waren. Im Hof gab es rechts und links vom Innentor zwei Räder mit den aufgewundenen Enden der Bewegungsseile. Drehte man das eine Rad, so senkte sich der Boden; drehte man das andere, so kam er wieder empor. Das war die ganze Kunst, deren Opfer wir hatten werden sollen. Wir zerschnitten beide Seile, ließen die Innenteile nach unten laufen, so daß sie verschwanden, und gruben die Enden in einen Erdhaufen ein, der in einer Ecke des Hofes lag. Nun blieb das Geheimnis denen, die es nicht kannten, auch ferner verborgen, und die Eingeweihten konnten es nicht mehr in Anwendung bringen. Hierauf riefen wir den treuen Aufseher herein. Er bekam für die jetzige Zeit seine Wohnung hier angewiesen und hatte sich unausgesetzt für uns bereitzuhalten. Für später war ihm eine lohnende Anstellung gewiß.

Weil es der Plan des Panthers war, die Ussul und die Tschoban nach der Stadt der Toten zu treiben, stand uns, falls diese seine Absicht sich verwirklichte, ein Wiedersehen mit diesen unsern Freunden auf das baldigste bevor. Wo und wie sie aber unterbringen, das war die Frage, die wir uns vorzulegen hatten.

Platz war in der großen, weit ausgedehnten Stadt mehr als genug vorhanden, aber es galt, sie mehr zusammenzuhalten, als zu zerstreuen, und da dachte ich, daß die Zitadelle sich wohl am allerbesten hierzu eigne. Der Mir war bereit, uns sofort hinaufzuführen. Er versicherte uns, daß er dort einen jeden Winkel kenne, und daß wir ihm für dieses Mal Glauben schenken dürften, weil er sich da ganz gewiß nicht irre. Wir nahmen sein Anerbieten an.

Indem wir durch viele vollständig tote Gassen und Gäßchen hinaufstiegen, betrachtete ich alles, was sich meinen Augen bot, von dem Gesichtspunkt aus, der alle örtlichen und überhaupt alle hiesigen Verhältnisse mit dem einstigen Maha-Lama-See in Beziehung brachte. Der obere Teil der Zitadelle lehnte sich an den festgeschlossenen Felsen- oder vielmehr Bergesring, dessen Inneres der See gebildet hatte. Daß die Felsen und Berge ausgehöhlt worden waren, um alle die Räume zu bilden, die wir nun kannten, hatten wir gesehen. Diese Räume konnten von den am höchsten liegenden Räumen der Zitadelle nur durch Natur- oder künstliche Wände getrennt sein, die keine allzu große Stärke besaßen, und so lag der Gedanke ziemlich nahe, daß höchstwahrscheinlich irgend eine heimliche Verbindung zwischen dem Gebäudekomplex des Maha-Lama-Sees und der Zitadelle vorhanden sei. Dieser Gedanke war es, der mich nicht verließ, während wir aufwärts stiegen, durch das hohe, weite, flügellose Tor der Zitadelle schritten und uns dann vom Mir durch alle Räume derselben, die er kannte, führen ließen.

Es kann nicht meine Absicht sein, die Festung zu beschreiben, so interessant dies auch wäre. Es genügt, zu sagen, daß sie für das, wozu wir sie unter Umständen brauchten, sich ganz vortrefflich eignete. Aber eine kleine Episode, die mir großen, heimlichen Spaß bereitete, will ich doch nicht übergehen. Sie ereignete sich, als wir uns in demjenigen Teil der Zitadelle befanden, dessen Räume höchstwahrscheinlich die Wohnung des obersten Befehlshabers gebildet hatten. In einem dieser schöngelegenen und hochgebauten Zimmer sah ich etwas, was meine Aufmerksamkeit sofort auf sich zog, obgleich ich nichts davon sagte. Es gab da nämlich in der dem Fenster gegenüberliegenden, aus großen Quadern gebildeten Wand genau so eine Sonne, wie ich von der Tür des sogenannten Portier- oder Verwaltungsraumes beschrieben habe. Ich war sofort überzeugt, daß hier die vermutete Verbindung mit dem Maha-Lama-See gefunden sei.

Von den Fenstern dieser Wohnung aus hatte man einen überaus weiten Blick auf diese Seite der Stadt und ihre Umgebung. Sie lag im vollen Sonnenglanz unter uns. Am hellsten aber glänzten die vielen, vielen Stellen des Flusses, an denen das Wasser zutage getreten war. Erst von hier oben aus erkannte man, wie zahlreich und wie bedeutend diese Lachen waren, welche nicht etwa totstehendes, sondern lebendiges Wasser hatten. Wir standen alle beieinander, schauten hinab und freuten uns über diesen Anblick.

„Wenn das so bliebe!" sagte der Erstgeborene der Tschoban. „Dann wäre die Wüste der Kultur zurückgewonnen."

„Es bleibt!" behauptete der Dschirbani in einem so sichern Ton, als ob er es sei, der zu bestimmen habe. Die Augen des Mirs aber waren groß geworden, sie schimmerten feucht.

„Weißt du, Effendi, was du vorhin sagtest. Unten am Ende des Kanals?" fragte er mich.

„Welches Wort meinst du?" antwortete ich.

„Du sagtest: ‚In allem, was geschieht, liegt göttliche Berechnung. Vielleicht erfahren wir eher, als wir ahnen, warum dieses Wasser gerade uns und gerade jetzt gesendet wird!' Nur kurze Zeit ist vergangen, seitdem du das sagtest, und schon geht es in Erfüllung. Dieses Wasser ist gekommen, um das Heer der Ussul und Tschoban zu retten, welches rettungslos verloren wäre, wenn es nichts zu trinken fände. Die Wege der Vorsehung sind wunderbar! Hattest du keine Angst um deine Truppen, als du den Zisternenwächter sprechen hörtest?"

Diese Frage war an den Dschirbani gerichtet. Er antwortete: „Nein. Der Scheich der Tschoban ist bei meinem Heer, und in meiner Abwesenheit führt mein vorsichtiger, tapferer Irahd, der Hauptmann der Hukara, den Oberbefehl. Der läßt sich nicht überlisten."

„Wirklich nicht? Hast du dich nicht auch überlisten lassen?"

„Nein."

„O doch! Verzeih! Hat dich der Panther nicht verleitet, hierher zu gehen?"

Da griff der Dschirbani unter sein Gewand, zog ein zusammengefaltetes Papier aus der Tasche und antwortete lächelnd: „Ich habe bisher geschwiegen, weil es mir heilig und teuer war; nun aber soll wenigstens der Sahib es sehen, damit nicht auch er mich für unvorsichtig halte. Ich bekam dieses Papier durch einen Boten, den ich nicht kannte und der sofort wieder verschwand; aber ich kenne die Schrift und das geheime Zeichen des letzten

Wortes. Was ich getan habe, habe ich infolge dieser Zeilen getan, aus keinem andern Grund. Die Folge wird zeigen, daß ich es verantworten kann."

Er faltete das Papier auseinander und reichte es mir. Ich las: „Ich grüße dich zum ersten Male mit dieser meiner eigenen Hand und Schrift. Der Panther wird dich überlisten wollen, nach der Stadt der Toten zu gehen; laß dich nach dort entführen! Der Panther wird dann, wenn du fort bist, dein Heer nach der Stadt der Toten drängen lassen wollen. Gib deinem Irahd Befehl, sich drängen zu lassen, doch nicht durch die Wüste, sondern den Fluß hinauf. Er wird Wasser finden, den Feind aber fern davon und in Durst zu halten wissen. Dein – Vater."

Ich legte das Papier wieder zusammen, gab es ihm zurück und richtete das, was ich sagte, nicht nur an den Mir, sondern auch an alle andern:

„Ich erkläre hiermit, daß unser Freund, der Dschirbani, nicht unvorsichtig, sondern klug, sehr klug gehandelt hat. Es steht uns, wie ich das sehe, höchst Wichtiges bevor. Es ist sehr wahrscheinlich, daß die Ussul und Tschoban noch heut kommen. Ich schlage vor, ihnen wenn auch nicht entgegenzureiten, so doch wenigstens den Fluß entlang zu rekognoszieren, und zwar sogleich."

„Du meinst, daß wir unsere Pferde holen?" fragte der Mir.

„Ja."

„So müssen wir wieder hinunter zum Fluß und durch den Kanal zurück."

„Nein."

„Wohin sonst?"

„Einen viel kürzeren und viel bequemeren Weg, den du uns führen wirst."

„Ich? Ich weiß keinen!"

„Keinen? Und doch sagtest du vorhin, daß du hier jeden Winkel kennst!"

„Hier? Von hier aus gibt es einen Weg?"

„Ja. Sogar von diesem Zimmer aus."

„Du sprichst im Rätsel!"

„Ich werde dieses Rätsel sofort lösen, obgleich ich zum ersten Male im Leben an diesem Ort bin. Kommt!"

Indem ich auf den erwähnten Stein zuging, folgten mir die andern. Gleich die erste Berührung der Sonne zeigte mir, daß sie auch von Metall war und bewegt werden konnte. Ich drehte sie von links nach rechts. Man hörte im Innern der Mauer ein leises, kurzes Schnappen; dann wich der Quader zurück, und die Türöffnung wurde frei. Der Raum, der nun vor uns lag, war fensterlos und also dunkel. Jetzt aber fiel das Licht von außen hinein, und da sahen wir, daß er schmal und auch nicht tief war. Er bildete einen sehr kurzen Gang oder Korridor, an dessen Ende sich wieder eine Steintür befand, in welcher, wie wir zu unserer Befriedigung bemerkten, der Schlüssel steckte. Ich drehte ihn herum. Auch dieser Stein wich zurück, aber nach der Seite, auf der wir uns befanden, so daß wir also schnell zurückspringen mußten, um nicht umgestoßen zu werden. Als die Passage frei war und wir vorwärts gingen, kamen wir in einen durch schmale, schießschartenähnliche Fenster erleuchteten Raum, den wir an seiner ganz besonderen Einrichtung und Ausstattung sofort erkannten, weil wir ihn schon alle gesehen hatten. Es war nämlich der große Krankensaal im Maha-Lama-Gebäude. Wir brauchten also nur durch dessen vordere Türe, die wir ja kannten, hinauszugehen, so befanden wir uns auf unserer Säulenrotunde und hatten dann nur wenige Schritte zu tun, um zu unsern Pferden zu kommen.

Das war die Episode, die ich erzählen wollte. Halef machte sofort Miene, sie zu einer langen, begeisterten Rede über seine und meine große Klugheit und Findigkeit auszubeuten, ich winkte ihm aber ab, ließ die Gefährten vorantreten und schloß hinter uns dann beide Türen, ebenso auch nachher, als wir auf den Säulengang hinaustraten, die Außentür des Krankensaales.

Die beiden Prinzen der Ussul wunderten sich nicht wenig, uns von dieser Seite kommen zu sehen, nicht aber von der andern, nach der wir hinausgegangen waren. Sie wurden von allem, was wir gesehen und erfahren hatten, unterrichtet; dann sattelten und bestiegen wir unsere Pferde und ritten durch die hintere, westliche Tür, welche wir gestern entdeckt hatten, in das Freie hinaus. Den Schlüssel zu ihr steckte ich zu mir.

Ich habe bereits gesagt, daß es hier eine Schutthalde gab, die wir hinunterreiten mußten. Dann machten wir einen Bogen um die Zitadelle herum und hielten auf den südlichen Stadtteil zu, um in dieser Richtung dem Lauf des Flusses zu folgen. Hierbei sagte der Mir, mit dem ich voranritt:

„Wundere dich nicht über mich, wenn ich so still bin, Effendi! Es ist eine schwere, sehr schwere Zeit für mich. Ich werde von dem hohen Punkt, auf dem ich nach meiner Meinung stand, immer tiefer heruntergedrängt und habe Lehre auf Lehre hinzunehmen, um immer mehr einzusehen, daß . . .“

„. . . daß du nicht abwärts, sondern aufwärts steigst", unterbrach ich ihn. „Daß ich wieder einmal eine Tür entdeckte, welche du nicht kanntest, darf dich nicht bedrücken."

„O doch! Alles, was geschieht, geschieht nicht mehr durch mich, sondern durch andere. Ich fühle mich so unwissend, so unfähig, so überflüssig! Ich habe das Gefühl, daß sich jeder andere Mensch viel, viel besser zum Mir von Ardistan eignet als ich, und das macht mich . . ."

„Gott sei Dank!" rief ich aus, ihn wieder unterbrechend.

„Wofür?" fragte er schnell.

„Dafür, daß du dich für unfähig hältst! Denn das ist für mich ein Beweis, daß du ganz im Gegenteil im höchsten Grade geeignet bist, in Wirklichkeit zu werden, was du bisher nur scheinbar gewesen bist. Gott rüttelt an dir. Halte aus! Deine bisherige Stärke war Schwäche, aber deine jetzige, vermeintliche Schwäche wird dir zur Stärke und zum Ruhm werden. Denke ja nicht, daß du alles selbst wissen, selbst können und selbst tun mußt! Herrschen heißt lenken, nicht aber alles selber machen. Laß vor allen Dingen auch den Herrgott für dich denken, sorgen und arbeiten! Er tut es gern!"

Da lächelte er mich dankbar an und rief aus:

„Effendi, das ist wieder einmal so deine eigene Art; ich wollte, es wäre auch die meine!"

„Sie wird es! Glaube das!"

„Aber schwer! Bei mir häuft sich eine Last immer auf die andere. Denke an mein Weib und an meine Kinder! Sie waren mir gleichgültig, fast innerlich fremd. Euer Weihnacht hat mich mit ihnen vereinigt, und diese Vereinigung ist von Tag zu Tag immer fester geworden. Jetzt liebe ich sie, innig, innig, innig! Und da muß es nun geschehen, daß sie sich vollständig schutzlos in Ard befinden und dieser Bestie, dem Panther, vollständig preisgegeben sind!"

„Schutzlos? Preisgegeben?" fragte ich. „Hättest du meinen Glauben und mein Vertrauen, so würdest du das nicht sagen! Hast du denn lauter Feinde in Ard? Glaube mir: Die, welche du liebst, stehen in guter Hand! Du wirst es mir wiedersagen. Ich halte es sogar für möglich, daß du sie eher wiedersiehst, als du ahnst, viel, viel eher."

„Du willst mich trösten, Effendi. Und es ist eigentümlich, daß gerade dein Vertrauen sich so häufig bewährt und deine Hoffnungen oft zur Verwunderung schnell in Erfüllung gehen! Heut muß ich noch aushalten, muß ich noch warten, denn um Mitternacht ist ja die Dschemma der Lebenden; morgen aber halte ich es nicht länger aus, wenn mir inzwischen nicht eine Nachricht kommt, die mich über Weib und Kind beruhigt! Doch schau, sind das nicht Menschen, da oben?"

Er deutete über die Stadt hinüber nach der Höhe, von welcher wir als Gefangene des Panthers herabgekommen waren. Dort bewegte sich etwas. Es war ein Zug von Reitern. Sie saßen zu Pferde und auch zu Kamel. Dieser Zug war noch nicht ganz zu sehen. Er kam langsam hinter einer Felsenkrümmung hervor. Wir blieben alle halten und schauten hinauf. Da erschien eine Sänfte, noch eine und noch eine, und hinterher eine Reihe von Packkamelen, denen weitere Reiter folgten. Die Entfernung von uns bis dort hinauf war bedeutend; dennoch konnten wir die Form der Sänften ganz deutlich erkennen. Auch sahen wir, daß die erste Sänfte mit wehenden Straußenfedern, die zweite mit rotgefärbten und die dritte mit blaugefärbten Yackhaaren geschmückt war. Da stieß der Mir einen Jubelschrei aus.

„Diese Sänften sind mein, sind unser!" rief er aus. „Sie kommen aus Ard! Mein Weib! Meine Kinder!"

Er gab dem Pferd die Sporen und jagte davon. Wir hinter ihm her. Nicht nach Süd, wohin wir gewollt hatten, sondern nach Ost, durch die Militärstadt, über die Brücke hinüber und dann durch die Zivilstadt der Höhe zu, von welcher die so außerordentlich schnelle Erfüllung meiner Worte herunterkam. Er blieb im Galopp; wir aber mäßigten nach und nach unsere Eile, um ihm Zeit zu der ersten Begrüßung zu lassen. An einem hierzu geeigneten Platz blieben wir halten und warteten.

Es dauerte einige Zeit, bis sie kamen. Er ritt strahlenden Angesichts dem ganzen Zug voran, vor sich den kleinen und hinter sich den größeren Jungen auf dem Pferd sitzend. Der erstere wurde vom Vater festgehalten, der letztere hatte ihm die Arme in den Gürtel gesteckt, um fest zu sitzen und ja nicht herabzufallen. Hinter diesem Bild des Glückes kamen zwei Personen, die wir sehr gut kannten, nämlich Abd el Fadl und Merhameh, beide zu Pferd reitend. Sie hielten an, um uns herzlich zu begrüßen. Da mußten auch alle übrigen halten. In der ersten Sänfte saß die Frau des Mirs, in der zweiten das Mädchenpaar. In der dritten hatten die Knaben gesessen; sie war jetzt leer. Als besonderer Beschützer der drei Sänften sahen wir den Schech el Beled von El Hadd mit seinen drei Begleitern. Wir erkannten sie an ihren enganliegenden Riemengewändern, welche den Eindruck von Ritterrüstungen machten. Ihre Gesichtszüge waren unsichtbar, weil durch Schleier tief verhüllt. Ich begrüßte sie alle durch Handschlag, der bieder und kräftig erwidert wurde. Die übrigen Leute waren treue Bedienstete des Mirs, die von der Herrscherin auserlesen worden waren, sie zu begleiten. Es war ein aufrichtig froher Kuß, mit dem ich beide Hände der Frau berührte. Ihre Augen standen voll Freudentränen. Sie hatte alle, alle andern Sorgen beiseite geschoben und nur um das Leben ihres Mannes, des Vaters ihrer Kinder, gebangt. Der Panther hatte mit voller Absicht die Kunde verbreiten lassen, daß der Mir gefangengenommen worden und nach der Stadt der Toten geschafft worden sei, um dort, wie viele seiner Opfer, elend zu verschmachten. Als sie das gehört hatte, war sie nicht mehr zu halten gewesen. Es war ihr als heiligste Pflicht erschienen, ihn entweder zu retten oder mit ihm in den Tod zu gehen. Sie hatte mit seinem Leibregiment, der Ussulgarde, zu ihm reiten wollen, war aber auf Zureden Abd el Fadls, des christlichen Oberpriesters und des Schech el Beled von El Hadd so vernünftig gewesen, auf diesen Plan zu verzichten und den Ritt, den sie um keinen Preis aufgeben wollte, in der Weise zu unternehmen, wie wir jetzt sahen. Das Leibregiment war daheimgeblieben, um das Schloß und den Dom auf das äußerste gegen die Besitzergreifung durch den Panther zu verteidigen. Der alte, gottvertrauende, ebenso mutige wie brave Basch Nasrani, jetzt Oberpriester von ganz Ardistan, hatte aus freien Stücken versprochen, ein wohlbewaffnetes Christenkorps zu bilden, um es gegen den Panther zu verwenden, sobald der Mir es befehle. Die Truppen des Aufrührers, welche die Wüste bewachten, damit niemand nach der Stadt der Toten könne, hatte man von weitem gesehen, und es war gelungen, des Nachts ganz unbemerkt ihre Linie zu durchbrechen. Hierbei hatte sich ganz besonders der Schech el Beled von El Hadd sehr brauchbar gezeigt. Die Herrscherin lobte ihn als einen außerordentlich klugen, umsichtigen und sogar kühnen Mann, der nicht nur jeder geistigen Anstrengung, sondern auch jeder Gefahr vollständig gewachsen sei. Als er gehört habe, was geschehen sei und daß sie nach der Stadt der Toten wolle, habe er sich ihr sofort als Begleiter und Beschützer angeboten und den berühmten „Schwur von Dschinnistan" getan, auf den man sich in jeder Lage, sogar in Not und Tod verlassen konnte.

„Den Schwur von Dschinnistan?" fragte ich. „Was ist das für ein Schwur?"

„Es ist der Schwur, das Angesicht zu verhüllen und nicht eher wieder sehen zu lassen, als bis das, was man geschworen hat, erreicht worden ist. Es gibt keinen einzigen Bewohner von El Hadd und Dschinnistan, der imstande wäre, diesen Schwur zu brechen."

In dieser Weise hatte ich hiervon noch nicht gehört. Sehr wahrscheinlich hing das in irgendeiner Beziehung mit dem Brauch zusammen, daß jeder Bürger von Dschinnistan der heimliche Helfer, Behüter und Schutzengel eines Menschen ist, der die Hilfe wohl bemerkt, aber gar nicht ahnt, von wem sie kommt. – Hiermit waren die vorläufigen, kurzen Mitteilungen, welche die Beherrscherin gleich jetzt für nötig hielt, beendet, und der Zug setzte sich wieder in Bewegung.

„Nun?" fragte ich den Mir, als ich mich zu ihm gesellte, um an seiner Seite mit voranzureiten.

„In Erfüllung gegangen! So schnell!" frohlockte er. „Effendi, Effendi, nun bin ich gerüstet für alles! Du hast recht, sehr recht: Gott hat nicht nötig, mit unsereinem zu kämpfen; ich komme ganz freiwillig; ich komme ganz von selbst!"

Im Weiterreiten trieb der Schech el Beled von Hadd sein Pferd etwas schneller nach vorn, zu uns heran, und meldete: „Effendi, als wir da oben über die Höhe des Berges ritten, lag das Tal des Flusses bis weit nach Süd vor unsern Augen, und ich sah eine große Menge von Reitern, die am Ufer aufwärts kommen."

Nach diesen Worten blieb er wieder zurück, das Weitere nun dem Herrscher und mir überlassend. Das war kurz und bescheiden. Der Mann imponierte mir.

„Das ist das Heer des Dschirbani", meinte der Mir. „Sage es ihm! Wir wollten ja rekognoszieren. Reitet ihr diesen Leuten entgegen! Ich bringe die Meinigen inzwischen durch die Stadt und durch das hintere Tor nach dem Maha-Lama-Palast. Bitte, gib mir den Schlüssel! Den Ussul und Tschoban aber sagt, daß sie in der Zitadelle wohnen werden. Wasser, Proviant und alles, was sie brauchen, wird ihnen durch die Türen, die wir heut entdeckten, zugetragen. Den Schlüssel brauchst du, wenn ihr zurückgekehrt, nicht; ich lasse offen."

Es geschah, wie er wünschte. Er ritt mit seiner Familie und allen ihren Begleitern der Brücke zu. Wir aber blieben auf dieser Seite des Flusses, also am linken Ufer, und folgten diesem Ufer, so lange wir uns noch in der Stadt befanden, im Schritt; als wir aber hinaus ins Freie kamen, fielen wir erst in Trab und dann in Galopp, um die, denen wir entgegenritten, so bald wie möglich zu erreichen.

SECHSTES KAPITEL

Gegenzüge

Am Abend dieses Tages ging es am Maha-Lama-See ganz anders her, als in der früher und auch noch jüngst verflossenen Zeit. Der Herr von Ardistan hatte seine Residenz in der Stadt der Toten aufgeschlagen, und diese Stadt sah nun ganz plötzlich so lebendig aus, als ob der Tod für immer aus ihrem Bereich verschwunden sei. Die Herrscherin war mit ihren Kindern in einer Weise untergebracht, die ihrem Rang entsprach. Der Mir und wir andern ebenso. Denn wir sahen uns infolge der Anwesenheit der Truppen verpflichtet, auf die bescheidenen Ansprüche von Flüchtlingen zu verzichten, und auch äußerlich zu zeigen, daß wir innerlich vollständig ungebrochen waren und kein Recht, welches wir irgendwo und irgendwie besaßen, aufgegeben hatten.

Die höheren Ussul und Tschoban wohnten bei uns am See; folglich waren da auch ihre Pferde untergebracht. Alles, was in europäischen Verhältnissen als Hauptquartier, Generalstab, Verproviantierungsamt und mit ähnlichen Ausdrücken zu bezeichnen gewesen wäre, hatte hierher verlegt werden müssen. Das gab nun ein lautes Fragen und Antworten, Kommen und Gehen, welches keinen Augenblick zur Ruhe kam. Die Vorratskammern standen geöffnet, und während die Anhänger des Panthers überzeugt waren, daß wir alle dem Tode des Verhungerns und Verschmachtens geweiht seien, gab es bei uns Nahrung die Hülle und Fülle und so viel Wasser, wie wir nur immer brauchten.

Die Truppen waren in der Zitadelle und, da diese nicht ausreichte, in der obern Militärstadt untergebracht. Die Pferde all dieser Leute wurden am Fluß getränkt, dessen Wasser zu unserer Freude nicht etwa fiel, sondern immer höher und höher stieg. Nach Ard und der Wüste hin waren Posten gestellt, welche sich nicht sehen lassen durften und jede etwaige Annäherung zu melden hatten. Diese Posten wurden regelmäßig abgelöst. Wie das so schnell hatte kommen können, und wie so ohne alle Aufregung es angeordnet und ausgeführt worden war, darüber schien sich niemand eine Frage vorzulegen; für den aber, der offene Augen hatte, konnte kein Zweifel darüber obwalten, daß der bescheidene, stille, zurückhaltende Schech el Beled von El Hadd es war, welcher dafür sorgte, daß, um mich eines gewöhnlichen Ausdruckes zu bedienen, die anfängliche Unordnung sehr bald überwunden war und dann alles schnappte und klappte. Das merkte ich selbstverständlich nicht gleich am ersten Abend, sondern später. Als ich dann aber erst einmal entdeckt hatte, wie still ordnend er alle äußeren Dinge überwachte, verfolgte ich seinen Einfluß auch tiefer und kam auch da sehr bald zu der Überzeugung, daß er uns an Intelligenz gewiß alle weit überragte und an den Geschehnissen sehr wahrscheinlich größeren Anteil hatte, als er uns merken ließ.

Es hatte einen sehr tiefen Eindruck auf den Mir gemacht, daß alle durch die weißbeschriebenen schwarzen Zettel bestimmten Beisitzer der Dschemma der Lebenden eingetroffen waren, obgleich man das nur schwer für möglich hatte halten können. Er hatte sie zusammengerufen und ihnen mitgeteilt, um was es sich handelte. Sie waren dann mit uns in die beiden Dschemma-Säle gegangen, um die Situation kennenzulernen. Ihr Verhalten und ihre ganz nachherige Stimmung waren dieser Situation entsprechend, ernst, still, ergriffen. Abd el Fadl, Merhameh und der Schech el Beled sagten gar nichts. Der Scheich der Tschoban sprach dafür um so mehr. Er wollte alles mögliche wissen, um seiner Pflicht, die ihm sehr am Herzen lag, Genüge leisten zu können. Dabei hatte er wohl keinen Begriff von der eigentlichen, großen Bedeutung der heutigen Mitternacht. Für ihn handelte es sich gewiß nur um ein abergläubisches Schamanenspiel mit den Leichen der Verstorbenen. Aber das sagte er nicht, ebensowenig wie auch alle die andern etwas über ihre persönliche, innerliche Meinung verlauten ließen. Doch, mochte ein jeder denken, was und wie er wollte, in dem einen stimmten sie gewiß alle überein, nämlich, daß es sich um das Wohl oder Wehe des Mirs und seines ganzen Geschlechtes handele, und die Erwartung, was er tun werde, war so gespannt, daß beim Abendessen keiner von ihnen zulangte und nur diejenigen etwas genossen, die an der Dschemma nicht beteiligt waren.

Es war der Befehl erteilt worden, daß genau eine Stunde vor Mitternacht sich jedermann zur Ruhe gelegt haben müsse. Die Stunden wurden nämlich angesagt, um der Tschoban willen, die fast alle Mohammedaner waren und ihre regelmäßigen Gebete nicht versäumen durften. Es waren dazu Gebetsbretter vorhanden, die allstündlich angeschlagen wurden.

Ich gestehe aufrichtig, daß auch ich mich in sehr ungewöhnlicher Spannung befand. Die Gründe hierzu brauche ich wohl nicht aufzuführen; sie ergeben sich aus den Verhältnissen und Ereignissen ganz von selbst. Als nach europäischer Zeiteinteilung elf Uhr geschlagen wurde, herrschte rundumher die tiefste Ruhe. Eine halbe Stunde später ging ich mit dem Mir nach der Tür des Vorzimmers, aus dem man in die Dschemma der Toten kam. Er war nicht unruhig, sondern still und gefaßt. Die andern hatten sich schon eingestellt und warteten auf uns. Ich öffnete. Wir traten ein und zündeten einige Kerzen an, um uns in den großen Saal der Dschemma der Toten zu leuchten. Dort steckten wir die Lichter sämtlicher Kandelaber an und taten dasselbe dann auch draußen in der Dschemma der Lebenden. Da lagen noch alle Zettel, so daß ein jeder wußte, wo er seinen Platz zu suchen hatte. Die Sitze waren alle leer. Wir gingen in die Dschemma der Toten zurück, wo Abu Schalem und die beiden nächsten Ahnen des Mirs saßen, die an unserer Versammlung mit teilzunehmen hatten. Wir alle waren im höchsten Grade wißbegierig, von wem und auf welche Weise sich der Transport dieser drei Leichen ermöglichen lassen werde. Da wurden draußen die Gebetsbretter erst sechsmal und dann zwölfmal angeschlagen, und die halb singende Stimme des Muezzin ertönte:

„Es ist Mitternacht! Die sechste und die zwölfte Stunde für alle Sterblichen. Finsternis auf Erden; Licht über den Sternen. Der Mensch sei gerecht; Gott aber ist barmherzig!"

Sobald diese Stimme verklungen war, konnte Halef, der lebhafteste und ungeduldigste von uns allen, sich nicht mehr halten. Er holte tief, tief Atem und sagte:

„Jetzt muß es sich zeigen! Jetzt muß es sich lösen, das große Rätsel des Lebens! Jetzt müßten eigentlich die Toten lebendig werden, wenigstens drei von ihnen, um mit uns . . ."

Er wurde unterbrochen. Es geschah etwas vollständig Unerwartetes, etwas geradezu Wunderbares. Nämlich in diesem Augenblick stand Abu Schalem, der berühmteste, gerechteste und gütigste aller Maha-Lamas, von seinem Sitz auf, öffnete die Lippen und sprach:

„Sie werden lebendig! Finsternis auf Erden; Licht über den Sternen! Ich gehe euch voran. Kommt alle; kommt mit mir!"

Er nahm das große Schuldbuch vom Tisch und kam mit ihm langsam und feierlich die Stufen herabgestiegen. Sein langgeflochtenes, silbernes Haar bewegte sich, wie er die Füße bewegte. Sein Bart, dessen Ende unter dem Tisch verborgen gewesen war, wallte bis auf die Knie herab. Seine großen, weit geöffneten Augen waren auf uns gerichtet und schienen uns mit ihrem Blick durchdringen zu wollen. So ging er mitten zwischen den andern Maha-Lamas hindurch, die unbeweglich sitzen blieben. So schritt er auch durch die ganze Zahl der angeschuldigten Herrscher von Ardistan. Vor den beiden letzten, dem Vater und dem Großvater des jetzigen Mirs, blieb er stehen, hob die Hand und forderte sie auf:

„Ihr kommt mit eurem Sohn!"

„Wir kommen!" antwortete auch der Großvater und stand auf.

„Wir kommen!" antwortete der Vater und stand auf.

Sie nahmen den Mir zwischen sich und folgten dem voranschreitenden Vorsitzenden nach dem Saal der lebenden Dschemma. Dort stieg Abu Schalem nach seinem hohen Stuhl empor, legte das Schuldbuch auf den Tisch vor sich hin und setzte sich. Der Mir war seinen Voreltern wie im Traum gehorsam gewesen. Er hatte sich von ihnen nach den drei Plätzen der Angeklagten führen lassen und setzte sich zwischen ihnen in einer Weise nieder, als ob er geistig vollständig abwesend sei. Und wir andern? Wir Richter? Ich kann nur von mir sprechen, und da muß ich gestehen, daß ich mich ganz und gar nicht als Richter fühlte, sondern als ein Mensch, der in Beziehung auf die gegenwärtige Situation und auf seine heutige Aufgabe überhaupt nicht wußte, woran er war. Ich glaube fast, ich wäre in meiner Verblüffung draußen stehengeblieben, wenn Merhameh nicht meinen Arm gefaßt und mir zugeflüstert hätte:

„Willst du dich vergessen, Effendi? Komm, und sammle dich!"

Sie begleitete mich aus dem einen Saal in den andern und ließ mich nicht eher los, als bis ich vor dem Platz stand, auf welchem der Zettel mit meinem Namen lag. Dann begab sie sich zu ihrem Vater. Ich glaube nicht, daß irgend einer von uns innerlich klarer gewesen ist, als ich es war. Ich hatte zunächst nur den einen Gedanken, daß ich unbedingt erfahren müsse, was es mit der Rückkehr dreier längst Verstorbener zum Leben für ein Bewandtnis habe. Es kostete mich die größte Anstrengung, diesen Gedanken so ganz beiseite zu schieben, daß ich fähig wurde, zunächst doch wenigstens den Anforderungen des Augenblickes gerecht zu werden. Ich nahm mich also zusammen und redete mir ein, den Vorsitzenden als einen Mann betrachten zu müssen, mit dessen gegenwärtigem Verhalten, nicht aber mit dessen längst vergangenem Vorleben ich mich hier zu beschäftigen habe.

Er saß jetzt ganz genau wieder so da, wie er drüben im andern Saal gesessen hatte, vollständig unbeweglich und die Augen unverrückt auf die drei Angeklagten gerichtet. Aber als anzunehmen war, daß die Aufregung, in der wir uns alle befunden hatten, einer wenigstens etwas ruhigen Stimmung gewichen sei, richtete er seinen Blick der Reihe nach auf uns, gab mit der Hand eine Aufforderung zur Aufmerksamkeit und sprach:

„Die Dschemma der Lebenden ist eröffnet! Sie übe Gerechtigkeit; die Gnade sendet uns Gott!"

Hier machte er eine Pause und fuhr dann fort:

„Angeklagt ist Schedid el Ghalabi, der jetzige Mir von Ardistan. Mitangeklagt sind seine beiden Vorväter, mit ihm die drei letzten Herrscher des Reiches Ardistan. Verteidiger ist Abd el Fadl, Fürst von Halihm. Verteidigerin ist Merhameh, Prinzessin von Halihm. So oft ein Mir von Ardistan in diesem Raum Angeklagter war, hat stets ein Abd el Fadl von Halihm und eine Merhameh von Halihm sich seiner angenommen. So auch heut!"

Und wieder machte er eine Pause, sah uns der Reihe nach, so wie wir saßen, prüfend an und sprach dann weiter:

„Und so oft über einen Mir von Ardistan hier ein Gericht versammelt war, hatte sich einer der Richter zu melden, um sich bereit zu erklären, die Anklage zu übernehmen. So frage ich auch heut: Wer von euch will Ankläger sein?"

Es erfolgte keine Antwort. Wir schwiegen alle.

„Ich frage zum zweiten Male", erklang es aus dem Munde Abu Schalems.

Da stand der Dschirbani auf und sagte:

„Es wird sich keiner von uns bereit erklären, die Anklage zu erheben. Auch wir sind Sünder. Nur wer ohne Sünde ist, der klage an!"

Hierauf setzte er sich wieder nieder. Da ging es über das Gesicht des Vorsitzenden wie ein lieber, klarer, warmer Sonnenschein, doch war der Ton seiner Stimme sehr ernst, indem er sagte:

„Wenn sich kein Ankläger findet, löst sich die Dschemma auf, und unser Schicksal bleibt auch ferner unentschieden. Nur dreimal darf ich fragen. So frage ich also nun zum dritten und letzten Male: Wer von euch will Ankläger sein?"

Da stand einer auf, aber keiner von uns, sondern es war der Mir, er selbst. Er sprach:

„Ich kann nicht dulden, daß mein und euer Schicksal unentschieden bleibe. Es ist ein Ankläger da, der strengste, den es gibt!"

„Wer?" fragte Abu Schalem.

„Ich, Schedid el Ghalabi, Mir von Ardistan! Ich hoffe, nicht zurückgewiesen zu werden, obgleich ich keiner der geladenen Richter bin. Niemand kennt meine Sünden so gut und so genau wie ich selbst!"

Ein zweiter, fast noch wärmerer Sonnenstrahl ging über das Gesicht des Vorsitzenden. Er antwortete:

„Die Selbstanklage ist Menschheitsideal. Noch keiner von allen, die hier an deiner Stelle saßen, hat das begreifen können. Du bist der erste. Ich weise dich nicht zurück, sondern ich danke dir. Wessen klagst du dich und deine Vorfahren an?"

„Aller Sünden, die dort in deinem Buch stehen! Aller! Keine ausgenommen!"

„Und forderst Strafe?"

„Ja."

„Welche?"

„Genau die, welche von dieser unserer Dschemma hier ausgesprochen wird."

Er setzte sich. Da sprach Abu Schalem:

„Die Anklage ist erhoben. So hört, was hier im Buch steht, vom Anfang bis zum Ende! Ich lese vor."

Er schlug das Schuldbuch auf. Da erhob der Mir sich schnell wieder von seinem Sitz und protestierte:

„Das ist nicht nötig! Ich spreche jetzt nicht mehr als Ankläger, sondern als Angeklagter. Ich gestehe alles ein, jede Seite, jede Zeile, jedes Wort!"

„Dieses Geständnis reicht nur für dich, nicht für die andern. Du bist nicht der einzige Angeklagte."

„Wohl bin ich der einzige! Denn ich erkläre hiermit, daß ich die Sünden meines ganzen Stammes auf mich nehme, auf mich allein!"

Da stützte Abu Schalem seine beiden Hände auf den Tisch, stand langsam, langsam auf, ich möchte fast sagen, Zoll um Zoll, schob den Oberkörper weit vor und fragte:

„Weißt du, was du da sprichst und tust?"

„Ich weiß es!" versicherte der Mir.

„So wiederhole es! Du hast dieses große, schwere, folgenreiche Wort dreimal auszusprechen."

„Ich erkläre zum zweiten und zum dritten Male, daß ich die

Sünden meiner Väter auf mich nehme. Sie seien frei. Ich bin allein der Schuldige!"

„Nicht nur die Sünden, sondern auch die Strafen?"

„Auch die Strafen!"

Da ließ die Spannung im Gesicht und in der Haltung des Vorsitzenden nach. Sein Körper richtete sich wieder gerade auf. Seine Augen leuchteten, und seine Züge glänzten, als ob sie nun direkt im Sonnenschein lägen. Er rief aus:

„Das ist eine Dschemma, wie es noch nie eine gab! Ich frage dich noch einmal: Hast du dir wohlüberlegt, was du sagst? Bedenke nur allein die Kriege, das Blutvergießen, der ununterbrochene Menschenmord! Nur hierfür allein gehört vieltausend-, tausendmal die Todesstrafe! Bleibst du dennoch bei deinem Wort?"

„Ich bleibe dabei!"

„So bist du allerdings der einzige Angeklagte. Die andern können gehen!"

Da erhoben Vater und Großvater sich von ihren Sitzen und gingen hinaus, ganz sonder Eile, Schritt um Schritt, ohne ein Wort zu sagen. Der Mir aber selbst blieb stehen, obgleich Abu Schalem sich wieder niedersetzte und dann in frohbewegtem Ton fortfuhr:

„So oft gegen einen Mir von Ardistan an diesem Ort verhandelt wurde, mußte man ihn dreimal fragen, ob er die Sünden seiner Väter auf sich nehmen wollte, doch keiner von ihnen allen besaß den Glauben, die Liebe und den Mut, seine Vorfahren zu entlasten. Schedid el Ghalabi aber, der jetzige Mir, hat nicht gewartet, bis diese Frage ausgesprochen wurde, sondern er ist ihr zuvorgekommen wie ein Mann, ja wie ein Held, der Schweres tragen und noch Schwereres vollbringen kann. Darum soll er auch als Mann und Held behandelt werden, dem wir, seine Richter, Vertrauen schenken. Ich habe ihn zu fragen: Bereust du, was von all den Deinen, die vor dir waren, gegen Gott und Menschen geschehen ist?"

„Ich bereue es!"

Indem der Mir diese Versicherung gab, war ihm anzusehen und auch anzuhören, daß es ihm mit ihr im höchsten Grade ernst war. Abu Schalem fragte weiter:

„Und bist du bereit, es durch all die Deinen, die nach dir kommen, vor Gott und den Menschen zu sühnen?"

„Ich bin bereit!" beteuerte der Gefragte.

„Versprichst du dir selbst und uns, vor allen Dingen und von heute an in der Weise für den Frieden aller deiner Länder und Völker zu wirken, wie deine Ahnen nur immer gegen ihn handelten?"

„Ich verspreche es!"

Da stand der berühmteste, der gerechteste und der gütigste aller Maha-Lamas mit einem schnellen, energischen Ruck wieder auf, erhob die Hand, als ob er segnen wolle, und rief:

So entlaste ich dich hiermit von aller Schuld und Strafe, die du auf dich genommen hast. Ich lege diese ganze Last in die Hand des höchsten Richters. Sie falle auf denjenigen von allen, die nach dir kommen, der gegen das Versprechen handelt, welches du uns hier und heut gegeben hast! Seid ihr einverstanden, ihr Richter, die ihr euch doch auch als ‚Sünder' bezeichnen ließet?"

Diese Frage galt uns, die wir sofort von unsern Sitzen aufsprangen, um unsere Zustimmung auszudrücken.

„Einverstanden, einverstanden, einverstanden!" rief es aus unser aller Mund. Darauf wendete sich Abu Schalem an Abd el Fadl und Merhameh:

„Hat die Güte oder die Barmherzigkeit noch etwas zu fragen, zu erwähnen oder hinzuzufügen?"

„Nein, nein!" antworteten sie.

„So ist mein Urteil anerkannt, bestätigt und zum Urteil der Dschemma erhoben! Dieses Schuldbuch sei dein! Nimm es hin, doch vernichte es nicht, sondern hebe es dir und den Deinen heilig auf, damit ein jeder von ihnen wisse, welch eine ungeheure Last er auf sich nimmt, sobald er gegen dich und dein Versprechen und also gegen Gott und seine Menschheit handelt! Die Mitternacht ist vorüber! Licht nicht nur über den Sternen, sondern Licht auch hier auf Erden! Nicht nur Gott allein ist barmherzig, sondern auch der Mensch hat es zu sein! Die Dschemma löst sich auf. Ich grüße euch!"

Er nahm das Buch und stieg von seiner Erhöhung herab, ging zwischen uns hindurch bis hin zum Mir, gab es ihm und schritt dann weiter, langsam, feierlich und ohne sich nach uns umzusehn. Wir blieben nicht länger als wohl eine Minute stehen, um uns zu sammeln; dann folgten wir ihm, hinaus in den Saal der Dschemma der Toten. Dort war es dunkel; die Lichter brannten nicht mehr. Aber von daher, wo es nach dem hochstehenden Sessel Abu Schalems ging, erklang seine Stimme:

„Ihr, die ihr nicht ohne Kerzen sehen könnt, brennt sie euch an!"

Wir taten es, doch reichten einige allein nicht aus, und erst als viele brannten, drang ihr Licht bis zu ihm hinauf. Bei ihrem flakkernden Schein sah es ganz so aus, als ob er sich erst noch rühre, dann aber saß er still, so still und unbeweglich, wie er stets gesessen hatte. Wir andern hätten wohl gern eine nähere Untersuchung seines Körpers veranstaltet, doch hielt uns eine leicht begreifliche Scheu davon zurück. Aber der Mir, um den es sich hier in allem handelte und der zu so einem Schritte gewiß berechtigter war als wir, betastete seinen Vater und seinen Großvater, die genau wie vorher auf ihren Plätzen saßen, sehr sorgfältig, versuchte, ihre Hände und Arme zu bewegen, und sagte dann:

„Sie sind tot, vollständig tot, auch wieder kühl, fast kalt! Aber als sie neben mir saßen, fühlte ich ganz deutlich ihre Wärme!“

Hierauf stieg er zu Abu Schalem empor, um dasselbe auch bei ihm zu tun. Es führte auch zu demselben Resultat.

„Auch tot! Ganz ohne jede Spur von Leben!“ berichtete er. „So, wie er jetzt dasitzt, kann er es unmöglich sein, der die Dschemma geleitet und so wohlüberlegte, tiefsinnige Worte gesprochen hat. Das ist ganz unmöglich!“

„Und doch ist er es gewesen!“ behauptete der Scheich der Tschoban. „Ich sah es ganz deutlich, wie er dort, wo du jetzt bei ihm stehst, hinaufkam und sich langsam niedersetzte. Er ist lebendig gewesen und nun wieder tot! Ich weiß es genau. Ich kann es bezeugen!“

In diesem Augenblick wurde draußen die Stunde angeschlagen, und der Muezzin rief mit halb singender Stimme:

„Nach Mitternacht! Die siebente und die erste Stunde für alle Sterblichen. Qual auf der Erde; Seligkeit nur im Himmel. Der Mensch sucht Trost bei der Hoffnung; aber erfüllen kann nur Gott allein!“

Da stieg der Mir wieder von der Erhöhung herab und griff nach dem einstweilen weggelegten Schuldbuch, um es mitzunehmen. Wir löschten die Lichter aus und entfernten uns. Es war zwischen unserm Kommen und Gehen genau eine Stunde verstrichen. Wir alle waren still. Keiner sagte ein Wort. Kaum, daß wir uns Gute Nacht wünschten, als wir auseinandergingen. Und als wir in die geräumige und wohlausgestattete Stube kamen, in der ich mit Halef wohnte, bat mich dieser, ohne daß ich ihm Veranlassung dazu gegeben hatte:

„Schweig, Sihdi, schweig! Rede nicht! Es klingt etwas in mir. Das ist kein Lied, sondern eine Predigt; die darf ich mir nicht unterbrechen, nicht stören lassen. Es ist wahr: Mitternacht ist vorüber, wirklich vorüber! Ja, es wird Tag; es wird Tag!"

Ich legte mich nieder, ohne ihm zu antworten. Auch in mir erklangen Stimmen. Ich hörte sie noch lange, lange, und lauschte ihnen, bis der Schlaf sie mir oder, vielleicht richtiger, mich ihnen entzog.

Am andern Morgen wurde ich mit Halef eingeladen, das Frühstück bei dem Mir und seiner Familie einzunehmen. Auch der Dschirbani war geladen. Er kam. Sodann, als diese Frühmahlzeit vorüber war, stellte sich der Schech el Beled von El Hadd ein, der uns bat, ihn auf die Spitze des Tempels zu begleiten; er habe uns etwas sehr Wichtiges zu zeigen. Wir fragten ihn, was es sei, wurden aber von ihm ersucht, die Auskunft, welche wir wünschten, uns mit den Augen zu holen; eine Überraschung wie die, welche uns bevorstehe, kündige man nicht durch vorauseilende Worte an. So begaben wir uns also mit ihm nach dem Dom und stiegen den Spiralweg im Innern desselben hinauf. Als wir den Türstein aus der Öffnung stießen, um auf die freie Platte hinauszutreten, flutete uns ein warmes, goldenes Morgenlicht entgegen, und die Stadt der Toten lag in einem lebendig wogenden und lebendig atmenden Glanz zu unseren Füßen, als ob ihr von dem Herrn über Leben und Sterben, der alle Sonnen und alle Strahlen lenkt, erlaubt worden sei, heut Auferstehung zu feiern.

Der Schech el Beled hatte, wie jetzt immer, sein Gesicht mit dem Schleier verhüllt. Wir sahen es nicht; wir hörten nur seine Stimme. Er deutete zunächst nach dem Fluß hinab, den man von hier oben aus sehen konnte, und sagte:

„Seht zunächst, daß das Wasser kommt! Der Strom kehrt zurück. Es naht vielleicht die uns verheißene Zeit, in welcher der Herrgott wieder nach Ardistan kommt, um mit eigenem Mund das Heil zu verkünden. Das Wasser beginnt schon, zusammenhängend zu fließen."

Wir sahen zu unserer Freude, daß dies richtig war. Die vereinzelten Tümpel hatten Zusammenhang gefunden. Sie flossen ineinander über und bildeten einen zusammenhängenden Wasserlauf von der Breite eines ansehnlichen Baches, der wie ein vielgewundenes, schimmerndes Band dem Lauf des trockenen Strombettes folgte.

Dann deutete der Schech mit der Hand nach Nordwest und fragte:

„Und wer kommt dort?"

Indem wir unsere Blicke nach dieser Richtung wendeten, sahen wir einen zweiten Bach, der noch heller schimmerte, fast wie von goldenen Blitzen durchzucktes Silber, und sich auch in zahlreichen Windungen bewegte, aber von den jäh abfallenden Felsenhöhen in das tiefe Tal herab. Es konnte also kein Wasser sein, denn das hätte wohl stürmische Kaskaden, nicht aber so ruhige Windungen gebildet, und es wäre kontinuierlich geflossen, während wir aber sahen, daß dieses bewegliche, glänzende Band zuweilen unterbrochen wurde und dunkle Lücken bekam.

„Das sind Menschen!" sagte Halef.

„Und zwar Reiter!" fügte der Dschirbani hinzu. „Sie kommen in Trupps, in einzelnen Abteilungen, die in regelmäßiger Marschordnung aufeinander folgen. Aber lauter Schimmel! Kein einziges dunkles Pferd ist dabei!"

„Ja, lauter Schimmel", bestätigte Halef. „Auch die Reiter sind weiß, ganz weiß. Jedoch mit funkelnden Helmen, wie es scheint."

„Und mit Lanzen bewaffnet, an deren Spitzen sich die Morgensonne bricht."

„Man hat mir gesagt, daß die Heerscharen des Mirs von Dschinnistan so blütenweiße Pferde und so helle Mäntel haben. Ob das wohl so ist?"

Da erklärte der Schech el Beled:

„Die ihr da kommen seht, sind die Lanzenreiter von El Hadd."

„Also die deinigen?" fragte der Mir, indem er sich schnell zu ihm herumdrehte.

„Ja", antwortete der Schech.

„Und wie kommen die nach Ardistan, nach der Stadt der Toten, von der doch ein jeder weiß, daß da kein einzelner Mensch genug Wasser für sich findet, viel weniger ein ganzes Heer?"

„Es geschieht auf meinen Befehl. Ich wußte, daß das Wasser kommen werde."

„Auf deinen Befehl? Ich denke, hier habe nur ich zu befehlen!" Das klang in etwas scharfem Ton. „Dürfen deine Truppen die Grenze von Ardistan ohne meine Erlaubnis überschreiten?"

„Ich hoffe es, denn es geschah zu deinem Heil", antwortete der Schech el Beled ruhig.

„Zu meinem Heil? Wieso?"

„Ich hörte von der Empörung gegen dich. Ja, man forderte mich sogar auf, mich den Verschwörern anzuschließen. Da reiste ich nach Ardistan zu dir und befahl meinen Truppen, mir, wenn ich keinen Gegenbefehl erteile, an einem bestimmten Tag zu folgen. Da sind sie nun. Ich stelle sie dir zur Verfügung gegen den Panther und alle, die von dir abgefallen sind. Brauchst du sie nicht, so bedarf es nur eines Winkes, und sie kehren sofort wieder um."

Das klang so einfach, so bescheiden, so ehrlich! Der Mir sah ein, daß seine Aufwallung unter den gegenwärtigen Verhältnissen nicht nur eine unberechtigte, sondern sogar eine lächerliche gewesen war. Er antwortete in einem ganz andern, sogleich herzlichen Ton:

„O nein! Umkehren sollen sie nicht! Sie sind mir sehr, sehr willkommen. Gegen alles Erwarten ist ja nun Wasser genug für sie vorhanden, und zu essen finden sie auch, so viel sie nur immer brauchen; es wird ihnen gern gegeben!"

Diese letztere Versicherung klang etwas eigen. Der Schech el Beled brauchte das Lächeln, welches ganz gewiß dabei seine Lippen umspielte, nicht zu unterdrücken, weil der Schleier es verbarg. Indem ich dieses dachte, sah ich ihn an, nur für einen kurzen Augenblick; aber als ich dann wieder nach der Richtung schaute, in welcher sich die Lanzenreiter befunden hatten, waren sie verschwunden, man sah sie nicht mehr.

„Sie sind weg! So plötzlich! Wohin?" fragte der Dschirbani. „Können sich so viele Menschen so schnell verstecken? Eine so lange Linie von Reiterei? Das ist doch unmöglich!"

„Sie sind noch genau da, wo sie waren", antwortete der Schech; „aber sie haben sich unsichtbar gemacht."

„Wodurch?"

„Durch ihre weiten Mäntel, die zwar außen hell, innen aber dunkel sind."

„Hatten sie einen Grund dazu?"

„Jedenfalls. Wahrscheinlich haben sie etwas gesehen, was ihnen verdächtig vorkommt."

„Was mag das sein? Uns und unsere Truppen in der Stadt der Toten zu entdecken, ist ihnen noch nicht möglich, denn der Blick nach der Stadt wird ihnen durch den dazwischenliegenden Höhenzug verwehrt. Das, was sie zur Vorsicht mahnt, muß sich also außerhalb der Stadt befinden, und zwar in der Richtung, nach welcher sie während ihres Rittes schauten."

„Also Ost", sagte Halef. „Sollte jemand von der Hauptstadt und vom Brunnen her unterwegs sein? Der würde auch von unsern Posten bemerkt, welche, fünfzig Mann stark, da oben auf der Höhe liegen, von der wir bei unserer Ankunft herabgeritten sind. Ich denke ... Maschallah! Da, schau, Sihdi. Habe ich nicht recht? Da kommt einer von ihnen! Und zwar trotz des steilen Weges im schnellsten Gang! Also unsere Posten haben dasselbe bemerkt, was die Lanzenreiter gesehen haben! Sie schicken uns diesen Boten, es uns zu melden. Er hat Eile. Man muß ihm also entgegenreiten, denn es scheint keine Zeit zu verlieren zu sein."

Wir andern waren derselben Ansicht. Ehe der Bote von da drüben herüberkam und uns erfragte, konnte über eine halbe Stunde vergehen. Darum stieg ich, weil wir die beiden schnellsten Pferde hatten, mit Halef rasch von unserm hohen Aussichtspunkt hinunter, und schon nach drei oder vier Minuten ritten wir zum hintern Ausgang hinaus, durch den Militärstadtteil, über die Brücke und dann durch den jenseitigen Teil der einstigen Residenz, bis wir auf den Mann trafen, der uns entgegenkam. Er meldete uns, daß von Osten, also aus der Richtung der Hauptstadt Ard, sich ein Reitertrupp auf Pferden und Kamelen der Stadt der Toten nähere. Wie viel Personen es seien, könne er nicht berichten. Er habe nicht warten können, bis man das zu unterscheiden vermochte, weil augenblickliche Benachrichtigung befohlen worden sei. Ich beorderte ihn, weiterzureiten und die Meldung auch dem Mir zu machen, sagte ihm, wo dieser zu finden sei, und setzte dann mit Halef unsern bisherigen Weg in derselben Richtung fort.

Als wir oben auf der Höhe ankamen, bot sich uns ein weiter Ausblick gegen Morgen. Wir sahen sofort den Reitertrupp, dessen einzelne Personen nun zu unterscheiden waren. Er bestand aus zehn Personen zu Pferde und dreien, die einen Zug von Kamelen leiteten, welche mit Wasserschläuchen beladen waren. Unser Posten war ihnen also an Zahl weit überlegen. Er setzte sich zur einen Hälfte aus Ussul, zur andern aus Tschoban zusammen und steckte hinter den Mauern eines geräumigen Gebäudes, zu dem vor Jahrtausenden die Bewohner der Residenz hinaufgestiegen waren, um die herrliche Aussicht zu genießen. Wir gesellten uns ihnen bei.

Als die Nahenden so weit herangekommen waren, daß wir ihre Gesichtszüge sehen konnten, erkannte ich in ihrem voranreitenden Anführer den vom Panther zum Oberst beförderten Major, der zu mir und dem Brunnenwärter in das Zisternenhaus gekommen war und dann dem Mir die lange, aufrichtige Rede gehalten hatte. Er war dann der Kommandeur der Schar gewesen, die uns nach der Stadt der Toten gebracht hatte. Was wollte er wieder hier? Als er die Stelle erreichte, wo wir hinter dem Gemäuer auf ihn warteten, ging ich hinaus zu ihm. Die andern blieben einstweilen noch versteckt.

„Maschallah!" rief er erstaunt, als er mich erblickte. Er hielt sein Pferd an und fügte hinzu: „Das ist ja der Fremde aus Dschermanistan! Du hast doch da unten im Gefängnis Nummer fünf zu stecken! Wie kommst du hierher?"

„Zu Pferde", antwortete ich.

„Zu Pferde? Wo hast du das Pferd?"

„Da drin!"

Ich deutete bei diesen Worten auf das Gebäude.

„Hole es heraus! Ich arretiere dich! Ich muß dich wieder hinunterschaffen. Du hast mir zu zeigen, wie du entwichen bist. Wo sind die andern?"

„Die sind noch unten."

„Alle?"

„Ja, alle, außer Hadschi Halef. Der ist mit hier oben."

„Wo? Ich sehe ihn nicht!"

„Er ist mit da drin bei den Pferden."

„So muß er auch mit heraus und hinunter. Vor allen Dingen: Ist der Mir noch unten?"

„Ja."

„Die beiden Prinzen der Ussul?"

„Ja."

„Habt ihr den Dschirbani und den ältesten Prinzen der Tschoban im Kanal getroffen?"

„Ja."

„Leben sie noch?"

„Sie sind noch nicht ganz tot."

„Wie konnte es geschehen, daß du mit deinem Halef entkamst?"

„Wir fanden ein Loch und krochen hindurch."

„Dieses Loch hast du mir zu zeigen. Es wird zugemauert! Als es euch gelungen war, zu entkommen, seid ihr durch die Stadt geritten?"

„Ja."

„Habt ihr da vielleicht Menschen gesehen?"

„Sogar sehr viele."

„Wen?"

„Die Ussul und die Tschoban."

„Das ganze Heer der Dschirbani?"

„Das ganze Heer. Es fehlte kein einziger."

„Das ist gut, sehr gut. Sie stecken also alle in der Falle, alle, alle!“

Diese Worte sagte er, zu seinen Leuten gewendet, von denen auch die letzten, nämlich die mit den Kamelen, nun herangekommen waren. Dann wendete er sich mir wieder zu und fragte:

„Hast du noch mehr Leute gesehen? Etwa Frauen?

„Ja, Frauen.“

„Welche?“

„Die Frau des Mirs und ihre Dienerinnen.“

„Also doch! Etwa auch Merhameh, die Prinzessin von Halihm?“

„Auch sie.“

„Und ihren Vater?“

„Ja.“

„Weißt du, wo diese beiden sich jetzt befinden?“

„Ja.“

„So sage es! Also wo?“

Ich war mit Absicht nicht nahe zu ihm hingegangen, sondern so weit von ihm stehengeblieben, daß er gezwungen war, seine Stimme zu erheben. Ich wollte, daß auch Halef und die Wache hörten, was er sagte. Das war geschehen, und so kam der kleine Hadschi heraus und antwortete an meiner Stelle:

„Du willst Major gewesen und jetzt sogar Oberst geworden sein und kannst nicht schärfer denken und keine geordneten Fragen stellen? Schäme dich! Wenn wir beide frei sind, müssen doch auch die andern frei sein!“

„Der Effendi sagte doch, sie seien noch unten!“

„Ja, unten in der Stadt, aber doch nicht mehr unten im Kanal! Und du willst uns wieder einsperren und hörst doch, daß das ganze Heer der Dschirbani vorhanden ist!“

„Aber jedenfalls schon dreiviertel verhungert oder verdurstet!“ verteidigte sich der Offizier.

„Selbst wenn dies der Fall wäre, würdest du doch wohl nicht so schalten und walten können, wie es dir beliebt. Du bist ein Schaf, ein großes, dummes Schaf, und rennst dem Fleischer geraden Weges in die Hände. Ich will dir zeigen, wie verhungert und verdurstet die Ussul und Tschoban schon sind. Paß auf!“

Er gab einen Wink. Da kamen die Genannten auf ihren Pferden heraus und beeilten sich, die paar Männer mit samt ihren Pferden und Kamelen zu umringen. Der Oberst griff nach seinem Säbel. Da warnte ihn Halef:

„Laß ihn stecken! Du bist unser Gefangener. Sobald du dich wehrst, wirst du erschossen! Ich sage dir, es ist kein Spaß, in die Hände des obersten Scheichs der Haddedihn zu fallen! Gebt eure Waffen her! Und zwar schnell! Sonst helfen wir nach!“

Die andern gehorchten ohne Widerstreben; sie sahen, daß sie die Übermacht gegen sich hatten. Dem Offizier aber kam es vor allen Dingen auf seine Ehre an. Er zog trotz Halefs Drohung blank, ließ sein Pferd vorn steigen und holte aus, um sich durchzuschlagen. Doch während er nach der einen Seite den Säbel hob, sprang ich von der andern zu ihm heran und riß ihn aus dem Sattel. Er stürzte zur Erde, und ehe er wieder aufspringen konnte, war er entwaffnet.

„Allah will es nicht, daß ich euch entkomme“, rief er aus. „Aber ihr werdet es bereuen! Und du, Effendi, du wirst mir bezeugen, daß ich mich euch nicht ohne Kampf ergeben wollte!“

„Das werde ich tun, und zwar gern“, antwortete ich. „Du hast deiner Pflicht und deiner Ehre genügt und kannst offenen Auges vor den Herrscher treten.“

„Welchen Herrscher meinst du?“ erkundigte er sich.

„Den Mir natürlich.“

„Den Mir? Es gibt nur einen einzigen Mir, nämlich den neuen!“

„Du irrst. Es gibt nur einen einzigen Mir, nämlich den alten, vor den wir dich bringen werden.“

„Zu dem will ich nicht!“

„Zu wem sonst?“

„Zu Abd el Fadl, dem Fürsten von Halihm.“

„Wirst du zu ihm gesendet?“

„Ja.“

„Von wem?“

„Vom neuen Mir von Ardistan.“

„Den gibt es nicht. Du meinst jedenfalls den zweitgeborenen Prinzen der Tschoban, den man den Panther zu nennen pflegt. Wo befindet er sich jetzt?“

„Ich bin nicht beauftragt, es dir zu sagen!“

„So wirst du es einem andern sagen! Ich habe dich als einen ehrenwerten, mutigen Mann kennengelernt; aber neben dem Mut hat auch die Vernunft zu walten. Eure Pläne waren unvernünftig, und der Panther handelt geradezu verrückt! Hattet ihr in Ardistan keinen andern, bessern Ersatz für den bisherigen Mir als nur diesen fremden, leidenschaftlichen, unerfahrenen Knaben? Konntet ihr diesem Undankbarsten aller Undankbaren euer Vertrauen schenken, nachdem er das Vertrauen des Mirs so gewissenlos betrogen hatte . . .?"

„Uns wird er nicht betrügen!" unterbrach mich der Oberst.

„Er hat euch schon betrogen!"

„Wieso?"

„Das sollst du bald erfahren. Jedes Volk ist den Herrscher wert, den es hat. Wenn euer Mir euch nicht gefiel, so kannst du sicher sein, daß auch ihr ihm nicht gefallen habt. Es wäre jedenfalls vorteilhafter gewesen, euch einander zu nähern, euch einander zu erziehen, euch einander zu bessern, als ihn vom Thron stoßen und euer Schicksal in die Hand des Panthers legen zu wollen!"

Er lachte ungläubig auf und sagte:

„Der Mir wäre nie zu bessern und nie zu erziehen gewesen!"

„Leichter als du und leichter als ihr alle! Du hast ihn erst noch kennenzulernen. Ihr alle kanntest ihn nicht. Ich bringe dich zu ihm."

„Aber ich will doch nicht zu ihm!"

„Wohin du willst, ist gleichgültig. Er ist oberster Kommandeur der Stadt der Toten, und ich bin verpflichtet, dich nur ihm, keinem andern auszuliefern."

„Oberster Kommandeur! Der Stadt der Toten!" lachte der Offizier wieder, diesmal aber fast höhnisch. „Der Titel klingt zwar schön, aber das Wasser fehlt, und es ist wohl kein Vergnügen, der Befehlshaber von nur Toten oder Sterbenden zu sein! Übrigens habe ich das Wasser, welches sich hier in unsern Schläuchen befindet, nur dem Fürsten von Halihm abzuliefern. Hoffentlich hindert man mich nicht, dies zu tun!"

„Wer sollte dich hindern wollen?"

„Ihr alle, die ihr vor Durst am Verschmachten seid!"

Da rief Halef aus:

„Du bist wirklich ein Schaf, ein sehr, sehr großes Schaf! Schau uns doch an! Sehe ich etwa verdurstet aus? Und betrachtet diese dicken, runden Urgäule der Ussul! Wer da vom Verschmachten reden kann, der ist schon selbst verschmachtet, und zwar da oben im Gehirn! Da helfen keine Worte; da nützt nur die Tat! Effendi, ich schlage vor, unsern Rückzug anzutreten. Wieviel Begleitung nehmen wir mit?"

„Begleitung?" fragte ich. „Wozu?"

„Diese Gefangenen zu transportieren."

„Pah! Die reißen uns nicht aus! Die Waffen, die wir ihnen abgenommen haben, bleiben einstweilen hier. Bring unsere beiden Pferde; das genügt!"

Unsere Rappen waren im Gemäuer stehengeblieben. Halef holte sie. Wir stiegen auf, nahmen den Oberst in die Mitte und ritten fort. Seine Leute folgten uns mit ihren Pferden und Kamelen, ohne sich zu weigern. Sie waren müd und willenlos; ihm aber durften wir noch nicht ganz trauen, wenigstens so lange nicht, als er an dem Vorurteil festhielt, daß es mit uns schlecht stehe. Dies währte aber nur wenige Schritte, bis wir den Rand der Höhe erreichten und nun die Stadt vor unsern Augen lag. Da sah er den Fluß, und er sah auch die Menschen, die sich in den Straßen und Gassen bewegten.

„Allah beschütze mich!" rief er aus, indem er sein Pferd anhielt. „Das ist ja Wasser!"

Wir hielten mit an, sagten aber nichts. Nach einer Weile fuhr er halblaut, wie zu sich selbst, fort:

„Wasser – viel, viel Wasser . . .!"

Auch jetzt antworteten wir nicht. Er strich sich mit der Hand einige Male über die Stirn, als ob er seine Gedanken ordnen müsse, und wendete sich dann an mich:

„Sag, Effendi, ist das auch wirklich Wasser? Wahres, richtiges Wasser?"

„Ja, wirkliches!" antwortete ich.

„So muß ich es glauben. Ich wollte meinen Augen nicht trauen. Aber wenn das wirkliches Wasser ist, so sind ja alle unsere Berechnungen, die wir auf die Stadt der Toten stützten, zu schanden!"

„Das sind sie allerdings."

„Ihr habt Wasser, mehr Wasser als genug, und könnt also nicht verdursten. Aber der Hunger wird euch töten!"

„Auch dieser nicht, denn auch da haben wir mehr, als wir brauchen."

„Wo?"

„Das wirst du bald sehen. Komm!"

Wir ritten weiter, den Berg hinab, durch den östlichen Stadtteil, über die Brücke und dann durch die Militärstadt, bis wir durch den westlichen Ein- und Ausgang das Innere des Platzes am Maha-Lama-See erreichten. Da wurden wir bereits erwartet. Man hatte unsern Ritt mit den Augen verfolgt, und nun stand der Mir mit all den andern hier, um zu sehen, wer es war, den wir da brachten. Noch ehe wir bei ihm anhielten, erkannte er den Offizier.

„Allah, Wallah, Tallah!“ rief er verwundert aus. „Unser Wohltäter! Der uns hierherbrachte, damit wir verschmachten sollten! Der es so gut mit uns meinte! Wir haben ihm viel, sehr viel zu verdanken! Und wir werden dankbar sein – gewiß, gewiß – sehr dankbar!“

Der arme Teufel befand sich in größter Verlegenheit. Er starrte zu Boden und wagte nicht, die Augen wieder aufzuschlagen. Der Ton, in dem der Mir gesprochen hatte, war ironisch gewesen; jetzt aber klang er streng und befehlend, als der Herrscher fragte:

„Was sollst du hier?“

„Ich bin zu Abd el Fadl geschickt, dem Herrscher von Halihm.“

„Von wem?“

„Vom – vom – vom Mir.“

„Vom Mir! Du wagst es, diesen Lügner und Verräter in meiner Gegenwart so zu nennen?“

Der Gefragte antwortete nicht. Da fragte der Mir weiter:

„Was sollst du bei Abd el Fadl?“

„Ihm ein Schreiben übergeben.“

„Und was noch?“

„Ihn und seine Tochter Merhameh nach der Hauptstadt geleiten.“

„Diese beiden allein? Keinen andern Menschen dabei?“

„Ja.“

„Ah! Sie sollten gerettet werden! Aber nur sie allein?“

„Ja.“

„Du solltest also suchen, sie heimlich zu treffen?“

„Ja.“

„Kennst du den Inhalt dieses Briefes?“

„Seinen Wortlaut nicht; aber was er enthält, das weiß ich.“

„Gib ihn her!“

Der Mir streckte die Hand aus. Der Offizier schüttelte den Kopf und sagte:

„Verzeih! Das tue ich nicht. Ich habe den Brief an Abd el Fadl abzugeben, und wenn ich das nicht darf, so bringe ich ihn dem zurück, der ihn geschrieben hat.“

„Ich kann dich sofort erschießen lassen, wenn du dich weigerst!“

„Tue es! Ich habe dem neuen Mir von Ardistan meine Treue zugesagt, und so lange du mir nicht bewiesen hast, daß er ein Lügner und Betrüger ist, werde ich ihm gehorchen!“

Da trat der Mir nahe zu ihm heran, legte ihm die Hand auf die Schulter und sagte:

„Das habe ich erwartet. Wehe dir, wenn du dich anders verhalten hättest. Da steht Abd el Fadl mit seiner Tochter. Gib ihm den Brief!"

Der Offizier führte diesen Befehl aus. Abd el Fadl nahm den Brief, öffnete ihn aber nicht, sondern gab ihn dem Mir und sagte:

„Lies du ihn! Es gibt nichts, was ich dir zu verbergen habe."

Man sah dem Brief an, daß er nicht in der Hauptstadt, sondern unterwegs geschrieben war, auf zerknittertes, vielleicht gar beschmutztes Papier, wie es jeder Offizier in seiner Satteltasche bei sich führt. Der Mir brach ihn auf und las. Er las ihn noch einmal und gab ihn dann dem Fürsten von Halihm zurück. Dieser überflog ihn schnell und las ihn dann laut vor, so daß wir alle es hörten. Der Panther erinnerte Abd el Fadl an jene letzte Szene an der Landenge von Chatar, wo er erklärt habe, daß er Merhameh als seine Braut betrachte. Er forderte sie jetzt zur Frau. Es gebe keinen Grund, sie ihm zu verweigern. Er sei jetzt Mir von Ardistan und stehe Abd el Fadl nicht nur im Rang gleich, sondern sogar hoch über ihm. Abd el Fadl könne sich und seine Tochter vom Tode des Verschmachtens retten, indem er sein Jawort auf den unbenutzten Teil dieses Briefes schreibe und dem Überbringer desselben heimlich aus der Stadt der Toten in die Freiheit folge.

„Du wußtest also, was jetzt vorgelesen worden ist?" fragte ich den Offizier.

„Ja", antwortete er.

„Und hättest es ausgeführt?"

Der Gefragte nickte. Da es mir darauf ankam, ihn so schnell wie möglich für uns zu gewinnen, zögerte ich nicht, mich zu erkundigen:

„Hast du denn das Abkommen, welches der Panther mit euerm Basch Islami getroffen hat, nicht gekannt?"

„Welches Abkommen? Ich kenne es heut noch nicht", antwortete er.

„Der Basch Islami hat den Panther zum Mir von Ardistan zu machen, und der Panther hat, sobald er es geworden ist, der Schwiegersohn des Basch Islami zu werden; dann regieren beide."

Da sah der Offizier erst mich und dann auch die andern groß an.

„Wenn – wenn – wenn das wahr wäre“, sagte er, vor Schreck fast stammelnd, „dann – dann . . .“

„Es ist wahr“, versicherte ich, als er hier innehielt.

„Es ist wahr!“ versicherte auch der Mir.

„Es ist wahr; es ist wahr!“ versicherten auch die andern.

„Verzeiht!“ rief der Überraschte. „Es genügt mir, wenn es nur einer sagt, nämlich dieser da!“

Indem er dies sagte, zeigte er auf mich und fuhr dann, zu mir gewendet, fort:

„Effendi, weißt du ganz gewiß, daß es so ist, wie du sagst?“

„Ganz gewiß!“ antwortete ich. „Ich war dabei, als der Panther mit der Tochter des Basch Islami sprach. Und noch eines will ich dir sagen: Der Basch Islami hat mir in meiner eigenen Wohnung in Ard mitgeteilt, daß der Mir von Ardistan abgesetzt werden soll. Der Mir befand sich ungesehen dabei. Er hörte diese Worte. Er konnte den Basch Islami sofort ergreifen, ließ ihn aber entkommen, weil ich ihn darum bat.“

„Ist das wahr?“ fragte der Offizier, indem er den Mir mit großen Augen wie fremd anschaute.

„Es ist wahr“, nickte dieser. „Ich hörte alles, was der Basch Islami sagte, und erlaubte ihm aber, zu fliehen.“

„Dann – dann – dann bist du . . .“

Er sprach nicht weiter, sondern er eilte hin zu dem Mir, der wieder von ihm zurückgetreten war, ließ sich auf ein Knie vor ihm nieder, ergriff seine Hand, küßte sie und rief:

„Dann bist du doch besser, als wir dachten, bist gütiger und edler, als es schien! Verzeih mir, Herr, verzeih!“

„Steh auf!“ gebot der Mir. „Soeben hast du gesagt, daß deine Treue dem neuen Mir gehöre.“

„Ich wußte nichts von dem, was ich vom Effendi erfuhr! Nun aber weiß ich, daß der Panther ein Unwürdiger ist, der um seines Vorteiles willen seine Freunde täuscht und betrügt. Und so einem Mann kann ich mich und meinen Säbel nicht zur Verfügung stellen!“

„So trittst du also von dem Panther zurück?“

„Ja. Denn ich glaube dem Effendi. Was er sagt, ist wahr. Der Panther hat dich belogen und betrogen, doch geht das nicht mich etwas an, sondern dich. Aber er betrügt und belügt auch den Basch Islami, seinen höchsten und besten Verbündeten. Das geht mich sehr viel an, weil ich der Freund und Vertraute des Basch Islami bin . . .“

„Wenn du das bist, solltest du aber doch wissen, daß seine Tochter für den Panther bestimmt ist!" fiel ich ein.

„Das wird ein so verschwiegener Punkt ihres Abkommens sein, daß der Basch Islami sich verpflichtet gefühlt hat, sogar mir gegenüber hiervon zu schweigen", antwortete der Offizier, um sich dann mit der Bitte an den Mir zu wenden: „Herr, gib mir eine kurze Zeit zum Überlegen! Ich muß mein Gewissen befragen, ob ich das, was ich weiß, dir sagen darf oder nicht. Dann magst du mit mir verfahren, wie die Gerechtigkeit es erfordert. Ich habe mich gegen dich empört; darauf steht der Tod!"

Der Mir antwortete ernst, aber nicht gehässig:

„Diese Bedenkzeit sei dir gewährt. Ich übergebe dich unserm Freund Hadschi Halef, dem Scheich der Haddedihn. Er mag dich hier herumführen, um dir zu zeigen, daß wir weder zu verdursten noch zu verhungern brauchen. Wenn zwei Stunden vorüber sind, will ich dann hören, ob du mir etwas zu sagen hast oder nicht."

Das war etwas für meinen kleinen Halef! Es gab gar keinen geeigneteren Mann, den Offizier in seinem Innern schnell und völlig umzustimmen. Er nahm ihn auch sofort bei der Hand und entfernte sich mit ihm, um die Führung zu beginnen. Grad in diesem Augenblick erhob sich ein vielfacher, tiefer, langgezogener Ton, der von dem höchsten Punkt der Zitadelle ausging und hoch über dem Maha-Lama-See dahin nach auswärts schwebte. Er erklang aus den schon früher beschriebenen, langen Kriegshörnern der Ussul.

„Das ist das Zeichen, daß die Lanzenreiter von El Hadd in der Nähe eingetroffen sind", erklärte mir der Herrscher. „Während du mit Halef nach der Höhe rittest, ließ ich ihren Empfang und ihre Unterbringung vorbereiten. Begeben wir uns wieder auf die Höhe des Tempels, um ihre Ankunft besser als von hier aus zu überschauen."

Wir alle, die wir soeben beisammen waren, stiegen wieder auf die Platte des Domes, von der es die beste Aussicht über die ganze Gegend gab. Es war wirklich so, wie wir vermutet hatten; die Lanzenreiter hatten die kleine Karawane des Obersts kommen sehen und sich sofort unsichtbar gemacht, weil sie nicht wußten, ob sie Freunde oder Feinde vor sich hatten. Jetzt aber hatten sie ihre Mäntel wieder gewendet. Sie kamen nun grad von Norden her, ritten am Fuß des inneren Höhenzuges um den westlichen Stadtteil herum und schwenkten dann links genau nach der Stelle ein, an welcher der von uns benutzte Ausgang lag. Es war ein ganz eigener, ergreifender Anblick, den wir da vor uns hatten. Wir befanden uns inmitten eines öden, weiten Städte-, Völker-, vielleicht sogar Menschheitsgrabes, in dessen Tiefe auch wir hatten verschwinden sollen. Der Tod hatte uns von allen Seiten entgegengegrinst; aber als wir ihn genauer betrachteten, war er zum Verkünder des Lebens für uns geworden. Wir hatten das Grab gesprengt. Wir strebten aus ihm heraus, und kaum hatten wir diesen Willen bekundet, so kam uns auch Hilfe von außen, von den Bergen herab, die gen Himmel ragen, in Gestalt des klaren, reinen, hellschimmernden Wassers und des sich von den Felswänden milchweiß abhebenden Reiterzuges, dessen Helme und Lanzenspitzen goldene Strahlen zu uns sandten. Der Anblick dieser Truppe hatte an diesem Ort und an diesem sonnigen Morgen etwas Unirdisches, ich will nicht sagen, Überirdisches. Man mußte an die „Heerscharen Gottes“ denken, von denen in so vielen, alten, frommen Büchern die Rede ist. Wie gesagt, es war mir ganz eigenartig, fromm, ja mehr als fromm zumute.

Als die Spitze des Zuges den Punkt erreichte, der, nur durch die schon beschriebene Senkung von ihm getrennt, unserm Eingang gegenüberlag, hielt sie an. Wir sahen Posaunen und Trompeten glänzen, die nicht wie heut, sondern wie vor Jahrtausenden gestaltet waren. Sie bliesen eine lange, weithin schallende, feierliche Fanfare, die wie eine Anfrage höherer Wesen klang, ob ihnen der Einzug gestattet oder verweigert sei. Vom höchsten Punkt der Zitadelle herab antworteten die Riesenhörner der Ussul, indem sie ein tief aufatmendes Willkommen jubelten. Dann setzte sich der Zug der weißen Reiter von neuem in Bewegung, die jenseitige Halde hinab, die diesseitige wieder herauf und dann durch den offenstehenden Eingangsraum auf den weiten Platz des Maha-Lama-Sees herein.

Sie waren alle genauso gekleidet wie der Schech el Beled, nämlich in eng anliegende, aus Lederriemen geflochtene Anzüge, welche von weitem das Aussehen von Ritterrüstungen hatten. Diese Riemen waren gegerbt, doch nicht gefärbt, also naturfarben. Die prächtigen Helme bestanden aus leichten, goldig schimmernden Metallteilen. Sie waren hinten mit einem Nakkenschutz aus Stoff versehen, welcher, nach vorn geschlagen, den Helm für jeden fernen Beobachter unsichtbar machte. Die Mäntel habe ich schon erwähnt. Die Bewaffnung bestand nur in einer sehr langen, aber sehr gefährlichen Lanze und einem in lederner Scheide steckenden Gürtelmesser. Etwas anderes war nicht vorhanden, weder zum Schießen noch zum Hauen oder Stechen. Und auch diese beiden schienen mehr friedlichen als kriegerischen Zwecken dienen zu sollen. Die Pferde waren, wie bereits gesagt, lauter Schimmel, von edler Abkunft, persisch aufgezäumt, mit langen, ungekünstelten Schweifen und Mähnen.

Voraus ritt ein starker, stolzer, silberbärtiger Riese, der keinen einzigen fragenden Blick um sich warf und sich ganz so benahm, als ob er mit der Örtlichkeit und allem, was hier geschehen war und noch geschehen sollte, vollständig vertraut sei. Ihm folgten, vier Mann hoch, eine Schar von Offizieren, wohl der Stab. Dann kam, auch zu vieren, die eigentliche Truppe, je hundert Mann von einem einzelnen angeführt. Indem sie so, wie sie zum Tor hereinkamen, langsam und in prächtiger Haltung, der Rundung des Platzes folgend, längs der nördlichen Säulenhalle hinritten, sahen wir, nach auswärts schauend, daß ihnen ein langer aber wohlgeordneter Zug von Maultieren folgte, welche die Bagage, also Zelte usw. zu tragen hatten.

Aber wir sahen da auch noch mehr, nämlich daß hinter diesen Maultieren eine neue, andere Truppe kam, die auch auf lauter Schimmeln ritt und ganz genauso ausgerüstet war, wie die vorige, nur daß, wie wir später bemerkten, ihre ledernen Anzüge nicht naturfarbig sondern blau waren, und zwar von jenem tiefen, beruhigenden, ein wenig violetten Blau, welches der Himmel zeigt, wenn man aus einer tiefen, schmalen Schlucht zu ihm aufschaut und nur einen Streifen von ihm sieht.

„Ein zweites Heer!" rief der Mir verwundert aus. „Wer mag das sein?"

Da antwortete Abd el Fadl:

„Das sind die Lanzenreiter von Halihm."

„Also die deinigen?"

„Ja. Ich stelle sie dir zur Verfügung gegen alle deine Feinde."

„Auch du, auch du! Was seid ihr doch für Leute, für Menschen, für Helfer und Retter, du und der Schech el Beled! Aber ich danke dir. Ich nehme auch deine Hilfe an. Doch erlaube mir eine Frage: Wo habt ihr die Infanterie, die Artillerie, die Gewehre, die Säbel, die Kanonen?"

„Auf die verzichten wir."

„Warum?"

„Weil wir sie da oben in den Bergen, wo sich der Kampf entscheiden wird, für überflüssig halten."

„Warum da oben? Ich bin entschlossen, auf meinen Kampf mit Dschinnistan zu verzichten. Es handelt sich für mich also nur darum, die Revolution niederzuwerfen. Und das kann doch nur hier geschehen."

„Nein. Auch das wird da oben geschehen, wo alle eure hiesigen Waffen ihren Wert vollständig verlieren. Wir sprechen später hiervon. Jetzt haben wir unsere Aufmerksamkeit auf das zu richten, was da unten vor unsern Augen geschieht. Ich schlage vor, wir steigen hinab, denn wir müssen unsere Leute begrüßen, und bitte um die Erlaubnis, sie dir vorstellen zu dürfen."

Sie verließen die Plattform des Tempels. Ich allein blieb oben. Ich beobachtete, daß sie, unten angekommen, ihre Pferde bestiegen und zu den Offizieren von El Hadd hinüberritten. Diese hatten soeben den östlichsten Punkt des riesigen Platzes erreicht, als die letzten von ihnen im Westen zum Tor hereinkamen. Die Lanzenreiter des Schech el Beled bildeten also eine ununterbrochene vierfache Linie, welche genau so lang wie die ganze nördliche Riesenbalustrade war. Man mag hieraus auf die Zahlenstärke dieser Hilfstruppen schließen. Die Maultiere, also das, was wir als Train und Bagage bezeichnen würden, kamen nicht mit herein. Sie schwenkten draußen zwischen den Böschungen links ab, um das Lager im Freien herzurichten.

Hierauf folgten sofort die Reiter von Halihm. Auch sie ließen an dem gegenüberliegenden Punkt eine Fanfare erklingen, auf welche die tiefklingenden Hörner der Ussul ihre Antwort gaben. Ich sah, daß Merhameh nach dem Tor galoppierte und, als ihre Heerscharen dort erschienen, sich an ihre Spitze setzte, um sie dem Mir selbst vorzuführen. Sie wendete sich mit ihnen nach der Südseite des Platzes, wo auch ich mich befand. Darum konnte ich die Bewegungen der Neuangekommenen nicht mit meinen Augen verfolgen und zog es vor, die Plattform zu verlassen und mir unten einen besseren Platz zu suchen. Ich sah nur noch, daß auch die Reiter von Halihm eine ganze Menge von Bagagemaultieren bei sich hatten, die aber draußen rechts abschwenkten, um nach dieser Seite hin die heutige Lagerstätte zu erreichen.

Als ich hinunterkam, hielt der Mir mit dem Dschirbani, Abd el Fadl und den andern in der Mitte des Platzes vor den Stufen des Wasserengels. Ich eilte zu meinem Pferd, stieg auf und ritt zu ihnen hin. Auch Halef gesellte sich zu uns. Der ihm anvertraute Offizier befand sich bei ihm, konnte aber jetzt nicht beachtet werden.

Es stellte sich heraus, daß die Schar von Halihm genau so groß war wie die von El Hadd. Als ihre beiden Spitzen sich am östlichen Punkt des Platzes berührten, kamen grad die letzten der ersteren der Truppe im Westen herein, und nun bildeten die uns zu Hilfe gekommenen Retter zwei aneinanderstoßende, vierfache Halbringe, deren nördlicher aus El Hadd und deren südlicher aus Halihm stammte. In der Mitte hielt mit seinen Freunden der Mann, zu dessen Unterstützung sie herbeigezogen waren, obwohl er es weder verdient, noch sie darum gebeten hatte.

Als Merhameh an der Spitze ihrer Truppen die Offiziere von El Hadd erreichte, begrüßte sie sie und galoppierte dann nach dem Engel des Wassers, um sich uns zuzugesellen. Hierbei fiel mir erst auf, daß sie ganz anders gekleidet war als gewöhnlich, nämlich genau in das violettierende Blau ihrer Reiterschar. Was war da natürlicher, als daß ich mich im stillen fragte, wie doch alles so trefflich passen, klappen und zusammenstimmen konnte. Ich faßte den Schech El Beled scharf in das Auge, doch ohne daß es ihm auffallen konnte, und bemerkte da sehr bald, daß er es war, der alles wußte, alles ordnete und nach dem sich alles richtete.

In dem Augenblick, als die beiden Truppenkörper sich im Westen und im Osten vereinigt hatten und der Ring also geschlossen war, sah ich, daß er sein Pferd einige Lançaden machen ließ, zu denen es gar keine Veranlassung gab. Sollte das etwa ein Zeichen sein? Ja, richtig! Nämlich sobald man das sah, erhoben die Posaunen und Trompeten auf beiden Seiten ihre Stimmen, und zu gleicher Zeit erschien der Bläserchor der Ussul auf den stärksten aller Urgäule und kam auf uns zugeritten. Ich sah den Dschirbarni fragend an. Er antwortete lächelnd:

„Der Schech el Beled bat mich darum; ich sagte ja. Der Mir hat unter Musik die Aufstellung abzureiten."

Auch die beiden andern Chöre kamen herbei, sie vereinigten sich auf der Mitte des Platzes mit den Ussul, und als wir uns mit dem Mir in Bewegung gesetzt hatten, um den Rund- und Ehrenritt auszuführen, hörte ich sehr bald, daß es Musikstücke gab, die es ermöglichten, die Ausdrucksweise dieser so verschiedenen Leute und dieser ebenso verschiedenen Instrumente harmonisch auszugleichen. Sie musizierten, bis unser Ritt zu Ende war, und das dauerte eine ziemlich lange Zeit. Dann stellten sie sich am Ausgang auf, um die Truppen, wie Halef sich in drastischer Weise ausdrückte, „wieder hinauszublasen". Sie ritten in derselben Reihenfolge hinaus, wie sie hereingekommen waren. Dann verschwand der Schech el Beled für uns. Das heißt, er war zwar überall zu sehen, aber nirgends zu fassen. Die vielen, vielen Menschen, die nun vorhanden waren, wurden untergebracht, befriedigt und verpflegt, ohne daß sich jemand von uns hierum zu bekümmern und zu bemühen brauchte.

Während dieses alles geschah, waren die zwei Stunden Frist, die der Oberst bekommen hatte, natürlich längst vorüber. Es war Mittag geworden. Es wurde ein Mittagsmahl bereitet, zu dem der Mir alle Personen einladen ließ, die ihm Grund gegeben hatten, sie dazu herbeizuziehen. Da brachte Halef mir seinen Schutzbefohlenen und fragte mich, ob er es wohl wagen dürfe, den Mir jetzt zu belästigen. Die ihm angegebene Zeit sei ja längst vorüber.

„Er wird sich wundern", sagte er, „sehr wundern, wenn er erfährt, was der Oberst mir gesagt hat. Ahnst du, wo der Panther sich jetzt befindet?"

„Nicht mehr in Ard? Oder noch nicht in Ard?" fragte ich.

„Nich mehr! Er ist hin, um nur einen einzigen Tag dort zu bleiben. Er hatte es dabei weniger auf die Stadt als auf Merhameh abgesehen, die mit ihrem Vater in seine Hände fallen sollte. Die Stadt fällt ihm, sobald er als Sieger heimkehrt, ganz von selbst zu, dachte er. Die Verbindung mit dem Fürstenhaus war ihm wichtiger. Der Oberst mußte ihn vom Wüstenbrunnen nach Ard begleiten. Unterwegs erfuhren sie, daß es der Frau des Mirs gelungen sei, nach der Stadt der Toten zu entkommen, und daß Abd el Fadl sich mit seiner Tochter bei ihr befunden habe. Hierauf . . ."

„Ah, nun ahne ich alles!" unterbrach ich Halef.

„Nein, noch nicht alles!" widersprach er mir. „Er erfuhr nämlich zu gleicher Zeit, daß der Mir von Dschinnistan auf die Kriegserklärung des Mirs von Ardistan dadurch geantwortet hat, daß er mit seinen Scharen in Ardistan eingebrochen ist und in Eilmärschen versucht, die Hauptstadt Ard zu überrumpeln. Da gilt kein Zaudern. Man muß ihm schleunigst entgegenziehen, um ihn mitten im Marsch, noch ehe er seine Truppen zur Schlacht entwickeln kann, zu schlagen. Darum ist der Panther nur für einige Stunden nach Ard, um alle dort noch vorhandenen Krieger schnell zusammenzuraffen und mit ihnen den vorausgesandten Truppen nachzueilen."

„Und was geschieht mit der Stadt? Glaubt er, sie sei ihm sicher?"

„Ja; das glaubt er fest. Er läßt den alten Basch Islami als Kommandanten zurück. Der soll, während der Panther sich im Feld befindet, die neue Regierung organisieren und für Truppennachschübe, Lieferungen von Proviant, Munition und alles andere sorgen."

„Weißt du das aus seinem eigenen Mund?" fragte ich den Oberst.

„Ja, er selbst hat es mir gesagt, und niemand war dabei", antwortete er.

„Und glaubst du, daß er bei diesem Plan bleiben und nicht auf einen andern verfallen wird?"

„Ich bin überzeugt davon, vollständig überzeugt. Er hat mir diesen Plan entwickelt, und zwar bis in alle Einzelheiten hinein. Der einsame Ritt durch die Wüste zurück gab ihm die nötige Zeit dazu."

„Weißt du, wo die vorausgesandten Truppen jetzt stehen und auf welchem Wege von Ard aus er sie erreichen will?"

„Ja. Er will sich auf seinem Zug nach Norden so fern wie möglich vom Fluß halten, in dessen Nähe nur das Verschmachten lauert. Er ahnt nicht, daß inzwischen genugsam Wasser erschienen ist, um ganze Heere zu tränken."

„Das ist wichtig, höcht wichtig! Wir müssen schnell zum Mir. Es muß sofort eine Beratung gehalten werden, noch vor dem Mittagessen! Ich habe nur noch eine Frage, nämlich die: Was gedenkst du zu tun? Wem gehört deine Treue? Dem alten Mir oder dem, den du als den neuen bezeichnest?"

„Dem alten natürlich, dem alten! Ich habe doch offene Augen und ebenso offene Ohren! Die Augen, um zu sehen, daß sich hier in ganz ungeahnter Weise eine neue, hoffnungsreiche Zukunft zu entwickeln beginnt, und die Ohren, um zu hören, was mir Hadschi Halef, der Scheich der Haddedihn, erzählte. Er hat mich umgewandelt. Ich bin bereit, dem Mir alles zu erzählen, was ich weiß. Mag er dann mit mir tun, was ihm beliebt."

„So komm! Es ist keine Zeit zu verlieren. Wir suchen ihn auf."

Der Herrscher war schnell gefunden. Er schenkte dem, was ihm der Oberst berichtete, die größte Aufmerksamkeit und stimmte mit mir darin überein, daß man sofort beraten müsse. Das Ergebnis dieser Beratung sollte dann während des Mittagessens allen dabei anwesenden Truppenführern mitgeteilt werden. Ich kann über beide, sowohl über die Beratung wie auch über das Mittagessen, hinweggehen; es genügt, daß ich berichte, was beschlossen wurde. Das war folgendes:

Heut war Ruhetag, morgen aber der Tag des Aufbruches aus der Stadt der Toten. Unsere strategische Aufgabe war eine zweifache. Erstens hatten wir uns so schnell wie möglich der Hauptstadt zu bemächtigen, um sie dem Mir zurückzugewinnen und in ihr einen festen Stützpunkt für unsere ferneren Operationen zu erhalten. Dadurch verlor der Panther allen festen Boden und schwebte fortan nur noch in der Luft. Und zweitens galt es, sodann den Panther und seinen Anhang derart nach Norden zu treiben, daß er zwischen uns und die Truppen des Mirs von Dschinnistan geriet und sich ergeben mußte, wenn er nicht aufgerieben werden wollte. Denn daß der Mir von Dschinnistan nicht über die Grenze herabgekommen war, um den Empörern zu helfen, das wurde uns von dem Schech el Beled wie auch von Abd el Fadl und Merhameh heilig versichert, und wir glaubten das sofort, weil wir uns sagten, daß diese beiden Männer, der Herr von El Hadd und der Fürst von Halihm, uns wohl nicht zu Hilfe gekommen wären, wenn der Mir von Dschinnistan nicht damit einverstanden gewesen wäre. Sie waren viel besser unterrichtet als wir und wußten jedenfalls mehr, viel mehr, als sie uns sagen durften.

Hierzu war eine Dreigliederung unseres Heeres nötig, nämlich in das Zentrum, den rechten Flügel und den linken Flügel. Das von dem Dschirbani zu kommandierende Zentrum sollte aus den Ussul und Tschoban bestehen, eine feste, schwere, kompakte Masse, der die Aufgabe zufiel, nur allein durch ihre Schwere den Panther vorwärtszuschieben. Den rechten Flügel sollten die Lanzenreiter aus Halihm bilden. Sie hatten unter dem Befehl ihres Fürsten Abd el Fadl zu verhindern, daß der Panther von seiner genau nördlichen Richtung abwich, um nach dem fruchtbaren und wohlbewässerten östlichen Gelände auszubrechen und sich dort zu erholen und neu zu verproviantieren. Der linke Flügel wurde den Lanzenreitern von El Hadd unter ihrem unvergleichlichen Schech el Beled angewiesen. Sie hatten das Heer der Empörer vom Fluß fernzuhalten und immer auf sich selbst zurückzudrängen. Denn die Hauptwaffen, mit denen wir den Feind zu schlagen hatten, waren der Hunger und vor allen Dingen der Durst. Oberfeldherr dieser drei Gliederungen war natürlich der Mir von Ardistan, um dessen Land, Volk und Herrschaft, um dessen Wohl und Wehe es sich ja handelte.

Zur Ausführung des ersten Teiles unsers Planes mußten die beiden Flügel unseres Heeres vorausgesandt werden. Sie waren schneller beweglich als das schwerberittene Zentrum, und es handelte sich um größte Eile. Sie sollten also morgen früh zuerst aufbrechen, schon gleich bei Tagesgrauen. Der Dschirbani hatte ihnen dann sofort zu folgen. Es wurde gerechnet, daß er Ard einen vollen Tag später erreichen würde, was aber keineswegs ein Fehler war, weil wir wenigstens so viel Zeit brauchten, um uns die Hauptstadt zu sichern. Ihm wurden auch die Frau und die Kinder des Mirs anvertraut, denen man die Beschwerden eines Eilrittes nicht zumuten durfte. Merhameh aber, welche von der ersteren gebeten wurde, bei ihr zu bleiben, erklärte, daß es ihr unmöglich sei, diesen Wunsch zu erfüllen; die Pflicht halte sie bei ihrem Vater und seinen Truppen fest.

Am Abend dieses Tages gab es für mich ein kurzes, aber so eigenartiges Erlebnis, daß ich nicht darauf verzichten möchte, es mit zu erzählen. Es war wegen des frühen Aufbruches der Befehl gegeben worden, zeitig schlafen zu gehen und sich möglichst ruhig zu verhalten. Darum war es schon gleich nach dem Abendessen sehr still auf dem weiten Platz des Maha-Lama-Sees. Ich legte mich zeitig zur Ruhe. Halef auch. Wir schliefen schnell ein, denn die Ereignisse waren heut ja förmlich auf uns eingestürmt und hatten uns ermüdet. Grad als der Muezzin die Mitternachtstunde abrief, wachte ich wieder auf. Mir war, als ob ich völlig ausgeschlafen hatte. Ich schloß zwar die Augen, blieb aber wach. Da stand ich auf und ging hinaus. Das erste Viertel des Mondes hatte sich während der letzten Tage vergrößert. Es warf einen klaren und doch geheimnisvollen Schimmer über den Riesenengel, der sich da drüben vor mir erhob und die Hand wie zum Abschied zu bewegen schien. Um seine Gestalt meinem Gedächtnis noch einmal einzuprägen, tat ich einige Schritte zu meiner offenen Tür hinaus, grad als jemand an ihr vorüber wollte, ganz leise, huschend, wie ein Rätsel, welches sich nicht lösen lassen will. Hätte ich nicht schnell einen halben Schritt zurückgetan, so wäre die Gestalt mit mir zusammengestoßen. Sie ließ einen halblauten Ruf des Schreckens hören und huschte nach der nächsten Säule, um sich hinter ihr zu verbergen. Ich verspürte einen feinen, süßen Duft, ähnlich dem Hauch der Kätzchenblüten zur Osterzeit, denselben, den ich in der Dschemma der Toten bemerkt hatte, als sie an mir vorüberkam. Schon hob ich den Fuß, um ihr nach der Säule zu folgen, ließ ihn aber wieder sinken, denn ich sagte mir, daß es ein weibliches Wesen sei, welches ich da vor mir hatte, und daß ich es nicht vornehm nennen dürfe, mich in ihre Geheimnisse einzuweihen. Darum wendete ich mich nach meinem Raum zurück, war aber noch nicht hinein, so erklang die Aufforderung:

„Halt! Bleib noch stehen!“

Ich drehte mich also wieder um. Da hörte ich: „Ich kann dich nicht erkennen; aber du scheinst der Fremde aus Dschermanistan zu sein?"

„Ja, der bin ich", antwortete ich.

„Du hast mich jetzt gesehen und wolltest mich dennoch passieren lassen, ohne mich festzuhalten?"

„Ja."

„Warum?"

„Ich bin dein Freund."

„Mein Freund!"

Sie sagte das langsam und wie fragend. Und sie trat dabei wieder hinter der Säule hervor und kam ebenso langsam auf mich zu.

„Kennst du mich denn?" fragte sie.

„Nein, sicher nicht; aber ich ahne."

„Was ahnst du?"

„Daß ich an deinem leeren Grab stand."

„Was noch?"

„Daß der Schech el Beled der Vater deines Sohnes ist."

Nun stand sie vor mir, hob die Hände abwehrend empor und sagte:

„Halt ein! Ahne nicht weiter! Deine Ahnung sagt dir Wahrheiten, die noch nicht sprechen dürfen. Ich muß schweigen, und ich weiß, daß auch du schweigen kannst. Darum rief ich dich jetzt, obgleich mich niemand sehen soll."

„Ich sah dich schon!"

„Wo?"

„In der Dschemma der Toten, als du den Mir unterwiesest."

„Wem hast du davon erzählt?"

„Noch keinem."

„Du tatest recht. Ich kenne dich. Marah Durimeh hat dich uns empfohlen. Du wirst sie wiedersehen, viel eher als du denkst. Und nun muß ich gehen, doch nicht, ohne dir zu danken."

Sie ergriff meine Hand, hob sie an ihr Gesicht empor, legte ihre Wange hinein, hielt sie eine kurze Zeit da fest, so daß ich ihre Wärme deutlich spürte, und sprach:

„Ich fühle deinen Puls. So sollen wir die Herzensschläge aller Sterblichen und der ganzen Menschheit fühlen. Ich liebe dich, denn du bist ein Mensch, ein wirklicher Mensch. Und ich liebe dich, denn du hast ihn lieb, den ich meine. Leb wohl! Doch nicht für lange. Wir sehen uns wieder!"

Sie entließ meine Hand und entfernte sich. Ich schaute ihr

nach, bis sie im Dunkel der Säulenhalle, wohin ihr der Strahl des Mondes nicht folgen konnte, verschwand. Dann kehrte ich in mein Zimmer zurück, legte mich nieder und schlief sofort ein. Es war, als ob ich nur aufgewacht sei, um diese vermeintlich Tote zu sehen und zu sprechen.

Kurz vor Tagesanbruch wurde ich von Halef geweckt. Wir fütterten und tränkten unsere Pferde und Hunde, frühstückten auch selbst und füllten dann unsere Satteltaschen mit allem, was wir mitzunehmen hatten. Inzwischen ertönte der Weckruf auch für die andern. Die Zeit des Abschieds von diesem geheimnisvollen, unvergeßlichen Ort war gekommen. Wir hatten uns auch von den beiden Prinzen der Ussul und von den beiden Tschoban zu trennen, weil sie sich den Truppen des Dschirbani anschlossen. Von der Frau des Mirs und seinen Kindern verabschiedeten wir uns ganz besonders. Als wir dann mit ihm den Maha-Lama-See durch das bekannte Tor verließen, fanden wir, daß die Lanzenreiter von El Hadd und Halihm schon aufgebrochen waren. Wir eilten ihnen über die Brücke nach und ritten, als wir sie erreichten, an ihnen vorüber, um an ihre Spitze zu kommen, wo sich der Schech el Beled, Abd el Fadl und Merhameh befanden. Wir hatten den Oberst bei uns, der mit dem Brief des Panthers gekommen war. Er wurde nicht als Gefangener, sondern als freier Mann betrachtet, doch hing sein Leben und sein Schicksal natürlich nur von der Entscheidung des Mirs ab, die noch nicht getroffen war. Er hatte ein anderes, besseres Pferd bekommen und hinderte uns also nicht an der Schnelligkeit, die zu entwikkeln war, wenn wir unsern Zweck erreichen wollten.

Ich lasse die Einzelheiten dieses Eilrittes unberührt. Die Pferde der Lanzenreiter bewährten sich in geradezu erstaunlicher Weise. Ebenso auch die Maultiere, welche neben dem Gepäck auch noch so viel Wasser, als die Truppe brauchte, zu tragen hatten. Freilich etwas mußte unsere Schnelligkeit hierdurch vermindert werden, aber wir legten den Weg bis zum Brunnen, zu dem die Kamele bekanntlich zwei Tage brauchten, in genau vierundzwanzig Stunden zurück, so daß es eben Tag zu werden begann, als wir ihn erreichten.

Wir trafen da eine kleine Schar von Reitern, welche schliefen. Sie gehörten zu den Leuten des Panthers, welchen befohlen war, den Weg nach der Stadt der Toten zu versperren. Wir nahmen sie einfach gefangen und ließen sie von einer kleinen Abteilung von El Hadd bewachen, die sie dem Dschirbani zu übergeben und uns dann nachzufolgen hatte.

Hier wurde natürlich alles getränkt, was Durst hatte. Dabei ruhten wir uns und unsere Tiere so weit aus, daß wir ihnen zumuten durften, dann bis heute abend wieder auf den Beinen zu sein. Von da an führte der Weg zunächst durch Steppenland, in dem sich nur selten eine menschliche Wohnung zeigte. Dann aber, als die Steppe zur grasigen Weide wurde, an die sich nach und nach immer mehr Felder schlossen, mehrten sich die Hütten und Häuser. Wir trafen sogar schon auf geschlossene Ortschaften, und da war es natürlich unmöglich, vereint weiterzumarschieren; wir mußten uns trennen. Es lag ja überhaupt im Plan, die Stadt nicht von einer Seite, sondern von zwei entgegengesetzten Seiten anzugreifen, nämlich von Süden und Norden zu gleicher Zeit. Wir teilten uns also. Der Schech el Beled von El Hadd schlug mit seinen Reitern eine nördlichere Richtung ein, um dort vor allen Dingen die Verbindung des Panthers mit der Stadt zu durchschneiden und dann zu einer Stunde, welche fest bestimmt wurde, von Norden her in die Straßen einzudringen und am Schloß mit uns, die wir von Süden kamen, zusammenzutreffen.

Von jetzt an mehrten sich die Wohnstätten, die Dörfer. Wo man uns sah, war man erstaunt oder gar erschrocken. Im letzteren Fall ergriff man sogar die Flucht. Je weiter von der Hauptstadt entfernt, desto weniger hatte man sich um die Politik gekümmert und an dem Aufstand direkt beteiligt. Aber je näher wir kamen, desto unsicherer fühlte man sich, sobald man uns sah, und um so häufiger beeilte man sich, vor unsern Augen zu verschwinden. Ein Grund hierzu lag wohl auch in dem Umstand, daß Reiter wie die von Halihm her eine vollständig unbekannte Erscheinung waren. Ihre enganliegenden, rhomboidisch geflochtenen Lederanzüge schienen blaustählerne Panzer zu sein. Helme, wie sie trugen, gab es hier noch nie, und auch Pferde von der Rasse und Farbe, die sie ritten, waren in Ardistan noch nicht gesehen worden.

Einmal aber geschah es doch, daß man nicht vor uns floh, sondern ganz im Gegenteil uns entgegenkam. Das war am zweiten Spätnachmittag, ungefähr sechs Reitstunden von der Stadt entfernt, auf einer Ebene, die von einem einzelnen, hohen, turmähnlichen Felsen beherrscht wurde, von welchem aus man uns sogar erwartet zu haben schien. Denn da oben gab es Leute, die, sobald sie uns kommen sahen, schnell herunterstiegen und uns entgegeneilten. Als uns der erste von ihnen erreichte, erkannte ich in ihm den Ministranten unsers alten, guten, ehrwürdigen

Basch Nasrani, des christlichen Oberpriesters. Die andern waren Handwerker, welche zu Weihnacht mit an unserm Christbaumschmuck gearbeitet hatten. Der erstere rief uns, noch ehe er uns erreichte, freudig zu:

„Gott sei gepriesen, daß ihr grad diesen Weg geritten seid, an dem wir warten! Freilich unbemerkt konntet ihr wohl nicht bleiben, weil auch die andern Wege besetzt worden sind."

„Von Freunden?" fragte der Mir.

„Ja, nur von Freunden. Die Feinde wissen nichts davon, weil wir es heimlich tun."

„Wer hat das angeordnet?"

„Mein frommer, ehrwürdiger Herr, der Basch Nasrani. Er wußte, daß ihr kommen würdet. Und er wünschte, daß ihr, noch ehe ihr die Stadt erreicht, erfahrt, wie es in ihr steht. Darum stellte er Wachen aus. Ich bitte euch, abzusteigen und auszuruhen. Der Platz ist dazu geeignet wie kein anderer. Er ist abgelegen und niemand wird euch beobachten."

„Warum absteigen und bleiben? Wir wollen weiter."

„Das sollt ihr auch, doch nicht jetzt. Gewiß wolltet ihr noch reiten, bis es dunkel geworden ist, um dann Lager zu machen bis morgen früh?"

„Allerdings."

„Das geht nicht; das wäre falsch. Da würdet ihr erst zur Mittagszeit dort eintreffen; die richtige Zeit aber ist gleich früh, wenn es Tag geworden ist."

„Warum?"

„Weil die Verschwörung es so beschlossen hat."

„Welche Verschwörung?"

„Du brauchst nicht zu erschrecken; ich meine nicht die mohammedanische Verschwörung, sondern die christliche. Die Mohammedaner und Lamaisten haben sich gegen dich verschworen, um dich abzusetzen; da haben sich nun sämtliche Christen gegen den Panther verschworen, um dich wieder einzusetzen. Alle Christen der Stadt und alle Christen des weiten Landes sind bereit, auf ein bestimmtes Zeichen wie mit einem einzigen Schlag für dich aufzutreten, doch ohne Blutvergießen und andere Taten, die verboten sind. Wir haben es so geheim gehalten, daß kein Mensch es ahnt, dem wir nicht trauen. Aber wir wissen, daß eigentlich nur der Pöbel zu dem Panther hält, sowohl der niedrige als auch der vornehme Pöbel, der sich durch den Aufruhr gegen dich bereichern will. Und wir sind überzeugt, daß alle Mohammedaner und Lamagläubigen, die nicht zu diesem Pöbel gehören, sich uns beigesellen werden, sobald wir unser Werk beginnen. Das Weihnachtsfest hat dir nicht nur alle christlichen, sondern auch viele tausend andere Herzen erobert. Und als man hörte, daß du nach der Stadt der Toten gelockt worden seist, um dort elend zu verschmachten, trat auch das Mitleid aller unverdorbenen Menschen für dich ein. Dann verbreitete sich die Kunde, daß die Herrscherin mit ihren Kindern zu dir geflohen sei, um dort mit dir zu sterben; auch das hat viele deiner Feinde in Freunde verwandelt. Ich darf dir also wohl sagen, daß du Unzähligen willkommen bist, wenn du morgen früh in Ard deinen Einzug hältst."

Der Mann sprach mit Begeisterung; er ging ganz in seiner Sache auf. Die Lippen des Mirs zuckten; seine Augen füllten sich mit Tränen, die er nicht zurückhalten konnte. Er mußte diese Rührung erst niederkämpfen, ehe es ihm möglich war zu antworten.

„Also morgen früh?" fragte er. „Wie konntet ihr das so fest und genau bestimmen? Wenn ihr auch glaubt, daß ich dem Untergang in der Stadt der Toten entgehen werde, so war es euch doch unmöglich, meine Wiederkehr auf die Stunde zu bestimmen!"

„Auf die Stunde, ja doch, wenn auch nicht auf den Tag! Ob du heut oder morgen oder übermorgen kommst, ist gleich, aber deinen Einzug hältst du auf alle Fälle früh, unter Glockengeläut, wenn die Sonne sich über die östlichen Berge hebt, um unsern angestammten Mir, den wir nicht hergeben wollen, zu begrüßen."

Wieder kämpfte der Herrscher mit seiner Rührung, und darum fragte ich an seiner Stelle: „Wer hat das angeordnet?"

„Der Mir von Dschinnistan", antwortete der Ministrant.

Da rief der Herrscher trotz seiner Rührung schnell und laut: „Wie? Wer? Der Mir von Dschinnistan? Woher weißt du das?"

„Vom Basch Nasrani."

„Steht der denn in Beziehung zu ihm?"

„O, schon seit langer, langer Zeit! Er liebt und verehrt ihn sondergleichen. Er tut nichts Wichtiges, ohne sich vorher an diesen Herrn zu wenden, der dein bester Freund ist, den du hast, so weit dein Land und so weit die Erde reicht. Ist doch der Gedanke der Verschwörung gegen den Panther auch nicht eigentlich von uns, sondern nur von dem Mir von Dschinnistan ausgegangen! Er sagt, er wolle keinen andern Herrscher über Ardistan als nur dich allein – du seist der richtige!"

Es kämpfte im Gesicht des Mirs. Er richtete seinen Blick in die Ferne, starr und scheinbar ausdruckslos. In Wirklichkeit aber schaute er in sich hinein. Dann wich die Starrheit. Ein mattes, fast verlegenes Lächeln erschien, und er richtete an Abd el Fadl, Merhameh, mich und Halef die Worte:

„Habt ihr es gehört? Mein oberster Priester gehorcht nicht mir, sondern dem, den ich für meinen größten und unerbittlichsten Feind gehalten habe! Und er tut recht daran, ganz recht! Denn dieser vermeintliche Feind hat nie etwas anderes als nur mein Glück und das Glück meines Volkes gewollt. Ich war ein Tor, ein sinn- und gedankenloses Ungetüm, und werde nun durch seinen Edelmut viel strenger und viel schwerer bestraft, als wenn er mich und meine Heere durch seine Scharen gewaltsam niederschlüge. Das soll mir eine Lehre sein, so lange ich leben werde!"

„Sie ist nicht nur für dich, sondern ebenso auch für alle, die nach dir kommen", mahnte der sonst gern stille Fürst von Halihm in fast bittendem Ton. „Denk an die Dschemma der Toten und der Lebenden. Und denke an das, was du für dich und alle Zukünftigen deines Hauses versprochen hast!"

„Ich denke daran, zu aller Zeit, an jedem Augenblick, den ich mit offenen Augen lebe. Nie werde ich jene Szene und jenes Versprechen vergessen – nie, niemals, nie!"

Er stieg vom Pferd und fuhr fort:

„Gehorchen wir also dem Mir von Dschinnistan! Bleiben wir hier, und machen wir Lager! Wir wollen gehorsam sein!"

Das war nicht etwa Ironie oder Sarkasmus, oder gar Hohn, sondern aufrichtige Selbstüberwältigung. Er ahnte nicht, wie sehr er uns durch diese Demut, die für uns aber Seelengröße war, imponierte! Halef, der sich mehr für naheliegende praktische als für psychologische Erwägung eignete, erkundigte sich, sobald er aus dem Sattel gesprungen war, sofort bei dem Ministranten:

„Nun sag einmal, warum sollen wir grad hier lagern und grad hier warten? Warum nicht an einer andern Stelle?"

„Weil sie abgelegen ist und ihr also hier verborgener seid als anderswo", lautete die Antwort „Und weil dies die festgesetzte Stelle ist, die von der Stadt und den andern Stationen aus immerfort beobachtet wird."

„Was für Stationen?"

„Zum Sprechen in die Ferne. Sobald es dunkel geworden ist, melden wir dem Oberpriester nach der Stadt, daß ihr hier eingetroffen seid. Er wünscht, daß ihr bis gegen Mitternacht wartet, um seine Antwort zu bekommen. Nämlich in dem Augenblick, an welchem er unser Zeichen erhält, wird unsere Revolution beginnen, die nur darin besteht, daß wir alle wichtigen Personen und Beamten, die es mit dem Panther halten, einfach einsperren. Die Polizei, die ihr vor Weihnacht gründetet, besteht noch heut und wurde bedeutend vermehrt. Sie ist es, welche die Vorbereitungen in aller Stille getroffen hat. Die Stadt wird als angebliche Residenz des neuen Mirs einschlafen und morgen früh als wirkliche Residenz des alten Mirs erwachen. Sie wird sich zwar die Augen reiben, aber dann, so hoffen wir, dieser ebenso schnellen wie friedlichen Änderung ihre mehr oder weniger ruhige oder freudige Zustimmung geben."

„Und der Basch Islami? Ist er wirklich der Oberkommandant der Stadt?"

„Ja. Aber er wird der erste sein, den man arretiert."

„Wie steht es im Schloß?"

„Genau so wie vorher. Der Panther hatte nicht gewagt, es zu betreten oder da irgend etwas zu ändern. Die treue Ussulgarde hielt es bis heut besetzt und hätte jeden Eingriff mit den Waffen zurückgewiesen. Der Panther hatte keine Zeit, sie mit Gewalt zu entfernen. Wahrscheinlich ist nun der Basch Islami beauftragt, dies mit List zu tun."

„Diese Menschen sind von einer geradezu wahnsinnigen Unvorsichtigkeit!" rief der Mir aus. „Was ich erst für blutig ernst, für eine wirkliche Revolution, für eine durchgreifende Umwälzung alles Bestehenden hielt, kommt mir jetzt fast wie eine Faxe, wie die Luftspringerei einer Affengesellschaft vor. Ich fürchte, es wird uns morgen ekeln! Der erste, mit dem ich zu sprechen habe, wird der Basch Islami sein. Der Brief, in dem der Panther die Prinzessin von Halihm begehrt, wird schneller, sicherer und tiefer auf ihn wirken als alles andere. Befindet sich die Station, von der aus ihr eure Zeichen gebt, da oben auf dem Felsen?"

„Ja", antwortete der Ministrant, an den diese Frage gerichtet worden war. „Wünschst du, daß ich dir sie zeige?"

„Später. Einstweilen danke ich dir!"

Er reichte ihm die Hand. Das war für den bescheidenen, treuen Mann ein größerer Lohn als jede andere gewöhnliche Gabe.

Der Platz, auf dem wir hielten, war groß und mit frischem, nahrhaftem Gras bestanden. Ein schmales, aber vollfließendes Wasser schlängelte sich über ihn hin. Das gab eine gute Weide-

und Lagerstelle für unsere Pferde. Wir gönnten ihnen diese Ruhe und Erholung gern, weil wir, um die Stadt in einer Tour zu erreichen, noch sechs volle Stunden zu reiten hatten.

Als es zu dunkeln begann, ließen wir uns auf die Höhe des Felsens führen, den der Ministrant als Telegraphenstation bezeichnet hatte. Man genoß von da oben aus einen weiten Rundblick. Der Apparat, den er uns zeigte, bestand aus einem in die Erde geschlagenen Pfahl und einer Anzahl von Raketen, welche je nach dem, was mit ihnen gesagt werden sollte, verschiedene Füllung hatten. Die Dämmerung ist in jenen Gegenden eine sehr kurze. So brauchten wir also nicht lange zu warten, bis es vollständig dunkel geworden war. Da ließ man die erste Rakete steigen. Es bedurfte keiner zweiten. Ard lag von uns aus genau nach Osten. Indem wir nach dieser Richtung schauten, sahen wir schon nach kaum einer Minute einen ganz gleichen Feuerstrahl sich erheben. Man hatte sehr gut aufgepaßt. Nach wieder einer Minute bemerkten wir eine weitere Feuergarbe, aber in so großer Entfernung, daß sie uns sehr klein erschien und nur deshalb erkannt werden konnte, weil wir die genaue Richtung scharf im Auge hielten. Die Botschaft ging also weiter.

„In einer Viertelstunde weiß der Basch Nasrani, daß ihr hier angekommen seid", sagte der Ministrant. „Eine Viertelstunde später ist der Basch Islami schon gefangen. Bis eine Stunde vor Mitternacht wird man uns sagen, ob ihr weiterreiten könnt oder nicht."

„Weiterreiten! Oder nicht?" fragte der Mir. „Wir werden auf alle Fälle weiterreiten. Öffnet sich mir die Stadt nicht in eurer Weise, so werden wir sie zwingen, sich in der unserigen zu öffnen! Ihr paßt also hier oben sehr scharf auf?"

„Ja. Es kann uns kein Zeichen entgehen, welches uns gegeben wird."

„So können wir ruhig schlafen?"

„Ja. Wir werden wecken, sobald die Zeit gekommen ist."

Wir stiegen also wieder hinab, verzehrten unser Abendbrot und legten uns dann nieder. Ob der Mir so ruhig schlief, wie er gesagt hatte, das weiß ich nicht; daß aber ich es tat, das weiß ich ganz genau. Ich fühlte ein sehr großes Vertrauen zu der eigenartigen, mich fast kindlich anmutenden Gegenrevolution des wackeren Oberpriesters, und selbst wenn sie nicht zum Ziel geführt hätte, besaßen wir doch unser zahlreiches Heer, also Leute genug, um den Gegnern unsern Willen aufzuzwingen. Es gab also gar keine Sorge, die mir den Schlaf hätte rauben können, und ich wachte erst auf, als ich von Halef, der neben mir gelegen hatte, geweckt wurde.

„Steh auf, Sihdi!" sagte er. „Das Zeichen ist nunmehr da."

„Welches?" fragte ich.

„Das weiß ich noch nicht. Aber die Leute da oben auf dem Felsen jubilierten, als es kam. Es muß also ein gutes sein. Schau, da antworten sie schon!"

Der Ministrant ließ gleich drei Raketen hintereinander steigen und rief dann zu uns herab:

„Wacht auf! Steht auf! Wir haben gesiegt! Es ist alles gut, sehr gut gegangen, ja, wohl besser, als wir dachten."

Wir folgten seinem Ruf, tränkten die Pferde und brachen dann auf. Er bekam ein Reservepferd, um als Führer mit uns zu reiten. Seine Gefährten aber wendeten sich auf näheren Richtwegen der Stadt entgegen, deren Nähe wir erreichten, als die steigende Helle des Morgens das Nahen der Sonne verkündete.

Als ich mit Halef Ard zum ersten Male vor uns liegen sah, waren wir aus Süden gekommen. Heut kamen wir aus Westen. Wir befanden uns also auf einer andern Seite der Stadt, doch war das Terrain ganz dasselbe. Wir ritten eine Höhe hinauf und hatten dann die Stadt ganz ebenso wie damals vor uns liegen. Aber etwas war doch anders, ganz anders. Nämlich auf dieser Höhe war eine große, fast lückenlose Menschenmenge versammelt, welche den Mir mit lautem Jubel bewillkommnete. Doch trotz dieser Menge stand die breite Hauptstraße, welche von da hinabführte, vollständig frei und offen, wenn auch zu beiden Seiten eingefaßt von dem Publikum, welches sich da Kopf an Kopf zusammengefunden hatte. Und auf diesem freien Straßeneingang hielten die Offiziere der Schloßwache und die hervorragenden christlichen Beamten und Abgeordneten der Residenzgemeinde, an ihrer Spitze der ehrwürdige Basch Nasrani auf einem weißen, köstlich aufgeschirrten Maultier, um sich an die Spitze des Zuges zu setzen. Der Oberpriester ritt, als wir an dieser Stelle erschienen, zu dem Mir heran und hieß ihn mit lauten, frohen, weithinschallenden Worten willkommen. Der Herrscher senkte demütig das Haupt, um die Hand des Geistlichen ein-, zwei-, ja dreimal zu küssen. In diesem Augenblick stieg die Sonne ganz plötzlich, wie mit einem schnellen freudigen Sprung, hinter den jenseitigen Bergen empor; Millionen und Abermillionen goldener Strahlen überfluteten die Stadt; das Volk brach in weiter und weiter klingenden Jubel aus, und von dem hohen Dom herab erklang das Geläute der Glocken. Der Mir weinte; Abd el

Fadl weinte, Merhameh weinte; Halef weinte, und ich – na, ich – weinte auch! Auch in den Augen des Oberpriesters standen Tränen, aber auf seinem milden, schönen Angesicht glänzte ein sonniges, wonniges Leuchten, der erste, aber zuversichtliche, prophetische Schimmer einer neuen, glücklichen Zeit.

Der Zug setzte sich in Bewegung. Voran ging ihm das Frohlocken der von frohen Hoffnungen erfüllten Menschenherzen. Über ihm schwebte, wogte und wallte der ehernklingende Segen des Gottesglaubens. Und hinter den weiß und goldig schimmernden Scharen der Panzerreiter reichten Tausende und Abertausende sich die Hände, ohne einander zu fragen, welcher politischen Farbe sie noch vorgestern und gestern angehört hatten, und wie es gekommen sei, daß dem noch vor kurzem so sehr Gehaßten und Gefürchteten heut eine so allgemeine und herzliche Liebe entgegenflutete. Man begnügte sich mit dem einen Gedanken, der aber alle, alle erfüllte: Er war wieder da – wieder da!

SIEBENTES KAPITEL

Die Schlacht am Dschebel Allah

Der Einzug des Mirs war vorüber. Nichts, aber auch gar nichts hatte ihn gestört, obwohl wir wenigstens auf sporadische Ausdrücke oder Ausbrüche der Unzufriedenheit oder des Hasses gefaßt gewesen waren. Wie sonderbar: Es war Revolution gewesen; man hatte den Herrscher ab- und einen anderen eingesetzt; und doch fanden wir im Schloß alles ganz genau so, wie wir es verlassen hatten. Die Ecke meines Teppichs war noch genauso umgebogen, und der Wassernapf meiner Hunde stand noch genau an derselben Stelle wie in dem Augenblick, an dem ich fortgegangen war. Ganz dieselbe Beobachtung machte bei sich auch der Mir. Man hatte den Eindruck, als ob während unserer Abwesenheit ganz und gar nichts Unregelmäßiges oder Außerordentliches geschehen sei.

Freilich, so wie hier im Schloß, so war es leider nicht auch außerhalb desselben. Hier hatte die Leibgarde dafür gesorgt, daß niemand gewagt hatte, Hand anzulegen. Glücklicherweise aber hatte es auch draußen einen gegeben, der mit kluger, verständiger Ein- und Voraussicht bemüht gewesen war, den Verwicklungen eine derartige Richtung zu geben, daß sie nur von kurzer Dauer waren und seine schwer zu lösenden Knoten hinterlassen hatten. Dieser Mann war der Oberpriester. Ihm hatte der Mir außerordentlich viel zu verdanken. Darum ernannte er ihn jetzt trotz seiner geistlichen Würde ebenso zum Oberkommandanten der Stadt, wie der Panther dasselbe mit dem Basch Islami getan hatte.

Dieser letztere war bis gestern abend der höchste Mann der Residenz gewesen; er hatte geglaubt, dies auch in Zukunft sein zu können, denn er betrachtete den Panther nur als Marionette; nun aber war er in einen tiefen Keller des Schlosses eingesperrt und wurde heraufgeholt, um vernommen zu werden. Man hatte ihn mitten aus seiner Familie geholt und alle seine Fragen unbeantwortet gelassen. So war er also ohne alle Ahnung davon, daß die Ausführung seiner Pläne eine für ihn so unheilvolle Wendung genommen hatte. Es war der Wunsch des Mirs, daß ich bei dieser Unterredung zugegen sei und daß womöglich Halef das Wort zu führen habe. Er hatte Wohlgefallen an der Art und Weise gefunden, in welcher der kleine Hadschi Personen, die er nicht liebte, abzufertigen pflegte, und er meinte, daß grad dem Basch Islami eine solche Abfertigung sehr wohl zu gönnen sei Darauf war Halef nun ungeheuer stolz.

Der Basch Nasrani war nicht anwesend. Er hatte es in wohlberechtigtem Zartgefühl abgelehnt, als oberster Christ des Landes bei der Demütigung des obersten Mohammedaners zugegen zu sein. Aber Abd el Fadl hatte teilzunehmen und ebenso auch der von dem Panther vom Major zum Oberst beförderte Offizier, der aber einstweilen in einem Nebengemach zu warten hatte.

Der Verschwörer wurde von zwei riesigen Ussul hereingebracht, die sich aber nicht entfernten, sondern ihm zur Rechten und zur Linken stehen blieben. Er kam hocherhobenen Hauptes und mit einer Miene, der man es sofort ansah, daß er stolz aufbegehren und Rechenschaft fordern wolle. Das währte aber nur einen Augenblick, denn sobald er uns sah, stutzte er erst wie über etwas Unglaubliches und sank dann in sich selbst zusammen, als ob er plötzlich ein ganz anderer geworden sei. Sein Schreck mußte ein außerordentlich großer sein, denn er sah wie mit einem Schlag aus, als ob er in dieser halben Minute um Jahrzehnte älter geworden sei und gar kein Rückgrat, keine Körperstütze mehr habe. Seine Augen erschienen tiefer liegend und seine Wangen eingefallen. Er griff, nach einem Halt suchend, mit den Händen um sich und bog das Knie, um sich im Gefühl der ihn überkommenden Schwäche auf den Boden niederzusetzen, wurde aber von den beiden schnell zugreifenden Wächtern gezwungen, stehen zu bleiben. Ich habe ihn als fanatisch und bigott, im Grunde aber auch wohlwollend und gerecht geschildert. Diese beiden letzteren Eigenschaften waren es ja gewesen, die mich bestimmten, auf den Mir derart zu wirken, daß er ihn entkommen ließ. Übrigens mußte ihm als einem gerechtsinnigen Mann seine gegenwärtige Lage doppelt peinlich erscheinen.

Und nun muß ich zur Ehre meines kleinen Halef berichten, daß seine Vorsätze, diesen Mann möglichst rücksichtslos zu quälen, ebenso schnell in ihm zusammenbrachen, wie er ihn selbst zusammenbrechen sah. Er schüttelte den Kopf und rief aus:

„Allah beschütze mich vor dem Unglück, einmal eine solche Jammergestalt zu bilden wie dieser oberste aller Schächer und

Sünder in Ardistan! Ich wollte ihn demütigen; er tut es aber selbst! Ich wollte mich an seinen Qualen weiden, wen aber kann der Anblick solcher Kraftlosigkeit ergötzen! Ich wollte ihn mit Beweisen niederschmettern; er zittert aber schon ohne Beweis an allen Gliedern! Darum bitte ich um die Erlaubnis, es mit ihm möglichst kurz machen zu dürfen. Es ist weder für euch noch für mich ein Ruhm, mit allen unsern vereinten Kräften einen Menschen niederschlagen zu wollen, der vor lauter Angst von selbst zusammenbricht. Ich denke, es genügt ein kleiner Stoß, so fällt er vollends um, und diesen Stoß will ich ihm hiermit geben."

Er nahm den Brief des Panthers, der vor dem Mir auf dem Tisch lag, reichte ihn dem Basch Islami zu und sagte:

„Komm her und lies!"

Der Oberste der Muselmänner kam langsamen Schrittes heran, nahm das Schreiben, öffnete es und begann zu lesen. Seine Augen wurden größer und größer; das Blut wich aus seinem Gesicht; er trat einen Schritt zurück und wankte, wankte sichtlich vor unsern Augen, als ob er umfallen wolle. Aber er wankte nicht allein, sondern wir wankten auch; wir wankten mit. Der Boden bewegte sich unter unsern Füßen. Ein zitterndes Rollen ging durch das Schloß, ging auch durch unsere Körper. Wir fühlten es bis an die Spitzen unserer Finger. Ein sonderbarer, leiser, aber äußerst beängstigender Ton, der wie ein ferner, fauchender Windstoß klang, fuhr durch alle Mauern.

„Ein Erdbeben!" rief der Mir, indem er von seinem Sitze aufsprang.

„Ein Erdbeben! Allah beschütze uns!" stimmte Halef bei und griff nach meinem Arm.

Grad in diesem Augenblicke wurde von draußen der Türvorhang zurückgeschlagen, und wir sahen den Schech el Beled von El Hadd, der, in der geöffneten Tür stehen bleibend, wie ein Bild von Meisterhand in klar hervorhebendem Rahmen erschien. Sein Gesicht war verhüllt; auch sprach und grüßte er nicht; aber er gab uns allen, die wir ihn sahen, mit der Hand ein Zeichen, so zu tun, als ob er nicht vorhanden sei. Nur einer sah ihn nicht, nämlich der Basch Islami, der mit dem Rücken nach der Tür stand. Er hatte die Hände halb erhoben, wie einer, der auf das tiefste erschrocken ist, und rief grad in dem Augenblick, an dem der Schech el Beled uns winkte:

„Einer!"

Was er mit diesem Worte sagen wollte, wußten wir nicht. Er

stand mit erhobenen Händen und seitwärts geneigtem Kopf, als ob er lausche. Auf was? Wir horchten unwillkürlich mit. Da war es plötzlich, als ob wir auf Wasser ständen, welches sich leise fließend von der einen Seite nach der andern bewegte. Wir faßten uns an, um uns aneinander zu halten. Dann war es, als ob wir uns auf einem nicht federnden Leiterwagen befänden, der, von galoppierenden Pferden gezogen, über schlechte, ungepflegte Wege rattert, aber nur für einen Augenblick. Hätte es länger gedauert, so wären wir verloren gewesen; es wäre alles eingestürzt.

„Zwei!" rief der Basch Islami mit dem Ausdruck des Entsetzens.

Er sank auf das Knie nieder, behielt aber seine lauschende Haltung bei. Es kam ein spitziges Zischen und Knirschen von weitem her und ging unter uns hin und vorüber, worauf wir das Gefühl hatten, als ob die Erde einen tiefen, tiefen Atemzug der Erleichterung und Befreiung tue, der aber uns alle fast zu Boden warf. Nur der Schech el Beled stand fest und unbewegt, als ob ein Zittern und Beben der Erde ihm etwas ganz Gewöhnliches sei.

„Drei Stöße!" rief der Basch Islami, indem er wieder aufsprang. „Nun ist die Gefahr vorüber, die kleine, die kleine! Aber noch nicht die große, die große, die noch niemand sieht, die nur von denen vorausgesehen wird, die es wissen! Seit drei Monden sprühen die Vulkane von Dschinnistan; seit drei Monden schmelzen die Firnen und Gletscher zu Tal, und nach diesen drei Monden geht ein dreimaliges Beben durch die Erde, um die Menschen vorzubereiten auf das, was kommen soll! Das ist die Sage, die Sage! Vom zurückgekehrten Fluß! Von dem je nach hundert Jahren sich öffnenden Paradies! Von der Frage des Erzengels, ob endlich Friede sei! Von dem Erscheinen der Engel unter den Menschen! Von der Wiederkehr des Flusses! Und von der abermaligen Ankunft Gottes in Ardistan und Ard!"

Seine Wangen hatten sich gerötet, und seine Augen funkelten. War das ein irrer oder war es ein begeisterter Blick, mit dem er uns jetzt betrachtete, einen nach dem andern?

„Ihr wißt nicht, was ich weiß", fuhr er fort. „Ihr, die ich für vernichtet hielt, seid gerettet, seid hier versammelt, um über mich zu richten. Ich bin in eurer Hand, aber nicht etwa durch eure Macht, sondern durch eine höhere, der ich zu gehorchen habe. Ich bin bereit, mich ihr zu fügen und für das, was ich tat, zu sterben; aber ich bitte euch, mir Auskunft zu geben über das, was ich euch frage. Ihr waret in der Stadt der Toten. Ist der Fluß noch trocken dort?"

„Nein", antwortete der Mir. „Er hat Wasser bekommen, viel Wasser. Er fließt bereits!"

„Da ihr aus dem Kanal entkommen seid, müßt ihr die Türen kennen. Waret ihr vielleicht am Maha-Lama-See?"

„Ja."

„Wohl gar auch in der Dschemma der Toten und der Lebenden?"

„Ja."

Der Oberste der Moslems schwieg eine Weile. Er schaute wie verzweifelt zur Erde und bewegte seine Hände, als ob ein innerer Drang ihn zwingen wolle, sie zu ringen. Dann wendete er sich an Abd el Fadl, der jetzt den blauen Anzug seiner Lanzenreiter trug. Er war ebenso wie Merhameh gleich am Morgen unsers Fortzuges aus der Stadt der Toten in dieser Kleidung erschienen, welche die Augen des Basch Islami ganz besonders auf sich zu ziehen schien. Dieser fragte ihn:

„Du bist Abd el Fadl, der mit seiner Tochter Merhameh im Weihnachtsgottesdienst der Christen die Stimme der Güte und der Barmherzigkeit erhoben hat?"

„Ja", antwortete der Gefragte.

„Und bist du etwa der Fürst von Halihm?"

„Der bin ich."

„Allah, Allah! Welch ein Verhängnis! Wer hätte das geahnt! Ihr habt gesehen, daß ich erschrak, als ich hier diesen Raum betrat. Ich erschrak über euch, die ich für tot hielt. Noch mehr aber erschrak ich über den Anzug von Halihm, den ich erblickte, weil er mich sofort das ganze Schicksal ahnen ließ, dem wir, die ‚mit dem Schwerte Widerstrebenden', wie unser Islam sagt, verfallen sind. Ich bitte dich, mir zu sagen: Sind etwa deine Lanzenreiter hier?"

„Sie sind hier. Der Mir von Ardistan ist mit ihnen eingezogen, beim Klang der Glocken, vom Jubel seines Volkes begrüßt."

„Maschallah! Sind etwa auch die Ussul und die Tschoban schon gerettet? Das ganze Heer des Dschirbani?"

„Ja."

„So wehe uns! Dann brauchen nur noch die Lanzenreiter von El Hadd und Dschinnistan zu erscheinen, so . . ."

Er wurde unterbrochen:

„Sie sind da!" klang es von der Tür her.

Er drehte sich um. Er sah den Schech. Die Wirkung war eine

außerordentliche. Einen lauten, fast überlauten Schrei ausstoßend, retirierte er nach der Wand, lehnte sich dort fest und rief:

„Das ist der Schwur von Dschinnistan, der Schwur von Dschinnistan, dem niemand widersteht! Wer bist du, der du dich verhüllst? Bist du der Schech el Beled von El Hadd? Bist du der Mir von Dschinnistan? Oder bist du beides? Wo hast du deine Scharen?"

„Meine Scharen sind überall da, wo Hilfe nötig ist", erklang es aus dem Mund des Schech el Beled, indem er aus der Türeinfassung langsam herein in das Zimmer trat. „Heut sind sie bei dem, den du verrietest. Morgen werden sie sich an die Krallen des Panthers heften und ihn jagen, bis er zusammenbricht."

„So ist er verloren!" rief der Basch Islami. „Und er hatte sich doch grad auf den Mir von Dschinnistan verlassen!"

„Auf diesen? Welch ein Wahnsinn! Wie konnte er das wagen?"

„Der Mir von Ardistan hatte dem Mir von Dschinnistan den Krieg erklärt, und dieser schickte sofort seine Scharen über die Grenze. Das konnte doch nur gegen den Mir von Ardistan sein, und so hofften wir, in dem Beherrscher von Dschinnistan einen Verbündeten zu finden!"

„Und war er euch nicht zu Willen, was dann?"

„Dann war es unser Plan, ihn als Feind zu betrachten und einfach niederzuschlagen."

„Als Feind zu betrachten! Niederzuschlagen! Ihn!"

Es war ein ganz eigenartiger, lachender und doch auch klagender Ton, in dem der Schech el Beled dies sagte. Dann fuhr er fort:

„Ihr Toren! Weil ihr so schwach und kurzsichtig seid, auf Feindschaft mit Feindschaft zu antworten, glaubt ihr, der Mir von Dschinnistan müsse ebenso tun. Ich sage euch: Seine Gedanken sind nicht eure Gedanken, und seine Wege sind nicht eure Wege! Seine Siege nahen sich euch auf den Flügeln der Liebe, nicht auf den Flatterhäuten des Hasses und der Gewalt. Er sandte seine Scharen über die Grenze, den Feind zu beschützen, nicht aber, ihn zu vernichten. Er will nicht durch die Niederlage, sondern durch den Sieg des Gegners siegen. Das lernt von ihm, ihr, die ihr darnach trachtet, nicht mehr Gewaltmenschen, sondern Edelmenschen zu sein! Nur die Niedrigkeit, die Roheit unterliegt, das Tier im Menschen, die Bestie, der Panther, der gegen seinen eigenen Bruder wütet und stündlich auf der Lauer liegt, seine Wohltäter zu zerfleischen!"

„Wie richtig, wie richtig!" stimmte der Basch Islami bei. „Er ist der Feind seines eigenen Bruders und seines eigenen Vaters! Er umschlich den Mir von Ardistan, der ihm nur Liebe erwies, und sprang dann auf ihn ein, ihn zu zerfleischen. Und ebenso umschlich er mich. Er versprach, mein Kind zur Herrscherin zu machen, und wir glaubten ihm. Seine Absicht aber ging auf die Prinzessin von Halihm. Uns hätte er später fallen und verschwinden lassen, wie der Mir in der Stadt der Toten verschwinden sollte! Ich sage mich von ihm los, vollständig los!"

„Glaubst du, dadurch deiner Strafe zu entgehen?" fragte der Schech el Beled.

„Nein. Daran dachte ich nicht. Ich bin empört über seinen Verrat und seine Schurkerei, und ich sage nur das, was diese Empörung mir diktiert. Eine Berechnung ist nicht dabei! Ich bin euer Gefangener, und ich kenne das Schicksal, welches meiner wartet. Einmal hat mich der Mir entkommen lassen; zum zweiten Male wird er das nicht wieder tun, denn ich habe es ihm schlecht gelohnt. Aber ich spreche trotzdem eine Bitte aus, nicht um meinet-, sondern um euretwillen. Sie mag wahnsinnig klingen, ist aber ebenso wohlbedacht wie wohlbegründet."

„Sprich sie aus!" forderte der Mir ihn auf.

„Ich bin der Oberste der mohammedanischen Geistlichkeit, also das, was man in andern Ländern den ‚Scheik ul Islam' nennt. Was ich befehle und was ich tue, hat Gültigkeit für alle, die unter mir stehen. Ich habe den Aufstand gegen den Herrscher anbefohlen; ich kann ihn ebenso auch wieder abbefehlen, und ich bin gewillt, dies sofort zu tun. Gebt mir Feder und Papier zu den Verordnungen für meine Oberbeamten, die sie augenblicklich weiter verbreiten werden! Und laßt mein Siegel holen, durch welches diese Dokumente Gültigkeit erlangen! Wollt ihr das?"

„Das, was du fordest, ist nur zu billigen", antwortete der Mir. „Aber nach den hiesigen Gesetzen gilt das, was nur geschrieben steht, trotz aller Siegel nichts, wenn du es nicht öffentlich, persönlich und mündlich in der ersten Moschee des Landes verkündest und bestätigst. Und diese liegt hier in Ard."

„Das ist es ja, was ich bitten möchte. Und das meinte ich, als ich sagte, daß diese Bitte wahnsinnig klinge. Laßt die Gebetsbretter läuten; ruft die Gläubigen nach der Moschee, und führt mich dann hinein, damit ich zu ihnen spreche und es allen Moslems sage, daß der Panther ein Betrüger und Verräter und der bisherige Mir der wahre, von Allah gewollte Herrscher sei! Aber ich weiß, daß ich diesen Wunsch vergeblich ausspreche. Ihr könnt ihn mir nicht gewähren."

„Du bist Gefangener und müßtest, falls er dir gewährt würde, dabei Gefangener bleiben", sagte der Schech el Beled.

„Ich bin bereit dazu. Schafft mich in meinen Kerker zurück, und laßt mich dort die Verordnungen schreiben. Und führt mich dann mit gefesselten Händen in die Moschee und auf die Kanzel. Ich werde sagen, was ich zu sagen habe, und dann in das Gefängnis zurückkehren, ohne mich zu weigern!"

„Was sagst du dazu?" fragte der Schech den Mir. „Wie wirst du hierüber entscheiden?"

Dieser stand am Fenster und schaute hinaus nach Westen. Er antwortete nicht gleich, sondern erst nach einer Weile, indem er mit der Hand in diese Richtung deutete:

„Dort führt der Weg nach der Stadt der Toten. Ich denke jetzt an sie und an alles, was ich dort versprach. Ich halte Wort; ja, ich halte Wort!"

Er drehte sich zu dem Basch Islami herum und sprach weiter: „Du sollst nicht gefangen sein, sondern frei, vollständig frei, bis heut abend. Du sollst nicht im Kerker schreiben, sondern daheim in deinem Haus, bei deinem Kind, welches so arg betrogen worden ist. Und du sollst an der Spitze deiner Geistlichkeit als freier Mann nach der Moschee ziehen und zu den Gläubigen sprechen können. Die Würde deines Amtes verlangt das so. Kein Mensch, keine Polizei, kein Wächter soll dich dabei beaufsichtigen. Aber genau drei Stunden vor Mitternacht kommst du wieder hierher zurück, um dich bei mir zu melden und in dein Gefängnis zurückzukehren. Du kannst gehen!"

Da trat der Schech el Beled mit einigen raschen Schritten auf ihn zu, ergriff seine Hand und sagte:

„Das – das hatte ich erwartet. Ich danke dir! Und noch viele, viele andere werden es dir danken!"

Der Basch Islami stand still und bewegungslos, als sei er starr, so überrascht war er. Dann – ging er nicht, nein, sondern er schoß oder flog förmlich hin zu ihm, kniete vor ihm nieder, küßte seine beiden Hände und rief begeistert aus:

„Hamdulillah, hamdulillah! Preis sei Allah, der mir jetzt plötzlich die Augen geöffnet und mich erkennen läßt, wie blind ich bisher war! Ich sehe heut zum ersten Male, wer, was und wie du bist. Ich klage nicht mehr dich an, sondern mich und uns, uns alle. Wir waren Sklaven, Sklaven unserer Irrtümer und angelernten Vorurteile; du aber bist ein Herrscher, den nur Untertanen, die freie Männer, keine Knechte sind, befriedigen und beglükken können. Darum hast du uns verachtet. Ich nehme deine Güte und deine Gnade an und gehe jetzt, um in deinem Sinne und für dein Wohl zu handeln und dann in die Gefangenschaft zurückzukehren. Ich würde die Aufgabe, welche ich mir für heut stelle, besser lösen können, wenn ich wüßte, was in der Stadt der Toten, solange ihr euch dort befandet, geschehen ist. Das darf ich aber wohl nicht erfahren?"

„Wir haben nichts zu verschweigen", antwortete der Mir. „Der Dschirbani, welcher spätestens morgen hier eintreffen wird, hat bei seinem Wegzug von dort den Maha-Lama-See wieder verschlossen und in der Zitadelle eine Besatzung zurückgelassen. Der treue Zisternenwärter wurde einstweilen zum Flußmeister ernannt; er hat regelmäßig über den Stand des Wassers zu berichten. Was du über dort wissen willst, kann dir ein jeder sagen, der mit uns anwesend war. Am besten aber könnte dich unser Hadschi Halef Omar unterrichten, der Scheich der Haddedihn, der Zeuge von allem gewesen ist, was geschah. Ich hoffe, er nimmt es an, wenn du ihn einlädst, dein Gast zu sein und mit dir zu gehen, um dich zu unterweisen. Und noch einen zweiten gibt es, der imstande ist, deine Fragen zu beantworten. Du kennst ihn schon. Hier hast du ihn; nimm ihn mit!"

Er ging zur Tür des Nebenzimmers, schob den Vorhang zurück und winkte dem Oberst, einzutreten. Der Basch Islami kannte diesen allerdings, und zwar sehr gut. Aber er wurde keineswegs verlegen, sondern es war ihm im Gegenteil sehr lieb, gerade diesen früheren Vertrauten des Panthers als Gewährsmann zugewiesen zu erhalten. Der Mir bewies durch die Auswahl dieses Offiziers und Hadschi Halefs seine Begabung zum Diplomaten. Niemand konnte so geeignet wie diese beiden sein, im Sinne des Mirs auf den Basch Islami einzuwirken, und besonders Halef freute sich darüber, daß die Wahl auf ihn gefallen war.

„Ja, ich gehe mit", sagte er; „sehr gern gehe ich mit. Ich werde ihm Bericht erstatten. Vorher aber muß ich nach meinem Pferd sehen. Heut abend komme ich wieder mit."

Die drei entfernten sich.

Als wir uns unterwegs von dem Schech el Beled und seinen Reitern trennten, hatten wir mit ihm ausgemacht, daß wir genau so wie er heut, drei Stunden nach Mittag, in die Stadt einziehen würden, um am Schloß, also in der Mitte derselben, mit ihm zusammenzutreffen. Wir hatten ja nicht gewußt, daß man auf uns wartete und uns veranlassen werde, das, was wir erst am Nachmittag tun wollten, schon am frühen Morgen zu tun. So wunderte sich der Mir, daß der Schech schon jetzt erschien. Er hatte jetzt schnell nur das Allernötigste zu erledigen und ihm dann mit uns entgegenreiten wollen, um ihn hereinzuholen. Abd el Fadl aber und ich wunderten uns nicht. Abd el Fadl wußte zwar mehr, viel mehr als ich, der ich nur ahnte, aber so viel mehr bemerkte ich doch, daß der alles wissende und alles könnende Schech el Beled auch hier der Vorausbestimmende gewesen war und den Plan des Basch Nasrani wenn nicht entworfen, so doch aber ganz gewiß gekannt und gefördert hatte. Er teilte uns mit, daß er den ersten Teil seiner Aufgabe ausgeführt und den Panther von der Stadt vollständig abgeschnitten habe. Es sei eine zusammenhängende Postenkette vom Bett des ausgetrockneten Stromes im Westen bis an das östliche Hochland gezogen worden, so daß eine jede vom Feinde kommende oder etwa an ihn gerichtete Botschaft in unsere Hände geraten müsse. Er hatte schon während der Nacht und auch noch am Morgen eine ganze Menge von Personen festgenommen, welche auf die Nachricht von der plötzlichen Gegenrevolution und daß der gerettete Mir heut früh zurückkehren werde, die Stadt eiligst verlassen hatten, um sich zu dem Panther in Sicherheit zu bringen. Das waren natürlich alles Leute von bösem Gewissen, die man peinlich zu befragen hatte, um ihre noch zurückgebliebenen Komplizen zu erfahren. Denn da die Hauptstadt der Mittelpunkt unserer Operationsbasis war, galt es vor allen Dingen, sie von allen zweifelhaften Charakteren zu säubern, und es wurde beschlossen, diese Leute alle nach der Stadt der Toten zu transportieren und dort in der Zitadelle zu isolieren und bewachen zu lassen.

Es stellte sich hierbei heraus, daß unser jetziger Aufenthalt in Ard unmöglich von so kurzer Dauer sein konnte, wie wir uns vorgenommen hatten. Es wäre der unverantwortlichste Leichtsinn gewesen, nur einen Tag zu bleiben und uns bei unserm Weiterritt auf völlig ungeordnete Zustände stützen zu wollen. Darum wurde beschlossen, daß der Vormarsch nach Norden zwar schon morgen beginnen solle, aber einstweilen nur von seiten der Reiter von El Hadd und Halihm. Die Ussul und Tschoban sollten erst übermorgen folgen, weil ihnen ein Rasttag in der Stadt zu gönnen war. Der Mir aber entschloß sich, noch einige Tage länger zu bleiben und dafür zu sorgen, daß die Verwaltung von Stadt und Land für die Zeit seiner Abwesenheit in treue und zuverlässige Hände kam.

Damit, daß das Heer der Ussul und Tschoban einen Tag in der Stadt liegen bleiben sollte, verfolgten wir nebenbei auch den Zweck, der Bevölkerung zu imponieren und unsern alten, lieben Basch Nasrani als Stadtkommandanten in Respekt zu setzen. Aus ganz demselben Grund hielten die Scharen von El Hadd am Nachmittag nachträglich ihren Einzug in die Stadt, obgleich es sowohl strategisch als auch taktisch nicht mehr nötig war. Die prächtigen, hellen und doch so ernst blickenden Gestalten der Lanzenreiter verfehlten nicht, den von uns beabsichtigten Eindruck auf die Bewohnerschaft zu machen, und als sie am andern Morgen fort waren und sich dafür die Ussul und Tschoban einstellten, die mehr durch ihre materielle Wucht und Schwere wirkten, konnten wir überzeugt sein, daß der Mir, für den das alles geschah, jetzt nun genug in Achtung stand.

Was den Basch Islami betrifft, so schien er völlig umgewandelt zu sein. Ich hatte mich nicht in ihm geirrt: Er war im Grunde genommen ein gerecht denkender Mann, und nun er eingesehen hatte, was für eine tiefe Wandlung mit dem Herrscher vorgegangen war, trat er jetzt in derselben Weise für ihn ein, wie er sich vorher ihm feindlich erwiesen hatte. Wir lasen seine Verordnungen. Sie waren sehr ernstlich gemeint und flogen in die Hände der gesamten mohammedanischen Geistlichkeit des Landes. Und ich selbst ging in die Moschee, um seine Rede zu hören. Ich stellte mich so, daß er mich nicht sehen konnte. Er kam an der Spitze des ganzen Imamates der Stadt – des muselmanischen Klerus. Die Moschee war so voller Menschen, daß man kaum einen Zoll breit des steinernen Fußbodens zu sehen bekam. Halef hatte wieder einmal gewirkt, und zwar in ganz vorzüglicher Weise. Unser begeisterter Basch Nasrani hätte nicht besser für den Mir sprechen können, als der Basch Islami jetzt für ihn sprach, und als die Feierlichkeit zu Ende war, strömten alle diese Moslems aus der Moschee in die Straßen und Gassen der Stadt hinaus, um das Lob des zurückgekehrten Herrschers zu verkünden.

Am Abend stellte sich der hohe, geistliche Würdenträger des Islam zur angegebenen Stunde mit seinen beiden Begleitern wieder bei dem Mir ein und erklärte sich bereit, in sein Gefängnis zurückzukehren. Der Mir nickte ihm lächelnd zu und sagte: „Von jetzt an bist du nur noch mein persönlicher Gefangener; für andere aber bist du frei. Du wirst mich in das Feld und in die Schlacht begleiten, damit ich deines Rates nicht entbehre, so oft ich seiner bedarf. So wirst du an mich gebunden sein, bis du mir beweisen kannst, daß ich dieses deines Rates weder wert noch würdig bin. Dann gebe ich dich frei. Geh heim in Allahs Namen, und sprich morgen früh wieder vor bei mir. Du sollst mir helfen, die vom Panther Verführten zum Gesetz und zur Ordnung zurückzubringen."

Ich unterlasse es, die Wirkung zu beschreiben, welche dieser unerwartete Bescheid auf den, dem er galt, machte. Der Basch Islami war für immer zurückgewonnen.

Als der Dschirbani mit seinen Ussul und Tschoban angekommen war und militärfestlichen Einzug gehalten hatte, wohnte er als Gast des Mirs im Schloß, er, der ausgezogen war, ihn zu besiegen. Er kannte Ard noch nicht. Darum wurde ein Ritt durch die Stadt unternommen, der sich beinahe zu einem Triumphzug gestaltet hätte, wenn wir der Begeisterung, wo sie groß werden wollte, nicht fleißig ausgewichen wären. Am Abend gab es eine fürstliche Tafel, zu der alle hervorragenden Ussul, Tschoban und Ardistaner, die diesen Vorzug verdient hatten, geladen waren.

Dann besuchte mich der Dschirbani, ehe er schlafen ging, noch auf ein halbes Stündchen in meiner Stube. Wir rekapitulierten die Ereignisse, wobei ganz selbstverständlich der Stadt der Toten noch besonders zu gedenken war.

„In der letzten Nacht am Maha-Lama-See hatte ich einen eigentümlichen Traum", sagte er. „Oder war es kein Traum, sondern eine Vision? Ich weiß es nicht. Ich sah nämlich meine Mutter."

„Wo?" fragte ich.

„Im Mondesstrahl."

„Im Mondesstrahl? Also draußen, auf dem freien Platz? Ich denke, du hast geschlafen und geträumt!"

„Nicht draußen, sondern in meinem Zimmer. Du kennst die schmalen, spaltenförmigen Fenster in den Mauern. Ihre Öffnungen fallen nach innen abwärts. Der Mond stand am Himmel, nicht voll, sondern nur ein Viertel seiner Gestalt. Aber dieses Viertel leuchtete hell. Es sandte zwei seiner klarsten Strahlen durch die beiden Fensterscharten. Sie fielen mir gerade in das Gesicht. Sie hatten mich aus dem Schlaf geweckt. Schon wollte ich mich umdrehen, um ihnen auszuweichen, da spürte ich einen feinen, köstlichen Duft, der mich wie ein Gruß aus glücklicher Zeit berührte. Ich kannte ihn. Es ist der Blütenduft der wohlriechenden Ssafßahf – Weide –, der Lieblingswohlgeruch meiner verstorbenen Mutter. Indem ich an sie dachte, stand sie vor mir, ganz plötzlich, mit einem Male, mitten zwischen den beiden Strahlen, also nicht hell, sondern so seltsam und so geheimnisvoll beschienen, wie die Seelen der Entschlafenen, wenn sie dem Grab entsteigen, um das, was sie im irdischen Dunkel glaubten, im himmlischen Licht in Erfüllung gehen zu sehen.

‚Mein Sohn, mein Sohn, mein lieber, lieber Sohn!' flüsterte es zwischen den Mondesstrahlen. Dann war sie weg, verschwunden. Aber einige Augenblicke später fühlte ich zwei Lippen. Sie beugte sich zu mir herab. Sie küßte mich, erst auf die Stirn, dann auf den Mund.

‚Mutter, meine Mutter!' rief ich aus, indem ich mich aufrichtete, um nach ihr zu greifen und sie festzuhalten. Aber ich griff in die Luft, in das Nichts. Ein Schrei, ein unterdrückter, kaum hörbarer Schrei erklang. Es huschte etwas quer durch die beiden Mondesstrahlen. Mir war, als vernehme ich leise, ganz leise Schritte, die sich schnell entfernten. Dann war der Traum vorüber und – ich schlief weiter."

„War das auch Traum, als du riefst?" fragte ich.

„Nein – das war Wirklichkeit", antwortete er.

„Wie war sie gekleidet?"

„Weiß, nur weiß."

„Stand dein Zimmer offen?"

„Ja. Ich hatte den Stein nicht zugeschoben, um den Weckruf früh nicht zu überhören. Noch nie habe ich einen solchen Traum gehabt, der so deutlich war, daß mich früh, als ich erwachte, dünkte, als ob der süße Duft der Weidenblüte mein Lager noch immer umschwebe. Ich frage mich sogar, ob es nicht vielleicht kein Traum, sondern ein wirkliches Gesicht gewesen ist."

Ob Wirklichkeit oder Traum, das hätte ich ihm wohl sagen können, doch hütete ich mich, dies zu tun. Nachdem sie ihn verlassen hatte, war sie von ihrem Weg bei mir vorübergeführt und von mir gesehen worden. Die Sehnsucht, ihren Sohn nur ein einziges Mal berühren zu dürfen, war größer gewesen als die Vorsicht, zu der sie auf alle Fälle verpflichtet worden war. Wo befand sie sich jetzt? War sie dort geblieben? Diese Frage wollte sich mir aufdrängen; ich wies sie aber von mir ab, da ich keine Berechtigung und auch keinen triftigen Grund besaß, mich mit ihr zu beschäftigen oder etwa gar sie lösen zu wollen. Mein Schweigen fiel mir nicht schwer, denn er brach von diesem Thema ab und ging auf andere Gegenstände über. Einer der Hauptpunkte, die er erwähnte, waren die Relais, ich möchte sogar sagen Postrelais, welche er vom Land der Ussul bis nach Ard gelegt hatte. Sie standen in der Entfernung von je zwei Reitstunden auseinander und ermöglichten mit der Heimat eine Verbindung, welche den Verhältnissen angemessen als eine sehr schnelle und sichere bezeichnet werden konnte. Es verstand sich ganz von selbst, daß diese Verbindung von Ard auch nordwärts, je nachdem wir weiter vorrückten, herzustellen war.

Am nächsten Tag zog der Dschirbani mit seinen Truppen ab, um in die Mitte der Aufstellung einzurücken. Der Mir blieb noch drei Tage, und wir mit ihm, nämlich Halef und ich; er wünschte nicht, sich von uns zu trennen. Uns war das recht. Da in seinen Händen alle Fäden zusammenliefen, wurden wir bei ihm am allerbesten auf dem laufenden gehalten.

Während dieser drei Tage ging zweimal wichtige Nachricht von dem Heer ein. Das eine Mal meldete der Dschirbani und das andere Mal der Schech el Beled, daß ein Bote aufgegriffen worden sei, den der Panther an den Basch Islami nach Ard geschickt habe. Natürlich wurden uns diese beiden Boten zugeführt und von dem Mir noch einmal ganz besonders vernommen. Der erste hatte zu berichten, daß der Panther glücklich bei seinem Heer eingetroffen sei und die Operationen sofort beginnen werde. Er befinde sich noch in der gut bebauten Provinz Schimalistan, wo ihm die Unterhaltung seiner Truppen keine Sorge bereite. Später aber, wenn er über diese hinaus und in das hochliegende, ganz entwässerte und also kaum Gras produzierende Bergland eingedrungen sei, müsse er sich auf die Pünktlichkeit der Lieferungen verlassen, die er mit dem Basch Islami vereinbart habe. Der zweite Bote sollte dem letzteren sagen, es sei durch Kundschafter festgestellt, daß der Mir von Dschinnistan mit seinen schwarzgepanzerten Scharen schon bis über den Dschebel Allah herabgekommen sei und sich nicht mit ihm, dem Panther, verbinden wolle, sondern dem alten Mir von Ardistan zu Hilfe eile. Aber das schade nichts, sei vielmehr vorteilhaft für das neue Regiment, welches sich durch einen schnellen und energischen Sieg über Dschinnistan das Vertrauen und die Dankbarkeit von ganz Ardistan wie im Nu erringen werde. Der Mir von Dschinnistan scheine lächerlicherweise nur Kavallerie zu haben, und zwar die leichteste, die man sich denken könne. Ardistan suche ganz im Gegenteil hiervon seine Überlegenheit in den schweren Truppen, besonders in der Artillerie, die man nur aufzustellen brauche, um sich die windigen Reiter von Dschinnistan vom Leib zu halten und sie einfach niederzuknallen. Man werde den Feind sofort bis an den Fuß des Dschebel zurücktreiben und ihn dort vollständig vernichten.

Auf diese Nachricht hin erkundigte ich mich bei dem Mir nach diesem wichtigen Berg, von dem ich bei Marah Durimeh gelesen hatte, ohne aber nähere Details zu erfahren. Er antwortete:

„Der Dschebel Allah ist der südlichste der Vulkane von Dschinnistan, gehört aber nur geologisch, nicht auch politisch zu ihnen, denn er liegt nicht in Dschinnistan, sondern an der Grenze zwischen El Hadd und Ardistan. Er hat seit Menschengedenken keinen Ausbruch mehr gehabt; in diesem Jahr aber erglüht auch er, doch nur in friedlichem Licht. Er leuchtet in drei Flammen, die ein ruhiges, intensives Licht, aber keine Spur von Rauch oder Asche geben. Er war in früherer Zeit, als der Hauptstrom unsers Landes noch Wasser hatte, bis zu seiner Mitte bewaldet und weiter oben mit grünen Matten und Weiden geschmückt. Jetzt aber ist er kahl, wie das ganze Land umher. Er bildet eine einzige, mächtige, kompakte Felsenmasse, die aber da, wo früher der Wald aufhörte, sich in drei hochaufragende Kuppen teilt, von denen jede auf ihrer Zinne einen Krater trägt, der im jetzigen Jahr leuchtet. Man nennt diese drei Kuppen den Vater, die Mutter und den Sohn. Der Sohn ist der mittlere; er steht zwischen den beiden andern. Ein breiter Weg führt hinauf. Da oben, wo der Berg sich teilt, teilt sich auch dieser Weg. Er bildet einen rechten und einen linken Pfad. Der erstere führt zwischen dem Vater und dem Sohn und der andere zwischen der Mutter und dem Sohn hindurch. Hinter dem Sohn vereinigen sie sich wieder, indem sie eine große, weite Platte oder Hochebene bilden, von welcher aus man in das erste, niedrige Tal von El Hadd hinuntersteigt. Auf dieser Platte können viele, viele tausend Menschen Platz finden. Man sagt, daß im grauen Altertum da oben Gottesdienste abgehalten worden seien, zu denen die drei Kuppen leuchteten. Auch der Weg von da in das Tal hinab ist breit, aber trotzdem gefährlich. Zu beiden Seiten gähnen Schluchten und Abgründe, aus denen für einen jeden, der da hinunterstürzt, keine Rettung möglich ist. Man sagt, der Dschebel Allah habe niemals Asche und Schlacken, sondern stets nur reines, friedliches Licht gegeben. Aber in großen Abständen und zu gewissen Zeiten, wenn der Schmutz der andern Vulkane sich auch auf ihn niedergesenkt und da angesammelt hat, da werde er zornig, da schüttele er sich, da erbebe er in seinen Grundfesten und stoße kochendes Wasser aus, um sich von der

Verunreinigung zu befreien. Was sagst du zu diesem Märchen, Effendi?"

„Daß es kein Märchen ist. Jedenfalls hat es einen tieferen, viel tieferen Sinn, als du denkst."

„Man behauptet sogar", fuhr er fort, „daß es nur guten Menschen möglich sei, von Ardistan aus über den Dschebel Allah nach El Hadd und Dschinnistan hinüberzukommen. Wenn ein Böser es wage, sich den Übergang mit List oder mit Gewalt zu erzwingen, so sei er unbedingt verloren. Entweder verschwinde er in den Abgründen des Grenzgebietes, oder er ertrinke in den Fluten der Wasserfälle von El Hadd."

„Von denen habe ich gehört. Sie kommen von Dschinnistan herunter?"

„Ja. Sie sind die größten, die es auf Erden gibt. Sie stürzen sich vom hohen Dschinnistan herab und bilden einen gewaltigen See, dessen Tiefe noch niemand ermessen hat. An diesem See liegt das Schloß des Schech el Beled von El Hadd; aber noch kein Mensch, der nicht nach El Hadd gehörte, hat es je betreten dürfen. Wenn das alles so ist, wie man erzählt, mag der Panther sich vor dem Dschebel Allah hüten!"

Das war es, was ich einstweilen über diesen Punkt erfuhr. Als wir dann unterwegs waren, um die vorausgerittenen Ussul und Tschoban einzuholen, kam uns ein dritter Bote entgegen, den der Fürst von Halihm sandte, um uns mitzuteilen, daß der Panther in Eilmärschen nach Norden rücke und in der Einbildung zu leben scheine, daß er die Scharen von Dschinnistan vor sich herjage, während es doch grad ihre Absicht war, ihn in dieser Richtung hinter sich herzulocken.

Und als wir das Lager des Dschirbani, also unser Zentrum, erreichten, hatte man soeben wieder einen Abgesandten des Panthers festgehalten, der dem Basch Islami nach Ard melden sollte, daß man über den Dschebel Allah gehen und in El Hadd eindringen werde, um den Schech el Beled zu züchtigen, von dem man gehört habe, daß er mit dem Mir von Dschinnistan verbündet sei, um den neuen Mir von Ardistan wieder abzusetzen. Dazu brauche man aber bedeutende Nachlieferungen von Proviant, die der Basch Islami schleunigst besorgen solle.

Am Abend dieses Tages, also unserer Ankunft bei unserm Zentrum, stellten sich die Kommandanten der Flügel bei uns ein, um den Mir beim Heer zu begrüßen und mit ihm zu beraten, obwohl es eigentlich gar nichts zu beraten gab. Denn der Panther marschierte geradezu sinnlos seinem Verderben entgegen, und wir brauchten ihm nur zu folgen, um unsern Zweck auf das allereinfachste zu erreichen. Er eilte wie geblendet geraden Weges voraus und machte nicht den geringsten Versuch, nach rechts oder links auszuweichen. Darum wurde er von unsern beiden Flügeln schnell überholt, so daß Abd el Fadl und der Schech el Beled mit den schwarzgepanzerten Reitern des Mirs von Dschinnistan Fühlung bekamen, als der Panther noch gar nicht ahnte, was in seinem Rücken vorgegangen war und daß er von uns verfolgt wurde.

Bei dieser Unterredung mit den beiden genannten Verbündeten erfuhren wir, daß nicht allein der oben beschriebene „breite" Weg auf den Dschebel Allah hinauf- und jenseits wieder hinunterführe. Es gab noch zwei andere Wege, die aber nur dem Eingeweihten bekannt waren; sie wurden geheimgehalten. Während der breite Weg, nachdem er sich oben geteilt hatte, zwischen dem Vater und dem Sohn und der Mutter und dem Sohn hindurchführte, also den Sohn von beiden Seiten umschloß, gingen die beiden heimlichen Wege an der Außenseite des Vaters und der Mutter nach El Hadd hinüber, so daß sie also alle drei Kuppen zwischen sich liegen hatten. Sie lagen höher als der eigentliche Weg, der von ihnen aus also überschaut und beobachtet werden konnte. Auf diesen beiden verborgenen Saumpfaden, die selbst in ihren niedrig liegenden Anfängen von jemand, der sie nicht kannte, nicht entdeckt werden konnten, sollten unsere Heeresflügel dem Panther folgen, während das Zentrum auf dem breiten Wege zu bleiben und nachzudrängen hatte. Für leichte Reiter waren diese Seitenpfade grad noch gangbar, nicht aber für schweres Last- und Fahrzeug oder wohl gar für Kanonen. Und was nun die „schwarzgewappneten" Scharen des Mirs von Dschinnistan betraf, von denen der Panther berichten ließ, so sahen auch sie nur von weitem wie gewappnet oder gepanzert aus, denn das, was sie trugen, war keine Rüstung, sondern ein genau ebenso geflochtener Lederanzug wie bei den Lanzenreitern von Halihm und El Hadd, nur daß er nicht naturfarben oder blau war, sondern schwarz. Für den Zweck, den sie verfolgten, nämlich die Niederlage des Feindes vorzubereiten oder, unfachmännisch ausgedrückt, ihn zu verführen, war diese dunkle Farbe die geeignetste.

Der Feldzug hatte also begonnen. Er gestaltete sich viel leichter und schneller, als wir es für möglich gehalten hatten. Es fiel, wie bereits gesagt, dem Panther nicht ein, links nach dem alten Strom oder rechts nach dem belebten Hochland auszubrechen, sondern er stürmte immer geradeaus und wir hinter ihm her. Das ging alles so selbstverständlich und zu unsern Gunsten, daß ich mich fast gar nicht mehr mit den direkt kriegerischen Angelegenheiten beschäftigte, sondern meine Aufmerksamkeit auf andere, meiner Persönlichkeit näherliegende Dinge richtete.

Die Niederwerfung des Aufrührers wurde mir nebensächlich. Dieser Mensch hatte nicht die geringste Begabung, die Rolle durchzuführen, für die er in seiner Selbstüberhebung geglaubt hatte, geeignet zu sein. Meine Aufmerksamkeit wurde dreifach in Anspruch genommen. Nämlich erstens von der gewaltigen Natur, durch welche der Marsch uns führte. Zweitens von den eigenartigen Menschen, bei denen ich mich befand. Und drittens von dem tiefen Zusammenhang der Dinge, den ich in allem erkannte, was in dieser Natur und mit diesen Menschen geschah. Ich lernte in dieser Zeit mehr als je erkennen, wie leicht es einem jeden, der guten Willen und offene Augen hat, gemacht wird, das höhere Leben im niederen Leben vorgebildet zu sehen. Daß der Gewaltmensch sich zum Edelmenschen emporzubilden habe, ist eines meiner Ideale. Dazu gehört vor allen Dingen, daß das Niedrige in uns, das Tierische, überwunden wird. Tausende klagen, das sei so schwer. Sie haben recht und doch auch wieder nicht recht. Man suche die ‚Schwarzgewappneten' des Mirs von Dschinnistan, welche die Bestie in uns, den Panther, nach dem Dschebel Allah zu locken verstehen. Man bitte um die Panzerreiter von El Hadd und Halihm, die den Empörer in uns aufstören und vorwärtstreiben, ihn jagen und nicht zur Ruhe kommen lassen, bis er, militärisch ausgedrückt, von seiner Operationsbasis völlig abgeschnitten ist und dann nur noch das eine vor sich hat, an sich selbst zugrunde zu gehen. Wer den rechten Weg gefunden hat, solchen Hilfstruppen zu begegnen, also den Weg zu Gott, dem wird es fortan leicht, mit dem Panther zum Abschluß zu kommen.

Nach einigen Tagesmärschen hatten wir das eigentliche Ardistan hinter uns und ritten durch Schimalistan. Der Weg, den der Panther genommen hatte, wurde durch Verwüstung bezeichnet. Die Bewohner waren geflohen, nach rechts und links, wie ein Schneepflug die Massen nach beiden Seiten treibt, wo sie hinter ihm liegenbleiben. Dort wurden sie von unsern Flügeln aufgefunden, beruhigt und veranlaßt, wieder heimzukehren. Vor uns der Krieg, hinter uns sofort wieder Friede.

Schimalistan steigt ununterbochen in nördlicher Richtung an. Einst war es außerordentlich fruchtbar; aber als der Strom, der seine westliche Grenze bildet, das Wasser verlor, verödete es im Lauf der Jahrhunderte, und nur in seinem östlichen Teil gab es einige bedeutendere Wasserläufe, welche Schimalistan und Ardistan mit ihrem Netz befruchten, dann aber in Dschunubistan immer kleiner werden und in der Wüste der Tschoban versiechen. Durch diesen östlichen Teil des Landes hatte der Panther seinen Weg genommen und Schrecken um sich her verbreitet. Unser Kommen erweckte hierauf das Gegenteil, nämlich Freude. Dies zu bewirken, fiel uns gar nicht schwer. Wir brauchten nur das eine zu verkünden, daß der Strom wieder Wasser habe, so lohnte uns dankender Jubel.

Die äußerste Spitze unseres linken Flügels blieb während unseres Vorwärtsrückens mit dem Strom fortwährend in Berührung. Von daher erfuhren wir, daß das neue Wasser sich nicht etwa verliere, sondern sich im Gegenteil von Tag zu Tag verbreitere und steige. Infolgedessen wurden nun unsere bis hinab nach Ussula gehenden Relais von der bisherigen Linie weg an den Fluß verlegt, was ihre Erhaltung außerordentlich erleichterte und einen, ich will sagen, „flußamtlichen" Nachrichtendienst ermöglichte, der uns von großem Vorteil war.

Wir näherten uns jetzt zusehends den Bergen, die wir früher aus weiter Ferne hatten leuchten sehen. Sie stiegen vor uns auf wie ein Heer von Riesen, von denen der eine immer größer, breiter und massiger als der andere ist. Schon konnten wir erkennen, daß sie alle bewaldet waren, und zwar um so mehr, je weiter sie von unserer Grenze entfernt lagen. Das bestätigte die oft gehörte Behauptung, daß es unmöglich sei, in Dschinnistan eine unfruchtbare Stelle zu finden. Je näher sie aber der Grenze lagen, desto vegetationsärmer wurden sie, bis derjenige, der sich unserm Auge als der nächste zeigte, nämlich der Dschebel Allah, kein einziges Gräschen und keinen einzigen Halm mehr trug. Wenigstens auf der uns zugekehrten Seite, wie ich, wie man bald sehen wird, verpflichtet bin, besonders hinzuzufügen.

Bis jetzt hatten wir uns sorgfältig gehütet, den Panther wissen zu lassen, daß er verfolgt werde. Dies war uns dadurch erleichtert worden, daß er keine Arrieregarde – Nachhut – hatte. Für seine Sicherheit nach rückwärts zu sorgen, hatte er nicht für nötig gehalten. Jetzt aber wurde es anders. Es bildete sich eine Nachhut, aber nicht zum Schutz des Heeres, sondern aus andern Gründen. Das waren die Maroden und die Unzufriedenen. Der Mangel begann, sich fühlbar zu machen. Der Proviant ging aus. Und Wasser gab es nur in einzelnen, weit umher zerstreuten Pfützen, welche in einstigen, ausgetrockneten und vollständig versandeten Wasserläufen lagen, in denen sich jetzt die Feuchtigkeit nach einer jahrhundertelangen Dürre plötzlich wieder zu zeigen begann. Der Panther sah sich durch die Not gezwungen, nach solchen Stellen suchen zu lassen. Infolgedessen konnten wir es nicht umgehen, auf solche Suchende, auf zurückgebliebene Marode und auf Unzufriedene, die dem Heer entlaufen wollten, zu stoßen. Wir hüteten uns aber wohl, diese Leute zu ergreifen und sie bei uns auf- oder gar uns ihrer anzunehmen. Dies zu tun, hätte doch gar nichts anderes geheißen, als ihn von ihnen zu befreien, um uns mit ihnen zu belasten. Nein, wir jagten sie einfach wieder zu ihm zurück, um seine Sorge und Bedrängnis zu vermehren. Dadurch erfuhr er freilich, daß er Truppen hinter sich habe, die ihn verfolgten, aber es war für uns die Zeit gekommen, in der er das überhaupt erfahren mußte. Das war eine Folge, die wir zwar vorausgesehen hatten, ohne sie uns aber in der Weise zu denken, in der sie sich einstellte. Nämlich, als es wiederholt geschehen war, daß wir Ausreißer und Liegengebliebene zu ihm zurücktrieben, sahen wir drei Reiter erscheinen, von denen der mittlere ein weißes Tuch an seiner Lanze trug. Er hatte sich bei unsern äußersten Vorposten eingestellt und den Wunsch geäußert, zum obersten Kommandanten unseres Heeres geführt zu werden. Man hatte ihn entwaffnet und uns dann durch die beiden andern Reiter, welche Tschoban waren, zugeschickt. Der Mir wollte nicht erkannt sein, denn es lag nicht in unserm Interesse, daß der Panther die Wahrheit sogleich erfuhr. Darum wurde bestimmt, daß ich allein den Parlamentär empfangen und mit ihm sprechen solle. So geschah es. Ich sonderte mich ab und ließ ihn mir vorführen. Er war ein ziemlich alter, starkknochiger, vollbärtiger Mensch, dessen Gesicht kein allzu großes Vertrauen erweckte. Er musterte mich scharf, indem er sich mir näherte, grüßte kurz und fragte:

„Wer bist du? Ich sah dich noch nie!"

„Auch ich habe dich noch nie gesehen, frage dich aber trotzdem nicht, wer du bist", antwortete ich. „Steig ab!"

Wir waren nämlich nicht unterwegs, sondern hatten Lager; darum war ich nicht zu Pferde.

„Warum soll ich nicht im Sattel bleiben?" erkundigte er sich.

„Weil es mir nicht gefällt, so von oben herab mit mir sprechen zu lassen. Hat man dir freies Geleit versprochen?"

„Ja. Was tust du, wenn ich nicht absteige?"

„Ich würde dich einfach herunterschießen, wenn man dir nicht

Freiheit und Sicherheit deines Lebens zugesichert hätte. So aber erschieße ich nur dein Pferd. Also, kommst du freiwillig herunter oder nicht?"

Da stieg er langsam und einen halblauten Fluch ausstoßend herab und sagte:

„Ich muß wissen, was für Leute das sind, die es wagen, hier hinter uns ..."

„Schweig!" unterbrach ich ihn. „Hier hat kein anderer zu fragen als ich! Am allerwenigsten du! Wer ist es, der dich sendet?"

„Der neue Mir von Ardistan."

„Das ist nicht wahr!"

„Oho! Willst du sagen, daß ich lüge?"

„Ja. Der neue Mir von Ardistan ist bei uns, nicht aber bei euch. Meinst du vielleicht den sogenannten Panther, den zweitgeborenen Prinzen der Tschoban?"

„Ja."

„Den Empörer! So wisse, daß er verloren ist, und ihr alle seid es mit ihm! Er gefiel wohl euch, doch aber den Christen nicht; darum gaben diese dem Land einen andern Mir, der von ganz Ard und Ardistan mit Jubel bestätigt wurde. Dieser wirkliche Mir von Ardistan ist dem Panther nachgeeilt, ihn niederzuschlagen."

Der Mann sah mir mit ungewissen, flackernden Augen in das Gesicht und fragte:

„Ist das wahr?"

„Oho! Willst du etwa sagen, daß ich lüge?" antwortete ich mit seinen eigenen Worten.

„So führe mich zu ihm!" begehrte er. „Ich habe verlangt, mit eurem obersten Kommandanten zu sprechen!"

„Du hast nichts zu verlangen. Er hat mir aufgetragen, mit dir zu reden. Wenn dir das nicht paßt, so mache dich sofort wieder auf das Pferd, damit ich dich nach dort zurückbringen lasse, woher du gekommen bist!"

Er hütete sich wohl, dies zu tun. Er hatte sich die Sache ganz anders gedacht, als sie sich nun gestaltete. Und er sagte sich, daß es jetzt seine Aufgabe sei, so viel wie möglich zu erfahren, um es dem Panther berichten zu können. Diesen Zweck konnte er aber gewiß nicht erreichen, wenn er den jetzigen Ton beibehielt. Darum bat er nun in höflicher Weise:

„Verzeih, Herr! Hättest du mir gesagt, wer du bist, so würde ich dir wohl keine Veranlassung gegeben haben, mich in dieser Art abzufertigen!"

„So sei bescheiden, und mach es kurz! Was läßt uns der Panther sagen?"

„Daß er mit dem Kommandanten dieses Heeres sprechen will."

„Wann?"

„Sofort!"

„Wo?"

„In seinem Zelt."

„Unser Kommandant soll also zu ihm kommen? In euer Lager?"

„Ja."

„Zu einem solchen Lügner und Verräter? Und ihm nachlaufen? Nein, nein! Es sei dem Panther eine Unterredung gewährt, aber nur aus Gnade und Barmherzigkeit, aus keinem andern Grund. Eigentlich hätte er hierher zu uns, in unser Lager zu kommen, aber er gehört zu denjenigen Menschen, die in einem solchen Geruch stehen, daß man mit ihnen nicht im Zelt, sondern nur in freier Luft verkehren kann. Darum soll diese Unterredung genau auf halbem Weg zwischen unserm und eurem Lager stattfinden. Unser Mir kommt unbewaffnet und bringt fünfzig unbewaffnete Begleiter zu Pferde mit, und dem Panther sei gestattet, ganz ebenso zu tun. Ist bei ihm oder bei einem seiner Leute eine einzige Waffe zu sehen, wird er eine schlimme Abrechnung erleben. Das sage ihm ja; ich warne dich und ihn! Jetzt ist die Hälfte zwischen Morgen und Mittag. Genau drei Stunden nach Mittag wird unser Mir an Ort und Stelle sein. Ist der Panther noch nicht da, so kehrt der Mir augenblicklich wieder um, und das Schicksal, welches euch bestimmt ist, wird keinen Augenblick mehr aufzuhalten sein. Jetzt steig wieder auf, und folge mir! Ich werde dir die Stelle bezeichnen, an welcher der Panther sich einzufinden hat."

„Ich soll also fort?" erkundigte er sich.

„Ja", antwortete ich.

„Ich habe aber noch so viel zu fragen!"

„Das laß nur bleiben! Hier gibt es keine Knaben, die man ausfragen kann, wie man will. Steig also auf, und komm!"

Ich ging zur nächstruhenden Tschobanabteilung und ließ mir eines der dortigen Pferde geben. Auf meinen Rappen mußte ich verzichten, denn wenn der Parlamentär dem Panther dieses Pferd beschrieben hätte, so wäre dieser sofort imstande gewesen, zu sagen, mit wem der erstere gesprochen hatte. Ich ritt mit ihm und seinen beiden Begleitern nicht nach der Richtung, in welcher die von mir zu wählende Stelle war, sondern ich machte einen Umweg, und zwar in der Weise, daß er ein möglichst imponierendes Bild von unserer Stärke und Aufstellung bekam. Er sah die Ussul und die Tschoban, und er sah die weit nach Ost und West hinauslaufenden Ketten der Reiter von El Hadd und Halihm. Das genügte für einstweilen. Als wir dann den Punkt erreichten, der mir für die geplante Zusammenkunft geeignet erschien, mußte er, um ihn wiederzufinden, seine Friedenslanze in die Erde stecken. Als er dies getan hatte, ritten die beiden Tschoban mit ihm von dannen. Sie hüteten sich ganz selbstverständlich, ihm meinen Namen zu sagen. Ich kehrte zu dem Mir zurück, bei dem sich der Dschirbani mit Halef befand. Als ich ihnen mitgeteilt hatte, wer der Mann gewesen war und was für einen Auftrag er jetzt mit sich nahm, sagte der Mir:

„Ich bin gern mit allem einverstanden, was du getan und bestimmt hast. Der Panther wird kommen; mich aber ekelt es an, diesem Menschen mein Angesicht zu zeigen."

„Das sollst du auch nicht", erwiderte ich.

„Wer sonst?"

„Halef."

„Ich?" rief der kleine Hadschi aus, indem er eine Bewegung machte, als ob er elektrisiert worden sei. „Wie meinst du das, Effendi?"

„Du reitest den köstlichen Schimmelhengst des Mirs, empfängst den Panther oder begrüßest ihn in deiner Weise und sagst ihm, daß du zum Herrscher von Ardistan erwählt worden seist und diese Würde angenommen habest. Du forderst ihn auf, sich dir augenblicklich zu ergeben."

Da sprang Halef von seinem Sitz auf, machte eine Bewegung, als ob er mit beiden Beinen in die Luft wolle, beherrschte sich aber und rief aus:

„Allah sei Dank! Schon wollte ich vor Freude einen glänzenden Sprung meiner jubelnden Füße machen, aber ich besann mich noch zur rechten Zeit, daß sich das für den Mir von Ardistan, zu dem du mich erhoben hast, nicht schickt. Ich danke dir, Effendi, ich danke dir von ganzem Herzen! Nun bekomme ich doch endlich wieder einmal etwas zu tun, was mir geziemt und meiner Seele gefällt. Ich werde die mir anvertraute Rolle in einer Weise spielen, daß euer Lob über mich kein Ende nimmt. Hat jemand von euch in Beziehung auf das, was ich dem Panther sagen soll, einen Wunsch, so bitte ich, ihn mir mitzuteilen; ich erfülle ihn sehr gern!"

„Was du zu sagen hast, läßt sich nicht im voraus bestimmen", erklärte ich ihm. „Man müßte vorauswissen, was der Panther vorbringt. Du kennst unsere Lage, und du kennst unsere Absichten. Der Panther ist kein Pfiffikus, sondern ein leicht erregbarer, unvorsichtiger Mensch; auf deine Klugheit aber können wir uns, denke ich, verlassen."

Er nahm dieses Lob mit einer anerkennenden Handbewegung hin; der Mir aber fragte:

„Wozu dieser Scherz? Haben wir nicht alle Veranlassung dazu, ernst zu sein?"

„Es gibt Scherze, die gerade nur vom Ernst befohlen werden", antwortete ich. „Ich halte den Panther schon längst nicht mehr für einen Menschen, den man ernst zu nehmen hat. Nur dadurch, daß man diesen eigenwilligen, überspannten Hanswurst so hoch überschätzt und als etwas ganz anderes genommen hat, als was er ist, konnte er von dem Basch Islami für den Mann gehalten werden, für den er gehalten wurde. Es würde keine Ehre für uns, sondern ein unverzeihlicher Fehler von uns sein, mit ihm in wirkliche, ernstgemeinte Verhandlungen zu treten. Er ist einfach nur als Chodscha von Chorassan – als Harlekin, als Hansnarr – zu behandeln. Er muß, wenn wir mit ihm fertig sind, das Gefühl haben, daß er gar nicht weiß, woran er ist. Und er darf gerade nur das für richtig halten, was nicht für ihn, sondern für uns von Nutzen ist."

„Du hast recht, vollständig recht", gestand er ein. „Unser Halef mag diese Rolle spielen. So bekommt mich der Panther also nicht zu sehen. Aber dabeisein und ihn hören möchte ich doch!"

„Ich auch", sagte der Dschirbani.

„Und ich auch", stimmte ich bei. „Wir gesellen uns also zu den fünfzig Begleitern des Hadschi."

„Da sieht und erkennt uns der Panther", entgegnete der Dschirbani.

„Er wird uns sehen, aber nicht erkennen", erklärte ich. „Bei der Bagage der Lanzenreiter gibt es, wie ich gesehen habe, Reserveanzüge jeder Größe. Wir sind vier Personen. Zwei kleiden sich als Lanzenreiter von El Hadd und zwei als Lanzenreiter von Halihm. Wir legen genau so blaue Schleier um wie der Schech el Beled; da kann man unsere Gesichter nicht erkennen."

„Wieso vier Personen?" fragte der Mir. „Wir sind außer unserm Hadschi Halef Omar ja nur drei!"

„Ich nehme den Basch Islami hinzu."

„Warum?"

„Weil ich es für gut halte, daß er seinen einstigen Liebling und

Verbündeten als den kennenlernt, der er in Wirklichkeit ist. Ich halte es keineswegs für unmöglich, daß in dem Basch Islami noch ein Rest des alten Vertrauens vorhanden ist, der aber hierdurch schnell beseitigt würde."

„Auch in diesem Punkt hast du recht. Wir werden also derart verfahren, wie du vorgeschlagen hast. Setzen wir uns sofort zu Pferde, um die Anzüge zu besorgen!"

Der Mir ritt mit dem Basch Islami nach der Bagage von Halihm, ich mit dem Dschirbani nach der Bagage von El Hadd. Dort dauerte es ziemlich lange, bis wir einen Anzug für die Gestalt meines Begleiters fanden; es glückte uns aber dennoch, einen zu entdecken. Einer für mich war leicht gefunden. Als wir dann nach unserm Lager zurückgekehrt waren, stellte sich der Parlamentär des Panthers zum zweiten Male ein, um einige Veränderungen meiner Abmachungen mit ihm zu erwirken. Ich wies seine Zumutungen zurück. Er kam dann noch einmal wieder, um einige Queruleien durchzusetzen, hatte aber genau denselben Mißerfolg. Als er erkannte, daß bei mir nichts zu erreichen sei, bequemte er sich schließlich zu der definitiven Mitteilung, daß der Panther kommen werde, und zwar genau in der von mir vorgeschriebenen Weise.

Als nach europäischer Zeitrechnung zwei Uhr vorüber war, kleideten wir uns um. Der Mir und der Basch Islami in blaue, der Dschirbani und ich in naturfarbene Lanzenreiteranzüge. Die Gesichter wurden blau verschleiert. Auch die Pferde nahmen wir von den Lanzenreitern, um nicht an den unseren erkannt zu werden. Halef bekam den Prachtschimmel des Mirs. Er staffierte sich auf das Köstlichste heraus, natürlich mit geliehenen Kleidungsstücken, und wand sich einen Turban, der, wie bei den Häuptlingen mancher Kurdenstämme, einen Durchmesser von beinahe zwei Ellen hatte. Einen Schleier hatte er auch. Der war weiß und an seiner unteren Kante mit abwechselnd blauen und roten Fransen verziert. Höchstwahrscheinlich stammte er aus dem Harem eines muselmanischen Ardistaners.

Kurz vor drei Uhr brachen wir auf. Voran ritt Halef. Ihm folgten wir vier. Hinter uns kamen sechsundvierzig Ussul und Tschoban.

Als wir die Stelle erreichten, in der die Lanze steckte, war der Panther mit seiner Begleitung schon da. Er saß allein. Seine Leute bildeten hinter ihm einen Halbkreis. Halef wäre nicht Halef gewesen, wenn er seine Ankunft so kurz und einfach wie möglich gestaltet hätte. Er hatte uns unterrichtet, wie er es wünschte, und wir taten nach seinem Willen. Wir kamen im Galopp angebraust, stellten uns, als ob wir die Gegner niederreiten wollten, rissen unsere Pferde aber noch im letzten Augenblick herum und wiederholten diese Attacke noch zweimal, um dann in der Weise Platz zu nehmen, daß Halef dem Panther fünf Schritte weit gegenübersaß. Rechts von ihm ließ sich der Mir mit dem Basch Islami, links ich mit dem Dschirbani nieder. Hinter uns bildeten unsere Begleiter einen Halbkreis, der denselben Durchmesser, wie der uns gegenüberliegende, hatte.

Eine Zeitlang blieb alles still. Die beiden Hauptpersonen hatten sich nicht einmal begrüßt. In dieser Beziehung war mein Halef einzig. Es fiel ihm gar nicht ein, das erste Wort zu sprechen. Er hätte bis morgen früh geschwiegen und wohl auch noch länger, nur um seinem Gegenüber die Reprimande erteilen zu können, nicht so voreilig und sprachselig zu sein. Aber so lange dauerte es gar nicht. Der Panther war viel zu ungeduldig, als daß er auch nur fünf Minuten hätte warten können. Es war noch nicht die Hälfte dieser Zeit vergangen, so rief er hastig aus:

„Wie lange soll das Schweigen dauern? Beginnen wir doch! Ich bin der Mir von Ardistan."

Halef blieb still.

„Hast du es gehört?" fragte der Panther. „Ich bin der Mir von Ardistan."

Halef blieb immer noch stumm.

„Bist du taub?" fuhr sein Gegenüber fort. „Ich habe dir gesagt, daß ich der Mir von Ardistan bin!"

Da endlich schüttelte Halef langsam, sehr langsam seinen Riesenturban, hob ebenso langsam seine Arme empor und sprach:

„Oh Allah, Allah, wie lange soll es Leute geben, die nicht schweigen können, sondern es so eilig haben, durch ihre Schwatzhaftigkeit in alle Welt hinauszuposaunen, daß sie verrückt geworden sind. Ich komme mit meinen 163000 Fußgängern, 290000 Reitern und 385000 Kanonen und Haubitzen soeben und direkt aus Ard, der Hauptstadt von Ardistan, um einen armseligen Lügner, Betrüger und Rebellen in die Luft zu blasen. Man hat mich dort zum Mir von Ardistan gewählt. Man hat mich auf den Thron gesetzt und mich mit Krone, Zepter und Säbel zum einzigen und alleinigen Herrscher des Reiches erhoben, und hier setzt sich nun so ein Frosch gerade vor mich hin und quakt mir in die Ohren, daß ich nicht der Mir von Ardistan sei, sondern er!"

Als Halef zu sprechen begann, hatte der Panther aufgehorcht, denn der Hadschi gab sich keine Mühe, seine Stimme zu verstellen. Jetzt aber fuhr der erstere mit der Hand nach dem Gürtel, in dem er aber jetzt keine Waffen mehr hatte, und fragte:

„Wen meinst du mit dem Frosch?"

„Dich!" antwortete Halef sehr ruhig und sehr aufrichtig.

Da sprang der Panther von seinem Sitz empor, streckte ihm die geballten Fäuse entgegen und schrie:

„Hund! Sei froh, daß wir ohne Waffen sind. Denn wäre das nicht der Fall, so würde ich dich niederschießen wie einen räudigen Schakal oder eine stinkende Hyäne. Du bist mir überhaupt ein widerwärtiger Kerl. Du hast die Gestalt und Stimme eines Bekannten von mir, welcher von allen Dummen und Dümmsten der Erde der Allerdümmste ist. Hüte dich! Sonst ergeht es dir genau so, wie es ihm ergangen ist!"

„Und wie erging es ihm?" fragte Halef.

„Ich ließ ihn einsperren. Er ist verhungert und verdurstet. Er ist verschmachtet unter tausend Qualen. Willst du etwa dasselbe Schicksal erleiden, welches er erlitten hat?"

„Ja, das will ich allerdings! Ich kann überhaupt kein anderes Schicksal erleiden als das seinige. Und ich bin mit diesem seinen und meinem Schicksal ganz ebenso zufrieden wie er. Denn erstens sieht er gar nicht so verhungert und verdurstet aus, wie du denkst, und zweitens ist er Mir von Ardistan geworden und wird dir zeigen, wer und was du bist. Da, schau her!"

Er hob den Schleier empor und warf ihn nach hinten über den Turban, so daß sein Gesicht frei wurde. Der Panther stand im Begriff, sich wieder niederzusetzen, schnellte aber sofort nochmals empor und rief aus:

„Der Haddedihn, der verdammte, neunmal verdammte Hadd ..."

Er brach mitten im Wort ab. Der Schreck, der ihn ergriffen hatte, ließ ihn nicht weitesprechen. Er ließ sich langsam, langsam wie einer, der in sich zusammenbricht, auf die Erde nieder, senkte den Kopf, legte die Hände vor das Gesicht und blieb still. Halef hatte kein Verständnis für so tief innerliche, gewaltige Erregungen; er wandte sich zu uns und sagte:

„Hatte ich nicht recht, als ich ihn einen Frosch nannte? Bald springt er auf, bald springt er nieder; bald bläst er sich auf, bald fällt er wieder zusammen. Und das ist so frech, sich auch einen Mir von Ardistan zu nennen!"

Ich gab ihm einen stillen Wink mit der Hand; da sprach er

nicht weiter. Der Panther tat, als habe er die Worte des Hadschi gar nicht gehört. Vielleicht waren sie auch wirklich an seinem innern Ohr vorübergegangen, ohne vernommen zu werden. Aber nach einiger Zeit ließ er die Hände sinken, richtete den Kopf empor, sah uns einen nach dem andern an und blieb dann mit seinem Blick an Hadschi Halef hängen. Sein Gesicht war bleich geworden; das sah man trotz der von der Sonne verbrannten Haut. Aber der Schreck war vorüber, war vollständig überwunden. Die Züge veränderten sich zusehends. Sie nahmen nach und nach einen lauernden Ausdruck an, etwas gewiß und wirklich Pantherartiges. Und als er sodann sprach, verriet seine Stimme nicht die geringste Spur von Erregung, sondern eine derartige, unheimliche Selbstbeherrschung, daß es mir vorkam, er ziehe sich nur deshalb so tief in sich selbst zurück, um sich dann desto kräftiger und verderblicher auf uns zu stürzen.

„Der Haddedihn lebt!“ sagte er. „Der Narr, der Faselhans! Und wenn er lebt, leben auch die andern! Sie sind entkommen! Der Mir hat Glück gehabt, unmenschliches Glück! Er ist wieder nach Ard zurückgekehrt! Er hat sich mit dem Dschirbani vereinigt! Das sehe ich an diesen Reitern hier, die nicht zur alten Usulgarde in Ard, sondern zu den Truppen des Dschirbani gehören. Dieser letztere ist also auch aus der Stadt der Toten entkommen! Wahrscheinlich mit Hilfe jenes niederträchtigen Menschen aus Dschermanistan, den ich zwischen meinen Fäusten zerreiben werde, so – so – so!“

Er rieb die Fäuste aneinander, um uns das, was er sagte, zu verdeutlichen. Hierauf fuhr er fort:

„Dann ist er hinter mir her, der Mir, der alte Mir! Der Mir von Dschinnistan hat sich seiner erbarmt und ihm Hilfe geschickt! Pfui! Und der Schech el Beled von El Hadd ist zu ihm gestoßen! Ebenso der Fürst von Halihm . . .“

„Dessen Tochter du zum Weibe begehrtest“, fiel Halef schnell ein.

„Woher weißt du das?“ fuhr ihn der Panther an.

„Ich las deinen Brief“, antwortete der Hadschi.

„Welchen Brief?“

„Den du durch deinen Oberst an Abd el Fadl sandtest.“

„Lügner! Der Fürst von Halihm würde dir solche Briefe nie zu lesen geben!“

„Willst du etwa leugnen?“ rief es da auf Halefs anderer Seite, wo der Basch Islami saß, der seine Erbitterung nicht zu zügeln verstand.

„Wer bist du? Was hast du hier hereinzureden?“ fragte der Panther.

„Wer ich bin? Schau her! Wir alle haben deinen Brief gelesen, wir alle! Auch ich, ich, ich!“

Er entfernte den Schleier von seinem Gesicht, doch hatte das keineswegs den von ihm erwarteten Erfolg. Der Panther stutzte zwar einen Augenblick, aber eben nur einen Augenblick, und rief dann unter höhnischem Lachen aus:

„Dummköpfe, die ihr seid! Armselige, elende Dummköpfe, alle, alle, mögt ihr sein, wer ihr wollt! Theater habt ihr mit mir spielen wollen, Theater! Der verrückte Haddedihn hatte den Mir vorzustellen, den Herrscher! Damit ist offenbar, welche lächerliche Vorstellung ihr von dem Mann habt, dem die Aufgabe geworden ist, Ardistan in Zucht und Ordnung zu halten! Hahahahaha!“

Er lachte aus vollem Halse, und weil er sich dabei nach seinen Begleitern umdrehte, lachten diese mit. Dann fuhr er fort:

„Ja, Theater, Betrug und Schwindel! Wir glaubten wirklich, Lanzenreiter von El Hadd und Halihm vor uns zu sehen. Ja, wir waren sogar überzeugt, daß eure Verhüllung den ‚Schwur von Dschinnistan‘ bedeute. Nun aber dieser alte Mann, der sich einbildete, der Vater der zukünftigen Herrscherin zu sein, eure Maskerade verraten hat, weiß ich, woran ich bin. Ich gehe auf diese Maskerade ein, aber ich mache es kurz mit euch, viel kürzer, als ihr denkt.“

Er erhob sich wieder von seinem Sitz, verschränkte die Arme über die Brust, um sich eine imponierende Feldherrnstellung zu geben und richtete dann die Frage an Halef:

„Also du bist der Mir von Ardistan?“

„Ja“, antwortete dieser.

„Schön! Da ich dasselbe auch von mir behaupte, so muß einer von uns fallen, entweder du oder ich. Das siehst du doch wohl ein?“

„Also Kampf?“ fragte Halef schnell.

„Ja.“

„Zwischen dir und mir?“

„Ja.“

„Ich bin bereit! Sofort, sofort! Lassen wir uns Waffen kommen! Oder nehmen wir nur die Fäuste? Auch das ist mir recht, sehr recht!“

Es fiel dem kleinen Hadschi nicht ein, sich zu fürchten. Er wußte, daß er dem Panther in jeder Beziehung gewachsen war.

Es versetzte ihn ganz im Gegenteil in Entzücken, diesen Menschen in einem regelrechten, offiziellen Zweikampf niederringen zu können. Dieser aber fiel ebenso rasch ein:

„Nicht so, nicht so! Fällt mir gar nicht ein, mich mit einem Menschen, wie du bist, in solcher Weise herumzubalgen. Bist du wirklich der Mir, so steht da dein Heer und dort das meinige. Ich meine den Kampf zwischen den beiden Heeren, nicht aber zwischen mir und dir. Mit Zwergen kämpft man nicht! Ich lade dich zur Schlacht, zur Schlacht für morgen früh. Sie beginnt, sobald es tagt. Bist du einverstanden?"

Es war ein außerordentlich geringschätziger Blick, den er bei dieser Frage auf den Hadschi warf. Dieser antwortete nicht sofort. Er fühlte sich durch den Hinweis auf die Kleinheit seiner Gestalt in so hohem Grade beleidigt, daß er nicht gleich Worte fand, die ihm kräftig genug erschienen. Außerdem wurde seine Aufmerksamkeit ganz ebenso wie die unserige dadurch abgelenkt, daß der Himmel sich plötzlich verfinsterte, obgleich wir keine Wolke sahen, die unter der Sonne vorüberging. In demselben Augenblick erhob sich ein scharfer Wind, der keine bestimmte, feste Richtung zu haben schien und den Sand und Staub nach allen Seiten trieb.

„Zu den Pferden!" rief ich aus. „Schnell zu den Pferden! Nehmt die Zügel kurz an den Mäulern, und haltet sie fest, sehr fest! Weit auseinander mit ihnen, damit sie einander nicht schlagens! Mir scheint, die Erde will beben!"

Unsere Leute sprangen sofort auf und taten, wie ich gesagt hatte; die Begleiter des Panthers aber blieben an ihren Plätzen. Er lachte höhnisch auf und rief:

„Erdbeben! Ja, wenn man Memmen und Feiglingen eine Schlacht, eine wirkliche Schlacht anbietet, so machen sie nicht mit, indem sie vorgeben, die Erde wolle beben! Schande über euch, dreifache Schande, Schande!"

Jetzt, nach dieser noch größeren Beleidigung, wollte Halef dreinfahren; da aber rief ihm der wirkliche Mir zu:

„Ich bitte dich, schweig! Das Wort Schlacht ist gefallen, dadurch wird alles anders, als wir dachten und als wir wollten. Von nun an spreche ich selbst!"

Er entfernte den Schleier von seinem Gesicht, trat vor den Panther hin und fragte:

„War das dein Ernst? Bist du bereit zur Schlacht?"

Der Gefragte wich einige Schritte zurück. Mochte er geahnt haben oder nicht, wer wir waren, in diesem Augenblick erschrak er doch. Auch wir andern nahmen die Verhüllungen weg, so daß er sah, wer wir waren.

„Alle sind entkommen, alle!“ knirschte er.

Er wich noch einige weitere Schritte zurück, betrachtete uns hassesfunkelnden Auges, zog sich zusammen wie eine Katze, die zum Sprung ausholt, und richtete dann die Worte an den Mir:

„Wirst du mir die Wahrheit sagen, wenn ich dich frage?“

„Leute deiner Art belügt man nicht“, antwortete der Herrscher stolz.

In diesem Augenblicke begann es zu donnern. Ob unter oder über der Erde, das wußte man nicht.

„Sind wirklich die Lanzenreiter von El Hadd bei euch?“ erkundigte sich der Panther.

„Ja“, nickte der Mir.

„Wie viele?“

„Zähle sie in der Schlacht!“

„Und die Lanzenreiter von Halihm?“

„Ja.“

„Habt ihr Wasser für so viele?“

„Für noch viel mehr!“

„Allah verdamme euch! Mich aber wollt ihr durch den Hunger und vor allen Dingen durch den Durst besiegen?“

„Ja.“

„Ich bin von aller Zufuhr abgeschnitten! Ich habe kein Wasser! Ich muß elend verschmachten, ganz so, wie ich euch verschmachten lassen wollte in der Stadt der Toten! So denkt ihr jetzt. Aber ihr irrt. Ihr kennt mich nicht. Ich hole mir Wasser, und ich hole mir Brot. Und wißt ihr, wo? Bei euch! Habe ich zu dem Haddedihn vorhin ironisch von einer Schlacht gesprochen, so mache ich jetzt Ernst. Ich lade dich zur Schlacht, zur Verzweiflungsschlacht zwischen mir und dir. Nimmst du sie an?“

„Ja“, antwortete der Mir.

„Morgen?“

„Ja.“

„Wo?“

„Wo ich dich treffe.“

Da donnerte es abermals. Das klang, als sei es nicht nur oben am Himmel, sondern auch unter der Erde. Die Pferde unserer Gegner begannen zu schnauben und unruhig zu werden. Da zeigte der Panther nach Norden, wo die drei Kuppen des Dschebel Allah hoch emporragten, und fuhr fort:

„Diese Schlacht, die zwischen dir und mir entscheidet, sei dort, am Fuß des Dschebel Allah. Morgen früh, beim Beginn des Tages. Ist es dir recht?"

„Ja."

Da ging, so schnell wie ein Blitz, ein dünnes, scharfes Geräusch unter uns hinweg, wie wenn eine Eisfläche, auf der man steht, einen jähen, sich weit fortpflanzenden Riß bekommt, und zugleich war es, als ob wir in einer Schaukel ständen, welche anfangen wolle, sich zu bewegen. Die Pferde wurden ängstlicher.

„So ist es denn als abgemacht betrachtet!" setzte der Panther seine Rede fort. „Morgen früh, sobald es hell genug geworden ist, den Freund vom Feind zu unterscheiden." Und mit einem Hohn sondergleichen fügte er hinzu: „Ich hoffe, daß du kommst! Denn das war wohl nicht sehr heldenhaft von euch, mich durch Hunger und Durst besiegen zu wollen. Nicht euer Wasser soll entscheiden, sondern das Schwert!"

„Nein, weder das Wasser noch das Schwert, weder du noch ich sollen entscheiden, sondern ein Höherer!" rief der Mir.

„Ein Höherer? Wer?"

„Gott!"

„Gott!" lachte der Panther. Es war so geringschätzig dieses Lachen. „Nur Menschen fünften oder gar sechsten Wertes verlassen sich auf den, den sie als Gott, als Allah oder mit sonstwie ähnlichen Namen bezeichnen. Ich aber, der neue Mir von Ardistan, kann mich ganz unmöglich dem Rang nach so tief hinunterstellen. Ich brauche diese Hilfe nicht, nach der nur Schwache und Unfähige lechzen. Ich siege durch mich selbst, durch meine eigene Kraft, nicht aber durch . . ."

Er hielt inne. Er konnte den angefangenen Satz nicht vollenden. Es tat in diesem Augenblick einen Krach, als müsse Himmel und Erde zugrunde gehen, und die letztere begann zu wanken. Der Panther stürzte zu Boden. Er wollte sich zwar schnell aufraffen, aber es folgten noch weitere Erdstöße, die ihn immer wieder niederwarfen. Die Pferde seiner Truppe wieherten vor Schreck laut auf und jagten davon. Seine Leute brüllten und rannten hinter ihnen her. Da schrie auch er:

„Fort, fort! Hier ist der Scheitan – der Teufel – los! Er hole euch alle miteinander! Fort, nur fort!"

Er sprang den Voranfliehenden in großen Sätzen nach, und zwar ohne daß er wieder niederstürzte, weil die Stöße nun vorüber waren und sich nicht wiederholten. Seine Pferde verschwanden schnell am Horizont. Was die unserigen betrifft, so verhielten sie sich nicht alle gleich. Die Schimmel der Lanzenreiter hatten sich nicht gerührt. Sie waren von ihrer Heimat her diese Unzuverlässigkeit des sogenannten „festen" Erdbodens gewohnt. Die dicken Gäule der Ussul waren zwar auch erschrokken, aber ihr angestammtes, in diesem Falle höchst vortreffliches Phlegma half ihnen schnell und leicht über diesen Schreck hinweg. Sie blieben einfach stehen und sahen sich nur verwundert nach der Ursache dieses Lärmes um, ohne sich aber von ihm aus der Fassung bringen zu lassen. Der Schimmel des Mirs war ein wahrhaft edles Tier. Zwar erregten die Erdstöße sein Entsetzen, doch bewirkten die guten Worte Halefs und des Mirs, die beide zu ihm hingeeilt waren, daß er nicht ausbrach, sondern sich beruhigte. Anders aber die Pferde der Tschoban, die mit aller Gewalt festgehalten werden mußten und nach allen Seiten mit den Hufen um sich schlugen. Darum war es gut, daß man sie infolge meines Rates sogleich und so weit auseinandergezogen hatte, daß sie einander nicht verletzen konnten. Ebenso wie hier an dieser Stelle hatten sich auch die Pferde unsers Lagers und unserer ganzen Linie verhalten. Die Schimmel der El Hadd und Halihm waren ruhig geblieben, die Urgäule der Ussul auch. Syrr und Assil Ben Rih waren angepflockt gewesen. Sie hatten zwar ihre Mähnen gesträubt und einige Sprünge gemacht, sich aber nicht losgerissen. Mit den Pferden der Tschoban aber hatte man viel Mühe und Arbeit gehabt, die durch ihre Angst entstandene Unordnung zu beseitigen. Am allerschlimmsten aber war es, wie wir später erfuhren, im Heer des Panthers zugegangen. Es hatte da eine geradezu unbeschreibliche Verwirrung mit vielfältigen Verletzungen von Pferden und Menschen gegeben. Ich kann jetzt hierüber weggehen, weil ich später Gelegenheit haben werde, ganz ähnliches zu berichten.

So schnell wie die Verfinsterung des Himmels gekommen war, so schnell war sie auch wieder gegangen. Kaum hatten wir den stracks auf seinen eigenen Beinen davongaloppierenden Panther verschwinden sehen, so war der Himmel wieder rein und frei, und die Sonne strahlte in der alten Weise auf uns hernieder. Die Erdstöße hatten nicht nur auf den Panther und seine Leute, sondern auch auf uns und unsere Stimmung gewirkt, natürlich aber in anderer Weise als bei ihm. Wir alle hatten das Gefühl, daß ein Höherer, Unsichtbarer uns zur Seite stehe, der uns durch das Beben der Erde hatte zeigen wollen, daß nur allein Verlaß auf ihn und seine Hilfe, nicht aber auf menschliche Pläne sei. Wie schnell war mein Vorhaben, den Panther zu ironisieren, zusammengefallen! Und wie prompt hatte der Mir auf seine Absicht, sich nicht zu erkennen zu geben, verzichten müssen! Nun standen wir, die wir hatten schauspielern wollen, da und schauten einander an. Was hatten wir erreicht?

„Effendi, ich spiele niemals wieder den Mir!“ sagte Halef. „Ich habe meine Sache so ungeheuer schlecht gemacht, daß sogar die Erde vor Ärger unter mir zitterte! Ich bleibe Scheich der Haddedihn vom Stamm der Schammar. Wer sich für mehr ausgibt, als er ist und kann, dem schwindet der Boden unter den Füßen weg, und so etwas will ich nicht wieder erleben! Der Panther hat uns die Schlacht angetragen, ganz so, wie in früherer Zeit die großen Helden taten. Wir werden also später von einer ‚Schlacht am Dschebel Allah‘ erzählen können. Aber glaubst du, daß er Wort hält?“

„Nein“, antwortete ich.

„Nicht? Hast du Gründe hierzu?“

„Sehr triftige.“

„Ob du dich da nicht irrst? Er ist doch gezwungen, mit uns zu kämpfen. Er muß doch verdursten, wenn er kein Wasser bekommt. Und das kann er sich nur bei uns holen. Er selbst hat es gesagt.“

„Grad weil es es gesagt hat, glaube ich es nicht. Es gibt Wasser, und zwar gar nicht weit von hier.“

„Wo?“

„Gleich jenseits des Dschebel Allah. Alle diese Berge, die uns als kahl erscheinen, auch der Dschebel Allah, sind nur nach Süden kahl, also nach der Seite, von welcher die Einflüsse von Ardistan zerstörend wirken konnten. Das habe ich in den Büchern Marah Durimehs gelesen und auch aus ihrem eigenen Mund gehört. In den Schluchten jenseits des Dschebel Allah gibt es fließendes Wasser; nur kann es nicht hier herüber in dieses vertrocknete und verschmachtete Land. Es sollte mich wundern, wenn der Panther das nicht ebensogut und noch besser wüßte als ich, der Fremde.“

„Er weiß es“, fiel der Basch Islami ein. „Ich selbst habe mit ihm darüber gesprochen und ihn darauf aufmerksam gemacht.“

„So will er hinüber! Zunächst nur, um zu Wasser zu kommen, um sich das Leben zu retten. Sodann aber auch aus andern, sehr triftigen Gründen. Er glaubt, die Scharen des Mirs von Dschinnistan fliehen vor ihm. Er muß ihnen nach, um sie zu strafen. Er weiß, daß die Lanzenreiter von El Hadd und Halihm bei uns sind; er glaubt also, daß ihr Land von Verteidigern entblößt sei;

er meint, es mit einem schnellen Streich in seine Gewalt bringen und besitzen zu können . . ."

„Richtig, sehr richtig!" stimmte der Dschirbani mir bei. „Bekommt er El Hadd, so sitzt er im warmen Nest; wir aber halten hier am kahlen Dschebel Allah und können nicht hinüber. Denn den einzigen Weg, der nach seiner Meinung hinüberführt, wird er mit Geschützen besetzen. Darum erkundigte er sich besonders und angelegentlich, ob die Lanzenreiter bei uns seien. Auch ich bin der Ansicht, daß er von der Schlacht nur gesprochen hat, um sie zu vermeiden. Kehren wir nach dem Lager zurück, und lassen wir den Schech el Beled und Abd el Fadl kommen, um mit ihnen zu beraten!"

Dieser Vorschlag wurde ausgeführt. Die beiden Genannten trafen gegen Abend ein. Als wir ihnen Bericht erstattet hatten, zeigte es sich, daß sie derselben Ansicht waren, wie der Dschirbani und ich. Wir besprachen uns auf das ausführlichste mit ihnen, und als sie dann wieder fortritten, wußte ein jeder von uns, wie er sich auf alle Fälle, sie mochten kommen, wie sie wollten, zu verhalten hatte.

Die Erdstöße hatten in mir ein ganz eigenartiges Gefühl hinterlassen. Man denke sich einen hohlen, leichten Gummiball, der auf leise bewegtem Wasser schaukelt, auf diesem Ball sitzt eine Fliege, die das Schaukeln spürt, weil sie es mitzumachen hat. Den Ball als Erde gedacht, war ich die Fliege. Ich hatte die Empfindung, als ob in jedem Augenblick etwas unter mir umkippen und zerplatzen könne. Und, eigentümlich, meinem kleinen Hadschi erging es genau ebenso wie mir. Er kam, es mir zu beschreiben.

„Paß auf, Effendi", sagte er, „hier am Dschebel Allah geschieht etwas; wir erleben etwas! Und wenn der Panther sich alle mögliche Mühe gibt, uns zu überlisten und uns zu entkommen, so gibt es doch Einen, den er nicht überlistet und dem er nicht entkommt. Dieser Eine ist der Emir es Salßali – Herr des Erdbebens, gemeint ist Gott –, der nicht mit sich spotten läßt. Mag der Panther es mit der Schlacht am Dschebel Allah ernst oder hinterlistig gemeint haben, er hat es gewagt, sie anzurufen, und wird sie haben, wenn auch anders, ganz anders, als er denkt!"

Es war, als ob in diesen Worten des Hadschi etwas Prophetisches gelegen habe. Von diesem Augenblick an spitzten sich die Ereignisse derart zu, als ob die Vorsehung, die hoch über allem menschlichen Ermessen steht, beschlossen habe: Der Panther hat die Schlacht herbeigerufen; er soll sie haben!

Man vergegenwärtige sich die Aufstellung der beiden Heere, die an der Grenze von El Hadd einander gegenüberlagen. Diese Grenze wurde durch einen hohen, schroffen Gebirgszug gebildet, der genau von Ost nach West verlief und, außer am Dschebel Allah, vollständig unübersteigbar war. Es gab absolut keinen andern Paß und keinen andern Weg hinüber als den von mir bereits beschriebenen breiten, der sich oben spaltete, und die beiden geheimen Saumpfade, die an den beiden äußeren Seiten der Dschebelgruppe hinauf- und drüben wieder hinunterstiegen und den breiten Weg zu seinen beiden Seiten weit in das Bergland hinein begleiteten, ohne von ihm aus bemerkt zu werden. Unten, am Fuß des Dschebel Allah, hatten bis heute früh die Schwarzgepanzerten des Mirs von Dschinnistan gelegen, waren aber bergaufwärts zurückgewichen, als sie das Heer des Panthers herankommen sahen. Nun jetzt, da die Sonne ihren Tagesbogen fast beendet hatte, lag dieses Heer an derselben Stelle, und zwar nicht in weit auseinanderliegenden Intervallen, sondern eng zusammengedrängt, so daß schon hieraus zu schließen war, daß der Panther beabsichtige, den Übergang über die Grenze zu unternehmen. Durch diese seine Richtungsschärfe nach dem breiten Paß zu gab er die Seiten des mehrere Reitstunden breiten Dschebel Allah vollständig frei, so daß es unsern beiden Flügeln leicht wurde, ihn gänzlich zu umfassen. Wir rückten nach diesen beiden Seiten zwar langsam, aber stetig und unbemerkt vor, unterließen aber im Zentrum einstweilen noch jede Bewegung, weil wir uns da beobachtet wußten. Die Mitte unserer Aufstellung war über eine gute Reitstunde von dem Feind entfernt; unsere Vorposten lagen ihm aber selbstverständlich viel näher. Die Spitzen unserer beiden Flügel hatten den Fuß des Gebirges und die Saumpfade erreicht, auf die sie angewiesen waren. Der Panther war also im Süden von unserm Halbkreis und im Norden von dem Gebirgszug derart umschlossen, daß ihm zum einstweiligen Entkommen nur die eine Lücke blieb, welche von dem Paß des Dschebel Allah gebildet wurde. Dort hatten die Lanzenreiter von El Hadd und Halihm Fühlung mit den Schwarzgepanzerten des Mirs von Dschinnistan bekommen, und diese Fühlung wurde auch, während die letzteren sich vor dem Panther zurückzogen, derart aufrecht erhalten, daß wir von allem, was da oben geschah, durch Meldungen unterrichtet werden konnten. Auf diese Weise kam es, daß alle Bemühungen des Feindes, uns das, was er tat, zu verbergen, vereitelt wurden.

Nämlich, kurz nachdem es dunkel geworden war, wurde uns

ein Bote des Panthers zugeführt, der uns einen Zettel brachte, auf dem die Worte standen: „Aufforderung zur Schlacht am Dschebel Allah." Und kaum war dieser Mann von den ihn begleitenden Posten fortgeführt worden, so traf von seiten unserer Lanzenreiter die Meldung ein, daß der Feind alle Vorsorge treffe, im Schutze der Dunkelheit den Übergang über den Paß zu bewerkstelligen; die Schwarzgepanzerten würden ihn nicht hindern, hinauf auf die Platte zu kommen. Ob es aber geraten sei, ihn jenseits dann hinunterzulassen, das habe sich erst noch herauszustellen. Nach zwei Stunden stellte sich abermals ein Bote ein, der wieder einen Zettel mit genau denselben Worten brachte. Der Panther wußte wahrscheinlich gar nicht, wie kindisch er da handelte. Seine Gründe zu dieser Spielerei lagen klar zutage. Wir sollten erstens gar nicht auf den Gedanken kommen, daß er beabsichtigte, uns zu entgehen. Er wollte zweitens durch diese seine Boten erfahren, ob er uns noch an derselben Stelle getroffen habe oder ob wir vielleicht auch in Bewegung seien. Und er freute sich schon im voraus darauf, uns, falls wir uns von ihm täuschen ließen, dann gründlich auslachen zu können.

Es kamen von zwei Stunden zu zwei Stunden noch zwei Boten mit ganz demselben Zettel. Aber ganz ebenso kamen auch weitere Meldungen von seiten der El Hadd und Halihm. Wir erfuhren, daß der Übergang begonnen hatte. Der Panther hatte ein ansehnliches Detachement Reiterei vorausgeschickt, um sich über die Beschaffenheit des Weges aufzuklären, und dann nach eingetroffenen guten Resultaten sogleich die Artillerie folgen zu lassen. Es kam ihm darauf an, zunächst sie in Sicherheit zu bringen und den Paß derart mit Geschützen zu besetzen, daß es nur einiger Schüsse bedurfte, um ein Nachdrängen von unserer Seite leicht zurückweisen zu können. Ihr folgten dann die andern Truppenteile, und zwar in solcher Eile, daß, als er uns seinen letzten Boten schickte, die Räumung seines Lagers als vollendet betrachtet werden konnte. Dieser Bote hatte nach seiner Rückkehr dem vorangegangenen Heer als letzter einzeln nachzureiten.

Das war nach europäischer Zeitrechnung zwischen zwei und drei Uhr in der Nacht. Wir lagen noch da, wo wir am Tage gelegen hatten. Es fiel uns gar nicht ein, in der Dunkelheit etwas zu unternehmen, was wir bei Tageslicht viel sicherer und besser ausführen konnten. Es gab aber auch noch einen zweiten Grund, uns vorsichtig und abwartend zu verhalten. Dieser

Grund lag nicht in der kriegerischen Situation, in der wir uns befanden, sondern in der uns umgebenden Natur.

Wir hatten jetzt abnehmenden Mond, der sich dem Neumond näherte. Dieses letzte Viertel stand beim Beginn des Abends klar und deutlich am Himmel, und auch die Sterne waren so leicht erkennbar, daß man sie bis auf eine bestimmte Größe zählen konnte. Dies änderte sich nach und nach. Die Sterne verschwanden, oder vielmehr sie waren noch da, aber man konnte sie nicht mehr unterscheiden; sie flossen ineinander über. Auch der Mond wurde immer unklarer und verlor die Schärfe seiner Umrisse. Diese Undeutlichkeit nahm derart zu, daß man ihn um Mitternacht nicht mehr sah, obgleich man sagen konnte, wo er stand.

Die Pferde der Tschoban begannen unruhig zu werden. Auch die Menschen wurden von einem ganz eigenartigen Gefühl der Unsicherheit ergriffen. Die Luft atmete sich ganz anders ein als vorher. Nicht etwa, daß uns das Atmen schwer geworden wäre, o nein, aber man schien mit der Luft zugleich eine seelische Beklemmung einzuatmen, die nicht wieder weichen wollte und sich von Stunde zu Stunde vergrößerte. Wir befanden uns, wie schon einmal gesagt, nun im Gebiet der Vulkane, deren Ausbrüche wir früher aus der Ferne beobachtet hatten. Während unsers ganzen Rittes vom Lande der Ussul bis hierher war allabendlich ihr Leuchten und Glühen zu sehen gewesen, bald mehr, bald weniger deutlich und infolgedessen eindrucksvoll. Alle Anhänger der Fluß- und Friedenssage, mit denen wir gesprochen hatten, waren der Ansicht gewesen, daß das gegenwärtige Jahr das bekannte hundertste sei, in dem das Paradies sich öffne, um seine Erzengelfrage über die ganze Erde und über die ganze Menschheit erklingen zu lassen. Oft, sehr oft schien es uns während dieser Zeit, daß die Erde bebe, aber leise und, ich möchte sagen, versuchsweise oder zagend, daß man es gar nicht weiter beobachtet hatte. In letzter Zeit war an Stelle dieser leisen, einzelnen Versuche der schon beschriebene Zustand jenes Schwimmens, Schwingens und Schwebens getreten, bei dem man das Vorgefühl hatte, als ob irgend etwas unter den Füßen entweder kentern oder zerplatzen werde. Und am heutigen Abend wurden wir von dieser Vorahnung derart gefangengenommen, daß ich das seelische Resultat als Beengung, wenn nicht gar als Beängstigung bezeichnen möchte.

Auch heut sahen wir die Glut der Berge steigen, besonders der ferneren, im höchsten Dschinnistan. Die näheren schienen zu ruhen. Ganz ungewöhnlich verhielt sich der, welcher uns am nächsten lag, also der Dschebel Allah. Seine mittlere Kuppe, also der Sohn, ragte still und stumm und schwarz zum Himmel auf, als ob er tot sei, starr und erstorben, von den Gluten des Erdinnern nicht mehr zu erreichen und zu beleben. Die beiden andern Kegel aber, der Vater und die Mutter, atmeten, doch nicht voll und kräftig, sondern wie in einem Krankheitsanfall, wie im Ersticken. Das begann mit leisem Rollen. Wenn man sich lang ausstreckte und das Ohr auf die Erde legte, konnte man es deutlicher hören. Ich hatte es erst für das Rollen der Kanonenräder gehalten, dann aber bald bemerkt, daß es mit der Bewegung der Geschütze nicht im Zusammenhang stand. Auf dieses Rollen folgte von seiten eines der beiden Kegel eine Ausatmung, welche durch die Lüfte strich wie der Angsthauch, der sich pfeifend durch die Stimmritze eines Sterbenden preßt. Das war von einem Dämmerschein begleitet, der mit diesem Pfiff dem betreffenden Krater entstieg. Das Rollen vorher wurde von Stunde zu Stunde lauter und vernehmlicher, sogar auch fühlbarer. Es war, als ob sich im Innern der Erde Kräfte gesammelt hätten, die sich befreien wollten und doch nicht konnten. Dieser Ansicht waren alle, bei denen ich mich befand. Mir speziell aber wollte es scheinen, als ob diese Kräfte nicht auf die Befreiung durch den Vater oder die Mutter, also durch den rechten oder linken Kegel, sondern durch den Sohn, also den mittleren Kegel, gerichtet seien. Beweisen konnte ich das freilich nicht; ich fühlte es.

Ungefähr um drei Uhr nach europäischer Zeit kam ein Reiter. Als wir ihn hörten, glaubten wir, daß es wieder ein Bote sei. Es war aber keiner, sondern der Schech el Beled selbst. Es mußte also etwas sehr Wichtiges sein, um das es sich handelte. Als er vom Pferd gestiegen war, fragte er zunächst, ob sich irgend etwas bei uns ereignet habe. Wir zeigten ihm die Zettel, die uns der Panther geschickt hatte. Er las sie.

„Unvorsichtiger! Lästerer!“ sagte er dann. „Hat er denn noch immer nicht eingesehen, daß der Mensch beim Wort gehalten wird? Der gewöhnliche Sterbliche, der den zwölften Teil eines Dutzends oder den sechzigsten Teil eines Schockes gilt, mag sich gestatten dürfen, das, was er sagt und spricht, für unwichtig zu halten; wer es aber wagt, sich auf weithin sichtbare und weithin wirksame Punkte zu stellen, der muß sich vor allen Dingen sagen, daß ein jedes Wort, welches er spricht, in der Verantwortung vor Gott tausend Zentner wiegt und so lange vor den Füßen des Richters liegen bleibt, bis es durch seine innere Wahrheit, also durch die Tat, eingelöst worden ist. Auch der Panther wird das Gewicht seiner Worte fühlen. Was er in Worten verspricht, hat er in Taten zu bezahlen. Hat er uns die Schlacht am Dschebel Allah versprochen, so wird er sie uns liefern, unbedingt! Uns oder dem, für den wir alle kämpfen und gegen den er sich empört! Das ist ja auch der Grund, weshalb ich zu euch komme, jetzt, in dieser entsetzlichen, großen, wahrheitsvollen Nacht. Ich will bei euch sein. Meine Reiter sind solche Nächte und solche Wahrheiten gewöhnt. Euch aber schaudert, wenn der Ewige an die Stelle des Sterblichen tritt und die Gesetze des Himmels gelten, weil die Gesetze der Erde nicht ausreichen, Gerechtigkeit zu schaffen."

„Was willst du sagen?" fragte der Mir. „Du deutest Ungewöhnliches an!"

„Ich will sagen, daß der Dschebel Allah das Werk vollenden wird, welches der Panther begonnen hat."

„Welches Werk? Und wann?"

„Jetzt! Heut nacht! Sobald der Morgen beginnt. Der Panther hat es gesagt."

„Noch verstehe ich dich nicht!"

„Es steht ein Ausbruch des Dschebel Allah bevor. Schaut hinauf zu ihm, und hört, wie es unter euren Füßen arbeitet. Euch ist das fremd; ich aber kenne es. Ich kenne jeden dieser wundersamen Berge, nicht nur nach seinem Namen, sondern auch nach seinem Charakter, seinem Naturell und seinem Temperament. Ich kenne vor allen Dingen den Dschebel Allah. Der Vater atmet, und die Mutter atmet, wenn auch schwer, aber sie atmen doch. Von ihnen ist nichts zu fürchten. Doch seht den Sohn! Ich war oben bei ihm, heut, am Beginn des Morgens. Ich saß zu seinen Füßen und lauschte. Ich hörte, wie es grollt in ihm. Und ich fühlte den Zorn, der durch sein Inneres bebt. Seine Zeit ist gekommen, die große Zeit, in welcher kochende Fluten aus seiner Brust und seinen Hüften brechen, damit er sich reinige und säubere von dem Schmutz der Asche und des Staubes, der auf ihm liegt. Grün will er werden, wieder grün, wie er einstens war, als der Herrgott noch durch Ardistan pilgern konnte. Das Kleid des Lebens, des Glückes, des Segens will er anlegen, nicht nur für uns, die wir in den Bergen wohnen, sondern auch für euch und alle, die ihn für tot, für kahl, für verödet, für erloschen halten. Horcht, und seht!"

Er hob den Arm und deutete zu den Höhen hinauf, von denen er sprach. In der Erde klirrte und rollte es, als ob eherne Sichelwagen, unter uns hinratternd, ihre metallenen Waffen aneinander wetzten; ein scharfer Wind pfiff plötzlich um uns her, und im nächsten Augenblick stieg aus dem Krater sowohl des Vaters als auch der Mutter eine glühende Garbe auf, und dabei erklangen Töne, wie wenn Milliarden von Feilen über Stahl und Eisen strichen. Der Schech el Beled stand vor uns, im wehenden Mantel und flatternden Schleier, den Arm nach dem Berg gehoben, im Licht der flammenden Krater uns wie ein Wesen erscheinend, von dem man nicht weiß, ob es noch irdisch oder schon überirdisch ist. Sein Gesicht war verhüllt; wir konnten es nicht sehen; aber aus seiner Stimme klang der tiefe, heilige Ernst, der in ihm wohnte und auch uns ergriff.

„Habt ihr es gesehen und gehört?" fragte er. „Fühlt ihr den Wind, den kalten, den es mit unwiderstehlicher Gewalt hinauf zur Wärme reißt? So zeigt uns Gott in seiner gewaltig predigenden Natur die Vorbilder dessen, was im Leben und in den Seelen der Völker und der Einzelmenschen zu geschehen hat, wenn die Ratschlüsse des Himmels in Erfüllung gehen sollen! Ich kenne den Sohn und seine Weise. Schon beginnt die Kraft unter seinem Fuß zu wirken. Bald kommt ein Augenblick, an dem alle Kuppen, die jetzt glühen, wie mit einem einzigen Hauch ausgeblasen werden. Das ist seine Zeit! Dann beginnt er allein! Er, der Segensreiche, der die Wasser von Dschinnistan unter seinem Thron sammelt, um sie tief unter der Erde zu den Engeln der Stadt der Toten und des Engpasses von Chatar zu leiten."

„Von hier aus kam das Wasser, welches uns rettete?" fragte ich.

„Ja, von hier aus, vom Dschebel Allah aus", antwortete er.

„Und du bist überzeugt, daß wir einen Ausbruch dieses Berges zu erwarten haben?"

„Ja."

„Heut? Jetzt?"

„Vielleicht schon in wenigen Minuten."

Da rief Halef erschrocken aus:

„So ist der Panther mit seinem ganzen Heer verloren! Allah sei ihm und ihnen gnädig und uns auch! Wir müssen hin, sie zu retten!"

„Ja, wir müssen retten, müssen wenigstens warnen!" stimmte ich bei. „Unsere beiden Pferde sind die schnellsten. Wir werden sofort miteinander . . ."

„Halt! Keine Torheit!" unterbrach mich der Schech el Beled, und der Dschirbani hielt den Hadschi fest, der schon forteilen wollte, ohne erst noch auf mich zu warten. „Es ist bereits zu spät. Ihr würdet nur in euer eigenes Verderben jagen. Fühlt ihr es? Kein Mensch kann jetzt mehr nach jenem Berg reiten!“

Die Erde zitterte unter uns. Dennoch rief Halef:

„Ich reite aber trotzdem! Sihdi, hilf mir! Ich will los. Ich will fort!“

Er rang mit dem Dschirbani, der ihn mit seiner Riesenkraft festhielt.

„Laß ihn los!“ bat ich diesen. „Wir müssen fort; wir müssen hinauf, um zu warnen! Es ist Menschenpflicht!“

„Menschenpflicht?“ fragte er. „Sahib, ich achte dich, und ich liebe dich, hier aber muß ich dir widersprechen, hier bist du schwach und kurzsichtig. Wenn Gott das Gericht in seine eigenen Hände nimmt, ist es da wirklich Menschenpflicht, ihm zu widerstehen und den Schuldigen zu retten?“

„Sie sind nicht alle schuldig, denen jetzt das Verderben droht“, warf ich ein.

„Alle sind schuldig, alle!“ behauptete er. „Denke an die Stadt der Toten! Hier hast du deinen Halef! Wollt ihr euch gegen den Willen des Geschickes sträuben und für einen Panther dem sicheren Tode entgegengehen, so tut es; ich aber bleibe hier!“

Er gab Halef frei und trat an die Seite des Schech el Beled. Dieser drückte ihm die Hand, zog ihn näher zu sich heran und rief:

„So war es recht! So höre ich dich gern, gerade dich! Nie soll die Menschenliebe zur Herzensschwäche werden. Je edler der Mensch denkt, desto unerbittlicher sei er gegen alles Schädliche und Gemeine. Paßt auf, paßt auf! Es naht! Schon beginnen die höchsten Kuppen zu verlöschen!“

Er ließ die Hand des Dschirbani, die er ergriffen hatte, nicht wieder los. Sie standen nebeneinander, vollständig gleich gekleidet, denn wir hatten die Gewänder der Lanzenreiter im Drang der Umstände noch nicht wieder abgelegt. Der Schech el Beled war etwas weniger hoch und etwas weniger breit als die Gestalt des Dschirbani, und doch wollte es scheinen, als ob diese beiden nicht nur in Beziehung auf ihre Meinungen, sondern auch körperlich zusammengehörten. Ich hatte keine Zeit, diesen Gedanken weiter auszuspinnen, und ich hatte auch gar keine Zeit, mit Halef meine Absicht, die Feinde zu warnen, auszuführen, denn es zeigte sich jetzt, daß der Schech el Beled ganz richtig gesagt hatte, daß es zu spät, viel zu spät dazu sei. Die Stimme des Herzens mußte schweigen, weil andere Stimmen zu sprechen begannen, und zwar Stimmen, gegen welche unsere schwachen Menschen- und Herzensstimmen unmöglich aufkommen können.

Die Säulen, Kuppen und Zinnen des Nordens hatten bisher ununterbrochen geglüht; jetzt verlöschten sie, eine nach der andern. Es wurde dunkel da oben. Der Wind, welcher sich vorhin erhoben hatte, war wieder eingeschlafen. Tiefe, unheimliche Stille herrschte ringsumher.

„Sind die Tschoban ihrer Pferde sicher?“ fragte der Schech el Beled.

„Ja“, antwortete der Mir. „Ich habe strenge Weisungen erteilt, die man befolgen wird. Horcht! Was war das?“

Es war in der Ferne ein Schuß gefallen.

„Eine Kanone!“ rief der Dschirbani, halb fragend, halb erstaunt.

Wieder hörten wir einen Schuß, noch einen und noch einen. Da wendete sich der Schech el Beled, der aufmerksam in die Nacht hinausgehorcht hatte, mit den Worten zu uns:

„Ja, es sind Kanonen! Die Triumphschüsse des Panthers! Ich wollte es nicht glauben; nun aber höre ich, daß es doch wahr gewesen ist. Ich bekam nämlich eine Meldung, die ein Schwarzgewappneter des Mirs von Dschinnistan meinen Vorposten überbrachte. Nämlich als der reitende Vortrab des Panthers den Berg erstieg, um der nachfolgenden Artillerie den Weg zu bereiten, wichen die Schwarzen nur langsam zurück, um so viel wie möglich zu sehen und zu hören. Diese Absicht gelang ihnen gut. Sie erlauschten viele laute Zurufe, auch Reden und kurze Gespräche. So hörte man auch, daß der Panther den Befehl erteilt hat, sobald der Rückzug gelungen ist, dreimal zehn Kanonenschüsse abzugeben.“

„Zu welchem Zweck?“ fragte der Mir.

„Wahrscheinlich uns zu verhöhnen“, antwortete Halef.

„Oder um uns glauben zu machen, daß er noch unten sei und die Schlacht beginne. Also, um uns zu verwirren“, meinte der Dschirbani.

„Das ist das richtige“, stimmte der Schech el Beled bei. „Dieser Augenblick fällt in die Zeit des Morgengrauens, für welche der Anfang des Kampfes vorausgesagt und vereinbart worden ist. Und die, welche belauscht wurden, haben es deutlich gesagt und sich auch darüber lustig gemacht, daß wir uns durch diese Schüsse täuschen lassen und denken werden, die Schlacht habe begonnen. Wir sollen Dummheiten machen und uns dann schämen und ärgern. Tor, dieser Mensch! Dreimal zehnmal Tor! Es gibt weder hier unten noch dort oben einen, der sich von ihm irremachen läßt; das wird er bald erfahren! Seien wir jetzt still, bis die dreißig Schüsse gefallen sind! Ich glaube nicht, daß dann wir zu antworten brauchen!"

Während wir nun warteten, wurde es da oben gegen Dschinnistan vollständig finster. Über uns hatte der Himmel eine bleierne Farbe gehabt. Das sah so schwer, so lastend aus, als ob er zusammenbrechen wolle. Nun aber wurde er dunkel und immer dunkler. Bald wurde dieses Dunkel so dicht, daß man es nur noch als Schwärze bezeichnen konnte. Ich hielt mir die Hand in einem Abstand von vielleicht zwanzig Zentimeter vor die Augen und konnte sie nicht sehen. Das war unnatürlich. Mein und Halefs Pferd wieherten leise. Sie baten uns dadurch, sie doch zu uns zu lassen. Wir erfüllten ihren Wunsch und holten sie. Da legten sie sich bei uns nieder und blieben in der nächstfolgenden, schrecklichen Stunde im Vertrauen auf ihre Herren so ruhig liegen, daß es nur eines freundlichen Wortes oder Streichelns bedurfte, sie zu beschwichtigen, wenn die Angst sie erfassen wollte.

Kaum hatten wir diese unsere köstlichen, unersetzlichen Tiere bei uns in Sicherheit, so brach die Katastrophe los. Mit andern Worten: Die vermessene, mehrmalige Aufforderung zur Schlacht am Dschebel Allah trat in das Stadium ihrer Konsequenzen. Ein dröhnendes Rollen kam aus der Ferne, nicht schnell, sondern langsam, wie das Nahen eines sicheren, wohlüberlegten Schicksals. Es ging unter uns hindurch. Es war, als ob eine meilenlange Riesenschildkröte unter unsern Füßen hindurchkröche. Sie hob uns, als sie uns erreichte, empor, schob ihren unerbittlich harten Leib immer weiter und ließ uns hinter sich dann wieder fallen. Ich fühlte das sehr deutlich, denn ich hatte mich, als diese vernichtende Erdwelle kam, schnell neben meinen Syrr niedergelegt, um ihm das Gefühl zu geben, daß er nichts zu befürchten habe. Halef tat dasselbe mit seinem Assil Ben Rih. Der Mir und der Basch Islami fielen nieder. Der Schech el Beled aber stand aufrecht, die Hand des Dschirbani noch immer haltend, und rief:

„Hört ihr die Schüsse noch? Nein! Sie haben plötzlich aufgehört, obgleich es noch nicht volle dreißig waren. Wenn der spricht, dessen Stimme wir nun hören werden, hat jeder andere zu schweigen. Dieser eine, erste Stoß hat genügt, die Artillerie des Panthers zu vernichten, vielleicht sein ganzes Heer. Hört ihr es krachen und stürzen?"

Wir vernahmen trotz der weiten Entfernung, in der wir uns befanden, das Getöse sich loslösender, niederschmetternder und zerberstender Felsenstücke. Hierauf war es, als ob Tausende von Tier- und Menschenstimmen sich zu einem einzigen, großen, entsetzlichen Todesschrei vereinigten, der geradeauf zum Himmel stieg und uns also nur mit seinen äußersten Schwingungen berührte.

„Schrecklich, schrecklich!" rief der Mir. „Sie sind tot, alle tot! Sie sind ..."

Was er weiter sagen wollte, wurde von einem Schuß, einem Krach verschlungen, der so stark war, daß es schien, als ob er mir mein Innenohr vollständig zerrissen, zerstört und vernichtet habe. Ich konnte für einige Minuten nicht mehr hören. Ich sah, daß der Schech el Beled nach dem Berg deutete und etwas sagte, verstand es aber nicht. Dieser Schuß war aus dem Krater des Sohnes gekommen; er hatte das Innere desselben geöffnet. Aber die Trümmer, die es da gab, flogen nicht nach außen, sondern sie stürzten und rollten nach innen. Man fühlte das. Hierauf war es, als ob jene Riesenschildkröte sich umgewendet habe und zurückkehre. Sie näherte sich uns wieder und kroch abermals unter uns hindurch, nur in entgegengesetzter Richtung, nämlich nach dem Berg zu. Was sie vorhin nicht zermahlen und zermalmt hatte, das mußte nun jetzt verloren sein; das war gewiß. Es folgte ein Schlag, als ob eine Gigantenfaust gegen das Innere der Erdrinde schmettere, so daß alles, was sich auf ihr befand, haltlos in sich zusammensinken müsse, und im nächsten Augenblick stieg etwas – nicht etwa Furchtbares und Entsetzliches, o nein, sondern etwas so unbeschreiblich Schönes aus dem Krater des Sohnes empor, daß keine Sprache der Menschen die Worte besitzt, welche nötig wären, es zu schildern.

Das kam so schnell und so plötzlich, daß es vor unseren Augen stand, ohne daß wir es hatten erscheinen und sich entwikkeln sehen. Es glich einem hellen, tadellos geschliffenen Kelchglas, mit perlendem Champagner gefüllt, der oben überläuft. Dieses Glas hatte unten einen Durchmesser von vielleicht nur zwanzig, oben aber einen solchen von gewiß hundert Metern und zeigte eine Höhe, die gar nicht abzuschätzen war. Der Champagner, der in diesem kristallenen Gefäß nach oben schäumte, war unten hell goldig, sodann hell silbern, hierauf sehr hell grün und ganz oben unendlich fein blaugefärbt. Diese verschiedenen Farben hatten einen metallischen Glanz. Sie waren nicht scharf voneinander geschieden, sondern sie gingen allmählich ineinander über und schienen einander so verwandt, daß das Gold zuweilen bis ganz nach oben und das Blau zuweilen bis ganz nach unten zuckte. Der überfließende Schaum hatte die Farbe der Pfirsichblüte, durcheilt von goldsilbernen Blitzen und Funken. Man bedenke sich die auf uns liegende Nacht, deren absolute Dunkelheit ich als Schwärze bezeichnet habe, und mitten in dieser Finsternis die, fast möchte ich sagen, überirdische Erscheinung dieser Kelchfontäne, die alle Eigenschaften und Effekte des Wunderbaren in sich vereinigte! Der Schaum, der sie krönte, lief nicht über. Er floß nicht an ihr herab. Man sah, daß er sich verflüchtigte. Die Blitze und Funken trugen ihn nach allen Seiten in die Nacht hinaus, sogar auch her zu uns. Wir fühlten ihn. Er war warm. Er senkte sich wie ein unendlich feiner und unendlich leiser Regen auf uns nieder. Er hüllte uns in einen Schleier, der sich nach und nach verdichtete, bis er uns den Anblick seines Ursprunges mehr und mehr verhüllte und schließlich ganz entzog. Die Erscheinung, die irdisch herrlichste, die ich je gesehen habe, verschwand, ohne vor unsern Augen zerstört worden zu sein und aufgehört zu haben.

„Wasser, Wasser spendet er, der Sohn, das kostbare, lang ersehnte Wasser!“ rief der Schech el Beled. „Und was er uns gibt, das nimmt er uns nicht wieder. Wir dürfen es behalten!“

Ich hörte diese Worte; ich war also, Gott sei Dank, nicht taub geworden! Der Schech fuhr fort:

„Für uns wird es zum Segen sein; dem Feind aber brachte es Verderben. Hier ist es warm; bei ihm aber war es heiß, brennend heiß. Wer möchte an seiner Stelle sein und mit ihm . . .“

Er wurde von einem Donnerschlag unterbrochen, von einem wirklichen Donnerschlag, der nicht etwa ein unterirdisches Rollen war. Blitze zuckten. Neue Donnerschläge folgten. Der feuchte Schleier, der uns verhüllte, verdichtete seine Bestandteile zu fallenden Tropfen. Es begann zu regnen; aber es hörte nicht auf zu donnern und zu blitzen. Es gab ein Gewitter. Man denke, ein Gewitter, hier, wo es seit vielen Jahrhunderten nie geregnet hatte! Das war etwas hier so Seltenes, daß es die Pferde mehr erschreckte, als sie vorher von dem Erdbeben beängstigt worden waren. Wir hörten, daß sie hinter uns im Lager lauter wurden und daß man sich dort Mühe gab, sie zu beruhigen. Bei mehreren aber gelang dies nicht. Sie gingen durch. Sie flüchteten sich nach unserer Richtung. Sie rannten auf uns zu und an uns vorüber. Eines von ihnen schoß sogar zwischen uns hindurch. Es wieherte und schnaubte nicht etwa, sondern es brüllte, heulte und zeterte wenigstens ebenso laut, wie der Donner rollte, und riß, indem es quer durch unsere Linie stürmte, den Mir und den Basch Islami über den Haufen.

„Maschallah!“ wunderte sich Halef. „Hast du dieses Pferd gesehen, Effendi?“

„Ja, aber nicht deutlich“, antwortete ich.

„Es war ein riesiges Tier!“

„Ein Ussulgaul, ja.“

„Der Dickste, den ich bisher gesehen habe! Und diese Stimme! Dieses Brüllen, Heulen und elefantenmäßige Trompeten! Das kennen wir doch wohl! Oder nicht?“

„Hm!“

„Ich möchte behaupten, daß dieser Gaul kein anderer gewesen ist, als unser Smihk, der köstliche Dicke! Was sagst du dazu?“

„Seine Stimme war es allerdings. Aber wie sollte Smihk hierher nach dem Dschebel Allah kommen, er, der doch jetzt daheim ist im Vaterland aller Ur- und andern dicken Gäule?“

„Wer kann wissen, was dort geschehen ist, oder was sich – O Allah, hilf!“

Er unterbrach sich mit diesem Ausruf des Schreckes, weil jetzt eine ganze Reihe von Blitzen und Donnerschlägen so schnell aufeinander folgte, als ob es nur ein einziger sei. Und nun geschah, was auch daheim im deutschen Vaterland nach so starken Entladungen häufig geschieht: Kaum waren diese Licht- und Schallerscheinungen vorüber, so hörte der Regen wie mit einem Schlag auf. Er hatte nicht länger als zwei Minuten gedauert. Nun war aber auch der feuchte Schleier verschwunden, und der Dschebel Allah lag mit seiner ganzen Umgebung wieder frei vor unsern Augen, aber nicht, wie vor der Verfinsterung des Himmels, im Schein des Mondes und der Sterne, sondern im Glanz des Morgenrots, welches die Häupter von Vater, Mutter und Sohn überstrahlte und langsam an ihnen niederstieg, um dann auch uns zu umfassen.

Ein jeder von uns hatte einen Ausruf der Erleichterung und Bewunderung auf den Lippen. Es tat sich vor unsern Augen ein schöner, ja ein einzig schöner Morgen auf. Beide, das Gebirge und die Ebene, die zum Schlachtfeld bestimmt gewesen waren, lagen wie völlig unverändert vor uns da. Alle Bergeskuppen glänzten im friedlichen Licht des auferstandenen Tages. Keine Spur einer vulkanischen Glut, keine Spur von steigendem Rauch oder fliegender Asche! Auch am oder mit dem Dschebel Allah schien nicht das geringste vor sich gegangen zu sein. Es war, als hätten wir nur geträumt. Aber während sich unter den letzten gewaltigen Donnerschlägen dieses beruhigende Bild vor uns entrollte, hatten dieselben Blitze und Schläge auf die Pferde unsers Lagers doch verwirrender gewirkt, als es uns im Dunkel erschienen war. Viele hatten sich losgerissen. Sie rannten überall herum, schnaubend, wiehernd, mit den Hufen um sich schlagend, bald stehenbleibend, um zu stutzen, bald ziellos weiterjagend. Man begann, sie einzufangen. Am schlimmsten trieb es der fleischige Riesengaul, der den Mir und den Basch Islami umgerissen hatte. Das letzte, gewaltige Krachen hatte seinen Lauf unterbrochen. Er war vor Entsetzen umgekehrt und kam nun wieder auf uns zu, womöglich noch lauter heulend und schreiend als vorher.

„Sihdi, da kehrt er zurück!" rief Halef. „Laß dich nicht auch umrennen! Der Kerl ist vor Angst außer sich. Grad wie . . ."

„Grad wie Smihk!" unterbrach ich ihn. „Er ist es; er ist es wirklich!"

„Meinst du?"

„Ja, er ist's! Ich erkenne ihn!"

„Allah, w'Allah! Wie kommt er hierher?"

„Das ist Nebensache! Hauptsache ist, wie halten wir ihn auf?"

„Wie immer. Er kennt deine Stimme. Und er sieht dich doch auch. Er wird doch nicht etwa vor Angst blind geworden sein!"

Da breitete ich die Arme aus und stellte mich dem heranbrausenden Koloß gerade in den Weg.

„Smihk, Smihk, Smihk!" rief ich. Und „Smihk, Smihk, Smihk!" brüllte auch Halef.

„Du nicht, du nicht!" befahl ich diesem. „Er darf nur meine Stimme hören! Smihk, Smihk! Smihk, Smihk!"

Das Pferd kam auf mich zu. Es sah mich, und es sah mich aber auch nicht. Es erkannte mich nicht. Ich war anders gekleidet. Ich trug den Lederanzug der El Hadd. Ich mußte zur Seite springen, um nicht umgerissen zu werden. Aber als der Dicke mich dabei grad vor den Augen hatte, brüllte ich wenigstens ebenso laut wie er selbst: „Smihk, Smihk!" Und das wirkte endlich doch. Er konnte zwar nicht so schnell anhalten, wie er wollte, aber er schlug einen Bogen und kam dann, in immer langsameren Schritt fallend, wieder auf mich zu. Da blieb er in einer Entfernung von zehn oder zwölf Schritt von mir stehen, um mich genau zu betrachten.

„Smihk, mein lieber Smihk!" sagte ich, indem ich mit ausgestreckten Händen auf ihn zuging.

Da durchzuckte es ihn. Er erkannte mich. Er hob den Kopf so hoch wie möglich in die Höhe, öffnete das Maul und schrie aus vollem Hals, aber derart, daß die ganze Umgebung rebellisch wurde. Dann tat er zwei, drei Sätze auf mich zu, beschnoberte mich, strich mir mit der weit herausgestreckten Zunge quer über das Gesicht und tat dann das Allerpossierlichste, was so ein ungestaltetes, kolossales Ungetüm tun konnte, nämlich er sprang und hüpfte vor Freude um mich herum wie ein kleines Schoßhündchen, welches sich über die Heimkehr seiner Herrin freut, und drehte, ringelte und spiralisierte dabei das Schwänzchen ununterbrochen in einer Weise, als ob es darauf abgesehen sei, einen Knoten daraus zu machen. Wir alle, die wir dabeistanden, brachen in ein lautes Lachen aus. Darüber freute Smihk sich derart, daß er seine Sprünge verdoppelte, so daß aus unserm Lachen ein schallendes Gelächter wurde. Auch der Mir lachte mit.

„Das ist ja das Nashornpferd, welches uns umgerissen hat!" sagte er. „Ihr scheint es zu kennen. Wem gehört es?"

„Es ist das Reitpferd unseres Freundes Amihn, des Scheichs der Ussul", antwortete ich.

„Von wem wird es denn jetzt hier bei der Truppe geritten?"

„Gewiß von niemand. Der Gaul ist sein Liebling, den er keinem andern überläßt. Wo Smihk, der Dicke, ist, da ist unbedingt auch sein Herr."

„Amihn hier? Davon weiß ich ja nichts!"

„Ich auch nicht; wir alle nicht. Wir werden aber bald erfahren, was es mit dem unerwarteten Erscheinen dieses Pferdes für eine Bewandtnis hat. Schau! Dort kommen zwei Reiter! Ich glaube, das ist der Fürst von Halihm mit seiner Tochter."

Ja, sie waren es, Abd el Fadl mit Merhameh. Sie kamen von Osten her im Galopp durch den frischen Morgen geritten, so daß sie sich uns sehr schnell näherten, beide in ihre blaugeflochtenen Ledergewänder und lichte, hinter ihnen herwehende Mäntel gekleidet. Auf ihren blütenweißen, leicht über dem Erdboden dahinfliegenden Pferden wollten sie uns wie Boten aus einer andern Welt erscheinen, als unsere gegenwärtige ist. Beider Wangen waren gerötet, und beider Augen leuchteten, als sie uns erreichten und abstiegen.

„Das war die Schlacht am Dschebel Allah, mit der wir getäuscht werden sollten", sagte Abd el Fadl. „Die Vorspiegelung ist zur Wahrheit geworden. Es trat einer an unsere Stelle, der nicht zu täuschen ist. Nun ist sie vorüber. Die Kanonen wurden in die Schluchten und Abgründe gestürzt, und wer nicht Zeit zu fliehen fand, der liegt zermalmt unter Felsen oder zerschmettert in der Tiefe. Aus dem Dschebel Allah aber sind warme, heilende Quellen hervorgebrochen, und zu den Füßen des Sohnes rauscht ein neugeborener Strom den Berg hinab, um die verödete Steppe zu bewässern und zu segnen. So straft die höhere Gerechtigkeit! Und so verwandelt zu gleicher Zeit die Güte des Himmels die Strafe in Wohltat und liebende Hilfe!"

„Nur die Güte des Himmels tut das?" fragte Merhameh. „Gibt es nicht auch eine Güte der Menschen? Ich heiße Merhameh, die Barmherzigkeit, und ich will nicht nur so heißen, sondern es auch sein. Ich wende mich an dich, den Mir von Ardistan, und ebenso an dich, den Mir von Dschinn . . ." Sie hielt mitten in diesem Wort inne, um es schnell zu verändern. „. . . an dich, den Schech el Beled von El Hadd. Das Schlachtfeld dieser Nacht wird von der Grenzlinie eurer Gebiete gerade durchschnitten. Ich habe mich also an euch beide zu wenden, indem ich bitte: Der Strenge ist Genüge getan; nun soll die Güte walten, die Menschlichkeit, die Barmherzigkeit. Schenkt mir und meinem Vater die Leidenden, die Verwundeten! Die Scharen von Halihm sind gewohnt, nicht nur zu schlagen, sondern auch zu heilen, nicht nur niederzuwerfen, sondern auch wieder aufzurichten. Erlaubt uns, sie hinauf nach der Stelle der Verwüstung zu führen, um, nachdem die Vergeltung gesprochen hat, auch zu tun, was das Herz uns gebietet!"

„Was mein Gebiet betrifft, so erlaube ich es, und zwar sehr gern", antwortete unser Mir von Ardistan.

„Ich ebenso auf dem meinigen", stimmte der Schech el Beled bei. „Da kommt Irahd, der Anführer eurer Hukara. Was hat er zu melden?"

Irahd, der speziell die Ussul befehligte, brachte einen zweiten Ussul, der soeben von der Hauptstadt her bei dem Heer eingetroffen und so schnell geritten war, daß sein Gaul in der Kühle des Morgens dampfte. Dieser Mann wendete sich an den Dschirbani, rief aber, als er Smihk, den Dicken, sah, lachend aus:

„Da ist er ja, der Schreihals, der Spektakelmacher, der Ausreißer! Er muß in schnurgerader Linie und in einem einzigen, ununterbrochenen Galopp hierhergerannt sein, denn ich bin nach seinem Verschwinden sogleich auch von Amihn und Taldscha fort."

„Von Amihn und Taldscha?" fragte der Dschirbani. „So sind sie also unterwegs, sind in der Nähe?"

„Ja. Sie treffen in einer halben Stunde mit dem ganzen Zuge hier ein. Ich wurde vorausgeschickt, euch dies zu sagen."

„Mit dem ganzen Zug? Was ist das für ein Zug?"

„Die Schar der Pfleger und der Pflegerinnen, welche der Basch Nasrani, der Oberpriester der Christen, euch sendet."

„Wie sonderbar! Und doch wie willkommen, willkommen! Aber wir wußten nichts davon. Wir ordneten es nicht an. Wie kam er auf diesen Gedanken?"

„Er läßt dir sagen, infolge eines Gespräches mit Merhameh, der Prinzessin von Halihm, sei diese Idee in ihm erwacht, und er habe sie ausgeführt, ohne euch mit der Sorge und den Vorarbeiten zu belästigen. Er bittet durch mich, ihm das zu verzeihen."

„Das tun wir gern, sehr gern! Aber Amihn und Taldscha sind dabei. Wie kamen sie nach Ard? Und warum?"

„Sie erfuhren durch die Postenlinie, daß ihre beiden Söhne von dem Panther nach der Stadt der Toten gelockt worden seien, um mit dem Mir von Ardistan, dem Dschirbani, Kara Ben Nemsi, Hadschi Halef und dem ganzen Heer dort elend zu verschmachten und zu sterben. Sie wurden durch die Angst von daheim fortgetrieben. Sie eilten, so schnell es ging, nach Ard. Dort erfuhren sie zu ihrer Freude, daß die dem Tode Geweihten nicht nur gerettet, sondern auch schon ausgezogen seien, die Aufrührer und Mörder zu verfolgen und zu bestrafen. Sie schlossen sich sofort dem von dem Oberpriester gebildeten Zuge der Barmherzigen an, der soeben im Begriff stand, dem Heer auf schnellen Maultieren nachzufolgen. Sie bekamen von Etappe zu Etappe stets guten Bericht. Gegen Abend hofften sie, euch einzuholen. Aber als sie euch so nahe waren, daß die Entfernung kaum noch eine Stunde betrug, sahen wir die entsetzliche Katastrophe nahen, die sich hier vollzogen hat, und mußten Lager machen. Nicht das Erdbeben erschreckte unsere Pferde, sondern das Geschrei der Maultiere regte sie auf. Besonders Smihk wurde wütend. Er begann schließlich mitzuschreien, und als ihm das keine Ruhe brachte, rannte er einfach fort, wohin, das sehe ich jetzt."

„Man wird ihn suchen?"

„O nein. Wir kennen ihn. Der findet sich ganz von selbst zurecht und fühlt sich hier bei seinem ganz besonderen Liebling recht wohl."

Man lachte. Denn der Dicke rieb seinen Kopf bald an meiner rechten, bald an meiner linken Schulter und schnüffelte und leckte an mir herum, als ob ich die größte Delikatesse sei, die es für ihn geben könne. Der Bote wollte in seinem Bericht fortfahren, da aber nahte sich von Nordwesten her ein zweiter Reiter, der direkt von dem dort beginnenden Saumpfad kam und zu den Scharen von El Hadd gehörte. Zu gleicher Zeit deutete Halef nach Süden, wo auf einem langgestreckten, niedrigen Hügel der Anfang einer sich vorwärtsbewegenden Linie erschien, um sich über ihn herabzuziehen.

„Dort kommt, wie es scheint, eine lange, sehr lange Karawane", sagte er. „Wer mag das sein?"

„Das sind sie", antwortete der Ussul. „Sie sind mir schneller gefolgt, als ich dachte."

„Wie mich das freut!" rief Merhameh, die kleinen, lieben Hände froh zusammenschlagend. „Da naht ja die Güte der Menschen, von der ich soeben sprach. Das ist ja Gesetz im Reich der Liebe: Kaum hat man das Gute gewünscht, so ist es schon unterwegs! Komm, Vater, wir reiten ihnen entgegen; ich möchte die erste sein, die sie begrüßt!"

Er nickte zustimmend; sie ritten miteinander fort. Inzwischen war der El Hadd herangekommen. Er wendete sich an seinen Scheich und meldete:

„Der Panther scheint entkommen zu sein; mit wieviel Leuten, kann man noch nicht sagen. Wahrscheinlich geschah das in den Augenblicken, in denen auch wir von der Zerstörung zurückweichen mußten, um nicht mit getroffen zu werden. Die Reiter von Dschinnistan ziehen sich nun wieder zur Platte hinauf. Wir andern schließen uns ihnen von beiden Seiten an. Man untersucht den Weg genau, damit euch nichts geschehe, wenn ihr kommt. Denn was euch dort erwartet, ist nur für starke Herzen und für unerschütterliche Nerven. Ein Schuß wird euch melden, daß ihr kommen könnt."

„Was für ein Schuß?" fragte der Schech.

„Mit der einzigen Kanone, die man bisher gefunden hat. Die andern sind alle verschwunden. Nur sie allein blieb übrig und wurde nicht mit zerschmettert."

„So komme zunächst nur ich. Kara Ben Nemsi und Hadschi Halef begleiten mich. Die andern bleiben hier, bis der Zug der Barmherzigen angekommen ist, und folgen uns dann, um am Fuß des Dschebel Allah zu lagern. Sollte der Panther wirklich entkommen sein, so ist ihm das nur als eine Gnadenfrist gegeben. Läßt er diese vorübergehen, so gibt es dann kein Erbarmen."

„Bisher war dieses Erbarmen wohl möglich gewesen?" fragte der Basch Islami.

„Ja. Nämlich wenn er die Schlacht, die er uns verkündete, wirklich geschlagen hätte, doch nicht die Schlacht gegen uns, sondern die Schlacht gegen sich selbst und die dunklen Scharen seines Innern! Als er kam, um mit uns zu verhandeln, sah er alle, die er verderben wollte, sich gegenüberstehen. In diesem Augenblicke mußte er tief, tief in sich gehen, mußte die Abgründe seines Wesens erkennen und sich selbst bei Brust und Gurgel fassen, um sich niederzuringen. Dann hätte er als Sieger über sich selbst auf unsere Verzeihung rechnen können. Aber es fiel ihm nicht ein, die Hand an sich selbst zu legen. Er war zu verblendet und zu feig dazu. So kehrte er denn, als er uns verließ, in sein eigenes Verderben zurück."

Wir standen mit dem Gesicht nach dem Dschebel Allah gewendet. Da sahen wir, daß sich am Fuß des Sohnes ein kleines Wölkchen zeigte, um wieder zu verfließen. Eine Detonation folgte.

„Der Schuß, von dem ich sprach", bedeutete uns der El Hadd. „Nach diesem Schuß wird auch diese letzte Kanone in die Tiefe hinabgestürzt. Es soll keine übrigbleiben, keine einzige. Es soll kein derartiges Mordwerkzeug drüben in El Hadd und Dschinnistan zu sehen sein!"

Als das Rauchwölkchen sich verflogen hatte, wurden da drüben, wo der Kegel des Sohnes aus dem Fundament des Dschebel stieg, drei weiße Linien sichtbar, die sich zusammenzogen. Zu gleicher Zeit zuckte es im Osten leuchtend auf. Die Sonne erschien. Sie erschien nicht nach und nach, sondern sie stand gleich mit einem Male über dem Horizont. Nun lagen nicht nur die Kuppen und Spitzen im Morgenrot, sondern das Rot verwandelte sich in flüssiges, ganz plötzlich wie vom Himmel niedersinkendes Gold, und das ganze Gebirge und die ganze, um uns sichtbare Welt stand in hellem, glücklichem Tagessonnenlicht. Als dieses Licht auf den Dschebel Allah fiel, wurden die weißen Linien so deutlich, daß wir ihre Einzelheiten erkennen konnten. Es waren die drei Abteilungen der Truppen, die uns zu Hilfe gekommen waren. In der Mitte die Schwarzgepanzerten von Dschinnistan, links, von uns aus gerechnet, die Lanzenreiter von El Hadd, und rechts die blauen Schwadronen von Halihm. Die Spitzen ihrer Lanzen funkelten. Ihre Helme warfen blitzende Strahlen zurück. Rechts und links von den Linien ihrer weißen Pferde und ihrer weißen Mäntel sahen wir heißes Wasser aus dem Felsen dringen und sich in dampfenden Kaskaden in die Tiefe stürzen. Und unten, am Fuß des Bergstockes, fiel, mehrere Stockwerke hoch, ein lebendig gewordenes Flüßchen nieder, welches sich in zahlreichen, ungewissen Windungen erging, um den Weg zu suchen und zu finden, der ihm durch seine eigene Schwere vorgeschrieben war. Bei diesem Anblick zog es mich hinüber nach dem Berg. Dieselbe Faust, die während der Nacht dort strafte, sie hatte sich jetzt, am liebenden Morgen, geöffnet, um zu helfen, zu retten, zu erlösen. Ich übergab Smihk, der nicht von mir weichen wollte, dem Ussul und schwang mich auf meinen Syrr. Halef, der Ungeduldige, war schon aufgestiegen. Der Schech el Beled tat dasselbe. Mit der Hand erst nach der Sonne und dann nach dem Dschebel Allah deutend, rief er uns beiden zu:

„Vorwärts! Das ist der neue Tag! Und das ist die neue Zeit! Die Berge geben wieder Wasser; die Wüste wird wieder Land, und der Friede naht aus weitgeöffneten Toren! Wir reiten ihm entgegen!“

Er trieb sein Pferd vorwärts. Wir folgten ihm, erst im Schritt, dann im Trab und hierauf im fliegenden Galopp.

ACHTES KAPITEL

Nach der Grenze empor

Man denke sich El Hadd als ein immerwährend ansteigendes Bergland, welches im Süden an Ardistan im weiteren Sinne und im Norden an Dschinnistan stößt. Früher hatten zwei Straßen durch El Hadd hinauf nach Dschinnistan geführt, eine Land- und eine Wasserstraße. Durch das südliche Grenzgebirge zwischen El Hadd und Ardistan führten nur zwei Tore, ein östliches und ein westliches. Dieses letztere hatte sich Ssul, der Fluß, gebrochen, dessen spätere, vollständige Austrocknung zu der Sage leitete, daß das Wasser sich umgedreht habe und nach Dschinnistan zurückgekehrt sei. Das östliche Tor öffnete sich dem Landweg, der breiten Straße, die über den Dschebel Allah ging. Früher hatte auf beiden Wegen ein sehr reger Verkehr zwischen Ardistan und Dschinnistan bestanden; später aber, als die Beherrscher des ersteren Landes immer ungerechter und gewalttätiger wurden, ging nicht nur die Flußschiffahrt, sondern auch der Landverkehr derart zurück, daß beide endlich vollständig aufhörten. Der Fluß hatte schließlich kein Wasser mehr, und der Landweg blieb nur für den Verkehr zwischen El Hadd und Dschinnistan offen, so daß sich nach und nach das Gerücht bildete, es sei den Bewohnern von Ardistan überhaupt verboten, den Dschebel Allah zu überschreiten.

Früher hatte man, wenn auch nicht Dschinnistan, so doch das Grenzland El Hadd ziemlich genau gekannt; jetzt aber war das nicht mehr der Fall. Es lebte niemand mehr, der dort gewesen war, und auf alte Beschreibungen konnte man sich nicht mehr verlassen, weil erzählt wurde, daß da oben in den Bergen in letzter Zeit sich viel verändert habe, wovon man unten im Niederlande nichts erfahre. Darum war die Absicht des Mirs von Ardistan, einen Krieg gegen Dschinnistan zu führen, eine Torheit, deren Größe er jetzt sehr deutlich erkannte. Und darum war es nicht etwa herzhaft oder mutig, sondern geradezu vermessen von dem Panther gewesen, diese Torheit dadurch zu verzehnfachen, daß er sie zu seiner eigenen machte und zuletzt gar der

Meinung war, sich aus seiner mehr als schwierigen Lage durch sie retten zu können.

Jetzt war sein Heer vernichtet, bis auf ungefähr tausend Mann, mit denen er sich gerettet hatte. Diese Rettung war nur dadurch ermöglicht gewesen, daß die Schwarzgepanzerten ihm, um nicht selbst mit vernichtet zu werden, den Weg hatten freigeben müssen. Als sich dann, sobald es Morgen geworden war, sein Entkommen herausstellte, hatten sie ihm soviel Reiter nachgeschickt, wie nötig waren, ihn zu beobachten und nicht aus den Augen zu lassen. Es verstand sich von selbst, daß hierauf sofort die regelrechte Verfolgung angetreten wurde. Die Vorhut hierzu bildete eine Schar der ‚Schwarzgepanzerten', denen in der Mitte das Garderegiment Ussul aus Ard folgte, befehligt von dem Dschirbani. Dieses hatte sich, solange der Panther dasselbe tat, auf der breiten Straße zu halten. Zu beiden Seiten derselben marschierten auf verborgenen Saum- und Nebenpfaden die Lanzenreiter von El Hadd, die sich hierzu ganz besonders eigneten, weil sie als Eingeborene diese Wege genau kannten. Den besonderen Befehl über sie führte neben dem Oberbefehl natürlich der Schech el Beled, um dessen Gebiet es sich von jetzt an besonders handelte. Er hatte nicht mehr Truppen für nötig erachtet als die soeben angeführten, und so waren die andern alle in dem Lager am Dschebel Allah zurückgeblieben, wo der Fürst von Halihm befehligte und seine Tochter mit Taldscha die Pflege der Verwundeten oder sonstwie Hilfsbedürftigen leitete. Wir vier, der Mir von Ardistan, Amihn, der Scheich der Ussul, Hadschi Halef und ich, hatten uns der Verfolgung des Panthers anschließen dürfen, über deren Resultat schon aus allgemeinen Gründen unter uns kein Zweifel herrschte. Im besonderen aber hatte der Schech el Beled uns versichert, daß für derartige Angriffe auf das Gebiet von El Hadd eine Falle bereitgestellt sei, der kein Feind, und sei er noch so vortrefflich ausgerüstet und noch so kühn, entgehen könne. Diese Falle wurde von ihm, dem gegenwärtigen Feind entsprechend, als ‚Pantherfalle' bezeichnet.

Was die Ausrüstung und Verproviantierung unseres Gegners betrifft, so stand es mit ihr wohl nicht zum allerbesten; er war ja gezwungen gewesen, die Flucht ganz plötzlich und mit vollständig leerer Hand zu ergreifen. Er war also darauf angewiesen, seinen Unterhalt bei den Bewohnern des Landes zu suchen, und daß er da kein Entgegenkommen finden werde, verstand sich wohl von selbst. Den Beweis hiervon bekamen wir schon am zweiten Tage, nachdem wir die Verfolgung angetreten hatten.

Wir erreichten da das erste große Dorf der El Hadd, welches an der Straße lag, und fanden es verwüstet. Der Panther hatte da nicht etwa nur requiriert, sondern das getan, was man als Morden, Sengen und Brennen bezeichnet. Die Häuser waren eingeäschert. Auch die Vorräte, die man nicht mitnehmen konnte, hatte man verbrannt. Wer nicht sofort hergegeben hatte, was er besaß, war mißhandelt und gemartert worden. Mehrere Personen waren getötet. Als der Schech el Beled das sah und hörte, beschloß er, der Verfolgung nicht nur ein anderes Tempo, sondern auch eine andere Art und Weise zu geben als bisher. Man mußte dem Panther die Gelegenheit nehmen, solche Missetaten zu wiederholen. Man mußte ihn nach Gegenden drängen, wo es weder Wohnstätten noch Menschen gab, die er plündern oder quälen konnte. Das war der westliche Teil des Landes, der sich infolge der Austrocknung des Flusses in eine Wüste verwandelt hatte. Dort gab es zwar jetzt wieder Wasser, was dem Panther jedenfalls höchst willkommen war, aber da lag auch, wie der Schech el Beled uns mitteilte, die Falle, in welcher die Feinde gefaßt und bestraft werden sollten.

Die Dorfbewohner hatten sich versteckt, weil ihnen gesagt war, daß in kürzester Zeit noch mehr Feinde kommen würden. Als sie aber ihre eigenen Lanzenreiter erkannten, kamen sie herbei und erstatteten ausführlich Bericht. Da hörten wir auch, daß sie ausgefragt worden waren. Und aus den Fragen, die ihnen der Panther vorgelegt hatte, konnten wir auf den Plan schließen, auf dessen Ausführung er seine Hoffnung setzte. Er wollte nach der seit uralter Zeit berühmten Wasserscheide und nach dem Wasserschloß von El Hadd, um das letztere durch einen Handstreich in seine Gewalt zu bringen. Befand er sich im Besitz dieses Schlosses, so glaubte er, das ganze Land in seiner Gewalt zu haben und dessen Herrscher absetzen zu können. Wenn dies der Fall war, so ergab das für ihn eine vortreffliche Basis zu einem Vergleich mit Dschinnistan und einem erneuten, aber siegreichen Vorgehen gegen den Mir von Ardistan. Es stellte sich aber schon aus der Art und Weise seiner Fragen heraus, daß er sich weder von der Wasserscheide noch von dem Wasserschloß des Schech el Beled eine Vorstellung machen konnte. Er wußte eben auch nur das, was die Sage von beiden erzählt, und das war nicht zum hundertsten Teil genügend, einen Kriegszug nach dort hinauf zu wagen.

Das einzige Vernünftige an dem ganzen Plan war, daß er ihn als Handstreich ausführen zu wollen schien, also so schnell wie möglich. Diese seine Eile kam dem Wunsch des Schech el Beled entgegen, ihn nach dem verödeten Westen abzulenken. Man brauchte ihm nur glaubhaft zu machen, daß dorthin der natürliche Weg nach der Wasserscheide und dem Wasserschloß gehe. Und dies war nicht etwa eine Lüge, sondern die reine Wahrheit, denn der Fluß kam direkt von da oben herab, und das Wasser, welches sich seit kurzer Zeit in seinem Bett zu zeigen begann, stammte aus der geheimnisvollen Quelle, deren Schlüssel nirgends anderswo als eben im Wasserschloß lag. Es wurden einige Lanzenreiter abkommandiert, welche sich in anderer Kleidung von dem Panther gefangennehmen lassen und ihm als Führer dienen sollten. Ihre Instruktion war eine ebenso ausführliche wie genaue. Und sodann mußten die Schwarzgepanzerten versuchen, auf Umwegen dem Panther voranzukommen, um sich ihm an einem bestimmten Punkt entgegenzustellen und ihn zu zwingen, nach Westen abzulenken. Dort führte nämlich eine Nebenstraße in dieser Richtung von der Hauptstraße ab, und wenn es gelang, den Feind zu dieser Schwenkung zu veranlassen, so war ihm die Gelegenheit entzogen, seine Greueltaten, so oft es ihm beliebte, zu wiederholen.

Und es gelang! Zwar trafen wir schon gegen Abend des nächsten Tages wieder auf ein Dorf, welches vollständig ausgeplündert worden war, aber schon am darauffolgenden Nachmittag, als wir die erwähnte Stelle erreichten, sahen wir, daß die Verfolgten hier ihre Richtung geändert hatten, und zwar in der Weise, wie wir es wünschten. Die Schwarzgepanzerten hatten gar nicht nötig gehabt, sich ihnen zu zeigen und sie dazu zu zwingen, denn der Panther hatte schon die ihm von uns gesandten Führer gefangengenommen und gezwungen, mit ihm zu marschieren und ihm den Weg nach der Wasserscheide und nach dem Wasserschloß zu zeigen.

Dieser Weg bildete eine Durchquerung des westlichen Landesteiles. Dort lagen, wie bereits gesagt, nicht die fruchtbaren Gegenden von El Hadd, und doch machten sie den Eindruck eines Wohlstandes, den wir nicht erwartet hatten. Man hielt durch ganz Ardistan dieses Grenzgebiet für wüst und unergiebig, und von seinen Bewohnern sprach man als von sehr armen Leuten. Das einfache, bescheidene Auftreten des Schech el Beled und seiner Begleiter hatte auch in mir, als ich sie zu Weihnacht kennenlernte, die Meinung erweckt, daß ihre Heimat ihnen wohl keine Reichtümer biete. Nun aber sah ich mehr und mehr ein, welch ein großer Irrtum dies war. Diese Berge zeigten sich nur auf der nach Ardistan gerichteten Seite als steril, auf der nach Dschinnistan liegenden aber als außerordentlich wohlbewässert. Es gab unzählige Kanäle und Kanälchen, welche das bewegende, treibende und befruchtende Naß allüberallhin leiteten, wo es vonnöten war. Es mußte hoch oben in den Bergen, woher diese Gräben und Kanäle kamen, einen unerschöpflichen Reichtum an Wasser geben. Wir ritten stundenlang durch Wälder, deren Bestand nur durch diese Leitungen ermöglicht wurde. Wir sahen grünende Wiesen und Weiden, die sich hoch über ihnen erhoben; sauber blinkende Häuser mit wohlgepflegten Gärten und Feldern; Bergwerke, welche Gold, Silber, Kupfer, Eisen und andere Metalle in Menge lieferten. Im Osten gab es Bäche, in denen man eine sehr lohnende Perlenfischerei betrieb. Die Seitenstraße, der wir jetzt folgten, vermied es, größere Ortschaften zu berühren, aber bewohnt, bebaut und benutzt war jeder Berg, jedes Tal, jede Stelle und jeder Winkel, wohin man nur immer schaute. Ruhiger Fleiß grüßte von rechts und links. Behaglicher Wohlstand glänzte von allen Seiten. Das Glück saß vor jedem Hause. Eintracht und Zufriedenheit wandelten Hand in Hand auf allen Wegen und Stegen. Aber sobald der Panther mit seiner Schar sich nahte, da flohen sie; da waren die Wege verlassen und die Wohnungen aufgegeben, denn der Schreck ging vor ihm her.

Ja, er ging vor ihm her. Wir folgten ihm nämlich nicht nur, sondern wir überholten ihn mit unsern Seitenflügeln und schickten Boten vor ihm her, ohne daß er es merkte. Wo unsere Truppen erschienen, waren sie die hellen, blinkenden Lanzenreiter, die man liebte, denen man gehorchte; ihm aber blieben sie infolge ihrer dunklen Mäntel immer unsichtbar.

Der Mir von Ardistan verhielt sich ganz eigenartig zu dem Schech el Beled. Der letztere schien in den Augen des ersteren von Tag zu Tag zu wachsen. Der Mir behandelte ihn mit einer Hochachtung, fast möchte ich sagen, mit einer still lauschenden Scheu, die man bei ihm, dem einst so Rücksichtslosen und Stolzen, nicht für möglich gehalten hätte. Sie ritten fast stets nebeneinander, in Gespräche über Gegenstände vertieft, die einen jeden Fürsten, der es mit seinem Volk wohlmeint, interessieren. Wir andern störten sie dabei so wenig wie möglich, denn wir sahen, daß der Schech el Beled der Lehrer des Mirs geworden war, und freuten uns aufrichtig darüber.

Was den Dschirbani betrifft, so war er mit der Leitung und Verpflegung seiner Ussul fast vollauf beschäftigt; aber es gab auch freie Stunden, in denen es ihn ebenso wie den Mir zu dem Schech el Beled drängte. Er folgte diesem Drang in seiner unaufdringlichen, vornehm-bescheidenen Weise und war zufriedengestellt, wenn er den Mann, für den er eine so große, ganz ungewöhnliche Sympathie empfand, nur sprechen hörte, ohne daß dieser das Wort direkt an ihn richtete.

„Ich habe ihn lieb, ganz eigenartig lieb“, gestand er mir. „Oft ist es mir, als müsse ich ihn umarmen und mich fest, fest an ihn drücken. Und oft überkommt mich so eine tiefe Ehrfurcht vor ihm, daß es mir wie ein Vergehen erscheint, mich ihm in dieser rein körperlichen Weise zu nahen. Wenn er spricht, so ist es mir zuweilen, als hörte ich die Stimme meines Vaters. Wahrscheinlich ist das nur die Folge des Schleiers, welcher der Rede jenen vertraulich lieben Klang verleiht, der mir noch von meiner Kinderzeit her im innern Ohr klingt.“

Ich beobachtete mit großer Genugtuung dieses stete Wachsen der Zuneigung, dieses immer zwingender werdende Ahnen und seelische Erkennen. Darum ging es nicht unbemerkt an mir vorüber, daß dieses innere Zueinanderstreben nicht etwa ein einseitiges, sondern ein gegenseitiges war. Auch der Schech el Beled lauschte, so oft er den Dschirbani reden hörte. Und vieles, was er scheinbar zu dem Mir oder zu andern sagte, war darauf berechnet, von dem Dschirbani gehört und beachtet zu werden. Man sah, daß der Schech unausgesetzt bemüht war, den Dschirbani zu sich heranzuziehen, und daß es ihn herzlich freute, wenn er bemerkte, daß ihm dies gelang. Zu welchem Schluß dies führen mußte, war leicht vorauszusehen; um das Wann und Wo und Wie sorgte ich mich nicht.

Es war an einem späten Nachmittag, als wir das Bab Allah – Tor Gottes – erreichten. So hieß das hohe, breite Felsentor, durch welches sich früher die Wasser des Ssul ergossen hatten. Die vom Fluß in das harte Gestein gebohrte Öffnung war tief. Es ging sehr steil hinab. Die Spuren sagten uns, daß der Panther hier Beratung gehalten hatte, ehe er zu dem Entschluß gekommen war, sich dem nicht sehr verlockend aussehenden Bett des Stromes anzuvertrauen. Aber es gab jetzt Wasser darin, sogar fließendes, und das hatte ihn wahrscheinlich bestimmt, den Darstellungen seiner Führer Gehör zu geben.

„Hier ist er hinab“, sagte der Schech el Beled. „Er kommt nicht wieder herauf.“

„So ist das wohl schon die Falle?“ fragte ich.

„Nein“, antwortete er. „Wir erreichen sie erst später. Aber der

Weg zu ihr beginnt an dieser Stelle. Die Ufer sind nun zwei volle Tagesritte lang so steil und hoch, daß sich keine Stelle findet, an der die Feinde dieses Felsenbett verlassen könnten. Wir übernachten noch oben, um ihnen erst morgen früh da unten zu folgen."

Ich muß erwähnen, daß wir auch hier im Gebiet von El Hadd von Tag zu Tag Etappen gelegt hatten, um unsere Verbindung nach rückwärts aufrecht zu halten. An der Stelle nun, die hinunter in das Flußbett führte, machte sich die Zurücklassung eines größeren Postens nötig. Das war die Meinung des Schech el Beled, und es stellte sich heraus, daß er recht gehabt hatte. Das Flußbett bildete eine wüste Anhäufung oder Abwechslung von Felsblöcken und vollständig totem Sand. Da gab es keine Spur von irgend einer Pflanze; da war kein Halm eines Grases zu sehen. Der bisherige, glatte Ritt wurde hier zu einem Stolpern und Klettern, welches außerordentlich ermüdete. Dazu die Hitze, welche stechend von oben heruntersengte und von den Felsen auf Mensch und Tier zurückgeworfen wurde. Wir konnten es wohl aushalten. Die Schimmel unserer Hilfstruppen waren solches Klettern schon gewohnt, und die Gäule der Ussul besaßen eine derartige Gutmütigkeit, daß sie ihre Geduld nicht verloren, wenn wir ihnen nur von Zeit zu Zeit für einige Augenblicke Gelegenheit gaben, zu verschnaufen. Und vor allen Dingen, Wasser war da; Futter für die Pferde und Proviant für uns hatten wir mit, so viel wir brauchten. Und wenn etwas zu Ende ging, so war es durch unsere Etappen sehr leicht und sehr schnell zu ergänzen. Bei dem Panther aber stand es anders. Wir wußten, daß er Not an Furage und Rationen litt, schon ehe er in das Flußbett hinabgestiegen war. Gewiß hatte man ihn überzeugt, daß diesem Mangel baldigst abzuhelfen sei; da dies aber keineswegs der Fall war, durften wir die Folgen bald erwarten.

Schon in der zweiten Hälfte des ersten Tages, den wir im Bett aufwärts ritten, trafen wir auf marode Menschen und Pferde, welche zurückgeblieben waren, weil sie nicht weiterkonnten oder -wollten. Gegen Abend wurde uns von unsern Seitenposten, die uns oben auf den hohen Ufern begleiteten, gemeldet, daß es unsern Führern des Panthers gelungen sei, seiner Rache zu entkommen! Dieser hatte sie, als des Weges kundig, vorausgeschickt, um dafür zu sorgen, daß man ihm alles, was er brauche, vom Wasserschloß aus sofort entgegensende, widrigenfalls er bei seiner Ankunft dort blutige Rache nehmen werde. Hieraus war zu ersehen, in welcher Lage er sich befand.

Am andern Morgen trafen wir auf eine Schar von über hundert Mann, die sich von ihm losgesagt und ihn verlassen hatte, und noch vor Mittag auf eine zweite, noch stärkere. Beide waren umgekehrt, aber bald darauf liegengeblieben, weil sie vor Hunger und Ermattung weder vor- noch rückwärts konnten. Wir betrachteten sie als Kriegsgefangene, nahmen uns ihrer an und erfuhren von ihnen alles, was wir wissen wollten. Dann wurden sie entwaffnet und unter hinreichender Bedeckung von Schwarzgewappneten nach unserer am hohen Flußufer errichteten Station zurücktransportiert. Dem Kommandierenden dieses Transportes aber wurde von dem Schech el Beled bedeutet, sich ja zu beeilen und ja nicht länger als zwei Tage unterwegs zu sein, weil dann der neue, lebendige Wasserstrom kommen und alles mit sich fortreißen werde, was sich noch zwischen den steilen Ufern befinde. Der Sinn dieser Warnung war uns nicht klar; der aber, an den sie gerichtet wurde, wußte, um was es sich handelte. Er antwortete, daß es nicht seine Absicht sei, den Tod des Panthers zu sterben; er werde, sobald das Wasser erscheine, mit seinen Leuten gewiß nicht mehr im Fluß sein.

Am Nachmittag ordnete der Schech el Beled an, daß alle unsere Schläuche zu füllen seien, weil von jetzt an das Wasser bis zu unserer Ankunft am Ziel verschwinden werde. Diesem Befehl wurde natürlich Folge geleistet. Niemand fragte dabei, woher er wissen könne, daß der Fluß wieder im Austrocknen sei. Was er vorausgesagt hatte, das bestätigte sich. Das Flußbett wurde noch vor Abend vollständig wieder trocken. Und nun erklärte sich der Schech el Beled deutlicher, indem er sagte:

„Der Panther soll wieder dürsten und dadurch um so sicherer in die Falle getrieben werden."

„Ja, habt ihr es denn so in der Hand, dem Fluß Wasser zu geben oder zu nehmen, ganz wie es euch beliebt?" fragte Halef erstaunt.

„Ja", antwortete der Schech el Beled einfach. „Du wirst es sehen. Es ist alles wohlerwogen und vorherbestimmt."

Noch ehe es Abend wurde, kamen wir an eine Stelle, wo Pferde geschlachtet worden waren, und zwar zwölf Stück, wie wir aus den liegengebliebenen Resten erkannten. Es muß schlecht um eine Reitertruppe stehen, wenn sie, um nicht hungern zu müssen, sich ihrer eigenen Pferde beraubt.

Am dritten Tag bekam das Flußbett ein völlig anderes Aussehen. Die in ihm aufgehäuften Felsenstücke und Steintrümmer wurden weniger, bis es schließlich gar keine mehr gab. Die riesige Wasserrinne führte zwar noch ebenso wie vorher durch eine mächtige und vollständig kompakte Granitlagerung, aber ihr Boden war nicht mehr bedeckt, sondern frei und ebenso glatt wie ihre Wände. Das war Schliff; eine Folge der Reibung durch das sich fortbewegende Gestein. Das Wasser mußte hier eine ganz ungewöhnliche Druckkraft besessen haben, um Massen von solchem Gewicht vorwärtsschieben zu können. Als ich eine Bemerkung hierüber machte, antwortete der Schech el Beled:

„Diese Kraft kommt, wie überhaupt jede Kraft, von oben. Woher, das wirst du schon morgen sehen."

Es gab in diesem öden, ungeheuren Felsengraben nicht einen Tropfen Wassers. Die Sonne brannte wie mit Nadelspitzen herein. Wie gut, daß wir uns mit Wasser versehen hatten! Und welche Qualen mußten die Leute des Panthers erlitten haben! Ihre Spuren zeigten uns die Stelle, an der sie des Nachts gelagert hatten. Und aus diesen Spuren ersahen wir, daß hier ein Ereignis eingetreten war, durch welches sich die Kavallerie in Infanterie verwandelt hatte. Die Pferde waren nämlich durchgegangen. Es hatte eine ‚Stampede' stattgefunden, wie man sich in den amerikanischen Prärien auszudrücken pflegt, wenn die Pferde sich aus irgend einem Grund losreißen und davonrennen. Als wir uns fragten, welcher Grund das hier gewesen sein möge, sagte der Schech el Beled:

„Das Wasser. Sie waren fast verdurstet. Da kam ihnen während der Nacht eine kühle feuchte Luft entgegen. Was die Menschen nicht merken konnten, das merkten die Tiere, nämlich daß es da vorn, vorwärts von ihnen, Wasser in Menge gibt. Sie ließen sich nicht halten; sie gingen durch."

Daß diese Darstellung richtig war, ersah ich aus dem Gebaren meines Syrr, der sein schönes, feines Köpfchen von jetzt an ganz anders trug als in den letzten Stunden und dem uns entgegenwehenden Lufthauch seine Nüstern weit und behaglich öffnete. Indem wir weiterritten, beobachteten wir den Boden genau. Wir sahen nur die Spuren galoppierender Pferde, nicht die eines langsam gehenden. Hieraus war zu schließen, daß sie alle entflohen waren; kein einziges war geblieben.

Unsere dicken Ussulgäule waren für Feuchtigkeit besonders empfindlich. Sie griffen jetzt ganz von selbst und ohne angetrieben zu werden, derart aus, daß wir, zumal uns keine Felsstücke mehr im Wege lagen, viel schneller vorwärtskamen als bisher. Dabei bemerkten wir, daß auch die hohen Ufer ein ganz anderes Aussehen bekamen. Sie begannen, sich mit Grün zu schmücken, erst mit Gräsern und Stauden, dann mit Büschen und Bäumen. Nach einiger Zeit gab es da oben sogar betretene Wege. Wir sahen nicht nur unsere Lanzenreiter, sondern auch andere Leute, die uns von den hohen Ufern aus mit großem Interesse betrachteten, aber still, ohne allen Lärm. Kein lautes, zudringliches Wort drang bis zu uns herunter.

Dann sahen wir, wenn wir hinaufblickten, Häuser stehen, die nach und nach zusammenrückten und sich in wohlbeschatteten und blumengeschmückten Reihen an beiden Ufern hinzogen. Hinter ihnen stiegen kräftig emporstrebende Höhen auf, wo schimmernde Wohnungen in früchtereichen Gärten lagen. Näherten wir uns vielleicht der Hauptstadt dieses Landes? Durften wir vielleicht hoffen, das Wasserschloß von El Hadd nun bald zu erreichen? Der Schech el Beled war still; so fragten wir also nicht. Die Antwort kam von selbst. Sie kam so plötzlich, daß unser Erstaunen keine Worte, ja nicht einmal einen kurzen Ausruf fand, um sich auszusprechen.

Unsere Hauptrichtung war genau Nord. Wir hatten soeben einen Bogen nach Ost gemacht und waren in unsere vorige Richtung zurückgekehrt, da traten die Felsenwände des Flußbettes, in dessen Tiefe wir uns befanden, mit einem Male weit, weit auseinander, und rund, wie eine Arena, die nur für Giganten berechnet ist, lag ein Panorama vor uns, welches weder von der Hand eines Malers noch von der Feder eines Dichters wiedergegeben oder beschrieben werden kann. Man denke sich einen tiefen, gewaltigen Felsenkessel, der unten auf seinem Grund, wo wir jetzt waren, einen Durchmesser von wenigstens einer Wegesstunde hatte, oben aber noch viel mehr. Wir hielten an seinem südlichsten Punkt, wo die natürlichen Felsenmauern, die ihn umsäumten, am niedrigsten waren. Indem sie sich von uns aus auf beiden Seiten nach Norden rundeten, stiegen sie an diesen Seiten mehr und mehr an und traten, je höher sie wurden, um so mehr zurück, um eine ganze Folge von Stufen und Terrassen zu bilden, auf denen sich Garten an Garten reihte und in jedem Garten ein Landhaus eigenen Stiles stand. Dieser wunderbare Bergkessel war unten auf seinem Grund vollständig felsenkahl, doch nur bis zur Uferhöhe des Flusses. Da führte eine sehr breite Straße, an welcher Häuser standen, rundum. Die Lücke, welche durch das Flußbett in diese Runde geschnitten wurde, war durch steinerne Bogen überbrückt, welche aus so großen und so schweren Quadern bestand, daß man sich verwundert fragte, wie es möglich gewesen sei, sie zu heben und zu bewegen. Bis beinahe zu dieser Straße und zu diesen Häusern hinauf hatte früher das Wasser des Flusses gestanden. Aber woher war es gekommen? Man sah es noch heut, nach so vielen Jahrhunderten, daß Ssul, der „Fluß des Friedens“, gleich ganz und voll und fertig aus diesem Kessel herausgetreten war. Es gibt im Süden der Rocky Mountains in Nordamerika Wasserläufe, die allerdings auch gleich so fix und fertig aus dem Felsen treten, aber das sind nur kleine unbedeutende Flüßchen, deren plötzliches Erscheinen man sich sehr wohl erklären kann, doch Ssul war kein Flüßchen, sondern ein Fluß oder vielmehr ein Strom, der seine Entstehung nicht einer gewöhnlichen, unterirdischen Sammelquelle zu verdanken haben konnte.

Indem ich, dieses denkend, mit meinem Blick nach aufwärts suchte, sah ich genau am nordöstlichen und nordwestlichen Punkt des Kessels je einen Aquädukt, von denen mir schien, daß sie mit der Beantwortung dieser meiner Frage in Verbindung zu setzen seien. Sie waren nicht künstlich, sondern natürlich. Man hatte nur ein klein wenig nachzuhelfen gebraucht. Sie überspannten zwei gewaltige Öffnungen, welche, schwarzen Schlünden gleich, aus dem Fuß des Berges gähnten. Waren das vielleicht die Stellen, aus denen das Wasser einst gekommen war und nun wahrscheinlich wiederkommen sollte? Und standen mit diesem Wiederkommen vielleicht die großen Kähne oder vielmehr Flußschiffe in Verbindung, die wir am südöstlichen und südwestlichen Punkt des Kessels liegen sahen? Dort gab es nämlich je eine tiefe, hafenähnliche Ausbuchtung, auf deren Grund diese Fahrzeuge lagen. Sie hatten die Länge und Breite unserer großen Rhein- oder Elbkähne, waren aber nicht von derselben Gestalt und dabei orientalisch fremdartig verziert. Jeder hatte seinen Namen; ich konnte aber nur einen lesen, und der war „Marah Durimeh“.

Wenn man das Auge von unten nach oben, von einer Terrasse zur andern schweifen ließ, sah man auf jeder dieser Stufen auch freie, in den Berg hinein gerundete Plätze mit größeren Bauwerken, welche jedenfalls der Öffentlichkeit oder dem Gemeindewohl dienten. Hoch oben aber, uns gerade gegenüber, ragte ein Engel himmelan, der ganz genau die Gestalt der Wasserengel in der Stadt der Toten und an der Landenge von Chatar hatte, aber viel, viel größer als sie beide war. Er bildete den höchsten und zugleich auch den Höhepunkt des herrlichen Panoramas, welches vor uns lag. Zu seinen beiden Seiten standen Gebäude mit zahlreichen Balkonen, Erkern, Zinnen, Türmen und Spitzen. Diejenigen Teile von ihnen, welche dem Engel nahelagen, waren hoch, sehr hoch; die andern nahmen an Höhe ab, je weiter sie sich von ihm entfernten.

Es war ein ganz eigenartiger Eindruck, den dieser Anblick machte. Man fühlte sich so arm, so schwach, so klein, und doch wurde man erhoben, hoch erhoben. Unten der nackte Fels des einstigen Wasserbettes, der kein einziges Hälmchen trug, als solle er dokumentieren, daß die Seele des irdischen Gesteines kein anderes Verlangen habe als nur nach Wasser, Wasser, Wasser. Und dennoch auf ihm aufgebaut die sämtlichen Terrassen und Daseinsstufen des Erdentums bis hinauf zu dem Engelsbild, welches hoch in die Wolken ragt und das ersehnte Wasser nicht nur regelt, sondern auch spendet. Zwischen beiden, nämlich zwischen dem scheinbar leblosen Fels und dem Engel, den die schaffende Kunst aus ihm formte, ein ebenso reich gestaltetes wie reich bewegtes Menschenleben, welches auf allen Straßen und Plätzen hin- und her- und auf- und niederflutete. Überall, wohin wir sahen, standen diese Leute und schauten auf uns hernieder. Sie sahen so fest- und feiertäglich aus, so froh und glücklich gestimmt, wie die ganze, herrliche Natur, in der sie wohnten und lebten. Wir sahen, daß man von unserm Kommen unterrichtet gewesen war, daß man uns erwartet hatte. Das Erscheinen unserer Lanzenreiter auf beiden Seiten des Ufers war der Beweis gewesen, daß der Schech el Beled nun nahe sei. Und als er jetzt erschien, an unserer Spitze aus dem tiefen Flußbett hervorreitend, das Angesicht noch immer blau verschleiert, da brauste ein Jubel los, der laut, wie das donnernde Branden eines Ozeans von Stufe zu Stufe bis hinauf zum Engel stieg und dort wie nach dem Himmel zu verhallte. Das wirkte tief, unendlich tief ergreifend und wiederholte sich mehrere Male. Der Dschirbani trieb sein Pferd weiter vor, ergriff die Hand des Schech el Beled und zog sie an seine Lippen.

„Warum dieser Kuß?“ fragte der Genannte.

„Ich konnte nicht anders; ich mußte“, antwortete der junge Mann mit Tränen in den Augen.

„So hast du mich lieb!“

„Ja, lieb, so lieb!“

„Ich dich auch. Warum, das wirst du schon morgen erfahren.“

Indem er dies sagte, zitterte seine Stimme vor Rührung. Dann fügte er, zu uns gewendet, hinzu: „Das ist das Wasserschloß von El Hadd, und das ist der Engel der Wasserscheide, von dem die Sage erzählt. Und das, da unten, da vorn, ist der

Mensch, der Panther, der es wagt, hier Herr und Gebieter sein zu wollen!"

Wenn man sich auf dem Boden des Felsenkessels die Mitte dachte und den Weg von dieser Mitte nach der hintern, höchsten Wand des Kessels in zwei gleiche Hälften schied, so erhob sich auf dem Teilungspunkte dieser Hälften eine Art von Insel, welche mit Gebüsch und Bäumen bepflanzt war. Es mußte da Wasser geben. Diese Insel war von uns also dreiviertel Wegestunde entfernt, von dem Nordrand des Kessels aber nur eine Viertelstunde. Dort führte von der hohen Uferstraße eine breite, steinerne Treppe bis auf den Felsengrund des Flusses herab. Und von da ging ein betretener Weg gerade nach der Insel, auf welcher der Panther mit seiner Truppe jetzt lagerte.

„Das ist die Pantherfalle, in die er ging, weil ihm kein anderer Weg offenstand", erklärte der Schech el Beled. „Die Insel ist nur die schützende Bekleidung einer Zisterne, welche tief hinuntergeht bis auf den natürlichen Wasserweg, der von hier aus nach dem Dschebel Allah und von dort aus zu allen Wasserengeln führt, die Abu Schalem, der große Maha-Lama, baute. Es gibt ihrer nämlich mehr, als ihr kennt. In diese Zisterne steigt man hinab, um zu prüfen, ob diese Wasserspender versorgt sind oder nicht. Den Panther hat der Durst hingeführt. Ihr seht, daß der ganze Kessel rundum mit Menschen besetzt ist. Es gibt keine andere Stelle, an der man vom Ufer herunter und von hier hinauf kann, als nur jene Treppe dort hinten am nördlichen Ufer. Seine Pferde sind gewiß schon früher hier angekommen. Man hat sie getränkt und dann über die Treppe auf das Ufer geschafft. Wir werden jetzt desselben Wegs gehen. Als er dann kam, mußte er mit dem ersten Blick erkennen, daß er sich in vollständiger Unwissenheit über unser Land und seine Bewohner befunden hat. Er konnte nirgends hinauf. Die Treppe wurde ihm verwehrt. Es wäre Wahnsinn gewesen, sie erzwingen zu wollen. Nun lagert er an der Zisterne. Der Fluß wird kommen. Er muß kommen, denn die verheißene Zeit ist da. Er wird steigen und die Insel mit allem, was sich auf ihr befindet, verschlingen, weil man ihrer Höhe absichtlich nicht die Höhe des Wasserstandes im Ssul gegeben hat. Wir reiten jetzt über den Grund des Kessels hinüber. Wir halten bei der Zisterne an. Wir fragen den Panther, ob er sich ergeben will oder nicht. Tut er es, so kann vielleicht noch Gnade walten. Tut er es aber nicht, so wird sein Nacken, den er nicht beugen will, durch ihn selbst gebrochen. Also wir . . ."

Er hielt inne, denn es fiel da drüben auf der Insel ein Schuß;

es folgten mehrere, ja viele Schüsse. Es erhob sich ein Rufen und Schreien, welches in das wütende Geheul eines Kampfes überging. Wir sahen, daß unsere Gegner in ein tödliches Handgemenge unter sich selbst geraten waren. Wir hatten die Absicht gehabt, schnell hinüberzureiten; nun aber rückten wir nur langsam vor. Die Schwarzgepanzerten voran, bildeten wir eine breite Linie, die Insel zu umfassen. Als man das sah, wurde der Kampf dort zunächst hitziger; die Schüsse fielen schneller, und das Toben und Brüllen verdoppelte sich. Dann aber wurde es plötzlich still. Es erscholl eine laute, befehlende Stimme; eine andere, ebenso befehlende, antwortete. Ein Mann kam unter den Bäumen der Insel hervor, mit dem Säbel in der Faust. Es folgten ihm mehrere, ja viele. Sie rannten uns entgegen. Es gab unter ihnen welche, die stürzten nieder und standen nicht wieder auf, weil sie verwundet waren oder gleich tot zusammenbrachen. Der ihnen Voraneilende blieb, als er weit genug herangekommen war, stehen und rief uns zu:

„Wir ergeben uns; wir ergeben uns! Der Panther ist verrückt geworden! Er schießt auf seine eigenen Leute!"

Wir kannten den, der das sagte, sehr genau. Es war der zum General gemachte Oberst, der auf dem Weg nach der Stadt der Toten sich mit dem Panther in unserer Gefangenschaft befunden hatte. Es wurde ihm von dem Schech el Beled bedeutet, mit denen, die ihm folgten, bis an die Treppe zu marschieren und dort zu warten, was bestimmt werde. Die Verwundeten habe er mitzunehmen. Er folgte dieser Weisung, ohne Bedingungen zu stellen. Dieses Beispiel blieb nicht ohne Wirkung auf die, welche auf der Insel zurückgeblieben waren. Es kamen ihrer noch viele, sehr viele, die ihren bisherigen Führer noch verließen und sich in der Richtung nach der Treppe von der Insel entfernten. Die beiden Stimmen, welche wir von weitem gehört hatten, waren diejenigen des Generals und des Panthers gewesen. Die letztere erschallte noch jetzt. Wir hörten sie um so deutlicher, je mehr wir uns der Insel näherten. Er brüllte allerdings wie ein Wahnsinniger, wie ein Tobender. Wir schlossen die Insel ein und schickten Irahd vor, um zu fragen, ob der Panther sich ergeben wolle oder nicht. Da wurde er still. Es dauerte einige Zeit, ehe er Antwort gab. Er schien Beratung zu halten. Das Resultat war das Eingehen auf eine kurze Unterredung mit dem Schech el Beled von El Hadd.

Jeder der beiden Hauptpersonen wurden zwei Begleiter zugestanden; sie alle mußten unbewaffnet sein. Die Unterredung hatte zwischen der Insel und unserer Aufstellung stattzufinden.

Der Schech el Beled wählte den Mir von Ardistan und mich, ihn zu begleiten. Der Panther kam mit zweien, die ich kannte, nämlich mit dem Schwert des Prinzen und der Feder des Prinzen, jenen beiden Tschoban, die mit ihm unsere Gefangenen gewesen waren. Wenn bestimmt war, daß die Unterredung auf dem Platz, der zwischen der Insel und unserer Aufstellung lag, stattfinden solle, so nahm ich an, daß der Mittelpunkt dieser Entfernung gemeint sei. Es fiel mir daher auf, daß der Panther mit seinen beiden Kumpanen schon stehenblieb, noch ehe er diesen Punkt erreichte. Er wünschte uns also so nahe wie möglich an der Insel zu haben. Das erregte meinen Verdacht. Ich teilte das dem Schech el Beled und dem Mir mit, und so gingen wir also nicht weiter, als wir verpflichtet waren. Dadurch wurde der Panther gezwungen, zu uns heranzukommen. Sein Gesicht hatte das Aussehen einer unbeweglichen Larve; aber seine Augen glühten. Das war wohl vor Zorn darüber, daß wir uns nicht hatten verleiten lassen, uns von unserer Truppe weiter zu entfernen. Er blieb stehen; er setzte sich nicht; also folgten wir diesem Beispiel. Ich musterte ihn und die beiden andern, ob sie vielleicht eine versteckte Waffe bei sich trügen, konnte aber nichts entdekken, was diese Vermutung bestätigte. Doch fiel mir auf, wie die drei sich stellten und bewegten. Sie vermieden es nämlich ganz auffällig, uns mit ihren Gestalten nach der Insel hin zu decken. Um dies zu prüfen, veränderte ich während der Unterredung, so kurz diese war, meine Stellung mehrere Male, aber immer veränderten sie hierauf nun auch die ihrige sofort und derart mit, daß ich die gesuchte Deckung wieder verlor. Man hatte also vor, von der Insel aus auf uns zu schießen, und darum nahm ich diese scharf in die Augen, obgleich ich es war, der mit dem Panther sprechen sollte; der Schech und der Mir wollten schweigen.

„Was wollt ihr?“ zischte er uns an, sobald er uns erreichte. Ich antwortete: „Dich fragen, ob . . .“

„Mich fragen?“ unterbrach er mich. „Hier habe nur ich allein zu fragen, nicht ihr! Am allerwenigsten aber du! Also: Was wollt ihr hier? Was habt ihr hier zu suchen? Was schaust du mich wegen dieser Frage an? Wenn du sie nicht beantworten kannst, werde ich es an deiner Stelle tun! Euer Geschick hat sich erfüllt. Es treibt euch in meine Hände! Du stehst am Tode; du hast ihn reichlich verdient. Der Mir ebenso! Und der Schech el Beled wird mein Gefangener. Ich zwinge ihn, abzudanken und mich an seine Stelle zu setzen. Er wird gezwungen, dies zu befehlen, um sein Leben zu retten, und sein Volk wird ihm gehorchen.“

War dies Wahnsinn? War dies ein soeben schnell überlegter Plan? Oder war es beides? In seinen Augen flackerte ein unruhiges, starkwilliges, außerordentlich gefährliches Licht. Er fuhr allen Ernstes fort:

„Ich frage euch: Wollt ihr euch freiwillig ergeben oder nicht?"

„Wir uns euch? Oder ihr euch uns?" fragte ich dagegen.

„Wir uns euch?" donnerte er mich an. „Bist du verrückt geworden? Meinst du, daß wir uns vor euch fürchten? Oder vor diesem nackten Felsen? Oder vor den Menschen, die rundum da oben stehen, als ob sie uns zurückweisen könnten? Ich sage dir, ihr befindet euch in meiner Gewalt. Eure Berechnung, daß ich verdursten werde, war falsch, denn hier in dieser Zisterne gibt es mehr Wasser, als ich brauche. Und das Volk, welches jetzt so stolz auf mich niederblickt, wird mir schon morgen zujubeln, mir, seinem Herrscher und Gebieter!"

Er sprach mit der Überzeugung eines Mannes, der felsenfest an seine Halluzinationen glaubt. War das eine Folge der Schrekkensnacht am Dschebel Allah? Oder war es überhaupt eine psychologische Folgerichtigkeit, daß der Wahngedanke seines ganzen Lebens, ein großer Herrscher zu werden, unter den gegenwärtigen Verhältnissen zum Überschnappen kommen mußte?

„Du irrst", antwortete ich. „Du wirst allerdings nicht aus Mangel an Wasser sterben, sondern am Gegenteil, am Überfluß. Du wirst ertrinken!"

„Wo? Wann?" fragte er.

„Jetzt! Hier! Der Fluß wird kommen und wird steigen. Und das Wasser in der Zisterne wird steigen. Beides wird die Insel überströmen und sie mit sich fortschwemmen!"

„Überströmen? Fortschwemmen?" rief er mit einem unbeschreiblich häßlichen und abstoßenden Lachen aus. „Willst du mich etwa dadurch zu der Dummheit verlocken, mich euch auszuliefern? Ich sage dir: Lieber tausendmal in den Tod und lieber millionenmal die ärgsten Qualen erdulden, als mich in eure Hände zu geben! Ich fürchte nie den Tod; ich fürchte ihn auch jetzt nicht, sondern ich lache über ihn. Euch aber wird er – jetzt, jetzt, jetzt!"

„Nein, uns wird er nicht!" antwortete ich. „Dich aber wird er fassen, genau so, wie ich dich jetzt fasse!"

Da ich scharf aufpaßte, so sah ich, daß mehrere seiner Leute hinter schützende Baumstämme getreten waren und, als er ihnen durch den Ausruf „Jetzt, jetzt, jetzt" das Zeichen dazu gab, ihre Gewehre auf uns anlegten, um auf uns zu schießen. Ich griff schnell zu, faßte ihn, zog ihn an mich heran, drückte ihn so an mich, daß er sich nicht bewegen konnte und forderte den Mir und den Schech el Beled auf:

„Tretet schnell hinter mich! Da seid ihr gedeckt!"

„Gedeckt?" fragte der Schech. „Mich decken? Vor wem?"

Er ballte die Faust und holte aus. Zwei Hiebe, und das Schwert des Prinzen stürzte samt der Feder des Prinzen wie von einer Axt getroffen zu Boden.

„Der Schech el Beled von El Hadd sucht niemals Schutz hinter dem Rücken eines Menschen!" fügte er dann hinzu. „Daß er es nicht nötig hat, seht ihr hier und dort!"

Er deutete dabei auf die Schwarzgewappneten, welche herbeieilten, uns schützend zu umringen, und auf die Insel, wo das Handgemenge wieder ausgebrochen war, und zwar zwischen denen, die der Panther mit seinem jetzigen Anschlag gegen uns beauftragt hatte, und denen, die nichts davon wußten. Die letzteren hinderten die ersteren, auf uns zu schießen, die wir in der großen Überzahl waren, und so entspann sich zwischen ihnen ein Kampf, der uns Gelegenheit gab, uns unbelästigt zurückzuziehen. Ich hielt den Panther mit unwiderstehlichem Nackengriff fest und stieß ihn vor mir her, bis wir uns außer sicherer Treffweite von der Insel befanden. Dort schüttelte ich ihn kräftig zusammen und fragte:

„Ergibst du dich uns freiwillig?"

„Nein!" hauchte er, obgleich ihm beide Arme kraftlos herabhingen und ihm mein Faustgriff das Blut in die Augen trieb.

„Du wirst ersaufen, elend ersaufen, Mensch!"

„Das tue ich mit Wonne!" versuchte er höhnisch zu lachen; es ging aber nicht.

„Wenn du dich ergibst, so wird dir verziehen werden!"

„Allah verdamme dich und deine Verzeihung! Hunde haben nichts zu verzeihen! Laß mich los! Gib mich frei!"

„Ja! Hier, sei frei!"

Ich stieß ihn von mir, daß er zu Boden flog und sich überschlug. Er raffte sich schnell wieder auf, blieb aber nicht, wie ich erwartet hatte, fluchend und drohend stehen, sondern rannte stracks fort, der Insel zu. Wir aber ritten weg, mochte dort geschehen, was da wollte. Wir sahen, daß man dort wieder aufeinander schoß, kümmerten uns aber nicht darum, bis wir merkten, daß eine ganze Anzahl der Leute des Panthers hinter uns herkam und uns einzuholen strebte. Da beorderten wir eine Abteilung der Schwarzgewappneten, auf sie zu warten und sie uns nachzubringen. Nun hatte der Aufrührer von seinen tausend Mann höchstens noch zweihundert bei sich. Wir erfuhren von diesen letzten, die uns folgten, daß ich und der Mir von der Insel aus während der Unterredung hatten niedergeschossen werden sollen. Der Panther wollte, sobald diese Schüsse gefallen waren, mit Hilfe seiner beiden Kumpane den Schech el Beled ergreifen und nach der Insel schaffen. Hatte er diesen in seiner Gewalt, so konnte er seine Freiheit und auch noch mehr von ihm erzwingen, sich vielleicht gar mit ihm verbinden. Auf alle Fälle aber war dann Ardistan wieder ohne Herrscher und das Intrigieren und Verwirren konnte von neuem beginnen. Gewiß nicht übel ausgedacht von einem Menschen, der den Verstand vollständig verloren zu haben schien!

Als wir die steinerne Treppe erreichten, wurde der Schech nicht laut, sondern von einer tiefen, ehrfurchtsvollen Stille empfangen. Wenn ein Herrscher von El Hadd sein Angesicht verhüllt, so hat er den Schwur von Dschinnistan getan und wird als tabu betrachtet, bis er den Schwur erfüllt hat und den Schleier wieder entfernt. Daher dieses Schweigen und diese Ruhe, welche an jeder Stelle sofort eintrat, sobald wir uns ihr näherten. Übrigens gab es gleich bei unserer Ankunft ein kleines Intermezzo, welches ein heiteres Lächeln über diesen Ernst der Stimmung warf. Es wurde hervorgerufen durch unsern guten, dicken Smihk, der seinen Herrn trug und sich so viel wie möglich an meiner Seite hielt, obgleich mein Rappe die Zuneigung nicht erwiderte. Auch bis jetzt war Amihn neben mir und Halef geritten; nun aber trennte er sich von uns. Er sah, welche Aufmerksamkeit die oben auf den Terrassen stehenden Leute von El Hadd auf die riesigen Ussul und ihre noch riesenhafteren Urgäule richteten. Das tat ihm wohl, und da er der Allergrößten einer war, beschloß er, nicht da im Zug zu reiten, wo wir uns mit dem Schech el Beled befanden, sondern an der Spitze seiner Landsleute, der Garde von Ard. Er blieb also zurück, als wir unsere Pferde veranlaßten, die hohe, breite Treppe emporzusteigen. Oben wurden wir von unsern Lanzenreitern erwartet, die uns auf den beiden Ufern des Flusses begleitet hatten und rechts und links um den Kessel geritten waren, um an der Treppe wieder miteinander zusammenzutreffen. Von hier aus sollte zum Schloß emporgeritten werden. Voran der Schech el Beled mit dem Mir von Ardistan, hinter ihnen die Hälfte der Lanzenreiter, hierauf die Ussul und dann zum Schluß die andere Hälfte der Lanzenreiter. Die Schwarzgewappneten konnten nicht an diesem Zug teilnehmen, weil sie beauftragt waren, die gefangenen Leute des Panthers zu beaufsichtigen und unterzubringen.

Nun war es uns zwar nicht schwer geworden, unsere hochintelligenten Rassepferde zum Ersteigen der Treppe zu bewegen, den Urgäulen aber kam eine solche Zumutung ganz ungeheuerlich vor. Sie entsetzten sich vor der hohen Stufenreihe. Sie weigerten sich, zu gehorchen. Die größte Angst schien Smihk, der Dicke, zu haben. Er stieß ganz unbeschreibliche Jammertöne aus. Er war weder durch gütiges, noch durch strenges Zureden zu bewegen, die Möglichkeit zu versuchen. Er ging nur bis zur untersten Stufe, betastete diese mit dem Vorderhuf, streckte diesen auch nach der zweiten Stufe aus, aber sobald er sich überzeugte, daß diese höher als die erste lag, stieß er ein Geheul des Schreckens aus und rannte wieder zurück. Da kam der Anführer der Schwarzgewappneten auf den klugen Gedanken, den dicken Gaul durch das Beispiel zu überzeugen. Sein eigenes Pferd war Treppenstufen gewohnt, weil sie hier in dem bergigen Gelände häufig vorkamen. Er ritt also die Treppe hinauf und hinunter und wieder hinauf und hinunter. Smihk sah und beobachtete das. Er war für so vernünftige Beweise nicht unzugänglich. Er ging, ohne von seinem Herrn dazu angetrieben zu werden, ganz von selbst wieder bis an die Treppe und setzte seine Vorderfüße zunächst auf die erste und dann auch auf die zweite Stufe. Sobald er aber merkte, daß die dritte wieder höher war als die zweite, drehte er sich laut zeternd um und riß aus. Der Schwarzgewappnete wiederholte den Anschauungsunterricht und hatte dieses Mal bessern Erfolg. Smihk versuchte, es nachzumachen und kam bis zur sechsten Stufe. Hier aber blieb er halten und schaute nach oben. Da wurde ihm himmelangst. Er kletterte schnell wieder herab, und zwar mit den Hinterfüßen voran, also verkehrt. Dieses Experiment schien ihm zu gefallen, denn er rannte nicht wieder davon, sondern blieb stehen, spielte mit den Ohren, rang das Schwänzlein und erhob ein wohlgefälliges, ja beinahe triumphierendes Geschrei. Währenddem blieb Amihn, der Scheich, ganz ruhig im Sattel und hütete sich, den Dicken im Überlegen und Versuchen zu stören. Der Gewappnete ritt zum dritten Male wiederholt hinauf und herunter. Da besann sich Smihk auf sein Ehrgefühl, an welches er jetzt gar nicht gedacht hatte. Er avancierte jetzt ganz von selbst bis an die unterste Stufe, warf den Kopf empor und ließ einen schmetternden Trompetenton erschallen, dessen Sinn ein jeder, der ihn hörte, verstehen und begreifen mußte: „Paß auf; jetzt geht es aber los;

mag daraus werden, was da will!“ Er nahm die erste und zweite, die dritte, vierte und fünfte Stufe, nicht etwa hastig und überstürzt, sondern sehr langsam und bedächtig. Da blieb er stehen und tat einen tiefen, erleichterten Atemzug. Dann ging es weiter und weiter, ganz genau, wie abgezählt und abgemessen, immer höher und höher, bis er oben ankam. Er wurde von der dortstehenden Menge mit Jubel empfangen. Er stimmte in diesen Jubel ein, indem er ein Wiehern hören ließ, in dem alle chromatischen und nichtchromatischen Tonleitern mit einem Male erschollen. Und hierauf geschah etwas, was niemand vermutet hatte. Nämlich Smihk stieg ganz aus eigenem Antrieb genau so wieder hinunter, wie er heraufgekommen war, mit dem Kopf nach oben, also nun rückwärts. Als er unten ankam, war ein allgemeines Händeklatschen sein Lohn. Da brüllte er vor Vergnügen. Die Sache schien ihm zu gefallen. Er stieg wieder hinauf und wieder hinunter; er tat es wieder und wieder. Er versuchte den Abstieg auch von der Seite; es ging. Er versuchte ihn mit dem Kopf voran; auch das ging. Da geriet er vor Entzücken fast außer sich. Er rannte nur immer wieder hinauf und wieder hinunter. Er schrie, brüllte, wieherte, meckerte, schnatterte und blökte in einem fort. Es war, als ob er sich in allen möglichen Tierstimmen hören lassen wolle. Bald aber war ihm anzumerken, daß er eine ganz andere und lobenswerte Absicht hatte. Er wollte die anderen Urgäule anregen, es ihm nachzutun, und das war nicht ohne Erfolg. Der eine und der andere Reiter machte den Versuch, der zwar nicht gleich, aber endlich doch gelang. Andere folgten, erst einzeln, dann gleich neben- und hintereinander, bis die noch zurückstehenden Pferde ganz von selbst einsahen, daß es gar nicht schwer sein könne, die Stufen zu überwinden. Als so die Angst beseitigt war, dauerte es gar nicht lange, bis auch das letzte von ihnen die Schwierigkeit überwunden hatte. Smihk, der Dicke, aber hatte mehr erreicht als alle die anderen Gäule: man sprach überall von ihm; er war von jetzt an der erklärte Liebling aller Bewohner von El Hadd und wurde, wo man seiner nur habhaft werden konnte, mit Leckerbissen bestürmt, die oft wohl kaum für ein Pferd geeignet waren.

Der Zug berührte alle übereinanderliegenden Terrassen, bis wir auf der obersten angekommen waren und nun in sanfter Steigung nur noch die eigentliche Kuppe des Berges zu nehmen hatten. So nämlich dachte ich. In Wirklichkeit aber war, wie ich bald sehen konnte, von einer Bergeskuppe gar keine Rede. Es gab hier weder das, was man im eigentlichen Sinne einen Berg, noch das, was man eine Kuppe nennt. Der Kessel, der nun unter uns lag, war nichts als der wohlterrassierte, plötzliche Absturz der weit vorherrschenden Ecke eines Hochplateaus, an dessen Südseite sich das eigentliche Dschinnistan nun erst zu erheben begann. Die Füße aller der Berge, die man da sah, standen im Wasser. Ungefähr so, aber in gigantischer Vergrößerung, wie der Vierwaldstädter See sich derart innig um die Fundamente des Rigi, des Pilatus und anderer Berühmtheiten legt, daß sehr oft zwischen Wasser und Fels kein gangbarer Pfad zu ermöglichen ist, so windet sich auch da oben im südlichen Grenzgebiet von Dschinnistan eine vom tiefsten Blau bis zum hellsten Grün zu den Menschen sprechende Flut in der Weise zwischen den hochstrebenden Felskolossen hin, daß man behaupten möchte, diese letzteren seien nicht durch die Füße der Sterblichen, sondern nur auf ähnliche Weise zu erreichen, wie der Gegensatz von diesen Bergen, nämlich die Unterwelt, einst nur durch Charons Kahn zu erreichen war.

Diese Wasser, deren Weite und Tiefe bisher noch nie ergründet worden sind, flossen einst nach drei Seiten hin in die Täler und Ebenen der angrenzenden Länder nieder, nämlich nach Ost, nach West und nach Süd. Dieser letztere Fluß war der Ssul, der durch El Hadd nach Ardistan ging und am Küstenland der Ussul das Meer erreichte. Warum er einst versiegte und warum die von ihm befruchteten Gegenden zur Wüste wurden, das hat man versucht, mit Hilfe der Sage zu erklären. Es wird die Zeit kommen, in der die exakte Wissenschaft es für ihre Aufgaben hält, diese Fragen zu erörtern. Bis heut ist nur erwiesen, daß der Ssul sich aus jenen Wasserfluten erzeugte, welche von Dschinnistan bis herüber an das Schloß von El Hadd geflossen kommen und damals von Abu Schalem, dem berühmtesten und gütigsten aller Maha-Lamas, durch ebenso geheimnisvolle wie umfangreiche Uferbauten geregelt wurden.

Hiervon aber hatte ich, als wir jetzt aus dem Kessel heraufgeritten kamen, keine Ahnung. Ich glaubte, sobald wir die Höhe erreichten, jenseits wieder tief in abfallende Täler schauen zu können, und der Schech el Beled, der das wohl wußte, sagte kein einziges Wort, mich von diesem Irrtum zu befreien. Die Stadt, welche unterhalb des Schlosses lag, ging nicht ganz bis zu diesem hinauf. Man hatte von ihren letzten Häusern aus noch volle vier Terrassen höher zu steigen. Genau so weit, also genau vier Terrassen tief, reichte das äußere Fundament des Engels nieder, während rechts und links davon die Fundamente des

Schloßbaues nur zwei Terrassen tief gründeten, aber auch auf festem, unerschütterlichem Felsen. Diese ungeheuer starken Mauerwerke schlossen große, geräumige Erd- und Kellergeschosse ein, die nach Süden, also nach der Sonnenseite lagen und neben gesunden Wohnungen auch eine unübertreffliche Aussicht boten. Hier wurden die Ussul untergebracht. Sie wohnten da besser als in Ard, und vortreffliche Stallungen gab es für ihre Pferde mehr als genug. Für die Lanzenreiter und die Schwarzgepanzerten standen ganz oben besondere Gebäude.

Als wir die letzte Vorterrasse hinter uns hatten und, auf dem Plateau anlangend, unter herrlichen, tausendjährigen Zedern hervorritten, bot sich uns ein Anblick, der so vollständig unerwartet und zugleich so überwältigend war, daß man hätte glauben können zu träumen. Das war ja keine Bergesspitze, wie ich erwartet hatte, sondern ein ganzes, neues, großes, herrliches Land, welches in wunderbarer, nie geahnter Schönheit sich vor uns breitete. Wir hatten die weite Fläche eines Sees, welcher fast ein Meer war, vor uns liegen, nach Ost und West vollständig unbegrenzt, während im Norden aus seiner Flut die Berge von Dschinnistan stiegen, in leichte Schleier gehüllt, zu Stein gewordenen Wahrsagerinnen gleich, die ihre Häupter aus dem See erheben, um nachzuschauen, ob sich bald erfüllen werde, was die Tiefe da unten schon seit Jahrtausenden predigte. Und hier, auf der Südseite des Sees, die fast übernatürlich hohe Gestalt des Engels, der, die Hand wie zum Segnen erhebend, von dem Hochland hinunter über die Grenze schaute, hinter sich eine unendliche und unerschöpfliche Fülle des Wassers, nach welchem die Menschen da unten und da draußen schon viele Jahrhunderte lang vergeblich dürsteten. Diesen Engel nach Ost und West flankierend die hochragenden und weit ausladenden Gebäude des Schlosses, dessen Stil in seiner sichern Schwere und doch so leichten, anmutig bewegten Gliederung nicht die geringste Spur der abendländischen Baukunst an sich hatte. Vor sich eine ganze Menge blühender, duftender Gärten, welche durch tiefe Kanäle getrennt waren und in ihrer Gesamtheit doch einen Park von so eigenartiger Anlage und Schönheit bildeten, daß es seinesgleichen gewiß nicht weiter gab. Und tief, wie diese Kanäle, war auch der eigentliche Zweck dieser Gärten und der fächer- und kulissenartigen Anordnung, in der sie sich von dem Schloß aus weit in den See hinaus erstreckten. Diese Gärten bildeten nämlich die verhüllende Verkleidung natürlicher Felsenmauern, welche, sich zwischeneinander schiebend, weit, weit hinaus in den See verliefen, um den ungeheuern Druck seines Wassers in Null zu verwandeln und den Wellen aber trotzdem zu erlauben, bis ganz nahe an das Schloß heranzutreten.

Diese seltsame Anordnung der Felsen, Mauern, Durchbrüche und Kanäle hatte aber noch einen zweiten Grund, der mit dem Innern des Engels in Beziehung stand. Es gab noch einen andern Druck, dessen Wirkung hierdurch genau geregelt und dessen Gefährlichkeit in Nutzen verwandelt werden sollte. Diese Felsenfächer und Felsenkulissen bildeten nämlich die berühmte und zugleich sagenhafte Wasserscheide von El Hadd, und im Innern des Engels lag für die wenigen berufenen Hände, die es gab, der Schlüssel, dieses Geheimnis in Wirkung treten zu lassen. Es war mir beschieden, das sehr bald zu erfahren.

Wir hatten unsere Pferde angehalten und sogen dieses köstliche Bild nicht nur in unsere Augen, sondern noch viel, viel tiefer auch in unsere Seelen ein. Die Sonne war im Scheiden. Sie hatte nur noch drei oder vier ihrer Durchmesser niederzusteigen, um dann im See zu verschwinden. Schon begannen einzelne Funken, über das klare, unbewegliche Kristall der Oberfläche zu zucken. Die Atmosphäre aber war bewegter als das Wasser. Das sahen wir an einem weißen Doppelsegel, welches, aus Nordwest kommend, sich näherte. Das Boot, welches von diesen beiden Segeln getrieben wurde, lag in ruhiger Fahrt ein wenig auf die Seite geneigt. Wie groß es war und wen es trug, das konnte man noch nicht sehen; aber Bug und Heck waren fremdartig hoch erhoben, und in dem Leinen zeigte sich nicht die geringste Spur eines Fleckes oder einer durch Gewalt erzwungenen Naht.

Wir waren vor Erstaunen und Bewunderung still gewesen; keiner hatte ein Wort gesprochen. Jetzt aber sagte der Schech el Beled, indem er nach dem Boot deutete:

„Wie pünktlich! Unendlich pünktlich! Sie liebt es, daß auch wir es sind! Sie kommt!"

„Wer?" fragte Halef.

„Du wirst dich wundern", antwortete der Schech, ohne einen Namen zu nennen; aber seine Stimme klang sehr frohbewegt. „Dort bringt man schon die Pferde. Man hat sie kommen sehen. Sie lieben nicht die Sänfte; sie reiten beide gern."

Man brachte zwei köstliche Schimmel aus dem Schloß, welche Damensättel trugen.

„Wir reiten mit, sie zu empfangen. Kommt!" forderte uns der Schech auf, indem er sich in Bewegung setzte.

Wir folgten ihm, und sämtliche Lanzenreiter kamen hinter

uns her. Das sah aus, als gelte es, eine Fürstin zu empfangen. Wir ritten zunächst nach der Mitte des Schloßplatzes, von wo aus der breite Hauptweg des Kanal- und Gärtenfächers in schnurgerader Linie hinaus nach dem Landungsplatz führte. Dort angekommen, sahen wir, daß das Boot Veranstaltung traf, die Segel fallen zu lassen. Dies geschah. Nun sahen wir vier Personen, zwei Männer und zwei Frauen. Die Männer banden das Leinen fest und griffen dann zu den Rudern. Von den Frauen saß die eine am Steuer. Die andere stand hoch aufgerichtet vorn am Bug und gab an, zwischen welchen Felsen, Kanten und Klippen nach dem Landungsplatz zu steuern sei. Sie war ernst und dunkel gekleidet, aber ein weißer Schleier wehte von ihrem Haupt, und ihr Haar hing vorn in zwei silberhellen Zöpfen fast bis zur Erde herab.

„Maschallah!" rief Halef aus. „Ist das eine Vision? Oder ist es Wahrheit? Effendi, siehst du sie?"

„Marah Durimeh!" antwortete ich.

„Und Schakara am Steuer! Erkennst du sie?"

„Ja; sie ist es!"

Was ich empfand war nicht Überraschung, sondern es war mehr, viel mehr. Doch behielt ich es still im Innern. Sie kamen. Sie legten an. Sie stiegen aus. Der Schech el Beled griff dabei nach Marah Durimehs Hand, um sie zu stützen. Ich tat dasselbe bei Schakara.

„Kommen wir zur rechten Zeit?" fragte mich die letztere.

„Wenn ihr zugleich mit uns hier eintreffen wolltet, dann ja", antwortete ich.

Sie war so ernst und doch so seelenlieb. Sie hatte das Boot gesteuert und besaß doch die guten, weichen Augen eines Kindes, welches noch nichts von Schicksalswillen und Schicksalslenkung weiß! Marah Durimeh reichte mir ihre Rechte, begrüßte mich mit einem Kuß auf die Stirn und sprach:

„Wem mein Erscheinen hier ein Rätsel ist, dem wird es sich bald lösen. Wir reiten direkt zum Engel."

Der Mir von Ardistan stand unbeweglich da, kein Auge von ihr wendend. Er machte den Eindruck eines Mannes, der fast nicht wagte, Atem zu holen. So tief fühlte er sich von der Erscheinung meiner königlichen Freundin ergriffen. Er kam in Bewegung, als sie zu dem für sie bestimmten Pferd trat. Da eilte er hin, kniete vor ihr nieder und bot ihr Hand und Schulter an, sich in den Sattel zu schwingen. Sie tat dies mit jugendlicher Behendigkeit und sagte dann zu ihm:

„Ich danke dir! Kommt beide mir zur Seite, du und der Schech! Machen wir einen Umweg! Wir reiten ein Stück am Wasser hin, und ihr erstattet mir Bericht." Und den Lanzenreitern befahl sie: „Eilt zur Herrin, und meldet ihr, daß ich angekommen bin!"

Dann zügelte sie ihren Zelter nach West, der untergehenden Sonne entgegen, die jetzt dem Horizont so nahe stand, daß strahlende Feuergarben über das Wasser zuckten und der ganze dortige Himmel in Flammengluten stand. Schakara ritt zwischen dem Dschirbani und mir. Halef und der Scheich der Ussul kamen hinter uns. Wir folgten dem Ufer in langsamem Schritt. Der Schech el Beled erzählte. Marah Durimeh hörte zu. Der Mir von Ardistan sagte fast kein Wort. Es war, als ob ein vollständig überwältigendes Gefühl oder eine Art Zauber ihn umfange. Auch der Dschirbani war still. Wir standen ja alle jetzt unter der außerordentlichen, seltsamen Empfindung, als ob hier oben auf dieser Höhe die Grenzen der Gewöhnlichkeit überschritten seien und nur noch Erstaunlichkeiten oder gar Wunder sich ereignen könnten. Der Schech el Beled faßte sich kurz. Darum hatte er seinen Bericht soeben beendet, als die Sonne verschwand und das strahlende Gold sich in glühendes Rot und abschiednehmendes Violett zu verwandeln begann. Da lenkte Marah Durimeh dem Schloß zu, indem sie sagte:

„So weiß ich nun, was geschehen ist. Es war grad so und nicht anders vorauszusehen. Die Zeit dieser Menschen ist dahin. Sie verschwindet, wie die Sonne da vorn verschwunden ist und wie die letzten Farben des irdischen Himmels verschwinden werden. Zwar kommt morgen ein neuer Tag, unaufhaltsam und unwiderstehlich, aber er ist ein ganz andrer Tag als der heutige. Die Erde sehnt sich nach Ruhe, die Menschheit nach Frieden, und die Geschichte will nicht mehr Taten der Gewalt und des Hasses, sondern Taten der Liebe verzeichnen. Sie beginnt, sich ihres bisherigen rohen, blutigen Heldentums zu schämen. Sie schmiedet neue, goldene und diamantene Reisen, um von nun an nur noch Helden der Wissenschaft und der Kunst, des wahren Glaubens und der edlen Menschlichkeit, der ehrlichen Arbeit und des begeisterten Bürgersinnes zu krönen. Die Gewalt herrsche nur noch heut, länger aber nicht. Es sei ihr nur noch diese eine Nacht vergönnt, die Seelen der Menschen zu erschrecken und zu quälen, wie das Wölkchen, welches sich dort von Norden her über den See uns nähern will, seine Blitze und Donner nur bis gegen Mitternacht versenden wird. Schon morgen früh aber sollen diese Menschen aufatmen und jubeln, wie hoch über uns das Wort Gottes in der Bibel jubelt: Der gestrige Tag ist vergangen; es ist alles neu geworden!"

Das Wölkchen, nach dem sie mit der Hand deutete, war in dem Augenblick des Sonnenunterganges entstanden und schien sich schnell vergrößern zu wollen. Es lag in ihm mehr Bewegung, als in der Atmosphäre rundum. Wir ritten nach dem Schloß, kamen an seinem westlichen Flügel vorüber und blieben vor dem hohen, breiten Postament des Engels halten. Es führte eine Freitreppe hinauf, zu deren beiden Seiten die Lanzenreiter Aufstellung genommen hatten. Oben an der letzten Stufe stand eine Frauengestalt in weißem Gewand. Ihr Angesicht war, genau wie das des Schech el Beled, von einem blauen Schleier verhüllt.

„Die Schloßherrin!" sagte Schakara zu mir.

Marah Durimeh winkte mit der Hand hinauf und rief ihr freudig zu:

„Wir kommen schnell! Und wir kommen gern! Sei gegrüßt!"

Sie stieg an der Hand des rasch abgesprungenen Mir von Ardistan vom Pferd und schritt die Treppe empor, jugendlich leicht, und dennoch mit der gewohnten Würde einer Herrscherin. Wir folgten ihr. Die drei Frauen umarmten einander. Der Schleier wurde zum Kuß nur ein wenig gelüpft. Als wir oben ankamen und der Schloßherrin gegenüberstanden, nannte ihr der Schech el Beled unsere Namen. Sie begrüßte uns mit der Hand und sprach einige kurze, freundliche Worte. Es ging von ihr ein feiner, süßer Duft aus, ähnlich dem Duft der Kätzchenblüten zur Osterzeit, wenn sie an Altären die Palmenweihe erhalten. Als der Dschirbani diesen Duft verspürte, zuckte er zusammen. Er machte eine Bewegung, als ob er zu ihren Füßen niederknien wolle; da aber kam Marah Durimeh ihm schnell zuvor. Sie nahm die Schloßherrin bei der Hand, schritt mit ihr nach der Vorderseite des Engels und sagte:

„So kommt, und laßt uns nach den Ebenen schauen und nach den Menschen, die Frieden und Segen von uns erwarten. Noch ist es hell genug, die Hilfe kommen zu sehen, die ihnen der Engel der Wasserscheide spendet. Inzwischen mögen die Offiziere der Lanzenreiter die Treppe öffnen."

Ich wollte mitgehen, blieb aber stehen, als ich sah, daß der Dschirbani wie gebannt an seiner Stelle verharrte.

„Fasse dich!" bat ich ihn. „Es kommt so, wie es kommen muß."

„Dieser Duft, dieser Duft! Und diese Stimme!" sagte er. „Vor allen Dingen aber dieses mächtige Ahnen meines Innern, also meiner Seele! Glaubst du, daß dieses Ahnen mir die Wahrheit sagt?“

„Ich glaube es“, antwortete ich.

„Aber dann wäre der Schech el Beled . . .! Er ist doch wohl der Herr des Schlosses?“

„Jedenfalls.“

„Und sie die Schloßherrin?“

„Ja.“

„Aber dann wäre er doch mein – mein – mein . . .“

Er konnte seiner Vermutung nicht weitere Worte geben, weil die Offiziere kamen, um die Stelle, wo man hinunter in das Innere des Postamentes stieg, zu öffnen. Das geschah genau in derselben Weise wie bei dem Engel der Stadt der Toten und des Engpasses Chatar. Nicht lange, so kam Marah Durimeh zurück und stieg, von uns begleitet, hinab. Die Einrichtung des oberen Gemaches war dieselbe wie bei den soeben genannten beiden Engeln. Es gab dasselbe Räderwerk, aber viel, viel größer und stärker, und keine Schöpfgefäße und Tröge. Auch gab es zwei Türen rechts und links in den Mauern. Sie schienen nach dem Innern des Schlosses zu führen. Und die Außenwand war nicht geschlossen, sondern weit und hoch geöffnet. Es drang eine Fülle des Lichtes herein, und draußen setzte sich der Fußboden in einem breiten, geräumigen Söller fort, der zum Schutz für die Hinabschauenden mit einer hohen, starken Brüstung versehen war. Marah Durimeh schien dieses Gemach, welches außerordentlich sauber gehalten war, zu kennen. Sie berührte den Doppelgriff des Rades und nickte sehr ernst dazu. Dann trat sie hinaus auf den Altan. Wir folgten ihr.

Wir befanden uns in schwindelnder Höhe. Unter uns gähnte die Tiefe des Kessels. Aber das besorgte Auge wurde durch den Anblick der Häuser und Gärten sofort beruhigt. Auf den Straßen und Plätzen der Stadt herrschte festtägliche Bewegung. Die Pantherfalle hatte, von hier oben aus gesehen, die Größe von nur einigen, wenigen Sträuchern. Ein paar Leute des Panthers, die außerhalb dieser Büsche standen, waren jetzt nur kleine Punkte, die hinweggeschwemmt werden sollten. Das Land senkte sich, so weit das Auge reichte, unaufhörlich nach Süden. Es schien ein Paradies zu sein und harrte doch der Erlösung von der Dürre. Am Himmel floh das verschwindende Abendrot vor den dunkleren, östlichen Tinten. Grad über uns stand jetzt plötzlich eine große, weiße Wolke, in der es innerlich wallte. Das konnte doch nicht schon das Wölkchen sein, auf welches

Marah Durimeh gedeutet hatte! Da klangen die Glocken einer Kirche von unten herauf zu uns, noch einer und noch einer. Marah Durimeh faltete die Hände.

„Laßt uns beten!“ forderte sie uns auf. „Gib Frieden, Herr, gib Frieden! Dieser Erde, diesen Menschen, uns allen! Allen denen, die nach uns kommen, und“, fügte sie hinzu, „auch allen denen, die vor uns waren! Der Strom deines Friedens, deines Segens ist von neuem erwacht. Er ergieße sich von heute an über alle, die da leben und leben werden, damit, wenn sich dein Paradies bald morgen oder übermorgen öffnet und die allhundertjährige Engelsfrage in die Ohren und Herzen aller Irdischen schallt, die Antwort ertönen darf: Ja, es ist Friede auf Erden; Gott aber sei Ehre, Ruhm und Preis!“

Die Glocken erklangen weiter, und auch Marah Durimehs Gebet wirkte in uns weiter. Wir beteten still. Ein jeder von uns machte seine persönliche Abrechnung mit sich selbst, mit der Menschheit, mit dem Geschick, mit dem Leben. Darauf richtete Marah Durimeh ihre Worte an den Schech el Beled:

„Nun an das Rad! Du und der Mir von Ardistan!“

Beide folgten dieser Aufforderung, der Schech schnell und bewußt, der Mir aber langsam, wie ein Träumender.

„Es darf keine Speiche dieses Rades bewegt werden, ohne daß der Mir von Dschinnistan es gestattet“, fuhr sie fort. „Weiß er von heut?“

„Er weiß alles und billigt es“, antwortete der Schech, und es klang, als ob er dabei lächle.

Auch über ihr liebes, schönes, altes und doch so junges Gesicht zuckte eine kleine, kaum bemerkbare Schalkhaftigkeit, worauf sie, schnell wieder ernst, befahl:

„So beginne du! Der Mir von Ardistan aber helfe!“

Die beiden gehorchten. Das Rad drehte sich, ganz leicht, ohne alles Geräusch, als ob es sich nur um etwas Kleines, Gewöhnliches handle.

„Komm und sieh!“ flüsterte Schakara mir zu.

Sie nahm meine Hand und führte mich hinaus auf den Söller. Ich schaute hinab. Welch ein Wunder! Ganz unten, auf dem Grund des Kessels, brachen jetzt plötzlich unter den Aquädukten schäumende Wasserwogen hervor, deren Masse sich vergrößerte, je weiter man hier oben am Rad drehte. Noch klangen die Glocken. Sie wurden aber von dem brausenden Jubel übertönt, der von allen Lippen der Bewohner von El Hadd erschallte.

„Noch ist es Zeit, innezuhalten“, sagte Marah Durimeh; „dann aber können wir nicht mehr zurück. Sind die Menschen wirklich gewarnt? Wenn nicht, so muß dieser Strom Verderben bringen anstatt Segen."

„Sie sind gewarnt", antwortete der Schech. „Ich habe den Befehl dazu schon am Dschebel Allah gegeben, und schneller, als das Wasser ist, haben unsere Posten die Kunde bis in das Land der Ussul getragen. Hier in El Hadd aber weiß jedermann, was heut und morgen geschieht. Nur der Panther weiß von nichts!"

„So führt das Werk zu Ende!"

Das Rad bewegte sich weiter, und der Doppelstrom, der sich in das Felsenbecken ergoß, wurde immer mächtiger. Ein tiefes, eintönig-dröhnendes Brausen drang zu uns herauf. Es vergingen Minuten, eine Viertelstunde, eine halbe Stunde. Da meldete der Schech:

„Fertig! Das Rad steht!"

„So stehe es von jetzt an bis in Ewigkeit, nach irdischer Zeit gerechnet!" sprach Marah Durimeh. „In diesem Augenblick ist der Schwur von Dschinnistan gelöst. Die Eltern dürfen sich dem Sohn zeigen. Laßt froh die Schleier fallen!"

Ich schaute noch in die Tiefe hinab, als ich diese Worte hörte. Man sah die Wasser nicht mehr; man vernahm nur noch ihr Brausen. Das Dunkel des Abends kam emporgestiegen.

„Komm!" bat Schakara.

„Wohin?" fragte ich.

„Nach dem Schloß. Wir wollen hier nicht stören. Diese heiligen Augenblicke sind nicht unser Eigentum."

Sie nahm mich wieder bei der Hand und führte mich vom Söller durch den Raum nach einer der erwähnten beiden Türen, die sie öffnete. Im Vorübergehen sah ich, daß die Schloßherrin sich soeben entschleierte. Ich erkannte das Gesicht, welches ich in der Dschemma der Toten beobachtet hatte.

„Mutter!" rief der Dschirbani, indem er die Arme ausbreitete, um auf sie zuzueilen.

Sie deutete nach dem Schech el Beled, der soeben auch den Schleier von sich warf.

„Vater, mein Vater!" jubelte der Dschirbani.

Mehr aber hörte und sah ich nicht, denn Schakara zog mich hinter sich her, durch zwei verdeckte Gänge, eine Treppe empor, wieder einen Gang und wieder eine Treppe, bis wir auf Dienerschaft trafen, von der wir zurechtgewiesen wurden. Schakara war, ebenso wie ihre Herrin, hier bekannt. Der Schech el Beled hatte auf dem geraden Weg, noch ehe wir von demselben in westlicher Richtung abgewichen waren, um nach dem Fluß zu reiten, einen Boten nach dem Schloß von El Hadd gesandt, um unsere Ankunft anzusagen und unsere Zimmer vorbereiten zu lassen. Mann wußte also, wo Schakara und auch wo ich wohnen sollte. Es wurden mir zwei Räume gegeben, neben denen auch zwei für Hadschi Halef lagen. Ich hatte einen großen, überdeckten Balkon nach Süden zu, also nach der Stadt. Die Einrichtung war orientalisch und ebenso reich wie bequem. Man fragte mich, ob ich essen wolle, und ich genierte mich gar nicht, ja zu sagen. Ich bestellte sogar für meinen kleinen Halef mit, weil ich mir sagte, daß zu einem vereinten, langewährenden und offiziellen Abendessen heute wohl keine Stimmung sei. Ein jeder hatte zunächst mit sich selbst und mit dem, was ihn besonders berührte, zu tun. Den Eltern, die sich soeben erst ihrem Sohn hatten offenbaren dürfen, konnte man nicht zumuten, diesen Abend für andere zu verwenden.

Bevor man mir das Essen brachte, bekümmerte ich mich um unsere beiden Pferde. Sie waren bei den Vollblutlieblingen des Schech el Beled untergebracht und befanden sich in bester, aufmerksamster Pflege. Als ich mich dann zum Abendbrot niedergesetzt hatte, stellte sich der Hadschi ein. Er glänzte vor Glück und Freude.

„Effendi", sagte er, „heute ist einer der schönsten Tage, die ich erlebte. Wie schade, daß du gingst! Wärest du geblieben, so hättest du gesehen, daß . . ."

„. . . daß du einer der rücksichtslosesten und ungezogensten Menschen bist, die es gibt!" fiel ich ihm in die Rede.

„Was? Wie? Rücksichtslos und ungezogen? Willst du mich beleidigen?"

„Nein, sondern nur aufmerksam machen und unterrichten. Wo solche Dinge geschehen, ist es nicht Sitte, stehenzubleiben und sich als mit zur Familie gehörig zu betrachten!"

„Was für Dinge? Was für eine Familie? Meinst du etwa, daß ich nicht wissen dürfte, was da gesprochen wurde und wie zärtlich die drei miteinander waren?"

„Ja, das meine ich, eben das!"

„Aber ich bin doch ihr Freund! Ich bin doch Hadschi Halef Omar, der oberste Scheich der Haddedihn vom großen Stamm der Schammar!"

„Das zu sein, ist in diesem Falle nichts, gar nichts! Denke dir, du seist mit Hanneh, deinem Weib, über zehn Jahre lang von Kara Ben Halef, deinem Sohn, getrennt gewesen, und grad in dem Augenblick, wo ihr ihn wiederfindet und eure Herzen vor Wonne überfließen, stellt sich jemand hin und paßt genau auf, was ihr sagt, was ihr tut und wie ihr euch benehmt!"

„Das kann er; das darf er; das soll er! Denn erstens fällt es uns gar nicht ein, uns zehn Jahre lang voneinander zu trennen, und zweitens werden wir uns dann beim Wiedersehen so benehmen, daß jedermann dabeistehen kann, um sich zu überzeugen, was wir sagen und was wir tun."

„Blieb denn der Mir von Ardistan auch stehen?"

„Nein, der ging auch."

„Und der Scheich der Ussul?"

„Als der sah, daß der Mir sich entfernte, folgte er ihm."

„Nur du bliebst also stehen?"

„Nein! Nicht ich allein, sondern auch Marah Durimeh! Und diese ist nicht nur dein Vorbild, sondern auch das meinige. Was sie tut, darf getrost auch jeder andere tun! Und, Effendi, du gingst doch wohl mit Schakara hinaus?"

„Allerdings."

„Sie ging voran, du hinterher?"

„Ja."

„Und sie hatte dich dabei an der Hand?"

„Ja."

„Du gingst also nicht hinaus, sondern du wurdest hinausgeführt oder gar hinausgebracht. Sag die Wahrheit! Von wem ist die Aufforderung ausgegangen, den Raum zu verlassen? Von dir oder von ihr?"

„Von ihr!"

„Schön! So bist du erwischt; so bist du ertappt; so bist du verurteilt und überführt! Wenn Schakara dich hätte stehenlassen, so ständest du höchstwahrscheinlich jetzt noch dort und gingst nicht von der Stelle! Mich aber nennst du rücksichtslos und ungezogen. Daß ich das nicht bin, sondern daß man ganz im Gegenteil meine gute Erziehung und meine Verdienste anerkennt, magst du daraus ersehen, daß ich von der Schloßherrin in eigener Person bis hierher vor diese Tür gebracht worden bin. Und nun du offenbar unrecht hast, laß uns wieder einig sein und miteinander essen!"

Nach dem Essen setzten wir uns hinaus auf den Balkon. Das Wasser rauschte nicht mehr so stark herauf wie vorher. Es hatte den Boden des Kessels ausgefüllt und stieg nun immer stiller und stiller. Der Himmel sah aus wie ein schwarzes Tuch, welches bis auf die Dächer des Schlosses niederhing. Die Lichter der Stadt schimmerten nur wie kleine, verschwindende Pünktchen zu uns herauf. Plötzlich strich ein so starker Windstoß an uns vorüber, als wolle er uns hinunter in die Tiefe fegen. Ihm folgte ein Blitz, ein Krach und ein dröhnendes Rollen, nach dem sofort ein starker, schwer aufschlagender Regen niederstürzte.

„Marah Durimeh hatte recht", sagte Halef. „Das Unwetter ist da. Gehen wir hinein!"

Kaum hatten wir dies getan, so begann es draußen derart zu wüten und zu toben, zu rasseln und zu prasseln, daß es unmöglich war, unsere eigenen Stimmen zu hören. Blitz folgte auf Blitz, Schlag auf Schlag, als dürfe nicht die geringste Pause zwischen ihnen liegen. Der fallende Regen war schon mehr eine stürzende Flut. Es war, als ob das Schloß in allen seinen Grundfesten erbebe. Ein ängstliches Gefühl ließ jedermann wünschen, nicht allein zu sein. Darum fanden wir es begreiflich, daß ein Diener kam, der uns meldete, in welchem Raum unsere Gefährten auf uns warteten.

Es war ein ziemlich großer, hell erleuchteter Saal. Wir fanden da den Mir von Ardistan, den Scheich der Ussul, seinen braven Unteranführer Irahd und einige höhere Offiziere der Schwarzgewappneten und der Lanzenreiter. Diese letzteren hatten Dienst für die ganze Nacht. Kalte Speisen waren aufgetragen, nach Belieben davon zu nehmen. Frauen sahen wir keine. Zuweilen kam der Schech oder der Dschirbani herein, doch nur für kurze Zeit. Der letztere zog mich an sich und küßte mich auf die Wange, gab aber seinem Glück keine Worte, die doch nur schwer zu hören gewesen wären.

So ging es bis fast eine halbe Stunde vor Mitternacht. Da gab es noch eine alle möglichen Detonationen zusammenfassende Entladung, wie ich wohl noch niemals eine erlebt hatte, und dann war es plötzlich still, so still, daß ich den Mir von Ardistan, der in diesem Augenblick neben mir stand, vernehmlich atmen hörte.

„Allah 'l Allah!" sagte Halef. „Wieder hat Marah Durimeh recht. Es ist vorüber. Kurz vor Mitternacht!"

Wir horchten hinaus und hinunter. Es fiel kein Tropfen mehr. Der Himmel war noch dunkel, aber hoch, nicht mehr so niedrig. Aus der Tiefe klangen jammernde Töne. Einzelne Schreie stiegen empor, scharf, angstvoll, wie in höchster Not und Gefahr. Kam das vom Panther und seinen Leuten? Er hatte doch behauptet, daß er den Tod nicht fürchte! Da kam der Schech, um uns zu sagen, daß die Frauen in einem andern, nach dem See hinaus liegenden Saal auf uns warteten. Wir machten ihn auf die Hilferufe aufmerksam, die wir hörten. Er antwortete:

„Bitte, sorgt euch nicht um diese Menschen, denen Gott mit Donner und Blitz und vernichtenden Wogen kommen muß, um den letzten Rest von Herz in ihnen zu rühren! Der Hafen ist eng umstellt. Man hält scharfe Wacht. Hat die Not den Grad erreicht, auf den ich warte, wird es uns gemeldet werden. Jetzt kommt!"

Wir folgten ihm nach einem Saal, von dessen Größe und Beschaffenheit wir nichts sehen konnten, weil er vollständig unerleuchtet war. Aber der Tür gegenüber, durch welche wir eintraten, gab es einen lichten, von senkrechten Säulen durchbrochenen Streifen, auf welchen zu wir uns bewegten. Das war eine offene Galerie, auf der die Frauen mit dem Dschirbani soeben erst Platz genommen hatten. Von dort aus verwandelte sich der helle Streifen für uns in den See und die auf ihm ruhende Atmosphäre. Nach dieser Seite hin war der Himmel schon nicht mehr schwarz. Er begann, sich aufzuklären. Er zeigte bereits Konturen. Das waren die Konturen der Vulkane von Dschinnistan. Sie waren nicht dunkel, sondern hell liniiert. Und diese Linien gingen nach und nach in die Breite. Sie verwandelten sich in Flächen, Kuppen, Gipfel, Scheitel und Spitzen, die im Begriff standen, zu erröten und zu glühen.

„Setzt euch zu uns, und seht, wie die alte Paradiessage sich verabschiedet", forderte Marah Durimeh uns auf. „Sie geht, um der Wirklichkeit Platz zu machen. Die Mitternacht ist vorüber; der neue Tag beginnt. Ich ahne, daß heut der Dschebel Muchallis seine unhörbare, aber leuchtende Stimme erhebt, um uns zu sagen, daß das Begonnene sich vollendete und das Gehoffte sich erfüllte. Man sagt, er glühe nur ein einzigesmal, von Mitternacht bis zum Morgen; dann sei für jeden, der es sieht, der Friede auf Erden und der Friede mit Gott gekommen. Seht! Schon bildete sich das Paradies!"

Es zeigten sich jene Lichterscheinungen, die ich vom Tempel der Ussul aus zuerst gesehen hatte. Sie entwickelten sich in genau derselben Reihenfolge und genau derselben Weise, ein Beweis, daß die Kräfte und Gesetze, denen sie ihre Entstehung verdankten, immer genau dieselben waren. Aber der Schluß gestaltete sich heut ganz anders als bisher. Daher war es plötzlich dunkel, vollständig dunkel rundum.

„Jetzt, jetzt entscheidet es sich!" sagte Marah Durimeh mit fast bebender Stimme, indem sie die Hände faltete. „Wird er sich zeigen oder nicht?"

Es vergingen mehrere lange, sehr lange Minuten. Unsere Blicke waren erwartungsvoll nach Norden gerichtet; aber wir sahen nichts, gar nichts. Dennoch rief Marah Durimeh jetzt: „Er kommt! Er kommt! Da ist er!"

„Wo, wo?" fragten wir andern, weil sich unsern Augen noch immer nichts bot.

„Höher, höher!" belehrte sie uns. „Fast über euch!"

Und nun ereignete sich, was mir vorher nur ein einzigesmal, aber fast in derselben Weise begegnet war, nämlich im Lauterbrunnertal, beim Alpenglühen, wo ich den Gipfel der Jungfrau zuerst nicht fand und nicht sah, weil er nicht da, wo ich ihn suchte, sondern scheinbar grad über meinem Kopf erglänzte. So auch hier im Schloß von El Hadd. Nämlich wenn auch nicht ganz, aber doch so ziemlich, natürlich nur scheinbar, zu unsern Häuptern, erschien eine erst dämmernd und dann fast hellstrahlende Bergeskuppe, deren goldene Konturen langsam abwärts liefen und sich wie niederfallende Feuerwerksfäden verzweigten, um die ganze plastische Gestalt dieses Berges zu zeichnen und aus dem nächtlichen Hintergrund hervorzuheben. Die lichtlosen Felder, die zwischen diesen goldenen Umrissen lagen, wurden nach und nach ausgefüllt, und zwar auch von oben herab, von Farben, die nicht der Erde, sondern einer ganz andern Welt zu entstammen schienen, so daß ich, ohne es zu wollen, ausrief: „Wie ein Alpenglühen im Himmelreich!"

„Fast richtig, fast!" antwortete Marah Durimeh. „Das ist er; ja, das ist er, der herrliche Dschebel Muchallis, der Traum meiner Jugend, die Hoffnung meiner Jahre, die letzte Stufe, von welcher aus ich hinüberzugehen wünsche zu den Seligen auch der andern Gotteswelten! Er erscheint um Mitternacht und glüht bis gegen Morgen. So spricht die Sage, und so wird es heut sein. Sitzen wir still, und sprechen wir nicht!"

Das geschah. Wir saßen eine Stunde und dann fast noch eine zweite. Nur zuweilen stand jemand auf und schritt für kurze Zeit in den dunklen Saal hinein, um vom Schauen und Denken auszuruhen. Draußen aber war es nicht mehr dunkel, sondern da lag, so weit man sehen konnte, ein helldämmernder, farbiger Schein, wie wenn das Tageslicht, nicht direkt von der Sonne kommend, durch rubinrotes Glas gebrochen wird. Man konnte dabei fast lesen. Da kam ein Diener und meldete, es sei Zeit. Nur noch eine halbe Stunde, so werde der Fluß die Insel überfluten. Da stand der Dschirbani von seinem Sitz auf, küßte dem Vater und der Mutter die Hand und sagte zu dem ersteren:

„Ich danke dir, daß du das keinem andern, sondern mir selbst erlaubst!"

„Aber meine Bedingungen!" mahnte der Schech. „Nimm Kara Ben Nemsi, den Scheich der Ussul und Irahd mit! Dann weiß ich dich bewahrt vor jeder Gefahr."

Und Marah Durimeh sprach:

„Der begonnene Tag ist Dankestag. Sobald die Sonne erscheint, werden die Hörner der Ussul von den Zinnen dieses Hauses ertönen, und die Kirchenposaunen von El Hadd werden Antwort geben. Dann kommt das Volk der Stadt, von seinen Priestern geführt, zu euch heraufgezogen, um den Frieden zu feiern, der von hier aus durch alle Länder fließt. Dir aber ist die erste Tat dieses Friedens aufgetragen: Liebet eure Feinde; tut Gutes denen, die euch hassen! Geht hin, rettet sie! Es gibt nur einen einzigen Sieg, der wirklich Sieg bedeutet; das ist der Sieg der Liebe. Geht hinab, und verzeiht! Und vor euch her gehe Gottes Segen!"

„Und komm so wieder, wie du von mir gehst!" bat seine Mutter. „Ich will dich nicht am Abend gewonnen haben, um dich am Morgen schon wieder zu verlieren!"

Wir, die wir vom Schech genannt worden waren, verließen mit ihm den Saal und das Schloß. Draußen vor dem Tor standen vier gesattelte Ussulpferde; eines davon war Smihk, der Dicke. Unser Ritt war also vorbereitet. Die drei andern stiegen auf, ich aber nicht. Ich sagte zum Dschirbani:

„Vorerst bitte ich, mir mitzuteilen, wie du dir die Rettung dieser Leute denkst. Es gibt keine Boote."

„Aber es gibt Pferde", antwortete er. „Pferde der Ussul, die sich vor keiner Wasserflut fürchten. Es reiten zweihundert von uns schwimmend hinüber, ein jeder ein lediges Pferd an der Hand. Das reicht aus für alle, die drüben sind. Meinst du nicht?"

„Allerdings. Doch warte! Ich hole die Hunde."

„Wozu?"

„Für unvorhergesehene Fälle. Gleich komme ich wieder."

Als ich nicht nur mit meinen, sondern auch mit Halefs Hunden zurückkam, schüttelte er den Kopf und sagte:

„Der Sorge wohl allzuviel!"

Dann ritten wir hinunter nach den Wohnungen seiner Landsleute, deren zweihundert mit ebensoviel ledigen Pferden auf uns warteten. Sie schlossen sich uns an. In dem gedämpften, mystisch roten Licht des Dschebel Muchallis hatte unser Zug ein ungeheuerliches Aussehen. Überall standen Leute. Es war bekannt, was wir wollten, zugleich aber auch verboten, uns zu fragen oder sonstwie zu belästigen. Als wir unten an der Treppe ankamen, konnten wir die Insel sehr deutlich sehen, obgleich es nachts vielleicht um halb drei Uhr war und keinen Mondschein gab. Schon war das ganz ungeheure Becken mit Wasser gefüllt. Die Treppe war noch nicht ganz verschwunden, aber über die Insel ging die Flut bereits in dünnen Stößen hinweg. Die Leute des Panthers schrien ununterbrochen um Hilfe und wimmerten vor Angst.

Unser Unternehmen war gar nicht gefährlich: nur mußte man sich hüten, über die Insel hinausgetrieben zu werden, weil das Wasser dort noch in zahlreichen Trichtern bohrte und drehte. Wer da hineingeriet und in das Strombett getrieben wurde, war unbedingt verloren. Die Treppe hinunter ging es heut viel leichter als gestern die Treppe hinauf. Die Urgäule sprangen freiwillig ins Wasser. Der Dschirbani war der erste; die andern folgten. Wir drei sollten am Ufer zurückbleiben. Ich war aber anderen Sinnes. Als schon gegen hundert Personen gerettet worden waren und der Dschirbani noch immer nicht kam, ließ ich mir von Amihn seinen Smihk geben und ging mit ihm und den vier Hunden in das Wasser. Die Leute des Panthers behaupteten, er sei durch das Gewitter vollständig verrückt geworden; er rede irr. Das stellte sich als wahr heraus. Bis ich hinüberkam, hatte er sich geweigert, sich retten zu lassen. Sobald er aber Smihk sah, den er kannte, rief er, sich in die Brust werfend, mir zu:

„Dieses Pferd kenne ich. Es ist das Schlachtroß des Kaisers der Ussul und also meiner würdig. Ihm vertraue ich mich an. Steig ab!“

Um ihn schnell fortzubringen, gehorchte ich diesem Befehl und nahm mir ein anderes Pferd, welches ich aber nicht sogleich bekommen konnte.

„Und du bist mein Gefangener, hast mir zu folgen. Vorwärts!“ schrie der Panther den Dschirbani an.

Dieser letztere ging, ganz so wie ich, scheinbar darauf ein und folgte dem Smihk, der mit dem Panther in das Wasser ging und eifrig zurückzurudern begann.

„Halt!“ rief der Panther ihm zu. „Nicht dorthin! Ich will dort hinunter, in den Fluß! Ich muß nach dem Dschebel Allah, zu meiner Armee!“

Er wollte Smihk nach abwärts lenken; der gehorchte aber nicht. Und der Dschirbani riß dem Panther den Zügel aus der Hand. Es begann ein Kampf. Der Dschirbani war unbewaffnet, aber der Stärkere. Da riß der Panther seine Doppelpistole aus dem Gürtel und schoß zweimal auf den ersteren. Dann bearbeitete er Smihk mit Sporen und Messerstichen, um ihn zu zwingen, abwärts zu schwimmen.

„Hinein, hinein in das Wasser!" befahl ich den vier Hunden. „Holt ihn, holt!"

Ich deutete auf den Dschirbani, den die Schüsse vom Pferd geworfen hatten. Er konnte nur einen Arm bewegen; der andere war verwundet. Sie erreichten ihn grad noch im letzten Augenblick, als die Strömung ihn eben fassen und in die Wirbel treiben wollte. Es gelang ihnen, ihn zu halten und nach der Insel zu bringen, als ich eben ein anderes Pferd bekommen hatte. Auch der Panther näherte sich den Strudeln. Smihk erkannte das und empörte sich gegen die Spornhiebe und Messerstiche, durch die er in den Tod getrieben werden sollte. Er brüllte laut auf, schoß mit dem Kopf in die Tiefe und überschlug sich im Wasser, um seinen Reiter abzuwerfen. Es gelang. Der Dicke kam unter Triumphgeschrei zu uns zurückgeschwommen. Den Panther aber sah kein Auge jemals wieder.

Die beiden Schüsse hatten getroffen, doch nur ungefährlich. Es gab zwei Fleischwunden im Arm, weiter nichts. Aber das Blutstillen und vorläufige Verbinden erforderte doch soviel Zeit, daß wir uns dann beeilen mußten, nicht zu spät im Schloß zu erscheinen. Die Geretteten waren sofort abgeführt worden. Das Wasser überschwemmte die Insel nun ganz und gar. Es war die allerhöchste, die letzte Zeit gewesen!

Inzwischen war das rote Licht des Dschebel Muchallis verschwunden und der Morgen angebrochen. Als wir droben auf dem Plateau unter den Zedern hervorgeritten kamen, ging grad die Sonne im Osten auf, und von den Zinnen des Schlosses ertönten die tiefen, mächtigen Stimmen der langen Hörner der Ussul; die uralten Naturtrompeten der Lanzenreiter schmetterten, und aus der Stadt empor antworteten die Bläser der Kirchenposaunen. Der Tag des Dankes begann. Die Kunde von der Verwundung des Dschirbani war uns vorausgeeilt, doch auch die Beruhigung, daß man sich nicht darüber zu ängstigen brauche. Halef kam uns entgegengeeilt und jammerte darüber, daß man ihn nicht auch mit auserlesen habe, beim Ende des Panthers zugegen zu sein. Am Portal des Schlosses wurde der Dschirbani von seinen Eltern empfangen. Er stellte ihnen Hu und Hi und Aacht und Uucht als die Retter des zukünftigen Schech el Beled von El Hadd vor und bat um Dankbarkeit. Dann zogen wir uns schleunigst in unsere Zimmer zurück, denn wir kamen ja aus dem Wasser, und der Festzug war schon unterwegs.

Eine Woche später kehrte der Mir von Ardistan mit Amihn und den Ussul zunächst nach dem Dschebel Allah und dann mit dem ganzen Heer nach Ard zurück. Der Friede war geschlossen, und zwar für ewige Zeit.

Einige Monate hierauf ging das erste Schiff den Fluß hinab. Es hieß, wie bereits gesagt, „Marah Durimeh" und leitete die neue, von jetzt an nicht wieder unterbrochene Verbindung zwischen El Hadd und den abwärtsliegenden Gegenden ein. Wir aber wendeten unsern weitern Aufstieg nun den Bergen, über deren Pässe der Weg nach Dschinnistan führte, und unsrem hohen, weiteren Ziel zu.